KRISTEN CALLIHAN
Idol - Gib mir deine Liebe

KRISTEN CALLIHAN

IDOL

Gib mir deine Liebe

Roman

Ins Deutsche übertragen von
Anika Klüver

LYX in der Bastei Lübbe AG
Dieser Titel ist auch als E-Book erschienen.

Die Originalausgabe erschien 2018 unter dem Titel »Fall«.

Redaktion: Mona Gabriel
Covergestaltung: Guter Punkt, München | www.guter-punkt.de
unter Verwendung der Originalausgabe von © okay creations
unter Verwendung des Motivs von © WANDER AGUIAR ::
PHOTOGRAPHY
Satz: Greiner & Reichel, Köln
Gesetzt aus der Adobe Caslon
Druck und Einband: GGP Media GmbH, Pößneck

Printed in Germany
ISBN 978-3-7363-0843-5

5   7   6   4

Sie finden uns im Internet unter www.lyx-verlag.de
Bitte beachten Sie auch: www.luebbe.de und www.lesejury.de

»*Wenn meine Augen meine Seele zeigen könnten,*
würde jeder weinen, wenn er mich lächeln sähe.«
Kurt Cobain

1. Kapitel

Stella

Ein Mann verfolgt mich. Da bin ich mir zu neunundneunzig Komma fünf Prozent sicher. Obwohl ich deswegen ausflippen sollte, finde ich es momentan eher faszinierend. Ich werfe einen Blick über die Auslage mit den Bioäpfeln, um den fraglichen Verfolger zu betrachten. Er ist groß, schlank und durchtrainiert – zumindest lässt das der straffe Sitz seines Mantels auf seinen breiten Schultern vermuten. Seine Gesichtszüge sind gleichmäßig, und er hat eine ausgeprägte Kieferpartie. Sein Haar ist schokoladenbraun und seine Haut gebräunt. Schokolade und Erdnussbutter. Lecker.

Ich verkneife mir ein Schnauben. Man sollte niemals Essen einkaufen gehen, wenn man hungrig ist, sonst sieht plötzlich alles lecker aus. Und okay, vielleicht bin ich mir zu achtzig Prozent sicher, dass er mich verfolgt. Man muss sich nur mal die Fakten anschauen: Dieser megaheiße Kerl ist in jedem Gang aufgetaucht, in dem ich gewesen bin, aber er scheint nicht der Typ zu sein, der Leute verfolgt. Dafür wirkt er irgendwie zu selbstbeherrscht, so als würde er sich große Mühe geben, nicht bemerkt zu werden. Viel Glück dabei. Dieser Kerl hat eine Ausstrahlung, die nichts mit seinem Aussehen zu tun hat, sondern eher so etwas wie reine Anziehungskraft ist. Sie ist so stark, dass er mir irgendwie bekannt vorkommt, was einfach nur lächerlich ist. Wenn ich ihm schon mal begegnet wäre, würde ich mich an ihn erinnern, weil er so unglaublich heiß ist. Verfolgt er mich? Das Urteil steht noch aus. Ich muss ihn weiter beobachten.

Mein potenzieller Verfolger schaut auf. In seiner großen Hand hält er einen rosigen Apfel der Sorte Honeycrisp. Genau diese Sorte habe ich eben erst in meinen Einkaufskorb gelegt. Ich erhasche einen Blick auf jadegrüne Augen unter ausdrucksstarken dunklen Brauen. Dann wende ich mich schnell ab. Mein Herz pocht heftig, weil er mich auf frischer Tat ertappt hat.

Nein, er verfolgt mich definitiv nicht. Kerle wie er schauen Frauen wie mich nie an. Sie bevorzugen große, dünne Göttinnen mit einem perfekten Körperbau oder zierliche, elfenhafte Wesen mit großen Augen und einem kecken Lächeln. Sie achten nicht auf Frauen, die lediglich mit einer durchschnittlichen Größe, einem durchschnittlichen Gewicht und einem durchschnittlichen Aussehen gesegnet sind. Ich sollte es wissen. Kerle wie er übersehen mich schon mein ganzes Leben lang. Das fing bereits in der ersten Klasse an, als Peter Bondi allen Mädchen hinterherjagte, um sie zu küssen – mit Ausnahme von mir.

Die Erkenntnis, dass man das einzige Mädchen ist, das die Jungs so eklig finden, dass einen nicht mal der Popelesser der Klasse anrühren will, ist ziemlich schrecklich. Die Erinnerung daran, wie ich all die anderen Mädchen dabei beobachtete, wie sie kreischend wegliefen, während der küssende Peter in der Pause hinter ihnen herjagte, schmerzt immer noch ein wenig.

Nicht dass ich das Recht hätte, mich zu beschweren. Ich habe auch ein paar gute Eigenschaften: reine Haut – was immer ein Pluspunkt ist – und recht anständige Lippen. Mom nannte mich immer Bardot, nicht weil ich wie die Schauspielerin aus den Sechzigern aussehe, sondern weil sie fand, dass ich einen Mund wie sie habe. Bienenstichlippen nannte meine Mom sie, was wirklich schmerzhaft und scheußlich klingt. Außerdem bin ich mit seidigem, rotgoldenem Haar gesegnet, das sich sanft kräuselt.

Mittlerweile liebe ich mein Haar – und ich habe bis zu meinem neunundzwanzigsten Lebensjahr gebraucht, um das sagen zu können, ohne zu befürchten, dass ich eitel klingen könnte. Manche Männer sehen das Haar und erwarten mehr von meinem Gesicht. Sie erwarten umwerfende Schönheit, nicht durchschnittliche Attraktivität. Woher ich das weiß? Genau das hat man mir das ein oder andere Mal gesagt. Autsch. Und natürlich gehören zu meinem Haar Sommersprossen. Männer lieben sie entweder oder sie hassen sie.

Ehrlich gesagt ist es wahrscheinlicher, dass ich verschrobene Comicleser anziehe. Kerle mit weichen Körpern und einem scharfen Verstand. Für mich ist das in Ordnung. Persönlichkeit ist mir wichtiger als Muskeln. Damit will ich sagen, dass sich dieser umwerfende Kerl vermutlich fragt, warum ich ständig dort bin, wo er ist. Denn er ist auf keinen Fall an mir interessiert.

Ich schüttle angesichts meiner Paranoia den Kopf und mache mich auf den Weg in den Gang mit den Keksen. Die Regale sind traurigerweise ziemlich leer. Schneezilla, wie die Medien den Sturm nennen, ist auf dem Weg hierher. Da März ist und die New Yorker gerade angefangen haben, den Frühling zu genießen, freut sich niemand über den überraschenden Sturm. Und wenn echte Stadtbewohner mit der Möglichkeit konfrontiert werden, dass die Läden tatsächlich schließen könnten, bricht Panik aus. Die Leute haben sich mit notwendigen Dingen wie Toilettenpapier, Brot, Wasser und Junkfood eingedeckt.

Die Sache mit dem Brot habe ich nie verstanden, denn niemand scheint je etwas zu kaufen, das man auf das Brot schmieren könnte. Es gibt immer noch jede Menge Erdnussbutter und Marmelade in den Regalen. Was machen diese Leute mit ihrem Brot, wenn ein Notfall eintritt? Kauern sie sich neben ihre Stapel aus Toilettenpapier und essen trockenes Brot, bis Hilfe eintrifft?

Was auch immer der Fall ist, hier in den Keksregalen gibt es nur noch ein paar Tüten mit Schokokeksen und eine einsame Packung doppelt gefüllter Oreos. *Keine Sorge, meine kleinen doppelt gefüllten Schätzchen, ich werde ein gutes Zuhause für euch finden.* Ich schnappe mir die Packung und will sie gerade in meinen Korb legen, als Mr Erdnussbutter und Schokolade um die Ecke kommt. Schon wieder?

Er macht lange Schritte, gerät aber ins Stocken, als er mich entdeckt. Er zieht ganz leicht die Augenbrauen hoch, so als würde auch er denken: *Du schon wieder?* Dann wirft er einen Blick auf die Oreos in meiner Hand und presst seine schönen Lippen zu einer flachen Linie zusammen. Ja, seine Lippen sind schön. Sie sind gut geformt, breit, nicht zu voll und nicht zu schmal, sondern genau …

Herrgott, ich begaffe seinen Mund. Und er starrt mich an.

Für einen Augenblick scheint die Zeit stillzustehen, so als wären wir Revolverhelden in der Schießerei am O.K. Corral. In diesem Augenblick flammt Hitze in meinem Bauch und zwischen meinen Beinen auf. Entsetzt wende ich mich ab und laufe davon. Wie ein Feigling. Weil ich spüre, dass ich erröte. Es ist schon schlimm genug, zweimal beim Starren ertappt zu werden. Aber noch schlimmer ist es, buchstäblich mit der Hand in der Keksdose erwischt zu werden.

Mein großzügig proportionierter Hintern ist mir nur allzu bewusst, als ich davoneile und dabei an der grinsenden Werbefigur einer Keksfirma vorbeilaufe. Ich ärgere mich über meine Befangenheit, also werde ich langsamer und setze meinen Hintern in Szene, indem ich ein wenig zusätzlichen Schwung in die Bewegung lege.

Dieser kleine Showdown hat mich aus dem Konzept gebracht. Hastig besorge ich mir Tampons und ein neues Duschgel. Dann mache ich mich auf den Weg in den Gang mit der Eiscreme. Ich habe Pläne und dafür brauche ich Kekse, Karamellsoße und mein Lieblingseis: Minz-Schokolade.

Als ich um die Ecke biege, komme ich schlagartig zum Stehen. Der große, dunkelhaarige Fremde mit dem anklagenden Blick öffnet gerade den Tiefkühlschrank mit der Eiscreme und greift nach dem letzten …

»Sie werden nicht das Minzeis nehmen!« Es ist keine Frage.

Er hält inne und zieht erneut die Augenbrauen hoch, dieses Mal ein bisschen höher als vorhin. Er wirkt auch insgesamt ein wenig empörter. Gott, diese Augen. Sie sind grün wie die Sünde und von unglaublich dichten Wimpern umgeben. Mädchenwimpern. Aber sonst ist an ihm nichts mädchenhaft. »Und was passiert, wenn ich es doch tue?«

Ein kleiner Schauer jagt über meine Haut. Er hat nichts mit der eisigen Luft zu tun, die aus dem Tiefkühlschrank weht. Er hat einen ganz leichten britischen Akzent, der nur ansatzweise durchkommt und kaum wahrnehmbar ist. Und seine Stimme? Wow. Sie ist wie Sex und verschwitzte Laken oder heiße Karamellsoße auf zerbröselten Keksen.

Beim nächsten Mal muss ich *wirklich* etwas essen, bevor ich einkaufen gehe. Ich sollte zur Kasse gehen und mich auf den Heimweg machen.

Aber hier steht das Minzschokoladeneis auf dem Spiel. Ich stapfe durch den Gang, wobei mir nur allzu bewusst ist, wie sich mein Körper durch die beengten Platzverhältnisse schiebt, um näher zu ihm zu gelangen. Mist, dieser Kerl haut einen echt um. Er besteht aus unwiderstehlichen Pheromonen und einem wütenden, schwelenden Blick. Ich wappne mich gegen den Ansturm.

»Ich freue mich schon den ganzen Tag auf dieses Eis.« Und es ist die letzte Packung. Herrgott. Was ist nur mit diesem Laden los? Waren heute schon sämtliche Einwohner der Stadt hier, um ihn zu plündern?

Mein Gegenüber mit dem schwelenden Blick verlagert sein Gewicht und bewegt seinen schlanken Körper näher an mich heran. »Ich habe mich auch darauf gefreut.« Er legt die Hand um den Deckel der Packung.

Auf gar keinen Fall. *Oh, der Wettkampf beginnt, Kumpel.*

Ich schnappe mir den Boden der Packung. »Sie wollen sich nicht zwischen eine Frau und ihre Eiscreme stellen, Freundchen.«

Er zieht die Brauen zusammen. Gott, er kommt mir wirklich bekannt vor. Nicht auf eine »Oh, wo bist du mein ganzes Leben lang gewesen?«-Weise. Es ist eher im Sinne von: »Warst du kürzlich in den Nachrichten? – und bitte sag mir, dass man nicht über dich berichtet hat, weil du ein möglicher Mordverdächtiger bist«. Sexy Mörderbiest? Klar. Er wirkt definitiv wie ein böser Junge.

Sein dunkles Haar ist an den Seiten kurz, aber oben auf dem Kopf länger. Die wirren Strähnen fallen ihm in die Augen und verheddern sich dort mit seinen irre langen Wimpern. Ich verspüre den verrückten Drang, ihm die Haare aus dem Gesicht zu streichen. Aber das tue ich nicht.

Sein Blick lässt mich vollkommen erstarren. Du meine Güte, er ist herrisch und absolut selbstsicher. Er strahlt die Art von Arroganz aus, die einem vermittelt, dass er es gewohnt ist, immer seinen Willen zu bekommen. Meine Wahrnehmung von ihm verändert sich erneut, und ich frage mich, ob er ein reicher Kerl ist, der sich unter das gemeine Volk gemischt hat. Sein grauer Pullover besteht aus Kaschmir, und auch wenn sein Mantel und seine Jeans abgetragen sind, sind sie zu gut geschnitten, um Stangenware aus einem Kaufhaus zu sein. In meinem Beruf habe ich mit genug wohlhabenden Männern zu tun gehabt, um hochwertige Kleidung zu erkennen, wenn ich sie sehe.

Er ist entweder reich oder wirklich gut darin, Schnäppchen in Secondhandläden zu machen. Und er kommt mir immer noch seltsam bekannt vor. Ich kann nicht genau sagen warum, und es ist komisch, es nicht zu wissen. Normalerweise bin ich Expertin darin, Menschen zu lesen. Aber dieser Kerl passt einfach nicht in die grundlegenden Kategorien.

Seine Stimme nimmt einen harten Tonfall an. »Sie haben die Oreos, Schätzchen. Ich nehme die Eiscreme.«

Ich presse mir meine wertvollen Vorräte dichter an die Seite. »Die Oreos brauchen die Minze, um vollständig zu sein.«

»Die Minze›?« Er lacht kurz auf. »Reden Sie ernsthaft von Eiscreme, als wäre sie eine Art Superkraft?«

»Sie hat zweifellos die Kraft, mich glückselig zu machen.«

Wieder zieht er auf diese herrische Weise die Augenbraue hoch. »Und das soll mich davon überzeugen, sie Ihnen zu überlassen?« Etwas in seinem Blick verfinstert sich, und ich verspüre einen unerwünschten Ausbruch von Hitze auf meiner Haut. »Was ist, wenn ich auch ein wenig Glückseligkeit erleben will?«, murmelt er, und seine Stimme ist dunkel und sexy wie heiße Schokolade.

Oh, er ist gut. Vermutlich bringt er mit dieser schmelzenden Stimme viele Frauen um ihre Eiscreme.

»Tja, das ist Pech für Sie. Auf dieser Eiscreme steht mein Name.« Ich zerre daran, doch sein Griff wird fester und die Packung bewegt sich nicht.

Er lehnt sich dichter an mich heran, und ich erhasche einen Hauch von Seifenduft und Zitronenhonig. »Wenn Sie denken, dass Sie diese Eiscreme bekommen werden, sind Sie verrückt Knöpfchen.«

»Knöpfchen?«

»Sie haben mich schon verstanden.« Dann grinst er und deutet mit einem Nicken in Richtung der anderen Eissorten. »Lassen Sie die Packung los und nehmen Sie sich das Fürst-Pückler-Eis dort drüben. Denn diese Eiscreme hier gehört mir.«

Das ist lächerlich. Ich streite mich nie mit Fremden. Und schon gar nicht mit heißen Kerlen. Normalerweise hätte ich einen Witz über den Mangel an Eiscreme in einem Schneesturm gemacht, dem Fremden einen schönen Abend gewünscht und mich dann auf den Weg gemacht. Ein Konflikt ist nie eine Lösung. Und doch stehe ich jetzt hier und führe mich wie eine Verrückte auf. Dieses Wissen hält mich allerdings nicht davon ab zu knurren: »Ich. Will. Die. Minze.«

Er ist mir so nah, dass ich die kleine Narbe direkt unter seinem linken Auge sehen kann, die halb von seinen langen Wimpern verdeckt wird. Diese Wimpern sind echt unfair. »Keine Chance, Knöpfchen.«

Er nennt mich schon wieder Knöpfchen. Ich habe keine Ahnung, was das bedeutet, aber ich werde jetzt nicht nachgeben. Meine Ehre steht auf dem Spiel.

Keiner von uns bewegt sich. Ich starre ihn an. Er starrt mich an. Auf diese Weise kann ich ihn perfekt lesen. Es ist so leicht wie Atmen.

Komm schon, Knöpfchen. Versuch's ruhig.

Du denkst also, dass ich dir das Eis nicht abnehmen kann?

Ich weiß, dass du es nicht kannst.

Die Arroganz dieser kleinen stillen Erwiderung geht mir echt auf die Nerven. Stella Grey mag eine durchschnittliche

Frau mit wildem Haar und einem Hintern sein, der zu viele Kekse gesehen hat, aber sie ist kein Weichei. Ich ignoriere die Tatsache, dass ich angefangen habe, von mir selbst in der dritten Person zu denken, ebenso, wie ich meine vernünftige Seite ignoriere, die schreit: »Nein! Tu das nicht!« Ich nehme den sprichwörtlichen Fehdehandschuh auf.

Dann stelle ich mich auf die Zehenspitzen und setze zum Todesstoß an.

Und küsse ihn.

John

Es haut mich um. Mit einem Kuss. Und es war nicht mal ein richtiger, leidenschaftlicher Kuss. Nur ein flüchtiger Schmatzer. Schnell und heimlich. Ich hatte kaum Zeit zu reagieren, da war er auch schon wieder vorbei und sie war weg. Aber während dieses kurzen Kontakts war ich voll und ganz davon eingenommen. In diesem einen seltsamen Augenblick war jeder Muskel in meinem Körper angespannt und mein Herz pochte wie wild in meinem Brustkorb. Ich spürte ihre weichen Lippen, die nachgaben und sich an meine schmiegten, sowie ihren warmen Atem, als sie keuchte. Genau wie ich.

Ich *keuchte*. Was. Zum. Teufel?

Das seltsame Gefühl, das mit dieser Erfahrung einhergeht, macht sich in mir breit und prickelt auf meiner Haut. Es ist das Ende eines beschissenen Tages, vor dem eine beschissene Woche, ein beschissener Monat und ein beschissenes Jahr lagen. Umgeben von so viel Elend bin ich angenehm taub geworden. Ich existiere in einer Welt, in der es weder Höhe- noch Tiefpunkte gibt. Für mich funktioniert das. Das Gleiche gilt für die Durchführung einfacher Aktivitäten, die normale Leute unternehmen. Für kurze Zeitabschnitte benehme ich mich wie ein gewöhnlicher Kerl. Heute Abend kaufe ich Lebensmittel ein, bevor der Sturm die Stadt erreicht. Mir gefällt, wie normal das ist.

Doch diese Normalität ist nun zerschlagen, und ich stehe da und starre mit offenem Mund in die Richtung, in die meine küssende Banditin verschwunden ist. Ganz schwach nehme ich die eiskalte Luft aus dem Tiefkühlschrank wahr, die mein Ohr und meine Wange taub werden lässt. Ich sollte mich bewegen. Aber meine Aufmerksamkeit wird von einer weiteren Empfindung gefesselt. Eine, von der ich gedacht hatte, dass ich sie verloren hätte. Sie sorgt dafür, dass mein Blut heftig und heiß durch meine Venen gepumpt wird und mein Atem unregelmäßig und schnell geht, so als würde ich nach einem anstrengenden Sprint plötzlich abrupt anhalten.

Mein Schwanz ist hart. Und der Auslöser dafür war lediglich ein Küsschen auf die Lippen von einer unscheinbaren Frau. Wieder frage ich mich: Was. Zum. Teufel?

Nun ja, sie ist nicht vollkommen unscheinbar. Vor meinem geistigen Auge kann ich immer noch die schwungvollen Bewegungen ihres Hinterns sehen, dieses prallen, runden Hinterns, der sich auf attraktive Weise gegen den Stoff eines engen schwarzen Rocks schmiegte, während sie sich von mir entfernte. Ein schwarzer Rock, schwarze Leggins, schwarze Kampfstiefel, rotes Haar.

Gott, dieses Haar. Egal wie durchgeknallt diese Frau offensichtlich ist, ihr Haar ist umwerfend. Ihr Haar war mir bereits aufgefallen, als sie in den Laden kam. Ein Rotschopf. Das Haar dieser Durchgeknallten ist von einem schimmernden Rotgold, das an die Farbe eines brandneuen Pennys erinnert. Eine üppige Mähne aus seidigen, lose fallenden Locken, die sich um ihr unscheinbares Gesicht ringeln wie ein Strahlenkranz.

Es war beinahe ein Schock für mich, als sie sich zum ersten Mal in meine Richtung drehte und ich sie in ihrer ganzen Pracht erblickte. Ihr Haar weckt bei einem Mann Erwartungen. Man erwartet Sex und Sünde. Nicht große Augen und Sommersprossen auf einer zuckersüßen Knopfnase. Ich hätte definitiv nicht mit einem sexy Gruftimädchen mit Puppengesicht gerechnet. Sie ist eine Mischung aus dem typischen Mädchen von nebenan und Wednesday Addams.

Ich schüttle leicht den Kopf und versuche, mich zusammenzureißen. Ihr Aussehen spielt keine Rolle, denn diese Frau ist eine mordlüsterne Irre. Warum hat sie mich geküsst? Worüber haben wir uns noch mal gestritten?

Ich werfe einen Blick auf meine eiskalte, leere Hand. Richtig. »Die Minze.«

Ich verziehe meine kalten Wangen zu einem Grinsen. Der Punkt geht an Knöpfchen.

Ich lasse die Tür des Tiefkühlschranks zufallen und nehme die Verfolgung meiner Eiscreme auf.

Sie steht bereits in der Schlange an der Kasse und versucht, sich eine verirrte Strähne ihres schimmernden Haars hinters Ohr zu schieben. Ihre Wange ist auf attraktive Weise gerötet und wird noch röter, als ich mich ihr nähere. Mit ihren weißen Zähnen kaut sie auf ihrer vollen Unterlippe herum, an die ich mich nur zu gut erinnere.

Als ich sie jetzt sehe, erinnere ich mich auch an den aufblitzenden Schock in ihren Augen, als sie mich küsste. So als könnte sie selbst nicht glauben, was sie getan hat. Ich bin noch nie einer Person begegnet, die ich leichter durchschauen konnte. Ich kann förmlich sehen, wie sich diese verrückten kleinen Zahnrädchen in ihrem Kopf drehen, als ich hinter sie schlendere und meinen Korb mit einem lauten Knall auf das Ende des Kassenbands stelle.

Sie rechnet zweifellos mit einer Auseinandersetzung. Und das macht sie eindeutig nervös. Interessant, wenn man bedenkt, dass sie vorhin nicht nachgeben wollte. Eben habe ich mich noch gefragt, ob sie mich verfolgt, womit sie sich definitiv disqualifiziert hätte. Eine Stalkerin kann ich nicht gebrauchen. Doch dann warf sie mir in der Obst- und Gemüseabteilung einen warnenden Blick zu, der dazu führte, dass ich diese Theorie verwarf. Nein, diese Frau will eindeutig nichts mit mir zu tun haben.

Sie hebt die Nase, als würde sie etwas Unangenehmes riechen. Doch sie würdigt mich keines Blickes. Oh nein, Knöpfchen zeigt mir die kalte Schulter. Ihre blasse Hand ruht auf *meinem* Minzeis mit Schokosplittern, als würde sie befürchten, dass ich es ihr wegschnappen könnte. Ha.

Ich grinse wieder und bewege mich absichtlich viel zu dicht an sie heran. Dann starre ich auf ihren Nacken und auf die cremefarbene Haut, die direkt über ihrer abgenutzten dunkelblauen Bomberjacke sichtbar ist. Ihre Augen sind ebenfalls dunkelblau. Ich verspüre ein plötzliches Verlangen, sie noch einmal zu sehen und ihren herausfordernden Blick auf mir zu spüren.

Komm schon, Knöpfchen, schenk mir deinen trotzigen Blick. Mir ist so verdammt langweilig. Ich fühle mich so taub.

Ich bewege mich noch dichter an sie heran. Nun bin ich ihr nah genug, dass ihr kecker Hintern meinen Schritt streifen würde, wenn sie tief genug einatmen würde. Die Vorstellung sorgt dafür, dass mir allerlei weniger reine, aber sehr viel bessere Ideen in den Kopf kommen. Seltsam, dass diese merkwürdige Frau überhaupt irgendeinen Einfluss auf mich hat. Ihr Haar macht mich definitiv an. Ich habe nur einen Blick darauf geworfen und mir sofort vorgestellt, wie es über meinen harten Schwanz gleitet. Aber sie ist viel zu niedlich für mich. Ganz zu schweigen von der Tatsache, dass sie mir den Schwanz eher abbeißen als ihn liebkosen würde.

Mit diesem entsetzlichen Gedanken im Kopf verlagere ich mein Gewicht ein wenig nach hinten und mustere die Einkäufe, die sie mit abgehackten, ruckartigen Bewegungen aus ihrem Korb auf das Förderband lädt. Abgesehen von den Damenhygieneartikeln ist fast alles, was sie in ihren Korb gelegt hat, mit meinen Einkäufen identisch. Acht Äpfel der Sorte Honeycrisp, zwei Becher isländischer Joghurt mit Vanillegeschmack, Biomüsli – die Sorte mit den Cranberrys –, Büffelmozzarella, Kirschtomaten, italienisches Brot und ein Mittelstück geräucherter Speck. Es sind exakt die gleichen Sachen. Sie hat sich Oreos geholt. Ich wollte Oreos. Und vergessen wir nicht »die Minze«.

Was zum Teufel hat das zu bedeuten? Wenn sie mich nicht verfolgt und ich zugeben kann, dass ich fast die ganze Zeit über einen Schritt hinter ihr war, wie haben wir es dann geschafft, exakt die gleichen Dinge zu kaufen?

Das ist echt seltsam.

Ich mustere sie erneut. Ich bin ein wenig verärgert und zugegebenermaßen verblüfft, dass ich mir ihrer Anwesenheit extrem bewusst bin. Ist das Anziehungskraft? Ich bin mir nicht sicher. Selbstbewusste Frauen ziehen mich an. Frauen, die absolute Kontrolle ausstrahlen. Okay, normalerweise suche ich mir willige Bräute, die mich anschauen, als wäre ich eine leckere Süßigkeit. Wenn es um Sex geht, bin ich oberflächlich. Verklagt mich doch.

Diese Frau schleicht durch die Gegend, als würde sie versuchen, mit ihrer Umgebung zu verschmelzen. Bis zu dem Augenblick, in dem wir uns gegenüberstanden. Da veränderte sie sich plötzlich. Sie richtete ihre ganze Aufmerksamkeit auf mich und ließ mich nicht aus den Augen. Es war atemberaubend. Elektrisierend. So etwas habe ich so lange nicht mehr gespürt, dass ich das Gefühl zuerst fast nicht erkannt hätte.

Seltsam. Und sie hat offensichtlich keine Ahnung, wer ich bin. Was mir gefällt. Sehr. Obwohl mich nicht jeder erkennt, wissen die meisten Leute in meinem Alter, wer ich bin. Das gilt jedoch nicht für die Minzeisdiebin.

Ich lasse den Blick über sie wandern und weiß, dass sie es spürt. Das kommt mir entgegen, denn es macht sie wütend.

Ihre Gesichtszüge sind eigentümlich. Die Nase ist ein bisschen zu groß, und die runden Wangen passen nicht so recht zu dem eckigen Kinn. Und dann sind da noch die Sommersprossen. Sie sind wie Zimtzucker über ihre Nase und ihre Wangen gestreut. Sie sind gerade dunkel genug, um aufzufallen und dafür zu sorgen, dass man sie zählen und vielleicht mit dem Finger ihre Muster nachziehen will. Ich mochte Sommersprossen noch nie. Sie lenken zu sehr ab.

Sie hat sogar zwei auf ihren Lippen. Das ist definitiv eine Ablenkung.

Aber ihre Augen will ich unbedingt noch einmal sehen. Die Schuld, die in ihnen liegt. Weil sie schuldig ist. Sie steht da, zappelt ein wenig herum und bewacht aufmerksam ihr Essen. Sie ignoriert mich vollkommen. Niedlich.

Ich bleibe dicht hinter ihr und rage über ihr auf wie ein schlechtes Gewissen. Ihre runden Wangen laufen dunkelrosa an, was sich mit den zimtfarbenen Sommersprossen beißt. Ich bringe sie gerne durcheinander, auch wenn ich es nicht tun sollte. Ich kann nicht mal sagen, warum es mir so gefällt, aber da ich stets meinen Instinkten folge, tue ich das auch jetzt.

Die Kassiererin wirft mir einen bösen Blick zu. Zu Recht. Ich bin ein großer Mann, der sich viel zu dicht an eine Frau herandrängt, die allein unterwegs ist.

Ich lächle die Kassiererin an. »Wir kennen uns.«

»Nein, tun wir nicht«, sagt die kleine Eiscremediebin und macht sich nicht die Mühe, sich umzudrehen.

Ich lehne mich vor, und sofort erfüllt der Duft von Mädchenshampoo und einer aus der Fassung gebrachten Frau meine Nase. »Ah, wie kannst du das nur sagen, Knöpfchen? Schließlich küsse ich nicht jeden Tag eine Frau und überlasse ihr dann meine Eiscreme.«

Knöpfchens ganzer Körper scheint zu beben, während sie zwischen Flucht oder Kampf hin- und herschwankt. Ich wette, dass sie sich für die Flucht entscheidet, denn sie ist schon einmal abgehauen. Doch dann richtet sie ihren dunkelblauen Blick plötzlich auf mich. »Ich habe *Sie* geküsst. Und es war *meine* Eiscreme.«

Ihre? Ich ziehe eine Augenbraue hoch, während sie rot anläuft. *Netter Versuch, du kleine raffinierte Diebin.*

Sie zieht ebenfalls eine Augenbraue hoch, um zum Gegenschlag auszuholen. *Wer hat die Minze denn jetzt, du Trottel?*

Es ist schon ziemlich beeindruckend, wie es ihr gelingt, das Wort »Trottel« so deutlich mit einem bloßen Blick zu kommunizieren. Die Kassiererin reicht Knöpfchen ihr Wechselgeld, und sie dreht sich um, um zu gehen. Das Wissen, dass sie nun aus meinem Leben verschwinden wird, hinterlässt bei mir ein beunruhigendes Gefühl von Verlust.

»Wie heißt du?«, frage ich, weil ich es wissen muss. Vermutlich hat sie einen niedlichen und kecken Namen.

Sie hält inne. »Tut mir leid, ich rede nicht mit Fremden.«

Ich lache bellend. »Klar, du küsst sie nur.«

Küss mich noch mal, dann werde ich dafür sorgen, dass wir uns richtig gut kennenlernen.

Nein. Ich will diese Tussi nicht küssen. Sie ist eine verklemmte Zicke. Vermutlich schließt sie beim Sex die Augen und stellt im Geiste ihren Einkaufszettel zusammen – während sie von einem weiteren Ansturm auf das Minzeis mit Schokosplittern träumt. Sie ist eine böse Diebin, die gute Sachen stiehlt und dafür gesorgt hat, dass ich nun während des Schneesturms nichts zum Naschen habe. Mist, ich sollte zurückgehen und mir das verdammte Fürst-Pückler-Eis holen. Aber ich hasse den Teil mit Erdbeergeschmack. Warum stellen die diesen Mist überhaupt her?

Ich schüttle frustriert den Kopf und konzentriere mich auf Ms Minze. Sie schmunzelt nun in meine Richtung und weiß sehr gut, dass ich keine süßen Leckerbissen bei mir habe. Plötzlich verspüre ich den kindischen Drang, sie an den Haaren zu ziehen oder ihr in den Hintern zu kneifen. Meine Entscheidung könnte so oder so ausfallen.

Das ist versaut und seltsam, Jax.

»Willst du mir wirklich nicht deinen Namen verraten, Diebin?«

»Wie lautet denn Ihr Name?«, schießt sie zurück, als hätte ich keinen.

»John.« Das ist sowohl die Wahrheit als auch eine Lüge. Ich grinse breit. »Und deiner? Ich brauche etwas, das ich der Polizei für ihren Bericht nennen kann.«

Mit hoch erhobenem Kopf schnappt sie sich ihre Einkaufstüten, bleibt dann aber noch mal stehen, um die Oreos herauszuholen – die letzte Packung, die sie sich gesichert hat, bevor ich sie erreichen konnte – und sie auf das Förderband zu knallen.

»Geben Sie den Bullen ein paar Kekse. Vermutlich werden sie Hunger haben, nachdem sie sich Ihr endloses Gejammer anhören mussten.« Damit stapft sie davon. Nun schwingt sie den Hintern nicht hin und her, sondern marschiert wie ein Soldat, was dazu führt, dass ich schon wieder lachen will.

»Ist das alles? So gehen wir jetzt also auseinander?«, rufe ich ihr hinterher.

Die Kassiererin schaut mich an, als hätte ich den Verstand verloren. Ich muss ihr zustimmen. Denn für einen unbesonnenen Augenblick denke ich tatsächlich darüber nach, Knöpfchen hinterherzulaufen, um herauszufinden, ob ich sie noch ein wenig mehr aus der Fassung bringen kann – trotz meiner Vermutung, dass sie im Bett ziemlich zugeknöpft ist, oder vielleicht gerade deswegen. Ich stehe auf Herausforderungen.

Aber ich kann niemals vergessen, wer ich bin. Das lässt sich ebenso wenig ändern wie meine Augenfarbe. Was auch immer geschehen mag, ich bin und bleibe Jax Blackwood: Berühmt, weil ich der Leadsänger und Gitarrist der Band Kill John bin. Und berüchtigt, weil ich vor zwei Jahren versucht habe, mir das Leben zu nehmen. Jede Frau, mit der ich zu tun habe, wird diese Dinge über mich erfahren. Und von dem Moment an wird dieses Wissen alles zwischen uns überschatten. Ruhm und Schmach sind bestens dafür geeignet, Beziehungen oberflächlich zu halten. Auf diese Weise ist es mir lieber. Sex ist einfach nur Sex. Er ist unterhaltsam, leicht und verschafft allen Beteiligten Befriedigung.

Ms Minzeisdiebin ist eindeutig nicht der Typ für eine schnelle Nummer. Da bin ich mir sicher. Obwohl mir das Wortgefecht mit ihr mehr Spaß gemacht hat, als ich in den vergangenen Monaten hatte, würde ich diesen Augenblick lieber frisch und rein halten, anstatt ihn dadurch zu beflecken, dass ich mit ihr Sex habe, um mich dann aus dem Bett zu rollen, sobald ich fertig bin. Ich schaue ihr hinterher, während sie davongeht, und reibe über die vertraute leere Stelle in meiner Brust. Manche Dinge sollen einfach nicht sein.

2. Kapitel

Stella

Aus irgendeinem nervigen Grund fühlen sich meine Einkaufstüten unglaublich schwer an. Der kalte, harte Klumpen dieser verdammten Minzeiscreme mit Schokosplittern knallt mit
jedem Schritt gegen meinen Oberschenkel. Ich unterdrücke
die Gedanken an zornige grüne Augen und ein spöttisches
Grinsen, während ich mein Wohnhaus betrete. Der Eingangsbereich ist feucht und riecht immer nach schimmeligen Lei-
tungsrohren, aber der rissige schwarz-weiß gefliese Boden
und die staubigen Messingarmaturen bieten mir vertraute Behaglichkeit.

Ich kann mich wirklich verdammt glücklich schätzen, dass
ich eine bezahlbare Wohnung in der Stadt habe. Das rufe ich
mir immer wieder ins Gedächtnis, während ich mein Essen
fünf Stockwerke hochschleppe und meine Schritte dabei auf
den eisernen Treppenauftritten widerhallen. Es gibt einen
Fahrstuhl, falls man das Risiko eingehen will. Nachdem ich
einmal drei Stunden lang in dieser winzigen Kabine festgesteckt habe, steht mir nicht der Sinn danach, mein Glück so
bald noch mal zu versuchen.

Als ich mein Stockwerk erreiche, will ich nichts essen – ich
will mich einfach nur im Bett zusammenrollen und schlafen.

Meine Wohnung liegt am Ende des Flurs. Hier oben riecht es nicht nach Schimmel, sondern nach Staub und altem Putz. Ich war elf, als mein Dad mich herbrachte. Ich hatte schreckliche Angst und vermisste meine Mutter so sehr, dass ich vor Schmerz kaum atmen konnte. Doch sie war tot, und mein Vater – der praktisch ein Fremder für mich war – war die einzige Familie, die ich noch hatte. Ich hielt mich dicht an seiner Seite, während er mich durch den Flur zu der kleinen Einzimmerwohnung führte, die unser Zuhause sein würde.

Damals war mein Bett ein kleines Gestell hinter einem Vorhang. Dad schlief auf der Ausziehcouch, wenn er zu Hause war. Manchmal war er tagelang weg und tauchte dann plötzlich wieder auf, als wäre das nichts Besonderes. Als wäre es vollkommen normal, ein Kind sich selbst zu überlassen. Er bezeichnete das immer als Lektionen im »Abhärten«.

Nun ist er endgültig fort, und die kleine Wohnung fühlt sich praktisch wie ein Palast an. Ich vermisse meinen Dad nicht. Es gibt Tage, an denen ich ihn regelrecht hasse. Aber das scheint mich nicht davon abzuhalten, mich zu fragen, wo er ist. Ich will sein Gesicht noch ein einziges Mal sehen, wenn auch nur, um ihn dafür zu verdammen, dass er mich im Stich gelassen hat. Also warte ich hier in dieser mietpreisgebundenen Wohnung, die auf den Namen meiner verstorbenen Großtante läuft. Hier drückt der Hausmeister ein Auge zu, genau wie er es für meinen Dad getan hat – solange ich ihm jeden Monat ein paar Hundert Dollar zustecke.

Deswegen halte ich auch abrupt inne, als ich den weißen, offiziell wirkenden Umschlag entdecke, der an meine Tür geklemmt ist. Mein Herz gerät aus dem Takt, als ich ihn dort vor der ungleichmäßigen schwarzen Farbe der Tür hängen sehe. Ich öffne den Umschlag nicht, als ich in der Wohnung bin. Stattdessen konzentriere ich mich darauf, meine Einkäufe wegzuräumen, meine Klamotten aus- und meinen Schlafanzug anzuziehen und mein Haar zu bürsten. Ich tue alles, um nicht diesen Umschlag anschauen zu müssen.

Erst als ich die Anspannung in meinem Nacken nicht mehr ertragen kann, reiße ich ihn schließlich auf. Meine Finger werden kalt und meine Welt wird gleichzeitig ein wenig kleiner und sehr viel leerer. Mein Mietshaus wird in ein Gebäude mit Eigentumswohnungen umgewandelt. Wenn ich tatsächlich meine verstorbene Großtante Agnes wäre, hätte ich die Möglichkeit, mir eine dieser neuen Wohnungen zu kaufen. Allerdings bin ich nicht Agnes und ich habe keine sechshundertfünfzigtausend Dollar, die ich benötigen würde, um mir meinen kleinen Teil von Manhattan zu kaufen.

»Es geht immer nur um die Lage«, murmle ich und zerknülle das Schreiben.

Die ganze unschuldige Freude, die ich nach dem Flirt mit einem heißen Kerl empfunden hatte, ist verpufft. Schon bald werde ich obdachlos sein. Die letzte Verbindung zu meinem Dad wird durchtrennt sein. Ich weiß nicht, warum mich das kümmert. Er war ein mieser Vater. Und doch kann ich jetzt nur auf der abgenutzten Couch sitzen, die er einst sein Bett nannte, auf den Boden starren und mich so verdammt einsam fühlen, dass mein ganzer Körper zittert.

Instinktiv will ich aufstehen und mich schnurstracks in die vertraute Sicherheit von Hanks Flughafen begeben. Ich brauche Raum. Ich will den Boden tief unter mir und den blauen, blauen Himmel über meinem Kopf sehen. Aber der Himmel ist aufgrund des herannahenden Schneesturms wolkenverhangen und grau. Und man sollte nie fliegen, wenn man emotional abgelenkt ist.

Also sitze ich hier allein fest und habe keine Möglichkeit, dieser neuen Realität zu entkommen. Ich kann aufgeben und mich vom Leben überrollen lassen. Ein Teil von mir will das tun.

Stattdessen greife ich nach meinem Handy und tätige ein paar Anrufe.

John

Wenn man seinen Traum lebt, fühlt sich nichts real an. Das ist schon immer mein Problem gewesen. Ich hatte nie etwas Verlässliches, woran ich mich festhalten konnte. Ja, ich habe meine Musik, die Band, den Ruhm, aber das alles erdet mich nicht. Das alles sorgt nur dafür, dass ich mich vom Leben berauschen lasse. Ich lebe für diesen Rausch, für die Augenblicke auf der Bühne, in denen ich mich unverwundbar fühle und glaube, alles tun zu können. Nichts auf dieser Welt schlägt dieses Gefühl. Die Musik ist meine Seele, und wenn ich spiele, bin ich unsterblich.

Aber man kann nicht sein ganzes Leben für einen einzigen Augenblick leben. Und der Absturz aus dieser unmöglichen Höhe schmerzt.

Wie soll man weitermachen, wenn man so tief gefallen ist, wie es nur geht? Indem man einen winzigen Schritt nach dem anderen macht. Zumindest sagt das meine Therapeutin. Man muss jeden Tag einen Schritt machen. An manchen Tagen wird sich das banal anfühlen. Und an anderen wird es eine regelrechte Qual sein.

Wegen einer Routineuntersuchung zum Arzt zu gehen fällt in eine Kategorie, die irgendwo zwischen Qual und Banalität liegt. Aber wenn man beinahe gestorben wäre, respektiert man seine Gesundheit plötzlich ein bisschen mehr. Also bin ich jetzt hier und sitze auf einem unbequemen Stuhl im Wohnzimmer meiner Privatärztin. Denn auch wenn ich so etwas Banales wie eine Routineuntersuchung über mich ergehen lassen muss, bin ich immer noch ich. Und der Ruhm verlangt nach vollkommener Anonymität, wenn man zum Arzt geht.

Dr. Stern lässt mich nicht warten. Sie betritt das Zimmer mit einem freundlichen, aber nichtssagenden Lächeln, das sie einem vermutlich während des Medizinstudiums beibringen. »Hallo, Jax. Wie geht es Ihnen?«

»Ganz gut. Mein Hals schmerzt ein wenig, aber das ist nach einer Tour immer so.« Wenn man jeden Abend singt, macht sich das irgendwann bemerkbar. Ich habe so viel verdammten Tee mit Honig und Zitrone getrunken, dass mir das Zeug mittlerweile aus sämtlichen Poren quillt.

Sie schürzt die Lippen, was mich misstrauisch werden lässt. »Warum setzen Sie sich nicht auf die Couch? Dann schaue ich mir das mal an.«

Ich nehme Platz und lasse zu, dass sie meinen Hals begutachtet und betastet. »Haben Sie irgendwelche anderen Probleme? Schmerzen oder Beschwerden in anderen Bereichen?«

»Anderen Bereichen?« Ich runzle die Stirn, und mein Herz schlägt ein wenig schneller, auch wenn ich nicht weiß, warum. Etwas an ihrer vorsichtigen Miene stört mich. »Nein. Warum?«

Sie tritt einen Schritt zurück und greift nach einer Aktenmappe, die auf einem Beistelltisch liegt. »Ich habe Ihre Laborwerte erhalten.«

Da ich neuerdings beschlossen habe, verantwortungsvoll zu sein, lasse ich mich nun unter anderem regelmäßig auf sexuell übertragbare Krankheiten testen. Ich schäme mich zuzugeben, dass ich mich in jüngeren Jahren nicht wirklich darum gekümmert habe. Aber ich will verdammt sein, wenn ich jetzt Schindluder mit meiner Gesundheit treibe. Trotzdem gefällt mir der Ausdruck in Sterns Augen nicht.

»Okay«, sage ich vorsichtig.

Dr. Stern starrt mich sehr lange an. »Wie es scheint, haben Sie eine Chlamydieninfektion, Jax.«

Blut rauscht in meine Ohren. »Was? Nein. Was?«

Sie wirft einen Blick auf meine Krankenakte und schaut dann wieder mich an.

»Aber ich benutze Kondome«, beharre ich. Ich klinge nun ein wenig panisch, und meine Haut fängt an zu kribbeln. »Jedes. Mal.« Was das angeht, bin ich verflucht vorsichtig. Ich vertraue sogar nur meinen eigenen Kondomen. Abgesehen von der Bedrohung durch Krankheiten würde ein winziges Loch ausreichen und schon könnte ich eine Frau mit Kind am Hals haben. Und das wird nicht passieren.

»Leider«, sagt Dr. Stern, »kann man sich Chlamydien auch durch Oralsex zuziehen.«

Ich starre sie an.

Dr. Sterns Tonfall ist mitfühlend. »Die Infektion befindet sich in Ihrem Rachen, Jax. Was Sinn ergeben würde, wenn Sie sich durch Oralsex angesteckt haben. Die Schmerzen, die Sie verspüren, sind ein Symptom. Zum Glück haben wir die Infektion früh entdeckt.«

Oral? Ich habe es einer Tussi mit dem Mund besorgt und sie hat mir eine sexuell übertragbare Krankheit angehängt? Mein Magen rebelliert. »Rachen? Man kann eine sexuell übertragbare Krankheit im verdammten Rachen bekommen?«

»Es ist weniger verbreitet, aber ja.«

Wo zum Teufel war ich, als wir das im Sexualkundeunterricht durchgenommen haben? Vermutlich habe ich die Stunde geschwänzt. Das kommt davon, wenn man seine Jugend verschwendet. Ich zwicke mir in den Nasenrücken und versuche, mich zu beruhigen.

Dr. Stern redet immer noch. »Verspüren Sie während des

Wasserlassens ein Brennen? Haben Sie Schmerzen oder Missempfindungen in den Hoden?«

»Was? Nein.« Ich setze mich aufrechter hin. »Nein, nichts davon. Meinem Schwanz geht es *gut*.«

Sie schenkt mir ein geduldiges Lächeln, das mich fast in den Wahnsinn treibt. »Trotzdem wäre es besser, wenn ich eine vollständige Untersuchung durchführen würde.«

»Eine vollständige Untersuchung?« Sofort bin ich alarmiert.

Sie blinzelt nicht mal. »An Ihrem Penis und Anus, damit ich ...«

»Oh, verdammt.« Ich fahre mir durchs Haar. Das darf doch wohl nicht wahr sein.

Dr. Stern legt mir eine Hand auf die Schulter. »Das Gute ist, dass man diese Infektion leicht behandeln kann. Ein Antibiotikum sollte das Problem schnell beheben.«

Was toll ist, aber sie hat vor, meinen Schwanz zu betasten und mir in den Hintern zu leuchten. Ich zucke zusammen und reibe mir übers Gesicht. »Verdammt noch mal.« Ein weiterer Gedanke überkommt mich, und ich muss mich beinahe übergeben. »Oh verflucht, ich werde meine letzten Sexualpartnerinnen kontaktieren müssen, oder?«

Ein schwarzes Loch der Demütigung öffnet sich vor mir, als sie nickt. »Das wäre verantwortungsvoll von Ihnen, Jax.«

Und ein PR-Albtraum aus der Hölle. Die Öffentlichkeit hat mich schon seit zwei Jahren genau im Blick, weil ich der Kerl bin, der versucht hat, sich das Leben zu nehmen. Die Leute fragen sich, ob ich es erneut versuchen werde. Was ich jetzt denke. Ständig diese Fragen. Ständig beobachten sie jede meiner Handlungen. Und nun werden sie sich auch noch mit Sexwitzen über mich lustig machen. Ja. Ich bemitleide mich. Und es ist mir egal. Denn ich weiß, dass ich es Scottie und Brenna erzählen muss.

»Mist, Mist, Mist.«

»Das kommt alles wieder in Ordnung, Jax.«

Oh, diese Ironie. Jedes Mal wenn mir das jemand versichert, passiert etwas anderes, um mich wieder zu Boden zu stoßen.

Sie hat diesen Blick aufgesetzt, mit dem Ärzte einen bedenken, wenn sie wollen, dass man sich wegen seines Lebenswandels schlecht fühlt. »Wann hatten Sie zum letzten Mal sexuellen Kontakt mit jemandem?«

»Vor etwa einem Monat.« Ehrlich gesagt war es nicht mal besonders gut, weder für mich noch für meine Partnerin. Und ich bin endlich aufgewacht und habe erkannt, dass ich bezüglich dieser sinnlosen Affären vielleicht mal auf die Bremse treten sollte.

»Mmm … Tja, die Inkubationszeit variiert zwischen ein paar Tagen und ein paar Monaten. Allerdings zeigen sich die Symptome normalerweise etwa ein bis drei Wochen nach der Infektion. Ich würde sagen, dass Sie mit Ihrer letzten Partnerin anfangen und sich von dort aus vorarbeiten.«

Ich werde mir nicht die Mühe machen, ihr die Anzahl der Partnerinnen zu verraten, die ich in dieser letzten Woche damals hatte. Ich fahre erneut mit einer Hand über mein Gesicht und halte dann inne. Entsetzen überkommt mich.

»Doc, letztens hat mich eine Frau in einem Lebensmittelladen geküsst.« Ah, das waren gute Zeiten. Sofort blitzt vor meinem inneren Auge das Bild der niedlichen kleinen Minzeisdiebin auf, die mit aufreizenden Bewegungen davongeht. Dann blinzle ich, damit es verschwindet.

Sie kämpft sichtlich gegen ein Lächeln an. »Warum überrascht mich das nicht?«

Seltsamerweise überrascht es mich immer noch. Ich werde ständig angebaggert. Aber diese Angebote sind immer ein wenig direkter. Würdest du gerne vögeln? Ja, bitte, klar, toll. Die

Minzeisdiebin hat mich geküsst, um mich abzulenken. Dafür bewundere ich sie immer noch.

»Die Sache ist die: Ich weiß nicht, wer sie war. Was ist, wenn …« Oh verdammt, ich kann der Minzeisdiebin nicht gegenübertreten und ihr sagen, dass sie sich auf eine sexuell übertragbare Krankheit untersuchen lassen soll. »Könnte ich sie …«

»Nein, Jax«, fällt mir Dr. Stern ins Wort. »Man kann Chlamydien nicht durchs Küssen übertragen. Auch nicht durch das Teilen von Getränken. Das funktioniert nur durch sexuelle Aktivitäten wie Penetration oder Oralverkehr.«

Erleichtert lasse ich die Schultern nach unten sacken. »Tja, das ist gut.«

Dr. Stern tätschelt erneut sanft meine Schulter. »Ich werde Ihnen einen Moment geben, damit Sie sich einen Kittel anziehen können, und dann fangen wir an.«

Richtig, die Untersuchung. Großartig. Einfach großartig.

Stella

Wenn ich schlafe und mein Telefon klingelt, gehe ich normalerweise nicht dran. Da mein Telefon jedoch unter meiner Wange liegt und mich sein schrilles Klingeln gerade fast zu Tode erschreckt hat, bin ich ein wenig geneigter, den Anruf entgegenzunehmen.

Ich fummele herum, um das verdammte Ding zum Schweigen zu bringen, und schaffe es, mir einen Schlag ins Gesicht zu verpassen, bevor ich die Taste finde, um den Anruf anzunehmen.

»Verfl… Hallo?«

Am anderen Ende herrscht eine ganze Weile lang Stille. Es ist die Art von Stille, die deutlich macht, dass am anderen

Ende zwar jemand dran ist, derjenige aber noch darüber nachdenkt, ob er sprechen soll oder nicht.

Seufzend rolle ich mich auf den Rücken. »Sie haben mich fluchen gehört, oder?«

Das ist nicht gut, da das meine geschäftliche Telefonnummer ist und manche potenziellen Kunden ohnehin schon nervös genug sind.

Jemand räuspert sich, und dann spricht endlich ein Mann mit einer Stimme, die wie frische Bettlaken klingt. »Spreche ich mit Ms Grey?«

Tja, hallo, James Bond. Ich reibe meine Wange und setze mich auf. »Ja, hier ist Ms Grey. Die meisten Leute nennen mich Stella. Was kann ich für Sie tun?« *Mist, das war echt elegant. Du willst wie Dad reden und klingst dabei wie ein Trottel, Stells.*

Der Bond-Typ sieht das eindeutig ähnlich. Er gibt einen zweifelnden Laut von sich. »Mein Name ist Mr Scott. Ich habe Ihre Kontaktinformationen von Aaron Mullins erhalten.« Der zweifelnde Laut erklingt erneut und dieses Mal wirkt er stärker. »Er sagte, dass Sie eine verlässliche Person seien und an einer Haustierbetreuung interessiert sein könnten.«

Oh Mist. Der Traumjob. Gestern Abend erwähnte Aaron, ein alter Kunde, das als einfache Lösung für mein aktuelles Problem mit der Obdachlosigkeit, dem ich mich stellen muss, wenn in drei Wochen mein Untermietervertrag ausläuft.

»Ja«, platzt es aus mir heraus. »Katzenbetreuung, richtig? Aaron meinte, Sie würden nach jemandem suchen, der das langfristig übernehmen kann. Zwei Monate, oder?«

»Eigentlich sind es vier. Mein Kunde wird eine längere Reise unternehmen und will das Tier nicht mitnehmen.«

Der Kerl ist unterkühlt, so viel kann ich sagen. »Tja, es wäre sehr viel besser für … Tut mir leid, wie heißt die Katze?«

Eine weitere Pause entsteht. Dann räuspert er sich. »Stevens.«

»Die Katze heißt Stevens?« Das klingt wie der Name eines Butlers. Das überrascht mich nicht. Der Kerl am Telefon hört sich an wie ein Typ, der einen Butler haben würde.

Außerdem klingt er verärgert. »Ja.«

Etwas huscht am Rand meines Verstands herum. Und dann lächle ich. »Sie meinen wie Cat Stevens? Der Musiker?« Ich verkneife mir ein Kichern.

»Ich bin überrascht, dass Sie von dem Mann gehört haben«, sagt Mr Scott trocken. »Ich wäre davon ausgegangen, dass er nicht in das Interessengebiet Ihrer Altersgruppe fällt.«

»Aufgrund meines Berufs mache ich es mir zur Aufgabe, eine Menge Fakten zu kennen, von denen die meisten in der heutigen modernen Gesellschaft nutzlos sind.« *Argh. Ernsthaft, halt einfach den Mund, Stells. Du wirst diesen Kerl noch vergraulen.*

»Und was genau machen Sie beruflich, Ms Grey?«

»Ich bin gewissermaßen eine Alleskönnerin.« Manche würden sagen, dass mich das zu einer planlosen Faulenzerin macht. Aber ich habe es mit einem normalen Job mit regelmäßigen Arbeitszeiten versucht. Das hat für mich nicht funktioniert.

»Das sollte nützlich sein. Einmal die Woche kommt eine Haushälterin vorbei, also wird von Ihnen nicht erwartet, dass Sie putzen. Allerdings ist da noch der Goldfisch.«

»Faszinierend.« Ich stehe aus dem Bett auf und gehe ins Bad, um einen Blick in den Spiegel zu werfen. Du meine Güte, so zerzaust war mein Haar lange nicht mehr. »Wie heißt er?«

»Hawn«, sagt er.

»Wie Han Solo?«

»Nicht Han. Hawn. Das schreibt sich H-A-W-N.«

Ich will mir gerade die Haare aus dem Gesicht streichen und halte mitten in der Bewegung inne. »Goldie Hawn?«

Mr Scott seufzt, während ich lache.

»Heiliger Strohsack«, bringe ich zwischen meinem Gelächter hervor. »Wer ist Ihr Kunde?«

Mr Scotts Stimme ist jetzt eisig, und ich kann die Kälte regelrecht spüren. »Die wichtigste Anforderung dieser Stelle besteht darin, dass die Privatsphäre meines Kunden unter allen Umständen gewahrt werden muss.«

»Ähm … okay. Dann werde ich vermutlich ablehnen müssen, Mr Scott.« Was deprimierend ist. Aaron hat mir erzählt, dass zu dem Job ein kostenloses Zimmer inklusive Verpflegung in einem Penthouse in Chelsea gehöre. Da ich bald obdachlos sein werde, wäre das sehr praktisch gewesen.

Eine weitere Pause entsteht, und ich habe so langsam das Gefühl, dass er vollkommene Zustimmung erwartet hat. »Nur damit ich das richtig verstehe: Sie haben ein Problem damit, die Privatsphäre meines Kunden zu respektieren?«

»Nein. Ich würde nicht mal im Traum daran denken, in sie einzudringen. Aber wie ich schon sagte, habe ich noch ein paar Nebenjobs. Manchmal besuchen mich andere Kunden.«

Stille macht sich zwischen uns breit.

»Kunden?« Der zweifelnde Tonfall ist zurück.

»Es ist nichts Illegales oder Anrüchiges.« Ich erzähle Mr Scott von meiner Arbeit. Die Stille am anderen Ende der Verbindung wird noch schwerer. Ich komme mir immer dämlicher vor, während ich mich diesem Mann erkläre, der praktisch ein Fremder für mich ist. »Sie sehen also«, beende ich meine Ausführungen, »dass ich Haustiere zwar liebe und mich gerne für Ihren Kunden um sie kümmern würde, aber meine anderen Jobs deswegen nicht vernachlässigen kann.«

Mr Scott brummt, und dann ist seine Stimme plötzlich wieder ganz steif und herrisch. »Mr Mullins ist ein alter Freund meiner Frau. Er hat Sie mir wärmstens empfohlen …«

Das sollte er auch. Er war einer meiner ersten Kunden, und ich habe ihm einen guten Dienst erwiesen. Aber ich halte den Mund. Schließlich schütze ich die Privatsphäre *meiner* Kunden ebenso sehr.

»Meine Frau vertraut auf sein Urteilsvermögen, und ich vertraue auf das Urteilsvermögen meiner Frau. Sofern Sie zustimmen, Ihre Kunden lediglich in die Gemeinschaftsräume zu lassen, bin ich bereit, in Bezug auf Besucher ein Auge zuzudrücken. Zusätzlich zu Unterbringung und Verpflegung enthält das Angebot eine finanzielle Vergütung.« Er nennt einen Betrag, der dafür sorgt, dass ich auf den kalten Badezimmerboden sinke.

Mit diesem Betrag und der Tatsache, dass ich mir monatelang keine Gedanken um die Miete machen müsste, könnte ich ein gewaltiges finanzielles Polster ansparen. Ich könnte mir endlich das Auto kaufen, das ich brauche, und müsste mich nicht mehr auf den Zug verlassen, um nach Long Island zu gelangen. Und ich müsste Hank auch nicht mehr bitten, mich jedes Mal vom Bahnhof abzuholen. Ich müsste mich nicht mehr um jeden Job bemühen, der sich ergibt. Ich könnte ein wenig durchatmen.

Mr Scott redet immer noch. »Sie müssen sofort einziehen, weil ein Sturm im Anmarsch ist und mein Kunde bereits die Stadt verlassen hat.«

Ach ja, der Schneesturm. Er wird heute Abend hier sein.

»Das ist kein Problem. Ich brauche nicht lange, um zu packen.« Meine Wohnung kann ich nächstes Wochenende ausräumen.

»Sehr gut. Innerhalb der nächsten Stunde wird Ihnen ein Kurier in Ihrer Wohnung ein Päckchen mit Anweisungen zustellen.«

Wow. Das nenne ich mal effizient. »Ich werde darauf warten.«

»Eine Sache noch. Das Penthouse liegt direkt neben einer anderen Wohneinheit, mit der es sich eine Wand teilt. Beide Wohnungen gehören meiner Firma. Sollten Sie irgendein … Problem mit Ihrem Nachbarn haben, würde ich es zu schätzen wissen, wenn Sie mich direkt kontaktieren würden, bevor Sie sich bei dem Bewohner melden.«

Okay … Das ist wirklich seltsam.

»Sie klingen fast so, als würde es auf jeden Fall Probleme geben, Mr Scott. Gibt es etwas, das ich über meinen neuen Nachbarn wissen sollte?« Zum Beispiel, ob er oder sie ein messerschwingender Psychopath ist. Und was zum Teufel soll das überhaupt bedeuten? Probleme? Was für Probleme? Legt diese Person Feuer, wenn man sie verärgert? Schaut sie Pornos bei voller Lautstärke? Was ist das für ein Mensch?

»Er neigt dazu, häufig zu verreisen. Höchstwahrscheinlich werden Sie nicht mal bemerken, dass er da ist, Ms Grey«, sagt Scott ruhig. »Es ist lediglich eine Vorsichtsmaßnahme. Sie haben Ihre Kunden, ich habe meine. Meine benötigen ein Maximum an Privatsphäre, das ist alles.«

So langsam frage ich mich, ob seine Kunden internationale Verbrecher sind. Aber jemand, der seine Haustiere nach Berühmtheiten benennt und auch noch Wortspiele daraus macht, kann kein vollkommen schlechter Mensch sein. Was den Nachbarn angeht – der, den man nicht stören darf –, werde ich mich wohl einfach auf Mr Scotts Wort verlassen müssen.

Außerdem gibt es wichtigere Dinge, um die ich mir Gedanken machen muss, wie zum Beispiel das Leben in einem Penthouse und eine Katze namens Stevens.

3. Kapitel

John

Hier zu bleiben war ein Fehler. Schon nach den ersten Berichten über den herannahenden Schneesturm hätte ich in ein Flugzeug steigen und die Stadt verlassen sollen. Ich hätte in meine Wohnung in London gehen können. Oder in den Süden, wo es warm und sonnig ist. Ein oder zwei Wochen an irgendeinem Strand zu verbringen, Bier zu trinken und eine willige Frau zu vögeln wäre genau das Richtige gewesen.

Aber nein, ich musste mich ja allein hier einsperren, wo mir nur die Stille Gesellschaft leistet. Für längere Zeit allein zu sein tut mir nicht gut. Manche würden das vielleicht als Schwäche bezeichnen. Für mich ist es einfach nur ein Aspekt meiner Persönlichkeit. Wenn ich zu lange allein bin, können meine Gedanken leicht in eine düstere Richtung wandern.

»Zum Teufel damit.« Ich reibe mir die Augen und trete zur Fensterfront. Ich sehe lediglich verschwommenes weißes Chaos und kann gerade so erkennen, wie sich der Schnee am unteren Rand des Fensters auftürmt. Plötzlich überkommt mich das Gefühl, vollkommen verloren zu sein, und ich lege eine Hand auf die kalte Glasscheibe. Rein vom Verstand her weiß ich, wo ich bin – in New York City in einem Penthouse im Wert von dreißig Millionen Dollar, das ich mir von meinem Taschengeld gekauft habe. Ich bin der König der Welt, was?

Ein König, der es nicht ertragen kann, in der Stille herumzugeistern.

Mit einem Schnauben wende ich mich vom Fenster ab. Ich habe Hunger und sollte etwas essen. Den Kühlschrank anzustarren hilft nicht. Ich kann nur an das Minzeis mit Schokosplittern denken, das mir entwischt ist. Ein Lächeln zupft an meinen Mundwinkeln.

Ich kann diesen süßen, keuschen Kuss, den mir meine Minzeisdiebin gegeben hat, immer noch spüren. Libby, Sophie und Brenna sind die einzigen Frauen in meinem Leben, die mich nicht wie einen verehrten Gott oder einen traurigen Fall behandeln, der jeden Moment durchdrehen könnte. Aber sie sind im Grunde genommen ein ungezogener Haufen Schwestern, die sich ständig in meine Angelegenheiten einmischen. Ich hatte fast vergessen, wie es sich anfühlt, mit einer Frau zu reden, die nicht weiß, wer ich bin.

Diese seltsame Eisdiebin, der ich den Spitznamen Knöpfchen verpasst habe, hat wie eine Kriegerin um ihr Eis gekämpft. Sie war wirklich verflucht niedlich. Und an diesem Punkt bin ich in meinem Leben mittlerweile angekommen – mich in einem Lebensmittelladen mit einem verrückten Rotschopf zu streiten macht mir mehr Spaß, als in einen Club zu gehen oder eine Party mit lauter berühmten Leuten zu besuchen.

Ich lache leise in mich hinein und versuche mir vorzustellen, was passiert wäre, wenn ich sie gebeten hätte, etwas mehr Zeit mit mir zu verbringen. Nicht um zu vögeln, sondern um gemeinsam zu Abend zu essen, einen Film zu schauen und uns das Eis zu teilen. Grundschulkram.

Das Konzept hat so wenig mit meinem Leben zu tun, dass ich es mir nicht mal richtig vorstellen kann. So was würde ich ohnehin niemals tun. Nicht, wenn dahinter das Risiko lauert, den Klatschzeitungen Material zu liefern. Ich bin, wer ich bin, und in meinem Leben ist kein Platz für zufällige Freundschaften mit fremden Frauen.

Man sollte sich an die Leute halten, die man kennt. Diese Lektion habe ich schon sehr früh gelernt – und zwar auf schmerzhafte Weise.

Ich schlage die Kühlschranktür zu und ziehe mein Handy hervor. Auf mich warten mindestens fünfzig Textnachrichten.

Hey, Babe, bist du in der Stadt? Würde dich gerne wiedersehen!

Ich denke immer noch an unsere gemeinsame Nacht. Ich brauche dich dringend.

Jax, du bringst meine Welt zum Beben.

Ich höre auf, durch die Nachrichten zu scrollen, und drücke stattdessen auf Löschen. Innerlich ist mir plötzlich ganz kalt, und meine Haut fühlt sich klamm an. Ich erinnere mich an keine einzige dieser Frauen, und das kommt mir tragisch vor. Ich liebe Frauen. Wirklich. Ich liebe ihre Weichheit, ihren Geruch, den Klang ihres Gelächters, das Gefühl, das mich überkommt, wenn ich in sie eindringe. Ich liebe Sex. Vögeln ist ein wichtiger Bestandteil meines Lebens, ein Stresskiller – und eine Möglichkeit zu vergessen. Und obwohl ich es in letzter Zeit langsamer habe angehen lassen, war die Gelegenheit für schnellen Sex immer da, falls ich ihn brauchte.

Jetzt ist diese Option vollkommen verschwunden. Sie wurde mir durch ein paar einfache Testergebnisse genommen. Ich habe andere nie aufgrund ihrer sexuellen Vergangenheit beurteilt. Einer meiner Mentoren infizierte sich in den späten Achtzigern mit HIV. Er überlebte und geht offen damit um, und das finde ich verflucht mutig. Also warum kann ich dann nicht dieses Gefühl abschütteln, dass ich unrein bin? Ich schäme mich. Auf meiner Haut klebt das schmutzige, falsche Gefühl des Versagens.

Den Verlust spüre ich ebenfalls. Aber nicht so stark. In letzter Zeit fällt es mir immer schwerer, mich mit Sex abzulenken. Mein Verstand drängt sich immer wieder in den Vordergrund.

Als ich das letzte Mal mit einer Frau zusammen war, hatte ich kaum angefangen, als mich schon das schlechte Gewissen piesackte. Machte sie sich irgendwelche Hoffnungen? Hatte sie Träume? Ging sie davon aus, dass ich sie am nächsten Tag anrufen würde? Und wenn ich es nicht tun würde, würde sie das verletzen? Mein Schwanz wurde so schnell schlaff wie ein Luftballon nach der Begegnung mit einem Dartpfeil. Letztendlich besorgte ich es ihr mit dem Mund, damit sie keine Fragen stellte. Und als ich ging, fühlte ich mich schmutzig und billig und war wütend auf mich selbst.

Gott, das muss die fragliche Frau gewesen sein. Ich bin dem eigentlichen Sex aus dem Weg gegangen und hab als Quittung Chlamydien bekommen.

Ich lache schnaubend, aber es klingt nicht humorvoll. Ich muss diese Frau darüber informieren und kann mich nicht an ihren Namen erinnern. Ich kann mich, was sie betrifft, an gar nichts mehr erinnern, abgesehen von der Tatsache, dass sie pinkfarbene Haare hatte und im Intimbereich gewachst war.

»Mist.«

Also werde ich so bald nicht mehr nach einer schnellen Nummer suchen. Weswegen ich hier jetzt ganz allein hocke. Und das ist nie gut für mich.

Ich greife erneut nach dem Handy und rufe Killian an. Es tutet und tutet, und ich habe keine Ahnung, wie spät es dort ist, wo Killian sich gerade aufhält. Deswegen lege ich jedoch nicht auf.

Er geht dran und klingt wach. »Was gibt's, J.?«

»Erklär mir noch mal, warum du und Libby für vier Monate nach Australien ziehen musstet. Denn diese Ausrede, dass ihr sehen wollt, wie sich das Wasser in der Toilette beim Spülen in die andere Richtung dreht, kaufe ich euch nicht ab.«

Killian lacht. »Libby hat sich in das Land verliebt, als wir Scottie besucht haben.«

»Besucht ist hier das entscheidende Wort. Verdammt, Scottie ist doch schon längst wieder in New York. Und jetzt seid ihr in Australien.«

Ich gebe mir Mühe, mich nicht im Stich gelassen zu fühlen, aber es fällt mir schwer.

»Was soll ich sagen? Libby und ich wollen die Südhalbkugel erkunden. Und ich versuche, tagelange Flüge zu vermeiden, während wir das tun. Das gestaltet sich deutlich einfacher, wenn wir eine Weile hierbleiben.«

So ist unser Leben – wir können einfach monatelang verschwinden und uns amüsieren, ohne uns Sorgen machen zu müssen. Kill John hat gerade eine lange Welttournee hinter sich, und momentan schreiben wir keine neuen Lieder, sondern »tanken neue Kräfte«, wie Whip es ausdrücken würde. Das bedeutet, dass die Jungs alle herumvögeln und sich amüsieren, damit wir uns nicht gegenseitig umbringen, wenn wir schließlich wieder zusammenkommen, um wieder von vorne anzufangen.

Zu grübeln wirkt kleinlich. Und doch bin ich nun hier und *grüble*. »Ich sage ja nur, dass du mich endlich davon überzeugt hast, aus meiner absolut tadellosen Wohnung auszuziehen …«

»Deiner Omawohnung«, fällt er mir ins Wort.

»Ich habe sie von meiner Großmutter geerbt.«

Killian schnaubt. »Und du hast nichts daran verändert. Ich schwöre, wann immer ich dort reinkam, musste ich sofort wieder an den dünnen Tee und die faden Kekse denken, zu denen uns deine Oma bei jedem Besuch nötigte.«

»Du hast diese Kekse geliebt.«

»Ja. Das waren gute Zeiten.« Er seufzt glücklich. »Gefällt dir die neue Wohnung?«

Ich schaue mich um und gehe zur Couch. Killian wird entsetzt sein, wenn er sieht, dass ein Großteil der Möbel meiner Großmutter den Weg hierher gefunden hat. Er zieht mich ständig wegen meines Einrichtungsstils auf. Was soll ich sagen? Die Sachen meiner Großmutter waren beruhigend und vertraut. »Sie ist wirklich ... hell.«

»Hell?« Er klingt verwirrt.

»Es gibt viele Fenster. Die Decken sind hoch.« Ich vermisse meine alte Wohnung mit ihren dunklen Wänden und kleineren Fenstern. Sie war eine gemütliche, beruhigende Höhle im Vergleich zu all dieser ... Offenheit.

»John«, sagt Killian gedehnt und seufzt ausgiebig. »Hell und luftig ist etwas Gutes.«

Klar, wenn man gerne gut sichtbar und ungeschützt ist. Hier erdet mich nichts. »Die Akustik ist gut«, murmle ich, weil ich weiß, dass er auf ein wenig Lob wartet.

»Sie ist toll«, fügt er hinzu. »Versuch mal, die Gretch zu spielen. Du wirst nicht enttäuscht sein.«

Ich schnaube und lächle ganz leicht. Ich kann meine Gitarren zu jeder Stunde des Tages spielen. Es ist egal, wenn mir dabei kein neues Material einfällt. Wie die Beatles hat auch Kill John zwei Frontmänner, Killian und mich. Wir beide singen und spielen Gitarre. Bei manchen Liedern übernimmt Killian den Part des Leadsängers. Bei anderen Liedern tue ich das. Aber wir schreiben sie gemeinsam.

Whip und Rye entwickeln normalerweise den Takt und den allgemeinen Rhythmus. Aber Kills und ich sind die Eckpfeiler des kreativen Prozesses. Seit dem Zwischenfall, wie es jeder nennt, hat Killian den Großteil der Arbeit übernommen und zusammen mit seiner Frau Libby Lieder geschrieben. Und das ist in Ordnung, aber es ist nicht *unser* Sound.

Ich muss mich zusammenreißen. Zwei Jahre sind schon mehr als eine Dürreperiode. Das würde man eher als ausgetrockneten Brunnen bezeichnen.

»Vielleicht werde ich heute Abend spielen«, sage ich zu Killian und öffne erneut den Kühlschrank. »Du kannst dich jetzt wieder dem widmen, was du vor meinem Anruf gemacht hast.«

»Du meinst wohl, ich kann mich wieder der widmen, mit der ich es vor deinem Anruf gemacht habe«, korrigiert er mich. »Denn ich habe es mit meiner Frau gemacht … Autsch, Libs. Warum kneifst du mich?«

Ich höre Libby im Hintergrund schimpfen und lache. »Vielleicht solltest du lieber nicht so über sie reden, Kumpel.«

»Ja«, murmelt er. »Das hab ich kapiert.«

Lächelnd hole ich einen Topf mit Eintopf aus dem Kühlschrank, den ich gestern gemacht habe. »Ich bin wirklich schwer enttäuscht von dir, dass du ans Telefon gegangen bist, obwohl du gerade mit deiner Frau im Bett warst.«

»Hey«, protestiert er. »Ich wollte dir ein guter Freund sein.«

Mein Lächeln verblasst. Er passt schon wieder auf mich auf. Aber noch schlimmer ist, dass ich überhaupt den Drang verspürt habe, ihn anzurufen. Ich unterdrücke ein Seufzen. »Sei ein guter Ehemann und unterhalte deine Frau. Ich leg jetzt auf.«

Ich beende das Gespräch und starre auf meinen Eintopf. Ich kann hier nicht bleiben. Draußen tobt der Schneesturm immer heftiger. Ich bin allein, aber ich habe Essen. Jede Menge Essen. Und das ist gut. Andere haben wahrscheinlich nicht so viel Glück.

Ich eile in die Wäschekammer, schnappe mir einen kleinen Wäschekorb und stelle den Eintopf und ein paar andere Vorräte hinein. Dann trage ich ihn zwei Stockwerke nach unten und klopfe an die Tür. Maddy macht mir auf und grinst breit.

»Na hallo, Hübscher.«

»Maddy, du siehst wie immer umwerfend aus.«

Sie lacht und es klingt ein wenig atemlos. »Charmeur. Was willst du hier?«

»Ich wollte wissen, ob du gerne mit mir zu Abend essen würdest. Könnte ich dich für ein wenig Rindfleischeintopf begeistern?«

Sie strahlt, als hätte ich gerade ihre Woche gerettet. Diesen Ausdruck auf ihrem Gesicht zu sehen macht mich froh, aber ich verspüre auch ein gewisses Unbehagen. Schließlich teile ich nur mein Essen mit ihr – das ist wohl kaum eine echte Heldentat.

»Ich würde sehr gern mit dir zu Abend essen, Jax. Komm rein.« Sie dreht sich um und geht in ihre Wohnung zurück.

Ich gehe ein wenig langsamer, um meine Geschwindigkeit an ihre anzupassen. Maddys Wohnung ist kleiner und die Decken sind niedriger. Sie ist geschmackvoll eingerichtet und voller Antiquitäten und schöner Möbel. In vielerlei Hinsicht sieht es hier wie in einer englischen Wohnung aus, die man nach Manhattan verpflanzt hat. Ich brauche keinen Therapeuten, um zu wissen, dass mich diese Wohnung an meine Kindheit erinnert, selbst wenn Maddy eine typische New Yorkerin ist.

Ich habe sie vor ein paar Monaten bei meinem Einzug kennengelernt. Damals versuchte sie gerade, einen Karren voller Bücher die Treppe am Haupteingang hochzuhieven. Die Frau ist einen Meter fünfzig groß und wiegt, wenn es hochkommt, vermutlich gerade mal fünfundvierzig Kilo. Aber sie gab trotzdem nicht auf, bis ich ihr den Karren abnahm.

Schon bald erfuhr ich, dass Maddy früher mal Börsenmaklerin gewesen ist. Sie war eine der wenigen Frauen, die es in den Sechzigern und Siebzigern in dieser Branche zu etwas gebracht haben. Ich bin mir ziemlich sicher, dass sie das ganze Gebäude kaufen könnte, aber sie scheint damit zufrieden zu sein, in ihrer kleinen Wohnung mit nur einem Schlafzimmer zu leben.

Ich folge ihr in die Küche, und sie holt einen großen Topf hervor, um den Eintopf aufzuwärmen. »Was hast du sonst noch in deinem Korb, Rotkäppchen?«

»Niedlich«, erwidere ich und stelle meinen Wäschekorb ab. »Ich habe etwas Salat und ein schönes Baguette.«

Maddy lehnt sich an die Arbeitsfläche und holt eine E-Zigarette aus einer Schublade. »Junger Mann, du machst es mir viel zu leicht, dich zu necken.«

Ich schüttle den Kopf und bereite den Eintopf zu. »Und Sie haben eine schmutzige Fantasie, Mrs Goldman.«

»Jetzt bin ich für dich also Mrs Goldman, was?« Sie zieht an der E-Zigarette und starrt mich mit Augen an, an denen lächerlich lange falsche Wimpern befestigt sind.

»Ich versuche nur, ein Kavalier zu sein.«

Maddy nimmt das Brot und macht sich dran, es zu schneiden. »Schätzchen, ich bin vierundsiebzig. Ich habe keine Zeit für Kavaliere.«

Ich lache. »Ist vermerkt.«

Wir essen an ihrem Küchentisch zu Abend, der in der Ecke am Fenster steht. Es ist eins dieser alten Möbelstücke aus Resopal und Chrom im Stil der Vierzigerjahre, das sich besser in einem Diner machen würde. Der Schnee fällt in dicken Flocken, die ungestüm am Fenster vorbeiwehen.

»Nicht dass ich die Gesellschaft nicht zu schätzen weiß, Kleiner, aber ich hätte erwartet, dass du mittlerweile weit von der Stadt entfernt bist«, sagt Maddy zwischen zwei Bissen Eintopf.

Sie weiß, wer ich bin. Sie hat mich gleich erkannt, als ich ihr damals meine Hilfe mit den Büchern angeboten habe. Offenbar ist sie ein Fan von Kill John.

»Ich schätze, das sollte ich wohl sein.« Ich nehme mir ein Stück Brot. »Aber mir fiel kein Ort ein, an den ich gehen wollte.«

Und das ist die schlichte Wahrheit. Killian und Scottie sind jetzt beide verheiratet. Das fünfte Rad am Wagen zu sein ist für mich keine angenehme Vorstellung. Rye und Whip haben sich in ein Wellness-Resort begeben. Sie wollen dort nichts für ihre Gesundheit tun, sondern Frauen abschleppen, was irgendwie verzweifelt klingt, wie ich finde. Ich hätte mich mit Brenna treffen können, aber wir würden irgendwann anfangen, uns zu streiten. Sie ist der Meinung, dass ich sesshaft werden sollte. Ich bin der Meinung, dass sie sich um ihren eigenen Kram kümmern sollte. Und Zeit mit Leuten zu verbringen, die nicht zu meinen engen Freunden gehören, ist für mich nicht anders, als allein zu sein.

Maddys starrender Blick dringt in meine Gedanken vor. »Du musst dir eine Frau suchen. Jemanden, der dir in kalten Nächten Gesellschaft leistet.«

Nicht sie auch noch. Ich schwöre bei Gott, wenn man dreißig wird, drängen einen plötzlich alle zum Heiraten. Das ist eine verdammte Seuche.

»Ich habe eine Frau, die mir in kalten Nächten Gesellschaft leistet. Ich bin hier bei dir.« Ich zwinkere ihr zu.

Sie kichert und schüttelt den Kopf. »Du schamloser Charmeur. Und wenn ich vierzig Jahre jünger wäre, wüsstest du nicht, wie dir geschieht.«

Das glaube ich. In der ganzen Wohnung gibt es Fotos von Maddy und ihrem verstorbenen Ehemann Jerry. Sie sah mal aus wie Lauren Bacall. Ehrlich gesagt ist sie auch jetzt noch wunderschön.

»Denkst du je darüber nach, dir selbst jemanden zu suchen?«, frage ich sie.

Maddy legt die Hände in den Schoß und schaut aus dem Fenster. Im Profil sind die Falten, die das Leben auf ihrem Gesicht hinterlassen hat, stärker zu sehen und wirken tiefer. Meine Welt wird von Jugend beherrscht. Selbst grauhaarige Rocklegenden mit künstlichen Hüften versuchen so auszusehen, als wären sie immer noch dreißig. Aber ich finde, das Alter ist durchaus erstrebenswert. Irgendwann werde ich mir ein Haus mit einer Veranda kaufen und mit meinem Gehstock in Richtung ungezogener Jugendlicher wedeln, die es wagen, meinem Rasen zu nah zu kommen.

Maddy seufzt. Als sie mich wieder anschaut, ist ihre Miene gefasst, aber ihre Augen sind traurig. »Wenn man einmal die richtige Person gefunden und siebenundvierzig Jahre mit ihr verbracht hat, fühlt es sich nach ihrem Tod an, als würde man nur noch die Zeit absitzen und auf den eigenen Tod warten. Ich habe meine Kinder, meine Enkel und meine Freunde. Ich schätze, dass ich einen Mann finden könnte. Vielleicht werde ich das eines Tages. Aber ich hatte den Mann, den ich wollte, für eine lange Zeit. Wenn jetzt jemand Neues in mein Leben kommen würde, müsste er schon etwas ganz Besonderes sein.«

Ich nicke langsam, um ihr zu zeigen, dass ich sie verstehe. Aber das ist eine Lüge. Die Vorstellung, einer anderen Person so viel Macht zu geben, ist für mich unfassbar. Das Leben ist auch so schon schwer genug, ohne dass man sich dabei auch noch Sorgen um jemand anders machen muss. Klar, ich sehe, dass Killian und Scottie jetzt glücklich sind. Aber ich habe auch gesehen, wie sie vor lauter Herzschmerz tiefer gesunken sind als je zuvor. Und alles nur, weil sie sich mit ihren Frauen verkracht hatten. Woher soll man wissen, dass das nicht wieder passiert? Und was geschieht, wenn jemand stirbt?

Ich unterdrücke einen Schauer und schiebe mir eine große Portion Eintopf in den Mund.

Maddy lacht. »Mein lieber Junge, du solltest mal dein Gesicht sehen. Widert dich das Alter so sehr an?«

Ich brauche einen Augenblick, um zu antworten, weil ich immer noch kaue. »Ich habe nicht über das Alter nachgedacht. Du kennst mich gut genug, um das zu wissen.«

Ihre dunklen Augen funkeln. Und mir wird klar, dass ich in ihre Falle getappt bin. Wie ein Trottel.

»Zieh nicht über die Liebe her, bis du sie selbst erlebt hast, Kleiner. Etwas aus Angst abzulehnen ist dumm.«

Mein Lächeln ist schief und gequält. »Ach, Maddy, meine Liebe, niemand hat mir je vorgeworfen, im Leben kluge Entscheidungen getroffen zu haben.«

In ihrem Blick liegt kein Mitleid, und dafür mag ich sie umso mehr. »Dann fang jetzt damit an.«

Stella

Als ich in das Taxi steige, schneit es bereits. Meine neue Bleibe ist ganz in der Nähe meiner alten. Ich hätte zu Fuß gehen können. Aber ich habe zwei große Reisetaschen dabei. In der einen befinden sich Klamotten, in der anderen mein Kissen und ein paar persönliche Dinge sowie meine Lebensmittel. Ich wollte die Eiscreme zurücklassen – ich habe mich immer noch nicht dazu durchringen können, die Packung zu öffnen –, aber wir reden hier von Minzeis mit Schokosplittern, und etwas so Leckeres konnte ich nicht guten Gewissens zurücklassen.

Wenn die Eiscreme nur nicht unauslöschlich mit *ihm* verbunden wäre. Ich habe so viel über diesen Mann und den sanften Druck seiner Lippen auf meinen nachgedacht. Die ganze

Zeit über wollte ich zu diesem kleinen Augenblick zurückkehren, in dem das Leben einfach und unerwartet war.

Aber er ist fort, verloren in dem ewigen Fluss namens Manhattan. Ich werde ihn nie wiedersehen. Ich gestatte mir einen Moment, um zu trauern. Dann verbanne ich die Gedanken an seine zornigen grünen Augen und sein böses Lächeln, als das Taxi vor meinem neuen Wohngebäude hält. Eine ganze Weile lang starre ich nach oben und bin nicht sicher, dass es sich um das richtige Gebäude handelt. Aber die Adresse stimmt.

»Steigen Sie jetzt aus?«, fragt der Taxifahrer über seine Schulter.

»Ja.« Ich bezahle und schnappe mir meine Taschen.

Schnee fällt in schweren, nassen Flocken und landet wie eisige Küsse auf meinen Wangen. Ich blinzle hektisch, als sich die Flocken an meine Wimpern heften, und schaue weiter nach oben. Denn dieses Gebäude ist kein gewöhnliches Gebäude. Es ist eine gewaltige alte Kirche.

Sie besteht aus glattem Kalkstein und ist fünf Stockwerke hoch. Offenbar wurde sie so umgebaut, dass sich darin nun Eigentumswohnungen befinden. Ab der Mitte erinnert nicht mehr viel an eine Kirche. Große Fenster wurden in die Wände eingesetzt. Abgesehen vom obersten Stockwerk, in dem sich nach wie vor ein riesiges rundes Buntglasfenster und zwei seitlich angeordnete Glockentürme befinden.

Ich trotte auf die breiten Eingangsstufen zu. Die alten geschnitzten Kirchentüren werden von schmiedeeisernen Laternen flankiert. Nun gibt es dort ein Tastenfeld und eine Reihe Türklingeln. Kameras starren auf mich herunter, und ich hole meine Anweisungen hervor.

Mr Scott hat Wort gehalten. Nachdem ich sein Angebot angenommen hatte, ließ er mir innerhalb einer Stunde per Kurier ein Päckchen liefern. Und der Inhalt ist umfangreich. Ich habe ein Schlüsselset, einen Alarmcode für den Haupteingang, einen Türöffnungscode für die Wohnung sowie eine detaillierte Liste mit Anweisungen für so gut wie alles, was man sich vorstellen kann, bis hin zu Stevens' und Hawns Vorlieben und Abneigungen.

Im Inneren des Gebäudes befindet sich ein kleiner Eingangsbereich mit einem Marmorfußboden und Kalksteinreliefs an den Wänden. Es gibt einen Fahrstuhl, aber keine Treppe, was in einem Gebäude mit nur fünf Stockwerken seltsam wirkt. Aber ich werde nicht weiter darüber nachdenken. Mir ist bereits eiskalt, weil ich so lange draußen gestanden habe, um das Bauwerk anzustarren. Ich drücke auf den Knopf für die Penthouseebene und finde mich schon bald in einem etwas kleineren Eingangsbereich wieder.

Es handelt sich um einen winzigen, fast schon heimeligen Flur mit einem großen Spiegel in einem Messingrahmen und einer schlanken Mahagonikommode, auf der ein paar Zeitschriften liegen, auch wenn die Auswahl ein wenig seltsam anmutet – *Rolling Stone* und *Guitar World*. Außerdem gibt es einen Ständer mit offenbar häufig benutzten Regenschirmen.

Auf der Penthouseebene befinden sich zwei Türen: 5A und 5B. Meine Wohnung ist in B.

Es gibt keinen Grund dafür, dass mein Herz so heftig und schnell schlagen sollte, aber ich bin nervös und angespannt, als ich die Tür zu der Wohnung öffne, die für die nächsten paar Monate mein neues Zuhause sein wird.

Ich bin gestorben und in den Wohnungshimmel gekommen. Wenn man lange genug in New York lebt, lernt man die kleinen Dinge zu schätzen: eine Wohnung, die größer als ein Schrank ist, eine ordentliche Portion natürliches Licht, das durch ein Fenster fällt, einen richtigen Schrank.

Diese Wohnung bietet ein Übermaß an Luft und Licht und Platz und all die Dinge, von denen man träumt, wenn man in seiner winzigen, dunklen Etagenwohnung ohne Fahrstuhl hockt.

Vielleicht ist es ganz passend, dass das hier mal eine Kirche war. Ich bin versucht, auf die Knie zu fallen und ein Dankgebet zu sprechen.

Das Penthouse ist verschachtelt aufgebaut. Von der Eingangstür führt eine kleine Treppe in den Hauptwohnbereich hinauf. Querbalken der Kathedralendecke überspannen den offenen Wohnbereich, in dessen Mitte sich eine Profiküche befindet. Die hintere Wand besteht vollständig aus Glas und zeigt eine große Dachterrasse, auf der sich bereits der Schnee türmt. Die Einrichtung sieht wie etwas aus, das direkt aus den schicken Möbelkatalogen stammt, für die ich mich so begeistern kann: übergroße Möbel in einem lässigen industriellen Stil.

Ich gehe mit langsamen Schritten durch die Wohnung und nehme alles in mich auf. Ein paar Lampen brennen, und auch das Licht in der Küche ist eingeschaltet. Dank meines hilfreichen Infopakets weiß ich, dass es hier ein Beleuchtungssystem gibt, das so eingestellt ist, dass es aktiviert wird, sobald es draußen dunkel wird. Offenbar befindet sich in meinem Schlafzimmer ein iPad mit einem Programm, mit dem sich die gesamte Elektronik der Wohnung steuern lässt. Cool.

Ich stelle meine Einkaufstüten auf die breite Kücheninsel. Das meiste davon kann warten, aber mein Minzeis mit Schokosplittern muss in den Gefrierschrank. Ein … *unbehagliches* Gefühl durchfährt mich, als ich die schnell schmelzende Eiscreme aus der kleinen isolierten Tüte hole, in die ich sie gepackt habe.

Eiskalte Gefrierschrankluft schlägt mir entgegen, und sofort muss ich wieder an die überraschende Wärme fester männlicher Lippen denken. Der Klang seines schockierten Keuchens, als ich ihn küsste, hallt in meinen Ohren wider. Nun ist mir nicht mehr kalt, sondern viel zu heiß. Willkürlich Männer zu küssen ist überhaupt nicht mein Ding. Aber es hat Spaß gemacht. Tatsächlich war es sogar urkomisch.

Ich will das noch mal machen. Mit John.

Hmm … John. Das ist nicht der Name, den ich mir für ihn vorgestellt habe. Für jemanden, der so viel Charisma und Leben ausstrahlt, klingt er zu verhalten. Und doch ist John ein anständiger Name. Ich habe das Gefühl, dass er nicht oft ausgetrickst wird. Die Erinnerung an seinen empörten Gesichtsausdruck entlockt mir ein kleines Lächeln. Den Rest meines Essens lasse ich erst mal liegen, weil ich mich noch weiter umsehen will.

Im vorderen Bereich des Gebäudes entdecke ich Anflüge von Farbe, die von einer weiter entfernt liegenden Wand zu kommen scheinen. Hinter einem breiten Durchgang, der bis zur Decke reicht, finde ich ein Medienzimmer mit einer großen Regalwand, einem gewaltigen Fernseher und diversen Kunstwerken vor. Auf einem smaragdgrünen Teppich steht eine schwarze lederne Couchgarnitur, die in Richtung des Bücherregals gedreht ist. Das große, runde Buntglasfenster der alten Kirche nimmt den Großteil der anderen Wand ein.

Ich will das Zimmer gerade wieder verlassen, als ich das Aquarium im Bücherregal entdecke und stehen bleibe. Hawn ist ein pummeliger, kleiner Goldfisch, der fröhlich um etwas herumschwimmt, das wie Arielles Grotte aussieht.

»Hey, kleine Hawn«, flüstere ich und trete näher an das Aquarium heran. »Du bist ja ganz alleine. Ich denke, du brauchst einen Freund. Einen Kurt-Russell-Regenbogenfisch oder so was.« Das sollte ich Mr Scott gegenüber erwähnen.

Hawn schwimmt auf mich zu und blubbert ein paar Fischküsse in meine Richtung. Ich nehme mir einen Moment, um sie zu füttern. Dann gehe ich weiter.

Eine Treppe aus Glas und Stahl führt auf eine weitere Ebene hinauf, die das offene Wohnzimmer umgibt. Es gibt einen Fitnessbereich, eine verschlossene Tür, ein dunkles Schlafzimmer und noch ein paar weitere verschlossene Türen. Laut meinem Infopäckchen darf ich diese Zimmer im Notfall betreten, soll sie ansonsten aber in Ruhe lassen. Das ist für mich vollkommen in Ordnung. Ich habe mehr als genug Platz. Am Ende des offenen Flurs finde ich das letzte Schlafzimmer vor, von dem aus man auf die Dachterrasse schauen kann.

Das Licht ist an, was irgendwie unheimlich, aber auch einladend ist. Dieses Zimmer allein ist größer als meine letzte Wohnung. Der Boden besteht aus einem glatten Walnussparkett und ist mit einem Teppich bedeckt, der ebenfalls in einem Juwelenfarbton gehalten ist: rubinrot. Das Bett ist regelrecht lächerlich. Es ist riesengroß, und das Kopfende ist zwei Meter hoch und besteht aus verwittertem Eichenholz. Es würde klösterlich wirken, wenn es nicht so viele luxuriöse Kissen und eine vornehme Tagesdecke gäbe. Das gesamte Bettzeug ist mit rauchfarbener Bettwäsche bezogen. Ich streiche mit einer Hand über die Decke und stelle fest, dass sie butterweich ist.

»Wow«, flüstere ich und stelle meine Taschen ab.

Mein Flüstern verwandelt sich in einen kleinen Freudenschrei, als ich den Präsentkorb entdecke, der auf dem Nachttisch aus Eisen und Holz steht. Er ist mit Shampoo, Körperlotionen, Badegelen und Badebomben gefüllt. Ein Bademantel aus Kaschmir und dazu passende Hausschuhe machen das Set komplett.

Das alles ist ein wenig verrückt, wenn man bedenkt, dass es sogar eine Willkommensnotiz von Scott Inc. gibt. Da Mr Scott jedoch der übereffiziente Typ zu sein scheint, sollte mich das nicht überraschen. Stevens habe ich noch nicht entdeckt, aber er soll scheu sein. Bei scheuen Haustieren wartet man am besten einfach ab.

Ich schaue mir das Bad an – eine Whirlpoolwanne für zwei! –, ziehe dann meine Schuhe aus und lasse mich mit einem Seufzen auf das Bett fallen. Das Haus ist still, und der Sturm wütet draußen vor dem großen Fenster wie verrückt. Das riesige Bett ist wie ein Kokon aus Behaglichkeit.

Unerklärlicherweise verschwimmt meine Sicht, und ich atme zitternd ein und aus.

Man sagt, dass das Zuhause dort ist, wo das Herz ist. Ich glaube, dass sich derjenige, der sich dieses kleine Sprichwort ausgedacht hat, nur besser fühlen wollte. Wenn man kein dauerhaftes Zuhause hat, spürt man das. Ich habe meins gerade verloren, und obwohl ich recht gut verdiene – mehr als bei jedem Bürojob, den ich finden könnte –, kann ich es mir nicht leisten, mir in Manhattan eine neue Wohnung zu kaufen oder auch nur zu mieten. Ich könnte woanders hinziehen, aber New York ist mein ganzes Leben lang mein Zuhause gewesen. Hier habe ich mein Netzwerk.

Und traurigerweise ist dies die Stadt, in der mich mein Dad zurückließ. So armselig es auch ist, wenn ich New York verlasse, wird es sich wie ein Tod anfühlen, so als wäre diese letzte kleine Verbindung zwischen uns endgültig und dauerhaft durchtrennt worden.

Ein leises Geräusch auf dem Bett sorgt dafür, dass ich den Kopf drehe. »Da bist du ja, Stevens.«

Stevens ist ein braun getigerter Kater mit leuchtend gelben Augen und einem süßen Gesichtsausdruck. Er miaut fragend und stupst dann mit seinem Kopf gegen meine Hüfte. Ich halte ihm meine Hand hin, und nachdem er ein paarmal daran geschnuppert hat, schnurrt er und lässt mich sein seidiges Fell streicheln. »Du bist so ein hübsches Kerlchen.«

Der Schmerz in meiner Brust nimmt zu und lässt gleichzeitig nach, als Stevens schnurrt und mir seine Wärme schenkt. Ich kuschele mich dichter an ihn. Er ist der Hauptgrund, warum ich diesen Job angenommen habe. Ich mag nicht in der Lage sein, selbst ein Haustier zu halten, aber für eine kurze Zeit kann ich die Haustiere anderer Leute lieben.

»Komm mit, Stevens. Lass uns die Küche plündern.«

Ich ziehe mir meinen wärmsten Schlafanzug und dicke Socken an und gehe nach unten. Der Schnee fällt nun so dicht, dass durch die Fensterfront nur noch ein Wirbel aus verschwommenem Weiß zu sehen ist. Ich schalte den Gaskamin an, gebe Stevens sein Abendessen und mache es mir mit meiner Eiscreme an der Kücheninsel gemütlich.

Die Stille ist allumfassend. Der Schneefall dämpft die Geräusche der Stadt, die ausnahmsweise mal gezwungen ist, zur Ruhe zu kommen. Aber die friedliche Ruhe hält nicht lange an.

Irgendwo im Gebäude ertönt der Klang einer Akustikgitarre. Die Richtung, aus der die Musik kommt, lässt sich nur schwer bestimmen, weil sie in der vom Schnee geschaffenen Stille widerhallt und verstärkt wird, bis mich der Klang vollständig zu umgeben scheint. Wer immer da spielt, ist gut.

Ich korrigiere: Er ist wirklich verdammt gut.

Der Gitarrist spielt eins von Kill Johns älteren Liedern, eine langsame Ballade, die von bittersüßer Liebe und vergangenen Zeiten erzählt. Das Lied sorgt dafür, dass ich noch missmutiger werde. Ich bin versucht, dem mir unbekannten Gitarristen einen Musikwunsch entgegenzurufen, damit er Kill Johns »Apathy« spielt und ich im Penthouse umhertanzen und mich stattdessen energiegeladen und stark fühlen kann.

Doch das traurige Lied ist zu schön, um es zu unterbrechen.

Ich summe mit, schaufle einen großen Löffel meines geliebten Minzeises direkt aus der Packung und schiebe mir die Portion langsam in den Mund. Dabei empfinde ich nicht so viel Freude wie sonst. Die Eiscreme schmeckt fade, und mein Kopf füllt sich mit Bildern von John.

Das Leben ist seltsam. Man interagiert ständig mit anderen Menschen, um dann wieder in die Normalität zurückzukehren. Für gewöhnlich denken wir nicht weiter darüber nach. Und doch gibt es diese einzigartigen Augenblicke, die sich irgendwie in unserer Psyche einnisten, wenn wir am wenigsten darauf vorbereitet sind.

Sosehr ich es auch versuche, ich kann die Erinnerung an diesen kleinen Eiscremeshowdown mit John nicht abschütteln. Ich könnte behaupten, dass das daran liegt, dass er heiß war. Aber das ist nicht der Grund. Okay, klar, teilweise schon. Mich mit einem süßen Typen anzulegen löst bei mir definitiv ein Hochgefühl aus. Aber nein, da steckt noch mehr dahinter.

»Es ist so, als würde ich den Mann kennen«, sage ich zu Stevens, während ich einen weiteren Löffel Eis esse. »Ich kenne sein Gesicht. Was echt seltsam ist, weil ich ihn kein bisschen kenne.«

Stevens miaut und stößt mit seinem Kopf gegen meinen Fuß.

»Ich weiß. Oder? Vielleicht war das nur ein bizarres Déjàvu.«

Die eindringlichen Töne des Lieds von Kill John erklingen nach wie vor und lenken mich weiter ab.

Johns Augen blitzen in meinem Geist auf. Ich sehe diesen halb von seinen dunklen Haarsträhnen verdeckten Blick, den er mir zuwarf … Diesen Ausdruck hatte ich bei ihm schon mal gesehen. Die Erkenntnis trifft mich mit der Wucht eines Güterzugs.

Ich erstarre mit dem Löffel im Mund und fange sofort an zu husten.

»Heilige Scheiße«, bringe ich prustend hervor, während mein Mund noch voller Eiscreme ist. »Oh, mein Gott.« Das kann nicht sein. Das bilde ich mir nur ein.

»Auf keinen Fall«, sage ich zu dem verwirrten Stevens. »Das ist nicht möglich.«

Mein Verstand rast und geht noch mal jedes Detail meiner bizarren Begegnung mit dem Mann durch, von dem ich nun vermute, dass es sich bei ihm um Jax Blackwood handelte, den Sänger und Gitarristen von Kill John. Lautet sein richtiger Name nicht John? Ist Kill John nicht ein seltsamer Insiderwitz zwischen den Bandmitgliedern? Eine Anspielung auf die Namen von John und seinem Bandkollegen Killian?

Ich erschauere. Die Ironie schmerzt jetzt regelrecht. Vor etwas über zwei Jahren hat Jax Blackwood versucht, sich das Leben zu nehmen. Die ganze Sache wurde sehr ausführlich in der Öffentlichkeit diskutiert. Überall in den Medien wurden scheußliche Bilder verbreitet. Sie zeigten Jax, der auf dem Fußboden lag und fast an einer Überdosis gestorben war. Kill John löste sich nach dieser Beinahekatastrophe für ein Jahr auf.

Jeder redete darüber. Es war ein saftiger Skandal, von dem die Leute nicht genug bekommen konnten. Jax' Privatleben diente Angestellten in allen möglichen Büros während der Pausen als Gesprächsstoff. Ich persönlich fand es traurig. Jax' Schmerz muss enorm gewesen sein. Die Öffentlichkeit hätte ihn in Ruhe lassen sollen. Aber die Welt liebte ihn. Die Leute wollten, dass es ihm gut ging. Sie wollten, dass ihr gefallener Superstar wieder aufstieg. Und das tat er. Jax Blackwood war im vergangenen Sommer mit Kill John auf Tournee. Das Konzert in New York City war innerhalb von fünf Minuten ausverkauft.

»Jax Blackwood«, sage ich mit einem weiteren Löffel Eis im Mund.

Aber warum sollte Jax Blackwood, der legendäre Sänger und Gitarrist der berühmtesten Band der Welt, vor einem Schneesturm Lebensmittel einkaufen?

Weil das hier Manhattan ist und alles passieren kann. Hier kann es sogar vorkommen, dass ein weltberühmter Rockstar Minzeis mit Schokosplittern kauft. Ja klar, er würde Eiscreme kaufen. Und nicht an irgendeinem Strand in der Sonne liegen und sich mit umwerfenden Frauen umgeben.

Ich weiß nicht viel über Jax Blackwood, aber ich weiß, dass er ein berüchtigter Frauenheld ist. Die meisten Bilder, die ich von ihm gesehen habe, zeigen ihn mit überirdisch schönen Frauen an seiner Seite. Berühmten Frauen. Schauspielerinnen, Models, Sängerinnen. Das hat sich bei ihm nie geändert.

Aber Herrgott, jetzt, da ich richtig darüber nachdenke, sah mein Kerl wirklich genau wie Jax aus. Er hatte das gleiche schmeichlerische Lächeln, so als wollte er sagen: *Ich werde deine Welt aus den Angeln heben und dafür sorgen, dass du dich vor Verlangen nach mir verzehrst, bevor ich dich einfach stehen lasse.* Er hatte die gleichen grünen Schlafzimmeraugen. Ich hatte mal eine Nachbarin, die stets verkündete, dass Jax der Star ihrer persönlichen Sexträume sei. Andererseits hat sie jedes Mitglied von Kill John für diese Ehre beansprucht.

Das letzte Bild, das ich von Jax gesehen habe, zeigte ihn mit langem Haar, das ihm bis über die Schultern reichte, und einem Bart. Der Kerl im Laden – John – war glatt rasiert und hatte kürzeres Haar, das man nur als struppiges Durcheinander bezeichnen konnte.

»Er könnte beim Friseur gewesen sein«, überlege ich laut.

Stevens miaut zustimmend.

Verunsichert starre ich auf meine Eiscreme. Die Erinnerung

an seine Lippen auf meinen sorgt dafür, dass meine Wangen rot werden. Hatte ich wirklich Jax Blackwood geküsst?

»Vielleicht sieht er Jax nur sehr ähnlich«, sage ich zu Stevens. Aber was ist mit seiner Stimme? Diese zart schmelzende Karamellstimme war eine Mischung aus reinem Sex und Sünde. Genau wie die von Jax.

Er wollte meinen Namen wissen. Und ich habe ihn einfach stehen lassen.

Ich presse mir die Hände auf die heißen Wangen und lache kurz auf. »Heiliger Strohsack. Ich küsse eine Rocklegende und kann es erst später richtig genießen, weil es mir in dem Moment gar nicht bewusst war. So was kann auch nur mir passieren.«

Stevens miaut.

»Vielleicht«, berichtige ich. »Ich denke … Nein … Das kann nicht Jax gewesen sein.«

4. Kapitel

Stella

Das einzig Gute an einem Schneesturm im Frühling ist die Tatsache, dass das Wetter danach eher früher als später warm wird. Ich igele mich eine Woche lang in meinem fantastischen Penthouse ein, und Stevens schnurrt auf meinem Schoß vor sich hin. Wenn man eine Woche lang nicht vor die Tür kann, ist es definitiv angenehm, in einem schicken Penthouse zu sein. Ich habe so viele Stunden in der Badewanne verbracht, dass sich meine Haut nun schon dauerhaft rosa verfärbt hat. Und wer immer in dieser Wohnung lebt, muss ein extremer Musikliebhaber sein. Das Soundsystem ist der Hammer, und ich bin mir ziemlich sicher, dass diese Person jedes Lied, das je aufgenommen wurde, auf einem Computer gespeichert hat, der einzig und allein diesem Zweck dient. Die Filmsammlung ist ebenfalls fantastisch.

Damit, mit meinem E-Reader und meinem Minzeis hätte ich problemlos auch noch länger in der Wohnung bleiben können. Okay, klar, das Eisessen war nicht so erfüllend wie sonst. Gewisse … Gefühle kamen mir dabei in die Quere. Aber ich schluckte diese Gefühle einfach runter und betäubte alles mit meinem ergaunerten Gewinn.

Als die Welt genug aufgetaut ist, um nach draußen zu gehen,

brauche ich dringend ein wenig Bewegung. Ich verabschiede mich von dem süßen Stevens und der blubbernden Hawn, schnappe mir meine Yogamatte und wage mich in die große weite Welt hinaus. Ich bin mir ziemlich sicher, dass ich die schlechteste Yogapraktizierende auf dem ganzen Planeten bin. Meine Fähigkeit, eine Yoga-Stellung zu halten, liegt irgendwo zwischen zehn und dreißig Sekunden. Dann falle ich entweder hin oder irgendetwas knackt. Aber es ist immer noch besser als Joggen. Ich hasse Joggen. Eine brennende Lunge und schmerzende Schienbeine sind eine Hölle, die ich nicht bereit bin zu ertragen.

Allerdings habe ich Jogger immer beneidet. Sie wirken so frei. Außerdem werden sie während einer Zombieapokalypse einen eindeutigen Vorteil haben. Leider muss ich mich mit dem Schicksal abfinden, dann gefressen zu werden.

Eine Stunde später schwitze ich wahre Sturzbäche, habe ein Gesicht, das eine Tomate stolz machen würde, und schleppe mich zurück nach Hause. Warum ich beschlossen habe, Hot Yoga auszuprobieren, wird wohl auf ewig ein Rätsel bleiben. Hitze und mein blasser Hintern passen nicht zusammen. Absolut nicht. Ich denke, ich würde lieber joggen oder von Zombies angegriffen werden.

Gott, ich stinke. Nach Schweiß und feuchten Yogamatten. Ich gehe an einer Frau vorbei, die einen großen Bogen um mich macht, vermutlich zum Schutz ihrer Nase. Ich lächle grimmig, während ich weitertrotte.

Ich biege um die Ecke und erreiche endlich mein Gebäude. Nun werde ich in meine geliebte Badewanne zurückkehren. Ich träume bereits davon, als ich die Stufen vor dem Haupteingang erklimme und direkt in …

»Das soll ja wohl ein Witz sein!«, rufe ich aus, als John mitten in seiner Bewegung innehält. Er hat einen Fuß auf der ersten Stufe meines Wohngebäudes. »Ich meine, kommen Sie schon, es war doch nur Eiscreme!«

Das besiegelt es. Dieser Kerl kann nicht Jax Blackwood sein. Ein Rockstar würde niemals eine Frau bis zu ihrer Wohnung verfolgen, nur weil sie ihm sein Eis weggenommen hat.

Nein, du darfst nicht schuldig wirken. Bleib ganz locker. Selbst wenn du verschwitzt bist und stinkst. Verdammt noch mal. Warum jetzt?

Er ist ebenfalls verschwitzt. Er trägt eine kurze Sporthose und ein langärmeliges Oberteil, das sich an seine breite Brust und seinen flachen Rumpf schmiegt wie eine Umarmung. Dieser Look steht ihm gut. Sein Körper ist drahtig und durchtrainiert und weist dieses perfekte Verhältnis zwischen breiten, starken Schultern und Waschbrettbauch auf. Seine Haut ist nicht fleckig und gerötet, sondern geschmeidig wie Honig. Natürlich riecht *sein* Schweiß nach Sonnenschein und Sex. Typisch. Man sollte ein Duftwasser daraus machen: Heißer verschwitzter Typ.

Ich verspüre plötzliche freudige Erwartung. Offenbar bin ich in dieser Hinsicht ziemlich berechenbar. Ich freue mich, diesen attraktiven Kerl zu sehen, selbst wenn er eine Art gruseliger Stalker zu sein scheint. Meine Prioritäten sind auf peinliche Weise aus dem Gleichgewicht geraten.

Dass das Tageslicht sein gutes Aussehen noch verbessert und seine Augen wie Jade funkeln lässt, ist auch nicht gerade hilfreich. Dieser Mistkerl hat echt Glück. Er hat zwei tiefe Falten, die seinen Mund umranden, wenn er grinst. Das war mir vorher gar nicht aufgefallen. Aber ich erinnere mich bestens an sein trockenes Lachen.

»Die Schuldgefühle müssen dich auffressen, Knöpfchen. Ich wette, in deinem Gefrierschrank schlägt schon die ganze Woche dein böses Herz.«

»Wohl kaum.« Er hat vollkommen recht. Die Erinnerung an sein empörtes Gesicht hat mich bei jedem Löffel verfolgt. »Ich habe die ganze Packung sofort aufgegessen. Und es war *einfach köstlich*.«

Er kommt eine Stufe hoch, um mit mir auf Augenhöhe zu sein, weil ich zwei Stufen über ihm stehe. Ich erstarre, als er sich dicht an mich heranlehnt und mir höhnisch ins Ohr flüstert. »Klopf, klopf. Klopf, klopf.«

»Halten Sie den Mund.« Ich werde nicht einknicken. Auf keinen Fall.

Doch das tue ich. Ich kann spüren, wie die Gewissensbisse meine Gesichtszüge verzerren. Verdammt.

Er lacht. »Ich wusste es. Rache ist ein Gericht, das man am besten kalt serviert, heißt es nicht so?«

»Sie denken viel zu viel über mich und *mein* Minzeis nach, Kumpel.« Ich stemme eine Hand in meine Hüfte. »Haben Sie auch nur eine Ahnung, wie gruselig und verzweifelt es wirkt, jemandem wegen Eiscreme nachzusteigen?«

Er lacht erneut – es ist ein heiserer Laut, so als hätte er es seit einer Weile nicht mehr getan. »So ungern ich deine paranoide Seifenblase auch zerplatzen lasse, Knöpfchen, aber ich wohne hier.«

»Quatsch.«

»Ich veräppele dich nicht, Süße.«

»Ich heiße Stella, nicht ›Süße‹ oder ›Knöpfchen‹ oder was für dämliche Namen Sie sonst noch benutzen wollen.«

»Stella, ja?« Er scheint mir plötzlich noch näher zu sein. Nah genug, dass ich erneut die kleine Narbe unter seinem Auge sehen kann. Meine Knie werden ein bisschen weich. Sie geben fast nach, als seine heisere Stimme über mich hinwegrollt. »Und ich heiße John. Erinnerst du dich? Nicht ›Kumpel‹ oder ›Freundchen‹ oder was für bösartige Namen du sonst in deinem Kopf benutzt.« Er starrt mich an und grinst frech. »Mach dir nicht die Mühe, es zu leugnen. Ich kann praktisch sehen, wie sie dir in den Sinn kommen, wenn du mich anschaust.«

Er hat recht. In meinem Kopf huschen viele Namen für ihn herum. John? Oder Jax?

Gott, ich habe keine Ahnung. Und doch bringt es mich um. Ich will nicht, dass er Jax ist. Es ist schon schlimm genug, dass ich mich diesem Kerl gerade stellen muss, während ich absolut furchtbar aussehe. Ich werde es nicht ertragen können, falls er der Rockstar ist, zu dessen Liedern ich unter der Dusche mitgesungen habe. »Hören Sie, wer auch immer Sie sind …« *Sei nicht Jax.* »Eine Frau wegen Eiscreme zu verfolgen ist einfach nur traurig. Ich bin mir ziemlich sicher, dass die Läden mittlerweile neue Lieferungen bekommen haben.«

Er schnaubt. »Glaub mir, Babe, so dringend brauche ich keinen Nachtisch.«

»Die Beweise besagen das Gegenteil.«

»Du hast recht«, sagt er mit einem sarkastischen Lächeln, das ich langsam für sein Markenzeichen halte. »Ich dachte mir: Hey, warum gehe ich nicht joggen und spüre die kleine küssende Banditin auf, die mir mein Minzeis geklaut hat. In einer Stadt mit zehn Millionen Einwohnern kann es doch nicht so schwer sein, ihr zufällig über den Weg zu laufen.«

»Ha, ha. Wirklich sehr witzig.« Ich werfe einen Blick auf die Straße, wo traurige Klumpen aus schmutzigem Schnee vor sich hin schmelzen. »Sie wollen mir erzählen, dass das hier ein Zufall ist?«

Sein Lächeln wird breiter und kräuselt sich an den Mundwinkeln wie das einer Schlange. »Das ist doch wohl offensichtlich.« Ein Schlüsselbund klimpert, als er ihn mir vor die Nase hält. »Und ich wohne tatsächlich hier.«

»Leck mich am Arsch«, murmle ich, ohne nachzudenken.

John grinst breit. Der Ausdruck in seinen Augen ist regelrecht böse. »Am Arsch, ja? Ist das etwas, worauf du stehst?«

»Glauben Sie mir, das war keine Aufforderung.« *Wirklich nicht. Nun ja, vielleicht. Argh, jetzt reiß dich mal zusammen, Stells.*

Er mustert meinen Körper mit einer trägen Sorgfalt, mit der er mich eindeutig aus dem Konzept bringen will.

»Bist du sicher? Du wirkst ein wenig errötet und überhitzt.«

»Ich komme gerade vom Hot Yoga!«

»Hot Yoga? Ist das ein Kurs mit lauter heißen Tussis, die Yoga machen?« Er streicht sich übers Kinn wie ein gruseliger Professor. »Das klingt faszinierend. Erzähl mir mehr.«

Moment, hat er mich gerade als heiß bezeichnet? Ich halte inne und starre ihn an, doch er blinzelt mich einfach nur mit falscher Unschuld an.

»Ich werde jetzt reingehen«, teile ich ihm mit einem freundlichen Lächeln mit. »Der nach unten schauende Hund hat mich komplett erledigt.«

Belustigung blitzt in seinen Augen auf, doch dann wird seine Miene regelrecht schmutzig.

Ich hebe eine Hand. »Was auch immer Sie gerade denken, lassen Sie es einfach.«

»Aber es ist so gut«, protestiert er, und seine Augen funkeln noch heller. »Oh, all diese wundervollen Möglichkeiten.«

»Sie sind ein Schwein.«

»Grunz. Grunz.« Er bewegt den Kopf in meine Richtung, und es ist nicht fair, dass er so gut riecht, obwohl er total verschwitzt ist. Absolut nicht fair. All diese Pheromone bringen mich ganz durcheinander. »Woher soll ich wissen, dass *du* nicht *mich* verfolgst? Immerhin ist das das wahrscheinlichere Szenario.«

Alles in mir erstarrt – mein Atem, mein Herz, meine durchs Yoga hervorgerufenen Muskelzuckungen. Ich spüre die Pause zwischen uns. Er denkt eindeutig, dass er zu viel gesagt hat. Und nun gibt es kein Rätsel mehr. Dieser Kerl ist Jax Blackwood.

Er reißt ganz leicht die Augen auf, als würde er mich stumm bitten, die Äußerung, die ihm gerade herausgerutscht ist, zu ignorieren. Er will, dass ich ihn wieder für einen ganz normalen Typen halte. Doch dann zieht er die Brauen zusammen, und ich habe das Gefühl, dass er sich auf den Aufprall vorbereitet.

Wenn ich ehrlich bin, wünschte ich, ich könnte es einfach gut sein lassen, aber irgendjemand muss diese unangenehme Situation ansprechen. Ich räuspere mich. »Als ich meine Eiscreme gegessen habe ...«

Er schnaubt, bleibt aber angespannt.

»... dachte ich schon, dass du mir bekannt vorkommst.« Ich mache mir nicht mehr die Mühe, ihn zu siezen, denn nun habe ich keinen Zweifel mehr an seiner Identität.

»Das waren die Schuldgefühle, die dich heimsuchten.«

»Oder ... und ich will das einfach nur mal erwähnen ... du bist Jax Blackwood.«

Er zuckt tatsächlich zusammen. »Verdammt. Du hast mich erkannt.«

»Das musste doch so kommen. John? Ernsthaft?«

Er hebt kampflustig das Kinn. »Das ist mein Name. John ... Das bin ich. Jax bin ich auf der Bühne.«

Ich stelle ihn mir bei einem Auftritt vor, ein Bündel aus elektrischer Energie, roher Leidenschaft und reinem Talent. Das ist ein beeindruckender Anblick. Verdammt, dieser Anblick hat bei mir ein paar wirklich heiße Fantasien ausgelöst.

Während ich mich in meiner Teenagerfantasie verliere, schaut er sich hektisch um, so als würde er erwarten, dass jemand hinter einem Schneehügel hervorspringt, um ihn zu fotografieren. Dann starrt er wieder mich an. Meine Miene muss ein wenig benommen wirken, denn er lehnt sich ein Stück zurück. Es ist nicht gerade schmeichelhaft zu erkennen, dass er befürchtet, dass ich versuchen könnte, sein Gesicht abzulecken oder so was.

Ich schließe ruckartig meinen offen stehenden Mund. »Oh, beruhige dich. Ich werde jetzt ganz sicher nicht anfangen zu kreischen und versuchen, dir in den Schritt zu fassen.«

Seine Miene hellt sich ein wenig auf. »Ich denke, dass ich es wäre, der kreischen würde, wenn du mir in den Schritt fassen würdest.«

»Stimmt. Ich habe überraschend starke Hände.« Als er mich entsetzt anstarrt, halte ich sie hoch und wackele mit den Fingern. »Yoga. Es ist sehr effektiv.«

»Meine Eier sind gerade vor Schreck zusammengezuckt.«

»Betrachte das als Warnung.«

Er schnaubt, doch dann wirft er einen Blick auf unser Wohngebäude. »Wohnst du wirklich hier?«

»Glaubst du wirklich, dass ich *dich* gestalkt habe?«

John – denn ich kann ihn offenbar nicht Jax nennen – fährt mit einer Hand durch sein feuchtes Haar, wodurch sich sein Bizeps anspannt und zuckt. »Ja … das klingt tatsächlich verrückt.«

Verrückt. Das trifft auf diese ganze Situation zu. Erst bietet man mir einen viermonatigen Aufenthalt in einer Traumwohnung an und kurz darauf stehe ich auf meiner Eingangstreppe und rede mit einem Rockstar. Mit der größten Legende meiner Generation. Ich weiß ehrlich nicht, warum ich gerade nicht stammele.

»Ich kann nicht glauben, dass wir Nachbarn sind«, sage ich, ohne nachzudenken.

Seine grünen Augen schimmern im Licht des Nachmittags,

doch er hält inne und beäugt mich genauer. »Weißt du, ich will ja nicht eingebildet klingen, aber du gaffst mich gerade ziemlich anzüglich an.«

Ich reiße das Kinn hoch, als hätte man mich geschlagen. Gleichzeitig läuft mein ganzer Körper vor Verlegenheit rot an. Mist. Ich habe ihn wirklich angegafft. Nein, nicht *angegafft*. Aber ich habe ihn voller Bewunderung angestarrt. Oh, Mann. »Tja, du klingst ganz schön eingebildet. Ich habe lediglich höflichen Blickkontakt hergestellt.«

Elende Lügnerin.

Obwohl seine Lippen zucken, ist er freundlich genug, mich nicht auf meine Lüge hinzuweisen. »Du musst neu sein. Ich habe dich hier noch nie gesehen. Und so groß ist das Gebäude nicht.«

»Ich bin an dem Abend eingezogen, an dem der Schneesturm wütete.«

»Du meinst den Abend des Eiscremediebstahls?«

»Du wirst deswegen keine Ruhe geben, oder?«

Er wirft mir einen langen Blick zu, und ich spüre, wie ich mich winde. Ich will mich nicht daran erinnern, wie ich ihn geküsst habe, aber das tue ich. Und er weiß es. Er verzieht die butterweichen Lippen zu einem selbstgefälligen Lächeln. Als meine Wangen unerträglich heiß werden, spricht er endlich. »Betrachte die Eiscreme als Willkommensgeschenk.«

»Hey, ich habe dir meine Kekse gegeben. Wo bleibt der Dank dafür?«

John fährt mit der Rückseite eines Fingers über seine Unterlippe. »Ich weiß, dass du das wörtlich meinst, aber ich höre nur versteckte Anspielungen.«

»Dann solltest du vielleicht mal deine Ohren untersuchen lassen.«

Er brummt, als würde er mir zustimmen, aber sein Blick ist

berechnend. »Wenn du wirklich hier wohnst, wie lautet dann die Nummer deiner Wohnung?«

Ich will sie ihm fast nicht verraten. Sein belustigter Gesichtsausdruck macht deutlich, dass er es genießt, mich zu piesacken. Aber ich denke nicht für eine Sekunde, dass er flirtet, um bei mir irgendetwas zu erreichen. Dieser Kerl kann jede Frau haben, die er will. Ein sommersprossiger Rotschopf mit einem durchschnittlichen Aussehen wird seine Aufmerksamkeit nicht lange fesseln können.

Das macht mir nicht mal etwas aus. Die Vorstellung, sich auf ihn einzulassen, ist undenkbar. Oh, ich weiß, dass er dafür sorgen würde, dass es sich für mich lohnt. Die Art, wie er sich bewegt, strahlt reinen, sinnlichen Sex und vollkommenes Selbstvertrauen aus. Aber er wohnt in meinem Gebäude. Ich könnte ihm nie im Leben Tag für Tag in die Augen schauen, wenn ich wüsste, dass er mich hatte und dann zur Nächsten weitergezogen ist. Denn auch dafür ist Jax Blackwood berüchtigt.

Ich schüttle den Kopf und zwinge meine Gedanken vom Thema Sex weg. »Ich wohne in 5B.«

John blinzelt, und seine Miene wird vollkommen ausdruckslos. »Verdammt, du bist meine direkte Nachbarin.«

»Du wohnst in 5A?«, bringe ich zaghaft hervor. Gott, diese Musik die ich letztens gehört habe – das war er, der auf der Gitarre gespielt hat.

Er lässt ein Lächeln aufblitzen. »So ist es.«

Und dann trifft es mich wie ein Blitz. »Du bist der, den man nicht stören darf! Ich hätte es wissen müssen.«

»Tut mir leid. Wer?«

Die Art, wie er verwirrt die Stirn runzelt, ist irgendwie liebenswert.

»Mein direkter Nachbar auf der Penthouseebene, mit dem

ich mir eine Wand teile. Ich soll ihn in Ruhe lassen, weil man ihn nicht stören darf.«

Er blinzelt und schaut zu mir herunter. Dann zucken seine Mundwinkel. »Wie ich sehe, hat sich Scottie mal wieder um alles gekümmert.«

»Du meinst Mr Scott.«

»Ja, klar, wie auch immer du ihn nennen willst.«

»Das ist sein Name. Zumindest ist das der Name des Mannes, der mich engagiert hat, damit ich mich um die Haustiere kümmere.«

Wir drehen uns gleichzeitig um und steigen die Stufen zum Haupteingang hinauf. John tippt seinen Zugangscode ein und öffnet mir die Tür.

»Die Bandmitglieder nennen ihn Scottie. Er ist unser Manager.«

»Das erklärt die ganze Heimlichtuerei.«

»Er benimmt sich wie ein überfürsorglicher und nerviger Vater.« John wirft seine leere Trinkflasche in die Wertstofftonne neben der Tür. Eine schnelle Handbewegung, und der Mistkerl hat nicht mal hingeschaut. »Aber er ist definitiv unser bester Schutz.«

Ich schlage mir auf die Stirn. »Wow, jetzt verstehe ich das. Du bist ja berühmt. Vermutlich hast du nicht gerne Kontakt zu unbedeutenden Menschen, es sei denn, sie sortieren deine M&Ms oder so was.«

»Oh, um Himmels willen. Ich mag nicht mal M&Ms.«

»Dann eben Skittles. Du willst nicht den ganzen Regenbogen kosten, oder? Allerdings geht mir das ähnlich. Die lilafarbenen sind widerlich. Ich weiß nicht, was zum Teufel das für ein Geschmack sein soll, aber es ist ganz sicher nicht Weintraube.«

Stille macht sich zwischen uns breit, während mich John anstarrt, als hätte ich zwei Köpfe. Ich schätze, er mag die lilafarbenen Skittles, was einiges erklären würde. Er schüttelt seine Schockstarre ab. »Du weißt, dass es für Leute wie dich Medikamente gibt, oder?«

»Ach wirklich?«

»Ja, Tabletten gegen Sodbrennen.«

Ich kann nicht anders, ich muss lachen.

Sein streitlustiger Gesichtsausdruck verschwindet, und dann lacht er ebenfalls. Der Klang ist üppig und warm, und wir stehen hier und können nicht aufhören. Bis uns klar wird, dass wir wie zwei Wahnsinnige lachen. Sofort verstummt unsere Ausgelassenheit wie eine traurige Posaune.

John räuspert sich und richtet sich auf. »Scottie hat dich davor gewarnt, mich zu stören, oder?«

»Eigentlich sagte er, dass ich ihn umgehend kontaktieren soll, falls sich irgendwelche Probleme in Bezug auf dich ergäben.«

Sein Blick verfinstert sich schlagartig, doch dann lacht er schnaubend. »Ja, das klingt nach dem Mistkerl.«

»Was genau meinte er mit Problemen?«

John verzieht den Mund zu einem breiten, leicht bösartigen Lächeln. »Oh, ich bin sicher, dass du das noch herausfinden wirst, du weißt schon …« Er wechselt in einen einwandfreien britischen Akzent und ahmt Mr Scott perfekt nach. »Wenn sich besagte Probleme ergeben.«

»Niedlich.« Ich mustere ihn langsam. »Ich werde mir keinen Vorrat an Feuerlöschern zulegen müssen, oder?«

Er starrt mich mit weit aufgerissenen, unschuldigen grasgrünen Augen an. »Natürlich nicht. Die Wohnung ist bereits mit einer ausreichenden Menge ausgestattet.« Er zwinkert und schlendert dann an mir vorbei in Richtung der Fahrstühle.

Leider muss ich auch nach oben.

John wirft einen Blick über seine Schulter und zieht eine Augenbraue hoch. »Verfolgst du mich, Knöpfchen?«

»Nur weil du zum Fahrstuhl gehst. Und hör auf, mich so zu nennen.«

Die Fahrstuhltüren öffnen sich, und wir treten in die Kabine. Ich hätte den nächsten nehmen sollen. Hier drinnen ist es eng, und John Blackwood nimmt mit seinem enormen Ego so viel Platz ein.

Er lehnt sich mir gegenüber an die Wand und überkreuzt lässig seine langen Beine. Diese Haltung hat den bedauerlichen Nebeneffekt, dass sie die stattliche Beule zwischen seinen Beinen betont. Ich halte die Augen fest auf sein Gesicht gerichtet, während er mir einen trägen Blick zuwirft. »Ich kann nicht anders. Du hast eine so niedliche Knopfnase in deinem hübschen runden Gesicht mit all den kleinen Sommersprossen. Ich schwöre, meine erste Grundschulliebe hatte eine Puppe, die genauso aussah wie du. Ich glaube, sie nannte sie Chucky.«

Ich darf den Rockstar nicht treten. Sein Körper ist vermutlich versichert.

»Wow, den Chucky-Witz habe ich ja noch nie gehört.«

Er lacht. »Ich höre öfter, dass ich ziemlich originell bin.«

»Inwiefern ist das originell?«, murmle ich, bevor ich ihm ein gutmütiges Lächeln schenke. »Du weißt aber schon, was Chucky mit Leuten gemacht hat, die er nicht mochte, oder?«

John neigt den Kopf zur Seite und betrachtet mich. »Vielleicht bin ich derjenige, der sich wegen möglicher Probleme Sorgen machen sollte.«

»Am sichersten wäre es, wenn du beim Schlafen ein Auge offen lässt.« Ich ahme seine Haltung nach, was traurigerweise nicht so sexy wirkt, wenn man so klein ist wie ich. »Zweifellos kennst du den geheimnisvollen Besitzer des Penthouses, in dem ich derzeit wohne.«

»Zweifellos« stimmt er zu, ohne dass sein freches Lächeln verrutscht.

»Was bedeutet, dass du Stevens und Hawn kennst.«

Johns Mund zuckt. »Ja.«

»Warum kümmerst du dich dann nicht um die Tiere?«

Sein Lächeln verblasst ein wenig. »Stevens mag mich nicht«, murmelt er und begutachtet seine Fingernägel.

»Stevens? Aber er ist süß und verschmust. Er ist definitiv ein Schmuser und kein Kämpfer.«

John zuckt mit den breiten Schultern.

Ich beäuge ihn misstrauisch. »Du musst ihm irgendwas getan haben.«

Er wirft mir einen gequälten Blick zu. »Ich bin ihm mal versehentlich auf den Schwanz getreten. Ein einziges Mal!«

Ich muss grinsen. »Und die arme Hawn? Hast du etwa auch Streit mit dem Goldfisch?«

»Noch nicht. Aber fairerweise muss man sagen, dass Hawn neu ist. Vor ihr gab es Löckchen. Aber sie starb. Sehr plötzlich, weißt du?«

Der Fahrstuhl erreicht unser Stockwerk, und wir betreten den kleinen Bereich zwischen unseren Wohnungstüren.

»Löckchen?« Goldlöckchen. Ich verziehe das Gesicht. »Oh Gott, das ist übel.«

John kichert. »Das ist nur die Spitze des Eisbergs, wenn es um Killians Bekloppheit geht.«

Ich halte inne. »Killian? Ich kümmere mich um Killian James' Haustiere?«

Nun verzieht John das Gesicht. »Mist. Ich glaube, das durfte ich nicht verraten.«

»Wow.« Ich schaue auf den Schlüssel in meiner Hand und dann zur Tür meiner Wohnung auf Zeit. »Das ergibt plötzlich alles so viel Sinn.«

John beäugt mich misstrauisch. »Du wirst deswegen doch jetzt nicht ausflippen, oder?«

»Ich? Ach was.« Ich winke ab. »Warum sollte ich wegen Killian James' Haustieren ausflippen, wenn mich nicht mal der berüchtigte Jax Blackwood beeindruckt?«

Sobald ich es ausspreche, tut es mir leid. John sackt sofort in sich zusammen und spannt den Kiefer an.

Bedauern lässt meine Stimme belegt klingen. »Hey, ich wollte nicht …«

Er hebt eine Hand. »Nein, ist schon gut.« Aber seine Miene ist kalt, und seine grünen Augen, die eben noch vor Lebensfreude geleuchtet haben, wirken jetzt tot. Er dreht sich zu seiner Tür um und öffnet sie schnell. »Willkommen im Gebäude.«

»John …«

»Wenn du irgendwas brauchst, ruf einfach Scottie an.«

Damit ist er verschwunden, und ich bleibe alleine im Flur zurück und befürchte, dass ich gerade einen schrecklichen Fehler gemacht habe.

5. Kapitel

Stella

Stevens macht es sich auf meinem Schoß gemütlich und schnurrt. Sein warmes, vibrierendes Gewicht tröstet mich, als ich nach dem Telefon greife und wähle.

Gedankenverloren streichle ich Stevens' seidiges Fell und warte. Mit jedem Tuten wächst meine Anspannung. Stevens drückt sich gegen mich, als versuchte er, mir Mut zu machen.

»Hier spricht Mitchell«, meldet sich ein Mann knapp.

Ich bin mir ziemlich sicher, dass er weiß, wer ihn anruft, aber ich sage es ihm trotzdem. »Hi, Mitchell, hier ist Stella Grey.«

Ein Stuhl quietscht, und Mitchell räuspert sich. »Ms Grey, es ist immer eine Freude, Ihre Stimme zu hören.«

»Ja, danke, Mitchell. Ich habe mich gefragt …« Ich lecke über meine trockenen Lippen. »Haben Sie irgendwelche neuen Informationen …«

»Ms Grey«, unterbricht er mich mit einem gedehnten Seufzen, »Sie wissen doch, dass ich Sie anrufen würde, wenn ich irgendetwas für Sie hätte.«

Ich umklammere das Telefon fester. »Ja, ich weiß. Ich wollte nur … mal nachhören …«

»Ich weiß«, sagt er und klingt nun sanfter. »Tut mir leid, Kleines. Ihr Dad ist nicht leicht zu finden. Er benutzt Decknamen, macht keine Steuererklärungen und lebt komplett unter dem Radar. Verdammt, ich bin mir nicht mal sicher, dass er wirklich Garret Grey heißt.«

Ich schnaube, aber es klingt wie ein unterdrücktes Schluchzen. »Vermutlich nicht. Aber das ist der einzige Name, den ich Ihnen nennen kann.«

»Hören Sie, es fühlt sich für mich nicht richtig an, dass ich weiterhin Ihr Geld annehme, wenn ich nur immer wieder in Sackgassen lande.«

Ich nicke stumpfsinnig, obwohl ich weiß, dass er mich nicht sehen kann. Mitchell ist nicht der Erste, den ich angeheuert habe, um meinen Vater zu finden. Aber er wird der Letzte sein.

Ich lecke mir erneut über die Lippen und finde meine Stimme wieder. »Vielleicht wäre es das Beste, eine Pause einzulegen. Danke, dass Sie es versucht haben, Mitchell.«

Er schnaubt. »Ich habe Sie enttäuscht, und das wissen wir beide.«

Mein Lächeln ist zittrig. »Es ist nicht Ihre Schuld, dass Sie ihn nicht finden können. Der Mann hat sein Leben der Fähigkeit gewidmet, sich heimlich davonzumachen.«

»Das mag jetzt vielleicht gönnerhaft klingen, aber vielleicht ist es besser so. Ein Vater, der sein Kind im Stich lässt, ist es nicht wert, gefunden zu werden.«

Trotz Mitchells schroffem, aber gut gemeintem Mitgefühl verschwimmt meine Sicht, als mir heiße Tränen in die Augen steigen, die ich schnell fortblinzele. »Wie recht Sie haben.«

Ich lege auf und drücke Stevens an mich. Meine Nase und meine Augenlider prickeln und brennen von all den ungeweinten Tränen. Ich komme mir dämlich vor, weil ich nach meinem Vater gesucht habe, obwohl ich genau weiß, dass er nicht gefunden werden will. Wenn es anders wäre, wüsste er genau, wo er mich finden könnte. Zumindest wäre das vor meinem Umzug der Fall gewesen. Aber jetzt?

Tja, er könnte mich immer noch finden, wenn er es versuchen würde. Dad war schon immer gut darin, Leute aufzuspüren. Aber er hat sich nie die Mühe gemacht zurückzukommen.

Ein kleiner Laut, der halb Lachen und halb Schluchzen ist, entschlüpft meiner Kehle, und ich vergrabe mein Gesicht in Stevens' Fell. Dass seine Haare dabei meine Nase kitzeln, kümmert mich nicht. Ich hätte diese Sache schon vor langer Zeit aufgeben sollen. Dad hat mich verlassen. Zum Teufel mit ihm. Er verdient es nicht, dass ich auch nur einen weiteren Gedanken an ihn verschwende. Aber das hat mich nicht davon abgehalten, viel zu viel Geld für die Suche nach ihm auszugeben.

Ich bin nicht mal sicher, was ich von ihm wollte. Eine Chance, ihm die Meinung zu geigen, weil er mich verlassen hat. Eine Chance, ihn zu fragen, warum er mich einfach so vergessen konnte. Vielleicht hätte ich ihn sogar gefragt, ob es noch andere Familienmitglieder gibt. Meine Mom hatte keine.

Mom. Es gibt Tage, an denen es mir schwerfällt, mich an ihr Gesicht zu erinnern. Ich habe nichts mehr von ihr, keine Fotos, keine Erinnerungsstücke. Als mein Dad endlich auf den Gedanken kam, ihre Sachen zusammenzupacken, hatte ein wütender Vermieter bereits alles weggeworfen und unsere Wohnung in D.C. neu vermietet. Das habe ich Dad nie verziehen.

Die Tatsache, dass ich ihre Gesichtszüge nur noch verschwommen in Erinnerung habe, erschreckt mich. Ich weiß, dass sie blondes Haar hatte, das sich seidig und kühl anfühlte. Außerdem hatte sie dunkelblaue Augen – genau wie ich. Sie duftete nach frischen Äpfeln, und wenn ich traurig war, legte ich immer meinen Kopf auf ihre Brust und lauschte ihrem Herzschlag.

Ich vermisse sie so sehr, dass manchmal sogar das Atmen schmerzt. Aber sie ist fort. Und ich kann mich nur noch auf mich selbst verlassen. Es ist schon lange genug so, dass ich es akzeptieren und einfach weitermachen sollte. Ich habe in einer Warteschleife festgesteckt, indem ich versucht habe, meinen Dad zu finden, der mich auf zu viele Arten enttäuscht hat.

Ich wische mir übers Gesicht, hebe Stevens von meinem Schoß und stehe auf, um meine erschöpften Muskeln zu strecken. »Schluss mit dem Selbstmitleid, Stevens.«

Ich gehe ins Bad, nehme mir ein Taschentuch und putze mir die Nase. Dann wasche ich mir das Gesicht. Stevens folgt mir und beobachtet mich mit neugierigem Interesse.

»Ich bin jung und intelligent. Mein ganzes Leben liegt noch vor mir. Ich wohne zusammen mit dem süßesten Kater aller Zeiten in einem Penthouse.« Daraufhin miaut Stevens, und ich grinse. »Dem süßesten, klügsten Kater aller Zeiten. Ich muss nicht das Arschloch finden, in dessen Gegenwart ich mich immer nur elend gefühlt habe. Nicht mehr. Ab jetzt geht es nur noch aufwärts.«

Stevens miaut erneut, und ich nicke. »Es ist entschieden.«

Damit nehme ich eine lange, heiße Dusche. Und falls ich dabei zufällig die ganze Zeit weine, ist nur Stevens da, um mein Schluchzen zu hören. Und er wird es niemandem verraten.

John

Ich kenne die Anzeichen. Sie sind ziemlich eindeutig. Der Druck in meiner Brust, die Tatsache, dass das Aufstehen mit jedem Morgen schwerer wird, weil das Bett so gemütlich ist und die Träume besser als die Realität sind. Alles wird schwer. Sogar mein Verstand.

Das ist das Schlimmste daran. Dass man nicht in der Lage ist, seinem Verstand zu entkommen.

Der Verstand ist alles, oder? Wie entkommt man seinen eigenen Gedanken? Das ist unmöglich. Also bleibt nur Ablenkung.

Früher hab ich das so gemacht, wenn meine Welt immer dunkler wurde. Ich lenkte mich mit Musik, Alkohol, Partys und Sex ab. Wenn man ein Rockstar ist und einen jeder zufriedenstellen will, sind das tolle Ablenkungen. Zumindest für eine Weile. Aber die Dunkelheit findet immer einen Weg hinein.

Außerdem sind Alkohol und Drogen in Wahrheit die schlechtesten Ablenkungen aller Zeiten. Ich hätte ebenso gut den Selbstzerstörungsknopf drücken und so ein wenig Zeit sparen können.

Ich lasse mich auf meine Couch sinken und fahre mit einer Hand über mein Gesicht, um etwas anderes zu spüren als die Schwere, die auf mir lastet. Das bringt jedoch das Flüstern nicht zum Schweigen. Die heimtückischen kleinen Gedanken kriechen durch mein Hirn und reden mir ein, dass ich das hier verdient habe, dass ich nichts wert bin.

»Gottverdammt.« Ich springe auf und tigere durchs Wohnzimmer. Bewältigungsmechanismus Nummer eins: Erinnere dich daran, dass deine Gedanken nicht immer auf deiner Seite sind. Sie können lügen wie gedruckt.

Ich bin Jax Blackwood, verflucht noch mal, eine gottverdammte Legende. Ich bin die Stimme meiner Generation.

Nicht mehr. Du bist das abschreckende Beispiel deiner Generation.

»Scheiße.«

Das stimmt nicht, Mann. Das ist nur die Angst, die sich in deinem Gehirn einnisten will. Verpiss dich, Angst.

Ich beruhige mich ein wenig, aber es reicht nicht. Ich nehme

Medikamente, aber das ist nicht so schwarz-weiß, wie es klingt. Es geht darum herauszufinden, welches Medikament das richtige für mich ist. Versuch und Irrtum. Und egal was ich nehme, ich muss geistig wach bleiben.

Ich mache einen Termin bei meiner Therapeutin. Ich werde nicht lügen – den kindischen Teil meiner Persönlichkeit ärgert die Tatsache, dass ich mir Hilfe suchen muss. Es ist verflucht dumm, aber so ist es eben. Ich fühle mich von anderen abhängig, und das gefällt mir nicht. Aber das ist einer der Gründe, warum ich überhaupt erst die Kontrolle verloren habe – ich weigerte mich zu glauben, dass ich Hilfe brauchte.

Jetzt weiß ich es besser. Und momentan brauche ich Unterstützung. Selbst wenn es ätzend wird.

Ich greife nach meinem Telefon und wähle.

Dreißig Minuten später klingelt es an meiner Tür.

Verdammter, elender Mist, das wird wirklich zum Kotzen werden.

Rye und Whip grinsen mich von der anderen Seite der Tür aus an.

»Hallöchen, Sting«, sagt Rye, als er sich an mir vorbei in die Wohnung drängt.

»Sting?«

Whip kommt ebenfalls herein und wirft mir einen geduldigen Blick zu. »Du hast ein SOS ausgesandt.«

Klar. »Message in a Bottle«, eins der besten Lieder von The Police.

»Süß«, sage ich, als Scottie ihm folgt. Seine Miene wirkt streng und ein wenig verärgert. Da er jedoch immer so aussieht, nehme ich es nicht persönlich.

»Jax«, sagt er zur Begrüßung. Aber auch in seinen Augen steht Sorge. Er weiß, dass ich sie nicht alle herbestellen würde, wenn es nicht ernst wäre.

Ich schaue in den nun leeren Eingangsbereich vor meiner Wohnung.

»Nach wem hältst du Ausschau?«, fragt Scottie.

»Ich wollte nur sichergehen, dass Brenna sich nicht in einer dunklen Ecke herumdrückt.« Wo immer Scottie hingeht, folgt sie ihm normalerweise wie ein böser Handlanger in Designerschuhen mit zwölf Zentimeter hohen Absätzen. »Wo ist sie?«

»In L. A.«, sagt Scottie, als er sich gegen die Armlehne der Couch stützt. »Was ist los, Jax?«

»Du kommst gleich zum Punkt, was?« Ich gehe in meine Küche und tue so, als müsste ich mich nicht jeden Moment übergeben. »Kein ›Hallo, Jax, schön, dich zu sehen. Wie geht es dir?‹«

Scottie zieht eine Augenbraue hoch. »Wie geht es dir, Jax?«

»Gut, danke.«

»Freut mich zu hören. Und jetzt erzähl mir, was zum Teufel los ist.«

Rye und Whip lassen sich auf Sessel fallen und beobachten uns. Ich hole ein paar Bier und werfe jedem von ihnen eine Flasche zu. Sie fangen sie mühelos auf.

»Willst du auch eins, Scottie? Ich habe keinen Tee aufgebrüht.«

Er verschränkt die Arme vor der Brust und mustert mich ausdruckslos. »Werde ich es brauchen?«

»Vermutlich.«

Scottie zupft an den Manschetten seines Hemds, um sie ganz leicht zu richten. Sein Anzug ist taubengrau und makellos. Ich habe ihn nur ein einziges Mal richtig zerzaust gesehen, und dabei ging es um seine jetzige Frau Sophie. Ich weiß, dass er ruhig bleiben wird, wenn ich ihm meine Neuigkeit erzähle. Ich verlasse mich darauf. Er ist der Leim, der diese Band zusammenhält – eine ausgezeichnete Eigenschaft für einen Manager.

»Alter«, sagt Rye von seinem Sessel aus. »Spuck es einfach aus.«

Rye, unser Bassist, ist ein riesiger Muskelprotz von einem Kerl und verfügt über ein umfassendes Musikwissen. Außerdem ist er eine Nervensäge.

»Herrgott«, sagt Whip und schüttelt den Kopf. »Gib dem Jungen mal eine Minute.«

»Danke, Whip.«

»Kein Problem, Jax.« Er zwinkert mir zu. »Scheiße treibt entweder oben oder geht unter. Wie dem auch sei, sie ist immer noch Scheiße.«

»Ich … weiß nicht mal, was zum Teufel das bedeuten soll.«

Er grinst. Wie ein Vollidiot.

Die Frauen lieben Whip. Er hat dunkles Haar, blaue Augen und ein Gesicht wie ein Model. Verdammt, ich sehe auch so aus. Aber Whip schafft es irgendwie, unschuldig und ein wenig verloren zu wirken, so als bräuchte er lediglich die Liebe einer guten Frau, um gerettet zu werden. Und sie fallen alle darauf herein. Er ist unser Schlagzeuger. Selbst jetzt trommelt er mit den Händen auf seinen Oberschenkeln herum, weil er nicht stillhalten kann.

Mit einem Seufzen lasse ich mich auf die Couch fallen und reibe mir mit den Händen übers Gesicht. »Ich habe eine sexuell übertragbare Krankheit.«

Wenn jetzt eine Maus furzen würde, könnte man es hören.

»Entschuldigung, was?«, hakt Rye mit einem Husten nach.

»Du hast mich schon verstanden.«

Ein Räuspern ertönt.

Scotties Akzent wird schärfer. »Welche sexuell übertragbare Krankheit hast du, John?«

Jetzt nennt er mich John. Ich stecke echt in Schwierigkeiten.

Ich lasse mich nach hinten sinken und schaue in sein grimmiges Gesicht. »Chlamydien.«

»Verdammt noch mal.« Er kneift sich in den Nasenrücken und steht dann von der Couch auf, um herumzutigern.

»Wow.« Rye lehnt sich vor und ballt die Hände zu Fäusten. »Wow. Das ist echt … Mist.«

Whip schenkt mir einen mitfühlenden Blick. »Tut mir leid, Mann.«

»Ja.« Ich fühle mich so klein wie ein Käfer.

»Wie in aller Welt …?« Scottie reißt eine Hand in die Luft. »Beantworte die Frage nicht. Ich weiß, wie es passiert ist. Verdammt, John, du solltest es besser wissen.«

»Ernsthaft«, fügt Rye hinzu. »Sicherheit geht vor, Mann. Man muss immer erst was drüberziehen, bevor man sich ins Unbekannte vorwagt.«

Obwohl ich mich beschissen fühle, setze ich mich auf. »Hey, ich habe ein Kondom benutzt.«

»Warum hast du dann …?«

»Oral.« Als Rye die Stirn runzelt, werfe ich ihm einen mitleidigen Blick zu. »Benutzt du dabei etwa auch was zum Schutz? Ein Lecktuch? Denn ansonsten würde ich mich an deiner Stelle auch mal untersuchen lassen.«

Rye wirkt entsetzt. »Ist das dein verdammter Ernst, Mann?«

Scottie gibt einen verärgerten Laut von sich. »Das reicht, ich melde euch alle für einen Aufklärungskurs an.«

Whip grinst breit auf seinem Sessel. »Gib mir einfach die Kurzfassung.«

»Die habt ihr bekommen. Und offenbar hat das nicht ausgereicht, denn ihr seid alle bedauernswert ungebildet.«

Whip schüttelt den Kopf und schenkt mir erneut einen mitleidigen Blick. »Das ist echt hart, J.«

»Ja.«

»Deswegen verzichte ich auf Gelegenheitssex«, erklärt er düster. »Von nun an warte ich auf eine feste Freundin oder wende mich an eine Professionelle.«

»Du willst eine Nutte bezahlen?«, fragt Rye schockiert. »Bist du so tief gesunken, William?«

»Eine sorgfältig untersuchte, bestens ausgebildete Professionelle«, korrigiert Whip und zuckt dann mit den Schultern. »Sie weiß, was sie tut, und niemand kommt zu Schaden oder steckt sich mit einer verdammten sexuell übertragbaren Krankheit an.« Die Betonung des letzten Teils entgeht mir nicht.

»Und wenn sie redet?«, will Rye wissen. »Was dann?«

Whip schüttelt den Kopf. »Für die Art von Frau, die ich engagieren würde, würde viel zu viel auf dem Spiel stehen, also würde sie die Identität ihres Kunden geheim halten.«

»Du scheinst eine Menge darüber zu wissen«, stelle ich fest und starre meinen Freund an. »Du nimmst diese Dienste doch nicht zufällig jetzt schon in Anspruch, oder?«

»Wir reden gerade über dein Sexleben, Deep Throat, nicht über meins.«

Whip weicht dem Kissen, das ich in seine Richtung werfe, problemlos aus. Der Dose Pringles, die ich direkt hinterherschmeiße, entgeht er jedoch nicht. Ein befriedigender Knall ertönt, als sie gegen seinen Kopf prallt, und ich lache, während er sich den Kopf reibt und mir den Stinkefinger zeigt.

»Mann.« Rye lehnt sich vor. In seinen weit aufgerissenen grauen Augen schimmert Besorgnis. »Tut dein Schwanz weh? Oder sind es deine Eier? Ich habe mich immer gefragt, was bei so einer Infektion passiert, aber ich hatte Angst, es nachzulesen. In solchen Fällen ist Google nicht dein Freund.« Er erschaudert.

»Ich habe mich beim Oralsex angesteckt, erinnerst du dich? Die Infektion ist in meinem Rachen.«

»In deinem verdammten Rachen?« Wieder starrt er mich entsetzt an.

»Wäre es dir lieber, wenn mein Schwanz betroffen wäre?« Ich muss lachen, obwohl das nicht witzig ist.

»Nein. Ich meinte nur … Gott. Ich glaube, nach dieser Offenbarung werde ich mindestens eine Woche lang keine Frau lecken können.«

Whip schnaubt. »Eine ganze Woche lang? Das ist für dich wie Fasten.«

»Oder?« Er wackelt mit den Augenbrauen.

»Von euch bekomme ich Sodbrennen«, murmelt Scottie, hält dann aber inne und runzelt die Stirn. »Wie wirkt sich diese Infektion auf deine Stimme aus?« Er hebt eine Hand, als ich ihm einen bösen Blick zuwerfe. »Das musste ich fragen.«

Ich lasse die Schultern nach unten sacken. »Die Infektion ist nicht außer Kontrolle geraten, weil wir sie früh entdeckt haben. Ich werde dir sagen, wie ich mich fühle, wenn ich zu singen versuche.«

Er nickt, zückt sein Handy und tippt mit dem Daumen auf dem Display herum.

»Was machst du da?«, frage ich nervös.

»Ich rufe Brenna an.«

»Was? Nein!« Ich springe auf und will mich auf ihn stürzen, um ihm das Handy abzunehmen. »Erzähl es ihr nicht. Das würde sie mir ewig vorhalten.«

Er zieht eine Augenbraue hoch. »Du denkst, du könntest es vor ihr geheim halten? Sie ist die Leiterin der PR-Abteilung, und das hier wird in Bezug auf die Öffentlichkeitsarbeit ein verdammter Albtraum. Wir werden deine Partnerinnen informieren müssen.«

Ich halte inne. »Scheiße. Das weiß ich, okay? Ich wollte nur … Scheiße.«

Whip lächelt. »Ja, du hast dich ganz schön tief in die Scheiße geritten, Kleiner.«

»William?«, Scottie schaut ihn streng an. »Halt den Mund.«

»Ja, Boss. Ich halte sofort den Mund, Boss. Ich mache ihn komplett zu.«

Scottie macht sich nicht die Mühe, auf ihn einzugehen. »Hast du irgendeine Ahnung, wer die fragliche Dame sein könnte?«

»Ja.« Mein Magen verkrampft sich. »Ich denke, ich weiß, wer es ist. Das Problem ist allerdings, dass wir uns einander nicht mit Namen vorgestellt haben.«

»Du meinst, dass es nur eine Kandidatin gibt?«, fragt Rye, als wäre die Möglichkeit, nicht mit zahlreichen Frauen Oralsex gehabt zu haben, unvorstellbar. Wenn er mich das vor ein paar Jahren gefragt hätte, wäre ich seiner Meinung gewesen.

Die Wahrheit ist, dass ich es früher geliebt habe, eine Frau auf diese Weise zum Höhepunkt zu bringen. Vielleicht liegt das an meiner anständigen britischen Kindheit, aber die Vorstellung, meinen Mund zwischen den Schenkeln einer Frau zu versenken, hat sich immer ein wenig verboten angefühlt, weswegen ich regelrecht süchtig danach war. Eine Frau an den Punkt zu bringen, an dem sie zittert und sich am Rand des Abgrunds bewegt und nur noch eine einfache Berührung meiner Zunge benötigt, um den Verstand zu verlieren, ist ein unbeschreiblicher Rausch.

Dann wurde es zu leicht, zu normal. Wenn Sex jederzeit zur Verfügung steht und einem täglich mehrfach angeboten wird, verwandelt sich der Nervenkitzel in Langeweile. Nun geht es beim Sex meist nur noch darum, dass ich so effizient wie möglich zum Höhepunkt komme. Und das ist ein wirklich trauriger Gedanke.

Ich reibe mir übers Kinn und will meinen schmerzenden

Hals berühren, weigere mich aber, es zu tun. »Es gibt eine Kandidatin, bei der ich mich mit der sexuell übertragbaren Krankheit angesteckt haben könnte. Wir waren auf Tour. Ihr wisst ja, wie das ist. Es gab vielleicht … verdammt … zehn oder fünfzehn Frauen, mit denen ich ungefähr um die gleiche Zeit herum etwas hatte.« Alles in mir zieht sich zusammen und verkrampft sich. Ich könnte die Infektion weitergegeben haben. Ich habe jedes Mal ein Kondom benutzt, aber ich habe keins getragen, wenn mir eine Tussi einen geblasen hat.

Ich kann Scottie neben mir spüren. Das Gewicht seines Blicks lastet schwer auf mir und gesellt sich zu der Last, die ich bereits auf meinen Schultern trage. Ich schließe die Augen. »Ich kenne nicht mal ihre Namen, Scottie.«

Er sagt nichts. Ich will auch nicht, dass er was sagt. Es gibt nichts zu sagen. Irgendwann kann man nicht mehr vor seinen Fehlern davonlaufen.

Unerwartet legt er eine Hand auf meine Schulter und drückt sie. »Wir werden uns darum kümmern, Kumpel.«

Ich nicke, aber es ist eine oberflächliche Geste. »Ich sollte derjenige sein, der es ihnen mitteilt.«

Sein Griff wird fester. »Auf gar keinen Fall.«

Ich schaue in seine Richtung und stelle fest, dass er mich anstarrt. »Es ist mein Fehler. Ich muss dazu stehen.«

Scottie bläht die Nasenflügel auf seine typisch sture Art. »Und damit würdest du dich für jeden angreifbar machen, der diese Situation zu seinem Vorteil ausnutzen will.«

»Wenn ich eine Frau angesteckt habe, hat sie jedes Recht, sauer zu sein.«

»Sauer ja. Aber wenn sie dich verklagen oder die Situation ausnutzen will, ist das nicht in Ordnung. Du warst nicht der Einzige, der während des Sex Entscheidungen traf.«

»Wann bist du so zynisch geworden?«

Sein Lächeln ist kurz und humorlos. »Als ihr berühmt geworden seid.«

Ich schnaube und wende mich ab. Er hat nicht unrecht. Der Mist, den wir im Laufe der Jahre erlebt haben, hat uns alle auf unterschiedliche Art und Weise beeinflusst. Scottie ist beschützerischer geworden, während ich mich mehr isoliert habe. Sex war mein letzter echter Kontakt mit Menschen außerhalb der Band.

»Brenna und ich werden uns darum kümmern«, sagt er leise. »Lass uns einfach unseren Job machen.«

Was für ein Job. Ich erwidere nichts, und Scottie entfernt sich ein paar Schritte, um Brenna anzurufen.

Ich verziehe das Gesicht und gehe zum hinteren Fenster hinüber. Der Schnee ist mittlerweile so gut wie verschwunden. Nur noch an den Ecken sind kleine Klumpen übrig. Ich habe eine Dachterrasse mit Garten, auf der ich sitzen könnte, wenn ich es wollte. Aber ich glaube, ich habe sie noch nie benutzt.

Rye stellt sich neben mich, und Whip taucht auf meiner anderen Seite auf. Wir schweigen und starren auf die Stadt hinaus, während Scotties Stimme vor Ärger lauter und leiser wird.

»Ich kann keinen Sex mehr haben«, murmle ich.

Whip schiebt eine Hand in die Hosentasche seiner Jeans. »Na ja, nicht bis deine Behandlung abgeschlossen ist.«

»Wie lange dauert das? Eine Woche?«, fügt Rye hinzu.

Ich reibe meinen Nacken. »Darum geht es nicht. Ich werde das nicht noch mal riskieren.«

Rye wirft mir einen Blick zu. »Also willst du einfach so aufhören? Mit dem Sex?«

»Keine Ahnung. Whip hat recht, ich kann mich nicht mehr auf Gelegenheitssex einlassen. Aber ich suche auch nicht nach etwas Ernstem.« Ich will auf keinen Fall eine feste Freundin.

Ich bin eine verdammte Katastrophe, und ich werde nicht zulassen, dass jemand so viel Macht über mich erhält.

Whip nickt. »Wie ich schon sagte, entweder freundet man sich wirklich gut mit seiner Hand an oder man engagiert jemanden.«

»Merk dir, dass man Whips Hand besser nicht anfassen sollte«, sagt Rye zu mir.

Whip zeigt ihm den Stinkefinger, und ich seufze.

»Keine dieser Möglichkeiten klingt besonders verlockend.« Doppelmist.

Rye legt eine schwere Hand auf meine Schulter. »Ich schätze, du bist aufgeschmissen, J.« Er schnaubt. »So schnell wirst du wohl keine Frau mehr bekommen.«

Als ob ich das nicht wüsste.

6. Kapitel

Stella

Obwohl ich einen neuen Nachbarn habe, der mir einfach nicht aus dem Kopf gehen will, egal was ich tue, ist es wirklich traumhaft, in Killian James' Wohnung zu leben. Ich habe das ungute Gefühl, dass es schwer sein wird, diese Wohnung irgendwann wieder aufzugeben. Wie soll ich je wieder in diesen winzigen, düsteren Wandschränken leben, die die Leute in dieser Stadt als Wohnungen bezeichnen? Und ich hänge jetzt schon an dem süßen Stevens, der mir durch die ganze Wohnung folgt wie ein pelziger Leibwächter.

Er schaut zu, wie ich meine Yogamatte auf die Dachterrasse lege. Eine echte Dachterrasse. In New York City. Mir wird fast ein wenig schwindelig. Die Sonne scheint hell auf die Natursteinplatten. Der großzügige Bereich ist modern eingerichtet. Um eine quadratische Konstruktion aus Stein und Stahl, die entweder als Feuerstelle oder als Springbrunnen dienen kann, sind niedrige Liegesessel und Sofas gruppiert. Momentan ist das Wasser eingeschaltet und tanzt fröhlich zum Lärm der Stadt, der von unten heraufschallt.

Während ich mit meinem Sonnengruß beginne, kann ich es nicht vermeiden, auf die Mauer zu schauen, die meine Terrasse von Johns trennt. Sie ist niedriger, als ich es erwartet hätte, ungefähr brusthoch. Üppige eingetopfte Bäume und blühende Ranken sind zu sehen. Ich verspüre den überwältigenden Drang, einen Blick auf Johns Terrasse zu werfen, weil sie im Vergleich zu Killians nüchternem Außenbereich wie ein grüner Garten aussieht. Das ist nicht das, was ich von meinem Nachbarn erwartet hätte.

Aber ich kenne ihn eigentlich gar nicht. Ich habe ihn seit einer Woche nicht gesehen. Es ist nicht so, als würde ich es darauf anlegen, ihm zu begegnen. Aber es ist schon seltsam, dass wir einander nie über den Weg laufen. Ich frage mich, ob er mich meidet.

»Das ist lächerlich«, murmle ich und begebe mich in die Brettstellung.

Ich hasse die Brettstellung. Mein Körper zittert und es fühlt sich an, als würde Feuer über meine Brust flackern. Ich bin mir ziemlich sicher, dass mich meine Brüste warnen, dass sie jeden Moment das sinkende Schiff verlassen und davonlaufen werden. Ich halte die Pose für gerade mal fünf Sekunden, bevor ich mich mit einem lauten Schnaufen auf die Matte fallen lasse. Aber ich werde besser. Zumindest kann ich die Brettstellung jetzt einnehmen. Bislang haben meine Hüften nie den Boden verlassen, egal wie sehr ich versucht habe, meinen Körper anzuheben. Fortschritt ist gut.

Nur dass ich jetzt die Arme strecken und mich elegant nach oben in die Pose des nach unten schauenden Hunds bewegen sollte. Ich lache schnaufend und richte mich eine Sekunde lang auf, bis mein Oberkörper laut »Nein« schreit. Ich verpatze die Bewegung und sehe dabei vermutlich wie eine betrunkene Schildkröte aus.

Die Pose des nach oben schauenden Hundes ist eine süße Erleichterung, und ich strecke meine angestrengten Arme durch. Aber meine Oberschenkel und Waden brennen protestierend. Ich atme ein und aus, halte die Pose und sauge das warme Sonnenlicht in mich auf.

Das leise Plätschern des Wassers beruhigt mich, und eine sanfte Brise raschelt durch die Wipfel der Bäume auf Johns Terrasse. In der Ferne ertönt die stets präsente Melodie von New York: Hupen und Sirenen und willkürliches Klappern. Diese Geräusche trösten mich ebenso sehr wie alles andere, und ich lasse mich langsam in diese schöne, entspannte Stimmung sinken, nur um plötzlich von einem schrillen Gitarrenriff herausgerissen zu werden. Die Steinplatten unter mir beben.

Dieser verdammte Rockstar. Hat er keinen Respekt vor anderen Menschen? Er versucht nicht mal, leise zu sein. Die Musik wird noch lauter und wütender. Es fühlt sich an, als wäre ich mitten auf einem Konzert, um Himmels willen.

Grummelnd stehe ich auf und marschiere zu der Mauer hinüber, die unsere Terrassen trennt. Auf Killians Seite befindet sich eine niedrige Steinbank, und ich stelle mich darauf, um über die Mauer zu schauen. Die gläsernen Schiebetüren auf Johns Seite stehen weit offen, aber ich kann ihn nirgends entdecken.

Das Lied geht weiter. Der Klang ist aggressiv und hart. Das ist keins von Kill Johns Liedern, was mich überrascht. Ich hätte gedacht, dass er nur sein eigenes Material spielen würde. Aber er spielt und singt Pearl Jams »Alive«. Seine Version klingt nicht wie die von Eddie Vedder. Es gibt feine Unterschiede. Der Ton seiner Stimme ist ein wenig klarer, das Gitarrenspiel ist unter all der Wut mit Melancholie eingefärbt. Ich habe keine Ahnung, wie das passiert, aber diese Vorführung macht deutlich, dass musikalische Noten zwar immer gleich bleiben mögen, jeder Künstler sie aber auf seine eigene Weise interpretiert.

Und es besteht kein Zweifel daran: Jax Blackwood ist ein Künstler.

Normalerweise würde ich vielleicht tanzen, aber meine Entspannung ist verschwunden und wird bei diesem Lärm wohl kaum zurückkehren. Ich will mein Zen zurückhaben.

»Hey!«, rufe ich, so laut ich kann. »John! Blackwood!«

Nichts. Nicht mal eine Pause.

Er spielt mit müheloser Leichtigkeit, und seine Gitarre singt.

Ich lege die Hände wie einen Trichter um den Mund und rufe erneut. »Hallooo!«

Es hat keinen Zweck. Er wird mich nicht hören. Ich nehme eins der Kissen von einem Sessel in meiner Reichweite und werfe es in Richtung der Schiebetüren. Es landet erbärmlich weit vom Ziel entfernt. Mit einem Knurren denke ich darüber nach, meine Wasserflasche zu werfen, aber er schaut eindeutig nicht in Richtung der Türen, sonst hätte er das Kissen gesehen.

Entweder das, oder er ignoriert es. Ich könnte Mr Scott anrufen. Immerhin hat er mir gesagt, dass ich ihn informieren soll, falls mir John auf die Nerven geht. Aber das fühlt sich an, als würde ich ihn verpetzen. Außerdem bin ich John bereits begegnet. Warum sollte ich mir die Mühe machen, einen Mittelsmann einzuschalten, wenn ich direkt zur Quelle gehen kann?

Das rede ich mir ein. Tatsächlich bin ich unschlüssig und starre auf Johns Seite der Terrasse.

Wie ich vermutet habe, ist Johns Garten ein üppiges Paradies inmitten der Stadt. Er ist sehr englisch, mit farbenfrohen Blumenbeeten und ordentlich angelegten Wegen. Er hat auch einen Springbrunnen, aber er ist mit einer Skulptur von Pan verziert, der auf seiner Flöte spielt. Ich habe keine Ahnung, ob die Terrasse bei Johns Einzug in die Wohnung schon so war oder ob er sie gestaltet hat, aber die Schönheit überrascht mich.

John lässt den Hall seiner Gitarre erklingen, und das trotzige Kreischen reißt mich aus meiner Fantasie, dort unter der hübschen Laube Tee zu trinken und Kuchen zu essen. Okay, genug ist genug. Ich kann das. Ich kann ihn konfrontieren. Es ist nur eine Frage von einem kleinen Einbruch. Nun ja, genau genommen verschaffe ich mir nicht gewaltsam Zugang zu seiner Wohnung, wenn ich über diese Mauer springe. Ich würde es eher als illegales Betreten bezeichnen.

John wird das nichts ausmachen. Ich bin mir sicher, dass er mich reinlassen würde, wenn er mich hören könnte. Kalter Schweiß bricht über meiner Lippe aus, während ich über mein Verbrechen nachdenke.

»Oh, jetzt reiß dich mal zusammen«, murmle ich vor mich hin.

Ich wische mir die verschwitzten Handflächen an der Yogahose ab, lege sie dann auf die warme Oberfläche der Mauer und hieve mich hoch. Ich hatte mir das Ganze ein wenig eleganter vorgestellt, aber nach ein paar unbeholfenen Bewegungen schaffe ich es, über die Mauer zu klettern und auf Johns Seite auf die dort stehende Bank zu springen, die der auf meiner Seite gleicht. Ich gebe mir keine Gelegenheit, einen Rückzieher zu machen, sondern marschiere direkt in die Wohnung.

Für einen Augenblick lenkt mich die Tatsache ab, dass Johns Wohnung im Gegensatz zu Killians städtischem Penthouse im Retrolook wie ein Filmset für »Stolz und Vorurteil« eingerichtet ist. Riesige Orientteppiche überlappen einander. Überall stehen teure antike Möbel und übermäßig gepolsterte Stühle. An den Wänden hängen ein Dutzend Ölgemälde in vergoldeten Rahmen. Die Wohnung stellt einen so krassen Gegensatz zu der Rockstarfassade dar, die John nach außen hin präsentiert, dass ich mit offenem Mund dastehe und mich frage, ob ich versehentlich in einer anderen Dimension gelandet bin.

Aber nein, die Musik ist immer noch so laut wie vorhin. Und ich bin gerade unerlaubt in diese Wohnung eingedrungen, die wie der Buckingham-Palast aussieht.

Um zu beweisen, dass ich nicht total gruselig bin, rufe ich laut, während ich mich langsam weiter in die Wohnung vorwage. »John? Jax? Kannst du mich hören?«

Nein. Nein, das kann er nicht.

Das weiß ich, weil er auf einem ausgeblichenen roten Perserteppich steht und vollkommen in der Musik aufgeht. Er bewegt die Finger mit geübter Präzision über die Saiten seiner Gitarre.

Und er ist vollkommen nackt.

Herrgott, ich kann nicht wegschauen. Ich. Kann. Nicht. Wegschauen.

Er ist umwerfend. Atemberaubend.

Sein Körper ist eher lang und drahtig als massig und muskelbepackt. Er hat schöne breite Schultern, schmale Hüften, gut trainierte und überraschend stark wirkende Oberschenkel und feste Waden. Joggen tut dem Körper eindeutig gut. Und vielleicht gilt das auch fürs Gitarrespielen, denn die Unterarme dieses Mannes sind reine Poesie und voller drahtiger Muskeln.

Das alles schießt mir im Bruchteil einer Sekunde durch den Kopf, denn eigentlich stehe ich einfach nur da und starre ihn an wie ein sterbender Fisch.

Heilige Scheiße, er bewegt seine Hüften, als hätte er Sex. Die Gitarre verbirgt gerade so sein bestes Stück. Doch dann hebt er den Hals der Gitarre an, und plötzlich kann ich alles sehen. Und diese ganze … *Pracht* … schwingt frei umher. Sie schwingt wie das Pendel eines Hypnotiseurs. Ich schwöre, dass ich den Bewegungen mit meinem Körper folge und vollkommen gebannt bin.

Zumindest bis er herumwirbelt und seine grünen Augen auf mich richtet. Das reißt mich schneller aus meiner Benommenheit als eine Kugel. Mir wird plötzlich sehr bewusst, dass ich mit dem nackten Jax Blackwood in einem Zimmer stehe.

Natürlich raste ich vollkommen aus.

John

Ihre Augen sehe ich als Erstes. Sie sind wie große, tiefblaue Spiegel, in denen sich so etwas wie Entsetzen zeigt. Nein, es ist kein Entsetzen, sondern eher Schock und Demütigung, so als hätte ich sie mit meinem Schwanz geschlagen oder so etwas. Und »Schwanz« ist definitiv das Thema des Tages, denn auch wenn der eifrige kleine John nun wieder gut hinter der Gitarre versteckt ist, starrt sie auf meinen Schritt, als hätte sich die Erinnerung daran in ihre Netzhäute eingebrannt.

»Ach du lieber Schwanz … Gott. Mein Schwanz … Gottverschwanzt …« Sie fuchtelt mit den Händen herum. »Gott. Ich meinte Gott. Gottschwanz. Argh!«

Ihr verwirrtes Gestammel endet in einem gurgelnden Laut und erneutem wilden Gefuchtel.

Auch wenn mich ihr plötzliches Auftauchen fast zu Tode erschreckt hat – bis mir klar geworden ist, dass es Stella und nicht irgendeine Stalkerin ist, die sich Zugang zu meiner Wohnung verschafft hat –, muss ich lachen. »Mein Schwanz ist göttlich, also kann ich die Verwirrung verstehen.«

Ihr Gesicht läuft knallrot an. »Dödel.«

»So nenne ich ihn auch manchmal.« Ich zwinkere ihr zu, denn die Tatsache, dass sie praktisch herumhüpft, ihren Blick aber nicht von meiner Gitarre nehmen kann, ist verflucht witzig. »Allerdings solltest du vermutlich noch mal genauer hinschauen, wenn du dich wirklich beeindrucken lassen willst.«

Ich schicke mich an, meine Gitarre anzuheben, und sie bewegt ruckartig die Hände in meine Richtung.

»Wag es ja nicht! Du wirst diese Gitarre genau dort lassen, wo sie ist, Freundchen.«

»Bist du sicher?« Ich zögere und umfasse den Hals der Gitarre. »Du starrst ziemlich heftig für jemanden, der die Ware nicht sehen will.«

Sie zieht die Brauen zusammen und sieht mir ins Gesicht. Ihr Blick ist wie ein Todesstrahl. »Was zum Teufel soll das, Jax? Wer spielt denn bitte nackt Gitarre?«

»Ich heiße John.« Aus irgendeinem Grund nervt es mich ganz schrecklich, wenn sie mich Jax nennt. »Und ich tue das. Wenn ich mich in der Privatsphäre meiner eigenen vier Wände befinde.« Ich grinse. »Auch wenn es da dieses eine Mal auf der Bühne gab.«

»Tja … Zieh dir was an«, zischt sie.

»Nein.«

»Nein?«

»Das hier ist meine Wohnung. Ich spiele nackt. Finde dich damit ab.«

Stella schnaubt, was fantastische Dinge mit ihren Brüsten anstellt. Für einen kurzen Augenblick lenkt es mich ab, wie sie unter ihrem knappen Oberteil hin- und herwackeln. Vielleicht lasse ich die Gitarre doch lieber vor meinem Gemächt. Denn jetzt, da ich einen ausgiebigen Blick auf sie geworfen habe, fällt es mir schwer, mich abzuwenden.

Mit ihren roten Haaren und diesen Schmolllippen sieht sie einfach umwerfend aus. Sie hat eine winzige Taille, runde Hüften und kurvige Beine. Und ihre Brüste? Du meine Güte, warum versteckt sie diese süßen Dinger normalerweise unter Schlabberklamotten? Sie hat perfekte Brüste – sie sind weder zu groß noch zu klein, sondern genau richtig. Sie würden perfekt in meine Hände passen. Und ich habe ziemlich große Hände.

»Glotzt du mir auf die Brüste?«, schnauzt Stella und zieht damit meine Aufmerksamkeit auf sich. Ich zucke zusammen.

Ich wende den Blick jedoch nicht ab. Verdammt noch mal, sie sind umwerfend. »Du hast mir auf den Schritt gestarrt«, sage ich zu ihren Brüsten. »Ich erwidere den Gefallen lediglich.«

Dann beobachte ich vergnügt, wie sich ihre Brustwarzen aufrichten, um Hallo zu sagen. Ich grinse breit. Verdammt, sie sehen ebenfalls perfekt aus. Wie kleine Zuckerbonbons. Ich will sie sehen. Sofort.

»Hey!« Sie schnippt mit den Fingern. »Du hast alles gesehen. Jetzt richte die Augen wieder nach oben.«

Sie hat recht, es gibt einen Unterschied zwischen Schauen und Gaffen.

»Da wir gerade vom Anschauen sprechen …« Ich räuspere mich. »Warum bist du in meine Wohnung eingedrungen?«

Nun läuft zusätzlich zu ihrem Gesicht auch noch ihr Dekolleté rot an. Was für ein hübsches Dekolleté. *Benimm dich, John.*

Die Stimme in meinem Kopf klingt auf verstörende Weise wie die meiner Mutter. Das ist ziemlich beunruhigend, wenn man bedenkt, dass ich ihre Stimme seit Jahren nicht gehört habe. Dieser Gedanke vernichtet jegliche aufsteigende Erregung schneller als ein Schuss.

»Ich habe versucht anzuklopfen«, sagt Stella. »Du hast mich nicht gehört.«

»Also bist du einfach reingeplatzt? Gut zu wissen, dass wir in unserer Beziehung diese Phase erreicht haben.«

»Wir haben keine Beziehung. Und ja, ich bin reingeplatzt. Du störst mit diesem ganzen Lärm meine Yogaübungen.« Ernsthaft, diese Frau. Sie ist teils ausgezeichnete Unterhaltung, teils Spielverderberin. Ein kompletter Gegensatz. »Das war kein Lärm. Das war Musik, Stella-Knöpfchen.«

»Was auch immer es war … Ach, verflucht. Ich kann so nicht mit dir reden. Zieh dir wenigstens eine verdammte Hose an.« Ihre Verwirrung amüsiert mich, und ich bin versucht, ihre Bitte abzulehnen. Aber so langsam komme ich mir ein wenig albern dabei vor, hier nackt herumzustehen und nur meine Strat als Schutz zu haben. Außerdem wird mir jetzt, da ich nicht mehr spiele, kalt.

»Meinetwegen.« Ich ziehe den Gurt über meinen Hals und lege die Gitarre ab. Darauf folgt eine Menge protestierendes Gekreische, was mir ein breites Grinsen entlockt. Ich schnappe mir meine Jeans und ziehe sie an.

Trotz ihrer Proteste beobachtet mich Stella mit begeistertem Interesse, während ich mich in die Hose zwänge und den Reißverschluss hochziehe. Ich mache mir nicht die Mühe, sie zuzuknöpfen. Zum einen weiß ich, dass es sie ärgern wird. Und zum anderen wird es sie ärgern.

Sie hält den Blick fest auf den offenen Knopf gerichtet, und ich stemme die Hände in die Hüften und spanne nur so zum Spaß die Bauchmuskeln an.

»Bist du sicher, dass ich die Hose anbehalten soll?«, frage ich und kämpfe gegen ein Lachen an.

Sie schürzt die sexy Lippen. »Du hast wirklich keine Scham, oder?«

Ich habe jede Menge Scham. Endlose verdammte Scham. Aber in Bezug auf meinen Körper? »Nein.«

Sie schüttelt den Kopf und seufzt. Aber sie kann ihr Lächeln nicht vor mir verbergen.

»Dann sind wir uns einig«, sage ich zu ihr. »Du wirst dich nicht mehr an mich heranschleichen und ich werde weiterhin nackt spielen.«

»Was hat es mit dem Nacktspielen überhaupt auf sich?«, fragt sie.

Ich zucke mit den Schultern. »Mir wurde warm. Ich habe meine Klamotten ausgezogen. Das ist nichts Besonderes.«

Ich erwähne nicht, dass ich scharf bin, aber kein Ventil für meine Bedürfnisse habe – abgesehen von meiner Hand. Und meine Hand bringt es einfach nicht. Wenn ich nackt spiele, kann ich den Drang ein wenig zügeln. Das mag seltsam klingen, aber in der Handlung liegt eine gewisse Erotik: der kühle Druck der Gitarre an meinem Schwanz, der straffe Widerstand der Saiten unter meinen Fingerspitzen und die Musik. Musik und Sex gehen aus gutem Grund Hand in Hand. Sie sind beide Formen des Ausdrucks, der Erlösung und des Erschaffens.

Sie schaut mich an, als hätte ich nicht mehr alle Tassen im Schrank. Aber als sie redet, ist ihr Tonfall gelassen. »Du hast recht. Was du in deiner eigenen Wohnung machst, ist deine Sache.«

»Danke …«

»Allerdings«, fällt sie mir ins Wort, »bleibt deine Musik nicht in deiner Wohnung. Sie dringt in meine ein.«

»Musik kann man nicht durch bloße Wände einsperren, Stella-Knöpfchen.«

»Tja, versuch es.«

Ich hebe die Hände und breite die Arme aus. »Wie soll ich das machen?«

Stellas Mund klappt auf. »So ahnungslos kannst du doch gar nicht sein.«

Ich starre sie verärgert an. »Ich werde nicht die Lautstärke runterdrehen. Das ist Schwachsinn.«

»Dann steck Kopfhörer in deinen kleinen Verstärker.«

»Kopfhörer? Bin ich im Haus meiner Eltern? Keine Chance.«

»Oh, werd erwachsen. So schlimm ist das nicht.«

»Ich bin erwachsen. Deswegen habe ich meine eigene Wohnung. Um meine Musik zu spielen, wann immer ich will.«

Sie streckt mir die Zunge raus und prustet laut. Ich will lachen. Aber ich tue es nicht, weil ich immer noch wütend bin.

»Hör auf, dich wie eine Nervensäge mit Ansprüchen zu verhalten. Das ist Ruhestörung, und das weißt du.«

»Niemand sonst hat sich beschwert.«

»Tja, ich tue es. Muss ich erst Mr Scott anrufen?«

Ich ziehe die Augenbrauen hoch. »Du würdest mich verpetzen? Das ist echt armselig, Stella. Verdammt armselig.«

Sie schnaubt und verschränkt die Arme unter den Brüsten. »Er hat gesagt, dass ich ihn kontaktieren soll, wenn ich irgendwelche Probleme mit dir habe.«

»Weißt du, Scottie liegt mir jetzt schon seit einer ganzen Weile damit in den Ohren, dass ich mal wieder Musik machen soll. Und auch wenn er gern das aufgeblasene Arschloch spielt, arbeitet er genau genommen für mich.«

Ihr Mund klappt auf und dann wieder zu. »Das habe ich vergessen.«

»Verständlich. Wir lassen ihn den großen Boss spielen, wenn es uns passt. Aber Tatsachen sind Tatsachen, und ich denke, dass ich diese Runde gewinnen werde. Netter Versuch, Knöpfchen.«

Sie errötet noch stärker. »Du willst die Lautstärke wirklich nicht senken?«

Ich würde es vermutlich tun, wenn sie nicht damit drohen würde, mir Scottie auf den Hals zu hetzen. Oder mir *Kopfhörer* vorschlagen würde. Ich zucke träge mit den Schultern.

Sie knurrt, woraufhin erneut all ihre kurvigen Stellen vibrieren. »Wenn du es nicht tust, werde ich …« Sie schaut sich hektisch um und fokussiert sich dann auf meine geliebte Strat. »Ich werde dir diese fiese, alte Gitarre über den Schädel ziehen.«

Ich schnappe entsetzt nach Luft. »Das, süße Stella, ist eine 1964er Fender Stratocaster Sunburst, die einst Jimi Hendrix gehörte und auch von ihm gespielt wurde. Mir wäre es lieber, wenn du mir kurz in die Eier treten und es dabei belassen würdest.«

Sie zieht die Augenbrauen hoch. »Du besitzt eine Hendrix-Gitarre? Und du *spielst* darauf?«

»Natürlich tue ich das. Das alte Mädchen muss gespielt werden, sonst stirbt es.« Ich lege eine besitzergreifende Hand auf ihren spröden, abgenutzten Körper. »Hör nicht auf die gemeine, alte Stella. Ich werde dich beschützen, Baby.«

Stella verdreht die Augen. »Herrgott. Wie viel hat dieses Ding überhaupt gekostet?«

»Sie ist kein Ding. Und sie kann dich hören.«

Wieder verdreht sie die Augen.

Ich tätschele mein Baby erneut. »Etwa eine Million, schätze ich. Aber für mich ist sie unbezahlbar.«

Stella wird blass und schwankt ein wenig.

»Was ist los?«, frage ich, obwohl ich es mir denken kann … Aber trotzdem.

»Ich bin überwältigt.«

»Du solltest mal Ryes Instrumentensammlung sehen. Die ist wirklich beeindruckend. Plötzlich will ich, dass sie sie sieht und dass sie Rye kennenlernt, von dem ich weiß, dass sie ihn mögen würde. Er würde sie im Nu bezaubern. Ich runzle überrascht die Stirn. Vielleicht will ich doch nicht, dass sie und Rye sich näherkommen.

Sie schüttelt den Kopf, als versuchte sie, sich aus einem benebelten Zustand zu befreien. »Ich habe den unangemessenen Gedanken, sie mir zu schnappen und mit ihr abzuhauen.«

»Das ging mir ähnlich«, sage ich ernst.

»Und sie zu verkaufen.«

»Das ist die kleine Diebin, die ich kenne.«

»Ich würde einen Großteil des Geldes für einen wohltätigen Zweck spenden.« Sie wirkt nicht überzeugend.

»Jetzt versuch bloß nicht, so zu tun, als wärst du Robin Hood«, necke ich sie. »Das passt nicht zu dem Bild, das ich von dir als Halsabschneiderin habe.«

Stella stemmt die Hände in die Hüften. »Hör zu, würdest du bitte einfach Kopfhörer benutzen wie ein normaler Mensch?«

»Du willst, dass ich meine Musik stumm schalte? Auf keinen Fall.«

»Ich kann nicht in Ruhe Yoga machen, und du machst Stevens Angst.«

»Stevens ist ein Rock-'n'-Roll-Kater. Er liebt es.« Als sie zusammenzuckt, mache ich einen Schritt auf sie zu. Ich lasse ihr Gesicht dabei nicht aus den Augen. »Also wirklich, Stella Grey, du schiebst einen unschuldigen Kater vor, damit ich mich schuldig fühle!« Irgendwie gefällt mir das.

Sie rümpft die Nase und sieht mich hochmütig an. »Das wollte ich nicht.«

»Das hast du aber getan.«

Stella wirft die Hände in die Luft. »Okay. Schön. Es geht nur um mich. Wirst du jetzt bitte die Musik leiser machen?«

Sie wendet sich zum Gehen, und unwillkürlich halte ich sie auf.

»Wie wäre es, wenn ich ein paar Melodien spiele, während du Yoga machst?« Was zum Teufel ist denn jetzt los? Das habe ich doch wohl gerade nicht wirklich gesagt.

Sie starrt mich mit ihren blauen Augen an und mustert mich

verstohlen. Mir entgeht nicht, wie sie mit ihrer Aufmerksamkeit auf meiner Brust verweilt. Das geht für mich in Ordnung. Ich schaue ja auch auf ihre Brust. Gleiches Recht für alle und so weiter.

»Woher würdest du überhaupt wissen, dass ich gerade Yoga mache? Schließlich kannst du mich nicht klopfen hören. Und ich werde nicht noch mal in diesen Albtraum hineinspazieren.«

»Deine Worte schmerzen, Knöpfchen.«

Sie starrt mich mit einer hochgezogenen roten Augenbraue an.

»Schreib mir eine Textnachricht«, biete ich an. »Dann weiß ich, wann ich leiser sein muss.«

»Ich habe deine Nummer nicht.«

»Jetzt stellst du dich aber wirklich dumm, oder?« Ich kichere, als sie das Gesicht verzieht. »Gib mir deine Nummer. Oder ich gebe dir meine.«

Erstaunlicherweise zögert sie. Schock überkommt mich. Ich gebe niemals meine echte Nummer raus. Niemals. Nur die Bandmitglieder und Scottie haben sie. Alle anderen bekommen die Nummer eines Assistenten oder die des zweiten Handys, das ich für Sextreffen benutze. Und sie will sie nicht. Oder vielleicht will sie nicht, dass ich ihre Nummer habe. Auf jeden Fall ist das ein Schlag, den ich nicht habe kommen sehen.

Ich lecke mir über meine trockenen Lippen. »Ich will dich hier zu nichts überreden, Süße. Wenn es dir lieber wäre, dass ich laut …«

»Oh, jetzt werd mal nicht größenwahnsinnig, Süßer«, kontert sie. »Ich versuche nur, mich an meine Nummer zu erinnern. Ist ja nicht so, als würde ich die oft wählen.«

Das entlockt mir ein schockiertes Lachen. »Süßer, ja?« Plötzlich will ich nicht, dass sie geht. Ich will, dass sie mir beim Gitarrespielen zuhört. Ich will ihr Abendessen kochen und ihr zeigen, dass ich mich in der Küche tatsächlich auskenne. Und ich will hören, was für neue unverschämte Sachen aus ihrem Mund kommen.

Das Bedürfnis nach ihrer Gesellschaft ist mir so fremd, dass mir ein wenig schwindelig wird. Mein Magen rumort unangenehm. Ich schlucke heftig, und mein Hals schmerzt, was mich daran erinnert, dass ich wirklich nicht mit einer Frau flirten sollte. Ich stehe kurz vor einer Panikattacke, was bedeutet, dass sie jetzt gehen muss, egal was ich will.

Ich fahre mit einer Hand durch mein Haar. »Ich sollte duschen. Ich werde mir deine Nummer später holen.«

Stella runzelt die Stirn, hebt dann aber entnervt die Hände. »Was auch immer. Bleib einfach leise.«

Die Enttäuschung, die ich angesichts meines Verhaltens empfinde, schmeckt bitter. Ich schlucke sie herunter und verspüre wieder den Schmerz in meinem Hals. »Ja, klar.«

Ich sollte ihr besser komplett aus dem Weg gehen. Mein Leben ist ohnehin zu verkorkst für jemanden, der so normal ist wie sie.

7. Kapitel

Stella

»Das Geheimnis beim Essen von Xiao long bao«, erkläre ich meinem neuen Freund Bradley, »liegt darin, die Teigtasche auf den Löffel zu legen, mit einem Essstäbchen hineinzustechen und dann die ganze leckere Brühe aufzuschlürfen, die herausfließt, bevor man den Rest isst.«

Bradley, ein sechsundvierzigjähriger Finanzprüfer, der ursprünglich aus Cleveland stammt, wirft mir einen skeptischen Blick zu. Dann schaut er auf die Teigtaschen, die in dem Dampfkorb aus Bambus zwischen uns liegen. Sein Gesicht nimmt einen entschlossenen Ausdruck an, und er greift nach einem der kleinen köstlichen Kissen mit den eingedrehten Spitzen. Vorsichtig hebt er die Teigtasche heraus und legt sie auf seinen Löffel.

»Denk daran, die Brühe abkühlen zu lassen, sonst verbrennst du dir die Zunge.«

Bradley befolgt meine Anweisungen mit großer Geduld, die ihm vermutlich auch in seinem Job zugutekommt. Eine Wolke aus duftendem Dampf quillt aus der Teigtasche, als er hineinsticht.

»Gönne dir die Erfahrung, all diese wundervollen Aromen einzuatmen.«

»Das riecht fantastisch«, sagt er fröhlich und schlürft dann seine Suppe.

Egal wie oft ich Zeuge dieses Phänomens werde, es ist immer wieder befriedigend zu sehen, wie jemand zum ersten Mal ein köstliches Gericht probiert. Der Ausdruck von Erstaunen und Freude auf den Gesichtern der Leute, auf den ein beinahe kindliches Entzücken folgt, sorgt dafür, dass ich mich ebenfalls wieder wie ein Kind fühle.

»Köstlich«, sagt er mit einem Seufzen. »Ist das hier das beste Restaurant, um sie zu essen?«

Ich esse selbst eine Teigtasche, bevor ich antworte. »Es gibt noch andere gute Läden. Ich werde dir eine Liste schicken. Aber hier gefällt es mir, weil man eine große Auswahl an ausgezeichneten Gerichten hat.«

Wir sind im East Village, ein paar U-Bahn-Stationen von Bradleys neuer Wohnung entfernt.

Bradley nickt und zückt sein Handy, um ein paar Notizen einzutippen. Es ist niedlich, wenn auch übertrieben effizient. Manche Leute sehen ihre Zeit mit mir als eine Art Unterrichtsstunde und mich als ihre Lehrerin. Sich selbst betrachten sie als Streberschüler. Andere genießen einfach nur die Erfahrung. Bradley gehört eindeutig zur ersten Kategorie.

Was für mich vollkommen in Ordnung ist. Was immer für ihn funktioniert. Schließlich bezahlt er hierfür.

»Lass uns als Nächstes die Frühlingszwiebelpfannkuchen probieren«, sagt er mit wachsender Begeisterung.

Als ich Bradley kennenlernte, sprach er kaum, sondern errötete schüchtern und fragte, ob wir ein paar Dim Sum probieren könnten. Bei seinen Vorbereitungen auf seinen Umzug nach New York hatte er über sie gelesen. Doch als er hier ankam, war er zu schüchtern, um allein in ein Restaurant zu gehen oder einen seiner neuen Kollegen einzuladen.

»Du wirst sie lieben«, versichere ich ihm, als er jedem von uns ein Stück auf den Teller legt. »Wie läuft es mit dem neuen Job?«

»Oh, sehr gut, danke.« Bradley läuft rot an. »Meine Kollegen sind … nett.«

Ich muss lächeln. »Gibt es vielleicht eine Kollegin, die besonders nett ist?«

Er errötet noch stärker und rückt seine Krawatte zurecht. »Vielleicht. Aber sie ist nicht so entzückend wie du, meine Liebe.«

Darauf bin ich vorbereitet. Hin und wieder passiert das. Ich lächle lässig. »Du bist süß. Aber ich glaube, diese Kollegin, die du gerade erwähnt hast, ist ziemlich toll.«

Bradley betrachtet sein Essen, kann seinen Gesichtsausdruck jedoch nicht verbergen. Ja, er hat sich total in diese Frau verguckt.

»Erzähl mir von ihr«, sage ich.

Bradley fängt an zu reden. Und ich will ihm wirklich zuhören, aber meine Aufmerksamkeit wandert durchs Restaurant und prallt plötzlich auf ein Paar jadegrüne Augen.

Jax Blackwood starrt mich mit einem fiesen Grinsen im Gesicht an.

Zumindest bin ich mir ziemlich sicher, dass es Jax ist – oder John. Oder noch eine andere Version von ihm. Dieser Kerl trägt ein schickes weißes Hemd, wie es normalerweise junge Büroangestellte tragen. Auf seiner Nase sitzt eine silberne Drahtgestellbrille, und sein einst wirres Haar ist seitlich gescheitelt und ordentlich nach hinten gekämmt und frisiert. Der Streberlook. Er sieht aus wie Clark Kent.

Das Einzige, was sich nicht verändert hat, sind das listige, schiefe Schmunzeln und die Art, wie sich um seine Augen herum tiefe Lachfältchen bilden. Und natürlich ist es John. Niemand sonst schaut mich an, als würde er meine privatesten Geheimnisse kennen und sie amüsant finden.

Er kennt mich jedoch kein bisschen. Er glaubt nur, dass er mich kennt. Ärger steigt in mir auf, als er zum Gruß eine mit Schweinefleisch gefüllte Teigtasche anhebt und dann gierig hineinbeißt.

Meine Oberschenkel ziehen sich zusammen, und sofort verfluche ich mich dafür, dass ich überhaupt in seine Richtung geschaut habe. Ich konzentriere mich auf Bradley, der fröhlich vor sich hin plappert und mir von einer Frau namens Grace erzählt.

Ich beteilige mich an der Unterhaltung, aber zum ersten Mal seit Jahren funktioniere ich auf Autopilot. Meine Konzentration wurde von einem gewissen hinterhältigen Rockstar zerstört, der mich weiterhin anstarrt, während er sein Dim Sum mit einer Sinnlichkeit isst, die regelrecht pervers ist. Niemand kann Essen so sehr genießen. Und wie zum Teufel soll ich mich konzentrieren, wenn er mich die ganze Zeit nicht aus den Augen lässt?

Immer wieder hält er nach ein paar Bissen inne und zwinkert mir zu oder leckt sich auf anzügliche Weise über die Lippen. Mit dieser ganzen Show will er mich eindeutig aus dem Konzept bringen. Und der Drang, ihm den Stinkefinger zu zeigen, ist so stark, dass meine Hand auf dem Tisch zuckt. Ich zerbreche eine Suppenteigtasche, bevor ich sie auf meinen Löffel heben kann, und ich schwöre, dass John lacht.

Ich beiße die Zähne zusammen und beende mein Essen mit Bradley. Wir stehen auf, um zu gehen, und ich kann nicht anders, als einen Blick in Johns Richtung zu werfen. Er ist fort. Ich sollte erleichtert sein, aber ich stelle entsetzt fest, dass ich stattdessen enttäuscht bin.

Verdammte Rockstars.

»Tja, das war wundervoll, Stella«, teilt mir Bradley auf dem

Bürgersteig mit. »Zuerst wusste ich nicht, was ich von deinen Diensten halten sollte. Aber ich kann dir gar nicht genug danken. Das war jeden Penny wert.«

Viele neue Kunden sind beim ersten Treffen nervös. Ich bin froh, dass ich Bradley für mich gewinnen konnte.

»Dank mir nicht. Es war mir eine Freude.« Größtenteils. Dieser dämliche John Blackwood, der einfach so auftaucht und sich in meine Arbeit drängt. »Ich bin froh, dass du Spaß hattest.«

Bradley rückt seine Krawatte zurecht. »Ich würde gerne ein weiteres Treffen vereinbaren, wenn dir das recht ist.«

Meinen Kunden mag das nicht bewusst sein, aber unsere erste Verabredung ist für mich ebenfalls ein Test. Wenn ich mich in der Gesellschaft einer Person nicht wohlfühle, gehe ich. Aber Bradley ist süß und aufrichtig. Wenn ich ihm dabei helfen kann, ein wenig aus seinem Schneckenhaus herauszukommen, dann mache ich das gerne.

»Natürlich ist mir das recht. Schick mir einfach eine SMS mit ein paar Daten und Uhrzeiten, und dann finden wir einen passenden Termin.«

»Okay. Gut. Danke.« Bradley lehnt sich vor, als wollte er mich umarmen, hält dann aber eindeutig verwirrt inne.

Ich helfe ihm und gewähre ihm eine freundschaftliche Umarmung und einen schnellen Kuss auf die Wange. »Mach's gut, Bradley. Und rede mit Grace, okay? Ich bin mir sicher, dass sie auch liebend gern mal Dim Sum probieren würde.«

Sein Lächeln ist unsicher. »Okay, Stella. Du bist der Profi.«

»Ja, das bin ich. Lebe erfolgreich und in Frieden, Bradley Tillman.«

Er läuft rot an, geht aber beschwingt davon. Er ist so niedlich, dass ich ihm mit einem großen Grinsen auf dem Gesicht hinterherschaue.

»Eigentlich«, sagt eine sanfte männliche Stimme hinter mir, »heißt es ›Lebe lang und in Frieden‹.«

Mir springt fast das Herz aus der Brust, aber ich zeige keine Reaktion, als ich mich auf dem Absatz umdrehe und John anschaue. Er steht viel zu dicht bei mir, schmunzelt und hat die Hände in die Taschen seiner locker sitzenden Chinohose gesteckt. Sein Hemd hat er nicht in die Hose gesteckt, wie es ein typischer Büroangestellter tun würde, aber abgesehen davon wirkt er absolut wie ein adretter Praktikant.

Seit dem unglücklichen Vorfall, bei dem er nackt hinter seiner Gitarre stand, habe ich ihn nicht mehr gesehen. Die Erinnerung daran ist jedoch immer noch stark genug, sodass ich ihm nur mit Mühe in die Augen schauen kann. Ich habe ihn nackt gesehen. Ich habe seinen *Schwanz* gesehen. Seinen großen und wunderschönen Schwanz. Verdammt, ich will ihn noch mal sehen.

Nein, nein, nein, Stella. Beruhige dich. Ich darf ihn nicht wissen lassen, was für eine Wirkung er auf mich hat. Das würde er mir ewig vorhalten.

»Tut mir leid«, sage ich mit einem falschen Lächeln. »Kenne ich Sie?«

Sein Gesichtsausdruck macht deutlich, dass er mich für eine Klugscheißerin hält. Aber er streckt seine große Hand mit diesen langen, talentierten Fingern aus. »Hi, ich bin John Blackwood. Sie haben mich in einem Lebensmittelladen unablässig angestarrt, mich geküsst und mir dann meinen Nachtisch gestohlen.«

Ich ergreife seine Hand nicht. »Das mit dem Küssen und Stehlen scheint dich einfach nicht loszulassen.«

Sein Schmunzeln wird breiter. Er mag wie ein Streber gekleidet sein, aber er sieht wie die personifizierte Sünde aus. Ich habe keine Ahnung, wie er das anstellt. Seine Stimme bleibt ruhig, als würde er mich damit ganz langsam reizen wollen. »Ich gebe zu, dass das stimmt. Mich hat noch nie jemand geküsst, ohne zu bleiben, damit ich den Gefallen erwidern konnte.«

Ich schwöre, dass meine Lippen weich werden und anschwellen. Was einfach nur kompletter Unsinn ist, rufe ich mich verbissen zur Ordnung. »Warum überrascht es mich nicht, dass sie alle davonlaufen?«

Er zieht eine Augenbraue hoch. *Du verstehst mich absichtlich falsch? Sehr niedlich, Knöpfchen.*

Oh, war das Absicht?

Er grinst breit. Und ich bemühe mich, ihn nicht anzustarren. Normalerweise hat John Blackwood etwas leicht Zynisches an sich. Eine seltsame Stille, die ihn überkommt, wenn er nicht spricht. Dann wirkt er so, als würde er sich in seiner eigenen Welt befinden, die ein dunkler Ort ist. Aber wenn er so wie jetzt gerade lächelt, ohne Zurückhaltung und vollkommen offen, ist es fast so, als wäre er ein anderer Mensch – jungenhaft und fröhlich.

Seine Verwandlung verblüfft mich.

»Ist diese Brille überhaupt echt?« Als ich sie genauer betrachte, stelle ich fest, dass die Gläser flach und dünn sind.

John schiebt die Brille auf seiner markanten Nase ein Stück weiter nach oben. »Sie ist ein Requisit. Ich habe festgestellt, dass mich die meisten Leute nicht beachten, wenn ich ordentlich und adrett aussehe.«

»Wer hätte das gedacht?«

Er lacht und kommt noch ein wenig näher. »Aber du hast mich sofort bemerkt.«

»Weil du mich angestarrt hast.«

»Du hast zurückgestarrt.« Er ist mir nah genug, dass ich die Wärme seines Körpers spüren kann. Ich befinde mich ständig in der Gesellschaft von Männern. Manche duften gut, andere riechen nach Rasierwasser und wieder andere stinken einfach nur. Johns Duft wirkt auf mich eher anregend. Er ist ein wenig warm und würzig, ein wenig zitrus- und moschusartig. Diese Kombination kitzelt meine Sinne und verlockt mich dazu, näher an ihn heranzutreten, um meine Nase an ihm zu vergraben und weiter nachzuforschen. Es ist teuflisch.

Ich trete einen Schritt zurück und werfe einen Blick auf das Restaurant, das wir gerade verlassen haben. »Was hast du da drinnen gemacht?«

»In meinem liebsten Dim-Sum-Restaurant zu Mittag gegessen. Offensichtlich.«

»Das ist *mein* liebstes Dim-Sum-Restaurant.«

»Ich bin mir ziemlich sicher, dass die Hälfte der Stadtbewohner es als ihr Lieblingsrestaurant bezeichnen würde«, erwidert er.

»Und doch bist du zufällig hier. Ausgerechnet heute.«

Um seine Augen herum entstehen Fältchen, als er grinst. »Jetzt bleib mal ganz ruhig, Sherlock. Wie es der Zufall will, befindet sich die Praxis meiner Therapeutin auf der anderen Straßenseite, und ich esse nach einer Sitzung gern hier zu Mittag.«

»Oh.« Jetzt komme ich mir wirklich dumm vor.

John bemerkt das offensichtlich. Das Grinsen, das er aufsetzt, könnte dem der Grinsekatze aus *Alice im Wunderland* Konkurrenz machen. »Du bist wirklich entzückend, wenn dir etwas unangenehm ist und du denkst, dass du ins Fettnäpfchen getreten bist.«

»Tja, gewissermaßen bin ich ja auch ins Fettnäpfchen getreten.«

Er zieht eine Augenbraue hoch. »Weil du mich dazu gebracht hast zuzugeben, dass ich eine Therapie mache? Das ist mir nicht peinlich. Dr. Allen hat mir geholfen, eine schwere Zeit zu überstehen.« Er zuckt mit den Schultern. »Die Wahrheit ist, dass ich die Therapie mittlerweile sogar mag. Sie hilft mir dabei, Dinge zu verarbeiten und alles nüchtern zu betrachten.«

»Ich war als Teenager für eine Weile in Therapie«, erzähle ich ihm leichthin. Innerlich bin ich jedoch angespannt. Denn auch wenn es John augenscheinlich recht leichtzufallen scheint, sich zu öffnen, geht es mir nicht so. Das konnte ich noch nie. »Ich könnte vermutlich mal wieder ein paar Sitzungen gebrauchen.«

Falls er neugierig ist, warum ich in meiner Jugend in Therapie war, zeigt er es nicht, denn er bohrt gnädigerweise nicht nach. Stattdessen bleibt sein Verhalten locker und neckend. »Ich könnte dir vielleicht bei diesem schlimmen Fall von Paranoia helfen, an dem du leidest.« Er zwinkert mir verschwörerisch zu.

Als ich mir mit dem Mittelfinger etwas aus dem Augenwinkel wische, kichert John leise und ist eindeutig sehr zufrieden mit sich. Dann beruhigt er sich wieder und betrachtet mich mit neuem Interesse. »Überrascht es dich wirklich, dass wir dieselben Restaurants mögen?«

»Was meinst du damit?«

Er runzelt die Stirn. »Ist dir das etwa nicht aufgefallen, als wir uns beim Einkaufen im Laden begegnet sind? Wir hatten fast genau die gleichen Sachen im Korb.«

»Das ist mir aufgefallen«, murmle ich ein wenig beunruhigt. »Das war seltsam.«

»Es war verflucht seltsam.«

Wir gehen die Straße hinunter. Ich bin nicht sicher, wo wir hingehen oder warum wir uns in Bewegung gesetzt haben, aber ich bleibe nicht stehen. John bleibt so dicht bei mir, dass ich ihn berühren könnte, hält den Blick jedoch stur geradeaus gerichtet. »Zuerst dachte ich, dass du mich verfolgst.«

Ich lache. »Das Gleiche dachte ich von dir.«

»Ich weiß. Du hast mich immer mit diesem verrückten Blick angestarrt, so als wolltest du sagen: ›Wenn du auch nur in meine Richtung zuckst, trete ich dir in die Eier.‹«

»Dieser Blick ist für viele Frauen die erste Verteidigung.«

Er zuckt mit den Schultern. »Mich hat zuvor noch nie jemand so angeschaut.«

»Weil du der große Jax Blackwood bist?« Ich meine das nur halb scherzhaft.

»Tja … ja.« Seine Augen funkeln hinter den Brillengläsern. »Warum schaust du mich so an, als sollte ich mich dafür entschuldigen?«

»Sei wenigstens ein bisschen bescheiden.«

»Ich weiß nicht, wie das geht.« Er schenkt mir ein weiteres freches Lächeln. Seine Schritte sind lässig und selbstbewusst. »Wer ist dieser Bradley?«

Er hat eindeutig zu viel gehört. Ich recke mein Kinn hoch. »Das geht dich nichts an.«

John zuckt mit einer seiner breiten Schultern. »Ich habe eure Unterhaltung zufällig mitbekommen …«

»Als du hinter uns herumgelungert hast?«

»Als ich eine SMS verschickt habe und ihr zwei direkt vor mir stehen geblieben seid.« Er wirkt beinahe beleidigt. »Ohne auch nur zu bemerken, dass ich da war.«

»Tut mir leid, dass ich mir nicht die Zeit genommen habe, mich nach dir umzuschauen.«

Er ignoriert meinen Sarkasmus und stupst mich mit seinem Arm an. »Ich verzeihe dir.«

»Argh!«

Johns Lachen ist leise und brummend und viel zu zufrieden. »Gott, man kann dich so leicht auf die Palme bringen.«

»So langsam glaube ich, dass dir das gefällt.«

Er lehnt sich vor, und sein Atem kitzelt auf meiner Haut. »Ich liebe es.«

Schauer laufen über meine Schultern und bis zu meiner Brust hinunter. Erschreckenderweise ziehen sich meine Brustwarzen zusammen, und ich muss mir große Mühe geben, lässig weiterzugehen. Ernsthaft, wie macht der Mann das? Wie können ein paar Worte und der sanfte Klang seiner Stimme einen so großen Einfluss auf mich haben?

Unsere Schritte werden langsamer, als wir die Kreuzung erreichen. Vor uns befindet sich eine große Pfütze, eine von vielen, die der schmelzende Schnee hinterlassen hat. Diese hier ist dunkel und tief, und in ihr schwimmen fiese Eisbrocken und widerlicher Abfall. Ich bleibe stehen und suche nach einer Möglichkeit, sie zu umgehen, als John plötzlich nach meinem Handgelenk greift.

Seine langen Finger sorgen dafür, dass sich mein Handgelenk klein und zerbrechlich anfühlt. Als ich innehalte und ihn anstarre, grinst er mich an. In seinen Augen schimmert der Schalk.

»Was …?« Meine Worte werden von einem Quieken abgeschnitten, als er sich nach unten beugt und mich in seine Arme hebt.

»Nicht zappeln«, sagt er. Dann tritt er direkt in die eisige Pfütze und trägt mich über die Straße. »Wenn ich dich fallen lasse, würde dir das nicht gefallen.«

Er ist warm und eindeutig stark wie ein Ochse, obwohl sein Körper so schlank ist. Ich lege einen Arm um seinen Nacken, allerdings mache ich das nicht, weil ich befürchte, dass ich fallen könnte, sondern weil ich einfach nicht anders kann. »Du bist verrückt.«

Aus der Nähe entdecke ich in seinen Augen dunkelblaue Flecken, die das Grün sprenkeln. »Ich verhalte mich ritterlich«, protestiert er. »Ernsthaft, das kannst du dir im Kalender anstreichen, denn das ist eine Premiere.«

Sein Atem riecht ganz leicht nach den Melonenbonbons, die man nach dem Essen in dem Restaurant bekommt. Ich muss mich an seine Brust pressen, damit ich mich nicht näher an sein Gesicht heranlehne und ihn erneut küsse, um herauszufinden, ob er auch gut schmeckt. Das hält mich jedoch nicht davon ab, den Griff seiner Hand auf meinem nackten Oberschenkel zu spüren. Mir entgeht auch nicht, wie er seine andere Hand an meine Rippen gepresst hat, direkt unterhalb der Wölbung meiner Brust. Das ist zu viel und viel zu nah.

Er achtet nicht darauf, wo er hintritt, sondern betrachtet mein Gesicht, während ich seins betrachte. John Blackwood sieht aus wie ein alter Hollywoodstar – seine Gesichtszüge haben weniger mit schöner Perfektion, sondern eher mit einem starken Charakter zu tun. Seine markante Nase ist ein wenig zu lang, und seine dichten Augenbrauen wirken ein wenig zu streng. Sein Kinn ist absolut stur und passt in seiner Unverblümtheit gut zu seinem kantigen Kiefer. Aber sein Mund ist weich geschwungen und voll.

Diese Lippen kommen mir ein wenig näher, und mir wird klar, dass ich sie anstarre und dass er mich dabei beobachtet, wie ich sie anstarre.

Mein Gesicht wird ganz heiß, und ich wende mich ab und tue so, als würde ich die Straße begutachten. »Wir hätten um die Pfütze herumgehen können.«

Ich glaube nicht, dass ich ihn auch nur für eine Sekunde täusche.

»Das hätte zu lange gedauert. Und auf diese Weise darf ich dich tragen.« Er zwinkert mir auf seine freche Art zu.

Ich habe keine Ahnung, warum er das tun wollen würde, aber ich fürchte mich davor nachzufragen. In seinen Armen zu liegen ist ohnehin schon seltsam genug. Aber es fühlt sich gut an. Wirklich verdammt gut. Ich stelle mir vor, dass er mich von jetzt an immer herumträgt. John Blackwood: mein neues Transportmittel.

»Als mich das letzte Mal jemand getragen hat, war ich zehn«, murmle ich.

Seine Schritte scheinen langsamer zu werden, während er mich anschaut. Sein Blick fühlt sich auf meiner Haut wie ein warmes Streicheln an. Das Lächeln in seinen Mundwinkeln ist sanft. »Ach, Schätzchen, mit diesen großen Puppenaugen und den kleinen Sommersprossen siehst du manchmal tatsächlich wie ein Kind aus.«

Ich schnaube empört und zappele in seinen Armen. Er packt mich fester und lässt den Blick zu meinen Büsten wandern. Sein Lächeln wird breiter. »Aber du bist eine richtige Frau, nicht wahr, Stella-Knöpfchen?«

»Oh, lass mich runter«, schnauze ich und werde vor Wut ganz rot. »Mir ist egal, ob meine Füße nass werden. Ich höre mir dieses abgedroschene Geflirte nicht länger an …«

Er setzt mich abrupt ab, und ich gebe ein unelegantes Schnaufen von mir.

»Bitte sehr«, sagt er fröhlich. »Alles sicher und trocken.«

Ich ziehe meinen Rock glatt. »Blödmann.«

Er lacht und wirkt sehr zufrieden mit sich. »Du bist wirklich leicht zu ärgern.«

»Du bist der einzige Mensch, der mich ärgert.«

Auch wenn das nicht ganz stimmt. Er ärgert mich nur manchmal. Meistens ist er überraschend charmant.

John fährt mit der Zungenspitze über seine Zähne. »Da kann ich mich wohl glücklich schätzen, was?«

Er klingt, als würde er das tatsächlich glauben. Ich muss lächeln. Seine Hosenbeine sind bis zu den Knöcheln durchnässt und seine ehemals weißen Vans sind nun schmutzig grau. Das kann nicht angenehm sein. Und er hat es für mich getan. Er ist nicht nur charmant, sondern auch liebenswürdig.

Wir stehen nun an der nächstgelegenen U-Bahn-Station. Ich werfe einen Blick darauf. »Ich fahre jetzt nach Hause.« Ich will ihn fragen, ob er auch auf dem Heimweg ist, aber ich tue es nicht.

John schaut in die andere Richtung. »Ich gehe zu dem Gitarrenladen dort drüben.«

Wenn er mich nicht darauf hingewiesen hätte, hätte ich den Laden gar nicht gesehen. Es gibt kein Schild, und die Schaufensterscheibe ist schmutzig und fast vollständig mit alten Konzertplakaten bedeckt.

»Ah. Tja … fröhliches Einkaufen.« Das ist mein Stichwort. Ich sollte gehen. Ich rühre mich nicht vom Fleck.

Er tut es ebenfalls nicht.

Wir starren einander an.

Er beißt sich auf die Unterlippe. »Willst du mitkommen?«

Freude durchströmt mich. *Ganz ruhig, Mädchen. Bleib standhaft. Lauf ihm nicht hinterher wie ein Hündchen.*

Mein Mund hat die Info nicht bekommen, denn er öffnet sich und spricht, bevor ich ihn schließen kann. »Klar, gerne.«

John

Was mache ich hier mit Stella?

Ich bin mir nicht sicher. Ich meine, ja, ich weiß, dass ich sie eingeladen habe, mich in meinen liebsten Gitarrenladen in New York zu begleiten, aber ich habe keine Ahnung, warum ich das getan habe.

Lügner. Du kennst den Grund. Du magst sie.

Verdammt. Ich mag sie wirklich. Sie bringt mich zum Lachen und ist einfach so seltsam. Auf eine gute Weise. Wie ein Gemälde von Escher, surreal und ein wenig desorientierend, aber man will weiter hinschauen, weil man weiß, dass man noch etwas Neues entdecken wird. Wer zum Teufel ist dieser Bradley und was bedeutet er ihr? Warum habe ich das blöde Gefühl, dass mir die Antwort nicht gefallen wird?

Ich schüttle angesichts meiner Gedanken den Kopf, während wir auf den Laden zugehen. Das geht mich nichts an. Wir sind nicht mal Freunde, sondern nur Nachbarn, die sich streiten und miteinander flirten. Trotzdem drängt mich mein Instinkt dazu, meine Hand auf Stellas Kreuz zu legen. Ich spüre ihre Körperwärme durch ihre Kleidung.

Sie trägt eine lange weiße Bluse unter einem engen schwarzen Pullover und dazu einen verspielten schwarzen Rock, der sie wie eine Art Sexbombenversion eines Schulmädchens aussehen lässt. Mir gefällt das. Vielleicht ein wenig zu sehr. Stella mag klein sein, aber ihre Beine sind stark und kurvig. Gott, sie trägt hellgraue Kniestrümpfe. Verdammte Kniestrümpfe? Hat sie auch nur irgendeine Ahnung, was das mit einem Kerl anstellt?

Der Anblick versetzt mich in meine Zeit auf dem Internat in England zurück. Damals bestand mein oberstes Ziel darin, irgendwie ein Mädchen ins Bett zu bekommen. Ohne darüber nachzudenken, lasse ich meine Finger an der Wölbung ihres schmalen Rückens entlang nach unten gleiten, und sie erschauert. Mein Schwanz regt sich und erwacht aus einem langen Schlaf.

Das ist nicht gut. Mein gieriger Schwanz steht unter Hausarrest.

Ich lasse meine Hand sinken.

Sam sitzt wie immer auf seinem abgenutzten roten Ledersessel am Fenster. Er ist auf allen Seiten von Gitarren umgeben. Sie hängen an den Wänden, lehnen an Ständern oder liegen ordentlich verstaut in ihren Koffern. Er wirkt beinahe wie ein Hirte, der seine Herde aus Instrumenten bewacht. Er schaut nicht von der neuesten Ausgabe des *Guitarist* auf, sondern nippt ruhig an seiner Tasse, in der sich, wie ich weiß, Kräutertee befindet.

»Jax«, sagt er und blättert eine Seite um. »Ich habe mich schon gefragt, wann du auftauchen würdest.«

»Du siehst gut erholt aus, Sam.« In Wahrheit sieht Sam fast genauso wie der kürzlich verstorbene großartige B. B. King aus. Sein Talent kommt dem des Meisters auch ziemlich nah. Aber Sam spielt nur für sich, nicht für ein Publikum. »Ich habe etwas für dich.«

Er legt die Zeitschrift ab. »Stell mich zuerst deiner bezaubernden Freundin vor.«

Das wollte ich gerade tun, verdammt. Ich strecke eine Hand in Stellas Richtung aus, die in der Nähe der Tür herumlungert und mit großen Augen das organisierte Chaos betrachtet. »Stella Grey, das ist Sam Absolom.«

Für sie steht Sam auf. »Wie geht es Ihnen, Ms Grey?«

Sie schüttelt seine Hand. »Sehr gut, Mr Absolom.«

»Pff. Ich bin Sam. Ich habe keine Ahnung, warum Jax das Bedürfnis verspürt, so förmlich zu sein.«

Stella lächelt, und mir wird plötzlich klar, dass sie immer lächelt. Nicht weil sie sich dazu zwingt, sondern weil sie einfach von Natur aus ein sonniges Gemüt hat. Für jemanden, der viel zu oft in die Dunkelheit abrutscht, ist ihre strahlende Wärme wie ein Leuchtfeuer. Ich rücke näher an sie heran. »Ich wollte nur höflich sein.«

Sam schnaubt erneut. »Und jetzt zeig mir, was du für mich hast.«

Anspruchsvoller Mistkerl. Ich liebe den Burschen. »Hier.« Ich ziehe eine kleine Schachtel mit Plektrons aus meiner Tasche. Auf der Rückseite jedes einzelnen befindet sich mein Daumenabdruck in Tinte. »Wie versprochen.«

Sam nimmt sie bereitwillig an und legt die Schachtel hinter sich auf die Theke. »Hier kommen eine Menge junger Leute rein, die danach fragen.«

Deswegen habe ich es gemacht. Ich erinnere mich noch an meinen ersten Besuch in diesem Laden. Sam ließ mich eine von Kurt Cobains zerschlagenen Gitarren anfassen, die hübsch eingerahmt war und darauf wartete, dass sie irgendein reicher Kunde kaufen und mitnehmen würde. Ich hatte das Gefühl, mit einem Stück Unsterblichkeit verbunden zu sein. Manchmal fühle ich mich immer noch so. Eines Tages werde ich Knochen und Asche sein, aber meine Musik wird weiterleben.

Sam nimmt Stella am Ellbogen und führt sie durch den Laden. Dabei deutet er auf diverse Gitarren und erklärt ihr die Vor- und Nachteile jeder einzelnen.

Stella nimmt alles mit weit aufgerissenen Augen und leicht geöffneten rosigen, weichen Lippen in sich auf. »Sie sind alle wunderschön.«

»Das sind sie.« Sam streicht mit seinen knorrigen Fingern über die sanfte Wölbung einer Gibson Acoustic Hummingbird. »Welche gefällt Ihnen am besten?«

»Oh.« Sie dreht sich im Kreis und breitet die Arme aus. »Alle.«

Sam lacht. Und schon steht er unter ihrem Bann. Der Idiot. »Haben Sie je gespielt?«

Das will ich auch wissen.

Stella errötet reizend. »Ich habe es mal versucht. Ich schäme mich dafür, aber mir haben die Saiten zu sehr an den Fingern geschmerzt und ich hab aufgehört.«

Wenn sie irgendjemand anders wäre, würde sie jetzt mit ziemlicher Sicherheit einen Vortrag über Durchhaltevermögen und das Überwinden des Schmerzes zu hören bekommen. Doch Sam – dieser alte Hund – nickt nur verständnisvoll. »Die Begeisterung muss einen von Anfang an packen, sonst funktioniert es nicht.«

Seltsamerweise scheint Stella genau zu wissen, wovon er redet. »Bei manchen Dingen ist das so.«

»Aber warum wolltest du es probieren?«, frage ich, weil ich nicht in der Lage bin, den Mund zu halten. Meine Stimme scheint sie beide zu erschrecken, so als hätten sie vergessen, dass ich da bin.

Stella richtet sich auf und zieht die Knopfnase kraus. Sie zögert.

»War es ein Lied?«, frage ich. »Ein bestimmter Musiker, den du bewundert hast?« *Ich?* Man wird ja wohl noch hoffen dürfen.

»Du wirst lachen«, sagt sie und beäugt mich, als würde ich nur darauf warten, mich auf sie zu stürzen.

»Ich werde nicht lachen.« Ich kratze an meinem stoppeligen Kinn. »Tja, vielleicht.«

Stella funkelt mich böse an, doch Sam mischt sich ein. »Hier urteilt niemand über Musikgeschmack.«

»Jax schon«, sagt sie ein wenig gereizt. Es klingt seltsam, wenn sie meinen Künstlernamen ausspricht. Mittlerweile kann ich ihn eigentlich auch gar nicht mehr als Künstlernamen bezeichnen. Alle nennen mich Jax. Den Namen John höre ich nur, wenn einer der Jungs oder Brenna sauer auf mich ist. Ich bin schon so lange Jax, dass ich mich kaum noch mit dem Namen John identifiziere. Aber aus Gründen, die ich nicht ganz begreife, ziehe ich es vor, ihn aus ihrem Mund zu hören.

»Jax muss ein Snob sein«, sagt Sam und reißt mich damit aus meinen Gedanken. »Er ist Engländer.«

»Das ist Ehrensache«, necke ich ihn. »Und jetzt erzähl uns deine dunklen Geheimnisse, Stella-Knöpfchen.« *Ich will sie alle hören.* Was zum Teufel? Warum? Warum sollte mich das überhaupt interessieren?

Stella bemerkt mein verwirrtes Stirnrunzeln nicht und seufzt. »Okay. Ich war sechzehn und ging mit ein paar Freunden zu einer Vorführung von *Pulp Fiction* in einem dieser großen Kinos.« Ich bin sofort ganz Ohr, und ein Grinsen zupft an meinen Lippen, weil ich weiß, was sie sagen wird. Sie errötet, und es ist verflucht entzückend. »Und darin gab es dieses Gitarrenstück von …«

»Dick Dale«, sagen Sam und ich gleichzeitig.

»›Misirlou‹.« Ich presse eine Hand auf mein Herz. »Ein brillanter Klassiker.«

Stella wirkt erleichtert, dass wir das gutheißen. Aber wenn ich ehrlich bin, hätte ich auch nichts gesagt, wenn sie irgendein schlechtes Lied genannt hätte. Trotz meiner Neckerei hat Sam recht. Hier urteilt man nicht über Musikgeschmack. »Das Lied war einfach so schnell und frei«, sagt sie. »Ich wollte mich so frei fühlen.«

Warum wollte sie das? Warum sind Schatten in ihren Augen, als sie es erzählt? Geistesabwesend kratze ich mich an der Brust, wo die Haut ganz warm geworden ist und spannt. Mein Interesse an dieser Frau gerät langsam außer Kontrolle. Ich bin ruhig und gelassen, ein Eisberg, unnahbar und allein.

Ach, zum Teufel damit. Nicht mal ich glaube diesen Quatsch.

»Geht es dir gut?«, fragt Stella und sieht mich an, als würde sie viel zu viel sehen.

»Ja.« Ich starre zurück und hoffe, sie damit durcheinanderzubringen. »Warum?«

Sie zuckt mit den Schultern. »Du sahst gerade irgendwie so aus, als hättest du eine Magenverstimmung.« Sam kichert, während Stella lächelt und so tut, als wäre sie vollkommen unschuldig und wollte nur helfen. »Ich wollte dir eine Tablette gegen Sodbrennen anbieten.«

»Niedlich«, murmle ich. »Meinem Magen geht es bestens, Knöpfchen. Aber sobald ich ein Rumoren vernehme, werde ich es dich wissen lassen.«

Sie presst die Lippen fest zusammen, und ich kann nicht beurteilen, ob sie gegen ein Lachen ankämpft oder verärgert ist. Vermutlich beides.

Ich durchbreche unser Schweigen, indem ich mich an Sam wende. »Hast du die Saiten?« Fast hätte ich vergessen, weswegen ich eigentlich hergekommen bin.

»Natürlich.« Er geht in den hinteren Bereich des Ladens und lässt Stella und mich allein.

»Sam ist toll«, sagt Stella. »Ich werde ihn fragen, ob er Teil meiner Sandwichrunde werden will.«

»Sandwichrunde?«

Sie betrachtet ein Effektpedal, das auf der Theke liegt. »Manche Leute verlassen nicht gern ihre Läden, um zu Mittag zu essen. Also bringe ich ihnen ein Sandwich.«

Jetzt starre ich sie an. Ich kann nicht anders. Ich habe noch nie jemanden wie diese Frau getroffen. Ich habe noch nie eine Person getroffen, die so engagiert ist, anderen Menschen das Leben zu erleichtern, indem sie ihnen ganz einfache Dinge anbietet. »Wer *bist* du?«

Sie runzelt die Stirn, als hätte ich den Verstand verloren. Ich frage mich langsam, ob sie damit recht haben könnte.

»Ich bin Stella Grey«, sagt sie einfach.

Ich schüttle den Kopf und schaue sie schief an. »Du bist eine bemerkenswerte Frau, weißt du das?«

Ihre Wangen färben sich rot. »Sind das nicht alle Frauen?«

»Nicht so, wie du es bist.« Zumindest nicht für mich. Ich liebe Frauen und bewundere ihre Stärke und ihre Klugheit, aber keine hat mich je so fasziniert wie Stella. Ich könnte problemlos den ganzen Tag damit verbringen, einfach nur darauf zu warten, was sie als Nächstes sagen wird. Eine warnende Stimme in meinem Hinterkopf sagt mir, dass ich mir deswegen vermutlich Sorgen machen sollte. Doch ich ignoriere sie und beobachte lieber, wie Stella noch stärker errötet. Diese Pink- und Rottöne stehen ihr ausgesprochen gut.

Sam kommt aus dem hinteren Bereich des Ladens zurück und hat eine schwarz-weiße 1976er Fender Strat mit einem Hals aus Ahornholz dabei. »Ich hab hier was für dich. David meinte, du hättest danach gefragt.«

»Heilige Scheiße«, entfährt es mit. »Sag mir, dass wir von demselben David reden.«

»Das weißt du doch.« Sam reicht mir die Gitarre. »Er hat auf der Rückseite unterschrieben.«

Tatsächlich befindet sich auf der Rückseite der Gitarre eine Signatur mit einer Widmung für mich.

Stella beobachtet uns mit weit aufgerissenen Augen und ist eindeutig nicht mehr in ihrem Element. »Wer ist David?«

Ich wiege die breite Gitarre in meiner Hand und lege sie dann auf meinen Schoß. »Du könntest ihn als den Leadgitarristen von U2 kennen. Wir sind uns ein paarmal begegnet und haben darüber geredet, Gitarren auszutauschen.« Ich prüfe den Klang und stimme eine Saite nach. »Auch wenn das eher eins dieser Dinge war, die man nur so dahersagt, weißt du?« Sieht so aus, als müsste ich jetzt auch etwas Hübsches aussuchen und es ihm schicken. Das ist es absolut wert.

»Bist du verliebt?«, fragt sie mit einem sanften Lächeln.

Ich erwidere es. »Momentan würde ich es eher als Lust bezeichnen. Ich muss sie kennenlernen und sehen, ob sich daraus Liebe entwickelt.«

Stella gibt einen amüsierten Laut von sich, und ich schließe die Strat an einen Verstärker an. Das tiefe Summen hallt sofort in meiner Brust wider. Ich bin in erster Linie als Leadsänger von Kill John bekannt. Als die Jungs und ich die Band gründeten, musste jemand den Gesang übernehmen. Ich hatte die stärkste Stimme – obwohl Killian auch nicht schlecht ist und ebenfalls viel zum Gesang beiträgt. Noch wichtiger war jedoch, dass ich das größte Ego hatte. Ich lebte fürs Rampenlicht, während Killian es vorzog, sich im Hintergrund zu halten. Aber meine Liebe für die Musik fing mit der Gitarre an, und ich werde mich immer zuerst als Gitarristen betrachten.

»Bist du bereit für mich, Schätzchen?«, murmle ich der Gitarre zu. Sie summt in meiner Hand und wartet darauf, zum Leben zu erwachen. Ich schaue zu Stella auf. »Was soll ich spielen?«

Sie reißt die blauen Augen weit auf und öffnet überrascht die rosigen Lippen. Ich verspüre den unbändigen Drang, mich vorzubeugen und sie zu küssen. Ich stelle mir vor, dass sie nach Minzeis mit Schokosplittern schmeckt. Stella kaut auf ihrer Unterlippe herum, und ich verkneife mir ein Knurren. Sobald ich eine Gitarre in den Händen halte, denke ich sofort an Sex. Diese beiden Dinge sind für mich für immer miteinander verbunden. Was irgendwie ätzend ist, da ich in Bezug auf Sex gerade strenge Nulldiät halten muss.

Der Eisberg, Mann. Sei der Eisberg.

»Eins von deinen Liedern«, sagt sie und reißt mich damit dankenswerterweise aus meinen abschweifenden Gedanken.

Ich schüttle den Kopf. »Das fühlt sich zu anmaßend an.«

Stella schnaubt. »Du bist ein talentierter Musiker. Es ist nicht anmaßend, deine Musik zu spielen.«

Wie kann ich ihr erklären, dass es zu sehr schmerzen würde, jetzt eins von meinen Liedern zu spielen? Meine Musik ist meine Seele. Wenn ich sie vor einer namenlosen Masse aus Tausenden spiele, ist das für mich nicht echt. Aber wenn ich sie für diese Frau spiele, die schon viel zu viel von mir gesehen hat, könnte ich mir ebenso gut eine Pulsader aufschneiden.

Ich zucke mit den Schultern. »Trotzdem. Such dir was anderes aus.« Sie zieht die kleine Knopfnase kraus und wägt ihre Optionen ab. »Du hast gesagt, dass diese Gitarre mal The Edge gehört hat, oder?«

Ich nicke, da ich es mir nicht zutraue zu sprechen. Auch wenn ich meine Seele nicht vollständig offenbaren kann, will ich für Stella spielen und ihr zeigen, was ich kann. Sie hat mich schon zuvor spielen gehört, aber das war nicht für sie gedacht. Und zu diesem Zeitpunkt war sie wütend. Das hier wird rein sein. Ein Geschenk, auch wenn ihr das nicht bewusst sein wird.

»Dann denke ich, dass du ein Lied von U2 spielen solltest«, sagt sie.

»Ausgezeichnete Wahl. Welches Lied?«

Ihr Lächeln ist wie die Sonne, die durch die Wolken bricht. »Das überlasse ich dir.«

Obwohl ich sie aufgefordert habe, ein Lied auszuwählen, sorgt die Tatsache, dass sie nun wieder mir die Wahl überlässt und darauf vertraut, dass ich ihr etwas Gutes liefern werde, dafür, dass meine Brust unangenehm eng wird. Ich lasse eine Hand über die sanfte Wölbung am Rand der Strat gleiten. Das Holz unter meinen Fingern fühlt sich an wie Seide.

Ich bin schon vor Filmstars aufgetreten. Ich habe für Mitglieder eines Königshauses, für Künstler und für andere Musiker gespielt. Und dabei habe ich nie gezögert oder das Bedürfnis verspürt, jemanden beeindrucken zu müssen. Musik zu machen ist für mich wie Atmen. Und doch bin ich plötzlich nervös. Ich will Stella etwas bieten.

Sie wartet mit geröteten Wangen und leuchtenden Augen. Ihre umwerfende Mähne aus rotgoldenem Haar umgibt ihr rundes Gesicht. Habe ich sie wirklich mal für unscheinbar gehalten? Ich muss verdammt noch mal blind gewesen sein.

Erschüttert spiele ich das erste Lied, das mir in den Sinn kommt. Ich habe keine Ahnung, ob sie es kennt. Doch dann werfe ich einen Blick auf ihr Gesicht. Gott, diese Ehrfurcht. Das ist zu viel für mich.

Ich wende mich ab und versuche, mich aufs Spielen zu konzentrieren, obwohl ich mich in Wahrheit verstecke. Aber ich höre nicht auf. Ich singe den Text zu »All I Want Is You«. Es ist eins der ersten Lieder, die ich gelernt habe. Es ist schön und eindringlich, und ich habe es schon immer gemocht. Aber es hat mir nie etwas bedeutet. Und ich werde auch jetzt nicht zulassen, dass es mir etwas bedeutet.

Ich singe und spiele und blende alles andere aus. Oder ich versuche es. Doch in meinem Hinterkopf ist Stella. Stella, die mich beobachtet. Stella, die meine Stimme und das Lied auf meiner Gitarre hört.

Und obwohl ich ihr nur zeigen wollte, wie umwerfend diese Gitarre ist, habe ich ein Lied ausgewählt, bei dem es einzig und allein um die Stimme geht. Ich kann mich in diesem Lied nicht verstecken. Es zu singen bedeutet, dass man seinen Emotionen freien Lauf lassen muss.

Die ständige Schwere in mir verwandelt sich in etwas Dichteres. Zuerst ist es wild und warm, dann fest und dünn. Sehnsucht. Das ist dieses unangenehme Gefühl. Verdammte Sehnsucht.

Ich dränge sie in die Musik und versuche verzweifelt, sie freizulassen und sie von mir zu stoßen.

Schweiß läuft an meinem Rücken hinunter. Meine Kehle brennt, während ich von gegebenen Versprechen singe, von

Liebe, die den Tod überdauert, und dem einfachen Bedürfnis, zu lieben und geliebt zu werden.

Ich denke zu viel nach, was nie gut ist. Die Gefühle ersticken mich, zwängen meine Kehle ein und verschließen sie fest. Mir wird schlecht. Meine Hände zittern. Der nächste Akkord ist schwach, meine Stimme bricht, und ich treffe die Töne nicht mehr.

Ich beende das Lied mit einem verstümmelten Laut und stelle mich der Stille. Mir ist bewusst, dass mich Stella und Sam anstarren und eine Erklärung erwarten. Scham prickelt über meinen Rücken.

Doch dann klatscht Stella. Dieses fröhliche Geräusch schockiert mich so sehr, dass ich ruckartig das Kinn hebe.

Sie strahlt mich an. »Das war brillant.«

Sie meint es ernst. Ich weiß nicht, wie ihr entgehen konnte, dass das Ende totaler Murks war. Oder vielleicht ignoriert sie es. Auf jeden Fall zwängen mich die Wände ein. Mein Eisberg bricht auseinander. Ich muss hier raus und weg von hier. Ich muss allein sein. In der Einsamkeit liegt eine seltsame Sicherheit.

Und vielleicht ist das der Grund für mein weiteres Verhalten. Denn sobald ich meine Angelegenheiten mit Sam geklärt und mit ihm vereinbart habe, dass er die Strat zu mir nach Hause liefern lässt, tue ich mein Bestes, um Stella so weit wie möglich von mir wegzustoßen, indem ich mich ihr gegenüber wie der größtmögliche Idiot verhalte.

8. Kapitel

Stella

Ich glaube, ich habe Sterne in den Augen. Ich habe keinen Spiegel zur Hand, also kann ich es nicht endgültig bestätigen. Aber ich spüre sie. Ich weiß, dass ich Jax anstarre. Ich kann nicht anders. Er fasziniert mich. Das fing in der Sekunde an, in der er losspielte.

Wobei »spielen« ein zu schwaches Wort ist, um das, was er tut, zu beschreiben. Er legte seine Finger auf die Gitarrensaiten, öffnete den Mund, und die Welt veränderte sich. *Meine* Welt veränderte sich. Wer ich war, all meine Probleme, all meine Ängste, alles verschwand, und es gab nur noch Klang, Musik und Gefühle. *Seine* Gefühle, bittersüß und wunderschön und schmerzhaft.

Gott, seine Stimme. Sie ist nicht protzig oder angestrengt. Sie braucht keine Prahlerei, um die Botschaft zu vermitteln. Sie ist sanft und tief und honigsüß, wie eine Liebkosung sanfter Finger in meinem Nacken oder ein Flattern von Schmetterlingen in meinem Bauch. Jax Blackwood singt, als würde er einem ein Geheimnis erzählen. Und man ist die einzige Person, die es wert ist, es zu erfahren.

Als ich ihn bat, ein Lied von U2 auszuwählen, hatte ich keine Ahnung, für welches er sich entscheiden würde. Ich dachte, dass er vielleicht etwas Schnelles und Fröhliches nehmen würde. Stattdessen spielte er ein Liebeslied für mich. Seine Version von »All I Want Is You« ist wunderschön und auf schmerzhafte Weise von einer verzweifelten Sehnsucht erfüllt. Als er singt, reißt er damit meine Welt auf. Mein Herz ist eine offene Wunde, und ich muss hektisch blinzeln, um nicht zu weinen.

Aber er sieht mich nicht mal. Er hält den Blick gesenkt, und seine dichten Wimpern verbergen seine Augen vor meinen. Er spielt mit fließender Leichtigkeit und singt über die Ewigkeit.

Mit jeder Zeile, jedem Akkord bohre ich die Finger tiefer in meine Oberschenkel, und meine Kehle schwillt stärker zu.

In diesem Augenblick liebe ich ihn. Vollkommen. Schmerzhaft. Ich weiß, dass es eine Illusion ist, ein Beweis für die Macht, die mit seinem Talent einhergeht. Und in der Sekunde, in der er aufhört, werde ich von diesem Zauber erlöst sein. Aber das macht es nicht weniger intensiv.

Er kommt zum letzten Refrain. Seine Stimme wird heiser und schreit nach seiner Geliebten. Seine Finger fliegen über die Saiten, die Musik wird angespannter, schneller, drängender. Er verliert die Kontrolle. Schweiß tropft von seiner Stirn. Seine Mundwinkel zucken.

Ich will eine Hand nach ihm ausstrecken, halte mich dann aber zurück. Er würde das hassen.

Die Akkorde scheppern und werden schief. Seine Stimme bricht. Die letzte Note verklingt unbeholfen. Sie hängt in der Luft und wirkt gleichzeitig auf abrupte Weise endgültig.

Er steht da und ist nicht länger Jax, sondern John, und seine Brust hebt und senkt sich. Seine Hand zittert, als er die Finger durch sein feuchtes Haar gleiten lässt und sich hektisch umschaut, so als würde er nach einem Fluchtweg suchen. Ich klatsche, weil ich nicht weiß, was ich sonst tun soll.

Er nimmt mein Lob mit einem knappen Nicken an, schaut mir aber immer noch nicht in die Augen. Und dann beeilt er sich, seine Einkäufe bei Sam zu tätigen. Die Gitarre soll später zu ihm nach Hause geliefert werden. Ich habe das Gefühl, dass er sie jetzt gerade nicht anfassen will. Er ist immer noch ein wenig zittrig, als wir den Laden verlassen und in die frische Luft hinaustreten.

John hält inne, um seine unechte Brille aus der Tasche zu ziehen und aufzusetzen. Erneut fährt er sich mit den Fingern durchs Haar, um es in Ordnung zu bringen, und schon ist er wieder der heiße Streber. Er schiebt die Hände in die Taschen seiner Chinohose und schenkt mir ein freundliches Lächeln, als hätte dieses spontane Konzert nie stattgefunden. »Und das war Sams Gitarrenladen.«

Ich habe keine Ahnung, warum er diese unglaubliche Zurschaustellung von Talent ignorieren will. Wenn ich das könnte, was er kann, würde ich meine Musik ständig meistbietend verkaufen. Ich würde Tag und Nacht an jeder verdammten Straßenecke auftreten. Aber ich spiele mit. »Mir hat es gefallen. Sam auch.« Ich habe vergessen, Sam wegen der Sandwiches zu fragen. Ich werde später noch mal allein herkommen.

»Er ist ein toller Kerl. Im Laufe der Jahre hat er mit vielen Musikern gearbeitet.«

Obwohl sein Tonfall beiläufig bleibt, ist er um den Mund herum blass geworden, und seinen Schritten fehlt die übliche flüssige Eleganz.

Für eine Weile gehen wir schweigend nebeneinanderher. Es ist nicht angenehm, aber ich bin mir nicht sicher, was los ist. Schämt er sich? Wie kann das sein? Er ist ein Rockstar. Vor Leuten aufzutreten ist buchstäblich sein Job. Normalerweise bin ich viel besser darin, Leute zu lesen und dafür zu sorgen, dass sie sich wohlfühlen. Um Himmels willen, ich sollte darin ein Profi sein, weil ich das beruflich mache. Aber in dieser Situation bin ich nicht in der Lage, auch nur ein einziges Wort bedeutungsloses Geplauder zustande zu bringen.

John stupst mich mit seinem Arm an. »Dann kommen wir mal zurück zu dieser Barry-Sache.«

»Barry?« Ich runzle die Stirn. »Barry White? Barry Manilow?«

Er lacht erstickt. »Das sind die ersten beiden Barrys, die dir einfallen?«

»Fällt dir etwa sonst noch jemand ein, wenn du Barry und Musik in derselben Unterhaltung erwähnst?«

Er zuckt mit den Schultern. »Ich hätte Barry Gibb oder Barry Bonds gesagt.«

»Ich weiß nicht, wer die sind.«

»Ein Musiker und ein Baseballspieler – und es schmerzt, dass du ihre Namen nicht kennst. Aber nein, ich habe nicht über einen berühmten Barry geredet. Ich meinte deine Verabredung. Barry. Der Trottel, der wie ein Versicherungsmakler aussah.«

»Er heißt Bradley und ist Finanzprüfer.«

»Ha. Da war ich nah dran.«

»Daran werde ich denken, wenn ich dich eines Tages als Bass spielenden Chorsänger vorstelle.«

Er stupst mich erneut an. »Freche Stella. Und das, nachdem ich für dich durch schmutziges Wasser gelaufen bin.«

Ich muss lächeln, sage aber nichts. So leicht werde ich es ihm nicht machen.

Er schnaubt und ist eindeutig verärgert. »Hör auf, der Frage auszuweichen, Knöpfchen.«

»Gab es eine Frage? Die muss mir bei all der Aufregung um Barry entgangen sein.«

»Es gab eine.«

»Wirklich? Ich habe nur gehört: ›Dann kommen wir mal zurück zu dieser Barry-Sache.‹«

Ich ahne, wie er die Augen verdreht, obwohl ich den Blick auf die Straße vor uns gerichtet habe.

»Klugscheißerin«, murmelt er. Dann räuspert er sich und spricht in einem strengen englischen Akzent mit mir, der dem von Mr Scott Konkurrenz macht. »Ms Grey, es war mir ein Bedürfnis, mich zu erkundigen, was es mit Ihrer Beziehung mit Bradley, dem Finanzprüfer, auf sich hat.«

Ich muss lachen. »Du klingst wie ein Professor.«

Er grinst kurz und lässt die Zähne aufblitzen. »Eigentlich habe ich meinen Vater nachgeahmt. Normalerweise versuche ich, das nach Möglichkeit zu vermeiden.« Er nickt mit dem Kinn in meine Richtung. »Also? Was hat es nun mit diesem Bradley auf sich?«

»Tja … Kein Kommentar.«

John bleibt stehen, und sein Mund klappt vor Empörung auf. »Das kannst du nicht sagen!«

»Natürlich kann ich das«, schleudere ich ihm über meine Schulter entgegen, während ich weitergehe. »Es geht dich nichts an.«

Er setzt sich wieder in Bewegung und macht zwei große Schritte, um mich einzuholen. »Komm schon. Was steckt dahinter, Stella? Bradley meinte, du seist jeden Penny wert. Und er ist nicht der einzige Kerl, mit dem ich dich gesehen habe.«

Nun bleibe ich stehen. »Was? Wann? Verfolgst du mich?«

»Siehst du, das waren drei Fragen«, sagt er selbstgefällig. »Und ich wette, dass ich sie dir alle beantworten soll, oder?«

Ich trete viel zu dicht an ihn heran und stoße mit einem Finger gegen seine Brust. »Raus mit der Sprache.«

John schnappt sich meinen Finger, verschränkt seine Hand fest mit meiner und hält sie beide nah an seinen Bauch gedrückt. Meine Knöchel streifen seine harten Bauchmuskeln, und sofort breitet sich Hitze zwischen meinen Beinen aus. Ich erröte und reiße mich los, aber das lässt sein arrogantes Lächeln nicht verschwinden. »Vor zwei Tagen im Madison Square Park. Du hast mit einem älteren, nervösen Kerl im Shake Shack gegessen und den Großteil der Unterhaltung bestritten, wie ich hinzufügen darf.«

Er hat mich mit Todd gesehen? Und ich habe ihn nicht bemerkt?

Mein Gesicht wird unangenehm heiß. »Herrgott. Du *hast* mir hinterherspioniert. Was zum Teufel soll das, John?«

Er zieht die Brauen zusammen. »Hey, ich habe zwei Tische weiter gesessen, mich um meine eigenen Angelegenheiten gekümmert und einen Kaffeeshake getrunken. Du bist ziemlich laut, weißt du das?«

»Und warum zum Teufel warst du zur selben Zeit dort wie ich? Und heute ebenfalls? Das ist doch verdächtig.«

»Oh, jetzt krieg dich wieder ein.« Er wedelt träge mit einer Hand herum. »Ich gebe zu, dass unser Timing ziemlich verrückt ist. Und glaub mir, mich verstört das ebenfalls, aber ich verfolge dich nicht. Ich habe Besseres zu tun.«

»Wie allein zu essen?« Sobald ich es gesagt habe, tut es mir leid.

John reagiert kaum, was es noch schlimmer macht. Er zieht sich in sich zurück, und sein Gesicht wird ausdruckslos. »Ja, ich esse allein«, erwidert er betont, aber nicht verärgert. Die Bedeutung seiner Worte ist vollkommen klar: Allein zu essen ist für ihn besser, als irgendetwas mit mir zu unternehmen.

Ich zucke innerlich zusammen, aber ich war auch gemein zu ihm. »Tut mir leid. Ich wollte nicht …«

»Doch, wolltest du.« Sein Tonfall ist entspannter, und sein Mund zuckt, als würde er gegen ein Lächeln ankämpfen. Und mir wird klar, dass John niemand ist, der lange nachtragend ist. Viele Leute behaupten, dass sie Dinge einfach auf sich beruhen lassen können, aber auf die wenigsten trifft es tatsächlich zu. Verdammt, selbst ich schaffe das nur selten.

»Tja, ich wollte dich damit nicht beleidigen«, stelle ich klar. »Ich esse ebenfalls allein.«

»Wann?«, fragt er und starrt mich mit misstrauischen grünen Augen an. »Denn hier scheint es ein Muster zu geben.«

»Zwei Männer sind doch kein Muster.«

John starrt mich an, als würde ich Quatsch reden. Was ich tue.

»Vielleicht mag ich ältere Männer. Na und?«

Er schnaubt. »Ältere Männer, die genug Geld haben, um dich zu bezahlen.«

Verfluchter Mist. Meine Oberschenkel zittern, weil ich den starken Drang verspüre, davonzulaufen. Doch ich bleibe standhaft. »Was willst du damit andeuten?«

John schaut sich ausgiebig um und lehnt sich dann dicht an mich heran. Seine Stimme ist ein warmes Grollen an meinem Ohr. »Bist du eine Escortdame?«

Er hätte mir ebenso gut eine Ohrfeige verpassen können. Ich weiche zurück, schnappe nach Luft und fühle mich seltsam entblößt. Hat er deswegen mit mir geredet? Um eine morbide Neugier in Bezug auf meinen Beruf zu befriedigen? Die Sterne, die ich in den Augen hatte, sind verschwunden. Jeder glückliche Gedanke, den ich hinsichtlich meines neuen Nachbarn hatte, geht im Höllenfeuer in Flammen auf.

John runzelt die Stirn, während er mein Gesicht betrachtet. Doch er wirkt nicht reumütig, sondern nur ungeduldig.

»Hast du mich gerade gefragt, ob ich eine Hure bin?« Meine Stimme hallt über die Straße, und ein Mann, der mit seinem Hund spazieren geht, dreht den Kopf in unsere Richtung.

John ignoriert alles um uns herum und achtet nur auf mich. »Keine Hure. Eine Begleitdame. Die schlafen nicht mit all ihren Kunden. Nur mit denen, die sie sich aussuchen.«

Wut tobt durch meinen Körper. »Ich … Du … Ich …«

»Du und ich …« Er wedelt mit einer Hand. »Spuck es aus, Stells.«

»Zum Teufel mit dir!«, stoße ich hitzig hervor. »Hoffentlich schmorst du in der Hölle.«

John starrt mich an. Seine Wangen werden rot. »Du musst nicht unhöflich sein.«

»Ich bin unhöflich?« Ich bin so schockiert, dass mir fast die Luft wegbleibt. »Ich bin unhöflich? Du wirfst mir vor, eine Prostituierte zu sein.« Und das Schlimmste daran ist, dass ich mich schäme. Und es gibt keinen Grund dafür. Absolut keinen. Ich bin keine Begleitdame, und selbst wenn ich eine wäre, wäre das meine Sache, nicht seine. Aber das haben seine Worte trotz allem bei mir ausgelöst.

»Du wärst nicht die erste. Es ist das älteste Gewerbe der Welt«, sagt er, als würde er mir etwas mitteilen, das ich nicht weiß.

Ich richte mich zu meiner vollen Größe auf. »Weißt du was? Wir sind fertig miteinander.«

Ich drehe mich um und marschiere davon.

Natürlich läuft mir dieser Vollidiot hinterher.

»Ach, komm schon. Was soll ich denn sonst denken?« Er wedelt wild mit einer Hand herum.

»Du verbringst Zeit mit trotteligen alten Kerlen, die sagen, dass du jeden Penny wert bist und dass sie sich erneut mit dir treffen wollen.«

Ich laufe schneller. »Vielleicht bringe ich ihnen ja das Stricken bei!«

»Ich habe noch keine Stricknadel gesehen.«

»Führ mich nicht in Versuchung. Ich würde sie dir sonst nur in eine *unhöfliche* Stelle rammen.«

»Das ist echt pervers. Aber das erklärt immer noch nicht all die Kerle.«

»Ich könnte ihnen Yoga beibringen. Oder Tanzen. Irgendwas.« Ich starre John an, während ich weiterstapfe. »*Irgendwas anderes, als sie für Geld zu vögeln!*«

Er errötet noch heftiger. »Herrgott. Okay. Ich hab's verstanden. Vögeln für Geld kommt nicht infrage.«

Ich schnaube und stoße ihn von mir weg. Oder ich versuche es. Dieser blöde Ochse ist zu stark, um ihn vom Fleck zu bewegen. »Hör auf, mir zu folgen«, zische ich und halte auf die U-Bahn-Station zu.

»Wir wohnen im selben Gebäude.«

Ich bleibe stehen, und er hält ebenfalls an. Er ist groß genug, um den bedeckten grauen Himmel abzuschirmen, als er verwirrt auf mich herunterschaut.

»Hör zu, du Schwachkopf.« Ich versetze ihm einen Schlag in den Bauch, um meinen Worten mehr Nachdruck zu verleihen. Es ist, als würde man gegen eine warme Wand schlagen. Verdammt. »Wenn ich sage, dass wir fertig miteinander sind, dann meine ich das auch so. Wir. Sind. Fertig. Miteinander.« Bei jedem Wort steche ich mit dem Finger auf ihn ein. »Rede nicht mit mir. Schau mich nicht an. Vergiss einfach, dass du mich kennst.«

Seinen Gesichtsausdruck kann man nur als Männerschmollen bezeichnen. Er schiebt seine volle Unterlippe vor, und ich verspüre den Drang hineinzubeißen. Traurigerweise kann ich mich nicht entscheiden, ob ich auf eine sexy oder auf eine böse Weise hineinbeißen will, um ihn all meinen Zorn spüren zu lassen. Vielleicht beides.

Als er spricht, ist seine Stimme ernst und nachdenklich. »Ich denke, wir sollten noch mal darüber reden, wenn du mir nicht den Schwanz abreißen oder Stricknadeln in seltsame Orte rammen willst.«

»Dann wirst du sehr lange warten müssen.« Damit hebe ich den Kopf und rufe ein Taxi, das gerade die Straße entlangkommt. Ich laufe hastig darauf zu und springe hinein. John beobachtet mich mit einer ausdruckslosen Miene, während ich nach der Tür greife, um sie zu schließen. Ich starre ihn böse an. »Oh, und ›Open Shelter‹ ist bestenfalls kitschig und kindisch.«

Die Empörung, die ihn überkommt, als ich eins von Kill Johns berühmtesten Liedern kritisiere, reicht beinahe aus, um mir ein Lächeln zu entlocken. Ich schlage die Taxitür zu, während John ruft: »Das war ein Schlag unter die Gürtellinie, Minzeisdiebin!«

John

Da Sex nicht zur Debatte steht, bleibt mir nur noch eine letzte Möglichkeit, um Dampf abzulassen. Training. Jede Menge Training. Ich kann nicht behaupten, dass es mir so viel Spaß macht wie Sex. Wenn das so wäre, wäre es ziemlich traurig. Aber wenn ich trainiere, kann ich mich besser konzentrieren und spüre eine reine Art von Schmerz. Körperliches Verausgaben löst einen Rauschzustand aus, der mit Sex oder dem Auftritt auf einer Bühne zu vergleichen ist. Leider ist es nicht so intensiv. Aber ich versuche mich trotzdem daran.

Heute jogge ich mit Scottie. Er hat mich vor einem Jahr für diese Sportart begeistert und mir die Freuden dieser speziellen Art von Folter gezeigt. Und es besteht kein Zweifel daran, dass der Rausch es wert ist.

Meine Lunge brennt ordentlich, und mein Körper ist warm und locker, während wir über den Weg joggen, der am Hudson River Park entlang verläuft. Als wir damals mit dem gemeinsamen Lauftraining anfingen, ließ mich Scottie jedes Mal alt aussehen. Ich humpelte hinter ihm her wie der Tod auf zwei Beinen, während er kaum ins Schwitzen kam. Jetzt hat sich das Blatt gewendet. Scottie ist derjenige, der hinterherhinkt. Seine Wangen sind gerötet, und er wirkt sogar noch mürrischer als sonst.

Seit er Vater geworden ist – und ich bin immer noch schockiert, wie er sich von Mr Eiskalt in Mr Mami verwandelt hat –, hat Scottie nicht viel Zeit gehabt, sich um irgendetwas anderes als sein Baby zu kümmern. Und das tut er mit der gleichen unerschütterlichen Gründlichkeit, mit der er auch seinen Job erledigt und sich der Band widmet. Die Freude in seinem Gesicht, wenn er über seinen Nachwuchs redet, ist strahlend. Ich habe so etwas noch nie gesehen und beneide Scottie ein wenig darum, allerdings nicht allzu sehr, denn der Kerl hat Ringe unter den Augen, die dem Saturn Konkurrenz machen.

»Komm schon, Dad«, scherze ich und werde langsamer, um mich seinem Tempo anzupassen. »Willst du eine Plauze bekommen?«

»Leck mich doch«, murmelt er.

Ich grinse. Rache ist süß. »Ich kann niemanden lecken. Deswegen laufen wir doch.«

»Das ist der Grund, warum *du* läufst«, stößt er zwischen zwei Atemzügen hervor. »Ich laufe, weil ich ein verdammter Masochist bin.«

»Ich dachte, du wärst ein Sadist.«

Er starrt mich an, und ich lache und fühle mich viel besser.

Scottie murmelt einen Fluch und fährt sich dann mit der Hand über die Stirn. »Ich bin neugierig …«

»Wann bist du das nicht?«

»Du behauptest, dass wir laufen, weil du keinen Sex haben kannst«, fährt er fort. »Aber du nimmst schon seit zwei Wochen das Antibiotikum. Das hat doch sicher schon angeschlagen.«

Meine Füße stapfen in einem gleichmäßigen Rhythmus über den Boden. »Das hat es. Tatsächlich war ich heute bei Dr. Stern, und sie meinte, dass ich wieder völlig gesund sei.«

»Also warum …?«

»Es war mein Ernst, als ich sagte, dass ich keinen Gelegenheitssex mehr haben will. Ich kann das nicht riskieren. Ehrlich gesagt will ich auf diese Weise einfach keinen Sex mehr haben. Die Vorstellung, es mit einer Frau zu treiben, die ich nicht kenne …« Ich erschaudere. »Nein. Das wird nicht mehr passieren. Was bedeutet, dass der kleine Jax in absehbarer Zeit nur Brot und Wasser bekommt.«

Scottie brummt. »Es ist gar nicht so schlimm zu warten. Wenn man jemanden findet, den man tatsächlich will, ist es wirklich verflucht fantastisch, und am Ende wird man für die ganzen Qualen belohnt.«

»Oh Gott, kommt jetzt etwa eine ›Die Liebe wird dir Flügel verleihen‹-Rede?«

Er wirft mir einen strengen Blick zu. »Jeder, der über die Liebe spottet, hat noch nie wahre Leidenschaft erlebt und hat keine Ahnung, wovon er redet.«

Ich verziehe das Gesicht, bin aber nicht sauer. Trotz der Tatsache, dass er sich die halbe Zeit über wie mein Vater verhält, sind wir gleich alt. Und er ist einer meiner besten Freunde. Von all meinen Freunden ist Scottie mittlerweile derjenige, in dessen Gesellschaft ich mich am besten entspannen kann. Ihm gegenüber kann ich ganz offen sein, und er sorgt dafür, dass ich keinen Mist baue, weil er mir nicht alles durchgehen lässt.

In einer Welt, in der ich so gut wie alles machen kann, was ich will, weil mich niemand davon abhält, ist Scotties Standhaftigkeit ein Geschenk. Allerdings würde ich ihm das niemals sagen. Scottie würde das hassen.

Wir laufen schweigend weiter. Er schnauft laut, aber gleichmäßig. Ich weiß, dass Scottie mit diesem Zustand zufrieden ist. Er muss nicht unbedingt reden. Normalerweise würde mir das genauso gehen. Aber ich bin seit Tagen rastlos. Ein unangenehmes Gefühl, das mich stark an Schuld erinnert, macht sich in mir breit, und ich scheine es nicht abschütteln zu können.

Die Wahrheit ist, dass ich beichten muss. Killian, Rye oder Whip würden mir mein mieses Verhalten einfach so durchgehen lassen. Hauptsächlich deswegen, weil sie nicht wollen, dass ich mich »aufrege«. Ich hasse das. Auch wenn ich weiß, dass ich über dieses Thema leichter mit einem meiner Bandkollegen reden könnte, gehe ich aufs Ganze und erzähle es dem einzigen Kerl, der nichts beschönigen wird.

»Ich habe Stella gefragt, ob sie eine Begleitdame ist.«

Scottie stolpert beinahe. »Du hast *was* gemacht?«

Sein Ruf hallt über den Weg, und ein paar Tauben fliegen auf.

»Red nicht so laut«, murmle ich und jogge weiter.

Aber Scottie ist stehen geblieben. Ich drehe den Kopf und stelle fest, dass er mitten auf dem Weg steht. Er hat die Hände in die Hüften gestemmt, und sein Gesicht ist vor Wut verzerrt. Das ist wohl der richtige Zeitpunkt für ein »Oh, oh«.

Mit schweren Beinen laufe ich zu ihm zurück.

Scotties Stimme ist sehr angespannt, als er wieder spricht. »Bilde ich mir das ein oder hast du mir gerade wirklich erzählt, dass du Stella Grey vorgeworfen hast, eine Prostituierte zu sein?«

Ich reibe mir über den verschwitzten Nacken. »Rückblickend betrachtet klingt das sehr viel schlimmer.«

Scottie zieht die Augenbrauen hoch. »Rückblickend betrachtet? Kumpel, du könntest es auch dann nicht besser klingen lassen, wenn du es versuchen würdest. Frauen reagieren nicht besonders gut darauf, wenn man sie als Huren bezeichnet.«

»Hey, ich meinte die Art von Begleitdame, die mit alten Kerlen ausgeht, eine schöne Zeit mit ihnen verbringt und dann vielleicht zustimmt, Sex mit ihnen zu haben … Okay, verdammt, das klingt auch grenzwertig.«

Gott, ich hasse Schuldgefühle. Ich habe sie schon zu oft wegen zu vieler Dinge empfunden. Dieser Mist sammelt sich in einem an und nistet sich in deinem Gehirn ein. Er dringt zu unpassenden Zeitpunkten in die Gedanken ein und schleicht sich dann wieder davon, geht jedoch nie allzu weit weg, sondern lungert herum und wartet darauf, wieder aufzusteigen.

Schuldgefühle wegen Stella zu haben ist einfach nur ätzend. Ich mag sie. Und jetzt hält sie mich für Abschaum. »Verdammt.«

Scottie deutet mit einem anklagenden Finger auf mich. »Deswegen habe ich Ms Grey geraten, dass sie sich von dir fernhalten soll. Du sagst idiotische Dinge zu netten Frauen, und ich muss das Ganze dann wieder in Ordnung bringen.«

»Ich sage keine idiotischen Dinge.«

»Erinnerst du dich noch an den ganzen Mist, den du Liberty an den Kopf geworfen hast, als Killian sie zu uns brachte?«

Ich zucke zusammen, weil ich damals tatsächlich nicht besonders freundlich war. Doch dann richte ich mich auf. »Was ist mit Sophie? Wenn ich nicht gewesen wäre, wäre Sophie jetzt kein Teil deines Lebens. Weil *du* in dieser Situation das Arschloch warst.«

Wie immer, wenn jemand seine Frau erwähnt, verwandelt sich Scotties Furcht einflößender Gesichtsausdruck in einen viel zu rührseligen. »Das muss ich dir lassen«, murmelt er und wird dann wieder Furcht einflößend. »Geht es hier um Stellas Job?«

Ich trete näher an ihn heran. »Du weißt, was sie beruflich macht?«

»Willst du damit andeuten, dass ich nicht jeden Kandidaten gründlich überprüft hätte, bevor ich jemandem den Zugangscode zu Killians und Libertys Wohnung gebe?«

Er lässt es wie das Verbrechen des Jahrhunderts klingen. Ich wedele mit einer Hand herum, als würde ich diese Lächerlichkeit verscheuchen wollen. »Was bedeutet, dass du es weißt.«

Scottie zieht die Brauen zusammen. »Im Gegensatz zu dir.«

Verdammt. Mist. Verdammt.

»Scottie …«

Sein Lächeln ist schmal und bösartig. »Tut mir leid, Kumpel. Das geht mich nichts an.«

»Du steckst deine große Nase doch sonst in jedermanns Angelegenheiten. Raus damit, Mann.«

»Nein. Wenn Ms Grey nicht will, dass du es erfährst, werde ich es dir nicht verraten.«

»Gabriel Scott …«

Er schnaubt. »Das mit dem Namen funktioniert bei mir nicht, *John*.«

Ich schwöre, dass ich ihn würgen werde. Und dann werde ich ihn umbringen. Ich kann es mit ihm aufnehmen. Ich habe trainiert, während er Nacht für Nacht wach ist und sich um ein quengelndes Baby kümmern muss. »Schön, dann sei eben ein Arschloch.«

»Klingt eher so, als wärst du in diesem speziellen Szenario das Arschloch.« Damit läuft er einfach weiter.

Ich halte problemlos mit. »Ich wollte keins sein. Ich habe sehr gute Gründe dafür, es wissen zu wollen.«

»Und zwar?«

Mist. Ich will es ihm nicht erzählen. Ich will es mir ja nicht mal selbst eingestehen. »Sie … Sich mit fremden Männern zu treffen ist gefährlich. Ihr könnte etwas zustoßen.«

Jetzt schnaubt er sogar noch lauter als vorhin. »Versuch's noch mal.«

»Ich bin ein neugieriger Mistkerl?« Es klingt wie eine Frage, und ich verziehe das Gesicht.

Scottie wirft mir einen Seitenblick zu. »Ja, aber ich denke nicht, dass das der Grund ist.«

»Na schön. Ich bin ein Trottel, okay?«

Er widerspricht mir nicht.

»Bring das in Ordnung, Jax.« Er runzelt die Stirn und starrt stur geradeaus. »Ich meine es ernst. Stella ist ein nettes Mädchen …«

Ich schnaube. Laut.

»… das Respekt verdient.«

»Tja, momentan kann ich mich ohnehin nicht in ihre Nähe wagen. Sie ist fest entschlossen, mir den Schwanz abzureißen und ihn Stevens als Spielzeug zu geben.«

Scottie verzieht die Mundwinkel nach oben. »Ich würde gutes Geld bezahlen, um das zu sehen.«

Toller Freund.

9. Kapitel

Stella

Manchmal frage ich mich, ob es Leute gibt, die auf Partys wirklich Spaß haben. Ich weiß, dass es sie geben muss, sonst würden die Leute ja keine Partys veranstalten. Aber auf jeder Party, auf der ich bislang war, schien sich irgendwann ein allgemeines Gefühl des Elends einzustellen. Es ist so, als würden alle verzweifelt versuchen, alle anderen davon zu überzeugen, dass sie Spaß haben, während sie innerlich die Minuten zählen, bis sie endlich gehen können.

Vielleicht ist das aber nur auf den Partys so, auf die ich in New York gehe. Oftmals bin ich beruflich dort und es geht hauptsächlich um aktiven Voyeurismus. Ich schwöre, dass die Leute mehr daran interessiert sind, andere Gäste zu beobachten, als sich mit ihnen zu unterhalten. Deswegen bevorzuge ich Dinnerpartys, auf denen ich gutes Essen genießen und mich unterhalten kann.

Leider stecke ich jedoch gerade in einem Penthouse im vierzigsten Stock fest und bin von Leuten umgeben, die aussehen, als wären sie zwar körperlich, aber längst nicht mehr geistig anwesend. Und mich überkommt das Gefühl, dass wir alle Schauspieler auf einer Bühne sind.

»Kein Wunder, dass du mich gebeten hast, dich zu begleiten«, murmle ich Richard zu, während wir an eine Bar vor einem Panoramafenster treten. »Ich glaube, du wärst schon längst verrückt geworden, wenn du dich hier allein unter die Leute mischen müsstest.«

Er lacht und zieht mich dichter an seine Seite. »Du kennst mich gut, kleine Rose.«

Der Franzose sieht wie eine ältere und grauhaarigere Version von Idris Elba aus und ist einer der angesagtesten Köche in Manhattan. Er könnte jede Frau als Begleitung mitnehmen, aber schon kurz nach unserer ersten Begegnung erfuhr ich, dass er außerhalb der Küche unglaublich schüchtern ist und Verabredungen hasst. Doch wie bei den meisten Leuten bedeutet das nicht, dass er nicht einsam ist. Und da komme ich ins Spiel. Ich kann Richard Gesellschaft bieten, und zwar ohne die Bedingungen, die er so erdrückend findet.

Manchmal bittet mich Richard, zu ihm nach Hause zu kommen, um mit ihm fernzusehen oder einen Film zu schauen. Das ist etwas ganz Einfaches, das er nicht oft tun kann, in seinem Leben aber dringend braucht. Manchmal begleite ich ihn auf Veranstaltungen, an denen er teilnehmen muss, um den Schein zu wahren, auch wenn er dort eigentlich nicht mit vielen Leuten reden will. Mittlerweile betrachte ich ihn als echten Freund, aber Richard besteht darauf, mich trotzdem für die Zeit zu bezahlen, die ich mit ihm verbringe.

Auch wenn er behauptet, dass er es tut, weil es sich für ihn nicht richtig anfühlen würde, meine Zeit auszunutzen, stört mich das ein wenig. Ich habe zahlreiche »Freunde«, die ich über die Arbeit kennengelernt habe. Aber nicht ein einziger von ihnen ist echt.

Ich habe fast an jedem verdammten Tag meines Lebens mit Menschen zu tun und sorge dafür, dass sie sich ein wenig geliebter fühlen und ein kleines bisschen glücklicher sind. Und trotzdem fühle ich mich plötzlich wie die einsamste Person in ganz New York.

Ich schüttle diese Gefühle ab, schenke Richard ein breites Lächeln und nehme das Glas Champagner an, das er mir hinhält. »Wer ist der Veranstalter dieser Party?«, frage ich.

Richard nippt an seinem Champagner, verzieht aus irgendeinem Grund das Gesicht und beäugt das Glas. Dann schaut er wieder mich an. »Ein Musikproduzent namens Pete.« Sein französischer Akzent sorgt dafür, dass der Name eher wir »Beat« klingt. Richard zuckt träge mit den Schultern. »Falls er einen Nachnamen hat, kenne ich ihn nicht.«

Ich schaue mich genauer im Raum um. Je länger ich die Gäste betrachte, desto klarer wird mir, dass die meisten von ihnen berühmt sind. Models, Schauspieler, Musiker. Ich bin mir ziemlich sicher, dass der Kerl in der Ecke ein Rapper ist. Und die Frau mit dem hellblauen Haar ist definitiv ein Popstar.

Ruhm. Damit geht ein gewisser Look einher. Er ist nicht immer schön, aber wir werden trotzdem davon angezogen wie Motten vom Licht.

Ich will nicht beeindruckt sein. Um berühmte Leute herumzuscharwenzeln fühlt sich armselig an, so als würde ich irgendwie sagen, dass ich weniger wert bin als sie. Aber ich *bin* beeindruckt. Ich bewundere Talent und Beharrlichkeit. Aber die Vorstellung, auf einer Party mit lauter berühmten Leuten zu sein, lässt mein indigoblaues Etuikleid aus dem Versandhaus ein wenig schäbig wirken. Das ärgert mich.

Ohne meine Erlaubnis wandern meine Gedanken zu John. Ich sollte ihn wirklich Jax nennen. Er ist die einzige wirklich berühmte Person, mit der ich je längeren Kontakt hatte. Und ja, auch in seiner Gegenwart ärgere ich mich oft. Aber das ist etwas anderes. Er ist wie ein Knoten unter meiner Haut, der mich einfach zu viel empfinden lässt. Ich denke zu viel über ihn nach – wenn ich aufwache, in seltsamen Augenblicken während des Tages, wenn ich schlafen gehe, jetzt gerade.

Liegt das an seinem Ruhm? Vielleicht. Allerdings vergesse ich normalerweise, dass er der berühmte Jax Blackwood ist. Er ist einfach … John. Der nervige, witzige, viel zu attraktive John.

John, der mich gefragt hat, ob ich eine Hure bin. Dieser idiotische, dämliche Mistkerl. Ich will nicht mehr an ihn denken.

Als eine Kellnerin mit einem Tablett vorbeikommt, nehme ich mir eine Tarte. Richard prüft seine mit einem weiteren Stirnrunzeln.

»Warum starrst du das Essen und die Getränke an?«, frage ich ihn, bevor ich mir das kleine Gebäck in den Mund schiebe. Eine Geschmacksexplosion stürmt auf meine Zunge ein. Herb, süß, pfeffrig, cremig, buttrig. Ich muss mir Mühe geben, nicht zu stöhnen.

Seine Augen leuchten auf. »Gut, oder?«

»Oh ja«, versichere ich ihm.

»Jetzt probier den Champagner«, befiehlt er.

Ich füge mich, und der Geschmack wird noch intensiver. Der Champagner ist spritzig und prickelnd und erfrischend.

»Meine Angestellten haben hier das Catering übernommen, weil ich Pete einen Gefallen tun wollte«, erklärt Richard beinahe eingebildet. »Erdbeertarte mit *Crème anglaise*, die mit rosa Pfefferkörnern verfeinert ist. Am besten genießt man sie mit Champagner.«

»Und du wusstest, dass sie diese Tartes jetzt herumreichen würden, nicht wahr?« Ich winke schamlos eine weitere Kellnerin heran. Ich werde niemals so dünn wie ein Model sein, also werde ich es gar nicht erst versuchen. »Die sind verdammt lecker.«

Richard lacht angesichts meiner Begeisterung. »Natürlich sind sie das. Das ist mein Essen.«

»Wann wirst du mir eine Kochstunde geben?«, frage ich ihn, obwohl mein Mund noch halb mit köstlichen Erdbeeren gefüllt ist.

Richard, der stets ein Kavalier ist, bietet mir seinen Arm an, während wir eine Runde drehen. »Nun, meine liebe Stella, da muss ich dich warnen. Ich bin ein furchtbar strenger Meister.« Er zwinkert mir verschwörerisch zu. »Bist du sicher, dass du bereit für meine Unterrichtsstunden bist?«

Ich lache leichthin. »Denkst du ernsthaft, dass ich eine Kochstunde bei dem großen Richard Dubious ablehnen würde?«

Im Austausch dafür, dass ich mich auf seine verrückten Arbeitszeiten eingestellt habe – nicht dass es mir etwas ausmacht, denn ich werde gut dafür bezahlt –, hat er angeboten, mir das Kochen beizubringen. Ich will es wirklich lernen. Ich beherrsche die Grundlagen, aber richtig gut zu kochen übersteigt meine Fähigkeiten.

Seine Augen leuchten. »Du wärst dumm, wenn du es tätest.«

»Keine Sorge, ich erwarte, dass du dich meiner Forderung innerhalb von zwei Wochen fügst oder dich meinem Zorn stellst.«

Richard lacht, doch was er danach sagt, bekomme ich nicht mehr mit, weil ich gerade den einzigen Mann entdeckt habe, der es schafft, mich an jeden Ort, an den ich gehe, zu verfolgen.

Jax Blackwood steht inmitten einer großen Gruppe von Leuten, die alle lachen und ihm förmlich an den Lippen kleben. Nun wirkt er in jeder Hinsicht wie ein Rockstar. Seine Kleidung ist nicht ausgefallen – ein schwarzes Hemd und eine schwarze Jeans, aber beides passt seinem drahtigen Körper perfekt und ist eindeutig hochwertig. An seinem linken Handgelenk trägt er ein dickes schwarzes Lederarmband, und klobige Silberringe schmücken ein paar seiner langen Finger.

Die Ringe funkeln im Licht, während er mit einer Hand durch sein Haar fährt, sodass es wirr absteht. Diese Geste ist mir so vertraut, dass ich beinahe lächle, als ich sie sehe.

Beinahe. Denn an seinem Arm hängt ein umwerfender Rotschopf. Ihr Haar ist von einem dunklen, honigfarbenen Rostrot, das einen starken Kontrast zu ihrer hellen Haut darstellt. Sie hat es zu einem strengen Pferdeschwanz zusammengebunden, der die Gleichmäßigkeit ihrer Gesichtszüge betont. Sie ist groß und schlank und trägt unfassbar hohe High Heels von Jimmy Choo. Diese Schuhe, die an den Spitzen mit regenbogenfarbenen Pailletten und flauschigen kleinen Federn besetzt sind, sollten lächerlich aussehen, lassen sie aber stattdessen wie eine Art Feenprinzessin aus der Park Avenue wirken.

Unwillkommene Eifersucht breitet sich in meinem Inneren aus wie heißer Teer.

Noch schlimmer ist jedoch, dass er zwar mit dieser wunderschönen Frau da ist, die problemlos als Model arbeiten könnte, aber trotzdem den Blick suchend durch den Raum schweifen lässt. Zahlreiche andere und ebenfalls umwerfende Frauen umschwärmen ihn, und er macht sich nicht mal die Mühe zu verbergen, wie er ihre Vorzüge bewundert. Er hält vor diesen Frauen Hof und schenkt ihnen sein anzügliches Lächeln, das einem verspricht, dass man viel Spaß haben wird, selbst wenn man es später bereut.

Dieses Lächeln und die mühelose Art, mit der er sich unter diese Leute mischt, deprimieren mich. Trotz seines großen Selbstbewusstseins wirken seine Augen stumpf, so als würde er nur eine Rolle spielen. Hat er das auch mit mir gemacht? Und bin ich bislang zu blind gewesen, um es zu erkennen? Ist ihm überhaupt irgendetwas wichtig?

Die Rothaarige mit den hohen Absätzen lacht mit John und schlägt ihm dann auf den Arm. Da habe ich meine Antwort. Sie ist ihm wichtig. Ich erkenne es daran, dass seine Miene weicher wird und er sich leicht in ihre Richtung lehnt. Im Gegensatz zu den anderen Anhängern gehen sie sehr vertraut miteinander um. Die beiden sind ein Paar.

Das Wissen steckt wie ein Eisklotz in meiner Brust. Ich bin so oft mit John aneinandergeraten, habe jedoch nie darüber nachgedacht, dass er mit jemandem zusammen sein könnte. Er hat mit mir geflirtet, als würde er sich vielleicht so zu mir hingezogen fühlen, wie ich mich zu ihm hingezogen fühle – widerwillig, aber voll und ganz. Was mich zu einer Idiotin macht. Er hatte einfach Spaß daran, mich zu reizen.

Ich will mich abwenden. Ich habe vor, mich abzuwenden. Aber als ob er meinen Blick spüren würde, hebt John den Kopf. Diese berühmten grünen Augen, von denen die Fans weiche Knie bekommen, richten sich auf mich. Und ich bin genauso empfänglich wie zuvor. Ich spüre es in meinen Zehen, zwischen meinen Beinen, überall.

Ich bin nicht sicher, was ich von ihm erwartet habe. Ein Stirnrunzeln. Ein Schmunzeln.

Er grinst breit, und mein Herz hüpft, während mir gleichzeitig der Atem stockt. Herrgott, das sollte er nicht tun dürfen. Es bringt mich ganz durcheinander und sorgt dafür, dass ich Dinge haben will, die unmöglich sind. Ich sollte ihn nicht mehr mögen. Ich habe einen Schwur geleistet, verdammt. Aber wenn er mich anschaut, als wäre ich das Beste, was er den ganzen Tag gesehen hat, ist es schwer, sein Lächeln nicht zu erwidern.

Erwartung prickelt in meinen Venen wie der Champagner, den ich getrunken habe, und es fällt mir schwer stillzustehen.

»Kennst du Jax Blackwood?«, fragt Richard dicht an meinem Ohr.

Ich zucke zusammen, weil ich vergessen habe, dass er neben

mir steht. Mit schockierend großer Mühe reiße ich den Blick von John los.

Richards Augen füllen sich mit zärtlicher Wärme. »Oder hat er dich gerade bemerkt und festgestellt, dass du die schönste Frau bist, die er je kennenlernen wird?«

»Du alter Schmeichler«, sage ich lachend.

»Ich bin Franzose«, erwidert er mit einem Schulterzucken.

»Was bedeutet, dass du die Vorzüge einer Frau extrem übertreibst, um sie zu besänftigen?« Ich meine das nur halb im Scherz. Meine besten Eigenschaften sind mir durchaus bewusst und ich bin recht zufrieden mit meinem Körper. Aber ich weiß auch, dass ich auf keinen Fall die schönste Frau in diesem Raum bin.

Er gibt einen Laut von sich, so als wollte er sagen, dass ich mich albern verhalte. »Ich mag für das Vergnügen deiner Gesellschaft bezahlen müssen, aber das bedeutet nicht, dass ich blind bin. Tatsächlich macht mich das gewissermaßen zu einem Kenner deiner Reize. Und du bist absolut entzückend, meine Liebe.«

Nun ist es an mir, einen ungläubigen Laut von mir zu geben. Ich habe kein romantisches Interesse an Richard und kenne ihn gut genug, um zu wissen, dass er nur freundlich ist. Trotzdem hat er gerade sehr deutlich gemacht, dass diese Sache zwischen uns nie mehr als eine geschäftliche Abmachung sein wird.

Ihm scheint das absolut nicht bewusst zu sein, denn er lacht über mein säuerliches Gesicht. »Aber jetzt erzähl mir, woher du Jax kennst.«

»Ich bin ihr Nachbar«, sagt John direkt hinter mir.

Mein Magen rutscht in meine Kniekehlen. Verdammt. Was hat er gehört? Dem berechnenden Blick in seinen Augen nach zu urteilen zu viel, schätze ich. Es gibt nicht viel Spielraum, wie man Richards Worte verstehen kann. Mein Rücken versteift sich. Zum Teufel damit. Ich werde ihm nichts erklären.

Er schaut mir in die Augen. »Hey, Stella.«

Die sanfte Art, auf die er meinen Namen sagt, erwischt mich vollkommen unvorbereitet. Im Vergleich klingt meine Erwiderung gestelzt und unbeholfen. »Jax.«

Er runzelt die Stirn, als ich seinen Künstlernamen benutze, doch dann wird sie wieder glatt. »Ich hätte nicht erwartet, dich hier zu sehen.« Er lacht. »Auch wenn ich wohl damit hätte rechnen sollen.«

Er hat nicht ganz unrecht. Wir laufen uns immer wieder über den Weg, als würden wir in einer Kleinstadt statt in einer der größten Städte der Welt leben.

Ich schenke ihm ein schwaches Lächeln und bin nicht in der Lage, irgendwas zu sagen. Er starrt mich eine Sekunde lang an. Dann richtet er seine Aufmerksamkeit auf Richard und lächelt ihn steif an. »Hey, Mann. Wie läuft es mit dem neuen Restaurant?«

Sie kennen einander? Natürlich.

Richard schüttelt Johns Hand. »Erfreulich. Du bist noch nicht zum Abendessen vorbeigekommen.«

»Ein Fehler, den ich korrigieren muss. Ich vermisse dein Essen.«

Richard nickt. »Vielleicht bringst du dann Stella mit.«

Ich muss mich enorm zurückhalten, um Richard nicht auf den Fuß zu treten.

John schaut zu mir. Was auch immer er sieht – vielleicht meinen »Oh nein, denk nicht mal daran«-Gesichtsausdruck –, bringt ihn dazu, mit vorgetäuschter Begeisterung zu lächeln und einen Arm um meine Schultern zu legen. »Ich könnte mir niemanden vorstellen, den ich lieber mitnehmen würde.«

Ich brumme und befreie mich von seinem schweren Arm.

Das verdammte Ding fühlt sich in meinem Nacken wie eine Mischung aus Seide und Stahl an. Sobald der Arm weg ist, vermisse ich seine Berührung, was mich wirklich ärgert.

»Woher kennt ihr zwei euch?«, frage ich Richard, weil ich dem eingebildeten Rockstar neben mir keine Aufmerksamkeit schenken will.

»Genau das Gleiche wollte ich euch beide auch gerade fragen«, mischt sich John ein. Sein Arm streift meinen, und die kleinen Härchen auf meiner Haut stellen sich auf. Ich will näher an ihn heranrücken, um diese seltsame, unerfüllte Wahrnehmung zu lindern, die seine Berührung hinterlassen hat. Ich bleibe jedoch, wo ich bin, und tue so, als würde mich das alles vollkommen gleichgültig lassen.

Richards Lippen zucken, als er dieses Schauspiel beobachtet. Doch als er redet, ist seine Stimme so leicht und freundlich wie immer. »Ich bin ein großer Fan von Kill John.«

»Und ich bin ein großer Fan von allem, was Richard auf meinen Teller legt«, fügt John fröhlich hinzu. »Außerdem hat er Rye und mir vor einer Weile eine Kochstunde gegeben. Und ich kann ehrlich behaupten, dass ich der bessere Schüler war.«

»Und auch noch so bescheiden«, murmle ich. Natürlich hat John eine Kochstunde von Richard bekommen. Ich fühle mich plötzlich deutlich weniger einzigartig.

Richard gluckst. »Nein, das stimmt. Rye war wirklich ein hoffnungsloser Fall.«

Johns Miene hellt sich auf, und er lacht. »Er hatte Angst vor dem rohen Hühnchen. Er bekam deswegen einen regelrechten Anfall und versuchte, es zu zerlegen, ohne es anfassen zu müssen.«

Beide Männer lachen herzhaft.

»Richard Dubious!«, ruft eine klare weibliche Stimme, die

wie ein Messer durch ihr tiefes Gelächter schneidet. »Dachte ich mir doch, dass du das bist.«

Johns Rotschopf hat uns gefunden. Sie wirft sich förmlich in Richards Arme und umarmt ihn ausgiebig. Richard küsst ihre Wange. »Brenna, meine Liebe. Du siehst umwerfend aus.«

Ich werfe einen sehnsüchtigen Blick zur Tür.

»Du alter Schmeichler«, erwidert sie und schlägt ihm freundschaftlich auf die Schulter.

Ich bin so überrascht, dass sie die gleichen Worte wie ich benutzt hat, dass ich nur starren kann. Sie hat das gleiche angeborene Selbstbewusstsein, das auch Jax hat, und einen Sinn für Stil, um den ich sie beneide. Sie bemerkt meinen Blick und schenkt mir ein freundliches Lächeln. »Tut mir leid. Ich bin hier einfach so reingeplatzt und habe euch unterbrochen.« Sie zieht ihre katzenhaften Augen zusammen. »Sind wir uns schon mal begegnet? Sie kommen mir bekannt vor.«

John berührt erneut meinen Arm mit seinem. »Brenn, das ist Stella Grey.«

Als sollte sie mich kennen.

Seltsamerweise sieht sie so aus, als würde sie mich tatsächlich kennen. »Im Ernst? Was für eine kleine Welt.«

Ich werfe John einen Blick zu und bin vollkommen verwirrt, aber Brenna streckt mir ihre Hand entgegen. »Ich bin Brenna James. Ich arbeite mit Scottie und den Jungs.«

John schnaubt angesichts des Begriffs »Jungs«.

Ich ignoriere ihn und schüttle Brennas Hand. »Freut mich, Sie kennenzulernen.«

Das ist beinahe wahr. Ein kleinlicher Teil von mir erinnert sich immer noch an die Art, wie sie und John sich aneinandergeklammert haben. Sind sie ein Paar? Wenn das der Fall ist, tut sie mir leid, denn John ist definitiv ein wahlloser Schwerenöter, der mit jeder Frau flirtet.

»Scottie hat mich damit beauftragt, Ihnen das Infopaket zu schicken«, erklärt sie mir.

»Sind Sie für den Präsentkorb verantwortlich?«, frage ich und werde langsam freundlicher.

Sie grinst. »Eine Frau muss sich willkommen fühlen, nicht wahr?«

Okay, ich kann sie nicht hassen. Sie ist toll, und ich bin eine verbitterte Kuh, weil ich wegen eines Kerls eifersüchtig war, von dem ich geschworen habe, ihn nicht mal zu mögen. Ich grinse sie an. »Vielen Dank dafür. Das war das schönste Geschenk, das ich je bekommen habe.«

Was der Wahrheit entspricht. Unerwartete Geschenke sind immer die besten.

John runzelt die Stirn, und ich kann nicht beurteilen, ob er mich für widerspenstig hält oder ob er einfach nur verärgert ist, weil ich mich mit Brenna unterhalte. Auf jeden Fall erwidere ich seinen Blick. Ich bin nicht das Arschloch in dieser Beziehung – oder was auch immer das zwischen uns ist.

Es ist nichts. *Nichts.*

Er schaut mich wieder an, und seine Miene nimmt einen seltsam zufriedenen Ausdruck an. Ich verstehe ihn einfach nicht. Meine Verwirrung verwandelt sich in Beunruhigung, als er nach meiner Hand greift und sie fest umfasst.

»Entschuldigt uns für einen Augenblick«, sagt er zu Richard und Brenna und zieht mich bereits mit sich.

»Was zum Teufel soll das?«, zische ich und stolpere hinter ihm her. Ich reiße mich nicht los, weil mein Körper trotz meines Protests offenbar noch nicht mitbekommen hat, was los ist. Oh nein, dieser miese Verräter summt förmlich vor aufgeregter Vorfreude. Meine Sinne konzentrieren sich auf das raue Gefühl seiner Hand, die gleichzeitig warm und stark und so groß ist, dass meine darin winzig wirkt. Ich erhasche einen schwachen Hauch Rasierwasser oder vielleicht auch Duschgel. Ich kann es nicht beurteilen – ich weiß nur, dass es rauchig und köstlich riecht und ich meine Nase in seiner Halsbeuge vergraben möchte, um mehr von diesem Duft aufzunehmen.

Das ist doch Wahnsinn.

Er führt mich in einen hinteren Flur, in dem das Licht gedimmt ist, und ich verspanne mich. »Wo zum Teufel gehen wir hin?«

Er schaut über seine Schulter und verzieht die Lippen zu einem halben Lächeln. »Dorthin, wo die Schnüffler nicht mithören können.«

Am Ende des Flurs schiebt er uns in eine Ecke und manövriert mich zwischen sich und einen Tisch, auf dem ein Kunstwerk ausgestellt ist, das vermutlich mehr gekostet hat, als ich in einem Jahr verdiene, aber wie ein geschmolzener Glaskopf aussieht.

»Ich glaube nicht, dass wir hier hinten sein sollten«, sage ich und beäuge den Weg, über den wir hergekommen sind.

Er lacht schnaubend. »Gott, du bist bezaubernd.« Als ich ihn anstarre, grinst er mich an. »Babe, ich könnte die ganze Nacht lang Petes Schlafzimmer benutzen, und er würde nicht mal mit der Wimper zucken. Er ist mein Produzent.«

»So wie du das sagst, klingt es, als wäre er ein Zuhälter«, murmle ich und verspanne mich sofort. Mist. Ich sollte das Thema Zuhälter und Prostituierte wirklich nicht ansprechen.

Seltsamerweise sagt John kein Wort, sondern zuckt einfach nur mit den Schultern.

»Das ist Brenna gegenüber unhöflich«, fahre ich fort, da er immer noch schweigt.

»Brenna?« Er runzelt die Stirn.

»Ja, Brenna. Du hast sie einfach stehen lassen und bist mit mir weggerannt.«

Sein Stirnrunzeln vertieft sich. »Brenna kann sich um sich selbst kümmern.«

Unfassbar. »Sie ist deine *Begleitung*. Man rennt nicht mit einer anderen Frau davon, wenn man in Begleitung ist!«

Ein langer und zu stiller Moment vergeht, während er mich anstarrt. Dann lächelt er breit. »Brenna ist ganz sicher nicht meine Begleitung. Sie ist wie eine Schwester für mich. Eine nervige, herrische kleine Schwester.«

»Oh.« *Mist.*

»Ja, ›oh‹.« Sein Grinsen ist jetzt regelrecht selbstgefällig. »Aber kommen wir noch mal auf die Frage zurück, warum du sie für meine Begleitung gehalten hast.«

Ich zucke mit den Schultern, als wäre ich nicht vollkommen beschämt. »Ihr saht … vertraut miteinander aus.«

»Nun ja, wir sind … vertraut miteinander.« Er versucht nicht mal, seine Belustigung zu verbergen. »Sie ist Killians Cousine. Sie kennt mich und all meine Fehler und würde sie mir sofort um die Ohren hauen, ohne zu zögern. Sie ist nämlich böse.« Er neigt den Kopf und hält meinen Blick fest, als ich mich abwenden will. »Deswegen hast du also ausgesehen, als hättest du in eine faule Zitrone gebissen.«

»Eine faule Zitrone?«

»Ja, ganz grün und schrumplig.«

»Wäre das dann nicht eine Limette?«

»Nein. Limetten haben nicht den sauren Geschmack von Eifersucht.« Er wackelt ebenso albern wie triumphierend mit den Augenbrauen.

»Ich bin *nicht* eifersüchtig.«

John zuckt mit den Schultern und wirkt immer noch viel zu fröhlich. »Ist schon in Ordnung, das kannst du ruhig sein. Mich überkam ebenfalls eine unerwartete Eifersucht, als ich dich mit Richard gesehen hab.«

Moment. Was?

Ich gebe einen undeutlichen Laut von mir.

Er schaut auf unsere Hände hinunter, die irgendwie immer noch miteinander verschränkt sind, und reibt mit seinem Daumen kreisend über meine Handfläche. Die Kuppe seines Daumens ist rau und voller harter Schwielen, wodurch sie fast meine Haut aufkratzt. Meine Oberschenkel ziehen sich zusammen.

Er bewegt seinen Daumen langsam weiter und hat seine Aufmerksamkeit voll und ganz auf meine Hand gerichtet. »Du bist so weich.«

»Haben nicht die meisten Frauen weiche Hände?«, scherze ich und versuche, das Flattern in meiner Brust zu ignorieren, während er weiterhin meine Handfläche und die Oberseiten meiner Finger streichelt.

»Ich halte nicht oft Händchen.« Er schaut auf, und die volle Wucht seines grünen Blicks trifft mich. »Ich habe an dich gedacht, Stells.«

Mein Magen dreht durch. Dämlicher Magen. Ich sage kein Wort, sondern starre ihn einfach nur fest an.

Seine breiten Lippen zucken. »Tut mir leid, dass ich so ein Arschloch war. Ich wollte dich nicht beleidigen. Ich habe die schlechte Angewohnheit zu reden, ohne nachzudenken.«

Er hält immer noch meine Hand. Als würde sie ihm gehören. Ich kann nicht zulassen, dass er das denkt. Aber er ist warm, und seine kleinen Berührungen senden Impulse der Lust an diverse Stellen meines Körpers. Bis zu diesem Augenblick hatte ich keine Ahnung, wie empfindlich meine Hände sind. Wie kann es sein, dass sich eine sanfte Berührung entlang der Seite meines Zeigefingers anfühlt wie eine Berührung entlang der Innenseite meines Oberschenkels? Der Druck seines Daumens auf die weichen Teile meiner Handfläche sorgt dafür, dass meine Brüste anschwellen, als hätte er sie mit den Händen umfasst.

Mit einem Seufzen hebe ich die Hand und ziehe sie ganz bewusst aus seiner. Er lässt mich los, beobachtet mich aber, als würde er auf einen Streit warten.

»Danke«, sage ich ein wenig steif, weil ich seine Wärme vermisse. »Ich verstehe. Ich sage ständig dumme Sachen.« Ich erröte, als er grinst. »Du weißt, was ich meine.«

»Ja, weiß ich.« Sein Lächeln verblasst. »Die Sache ist die, Knöpfchen, ich weiß, dass ich es wieder vermasseln werde. Ich neige dazu.«

»Tja, es zu wissen ist ein großer Vorteil.«

Er lacht. Es ist ein leiser, beinahe abgelenkter Laut, der in schwerer Stille verklingt, während er auf seiner Unterlippe herumkaut. Anspannung strahlt von seinem drahtigen Körper aus, und als er spricht, sind seine Worte knapp und schnell, als würde er sie über seine Lippen zwingen. »Ich bekomme dich nicht mehr aus dem Kopf. Ich habe es versucht. Aber nichts funktioniert.«

Mein Herz schlägt schneller. »Nichts?«

John lehnt eine Schulter gegen die Wand. »Ich werde meine Neugier einfach nicht los. Ich versuche es. Dann sehe ich dich hier mit Richard, der offensichtlich mit dir schlafen will …«

Ich lache schockiert auf. »Oh bitte. Das will er *nicht*.«

John zieht die dunklen Augenbrauen hoch. »Du machst Witze, oder?«

»Richard ist ein Freund.« Der einfach nicht aufhört, davon zu reden, dass er mich bezahlen will, aber trotzdem. »Mehr ist er nie gewesen.«

»Stells, du musst entweder blind sein oder du willst es einfach nicht wahrhaben. Er schaut dich an, als würde er im Geiste seine Soßen probieren, indem er sie von deinen Brüsten leckt.«

Sofort werden meine Brustwarzen steif, aber das liegt nicht daran, dass ich mir vorstelle, wie Richard das tut. Nein, mein Verstand konzentriert sich auf einen gewissen Rockstar, der auf meine Brust hinunterschaut, als wollte er genau das Gleiche mit mir machen.

Seine Wangen erröten, und sein Kiefer spannt sich an, als er mir in die Augen schaut. »Das musst du doch wissen. Du bist zu aufmerksam, um so etwas nicht mitzubekommen.«

Ich verkneife mir ein Schnauben, aber es fällt mir schwer. »Wenn er so sehr auf mich stehen würde, warum hat er dich dann regelrecht dazu gedrängt, mich in sein Restaurant auszuführen?«

»Um zu sehen, ob ich ebenfalls mit dir schlafen will.«

Ein erstickter Laut steckt in meiner Kehle fest. Ich schlucke heftig und schaue in Richtung der Party. Wenn ich jetzt losrenne, wird er mich dann verfolgen? Vermutlich.

Stille breitet sich zwischen uns aus, und John verkneift sich eindeutig ein Lächeln. »Willst du nicht die offensichtliche Frage stellen?«

Hitze flutet meine Haut. »Nein.«

Ich klinge wie der Feigling, der ich bin. Ich kann nichts dafür. In meinem Kopf stelle ich mir gerne vor, dass ich unerschrocken bin, aber in Wahrheit denke ich: *Abbruch! Abbruch! Ein heißer Rockstar wird dein Höschen in Flammen stecken, und du wirst verbrennen.*

Ich presse die Lippen zusammen, weil ich so was Absurdes denke.

John senkt den Kopf, um mir in die Augen zu schauen. In seinem Blick funkelt Belustigung. »Hmmm.« Er neigt seinen Körper an meinen. »Die Sache ist die: Ich habe gehört, wie Richard gesagt hat, dass er für deine Gesellschaft bezahlt und …«

»Du bist unmöglich.« Ich schnaube und trete einen Schritt zurück. »Ich wusste, dass es schon wieder darum gehen würde.«

»Nein. Du verstehst das nicht. Ich mache mir Sorgen um dich, okay?« Er greift wieder nach meiner Hand und schüttelt meinen Arm ganz leicht. »Das ist nicht sicher. Mir ist egal, was die Leute sagen oder wie gut du deine Kunden überprüfst. Ich habe Begleitdamen auf Partys gesehen. An Orten wie diesem.« Er deutet mit seinem freien Arm in Richtung des Flurs. »Es gibt kranke, schlimme Kerle, die Frauen furchtbare Dinge antun, ohne mit der Wimper zu zucken. Und glaub mir, sie sehen nicht wie Bösewichte aus. Man sieht sie nicht immer kommen. Du musst nur an einen einzigen fiesen Typen geraten, Stells.«

Er wirkt so aufrichtig besorgt, dass mein Ärger verraucht. Aber er hat gerade einen Lauf und bemerkt es nicht.

»Ich will dich nicht beschämen oder bevormunden oder was immer du sonst von mir denken magst. Ja, okay, die Vorstellung, dass dich diese Typen für das ›Vergnügen deiner Gesellschaft‹ bezahlen, wie Richard es ausgedrückt hat, gefällt mir absolut nicht. Darf ich einfach mal sagen, dass das echt widerlich klingt? Er sollte ein besserer Mann sein. Das ist dir doch klar, oder? Ich meine, verdammt.«

John fährt sich mit einer Hand durchs Haar, und die dicken Strähnen stehen in alle Richtungen ab. »Dein Körper sollte ein Privileg sein, kein Produkt.«

Ich kämpfe gegen ein Lächeln an, weil er so niedlich ist, während er seine kleine Rede schwingt und sich so für mich einsetzt. Ich erkenne den Augenblick, in dem ihm klar wird, dass ich ihm nicht widersprechen werde. Er blinzelt ein paarmal, und seine streitbare Miene verrutscht. »Du wolltest mich einfach immer weiter reden lassen, oder?«

»Es war eine wundervolle Rede.« Ich kann mir das Lächeln

nicht mehr verkneifen. »Wie hätte ich sie unterbrechen können?«

Er zieht die Brauen zusammen, und ich sehe deutlich, dass er ein Lachen unterdrückt.

Mein Lächeln wird breiter, aber ich rede weiterhin leise. »Ich bin keine Escortdame, John.«

Seine Schultern entspannen sich, und irgendwie ist er mir näher. »Okay. Gut. Da bin ich froh.«

Seine gestelzten Worte wirken unbeholfen und passen überhaupt nicht zu seiner natürlichen Lockerheit. Ich muss mir große Mühe geben, ein Lachen zu unterdrücken. Meine Anstrengungen entgehen ihm offensichtlich nicht, denn er grinst breit. Die Atmosphäre zwischen uns verändert sich. Ein seltsames Schwindelgefühl erfasst mich. Ich will lachen, einfach nur, weil es Spaß macht, aber mir ist auch viel zu warm, und meine Glieder fühlen sich seltsam schwer an, so als könnten einfache Bewegungen zu viel für mich sein.

Sein Tonfall wird sanft und schmeichelnd. Er will mir die Wahrheit entlocken. »Wirst du mir verraten, was du machst?« Als ich nichts erwidere, bilden sich an seinen Augenwinkeln Fältchen. »Ich verstehe. Du willst mich ein wenig auf die Folter spannen.«

Das warme, wohlige Gefühl nimmt zu, als ich mit den Schultern zucke. »Folter fühlt sich in diesem Szenario angemessen an.«

Er brummt wieder und macht einen weiteren Schritt auf mich zu. »Wie kommst du darauf, dass ich nicht gerne von dir gefoltert werden würde?«

Die Hitze seines Körpers und der Duft seiner Haut rauben mir den Verstand, und mein Puls pocht. Wie sind wir an den Punkt gelangt, an dem das Highlight meines Tages darin besteht, mit Jax Blackwood zu flirten? Trotz des Nervenkitzels weiß ich, dass ich der Situation nicht gewachsen bin. Ich hatte seit Monaten keine Verabredung mehr, weil ich mich zu schnell binde, emotional werde und dann verletzt werde, wenn mich die Männer irgendwann zwangsläufig verlassen. Und dieser Mann wird mich verlassen Er ist so grell und flüchtig wie das Blitzlicht einer Kamera. Er wird ein eingebranntes Bild von sich in meiner Erinnerung hinterlassen, aber mehr nicht.

Das alles rede ich mir ein und halte die Stimme in meinem Kopf dabei so streng wie möglich. Aber ich weiche dennoch nicht zurück. Nichts hält meinen Körper davon ab, sich irgendwie in seine Richtung zu schieben, ohne sich überhaupt zu bewegen. Denn es mag dumm von mir sein, aber ich will etwas fühlen, das nicht geplant ist. Etwas, das real ist, so flüchtig es auch sein mag.

Er ist zu sehr auf mich konzentriert, um es nicht zu bemerken. John lässt die Augenlider sinken und richtet seine Aufmerksamkeit auf meinen Körper. Er betrachtet ihn ausgiebig und schaut dann schließlich wieder zu meinem Gesicht hoch. Langsam legt er seinen Unterarm an die Wand neben meinem Kopf. »Verrate es mir, Stella«, murmelt er.

»Nein«, flüstere ich zurück. Ich flirte mit ihm, obwohl ich es nicht tun sollte.

Sein Bizeps spannt sich an, als er sich näher an mich heranlehnt. Ein Lächeln huscht über seine Lippen. »Raus damit.«

Meine Brüste streifen seine Brust, und ich spüre die Berührung in meinen Zehen.

»Du bedrängst mich.« Ich hasse die Tatsache, dass meine Stimme so belegt klingt.

»Ich kann nicht anders.« Seine Stimme ist ein Grollen. Die Hitze seines Atems flimmert über meine Haut. Er neigt den Kopf und kommt näher, bis sich unsere Lippen fast berühren.

Und als er wieder spricht, ist sein Tonfall beinahe plauderhaft, abgesehen von dem heiseren Klang, der mich tief in meinem Innersten berührt. »Du riechst nach Erdbeeren. Verdammt köstlich.«

Meine Lider flattern, und ich schlucke schwer. »Normalerweise würde ich dich darauf hinweisen, dass das ein Klischee ist. Aber da ich Erdbeeren gegessen habe, hast du nicht ganz unrecht.«

Sein Lachen ist leise und mühelos, als er sich zurückzieht und den Blick langsam über mein Gesicht wandern lässt. »Waren sie süß, Stella-Knöpfchen?«

Er schaut meinen Mund an, als würde er mit dem Gedanken spielen, es herauszufinden. Meine Lippen zittern als Reaktion darauf, und John verfolgt die Bewegung. Seine Atmung wird tiefer und schneller. »Du hast zwei Sommersprossen auf deinen Lippen. Eine auf der Oberlippe und eine im unteren Mundwinkel.«

Diese verdammten Sommersprossen. Sie waren der Fluch meiner Jugend. Ich überdeckte sie mit Lippenstift und fluchte lautlos, wann immer sie jemand erwähnte.

Sommersprossen leiten keine Empfindungen weiter, aber ich schwöre, dass es sich jetzt anfühlt, als würde er sie berühren.

»Das fällt dir gerade erst auf?« Ich versuche, es wie einen Witz klingen zu lassen, aber es klingt schwach und nicht überzeugend.

Nun zucken seine Lippen. »Oh, das ist mir schon vorher aufgefallen. Diese Sommersprossen stellen eine verflucht große Ablenkung dar. Sie sind wie zwei kleine Punkte aus Buttertoffee. Ich will daran lecken, um sie zu probieren.«

Oh Gott. Leck daran. Bitte. Ich kann es beinahe spüren. Ich will es spüren.

Nein. Böse Stella. Benimm dich.

John öffnet ganz leicht die Lippen, als könnte er jeden Moment versuchen, meine zu kosten.

»Verschwinde«, flüstere ich. Und doch finden meine verräterischen Hände irgendwie einen Weg an seine Seiten, gleiten über den Bund seiner Jeans und halten ihn fest.

John gibt tief in seiner Kehle einen Laut von sich, neigt die Hüften und presst sie gegen meine. Eine ausgesprochen dicke Beule stößt gegen meinen Bauch. Wir schnappen beide nach Luft, und dann ist er ganz dicht bei mir, und seine Wange berührt meine Schläfe. »Du wirst mich erst loslassen müssen.«

Ich schiebe meine Daumen unter den Saum seines Hemds und finde weiche, straffe Haut vor. Ein Zittern geht durch seinen Körper. Ich versuche nachzudenken und auf das zu kommen, worüber wir geredet haben.

Seine Lippen streifen meinen Wangenknochen, und er murmelt an meiner Haut. »Verrate mir, was du beruflich machst, Stella. Du weißt, dass du es willst.«

Mein Lächeln fühlt sich verboten an. Irgendwie ist diese Handlung direkt mit all meinen intimen Körperteilen verbunden und sorgt dafür, dass sie sich heiß und fest zusammenziehen. »Ich denke nicht, dass ich das will.«

Wieder brummt er. »Lügnerin. Du willst es unbedingt.«

Ich lache leise. Es fühlt sich gut an, das hier mit ihm zu machen, ihn zu necken und sich aneinander zu reiben. Wir sind wie zwei Gegenstände, die nicht in der Lage sind, getrennt zu bleiben. Ich fahre mit einer Fingerspitze ganz leicht über seine Haut und am Rand seiner Jeans entlang. Er erschauert.

»Knöpfchen …« Es ist eine Warnung.

Ich sollte sie beherzigen. Ich weiß, dass ich das sollte. Aber er ist warm und fest und riecht wie meine besten Träume. »Ja?«

Er atmet langsam aus. »Ich weiß nicht. Ich habe vergessen, was wir gesagt haben.«

Wir lachen beide leise und unbeschwert.

»Du willst wissen, was ich beruflich mache?«, frage ich ein wenig benommen und reibe meine Wange an seiner.

»Ja.« Es ist ein Flüstern in meinem Ohr. »Ja.«

Träge Hitze schmilzt und fließt über meinen Körper. Ich lasse mich gegen die Wand sinken. Sein dicker, harter Schwanz drückt sich zwischen meine Beine und ist das Einzige, was mich noch aufrecht hält. In mir pocht ein dumpfer Rhythmus der Lust. Ich presse mich dagegen, um den Druck zu lindern, und wir beide geben einen Laut von uns – gequält, hilflos, gierig.

John drückt sich gegen mich. Es ist kaum eine richtige Bewegung, genügt aber, um dafür zu sorgen, dass meine Lider flattern.

Mir schwirrt der Kopf. »Ich …« Ich lecke mir über die Lippen und versuche mich zu konzentrieren.

»Du …?« Seine Lippen kitzeln die Kante meines Kiefers.

»Ich bin …« Gott, er presst einen Kuss auf meinen Augenwinkel. »Ich bin …« Ich lasse mich gegen ihn sinken. Er öffnet die Lippen und bewegt sie sanft wie Flügel über meine Haut. Ich lasse die Fingerspitzen über seine Taille gleiten und bemerke seine Gänsehaut. Irgendwo in weiter Ferne lacht jemand.

Johns träge Honigstimme ertönt in meinem Ohr. »Du bist …?«

Ich öffne meine schweren Lider. Die Welt ist verschwommen. John ist mir so nah, dass die Strähnen seines glatten, seidigen Haars meine Schläfe kitzeln und der Duft von warmer Haut und Seife meine Nase neckt. »Eine Freundin«, sage ich.

Er erstarrt, wirkt aber nicht angespannt, sondern hört jetzt richtig zu. »Eine Freundin?«

Ich bin auch klarer, aber nicht viel. Ich bewege die Finger immer noch sanft am Saum seiner Jeans entlang. »Ja. Eine professionelle Freundin. Wenn jemand eine Freundin braucht, kann er mich engagieren.«

Ich spüre die plötzliche Überraschung, die durch seinen Körper schießt. Ich höre das kleine Gurgeln in seiner Kehle. Unsere Körper streifen sich, als er den Kopf weit genug anhebt, um mir in die Augen zu schauen. Sein grüner Blick ist ein wenig benommen, und er starrt mich an, als würde er mich zum ersten Mal sehen. »Du bist eine professionelle Freundin?« Seine Stimme ist heiser und bricht am Ende.

Sein schockierter Tonfall sorgt dafür, dass die Hitze aus meinem Körper verschwindet. Meine Muskeln bleiben kalt und angespannt zurück. Ich runzle die Stirn und starre ihn an. »Ja.«

Er starrt zurück und öffnet die Lippen, bringt aber kein Wort heraus. Für einen Augenblick scheint er zu wanken. Dann blinzelt er schnell und seine perfekt geformten Wangen erröten. »Ich …« Er macht einen Schritt zurück. Seine Bewegungen sind steif und unbeholfen. »Ich …«

»Du klingst wie ich«, necke ich ihn schwach, weil mein Herz pocht. Er schaut mich an, als wäre ich gerade mit dem Mutterschiff gelandet.

John versucht sich an einem Lächeln, scheitert aber kläglich. Das Beste, was er zustandebringt, ist ein wackeliges Anheben der Mundwinkel. Er fährt sich mit einer Hand durchs Haar und massiert seinen Nacken. Sein Blick huscht hektisch hin und her, als wüsste er nicht, wo er sich befindet. Und dann richtet er den Blick wieder auf meine Augen. Oder er versucht es – stattdessen konzentriert er sich jedoch schnell auf mein Gesicht.

»Ich muss gehen«, platzt es aus ihm heraus.

Bevor ich auch nur blinzeln kann, dreht er sich um und marschiert davon, als würde das Gebäude jeden Moment explodieren.

10. Kapitel

Stella

»Miss, könnten Sie die Tür aufhalten?« Die heisere Bitte kommt von einer älteren Frau am unteren Ende der Treppe, die zum Eingang meines Wohngebäudes führt. Sie schenkt mir ein Lächeln. Ihre Lippen haben diesen perfekten Rotton, den man von den Hollywoodstars längst vergangener Tage kennt. Ernsthaft, diese Frau könnte ein klassischer Filmstar sein. Ihr stahlgraues Haar ist zu einem eleganten Long Bob frisiert, und ihr cremefarbenes Kostüm von Chanel mit den schwarz gesäumten Rändern ist ihr perfekt auf den zierlichen Leib geschneidert.

Mir wird klar, dass ich die Frau einfach nur anstarre, obwohl sie offensichtlich Probleme damit hat, ihre Rolltasche voller Lebensmittel die Treppe hochzuwuchten. Aber der seltsame Anblick einer Frau, die ihre eigenen Einkäufe schleppt, obwohl sie ein maßgeschneidertes Kostüm trägt und eine echte Birkin-Handtasche bei sich hat, die mehr wert ist, als ich in drei Monaten verdiene, hat mich komplett verblüfft. So was sieht man wirklich nur in New York.

Sie mag modisch gekleidet sein, aber sie sieht so aus, als könnte sie eine starke Windböe davonwehen. Ich war gerade auf dem Weg nach draußen, aber ich stelle meine Handtasche auf der Türschwelle ab, um sie offen zu halten, und laufe dann die Treppe hinunter, um ihre Rolltasche hochzuheben. »Lassen Sie mich das machen.«

»Das ist sehr freundlich von Ihnen«, sagt sie mit einem kleinen Lächeln. »Sie sind neu hier.«

»Ich bin Stella.«

»Madeline Goldman.«

»Ich wohne erst seit ein paar Wochen hier«, erkläre ich ihr, während wir die Stufen erklimmen. »Ich kümmere mich in einer Wohnung um die Haustiere.«

»Sie meinen Killians Wohnung, oder?«, hakt sie mit einem Nicken nach. »Ich habe gehört, dass er für ein paar Monate fort ist.«

»Sie kennen ihn?«

Sie umfasst den Griff der Rolltasche, sobald ich sie abgestellt habe, und der riesige gelbe Diamantring, den sie trägt, funkelt im schwachen Sonnenlicht. Er ist Teil eines Sets und flankiert einen schmalen goldenen Ehering. Alles an ihr strahlt altes New Yorker Geld aus. Abgesehen von der Tatsache, dass sie in einem Gebäude ohne Portier wohnt und keinen Chauffeur hat. Das ist ein wenig seltsam. Aber dieses Gebäude scheint exzentrische Leute anzuziehen.

»Meine Liebe«, sagt sie, »ich mache es mir zur Aufgabe, meine Nachbarn zu kennen. Auf diese Weise ist alles sicherer und freundlicher.«

»Das stimmt.« Wir betreten das Gebäude, und ich schnappe mir meine Handtasche und will mich auf den Weg machen.

Mrs Goldman holt einen Schlüsselbund hervor und öffnet ihren Briefkasten, während sie mir einen neugierigen Blick zuwirft. »Ich gehe nicht davon aus, dass Sie Jax ebenfalls kennen, oder?«

Mein Herz macht einen kleinen Hüpfer und versucht, aus

meinem Brustkorb zu entkommen. Wie armselig. Ich muss aufhören, auf alles zu reagieren, was mit John oder Jax, oder wie immer er sich auch nennen will, zu tun hat. Mein Leben war vollkommen in Ordnung, bevor ich ihm begegnet bin. Ein wenig einsam, das schon. Nicht so aufregend, okay. Aber in Ordnung. Dann hab ich diesen launischen Rockstar kennengelernt und nun beherrscht er meine Gedanken. Das ist absolut nicht akzeptabel. Vor allem nicht mehr, seit er vor mir davongelaufen ist, als hätte er einen Geist gesehen.

Ich schlucke an dem bitteren Klumpen in meiner Kehle vorbei. »Wir sind uns begegnet.«

Sie muss etwas in meinem Tonfall hören, denn sie schaut mich ein zweites Mal an und lacht dann. »Ja. Das kann ich sehen. Dieser Junge hat ein Talent dafür, einen bleibenden Eindruck zu hinterlassen.«

Ich schnaube. »Er treibt mich in den Wahnsinn.«

»Dann müssen Sie ihn recht gern haben.« Sie wirkt zufrieden.

»Ich will Sie nicht enttäuschen, Mrs Goldman, aber nicht jede nervtötende Person ist insgeheim liebenswert.«

»Nein, das ist gewiss nicht der Fall.« Ihr Lächeln wird breiter. »Aber auf Jax trifft das zu. Vergessen Sie nicht, dass ich den jungen Mann kenne. Er ist nicht nur charmant wie ein Prinz, sondern hat auch ein gutes Herz.«

Ich gebe einen unverbindlichen Laut von mir.

»Hin und wieder neigt er auch dazu, Dinge zu vermasseln«, sagt Mrs Goldman mit einem wissenden Blick.

»Das könnte man so sagen.«

»Er hat es ganz schön verpatzt, was?« Nun schimmern ihre Augen amüsiert.

»Nun ja, mal sehen. Er hat mir vorgeworfen, dass ich ihn verfolge. Allerdings ist das wohl verständlich, da ich ihm das

Gleiche vorgeworfen habe. Aber er hat auch spekuliert, dass ich eine professionelle Escortdame sein könnte, als ich ihm nicht verraten wollte, was ich beruflich mache.«

Das schockiert sie wenigstens. Mrs Goldman wird blass und reißt die roten Lippen auf. »Ach du meine Güte.«

»Er hat sich entschuldigt«, füge ich notgedrungen hinzu, da es so aussieht, als könnte sie John bei ihrer nächsten Begegnung am Ohr packen und ihm eine ordentliche Tracht Prügel verpassen. »Dann hat er mich einfach so auf einer Party stehen lassen und seitdem haben wir nicht mehr miteinander gesprochen.«

Ich tue es mit einem Achselzucken ab, aber meine Schultern fühlen sich zu verspannt an. Die Erinnerung an John klebt an mir wie eine Klette.

»Er mag Sie«, sagt sie und nickt beinahe gedankenverloren.

Ich erröte. »Mir ist nicht klar, wie Sie zu dieser Schlussfolgerung kommen.«

»Wirklich nicht?«, kontert sie sanft.

Verdammt noch mal, ich will in ein Loch kriechen und mich verstecken. Weil ich auch gedacht habe, dass John mich mag. Weil ich wirklich angefangen habe zu glauben, dass zwischen uns etwas wäre. Aber er ist davongelaufen und hat mich stehen lassen, ohne zurückzublicken. Ich weiß nicht mehr, was ich denken soll.

Dann denke nicht. Vergiss ihn und mach weiter.

»Ich bin ohnehin nur vorübergehend hier, und er ist … Nun ja, er. Ein Rockstar. Eine Legende. Das alles …« Ich wedele hilflos mit einer Hand in der Luft herum. »Ich passe sehr viel besser zu netten, normalen Typen.«

Warum plappere ich? Ich kenne diese Frau gar nicht. Ich *will* nicht über John – *Jax* – reden. Und was noch schlimmer ist, sie schaut mich an, als könnte sie direkt in meinen Kopf sehen. Eine unangenehme Pause entsteht. Dann steckt sie ihre Post in ihre Birkin-Handtasche und richtet sich auf.

»Ich lebe schon sehr lange«, sagt sie nachdenklich, »und mit der Zeit habe ich gelernt, dass es Menschen gibt, die niemals Fehler machen. Sie treten nie ins Fettnäpfchen und verhalten sich immer perfekt. Meine Liebe, solchen Leuten traue ich nicht über den Weg.«

Ich lache schockiert auf. »Weil sie nett sind?«

»Weil kein lebender Mensch wirklich die ganze Zeit über perfekt sein kann. Diese perfekten Leute leben oftmals eine Lüge. Sie haben eine ordentliche öffentliche Persönlichkeit entwickelt, hinter der sie sich verstecken.« Ihre dunklen Augen funkeln. »Ist Ihnen schon mal aufgefallen, dass sie in den Nachrichten immer die Nachbarn irgendeines verrückten Serienmörders interviewen und diese Leute stets darauf beharren, dass er so ein netter, normaler Mann war? Ha! Norman Bates würde keiner Fliege etwas zuleide tun, richtig?«

Ihr drolliger Tonfall entlockt mir ein Lachen. »Tja, da kann ich Ihnen nicht widersprechen.«

»Perfektion gibt es nicht. Menschen machen Fehler. Menschen, die sehr sensibel sind, machen oft die größten Fehler. Allein die Absicht dahinter zählt. Ist der Fehler aus Hass, Selbstsucht oder moralischer Feigheit heraus entstanden? Dann sollte man ihnen kein Pardon gewähren. Aber ein ehrlicher Fehler, hinter dem ein aufrichtiges Herz steht, ist etwas ganz anderes.«

Die Knochen ihres Handgelenks zeichnen sich deutlich unter ihrer dünnen Haut ab, als sie auf den Knopf für den Fahrstuhl drückt. »Mein Mann – Gott hab ihn selig – und ich waren vierzig Jahre lang verheiratet. Wir beide mussten diese Lektion auf die harte Art lernen. Man sollte die kleinen Patzer vergeben und sich nichts entgehen lassen, nur weil man zu stolz ist.«

Sie lächelt und schnieft leise. Ich finde, dass sie vielleicht ein wenig zu dick aufträgt.

»Verzeihen Sie, wenn ich das so direkt sage, Mrs Goldman, aber spielen Sie oft Kupplerin?«

Sie erstarrt und wirft mir einen strafenden Blick zu. Doch dann breitet sich langsam ein Lächeln auf ihrem Gesicht aus. »Ich bin dafür berüchtigt.«

»Sie sind sehr gut darin«, gebe ich zu und verkneife mir mein eigenes Lächeln.

»Ja, das bin ich.« Ihre Miene wird sanfter. »Er ist einsam, Stella. Auch wenn er es mir gegenüber nie zugeben würde. Und er ist einer der besten Männer, die ich in meinem Leben kennenlernen durfte.«

Jeglicher Humor, den ich verspürt habe, verblasst und hinterlässt einen Schmerz in meiner Brust. »Ich denke, wir könnten beide ein wenig zu verkorkst sein, um jetzt gerade eine Verbindung einzugehen.«

Der Fahrstuhl bimmelt, während sie leise schnaubt. »Wir sind alle verkorkst. Das wollte ich Ihnen ja damit klarmachen. Kommen Sie mit?«

»Nein.« Ich trete einen Schritt zurück. »Ich gehe fliegen.«

»Sie fliegen Flugzeuge?« Ihre Augen leuchten auf. »Wie wundervoll.«

»Kleine Flugzeuge.« Große sind mir ehrlich gesagt zu langweilig. Da könnte ich ebenso gut einen Bus mit Flügeln fahren. Hank bezeichnet mich deswegen als Snob, also habe ich gelernt, den Mund zu halten. Außerdem rede ich nicht gerne mit Leuten über mein Hobby. Es gibt zu viel von mir preis und führt zu den unvermeidlichen Fragen: Wie lange fliegen Sie schon? Wie sind Sie dazu gekommen?

Ich bereue es bereits, den Mund aufgemacht zu haben, und stelle fest, dass ich mich langsam in Richtung Tür bewege.

»Ich schaffe es nicht oft nach Long Island, aber wann immer ich die Zeit finde, versuche ich es einzurichten.«

Mrs Goldman schenkt mir ein freundliches Lächeln. Es ist zu freundlich, was bedeutet, dass es mir nicht gelungen ist, mein Unbehagen zu verbergen. Normalerweise bin ich Expertin darin, so zu tun, als wäre ich entspannt.

»Dann werde ich Sie nicht länger aufhalten«, sagt sie. »Fröhliches Fliegen. Sie sollten allerdings eine Jacke mitnehmen. Das Frühlingswetter ist launisch.«

Ich bin bereits auf halbem Weg zur Tür hinaus, denn ich will nichts mehr von Mrs Goldmans großmütterlichen Ratschlägen hören.

John

»Ich bin völlig überfordert.«

Scottie wirft einen Blick in meine Richtung und widmet sich dann wieder den zahlreichen Optionen, die vor ihm stehen. »Und das merkst du jetzt woran?« Er runzelt die Stirn. »Obwohl, wenn ich ehrlich bin, habe ich auch keine verdammte Ahnung. Entscheide ich mich für Bequemlichkeit oder leichte Tragbarkeit? Und wie zum Teufel schließt man diesen Kinderwagen?«

Er legt unauffällig einen Hebel um, während ich mir ein Schnauben verkneife. »Ich rede nicht von den verdammten Kinderwagen.«

Ich weiß wirklich nicht, warum ausgerechnet wir den Kinderwagen kaufen müssen. Man hätte keine zwei ahnungsloseren Typen auftreiben können.

Scottie geht neben einem schwarz-silbernen Modell in die Hocke, das für mich eher wie eine Raumkapsel aussieht.

»Tja, ich schon. Der letzte, den Sophie gekauft hat, hatte einen schlechten Wenderadius und die Griffe waren für mich zu niedrig. Ich habe mir den Rücken verrenkt, als ich diesen Albtraum durch die Gegend manövriert habe.«

»Bei dir klingt das, als wäre es ein Auto.«

»Das ist wichtiger als ein Auto. Dieses Gefährt ist für den Transport meines Nachwuchses verantwortlich.«

Ich schnaube, begutachte dann aber die Angebote. »In diesem Fall solltest du wenigstens mit denen anfangen, in denen die Kinder höher sitzen.«

Er beäugt die Kinderwagen. »Warum?«

»Bei den traditionellen Modellen befindet sich das Gesicht des Kindes auf Hinternhöhe. Würdest du dir die ganze Zeit Hintern anschauen wollen?«

»Nur wenn es Sophies Hintern ist.«

»Tja, natürlich. Sie hat einen tollen Hintern.«

Er starrt mich böse an, und ich hebe abwehrend die Hände. Scottie steht mit einem Knurren auf und dreht sich in meine Richtung. »Warum bist du überfordert?«

Nun, da er mich abgelenkt hat, tut es mir leid, dass ich überhaupt etwas gesagt habe. Aber Scottie hat seinen Laserblick auf mich gerichtet, und jetzt komme ich aus der Sache nicht mehr raus. Er wird mich so lange nerven, bis ich es ihm erzähle.

Ich reibe mir mit einer Hand übers Gesicht. »Ich kann das nicht vor Kinderwagen besprechen.«

»Denkst du, dass sie etwas an die Presse durchsickern lassen werden?«, fragt er trocken.

»Sehr witzig. Nein, wirklich, du bist zum Totlachen. Das verstehen die Leute einfach nicht.«

Er nickt. »Das sagt Sophie auch immer.«

»Verdammt, hiernach werde ich was gegen Sodbrennen brauchen.«

Ohne mit der Wimper zu zucken greift er in seine Jacketttasche und zieht eine schlanke Metalldose heraus. Ich starre ihn mit offenem Mund an, während er mir zwei Tabletten gegen Sodbrennen gibt. »Jetzt rede.«

Ich zerkaue die Tabletten, bevor ich mit der Sprache herausrücke. »Es gab einen Zwischenfall.« Ich schlucke schwer. »Mit Stella. Schon wieder.«

Scottie hebt eine Hand und nimmt dann selbst zwei Tabletten.

Ich verdrehe die Augen, während er sie zerkaut und hinunterschluckt. »Bist du fertig?«

»Sprich weiter.«

Grummelnd entferne ich mich von den Kinderwagen, und er folgt mir.

»Ich habe mich bei ihr für mein dämliches Verhalten entschuldigt.« Ich gehe an dem Gang mit den Badeprodukten vorbei. Gelbe Entchen und grüne Frösche grinsen mich an.

»Gut.«

Ich werfe Scottie einen bösen Blick zu und schaue mich nach einem Ausweg um. Links ragen die Regale mit den Milchpumpen auf, rechts befinden sich stapelweise Windeln. Um mich herum ist ein regelrechtes Labyrinth aus fröhlichem Babykram und Familienzeug. Ich kann hier drinnen kaum atmen. Ein paar Kinder singen über Lautsprecher eins meiner Lieder, was in vielerlei Hinsicht falsch ist.

»Mmm … Scottie?«

»Ja?«

»Wann in aller Welt haben wir irgendwelchen singenden Knirpsen die Rechte an unseren Liedern gegeben?«

Er verzieht das Gesicht. »Ich war ein wenig abgelenkt, als Sophie mir mitteilte, dass sie schwanger sei. Vielleicht hab ich daraufhin ein paar falsche Entscheidungen getroffen.«

»Klar.«

Er zieht die Brauen zusammen und funkelt mich an. »Du warst bei der Besprechung und hast die Dokumente unterschrieben, Blackwood. Vielleicht solltest du mal besser aufpassen, wenn dir gewisse Richtungen des weiterführenden Marketings nicht gefallen.«

»Ja, klar. Weiterführendes Marketing ist übrigens ein interessanter Begriff. Dafür gibt es Extrapunkte.«

Er kneift die Augen zu Schlitzen zusammen. »Hör auf, vom Thema abzulenken, und erzähl von deinem Problem.«

»Stella hat mir von ihrem Job erzählt.«

Ich zupfe am Kragen meines T-Shirts. Ich schwöre, dass sie hier drinnen die Heizung aufgedreht haben. Lächelnde, sabbernde Babybilder starren auf mich herab. Das ist wie in *Die Vögel*, nur mit Windeln.

Scottie greift nach meinem Ellbogen. »Hier lang.«

Ich lasse mich von ihm aus der Babyhölle führen und fülle meine Lunge mit wundervoll verschmutzter Stadtluft, sobald wir nach draußen treten. »Danke.«

»Das Gleiche ist mir die ersten fünf Male passiert, als mich Sophie in einen dieser Läden geschleppt hat«, gibt er zu. »Man muss sich erst daran gewöhnen, bevor man einen Besuch in voller Länge aushält.«

Wir überqueren die Straße und halten auf den Central Park zu.

Scottie spricht weiter, sobald wir uns in der relativen Privatsphäre des Parks befinden. »Du hast ein Problem damit, dass sie eine professionelle Freundin ist?«

»Nein.« Wenn es nur so wäre. Das wäre mir momentan lieber. »Das ist es nicht …«

»Was ist es dann?«

Ich schwöre, dass sich meine Kehle zuschnürt.

»Spuck es aus, John, sonst gehe ich wieder in den Laden und suche einen Kinderwagen aus.«

»Ich fand es bezaubernd, okay?« Ich fahre mit einer Hand durch mein Haar. »Sie ist unfassbar bezaubernd. Mit mir ist etwas passiert, das ich nicht …«

Scottie bleibt stehen und starrt mich an. Ich kann ihm nicht in die Augen schauen.

»Ich stand da und sah sie an und sie wurde … *mehr*. Ich konnte nicht … Ich konnte nicht denken, Mann. Alles war einfach …« Ich wedele mit einer Hand herum, weil ich wütend auf mich selbst bin. »Schräg. Die Welt kippte zur Seite, und sie war da. Verstehst du?«

Auf seinem Gesicht breitet sich ein langsames, nervtötendes Lächeln aus. Ich will ihn treten. Aber das tue ich nicht. Das habe ich mir selbst eingebrockt.

»Ja«, sagt er, »das verstehe ich tatsächlich.«

Das hatte ich befürchtet. Ich erinnere mich noch daran, wie sich Scottie verhielt, als er sich in Sophie verliebte. Seine Konzentration verlagerte sich von der Arbeit auf diese geschwätzige Blondine, die ihn in den Wahnsinn zu treiben schien. Ihn dabei zu beobachten, wie er sich verliebte, war ziemlich amüsant. Aber jetzt finde ich das nicht mehr so witzig. Nicht wenn ich derjenige bin, der die Kontrolle verliert.

Das erste Instrument, das ich je spielte, war eine Geige. Es gefiel mir und ich war sehr gut darin. Aber sobald ich eine Gitarre in die Finger bekam, wusste ich, dass das mein Leben verändern würde. Das Gleiche gilt für meine ersten Begegnungen mit Killian, Whip, Rye, Brenna und Scottie. Ich wusste, dass sie in meinem Leben eine Rolle spielen und sowohl seine Richtung als auch sein Ziel verändern würden.

Die gleiche Gewissheit habe ich in Bezug auf Stella. Sie ist frisch und neu, unkompliziert und zeitlos, wie eines meiner besten Lieder, das man auf vollkommen andere Weise spielt. Doch anstatt mich mit ganzem Herzen darauf einzulassen, will ich mich verdammt noch mal zurückziehen. Im Gegensatz zu den anderen jagt mir Stella wahnsinnige Angst ein.

Ich starrte sie in diesem Flur an und mir wurde schlagartig klar, wie sehr ich sie will. Ich will sie unter mir, auf mir, neben mir. Ich will Stunden damit verbringen, mir das Muster ihrer Sommersprossen einzuprägen und jede Wölbung und Vertiefung ihres Körpers zu erforschen. Ich will ihren Körper an meinem spüren, bis ihr Duft in meine Haut eingedrungen ist. Ich will sie kosten, sie vögeln, mit ihr lachen. Ich will alles.

Sex ist für mich immer leicht gewesen. Ich kann loslassen, die Lust genießen und den ganzen Mist in meinem Kopf ignorieren. Ich liebe Sex. Aber ich habe noch nie zuvor eine bestimmte Frau so sehr gewollt. Eine war so gut wie jede andere. Und wenn jemand, den ich wollte, mal nicht auf mich stand, gab es immer jede Menge andere willige und verfügbare Frauen, um meine Bedürfnisse zu befriedigen. Das mochte ich früher am Sex – die Leichtigkeit und die Unpersönlichkeit, die damit einhergingen. Ich konnte eine intensive menschliche Verbindung erleben, die ich dringend brauchte, ohne danach in Verbindung *bleiben* zu müssen.

An Stella ist nichts unpersönlich.

Wenn es ein einfacher Fall von Lust oder dem Bedürfnis zu vögeln wäre, könnte ich diese Sache mit Stella vielleicht bewältigen. Aber das ist es nicht. Das ist überdeutlich und klar. Sie erzählte mir, dass sie eine professionelle Freundin sei, jemand, dessen Job darin besteht, dafür zu sorgen, dass sich andere Menschen in ihrem Leben weniger einsam fühlen. Und hat mir den Rest gegeben. Ich stürzte direkt in den Abgrund. Ich sehne mich nicht nur körperlich nach ihr, mein Verlangen kommt aus der Tiefe meiner Seele.

Wenn die Wahl darin besteht, Stella ohne Sex in meinem Leben zu haben, oder sie zu vögeln und dann zu verlassen, werde ich mich jederzeit für ein Zölibat mit Stella entscheiden. Aber wie kann ich ihr meine beschädigte Seele offenbaren und dann noch hoffen, dass sie mich auch will?

Ich bin der ewige Versager. Das bin ich schon mein ganzes Leben lang. Es ist ein Wunder, dass ich berühmt bin. Und ja, die Fans vergöttern mich. Aber sie kennen mich nicht. Stella kennt mich – mein wahres Ich –, und ich bin nicht davon überzeugt, dass sie meine Gegenwart lange ertragen könnte. Klar, sie fühlt sich zu mir hingezogen. Das kann ich deutlich sehen. Aber ich weiß ohne jeden Zweifel, dass körperliche Anziehung ein oberflächliches Gefühl ist, das schnell vergehen kann, also mache ich mir deswegen nicht allzu große Hoffnungen. Deswegen will ich so weit von Stella weglaufen, wie ich kann. Doch je mehr ich mich von ihr löse, desto stärker spüre ich, wie sie mich zu sich zurückzerrt.

Scottie sieht mich immer noch mit diesem wissenden Blick an. Er genießt das hier.

Ich reibe mit einer Hand über meinen Nacken und knete die steifen Muskeln. »Ich habe sie einfach so stehen lassen. Wie ein totaler Feigling.«

Er nickt, als wäre meine Reaktion vollkommen normal, was sie absolut nicht ist. »In Liebesdingen sind wir alle Narren.«

Eine Sekunde lang starre ich ihn einfach nur entgeistert an. »Hast du gerade Jane Austen zitiert?«

Scottie schnaubt. »Kumpel, du hattest auf unserer ersten Reise eine Ausgabe von *Stolz und Vorurteil* unter deiner Matratze.«

»Damit wollte ich Frauen beeindrucken!«

»Klar. Deswegen hatte das Buch überall Eselsohren und fiel fast auseinander.«

»Es war Brennas alte Ausgabe«, protestiere ich, zucke dann aber mit den Schultern. »Darcy war in Ordnung. Aber mich störte immer, dass Elizabeth ihre Meinung über ihn erst änderte, als sie Pemberley begegnet ist.«

»Sie verliebt sich schon vorher in ihn. Sie weigert sich einfach nur, es sich einzugestehen. Wenn du das anders siehst, bist du ein Zyniker.« Scottie zückt sein Handy, um seinem Fahrer eine SMS zu schicken. Der Mann geht nie zu Fuß durch die Stadt, wenn er es nicht muss. »Und als Zyniker wirst du Ms Grey nicht für dich gewinnen. Diese Frau ist eine Romantikerin.«

Ich würde fragen, woher er das weiß, aber Scottie weiß alles über jeden. Es hat keinen Sinn, sich darüber aufzuregen. Und er hat recht.

Ich runzle die Stirn und schaue auf den Park hinaus. Der graue Himmel hängt schwer über dem üppigen grünen Gras. Schon bald wird es regnen, und die Leute suchen bereits Schutz. Scottie und ich halten auf die Columbus Avenue zu, wo sein Fahrer auf ihn warten wird.

»Was soll ich tun?«, platzt es aus mir heraus.

Scottie wirft mir einen Seitenblick zu. »Schaff dir ein gutes Paar Knieschoner an. Ich könnte mir vorstellen, dass du in Zukunft viel kriechen und um Gnade winseln wirst.«

»Wenn ich nur Zeit mir ihr verbringen könnte, ohne mir über irgendetwas anderes Gedanken machen zu müssen«, murmle ich.

»Das wäre ideal.« Scottie scheint das für unmöglich zu halten. Andererseits hatte der Mistkerl das Glück, mit Sophie zusammenzuarbeiten, als sie sich kennenlernten. Sie *musste* sich in seiner Nähe aufhalten und seine Launen ertragen.

Eine nebulöse Idee nimmt in meinem Kopf Gestalt an und kitzelt die Ränder meines verzweifelten Gehirns.

»Außerdem«, sagt Scottie und unterbricht damit meine Gedanken, »haben wir momentan größere Probleme.«

Das entmutigende Gefühl in meiner Magengegend kehrt mit voller Wucht zurück. »Du hast mit den Frauen gesprochen?« Die Liste, die ich ihm gegeben habe, war beschämend vage, aber seine Angestellten behalten einen Überblick über alle Leute, die zu unseren Fantreffen kommen oder unsere VIP-Räume besuchen. Das war ziemlich hilfreich, wenn man bedenkt, dass ich mich normalerweise mit Frauen treffe, die an Kill-John-Veranstaltungen teilnehmen.

»Ja«, sagt er langsam. »Wir haben auch die Quelle ausfindig gemacht. Eine junge Frau namens Karen …«

»Karen. Richtig, so hieß sie.«

Scottie wirft mir einen verärgerten Blick zu. »Offensichtlich hatte Karen auch engeren Kontakt mit Dave North.«

Dave North ist der Leadsänger von Infinite Sorrow. Ich reibe meinen Nacken. »Weiß Dave, dass er sich angesteckt haben könnte?«

»Er weiß es.« Scottie seufzt gequält. »Ich schwöre, ich sollte euch allen einen Kurs in …«

»Wie dem auch sei«, falle ich ihm ins Wort, bevor er wieder damit anfangen kann, »warum haben wir größere Probleme?«

»Eventuell wird diese Sache an die Öffentlichkeit gelangen. Wir können sie nicht geheim halten.«

»Das hatte ich schon befürchtet.« Regen fällt in langsamen, weichen Tropfen und benetzt meine Arme. »Kann man da wirklich gar nichts machen?«

Scottie zieht einen kleinen Regenschirm aus seiner Aktentasche und winkt dann das Auto herbei. »Nein. Aber wir müssen einen Plan für die Schadensbegrenzung entwerfen. Dein Image ist in diesem Fall entscheidend. Wir müssen es glänzen lassen.«

Der Regen fällt nun heftiger und trifft in kalten Platschern auf meine Wangen. »Scottie, Kumpel, ich lebe jetzt wie ein Mönch. Und ehrlich gesagt, ist es mir egal, ob sie mich öffentlich steinigen.« Das stimmt nicht ganz. Es wird wehtun, ob ich es nun will oder nicht. »Mach dir um mich nicht mehr Sorgen als nötig. Ich komme schon klar.«

Er schaut mich mit eiskalten Augen an, die zu viel sehen. »Ich habe mich früher auch isoliert. Ich habe mich um andere gekümmert, aber nie um mich selbst. Das ist eine einsame Art zu leben.«

Als ob ich das nicht wüsste. Erfolg, Scheitern – das sind vorübergehende Zustände. Angst kann einen völlig aus dem Konzept bringen. Aber Einsamkeit quält einen wie nichts anderes. Man kann von Freunden umgeben sein und trotzdem in Einsamkeit versinken. Es ist verdammt schrecklich.

»Hat Sophie dir das beigebracht?«, scherze ich und ignoriere den dunklen Abgrund dieser Emotion.

Scottie verzieht ganz leicht die Lippen. »Nein, Kumpel. Das warst du.«

11. Kapitel

Stella

Eine unausweichliche Wahrheit über Taxis in New York City lautet: Wenn es regnet, verschwinden sie. Wie durch Zauberei. Ein weiteres Gesetz des Regens und der Stadt besagt, dass es genau dann anfängt zu regnen, wenn man so weit wie möglich von einer U-Bahn-Station entfernt ist. Ich bin mir ziemlich sicher, dass die Stadt will, dass man nass wird.

Tja, ich bin zweifellos nass. Mittlerweile sogar bis auf die Knochen. Ich schleppe mich die Stufen zu meinem Wohngebäude hoch. Es ist ein typischer Regensturm im Frühling. Er ist kalt und unerbittlich und hämmert mit heftigen Tropfen auf meinen Schädel ein.

Da ich das Haus in einem T-Shirt und einem kurzen Rock verlassen habe, bin ich jetzt vollkommen durchgefroren. Gottverdammt, Mrs Goldman hatte recht. Ich hätte eine Jacke mitnehmen sollen.

Das wäre alles nicht so schlimm, wenn ich mich nur wieder aufwärmen könnte. Aber ich komme nicht in mein blödes Gebäude. Meine Hände zittern, während ich den Zugangscode für den Haupteingang eintippe. Schon zum zweiten Mal.

Und wieder blinkt ein wütendes rotes Licht auf: »Zugang verweigert.«

»Komm schon«, murmle ich. In meiner Kehle steigt ein Kloß auf. »Lass mich rein.«

Wenn ich die Alarmanlage nicht deaktivieren kann, wird sich der Schlüssel nicht drehen. Es ist eine einfache und doch ärgerliche Sicherheitsmaßnahme, die ich normalerweise zu schätzen weiß. Jetzt hasse ich sie. Die Ziffern auf dem Eingabefeld verschwimmen vor meinen Augen. Ich weiß, dass ich den falschen Code eingebe. Ich habe ihn mir nicht aufgeschrieben, aber das sind die Zahlen, an die ich mich erinnere. Mein Gedächtnis ist zuverlässig. Wie kann ich den falschen Code eingeben? Aber ich weiß, wie das passiert.

Ich tippe den Code erneut ein, und meine Fingerspitze schmerzt, als ich fest auf die Tasten drücke.

Zugang verweigert.

Meine Sicht verschwimmt, und ich blinzle hektisch. »Mist.« Das Wort kommt mir als kleines, schluckaufartiges Schluchzen über die Lippen.

Jemand kommt die Treppe hochgelaufen. *Bitte lass es nicht ihn sein. Bitte.*

Aber so freundlich ist die Welt nicht.

»Stella-Knöpfchen?«, kräht John hinter mir und hält einen Regenschirm über unsere Köpfe. »Warum in aller Welt stehst du hier draußen? Mach die Tür auf und geh rein ins Trockene.«

Warum er? Warum muss es von all den Leuten, die in diesem verdammten Gebäude wohnen, immer ausgerechnet er sein? Mir wäre es sogar lieber gewesen, wenn mir Mrs Goldman ein »Ich habe es Ihnen ja gesagt« an den Kopf geworfen hätte, wenn ich dafür nicht ihm hätte begegnen müssen.

Meine Kehle verkrampft sich. »Das versuche ich.«

Er lehnt sich näher heran und hat offensichtlich Mühe, meine leise Stimme über dem prasselnden Regen zu hören. »Was ist los? Ist die Tür kaputt?«

Meine Lippe zittert, und ich beiße fest darauf, bevor ich antworte. »Der Code funktioniert nicht.« Hastig tippe ich ihn ein, nur um erneut keinen Zugang zu erhalten. »Siehst du?«

Eine schreckliche Pause entsteht. Ich kann das schwere Gewicht seines Blicks auf mir spüren. Dann bewegt er sich, und ich spanne mich an, weil seine Wange meine streift, als er sich vorbeugt. »Stella, Liebes, der Code lautet 22 577, nicht 77 522.«

Das wusste ich. Aber wie erkläre ich ihm, dass ich dachte, ich würde die richtige Kombination eintippen und dass mein verwirrter Verstand sie irgendwo unterwegs vertauscht hat? Das kann ich nicht. Das tue ich nicht. Ich stehe einfach steif da, während mir Tränen in die Augen steigen.

»Hey.« Seine Stimme klingt sanft, und ich hebe den Kopf. Er betrachtet mein Gesicht, und um seine Augen herum entstehen Fältchen. »Herrgott, Stells, du machst mich echt fertig.«

Ich weiß nicht, wovon er redet. Ich bin diejenige, die friert und durchnässt ist.

Langsam hebt er eine Hand und streicht mir eine nasse Haarsträhne von der Wange. Stille legt sich zwischen uns, während er mein Gesicht anstarrt, als hätte er mich noch nie zuvor gesehen. Andererseits fühlt es sich für mich jedes Mal, wenn ich ihn anschaue, so an, als würde ich ihn zum ersten Mal sehen *und gleichzeitig* so als hätte ich sein umwerfendes Gesicht schon immer betrachtet.

Wir stehen einfach so da. Der Regen trommelt auf seinen Schirm und klatscht spritzend auf die Steinplatten unter unseren Füßen. Ich kann mich weder bewegen noch ein Wort herausbringen. Er ist ernst und Furcht einflößend und wunderschön. Silberne Regentropfen schmücken sein dunkles Haar.

Ich habe ihn seit dem Abend, an dem er mich auf der Party stehen ließ, nicht mehr gesehen. Doch die Zeit hat die überwältigende Anziehungskraft, die ich in seiner Nähe empfinde, nicht gemindert. Wenn überhaupt ist es jetzt noch schlimmer. Ich atme zitternd ein, und er senkt den Blick auf meine Lippen.

»Fornasetti«, platzt es schließlich aus ihm heraus, obwohl seine Stimme heiser ist.

»Was?« Meine eigene Stimme ist ein trauriges Krächzen.

John zieht die Brauen zusammen. »Kennst du diese italienischen Teller? Diese grafischen Schwarz-Weiß-Darstellungen mit der Frau drauf? Sie hat große Augen und eine niedliche kleine Nase und einen süßen kleinen Schmollmund.«

Ich muss wohl die Stirn runzeln, denn seine Wangen erröten und er spricht schnell weiter. »Du erinnerst mich an sie.«

»An eine Frau auf einem Teller?«

Er errötet noch stärker. »Ja … Vergiss es.«

Er tippt schnell den richtigen Code ein und öffnet die Tür. Seine Berührung an meinem Kreuz ist sanft, als er mich aus der Kälte und dem Regen führt. Ich schleppe mich zum Fahrstuhl und hinterlasse Pfützen auf dem Fußboden.

Mit einem leisen Fluch zieht John sein feuchtes Flanellhemd aus und legt es mir um die Schultern. Dann drückt er mich fest an seine Seite. »Du frierst.«

Ich höre den Tadel in seiner Stimme, so als wüsste er, wie lange ich draußen gestanden und erfolglos versucht habe, ins Haus zu gelangen. Ich beiße mir fester auf die Lippe. Wortlos drückt John auf den Knopf für unsere Etage. In der Stille, die folgt, könnte die Fahrstuhlkabine ebenso gut ein Grab sein. Ich starre auf meine Zehen hinunter und zittere, während mich John fester an sich drückt und mit seiner großen Hand meinen Arm reibt.

Ich sollte ihn wegstoßen, aber er ist warm und es fühlt sich zu gut an. Ja, so bin ich, ich nehme den einfachen menschlichen Trost und werfe dafür meinen Stolz über Bord. Als wir unsere Etage erreichen, muss mein Stolz einen weiteren Schlag verkraften, denn John tippt den Code für meine Wohnungstür ein.

Ich weiche ruckartig zurück und starre ihn an. »Du kennst meinen Code?«

John hat den Anstand, das Gesicht zu verziehen. »Killian ist mein bester Freund. Wir kennen den Code des anderen aus Sicherheitsgründen.«

»Ich fühle mich gerade nicht wirklich sicherer«, brumme ich und stapfe in mein Penthouse.

Er folgt mir hinein. »Ich hoffe, du bist aus Prinzip sauer und glaubst nicht wirklich, dass ich hier je uneingeladen auftauchen würde.«

Ich werfe einen Blick hinter mich, und meine Schritte werden langsamer, als ich seinen verletzten Gesichtsausdruck bemerke. Ich seufze. »Ja, es geht ums Prinzip.« Ich schenke ihm ein schwaches Lächeln. »Wenn du hier wirklich rein wolltest, könntest du einfach über die Mauer auf der Dachterrasse klettern, so wie ich es gemacht habe.«

Ich glaube nicht, dass er meinen Versuch, humorvoll zu sein, gerade besonders witzig findet. Aber seine Steifheit lässt ein wenig nach. »Wann immer du nackt Yoga machst, lass es mich wissen, dann werde ich in Windeseile über diese Mauer springen.«

Trotz der Anspannung in meiner Brust lasse ich ein kleines Lachen erklingen. »Das werde ich ganz oben auf meine To-do-Liste setzen.«

Ein Zittern schüttelt meinen Körper, und er deutet mit einem Nicken in Richtung Schlafzimmer. »Trockne dich ab. Ich werde dir Tee kochen.«

»Du wirst Tee kochen?«

Seine Lippen zucken, als er in Richtung Küche geht. »Vielleicht weißt du das nicht, aber im Herzen bin ich Engländer.

Wie man eine anständige Tasse Tee macht, ist eine der ersten Lektionen des Lebens.«

Plötzlich erinnere ich mich daran, dass John aus einer extrem wohlhabenden britischen Familie stammt. »Dein Akzent ist schwach und zeigt sich bei seltsamen Gelegenheiten.«

Vielleicht liegt das daran, dass er seine Kindheit zwischen New York und England verbracht hat. Aber Johns Reaktion verrät mir, dass es einen anderen Grund dafür gibt.

Er verzieht so geringfügig das Gesicht, dass es mir beinahe entgeht. »Als wir die Band gegründet haben, gab ich mir große Mühe, meinen Akzent loszuwerden. Vielleicht war ich damit ein wenig zu erfolgreich.«

»Aber warum?« Wenn er durchkommt, ist sein Akzent bezaubernd.

John geht weiter in Killians Küche und dreht mir den Rücken zu. Als er schließlich antwortet, ist sein Tonfall flach. »Für die Briten ist der Akzent das, was einen ausmacht. Sobald man den Mund öffnet, um zu sprechen, wissen die Leute, woher man kommt. Meine Eltern sind elitäre Snobs. Sie hassten alles, was ich tat und was ich werden wollte.«

Er bleibt an der Küchentheke stehen und betrachtet geistesabwesend die Schränke. Er strafft die Schultern, und die Muskeln unter seinem T-Shirt spannen sich an. Doch dann schaut er zu mir, und das Lächeln, das er in meine Richtung wirft, ist unbekümmert und ein kleines bisschen frech. »Da sie ihr Bestes getan haben, um mich aus der Familie zu tilgen, dachte ich, dass ich den Gefallen erwidern sollte.«

Herrgott. Er tut mir so leid, dass es mir die Brust zuschnürt und ich ihn am liebsten in den Arm nehmen will. Ich weiß sehr gut, wie es sich anfühlt, im Stich gelassen zu werden. Und ich kenne auch die trotzige Wut, die darauf folgt. Ich könnte ihm davon erzählen und meinen eigenen Schmerz mit ihm teilen.

Aber ich kenne mich auch mit Körpersprache aus und seine schreit förmlich: »Bitte lass mich in Ruhe.« Außerdem sollten wir uns einander nicht körperlich annähern. Das hat er sehr deutlich gemacht, als er auf der Party davongelaufen ist. Dieses Geständnis muss ein Ausreißer sein – ein Versehen, das meine Neugier ausgelöst hat.

Also spiele ich meine Rolle und mache stattdessen einen Witz.

Ich kichere. »Du bist ein Engländer in New York.«

Johns Miene wird ausdruckslos, während er mich verständnislos anstarrt. Doch dann lächelt er langsam. »Das Lied von Sting, oder? ›Englishman in New York‹?«

Ich nicke. »Das kam mir gerade spontan in den Sinn.«

Dankbarkeit blitzt in seinen grünen Augen auf, doch dann ist sie wieder verschwunden. Aber sein Lächeln wird breiter.

»Whip hat letztens auch Sting zitiert.« Er holt einen Wasserkessel hervor und füllt ihn. »Du erinnerst mich an Whip.«

»Wirklich? Warum?«

Wir stehen auf gegenüberliegenden Seiten des Raums und er hat sich wieder von mir abgewandt. Doch als er zwei Teetassen aus dem Schrank holt, erhasche ich einen Blick auf sein sanftes Lächeln. »Ihr seid beide … nett.«

»Nett?« Ich weiß nicht, warum ich seine Aussage wiederhole. Aber »nett« fühlt sich wie ein Tätscheln auf den Kopf an.

Er wirft einen Blick über seine Schulter. »Ja. Nett. Die Person, die man anruft, wenn man den Boden unter den Füßen verliert und eine Hand braucht, an der man sich festhalten kann, weil man weiß, dass diese Person da sein wird.« Er schüttelt den Kopf und lacht. »Ich weiß nicht, wie ich es sonst beschreiben soll.«

Mir wird ganz warm ums Herz, aber mein Magen verkrampft sich unangenehm. Niemand hat je versucht, mir zu erklären, wie ich bin. Ich weiß nicht, wie ich damit umgehen soll. Ich weiß nicht, wie ich *mit ihm* umgehen soll.

Ich will ihm mehr Fragen über seine Bandkollegen stellen. Verbringen sie auch ihre Freizeit zusammen? Sind sie so locker drauf wie er? Sitzen sie herum und machen Musik? Vielleicht sind sie genau wie andere Kerle und schauen Sport, während sie Bier trinken und Quatsch reden.

Aber ihm diese Fragen zu stellen, erscheint mir zu neugierig. Ich käme mir dabei wie ein alberner Fan vor. Ich wünschte, ich könnte gelassener mit seiner Berühmtheit umgehen, aber es fühlt sich an, als wäre John zwei Leute. Erst ist er der flirtende, manchmal nervige, manchmal schelmische Mann, der nebenan wohnt, und dann ist er plötzlich Jax, der Superstar – Objekt der Begierde und der Bewunderung für zahllose Fans.

Wenn er über seine Bandkollegen spricht, kann ich nur als Jax von ihm denken. Dann frage ich mich, was zum Teufel er überhaupt hier macht und warum er mir Tee kocht. Es fühlt sich surreal an.

Die Stille wird unangenehm, und John bemerkt, dass ich Zeit schinde. »Deine Lippen sind blau.«

»Ich gehe ja schon, ich gehe ja schon.«

Ich nehme eine heiße Dusche und ziehe danach meine weichste Schlafanzughose und ein langärmeliges Oberteil an. Ich versuche nicht, John zu beeindrucken. Wie unfassbar albern – natürlich versuche ich das. Der Mann ist die Verkörperung von Sex. Mein Körper weiß das, selbst wenn mein Hirn versucht, mich daran zu erinnern, dass er eine Katastrophe ist, die nur darauf wartet, über mich hereinzubrechen. Vielleicht würde ich wollen, dass er mich will, wenn ich nicht direkt neben ihm wohnen oder nicht ständig daran denken müsste, dass er dafür bekannt ist, eine Frau nach der anderen abzuschleppen.

Aber obwohl er ein vollendeter Charmeur ist, glaube ich nicht, dass er mich als Eroberung betrachtet. Kerle wie Jax Blackwood zögern nicht. Sie nehmen sich furchtlos das, was sie wollen. Sosehr es mich schmerzt, es zuzugeben, bewundere ich das an ihm.

Ich lache über mich selbst, während ich mein Haar mit dem Handtuch trocken rubbele und dann ins Wohnzimmer gehe. Die einzige Wahrheit, die ich kennen muss, ist die Tatsache, dass er letztens auf der Party vor mir zurückgewichen ist, als hätte ich eine ansteckende Krankheit. Die Gefahr, dass sich die Dinge zwischen uns weiterentwickeln könnten, besteht nicht.

Ich habe den Gedanken immer noch im Kopf und lächle melancholisch, als ich mich im Wohnzimmer zu ihm geselle. Er hat eine ganze Kanne Tee gekocht und einen Stapel Toast mit kleinen Töpfchen voller Marmelade, Honig und Butter auf einem Tablett angerichtet. Das ist so unfassbar britisch, dass es mir im Herzen wehtut.

»Wie trinkst du deinen Tee?«, fragt er, und ich habe schon wieder das seltsame Gefühl, dass ich träumen muss. Jax Blackwood macht mir eine Tasse Tee und geht dabei so sorgsam und korrekt wie ein Butler vor.

Hatte Mrs Goldman recht? Ist er einsam? Ich will ihn fragen, habe aber nicht den Mut dazu.

»Ein bisschen Milch. Ein Löffel Zucker.«

Er schenkt mir den Tee ein und reicht mir dann die Tasse. »Killian hat eine jämmerliche Teeauswahl im Haus. Ich muss leider gestehen, dass wir uns mit billigem Earl Grey aus dem Teebeutel begnügen müssen.«

Ich lege die Finger um die warme Keramiktasse. »Ich bin keine große Teetrinkerin. Ich glaube, dass ich den Unterschied ohnehin nicht bemerken würde.«

Er schaut mich mit gespieltem Entsetzen an. »Ich werde dich schon noch bekehren, Knöpfchen.«

John könnte auf dem richtigen Weg sein, denn der Tee ist besser als jeder, den ich zuvor hatte. Stark, aber nicht bitter. Duftend und milchig mit nur einem Hauch von Süße. Ich trinke einen weiteren beruhigenden Schluck und seufze. Dann greife ich nach einer Scheibe Toast und bestreiche sie mit Butter und Honig. »Danke«, sage ich zwischen zwei Bissen. »Das ist wundervoll.«

Er trinkt seinen Tee und lässt es irgendwie männlich wirken. Die Tasse sieht in seinen großen Händen zierlich aus. »Was ist da eben passiert?«, fragt er. »Du musst es mir nicht erzählen, wenn du nicht willst. Aber du sahst … verloren aus, Stells. Geht es dir jetzt wieder gut?«

Meine Kehle schnürt sich zu, während ich nicke. »Es geht mir gut. Es ist nur …« Ich trinke meinen Tee und gönne mir eine Atempause. »Manchmal vertauschen sich Zahlen in meinem Kopf.«

Er hat seine strahlenden grünen Augen direkt auf mich gerichtet. »Bist du Legasthenikerin?«

»Nein, das hat was mit Wörtern zu tun. In meinem Fall sind es Zahlen. Es ist ein leichter Fall von Dyskalkulie.« Ich atme aus. »Es passiert nur, wenn ich gestresst oder übermüdet bin. Dann ist es so, als würde etwas in meinem Gehirn einfach zum Stillstand kommen, und ich verwechsle Zahlen. Wenn ich dann versuche, mich mit Gewalt zu konzentrieren, wird es noch schlimmer. Wie heute. Ich war müde, mir war kalt und ich war wütend auf mich selbst und …« Ich zucke mit den Schultern und umfasse meine Tasse fester.

»Dann bin ich froh, dass ich da war, um dich reinzulassen.« Und damit ist die Sache erledigt. Es gibt kein Mitleid und keine Fragen, die ich nicht beantworten kann.

John streicht Johannisbeerkonfitüre auf seinen Toast und wir essen ein paar Minuten lang schweigend. Die Situation ist nicht unbedingt unangenehm – ich fühle mich definitiv warm und geborgen –, aber zwischen uns liegt eine gewisse Spannung in der Luft. Ich habe das Gefühl, dass sich John innerlich auf etwas vorbereitet. Er wirft mir immer wieder zögernde Blicke zu, bevor er von seinem Toast abbeißt und kaut, als würde sein Leben davon abhängen.

Jeder ist verkorkst. Das weiß ich. Ich weiß, dass er ebenso menschlich ist wie der Rest von uns, selbst wenn es manchmal so scheint, als würde er über dem Rest der Welt schweben. Ich lasse mich auf der Couch in eine bequemere Position sinken, trinke meinen Tee und esse meinen Toast. Er wird reden, wenn er so weit ist. John ist nicht der Typ, der lange schweigt.

Ich behalte recht, denn er trinkt noch einen großen Schluck Tee und stellt dann seine Tasse ab. Er drückt die Schultern in die Couchkissen und bereitet sich vor. »Tut mir leid, dass ich auf der Party einfach so verschwunden bin.«

Das ist nicht wirklich ein Thema, über das ich reden will. Die Sätze, die mir dazu einfallen, fangen mit »peinlich« an und enden mit »Zurückweisung«.

»Du bist so schnell abgehauen, dass ich für einen Moment dachte, dass sie die Wände und die Decke entfernen«, scherze ich. Ich weiß nicht, ob ich so gelassen klinge, wie ich es gern würde. Vermutlich nicht. Ich habe ihm erzählt, was ich beruflich mache, und er ist davongelaufen – direkt nachdem er mich angelächelt und sich zu mir vorgelehnt hatte, als wollte er meinen Mund verschlingen. Der Beruf der professionellen Freundin ist für ihn eindeutig ein Abtörner.

Er runzelt kurz die Stirn und glättet sie dann wieder. »Ein *Megamind*-Scherz?« Er lächelt. »Gott, du bist so bezaubernd.«

»Wie ein tapsiger Welpe«, murmle ich in mich hinein. Doch

dann schüttle ich den Kopf und setze eine fröhliche Miene auf.

Aber er hat mich gehört und runzelt die Stirn. »Das war unhöflich von mir. Ich weiß nicht, wie ich das erklären soll. Ich kann nur sagen, dass mich ein Anfall von vorübergehendem Wahnsinn überkam.«

Ich stelle fest, dass ich wieder in alte Gewohnheiten zurückverfalle, denn ich will diese unangenehme Situation ausbügeln. »Du musst dich nicht entschuldigen. Ich musste ohnehin zurück zu Richard.«

Er wirkt nicht überzeugt. »Hätte ich gewusst, dass du arbeitest, hätte ich dich nicht weggezerrt. Ich will auf keinen Fall der Grund dafür sein, dass du Schwierigkeiten mit einem Kunden bekommst.«

Ich kneife die Augen zusammen und starre ihn an, weil ich nicht weiß, ob er es ernst meint oder mich beleidigen will. Er ist jedoch zu angespannt und unruhig, sodass ich seine Körpersprache nicht gut deuten kann. »Richard hat das nichts ausgemacht.«

Er legt die Füße auf den Wohnzimmertisch. »Was machst du mit diesen Freunden? Und ich will nicht auf etwas Sexuelles anspielen, das schwöre ich bei Gott«, fügt er hastig hinzu.

Ich lache heiser. »Das dachte ich auch nicht.« Ich fahre mit einer Hand durch mein feuchtes Haar. »Wir machen, was immer wir wollen. Meine einzige Regel lautet, dass es nichts Illegales sein darf und es keinen sexuellen Kontakt gibt. Die ganze Angelegenheit ist streng platonisch.«

Er nickt und fordert mich damit zum Weitersprechen auf.

»Und ich gehe nicht nur mit Männern aus. Ich habe auch viele weibliche Kunden. Du hast mich nur zufällig mit den Kerlen gesehen.« Ich schüttle den Kopf. »Und wir machen alles Mögliche. Wie gehen einkaufen, essen oder ins Kino und nehmen an Hochzeiten teil, wo wir dann so tun, als wären wir ein Paar. Einmal war ich sogar mit auf einer Beerdigung.«

Er zieht eine Augenbraue hoch. »Eine Beerdigung?«

»Ja. Eine Frau wollte nicht allein auf die Beerdigung ihrer Mutter gehen. Sie hatte keine anderen Angehörigen mehr und brauchte jemanden, der ihre Hand hielt.«

Seine Miene wird weich. »Stells, manchmal machst du mich echt fertig.«

»Warum?«, frage ich mit schwacher Stimme. Die Erinnerung an den Schmerz der armen Mari ist wieder hochgekommen, als ich die Geschichte erzählt habe.

»Du hast einer vollkommen Fremden dabei geholfen, einen der schlimmsten Tage ihres Lebens zu überstehen. Das würden nicht viele Leute tun.«

»Lass es nicht nobel klingen.« Ich wende den Blick ab. »Ich wollte nicht dort sein. Ich habe jede Minute gehasst.«

»Aber du hast es getan.«

»Nur weil ich weiß, wie es sich anfühlt, allein zu sein. Ich konnte ihr diese Bitte nicht abschlagen.«

»Und das«, sagt er und lehnt sich vor, sodass ich ihn besser sehen kann, »macht den Unterschied aus. Du hast es trotzdem getan.«

»Versuchst du, mir Honig ums Maul zu schmieren, Blackwood?«

Er wirft mir einen Seitenblick zu. »Vielleicht.«

Okay, das habe ich nicht erwartet. Ich ziehe meine Beine unter meinen Körper. »Warum?«

Er beginnt nervös mit dem Bein zu wippen. »Ich habe nachgedacht ...«

Mir gefällt wirklich nicht, wie er mich anschaut. Sein Blick ist zögerlich und doch entschlossen. »Worüber hast du nachgedacht?«

Er hebt eine Schulter. »Ich würde dich gerne engagieren. Um für eine Weile meine Freundin zu sein«, stellt er klar, als ich ihn schweigend anstarre.

Ich versuche, etwas zu sagen. Aber meine Kehle verkrampft sich. Hinter meinen Lidern macht sich ein verräterisches Prickeln breit. Ich werde weinen und ich bin keine Heulsuse.

Er will mich bezahlen, damit ich seine Freundin bin? Er hätte ebenso gut eine Sense zücken und mir damit die Beine unter dem Körper wegschlagen können. Ich habe solche Dinge schon vorher erlebt. Ich freundete mich mit jemandem an, der mich letztendlich nicht als echte Freundin sah, sondern als weniger. Ganz ehrlich, ich hatte schon so oft damit zu tun, dass ich dafür eine Standardantwort perfektioniert habe: »Ja klar. Lass uns was ausmachen.«

Und immerhin bietet er an, mich dafür zu bezahlen. Manche Leute – viele Leute – wollen, dass ich die Freundin auf Abruf bin, die Freundin, die sich wie eine bezahlte Begleiterin verhält, von der sie freundliche Erwiderungen und ein angenehmes Lächeln erwarten, die sie aber nicht bezahlen wollen. Sie erwarten von mir, dass ich das alles umsonst mache.

Vielleicht sollte ich dankbar sein.

John starrt mich mit ernster Miene an. Ihm ist offensichtlich nicht klar, dass er mir gerade einen gedanklichen Schlag in den Magen verpasst hat. Ich muss einfach nur höflich sein und ihn so schnell wie möglich aus meiner Wohnung befördern. Aber ich kann meinen Mund nicht bewegen.

Er wird eindeutig ungeduldig und rückt ein Stück vor. »Ich werde dich extrem gut bezahlen. Ich werde dir genug Geld geben, dass du dich nicht mehr mit anderen Kunden treffen musst. Nur noch mit mir.«

Mein Gesicht fängt an zu kribbeln. »Du willst mich dafür bezahlen, dass ich ausschließlich Zeit mit dir verbringe?«

Zufriedenheit lässt sein Gesicht aufleuchten. Sein großes, dummes Gesicht. »Ja.«

Ich gehe in meine tiefe Yogaatmung über.

»Und?«, fragt er. Er hat die Hände zu Fäusten geballt. »Was meinst du?«

»Du musst gehen.« Ich stehe auf und stoße beinahe gegen den Wohnzimmertisch. »Sofort. Bitte.«

John springt ebenfalls auf und zieht die Augenbrauen hoch. »Gehen? Warum?«

Ich kann ihn nicht ansehen. »Weil ich dich darum gebeten habe.« Ich drehe ihm den Rücken zu und greife nach den Teetassen.

»Was zum Teufel soll das? Was habe ich falsch gemacht?«

Du hast angeboten, mich für etwas zu bezahlen, das ich umsonst gemacht hätte. »Nichts.«

Er runzelt die Stirn. »Warum wirfst du mich dann raus?«

Damit ich allein weinen kann. »Ich bin müde.«

»Schwachsinn.« Sein britischer Akzent wird stärker und ist nun deutlich zu hören. »Du siehst aus, als hätte ich dir einen Schlag verpasst. Ist es wirklich so unangenehm, Zeit mit mir zu verbringen?«

Unangenehm? Ich will schreien. Vielleicht tue ich das.

Johns Gesicht färbt sich dunkler, als er einen Schritt näher kommt. Sein großer, schlanker Körper ragt über mir auf. »Antworte mir, verdammt.«

Als er Anstalten macht, meinen Ellbogen zu packen, ziehe ich meinen Arm weg. »Weil du mir tatsächlich einen Schlag verpasst hast, du Idiot.«

Er starrt mich schockiert an. »Wie?«

Bei allen ... Meine Enttäuschung kocht in mir hoch und verwandelt sich in Wut. »Wie kannst du das nicht wissen? Bist du wirklich so ahnungslos?«

Er klappt schlagartig den Mund zu und funkelt mich böse an. »Offensichtlich. Dann klär mich doch mal auf.«

»Weil es wehtut, okay?« Als er die Stirn runzelt, gehe ich auf ihn zu. »Du denkst, weil ich die gute alte Stella bin, die jedermanns Freundin ist, hätte ich keine Gefühle und würde dieses …« Ich wedele hilflos mit einer Hand herum. »Dieses schwarze Loch des Schmerzes nicht spüren. Diese unfassbare, verdammte Leere. Menschen bezahlen mich, damit ich ihre Freundin bin. Ich bringe Menschen zum Lächeln und lache, damit sie sagen können: ›Da ist Stella, ist sie nicht lustig?‹«

Etwas Dunkles und Bitteres brennt in mir. Meine Worte kommen wie harte Schläge über meine Lippen. »Weißt du, wie viele echte Freunde ich habe? Keinen. Nicht einen einzigen. Niemand kennt mein wahres Ich. Niemand ruft mich an meinem Geburtstag an oder einfach nur mal so, um zu fragen, wie es mir geht, weil er eine Weile nichts mehr von mir gehört hat. Die Leute wenden sich an mich, wenn sie nach einem flüchtigen Lachen oder bezahlter Gesellschaft suchen, aber sonst nicht.«

Das auszusprechen ist schmerzhaft. Meine Sicht verschwimmt, und ich blinzle hektisch. »Ich habe keine echten Freunde. Nur Leute, die meine oberflächliche Persönlichkeit kennen. Manchmal schmerzt die Einsamkeit, die das mit sich bringt, so sehr, dass sie meine Brust zerquetscht wie ein Schraubstock. Und ich sitze hier allein und frage mich, was zum Teufel mit mir nicht stimmt, dass sich niemand die Mühe gemacht hat, sich auf eine Freundschaft mit mir einzulassen. Dass meine Freundschaften nie von Dauer sind.«

»Mit dir ist alles in Ordnung«, sagt er mit rauer Stimme und versucht, meine Schultern zu umfassen.

Ich weiche ihm erneut aus. »Aber irgendwas muss doch nicht stimmen. Es muss einen Grund dafür geben, dass ich keine Freunde habe und niemand länger bei mir bleibt. Und dieser Grund bin ich.« Ich atme zitternd ein. »Du hast es gerade bewiesen. Ich dachte, wir könnten echte Freunde werden …«

»Das ist auch so.« Er klingt nun fast verzweifelt und hat einen wilden Ausdruck in den Augen, als er sich zu mir heranlehnt. »Wir sind Freunde!«

»Hör auf damit. Du wolltest mich engagieren, genau wie all die anderen.«

John fährt sich mit einer Hand durchs Haar und sorgt dafür, dass es in alle Richtungen absteht. »Das habe ich nur gesagt, weil ich dir nah sein wollte und emotional zu verkümmert bin, um den Mut zusammenzunehmen, es dir zu gestehen. Es gibt niemanden, mit dem ich lieber Zeit verbringen will als mit dir. Du bist ständig in meinen Gedanken und verfolgst mich in meinen Träumen. Ich kann mich ebenso wenig von dir fernhalten, wie ich versuchen kann, mein Herz vom Schlagen abzuhalten.«

Seine Worte sind alles, was ich immer hören wollte. Aber sein Verhalten erzählt eine andere Geschichte. Und ich kann nicht zulassen, dass ich diese Hoffnung empfinde. Nicht jetzt. Ich will es zu sehr glauben und kann meinem Urteilsvermögen nicht trauen.

»Wenn das wahr wäre«, sage ich durch steife Lippen, »hättest du nicht versucht, meine Freundschaft zu kaufen. Ich verstehe, was du darüber sagst, dass man seinen Mut zusammennehmen muss, um jemandem seine Gefühle zu gestehen. Aber dein erster Impuls bestand darin, mich zu kaufen. Was bedeutet, dass mich ein Teil von dir als Ware und nicht als Person betrachtet.«

»Verdammt.« Er breitet die Arme weit aus. »Ich sehe dich, Stella. Ich will …«

»Nein. Mir ist gerade wirklich egal, was du willst. Du musst jetzt gehen.«

Er presst die Lippen flach zusammen. Er hat eindeutig nicht vor, meiner Aufforderung nachzukommen.

»Geh.« Ich lege die Hände auf seine Brust und schubse ihn nach hinten. Ich weiß, dass er zulässt, dass ich ihn wegschiebe. Gut. Wenigstens versteht er, dass Nein wirklich Nein bedeutet. »Ich kann dich gerade nicht in meiner Nähe haben.«

»Stella.« Er weicht immer noch zurück und bewegt sich unbeholfen zur Tür, während ich ihn in diese Richtung dränge. »Es tut mir leid, okay? Ich habe nicht nachgedacht ...«

»Nein, das hast du nicht. Aber es ist nicht mein *Job*, dich zu verhätscheln. Ich werde jetzt erst mal meine eigenen Wunden lecken und ich will nicht, dass du dabei anwesend bist.«

John lässt den Blick über mein Gesicht huschen. Er sieht so unglaublich gequält aus, dass ich für eine Sekunde darüber nachdenke nachzugeben. Aber ich gebe immer nach und glätte die Wogen, die durch unangenehme Situationen entstehen. Ich bin immer diejenige, die alles wieder in Ordnung bringt. Für ihn werde ich das nicht tun. Wenn es für mich auch nur die geringste Hoffnung auf irgendeine Art von Beziehung mit diesem Mann gibt, kann ich mich nicht als Stella, der emotionale Schwamm, darauf einlassen.

Vielleicht sieht er meine Entschlossenheit. Er atmet langsam aus und lässt die Schultern sinken.

»Okay, Knöpfchen. Ich werde gehen. Ich ...« Er runzelt die Stirn. »Es tut mir leid. Würdest du bitte zu mir kommen, wenn du so weit bist?«

Er zieht die Augenbrauen hoch und schaut mich mit einem flehenden Blick aus seinen grünen Augen an. Mein Widerstand bröckelt wie trockener Sand. Ich hasse ihn inständig dafür und auch dafür, dass ich mich nicht davon abhalten kann, »meinetwegen« zu sagen.

Bevor er noch etwas anderes sagen kann, schließe ich die

Tür vor seinem viel zu hübschen Gesicht. Und dann rolle ich mich zusammen und weine. Ich habe keinen Zweifel daran, dass es John leidtut, dass er mich verletzt hat. Das ändert jedoch nichts daran, dass ich mich vollkommen allein fühle. Ich brauche einen neuen Beruf, ein neues Leben. Ich brauche einen Ausweg.

Ich greife zum Telefon und rufe Hank an.

»Kannst du mich für morgen in den Kalender eintragen?« frage ich, als er sich meldet.

Ich war erst heute dort und normalerweise fliege ich nur einmal pro Woche, aber Hank stellt keine Fragen. Das tut er nie, wenn es um Privatangelegenheiten geht. »Geht klar, Kleines. Soll ich dich am Bahnhof abholen?«

»Ja, bitte.« Ich lege auf und fühle mich ein wenig gefasster. Vielleicht sollte ich nach nebenan gehen und mit John reden und seine Entschuldigung annehmen. Aber meine Kehle brennt und mein Körper schmerzt. Ob es nun an meiner Heulorgie liegt oder daran, dass ich vorhin in den Regenschauer geraten bin, weiß ich nicht, aber ich fühle mich plötzlich ganz und gar nicht gut.

12. Kapitel

John

Eine Melodie kitzelt die Ränder meines Verstands. Dort befindet sich ein Lied und wartet auf mich. Aber irgendwie gelingt es mir nicht, es hervorzulocken. Ich spiele unzusammenhängende Akkorde und versuche, das Lied kommen zu lassen.

Stattdessen denke ich jedoch immer wieder an rotgoldene Locken und kleine zimtfarbene Sommersprossen. Ich vermisse ihre Stimme. Ich glaube, dass ich noch nie zuvor die Stimme einer Person vermisst habe. Ich kann nicht behaupten, dass Stellas Stimme in irgendeiner Weise außergewöhnlich oder wirklich anders ist, abgesehen davon, dass es ihre ist.

Das ist nicht gut. Ich entwickle Gefühle für eine Frau, die mich für ein Arschloch hält. Und selbst wenn es nicht so wäre, ist es keine gute Idee, sich emotional auf jemanden einzulassen. Mir kann man nicht mal die Aufgabe anvertrauen, mich um Killians Haustiere zu kümmern – wie zum Teufel soll ich da eine echte Beziehung meistern? Verdammt, momentan könnte ich eine Frau nicht mal berühren. Es spielt keine Rolle, dass das Antibiotikum gewirkt hat und ich vollkommen gesund bin. Ich fühle mich infiziert. Verdorben.

»Zum Teufel damit.« Ich spiele ein paar Akkorde, aber die

Klänge harmonieren nicht mit dem wütenden Schrillen von Killians Türklingel.

Ich schaue auf meine eigene Tür. Stella hat Gesellschaft? Perfekt. Vermutlich ein weiterer Spinner, der sie dafür bezahlt, dass sie seine Freundin spielt. Und sie lässt es zu. Mich hingegen lässt sie abblitzen.

Das sollte mir mittlerweile egal sein. Aber das ist es nicht. Es war total idiotisch von mir zu versuchen, mir Stellas Freundschaft zu erschleichen, statt ihr einfach zu gestehen, was ich empfinde. Ich würde mich mehrfach dafür entschuldigen, wenn sie mich lassen würde. Das Ganze ist drei Tage her, und ich habe kein Wort von ihr gehört. Ich habe ihr ein paar Textnachrichten geschrieben, aber keine Reaktion erhalten. Gestern klingelte ich dann an ihrer Tür, aber sie machte nicht auf. Okay, sie könnte unterwegs gewesen sein, aber es nicht genau zu wissen ist ätzend. In die soziale Wüste geschickt zu werden ist ebenfalls ätzend.

Das Klingeln geht weiter.

Meine Finger stolpern über die Saiten. Mist. Mist. Mist.

Vielleicht ist es kein Kunde. Vielleicht ist es eine Verabredung. Jemand, der so niedlich ist wie Stella, hat vermutlich ständig Verabredungen. Wird sie ihn mit in ihr Bett nehmen? Sich von ihm anfassen lassen? Ihn anfassen? Natürlich werden sie sich anfassen. Wenn ein Kerl Stella im Bett hat, wird er sie anfassen. Ausgiebig. Überall.

Mein Nacken wird heiß und verspannt sich. Das geht mich nichts an. Das geht mich *verdammt noch mal* nichts an.

Die Klingel ertönt erneut. Ich lege meine Gitarre weg und beiße die Zähne zusammen. Schweiß rinnt an meinem Rücken hinab. Ich sehe nur noch Stella, deren weiche von Sommersprossen bedeckte Haut langsam entblößt wird, während ihr irgendein Schwachkopf das Oberteil auszieht …

»Verdammt noch mal.« Ich stehe auf und gehe zur Tür. Um was zu tun? Mich zum Affen zu machen? Sie anzuflehen, damit aufzuhören? Das ist lächerlich. Absolut lächerlich. Ich werde auf keinen Fall der Kerl sein, der sich so verhält.

Ich drehe mich wieder herum, um zurückzugehen, als irgendein Typ anfängt herumzubrüllen.

»Hey? Hallo da drinnen? Sie müssen aufmachen, Sie schulden mir noch Geld!«

Meine Muskeln verkrampfen sich. *Sie* schuldet *ihm* Geld? Oh, verflucht. Was in aller Welt geht da vor?

»Hey!«, ruft der wütende Kerl im Flur. »Hallo?«

Er lehnt sich wieder gegen die Klingel.

Das reicht. Ich halte es nicht mehr aus.

Ein dürrer Bursche im Studentenalter zuckt zusammen, als ich meine Tür aufreiße, doch er beruhigt sich schnell wieder. »Hey, Mann. Tut mir leid, dass ich störe.« Er schaut zu Killians Tür. »Ihr Nachbar hat mich unten per Türsummer reingelassen und sich dann geweigert, die Wohnungstür zu öffnen. Jemand muss für diese Suppe bezahlen.«

Als Beweis hebt er eine Liefertüte voller Suppenbehälter hoch.

Für einen Augenblick ist meine Erleichterung so stark, dass ich mich gegen den Türrahmen lehne, um mich zu sammeln. Doch dann steigt Sorge in mir auf, denn wenn Stella diesen Kerl ins Haus gelassen hat, sollte sie auch die Wohnungstür aufmachen. Ich ziehe ein paar Geldscheine aus meiner Tasche. Es ist viel mehr, als das Essen vermutlich kostet. Ich drücke ihm das Geld in die Hand, schnappe mir die Tüte und denke nicht weiter über ihn nach, während ich schnell den Code für Killians Tür eintippe.

»Stella?«, rufe ich und betrete die Wohnung.

Sie ist nicht im Wohnzimmer, und mein Puls rast plötzlich.

Mein Herz hämmert in meiner Brust, als ich die Tüte mit der Suppe abstelle und erneut ihren Namen rufe. Dieses Mal ist meine Stimme lauter und irgendwie panisch, denn hier stimmt was nicht. »Stella!«

Ein schwacher Laut aus ihrem Schlafzimmer sorgt dafür, dass ich die Treppe hochrenne. Mein Blut ist eiskalt und meine Kehle trocken.

Verdammt, wenn sich das hier auch nur ansatzweise so anfühlt wie das, was meine Jungs empfunden haben müssen, als sie mich damals fanden, verstehe ich vollkommen, warum sie mich jetzt bemuttern. Ich stürme in ihr Schlafzimmer und stolpere beinahe über den Teppich, während ich zum Stehen komme.

Stella liegt zusammengekauert auf dem Bett und zittert. Ihr Haar ist feucht und klebt an ihrem Kopf. Ihre Haut ist gerötet.

»Baby.« Ich eile zu ihr und berühre ihre Stirn. Sie glüht förmlich. »Scheiße. Wie lange geht das schon so?«

Laken, die stark nach Schweiß riechen, bedecken ihren Körper. Mit trüben Augen schaut sie mich eine Sekunde lang an. Dann sackt sie aufs Kissen. Sie gibt mir keinerlei Information, sondern wimmert nur. Und meine Brust verkrampft sich.

Ich habe mich seit Jahren nicht mehr in der Gesellschaft einer kranken Person befunden. Ich glaube, beim letzten Mal war es Killian, der die Grippe hatte. Ich kümmerte mich jedoch nicht um ihn. Das war damals Brennas Aufgabe. Aber ich erinnere mich an meine Kindheit und daran, wie meine Mutter mich umsorgt hat.

»Komm schon, Liebes«, flüstere ich und hebe Stella hoch. »Wir machen es dir ein wenig bequemer.«

Ihr Kopf sackt kraftlos gegen meine Schulter, und sie wimmert erneut. Die ungesunde Hitze ihres Körpers sickert durch mein Hemd, und ich unterdrücke einen Fluch. Sanft lege ich sie auf den Sessel. Dann eile ich in Killians Schlafzimmer, weil ich weiß, dass sich darin eine kleine Bar mit einem eingebauten Spülbecken befindet. Das weiß ich, weil dieser Mistkerl diese Idee von mir gestohlen hat.

Ich kehre mit einer Flasche kaltem Wasser und einem frischen Glas bewaffnet zurück und stelle fest, dass Stella eingedöst ist. Ich nutze die Zeit, um ihr Bett neu zu beziehen und ein paar Schmerzmittel zu besorgen. Als ich sie wieder hochhebe, gibt sie einen protestierenden Laut von sich.

»Ist schon gut«, versichere ich ihr sanft. »Du kommst wieder in Ordnung.«

»Tut weh«, krächzt sie.

»Wo?«

»Hals. Überall.«

Ich lege sie aufs Bett und wickele sie aus dem schmutzigen Laken. Sie trägt ein zerknittertes und schweißgetränktes Tanktop und eine Unterhose. Verdammt. Ich fahre mir mit der Hand durchs Haar und zögere für eine Sekunde, doch dann straffe ich die Schultern. Sie braucht saubere Klamotten. Da gibt es keine Diskussion.

Es erfordert ein wenig Anstrengung, aber ich schaffe es, ihr ein locker sitzendes weißes T-Shirt anzuziehen und ihr dann das Tanktop darunter auszuziehen. Ja, ich verhalte mich prüde. Ich habe so viele Frauen nackt gesehen, dass ich sie gar nicht mehr zählen kann. Aber das hier ist Stella. Es fühlt sich falsch an, sie nackt zu sehen, wenn sie hilflos und krank ist.

Nicht dass sie sich auch nur mit einem Wort beschweren würde, während ich arbeite. Sie beobachtet mich einfach aus trüben, teilnahmslosen Augen. Ihre Hand zittert, als ich ihr ein Glas kaltes Wasser gebe, und sie trinkt nur einen kleinen Schluck.

»Mehr«, weise ich sie an und schiebe das Glas wieder an ihre Lippen.

»Tut weh.«

»Ich weiß, Baby. Aber du brauchst Flüssigkeit.« Ich reiche ihr zwei Schmerztabletten. »Nimm die hier.«

Ihr verzerrtes Gesicht zu sehen schmerzt, aber sie tut, was ich verlange, und lässt sich dann wieder auf die Kissen fallen. Ich decke sie zu und hole ein Fieberthermometer.

Es ist schlimm.

»Neununddreißig vier?« Ich starre auf sie hinunter. »Baby, du hättest mich anrufen sollen.«

Stella erwidert nichts, sondern zittert wieder am ganzen Körper. Ich lege auch noch die Tagesdecke über sie.

Ärger und Sorge machen sich in mir breit, während ich neben ihr sitze und mit einer Hand über ihren Kopf streiche. Ich habe mich so sehr danach gesehnt, ihr Haar zu berühren, und habe mich gefragt, ob es sich so seidig anfühlen würde, wie es aussieht. Aber jetzt ist es klebrig und verschwitzt. Ich fluche erneut und ziehe mein Handy aus der Tasche, um Dr. Stern anzurufen.

Sie geht schnell dran.

»Ich habe einen Notfall«, informiere ich sie, während ich vorsichtig mit den Fingern durch Stellas verworrene Locken kämme.

»Um was für eine Art Notfall handelt es sich, Jax?«

»Ich bin bei einer Freundin. Sie hat hohes Fieber und Schüttelfrost. Sie sagt, dass ihr Hals wehtut. Sie müssen sie untersuchen.«

Wenn ich ein gewöhnlicher Mensch wäre, würde mir Dr. Stern raten, Stella ins nächstgelegene Krankenhaus zu bringen. Aber da Kill John sie extrem gut dafür bezahlt, dass sie jederzeit verfügbar ist – egal worum es geht –, versichert sie mir, dass sie sofort kommt.

Warten ist nicht gerade meine Stärke. Ich hasse es. Momentan bringt es mich um. Stella hat Schmerzen und leidet an irgendeiner Krankheit. Mein Magen verkrampft sich, und ich setze mich neben sie aufs Bett.

Sofort schmiegt sie sich an mich und legt ihren Kopf in meinen Schoß. Ihre Wange drückt sich an meinen Schwanz, und ich bemühe mich, nicht zusammenzuzucken. Ich bin zu angespannt, um hart zu werden. Aber das ändert nichts daran, dass mir ihre Anwesenheit sehr bewusst ist.

Etwas an Stella sorgt dafür, dass meine Sinne Vollgas geben. Wenn sie in der Nähe ist, bin ich konzentriert. Es ist ein seltsames Gefühl. Ich versuche, nicht darüber nachzudenken, während ich sanft über ihr Haar und ihre Schläfe streiche. Meine Fingerspitzen kribbeln, als würde ich schwache Stromstöße erhalten.

»Warum hast du niemanden angerufen?«, frage ich und streichle ihren Kiefer. Sie hat immer noch Fieber.

»Wen?« Es ist kaum mehr als ein Krächzen, aber es klingt, als wäre sie wirklich neugierig. Als hätte sie niemanden, und als wäre das schon seit einer ganzen Weile so. Sie hat mir erzählt, dass sie keine echten Freunde hat, aber erst jetzt wird mir klar, dass ich ihr das nicht wirklich geglaubt habe. Wie hätte ich es glauben können? Stella ist fröhlich und liebenswert. Jede Person, die in ihre Nähe kommt, wird von ihr angezogen. Und sie glaubt, dass sie niemanden hat.

Mein Magen verkrampft sich erneut. »Mich. Du hättest mich anrufen oder mir eine SMS schicken sollen.«

Ihre Augen sind geschlossen, aber sie zuckt schwach mit einer Schulter. »Streit.«

Nun wird der Krampf in meinem Magen regelrecht schmerzhaft. »Wir haben keinen Streit. Und selbst wenn es so wäre, könntest du mich trotzdem um Hilfe bitten, Knöpfchen.«

Herrgott. Versteht sie das denn nicht? Freunde sind verdammt noch mal füreinander da. Egal was passiert. Ich könnte mich wie ein totales Arschloch aufführen, aber wenn ich Killian, Whip, Rye, Brenna, Scottie, Sophie oder Libby anrufen würde, wären sie trotzdem für mich da. Das Gleiche würde ich für sie tun. Sofort vermisse ich meine Freunde.

Meine Gedanken werden unterbrochen, als Stella zuckt und mit einem Keuchen die Augen öffnet. Mir bleibt fast das Herz stehen. »Was?« Ich berühre ihre Wange. »Hast du Schmerzen?«

Sie schaut zur Tür. »Essen. Bote sollte hier sein.«

Ich lasse mich gegen das gepolsterte Kopfende des Betts sinken und lege meine Hand auf ihren Kopf. »Ist schon okay. Ich habe ihn bezahlt.«

Aber ihre Augen bleiben unruhig. »Stevens und Hawn.«

Als er seinen Namen hört, kommt Stevens unter dem Bett hervorgekrochen und springt darauf, um sich an Stellas Oberschenkel zu schmiegen. Sie berührt schwach seinen Kopf. Ich beäuge das kleine Fellknäuel nervös. Er mag Stella mögen, aber dieser Mistkerl ist verflucht durchtrieben. »Ich werde die beiden füttern«, versichere ich ihr. Stevens zieht seine teuflischen Augen zusammen und starrt mich an, als wollte er sagen, dass ich das besser schnell tun sollte, weil er mich sonst ausweiden wird. Das glaube ich gern.

»Sein Katzenklo«, flüstert Stella besorgt.

Ich schwöre, dass Stevens grinst. Ich unterdrücke ein Schaudern. »Ja, darum werde ich mich auch kümmern.«

Stella seufzt und kuschelt sich wieder auf meinen Schoß. »Okay.«

»Willst du etwas Suppe?«

Sie schüttelt den Kopf, presst sich fester an mich und schlingt die Arme um meine Oberschenkel. Die Art, wie sie sich an mir festklammert, löst etwas in mir aus. Niemand hat sich je an mich gewandt, weil er einfach nur körperlich getröstet werden wollte. Noch nie. Ich hätte es auch nicht zugelassen. Ich bin kein Kuschler. Manche Frauen haben versucht, sich an mich zu klammern. Es hat mich regelrecht gegruselt. Ich dachte immer, dass ich in dieser Hinsicht wohl gestört sein muss. Unfähig. Aber Stella zu trösten fühlt sich gut an. Ich komme mir nützlich vor.

Träge streiche ich mit den Fingern durch ihre Locken und starre zur Decke hinauf.

Es klingelt an der Tür. Dr. Stern. Endlich.

Ich will aufstehen, um sie hereinzulassen, aber Stella klammert sich an meine Hüften. Ihre vom Fieber getrübten blauen Augen sind weit aufgerissen, und sie starrt mich an. »Lass mich nicht allein.«

Mist. Sie bricht mir das Herz. Ich umfasse ihre Wange. »Das werde ich niemals tun, Baby. Ich gehe nur an die Tür, okay?«

Sie blinzelt und wirkt benommen und verwirrt.

Ich küsse ihre Schläfe. »Ich bin sofort wieder da. Versprochen.«

Sobald ich Dr. Stern sehe, schnappe ich mir ihre Tasche. »Sie ist im Schlafzimmer.«

Dr. Stern folgt mir in die Wohnung. »Beruhigen Sie sich, Jax.«

»Ich werde mich beruhigen, wenn es Stella besser geht.« Ich bleibe stehen und drehe mich herum, um Stern anzusehen. »Mist. Sie hat Halsschmerzen, Doc. Und einen Ausschlag am Hals. Könnte ich sie …« Ich fahre mit einer Hand durch mein Haar. »Was ist, wenn ich sie angesteckt habe?«

Stern zieht die Augen zusammen. »Sie hatten doch wohl keinen ungeschützten Sex mit dieser Frau, während Sie Ihr Antibiotikum noch eingenommen haben, oder?«

»Was? Nein! Natürlich nicht. Aber wir haben uns einmal

geküsst. Erinnern Sie sich an diese Sache im Lebensmittelladen, von der ich Ihnen erzählt habe? Die küssende Diebin? Das ist Stella.«

Stern schüttelt den Kopf, und ihre Stimme wird sanft. »Dann werden Sie sich sicher daran erinnern, dass ich Ihnen gesagt habe, dass man sich durchs Küssen nicht mit Chlamydien infizieren kann. Jax, das Antibiotikum hat gewirkt. Wir haben Sie untersucht. Sie sind geheilt. Sofern Sie beide also keinen oralen sexuellen Kontakt hatten …«

»Nein. Es gab nur diesen Kuss.« Ich reibe mit einer kalten Hand über mein Gesicht. »Ich mache mir Sorgen … Sie hat Halsschmerzen.«

Dr. Stern berührt meinen Arm. »Was zahlreiche Gründe haben kann. Ich werde einen Test machen, wenn sie das will.« Ihre Miene wird ernst. »Doch ich werde die Erlaubnis Ihrer Freundin benötigen, um sie zu untersuchen, Jax. Aber nur mal unter uns: Wenn Sie eine Beziehung mit dieser Frau führen, würde ich ihr an Ihrer Stelle erzählen, was passiert ist.«

Mir wird ganz schwer ums Herz. »Ich hätte es ihr von Anfang an erzählen sollen. Ich war nur …« Ich zucke nervös mit den Schultern. Ich habe das Gefühl, als würden Ameisen über meine Haut krabbeln. »Hören Sie, können Sie ihr vorschlagen, dass sie sich testen lässt?«

Dr. Stern drückt freundlich meinen Arm. »Ich werde sie mir erst mal ansehen. Hohes Fieber, Ausschlag und Halsschmerzen könnten auch Streptokokken sein.«

Ich seufze und führe sie nach oben. Als ich Stella zusammengekauert auf dem Bett liegen sehe, vergesse ich meine eigenen Sorgen sofort. Sie sieht so schwach und bedauernswert aus und scheint immer noch Schmerzen zu haben. Ich eile zu ihr, hebe sie hoch, lege sie auf meinen Schoß und drücke sie an mich. »Stella-Knöpfchen, die Ärztin ist hier. Sie wird dir helfen.«

Stella schmiegt ihre Wange an meine Brust. »Okay.«

Sie zittert, und ich küsse ihre Schläfe, bevor ich zu Stern schaue. »Machen Sie sie wieder heile, Doc. Und zwar schnell.«

Sterns Lächeln zeugt eindeutig von Belustigung. »Sie ist nicht kaputt, Jax. Sie ist krank.«

Das mag stimmen. Aber solange es Stella schlecht geht, fühlt sich nichts richtig an.

Stella

Man kann krank sein und man kann in der Hölle sein. Auf mich trifft Letzteres zu. Jesus weinte, ich will um Medikamente betteln. Irgendjemand soll mich einfach ausknocken und mich wieder aufwecken, wenn es mir besser geht.

Mein Verstand driftet ständig ab. Es ist ein ewiges Auf und Ab aus Schmerz und Hitze und fremden Geräuschen. Ich weiß, dass John bei mir ist. Ich spüre seinen festen, starken Körper neben meinem, der sich wie eine weiche, heiße Masse anfühlt. Ich höre seine Stimme, seine umwerfende, honigsanfte Stimme, die mir sagt, dass ich etwas trinken soll, oder mich bittet, meine Arme anzuheben, damit er ein sauberes, kühles Hemd über meinen geschundenen Körper ziehen kann. Und die ganze Zeit über sagt er mir, dass es mir schon bald besser gehen wird.

Ha. Lügen. Der Schmerz in meinem Hals ist wie Glasscherben und langsam fließende Lava.

Trotzdem klammere ich mich an ihn. Er ist das Einzige, was mir in meiner schmerzenden Welt Sicherheit und Trost spendet.

Dann kommt die Ärztin. Ich wusste gar nicht, dass Ärzte heutzutage überhaupt noch Hausbesuche machen. Sie erklärt mir, dass sie die Privatärztin der Band ist. Ein Teil von mir will lachen – natürlich hat Jax Blackwood eine Ärztin, die er jederzeit zu sich bestellen kann. Aber ich habe zu große Schmerzen und bin zu schwach, um irgendetwas anderes zu tun, als ihre Fragen mit leisen Krächzlauten zu beantworten, die kaum wie richtige Worte klingen.

Sie teilt mir etwas Wichtiges mit, während sie mich untersucht. Aber es ist mir egal. Solange sie dafür sorgt, dass diese Schmerzen und diese schreckliche Hitze verschwinden, werde ich tun, was immer sie verlangt. Sie nimmt einen Abstrich von meinem Rachen, und dann ist sie verschwunden. John ist zurück und zwingt Flüssigkeit in meinen brennenden Hals.

Danach ist alles verschwommen. Ich weiß, dass er hier ist. Er liegt neben mir und streichelt beruhigend mein feuchtes Haar. Es fühlt sich gut an und ich rücke näher an ihn heran. Verglichen mit der Hitze, die in mir wütet, fühlt er sich kühl an. Er legt die Arme um mich und zieht mich an seine Brust. Ich schmiege den Kopf in die Vertiefung, an der seine Schulter in seinen Arm übergeht. Das ist eine perfekte Stelle, um sich auszuruhen, und ich entspanne mich mit einem Seufzen.

Ich weiß nicht, wie lange wir so daliegen. Ich weiß, dass Zeit vergeht. Er gibt mir das Antibiotikum, das mir die Ärztin verschrieben hat, und hilft mir ins Bad, wenn ich mal muss. Wenn ich fertig bin, hilft er mir zurück ins Bett. Wir nehmen immer wieder die gleiche Position ein. Er hat die Finger in meinem Haar, und ich schiebe eine Hand unter sein Hemd, um seine glatte, kühle Haut zu spüren.

Mein Fieber verbrennt jegliche Befangenheit, die ich verspüren könnte. Meine Welt besteht nur noch aus Schmerz und dem Versuch, ihm zu entkommen. John hilft mir dabei. Er kümmert sich um mich. Mein Fieber erreicht mitten in der Nacht seinen Höhepunkt, und er ist da und wischt meine Arme mit einem kalten Lappen ab, der auf meiner Haut brennt.

»Ganz ruhig«, flüstert er in der Dunkelheit. »Wir müssen dich abkühlen, Knöpfchen. Entspann dich.«

Diese weiche und sanfte Stimme erdet mich und sorgt dafür, dass ich tue, was er verlangt. Ich konzentriere mich die ganze Nacht über auf diese Stimme, bis der Morgen anbricht.

Ich weiß nicht, warum er mich nicht verlässt, aber ich habe Angst, ihn zu fragen, weil ich ihn nicht auf dumme Gedanken bringen will. Es spielt keine Rolle. Er bleibt. Er bleibt und hat keine Ahnung, was mir das bedeutet. Seit dem Tod meiner Mutter hat sich niemand mehr so liebevoll um mich gekümmert. Ein Teil von mir will, dass er geht. Ich darf keine emotionale Bindung zu ihm aufbauen. Denn niemand bleibt für immer und der Abschied schmerzt zu sehr.

Aber ich sage kein Wort. Ich klammere mich an ihn wie die schwache Frau, die ich nun einmal bin.

Irgendwann am nächsten Tag zwingt er mich, ein wenig Suppe zu essen. Ich bin keine gute Patientin. Jedes Mal wenn er den verdammten Löffel vor mein Gesicht hebt, schiebe ich mit einem Knurren seine Hand weg.

»Wenn du dich mit Suppe bekleckerst«, sagt er mit einem Lächeln in den Augen, »werden wir dich unter die Dusche stellen müssen.«

Ich starre ihn böse an, während der Löffel zwischen meinen Lippen klemmt, und lasse mich dann auf die Kissen sinken. »Ich könnte tatsächlich eine Dusche gebrauchen.«

John stellt die Suppe ab, der ich seit einer halben Stunde ausweiche. »Tja, dann sollten wir dich duschen.«

»Ich dusche allein, Rockstar.«

Er wirft mir einen vorwurfsvollen Blick zu. »Ich hatte heute schon ungefähr zehn Gelegenheiten, dich nackt zu sehen.« John steht auf und streckt seine Hand aus. »Glaub mir, ich habe kein Interesse daran.«

Ich starre zu ihm hoch. »Warum nicht? Was stimmt nicht mit meinem Körper?«

Er verschluckt sich fast vor Lachen. »Ist das dein Ernst? Stella-Knöpfchen, dein Körper ist verdammt noch mal umwerfend.« Seine Augen glühen, und er mustert mich von oben bis unten. »Wo immer und wann immer du dich für mich ausziehen willst, werde ich da sein. Und ich werde bereit sein. Aber nicht, wenn du krank bist. Wir werden erst dann zusammen nackt sein, wenn du gesund bist und es willst. Dich danach *verzehrst*.«

Gott, wie er mich anschaut. Als würde er sich alles bis ins kleinste Detail vorstellen. Als würde ihm von der Vorstellung ein wenig schwindelig werden. Andererseits ist mir auch schwindelig. Momentan weiß ich nicht, ob das am Fieber oder an ihm liegt. Vielleicht ist es beides. »Wir werden uns nicht ausziehen.«

Ich wünschte, das hätte nachdrücklicher geklungen.

Seine Lippen zucken, doch es gelingt ihm nicht, das amüsierte Schmunzeln in seinen Augen zu verbergen. »Nicht heute.« Er packt meine Hand und zieht mich hoch. »Ab unter die Dusche mit dir, Stells. Das ist nicht böse gemeint, aber du stinkst ganz schön.«

Mein Kopf ist bleischwer, und ich lehne mich gegen ihn, während ich ihm gleichzeitig in die Rippen steche. »Blödmann.«

Er lächelt, während er mich ins Bad führt. »Und da heißt es immer, Frauen stehen auf vollkommene Ehrlichkeit.«

»In manchen Situationen wissen wir auch das Schweigen zu schätzen.«

John lacht leise und bereitet die Dusche vor. Er lässt mich allein, besteht aber darauf, draußen vor der Tür zu warten. »Ruf mich, wenn du Probleme hast. Ich meine es ernst«, sagt er in einem Tonfall, der regelrecht herrisch klingt. »Wenn dir schwindelig wird oder du das Gleichgewicht verlierst, dann ruf mich. Ich werde die Augen schließen, falls du Sorge hast, dass ich dich nackt sehen könnte. Aber ich werde nicht zulassen, dass du ohnmächtig wirst und dir wehtust. Okay?«

»Ja, Sir.« Ich salutiere schwach vor ihm. Die Wahrheit ist, dass mein Kopf immer schwerer wird und ich mich waschen muss, bevor ich tatsächlich auf dem Boden zusammensacke.

Ich dusche schnell. Ich kann es nicht so genießen, wie ich es gerne würde. Mein Körper ist unfassbar schwer und mein Hals tut immer noch weh. Ich will mich hinlegen, aber das kühle Wasser ist angenehm.

Irgendwann schiebt John frische Kleidung für mich ins Bad. Sie liegt in einem ordentlichen Stapel auf dem Boden neben der Tür. Mir gefällt nicht, dass er sich an meiner Unterwäscheschublade zu schaffen gemacht hat, aber ich bin trotzdem dankbar.

Nun fühle ich mich ein wenig mehr wie ein Mensch. Ich öffne die Tür und finde ihn dort vor. Er hat gewartet, genau wie er es versprochen hat.

»Besser?«, fragt er und hält den Blick auf mein Gesicht gerichtet. Er hatte mir ein Tanktop und eine kurze Schlafanzughose herausgesucht. Die Klamotten sind ein wenig knapp, aber angenehm luftig und kühl. Und wenn ich ehrlich bin, ist es mir egal, ob er die Umrisse meiner Brustwarzen sieht. Momentan ist mir Bequemlichkeit wichtiger als Anstand.

»Ja.« Aber ich bin vollkommen erschöpft. Meine Stimme ist schwach, und in meinem Kopf pocht es, weil ich so lange aufrecht gestanden habe.

Mit unendlicher Geduld streckt er mir seine große, schwielige Hand entgegen, und ich lasse mich von ihm zurück zu meinem frisch bezogenen Bett führen.

Ich zögere nicht und rutsche bis in die Mitte, um ihm Platz zu machen. Ich brauche ihn so sehr neben mir, dass ich versucht bin, ihn anzuflehen, aber das muss ich gar nicht. Er folgt mir ins Bett, und als ich mich an seine Seite schmiege, deckt er uns zu. Mein Haar ist feucht, und er hebt es an, um es über seine Schulter zu legen, bevor er einen Arm um mich schlingt.

Wir sagen kein Wort. Keiner von uns will die Tatsache ansprechen, dass er mit mir im Bett liegt und ich jetzt wieder klar genug bin, um mir seiner Anwesenheit vollkommen bewusst zu sein.

»Stells?«, flüstert er nach einem Augenblick.

»Hmm?«

»Du hast gesagt, dass es niemanden gibt, der sich um dich kümmert …« Er verstummt, als ich mich anspanne. Ich bin nun hellwach und auf unangenehme Weise aufmerksam. John drückt meine Schulter und hält mich an sich geschmiegt. »Was ist mit deiner Familie passiert? Du musst es mir nicht erzählen, aber …« Er zuckt mit den Schultern und weiß eindeutig nicht, was er sagen soll.

Er hat recht. Ich muss ihm gar nichts erzählen. Mein Leben geht nur mich etwas an. Aber er ist hier und kümmert sich um mich, was niemand sonst getan hat. Und wenn ich Freunde haben will, muss ich lernen, sie hinter diese Mauern zu lassen, die ich um mich herum errichtet habe.

Ich lecke über meine trockenen Lippen und antworte langsam. »Meine Mom starb, als ich elf war.«

»Babe …« Er legt zärtlich eine Hand um meinen Hinterkopf. »Das wusste ich nicht. Tut mir leid.«

Ich zucke mit den Schultern und zupfe an einem Fussel an seinem Hemd herum. »Eine unerkannte Herzkrankheit. Es ist ätzend, aber so ist das Leben.« Das Schlucken tut höllisch weh. »Meinen Dad kannte ich bis zu diesem Zeitpunkt gar nicht.

Hauptsächlich deswegen, weil er ein Penner war. Als meine Mom starb, tauchte er plötzlich auf und nahm mich mit nach New York, damit ich dort bei ihm leben konnte.«

Für eine Sekunde sehe ich meinen Dad, wie er damals war. Er hatte schütteres rotes Haar, einen zotteligen Bart und war unfassbar dürr. »Mein Dad hatte absolut keine Ahnung, wie er mit einer trauernden Jugendlichen umgehen sollte. Er brachte mir bei, was er wusste, wie man Leute um den Finger wickelt, wie man sie dazu bringt zu tun, was man will, ohne dass sie es merken. Mein Dad ist ein Trickbetrüger, und ich habe sein Handwerk von ihm gelernt. Allerdings gab ich mir große Mühe, nicht wie er zu werden – ich wollte andere nie ausnutzen.«

Ich blinzle hektisch und klammere mich an eine lose Falte von Johns Hemd. »An dem Tag, an dem ich achtzehn wurde, verschwand er. Der Job war erledigt, also ging er davon.«

»Herrgott.« John umarmt mich fest. Ich lasse es zu, weil ich es zu sehr brauche. Seine Brust ist fest und warm, und ich höre seinen gleichmäßigen Herzschlag an meiner Wange.

»Es war … Tja, es war beschissen«, gebe ich mit einem gequälten Lachen zu. »Aber ich kämpfte mich durch.«

»Natürlich. Du bist eine unerschrockene Kämpferin, Stella-Knöpfchen.«

Mit einem Lachen lehne ich mich zurück. Wir bewegen uns ein bisschen, bis wir beide wieder bequem nebeneinanderliegen. Die Dusche und die unschönen Erinnerungen an früher haben mich erschöpft, und ich schließe die Augen.

John scheint zu wissen, dass ich eine Pause brauche, denn er fängt an zu singen. Seine Stimme ist leise und tief. Der Klang legt sich über mich wie eine sanfte Hand, und etwas in mir löst sich mit einem Seufzen. Mir hat noch nie zuvor jemand etwas vorgesungen. Bei jedem anderen würde ich es vermutlich hassen oder insgeheim Witze darüber machen, wie kitschig es ist. Aber John ist nicht einfach irgendjemand. Seine Stimme ist seine Seele. Ich sauge ihre Schönheit in mich auf und lasse mich von ihr davontragen.

Meine Hand gleitet wieder unter sein Hemd und sucht nach seiner festen Haut. Er lehnt sich gegen die Berührung, während er mit den Fingern durch mein Haar streicht.

Ich fühle mich in seinen Armen sicher und beschützt und absolut wohl. Aber eine kleine Stimme in meinem Kopf fragt sich, ob das alles ein seltsamer Traum ist. Millionen bewundern ihn. Seine Stimme ist ein Geschenk, und die Leute bezahlen dafür, sie zu hören. Und doch singt er nun für mich. Wie ist es dazu gekommen?

Ich drifte weg und lausche dem bittersüßen Rhythmus, während er »Asleep« von The Smiths singt. »Handelt dieses Lied nicht von Selbstmord?«, frage ich, ohne nachzudenken.

John hält inne, und seine Bauchmuskeln spannen sich an. »Ja?« Es klingt wie eine Frage und beinahe entschuldigend und ein wenig vorsichtig, so als würde er eine Standpauke erwarten. »Oder vielleicht einfach nur vom Sterben. Das kann man schwer beurteilen, wenn es um Morrissey geht.«

»Er ist wirklich ein fröhliches Kerlchen«, murmle ich und denke an den Sänger von The Smiths, der dafür bekannt ist, auch an schönen Tagen weinerlich zu sein.

Johns Brust rumpelt, als er leise lacht. »Du kennst dich mit The Smiths aus?«

»›I Am Human‹ ist eins meiner Lieblingslieder.« Ich streiche mit einer Hand über seine Seite. »Als ich fünfzehn war und unter den typischen Teenagerproblemen litt, hörte ich es in Dauerschleife.«

»Ach ja?« Seine Stimme ist heiser und liebevoll. »Was hat dir denn als Teenager Probleme bereitet, Knöpfchen?«

Ich zucke mit einer Schulter. »Ich war noch nie geküsst worden. Mich hatte nicht mal jemand um eine Verabredung gebeten.«

Wieder spannen sich seine Bauchmuskeln an. »Wie ist das möglich? Du bist verflucht niedlich.«

»Ähm, ich war ein Rotschopf, hatte Sommersprossen und ein rundes Gesicht und gleichzeitig war meine Brust flach wie ein Brett. Ich schätze, ich war nicht gerade das, wonach die Jungs in meiner Klasse suchten.«

Er streicht mit seiner Hand an meinem Arm entlang nach oben. »Jungs im Teenageralter sind Idioten. Ich meine, ich hatte im Grunde genommen nur ein Kriterium für Mädchen: leicht zu haben.«

»Reizend.«

»Hey, ich habe doch gesagt, dass wir Idioten waren.«

»Willst du damit sagen, dass sich deine Ansprüche verändert haben?«

»Äh …«

»Vielleicht solltest du einfach weitersingen«, rate ich ihm.

Er berührt meinen Kopf mit den Lippen. »Du bist diejenige, die die ruhige Schönheit meines Gesangs unterbrochen hat. Dabei ging es gerade darum, dass man langsam in einen unausweichlichen Tod sinkt, während die eigenen Freunde zuschauen und weinen.«

Ich schließe die Augen und drücke meine Hand flach auf seine Haut. »Dein Sinn für Humor ist ein wenig schräg, weißt du das?«

Ich kann beinahe spüren, wie er lächelt. »Die Jungs finden ihn furchtbar nervtötend.«

»Warst du schon so, bevor …« Ich verstumme betreten.

Seine Brust hebt und senkt sich, als er seufzt. »Ja. Ich hatte schon immer einen abgründigen Galgenhumor und einen Mangel an angemessenem sozialen Taktgefühl.«

Er klingt, als würde er Mr Scott zitieren.

»Ich wusste es.« Mit einem Lächeln drehe ich meinen Kopf an seinen warmen Körper. Er duftet nach meiner Zitronenhonigseife, die er benutzt hat, um sich die Hände zu waschen. Darunter liegt ein Hauch des cremigen Sandelholzdufts, der Bestandteil seines Deodorants sein könnte. Der Geruch ist eigentlich nichts Besonderes, aber ich würde meine Nase nur zu gern an seiner Haut vergraben und ihn tagelang einatmen. Die Wahrheit ist, dass es mich glücklich macht, ihm einfach nur nah zu sein. »Ändere dich niemals, John. Versprich mir das.«

Er schweigt eine Sekunde lang. Seine Hand liegt auf meinem Kopf. »Ich verspreche es.«

»Gut. Und jetzt sing mir ein Lied vor, in dem es nicht um den Tod geht.«

Er lacht langsam und ungezwungen, und seine Finger spielen wieder mit meinem Haar. »Mmm … Weißt du, mir ist gerade klar geworden, dass die meisten langsamen Lieder irgendwie morbide sind. Verlust der Liebe, Sehnsucht, Tod … Gott, wir Musiker sind ein kranker, trauriger Haufen.«

Ich lache schnaubend. »Die Welt ist die halbe Zeit über krank und traurig. Ihr singt nur ihre Lieder, um all diese Gefühle rauszulassen.«

Er spielt mit einer Locke meines Haars.

»Denkst du je …«, beginne ich unüberlegt, beiße mir dann aber auf die Lippe, damit ich den Mund halte.

Sein Atem wärmt mein Haar. »Denke ich je was?«

»Nichts.« Ich schmiege mich dichter an ihn. »Ich weiß nicht, was ich sagen wollte.«

Seine Stimme ist sanft, aber leicht amüsiert. »Doch, das weißt du. Frag mich einfach, Stells. Das ist okay.«

Ich presse mich gegen ihn und versuche, mich zu erden, ihn zu erden. »Denkst du je über jenen Abend nach?«

Er weiß genau, welchen Abend ich meine, und sein Körper spannt sich an.

»Tut mir leid«, platzt es aus mir heraus. »Ich hätte das nicht …«

»Das muss dir nicht leidtun«, fällt er mir ins Wort. »Mir wäre es lieber, wenn du einfach fragst, anstatt um den heißen Brei herumzureden.«

Ich nicke dumpf, und mein Puls schlägt schneller.

John verlagert seine Position, um es sich bequemer zu machen. »Jeder umgeht das Thema, sogar ich. Es ist so, als wäre es ein dunkles Geheimnis, was albern ist, weil es jeder weiß.«

»Tut mir leid«, sage ich erneut, weil ich nicht weiß, was ich sonst sagen soll.

Aber er wirkt, als würde er es zu schätzen wissen. Er drückt mich sanft. »Wir leben in einer Welt, in der sich die Leute mit ›Wie geht's?‹ begrüßen. Aber nur wenige wollen tatsächlich eine Antwort darauf haben. Das ist irgendwie witzig, wenn man mal darüber nachdenkt. Wir wollen nicht wirklich wissen, wie es einer anderen Person geht, aber wir wollen so wirken, als würde es uns interessieren.«

»Ich bin immer versucht zu antworten, dass ich schreckliche Regelkrämpfe habe und mich nicht erinnern kann, ob ich den Herd angelassen habe. Und dann will ich fragen, ob man es eigentlich immer noch als Käsetoast bezeichnen kann, wenn man irgendein Fleisch außer Speck hinzugefügt hat.«

Er lacht kurz und fröhlich auf. »Die letzte Frage kann ich eindeutig mit Nein beantworten.« Er hält inne und spricht dann ernster weiter. »Damals wusste ich nicht, dass ich Probleme hatte. Ich hatte schon immer Höhen und Tiefen. Ich dachte, das ginge allen so. Erst war ich voller Leben, lieferte ein Lied nach dem anderen ab und blieb tagelang wach, weil ich einfach weitermachen wollte. Dann krachte ich gegen diese Wand, und alles brach über mir zusammen. Ich wollte nicht mehr aus dem Bett aufstehen, zog es vor zu schlafen, anstatt wach zu sein, und hatte an nichts Interesse. Aber die Band war immer da. Ich war berühmt. Ich hatte keine Zeit mich in Selbstmitleid zu suhlen, wie ich es damals nannte.«

»Was hat sich verändert?«, flüstere ich.

»Ich weiß es nicht«, sagt er mit hohler, ferner Stimme. »Die Tiefs wurden länger und intensiver. Ich fing an, in meinem Kopf zu leben. Mir wurde klar, dass ich keine Träume hatte. Sie waren alle verschwunden.«

»Was meinst du damit?«

»Die meisten Leute haben einen Traum, den sie verwirklichen wollen, ein Ziel im Leben, das sie antreibt. Ich habe getan, was ich tun wollte. Ich habe meinen Gipfel erreicht. Ich hatte nichts mehr, nichts, wonach ich noch streben konnte. Diese Gewissheit traf mich, und ich stand da und starrte in einen Abgrund. Und die Dunkelheit verschlang mich. Und ich konnte nur noch denken: Wer zum Teufel bin ich eigentlich? Ich kam mir wie eine Lüge vor, und dann stahl sich diese ganze … Hässlichkeit in meinen Verstand – sie redete mir ein, dass ich nicht liebenswert, wertlos und ein Blender sei –, bis ich mich so schmutzig und in meiner eigenen Haut gefangen fühlte, dass ich es nicht mehr ertragen konnte. Und es gab keinen Ausweg.«

Ich streichle nun seine Haut. Dieser wunderschöne Mann, der zahllose Menschen beeinflusst und inspiriert hat, ohne es offenbar zu wissen. Dieser wunderschöne Mann, der dafür sorgt, dass ich mich lebendiger fühle als je zuvor. Ich bin noch nie jemandem begegnet, dem das gelungen ist. Ich will weinen, weil ich mich auch schon mal so gefühlt habe. Nicht in dem gleichen Ausmaß wie John. Aber ich verstehe dieses schreckliche Gefühl.

Sein Körper entspannt sich ein wenig, doch er fährt mit rauer Stimme fort. »Aber daran denke ich nicht.« Er schluckt hörbar. »Das, woran ich festhalte und was ich mir immer wieder glasklar vor Augen rufe, ist dieser Augenblick, in dem ich den Tod schon vor mir sah. Ich erinnere mich daran, wie verängstigt ich war und dass ich großes Bedauern empfand. Ich wollte nicht gehen. Nicht wirklich. Ich wollte mich einfach nur gut fühlen.«

»Schätzchen.« Ich drehe mich zu ihm und klammere mich einfach an ihm fest, indem ich die Finger in seine Seite grabe. »Ich bin so verdammt froh, dass du hier bist.«

Er atmet scharf aus. »Das bin ich auch, Knöpfchen. Ich bin verdammt noch mal hier.«

Er hat es nicht wörtlich gemeint, aber ich widerspreche ihm nicht. John und ich haben unsere Momente gehabt. Wir streiten und hüpfen umeinander herum wie zwei entgegengesetzte magnetische Kräfte. Aber jetzt gerade ist es perfekt.

Es wird still, und dann singt John »Something« von den Beatles. Mir verschlägt es die Sprache. Heftige Gefühle überwältigen mich, und ich kann einfach nur daliegen und es geschehen lassen, die Augen schließen und ihn festhalten. Ich bin immer noch richtig krank und mein Körper schmerzt, und doch habe ich das Gefühl, dass ich das beste Geschenk der Welt erhalten habe.

13. Kapitel

John

»Jemand hat geredet.« Scottie klingt grimmig, aber resigniert.

Ich halte mein Handy fest umklammert, lasse mich auf die Couch sinken und reibe mir mit einer Hand übers Gesicht. Seit ich Stella zuletzt gesehen habe, sind zwei Tage vergangen. Als sie eindeutig auf dem Weg der Besserung war, hatte ich keine Entschuldigung mehr, bei ihr zu bleiben. Außerdem war ich mir nicht hundertprozentig sicher, dass sie mich noch bei sich haben wollen würde, wenn sie wieder gesund ist. Die kranke Stella war bedürftig. Die gesunde Stella wird wieder unanhängig sein und mich nicht besonders mögen.

Das ist alles Schwachsinn. Die Wahrheit lautet, dass ich nicht bei ihr bleiben wollte, weil sie irgendwann vermutlich wieder fit genug sein würde, um Fragen zu stellen. Zum Beispiel würde sie sicher wissen wollen, warum ich wegen sexuell übertragbarer Krankheiten ausgeflippt bin. Und warum ich darauf bestanden habe, dass Stern Stella fragt, ob sie bereit wäre, sich testen zu lassen, auch wenn ich darüber aufgeklärt wurde, dass die Wahrscheinlichkeit einer Ansteckung gleich null ist.

Verdammt, mittlerweile wird sie ihre Ergebnisse bekommen haben. Dr. Stern war der Meinung, dass Stella eine Streptokokkeninfektion hatte, und hat sie mit einem Antibiotikum behandelt. Logisch betrachtet verstehe ich, dass mir Dr. Stern die Wahrheit gesagt hat, als sie meinte, dass sich Stella nicht durch einen Kuss angesteckt haben könne. Aber ich kann mich nicht beruhigen, bis ich es mit Sicherheit weiß.

Und selbst wenn Stella noch nichts von Dr. Stern gehört hat, wird sie nun alles darüber wissen. Es wird überall in den Nachrichten breitgetreten. Genau wie ich es vorhergesagt hatte. Jax Blackwood hat es mal wieder ordentlich versaut. Er kann sich einfach nicht zusammenreißen. Er ist eine männliche Schlampe, die sich durch das viele Vögeln eine sexuell übertragbare Krankheit zugezogen und unschuldige Frauen angesteckt hat.

Ich schnaube. Die Presse ist den Frauen, mit denen ich etwas hatte, eindeutig nie begegnet. Keine einzige von ihnen war unschuldig oder wurde zu irgendetwas gezwungen. Aber daraus kann man keine guten Schlagzeilen machen.

Gott, wie wird mich Stella anschauen? Mein Magen verkrampft sich.

»Jax? Bist du noch dran, Kumpel?«

Ich reiße mich aus meiner Benommenheit und stelle das Handy auf laut. »Ja. Jemand hat geredet. Wir wussten, dass das irgendwann passieren würde.«

Meine Gedanken wandern wieder zu Stella. Sollte ich ihr eine SMS schreiben? Oder über die Mauer auf der Dachterrasse klettern und sie besuchen?

Scottie räuspert sich. »Hast du irgendeine Ahnung, wer das gewesen sein könnte?«

»Spielt das eine Rolle? Es ist jetzt öffentlich. Das lässt sich nicht rückgängig machen.«

»Verdammt, Jax, hörst du mir überhaupt zu? Nie nimmst du etwas ernst …«

»Schwachsinn«, schnauze ich, denn ich habe langsam wirklich genug. »Ich mache Witze oder spiele die Situation herunter, weil ich so nun einmal Dinge verarbeite. Und ja, ich bin so vergesslich, dass es nerven kann. Mich nervt es auch, dass ich mich nicht länger auf etwas konzentrieren kann. Ich soll Listen schreiben, um alles im Blick zu behalten, doch das funktioniert leider nicht, wenn ich nicht mal daran denken kann, überhaupt erst eine Liste zu machen. Aber das alles bedeutet nicht, dass mir das egal ist, Scottie. Es bedeutet nur, dass ich nicht besonders gut darin bin, meine Sorge zu zeigen.«

Er schweigt, und ich weiß, dass er überlegt, wie er am besten mit mir umgehen soll. Ach, Scottie. Er ist so durchschaubar.

»Du hast recht«, sagt er schließlich. »Ich entschuldige mich.«

Tja, jetzt hat er mich doch endlich erwischt. Das habe ich nicht kommen sehen. Ich sollte mich bestätigt fühlen, doch stattdessen fühle ich mich unwohl. »Vergiss es, Mann.«

»Ich habe mich wie ein Arschloch benommen, Jax. Das wissen wir beide.«

Ich kämpfe gegen ein Lächeln an. »Schön. Du bist ein Arschloch. Ich bin froh, dass wir das endlich akzeptieren können.«

Er brummt und räuspert sich dann wieder. »Wie geht es Ms Grey? Ich habe gehört, dass sie krank war.«

Natürlich hat er das gehört, und nun zieht er daraus seine Schlüsse. Allerdings liegt er einmal mehr falsch.

»Es war nicht Stella.«

»Woher weißt du das?« Er klingt eher neugierig als anklagend.

»Weil ich sie kenne.« Ich werfe einen Blick zur Dachterrasse. Sonnenlicht scheint hell auf die Scheibe und schmerzt in meinen Augen. Ich zwicke mir in den Nasenrücken. »Stella redet nicht. Sie rechnet mit den Leuten ab.«

Scottie lacht kurz. »Du klingst angesichts dieser Aussichten erstaunlich begeistert.«

Er hat ja keine Ahnung.

»Ich bin noch nicht vor die Tür gegangen«, sage ich. »Aber ich glaube nicht, dass momentan jemand weiß, wo ich bin.« Ich habe noch nie jemanden, der nicht zu meinem Freundeskreis gehörte, mit in diese Wohnung gebracht. Und ich könnte mich in jeder Stadt auf der Welt aufhalten.

»Trotzdem habe ich Bruce damit beauftragt, vor deinem Wohnhaus Position zu beziehen.«

Wir haben ein paar Leibwächter, die auf öffentlichen Veranstaltungen für uns arbeiten. Aber wir benutzen sie selten in unserem Alltag. Wer will schon so leben? Außerdem kann ich mich ganz gut selbst verteidigen. Daran erinnere ich Scottie jetzt.

»Natürlich kannst du das.« Er klingt nicht so aufrichtig, wie er sollte, das Arschloch.

»Allerdings sollte dich jemand im Auge behalten, nur für den Fall, dass es zu einem Problem mit einer wütenden Meute kommt. Bruce stand zur Verfügung. Keine Sorge, er wird nicht auffallen.«

Ich schnaube. »Scottie, er ist ein Leibwächter namens Bruce Lee, der dem Meister Bruce Lee sehr ähnlich sieht. Er zieht schon durch seine bloße Existenz Aufmerksamkeit auf sich.«

»Fairerweise muss man sagen, dass nicht sein Name die Aufmerksamkeit fremder Leute auf ihn zieht«, antwortet Scottie trocken. »Es ist ja nicht so, als würde er ein T-Shirt tragen, auf dem steht: ›Hallo, mein Name ist Bruce Lee‹.«

Ich lache. »Ich hätte ihm eins machen sollen.«

»Ich wette, dass ihm das gefallen würde«, stellt Scottie fest.

»Ich setze es auf meine Liste.« Mein Grinsen verblasst. »Ernsthaft, mir gefällt nicht, dass er da draußen sitzt und Däumchen dreht. Das ist unnötig und lächerlich.«

Eigentlich ist Bruce einer meiner Lieblingsleibwächter.

Er ist verflucht witzig und hat mir einiges beigebracht, was Kampfkünste angeht. Killian und ich haben jahrelang seine Kurse besucht, bevor Scottie ihn als Teilzeitleibwächter einstellte.

»Er bleibt. Stell dich darauf ein, für eine Weile einen Schatten zu haben.«

»Auf gar keinen Fall.« Ich setze mich aufrechter hin. »Ich meine es ernst. Wenn ich mitbekomme, wie mich einer der Jungs verfolgt, werde ich ihn nach Hause schicken. Und versuch jetzt deswegen ja nicht, den Manager zu spielen.«

Wieder schlägt mir Stille entgegen. Ich mache mir nicht die Mühe zu versuchen, sie zu füllen. Ich habe mich schon öfter mit Gabriel Scott angelegt, um zu sehen, wer als Erster nachgibt.

Schließlich höre ich ein langmütiges Seufzen. »Tu mir diesen kleinen Gefallen, Jax. Halte dich bedeckt. Ich weiß nicht, wie viel du gesehen hast …«

»Ich habe genug gesehen«, falle ich ihm ins Wort. Genug, um bei mir Übelkeit hervorzurufen. Genug, um der Versuchung nachzugeben, zurück ins Bett zu gehen, wo ich die Welt komplett aussperren kann.

»Dann weißt du ja, dass du dich ruhig verhalten musst, bis wir eine Stellungnahme herausgeben können.«

Ich lache humorlos. »Es gibt keine gute Möglichkeit, diesen Mist anders zu verpacken.«

»Nein, die gibt es nicht.«

Seine tonlose Antwort sorgt dafür, dass ich zusammenzucke.

»Dann müssen wir es einfach aussitzen«, sage ich und kämpfe gegen den Drang an, mich zu übergeben.

»Versichere mir, dass du dich von deinen üblichen Lieblingsorten fernhalten wirst.«

»Herrgott, Gabriel. Hat dir der Schlafmangel den Verstand

geraubt? Du musst mir keinen Vortrag halten. Ich habe keine Lieblingsorte mehr. Mittlerweile bin ich ein verdammter Eremit.«

»Klar«, sagt er nach einer unangenehmen Pause. »Tja, dann ist meine Arbeit hier getan.«

Ich muss gegen meinen Willen lächeln, weil ich wirklich amüsiert bin. »Ja ... Das hat Spaß gemacht.«

»Du bist ein schrecklicher Lügner, John.«

»Komm mir nicht mit ›John‹.«

»Du bist mir doch auch gerade mit ›Gabriel‹ gekommen, oder etwa nicht?«

»Du verhältst dich schon wieder wie ein Arschloch.«

»Da wir gerade von Leuten reden, die dich John nennen ...«

»Ausgezeichnete Überleitung«, falle ich ihm ins Wort.

Scottie seufzt theatralisch, bevor er weiterspricht. »Hast du Ms Grey die Situation erklärt?«

Ich widerstehe dem Drang, mich zu winden. »Tratschen wir jetzt?«

»Ja.«

»Gott erbarme dich meiner.« Ich reibe mir die müden Augen und schließe sie.

»Hast du es ihr erklärt?«

»Nein«, bringe ich zwischen zusammengebissenen Zähnen hervor. »Ich war zu sehr damit beschäftigt, mich um sie zu kümmern, weil sie krank war.« Und du weißt schon, mich davor zu drücken.

»Du armer liebeskranker Trottel. Dich hat es ganz schön erwischt, Kumpel.« Er klingt so selbstgefällig, dass ich ernsthaft versucht bin, einfach aufzulegen.

»Was war dein erster Hinweis, Fred?«

»Fred?« Die Verwirrung in seiner Stimme entlockt mir ein Lachen.

»Von allen Mitgliedern der Bande, wärst du eindeutig derjenige, der eine Ascotkrawatte tragen würde, also ja, Fred.«

Scottie lacht schnaubend. »Ich bin versucht zu sagen, dass du Shaggy wärst, aber du bist eher die Daphne der Gruppe.«

»Fred steht auf Daphne«, argumentiere ich.

»Diese Unterhaltung hat sich in eine seltsame Richtung entwickelt, und ich bekomme davon Kopfschmerzen.«

»Und nun ist meine Arbeit hier getan«, verkünde ich stolz.

Ich kann mir vorstellen, wie er die Augen verdreht.

»Aus persönlicher Erfahrung«, sagt er und kommt wieder zum eigentlichen Thema zurück, »kann ich dir nur raten, ehrlich zu Ms Grey zu sein. Sie wird sicher Fragen haben …«

»Scottie, Mann, ich bin nicht mit Stella zusammen. Wir sind nur … Ich weiß nicht mal, was wir sind. Aber ich versuche nicht, sie ins Bett zu bekommen.«

»Lügen machen meine Kopfschmerzen schlimmer«, murmelt er. »Ich weiß nicht, warum du dir mir gegenüber so viel Mühe machst, es zu verheimlichen.«

»Ich bin ein wandelndes abschreckendes Wrack«, sage ich und werde nun langsam wütend. »Das macht mich nicht gerade zu einem guten potenziellen festen Freund.«

»Die Tatsache, dass du gerade den Ausdruck ›fester Freund‹ benutzt hast, verrät mir alles, was ich wissen muss«, sagt Scottie. »Reiß dich zusammen und rede mit der Frau. Oh, und wir kommen heute alle zum Abendessen vorbei.«

Damit legt Scottie auf. Da er bei Telefonaten mit mir oft einfach so auflegt, wenn er mit der Unterhaltung fertig ist, nehme ich es nicht persönlich. Nur dass ich jetzt allein mit der Stille bin. Soll ich mit Stella reden? Ich fühle mich wie ein Kind, das zum Schuldirektor muss und am liebsten in die entgegengesetzte Richtung laufen würde. Dieses Kind will nach unten gehen und stattdessen Zeit mit Bruce verbringen.

»Mist.« Ich fahre mir mit einer Hand durchs Haar und massiere meinen Nacken. Ich weiß, was ich zu tun habe. Ich muss mit Stella reden und sie warnen, sich von mir fernzuhalten, solange ich noch die Kraft habe, sie gehen zu lassen. Denn eine Sache verstehe ich nur zu gut: Ich schaffe es immer, Menschen, die mir wichtig sind, zu enttäuschen, und ich will nicht noch eine weitere Person in Stellas Leben sein, die sie enttäuscht.

Stella

Wenn man krank ist, lässt man sich irgendwie einfach treiben. Schließlich kann man nicht protestieren. Die ganze Welt schrumpft darauf zusammen, wie schlecht man sich fühlt und wie man sich besser fühlen kann. In dieser verschwommenen Realität dachte ich nicht wirklich über die Tatsache nach, dass John immer noch bei mir war. Aber jetzt bin ich wieder gesund und denke darüber nach. Sehr viel.

Er hat sich um mich gekümmert. Besser als jeder andere seit dem Tod meiner Mutter. Das Wissen sorgt dafür, dass mir ganz warm ums Herz wird. Ich schulde ihm etwas. Ich vermisse ihn.

Es mag mir körperlich erbärmlich gegangen sein, als er hier war, aber ich habe mich in seiner Gegenwart absolut wohlgefühlt. Sogar glücklich. Was bizarr ist, wenn man bedenkt, was für heftige Schmerzen ich hatte.

Aber jetzt ist er weg. Er ist schon seit Tagen weg, und ich habe keinen Ton von meinem freundlichen Rockstar nebenan gehört. Das ist beunruhigend. Wie kann er erst so vollkommen aufmerksam und dann plötzlich komplett verschwunden sein? Habe ich ihn irgendwie beleidigt? War er nur aus Mitleid bei mir?

Ich will es fast nicht wissen. Wenn es Mitleid gewesen wäre, würde es mich umbringen. Aber ich schicke ihm trotzdem Textnachrichten.

Er reagiert nicht darauf. Und weil ich offensichtlich eine totale Masochistin bin, rufe ich ihn auch noch an. Ich lande direkt auf der Mailbox.

»Ich schätze, das war's«, murmle ich und werfe mein Handy auf die Küchentheke. Schmerz dringt in meine Brust. Es ist ein hässlicher, klebriger Klumpen, den ich nicht abschütteln kann. Er folgt mir den ganzen Tag.

Ich bin schon fast so weit, dass ich wieder sauer bin. Doch dann erinnere ich mich daran, wie er mich gehalten, meine Bettwäsche gewechselt und mir Lieder vorgesungen hat. Er war voll und ganz für mich da. John ist vieles – er ist auf keinen Fall perfekt –, aber er ist bestimmt nicht grausam. Er würde auf meine Textnachrichten und Anrufe reagieren.

Plötzlich wird mir eiskalt. Etwas stimmt nicht, und ich habe Tage damit verbracht zu schmollen, obwohl ich objektiv hätte denken sollen. Seit er hier war, sind Tage vergangen.

Ohne weiter darüber nachzudenken, laufe ich zur Dachterrasse und springe über die Mauer. Als ich an die Glastür hämmere, reagiert niemand. Ich sollte wieder nach Hause gehen, aber das kann ich nicht. Nicht wenn mich meine Instinkte anschreien weiterzumachen.

Die Tür ist nicht verschlossen. Ich sollte wirklich mal mit ihm über vernünftige Sicherheitsmaßnahmen reden. Aber wenigstens bin ich jetzt in der Wohnung.

»John?« Ich schleiche durchs Wohnzimmer. Mein Herz pocht so heftig, dass es unangenehm ist. Ich will keine Angst haben oder mich mit finsteren Gedanken beschäftigen. Ich will mir nicht diese Art von Sorgen um ihn machen. Aber das tue ich.

In der Wohnung herrscht eine Atmosphäre, als wäre sie länger nicht bewohnt gewesen, als wäre er fort. Vielleicht ist er irgendwo hingegangen. Er ist nicht verpflichtet, mich über sein Kommen und Gehen zu informieren. Aber ich habe vorhin Musik gehört, also weiß ich, dass jemand hier gewesen ist.

Wieder huscht kalte Angst prickelnd über meine Haut.

»John?«, rufe ich jetzt lauter.

Aus dem oberen Bereich der Wohnung ertönt ein Knarren, und dann höre ich Johns Stimme, die rau, mürrisch und verwirrt klingt. »Stella?«

Ich sollte höflich sein und darauf warten, dass er zu mir kommt. Immerhin bin ich in seine Wohnung eingedrungen. Schon wieder. Aber ich eile die Treppe hinauf. Ich muss ihn einfach sehen und wissen, dass es ihm gut geht. »Bist du angezogen?«, rufe ich, als ich in die Nähe seines Schafzimmers komme.

Ein weiteres Knarren ertönt, so als würde er sich auf seinem Bett bewegen. »Herrgott, ich bin nicht nackt, falls du das wissen willst.« Nach einer langen Pause fügt er hinzu: »Aber ich könnte es sein.«

Erleichterung durchflutet meinen Körper, als ich seine Stimme und seine vertrauten Neckereien höre.

»Ich wollte dich nur warnen, dass ich hochkomme«, rufe ich zurück und schwöre, dass ich hören kann, wie er »Nervensäge« murmelt.

Mit lauterer Stimme ruft er zurück. »Du musst mich nicht warnen.«

Er stichelt wie immer, aber ihm fehlt der übliche Elan. Seine Schafzimmertür steht halb offen, und ich zwänge mich hinein.

Im Zimmer ist es düster. Die Vorhänge sind zugezogen, um das Tageslicht auszusperren. John liegt ausgestreckt auf einem großen Bett und starrt an die Decke, obwohl er eindeutig weiß, dass ich hier bin. Ich verlangsame meine Schritte und schaue mich um, weil ich nicht erwartet hätte, dass Johns Schlafzimmer so aussieht.

Samtige schwarze Wände, schwere dazu passende Vorhänge, polierte Holzmöbel und Ölgemälde in vergoldeten Rahmen – es ist, als wäre man von New York direkt in ein englisches Landhaus gestolpert, nur dass die Einrichtung hier ein wenig provokanter ist.

»Tja«, sage ich und streiche mit einem Finger über einen tabakfarbenen Ohrensessel aus Leder, der vor einem schwarzen Marmorkamin steht. »Das ist gemütlich.«

John schnaubt, starrt aber weiter an die Decke. »Killian bezeichnet es als Alte-Damen-Einrichtung.«

Das trifft es. Aber auf eine nette »Ich stamme von altem Geldadel ab«-Art. »Es erinnert sehr an *Downton Abbey*. Mit einem Schuss *Addams Family*.«

Nun schaut John zu mir und beobachtet meine Bewegungen. Er trägt eine graue Freizeithose und ein abgetragenes olivgrünes T-Shirt. Dichte Stoppeln bedecken sein Kinn, aber er wirkt recht sauber. Wir haben einander tagelang nicht gesehen, und ich habe ihn vermisst. Auch wenn er mir jetzt diesen seltsamen, entrückten Blick zuwirft, habe ich ihn vermisst.

Ich könnte mich belügen und behaupten, dass mir nicht klar gewesen ist, wie sehr ich ihn vermisst habe. Aber ich weiß es besser. Ich habe ihn vermisst, sobald er mein Bett verlassen hatte. Ich wollte ihn anflehen, zu bleiben und Zeit mit mir zu verbringen. Und zwar nicht, weil er sich dazu verpflichtet fühlte, sich um mich zu kümmern, sondern weil er in meiner Nähe sein wollte.

»Ein Großteil der Einrichtung hat meiner Großmutter gehört«, sagt er. »Ich weiß nicht, es erinnert mich an meine Kindheit.«

Das Zuhause meiner Kindheit war mit abgenutzten IKEA-Möbeln und Sperrmüllfundstücken möbliert. Es hatte nichts Heimeliges an sich, und ich habe nicht versucht, es nachzuahmen. Ich würde lieber in Johns vergoldeter Nostalgie leben. Ich habe eine kurze Fantasie, in der es darum geht, dass ich Scones esse und Tee trinke und John die Rolle des scharfen Herzogs spielt.

»Du hasst es.« Johns Stimme sorgt dafür, dass ich zu ihm schaue.

Seine Miene ist neutral, so als hätte er einfach eine bestens bekannte Tatsache geäußert und als würde er keine Erwiderung erwarten. Aber er ist zu still, und ich weiß, dass er meine Meinung hören will.

»Soll ich ehrlich sein? Ich will es mir hier gemütlich machen und lesen und hoffen, dass ein weiterer Schneesturm über die Stadt hereinbricht, damit ich den Kamin anmachen kann.«

Sein Lächeln ist schwach. Das hätte ich nicht erwartet. Normalerweise strahlt in ihm ein so helles inneres Licht, dass es manchmal schwierig ist, ihn direkt anzuschauen. Aber nun, da dieses Licht gedämpft ist, will ich es zurückhaben.

Ich nähere mich dem Rand seines Betts. Es ist hoch genug, dass ich mich recken muss, um bequem eine Hand darauf legen zu können. Die Bettdecke aus Kaschmir ist dunkelgrau und blau kariert. Das ist nicht mein Stil, aber sie fühlt sich unter meinen Fingerspitzen weich und üppig an. »Was ist los?«, frage ich ihn. »Bist du krank?«

Er wendet den Blick ab. »Nein. Nur müde. Ich dachte, ich mache ein Nickerchen.«

Für ein gutes Nickerchen bin ich immer zu haben, aber John sieht aus, als wäre er schon seit einer Weile hier. Auf seinem Nachttisch stehen ein paar schmutzige Schüsseln und Gläser, und das ganze Zimmer strahlt eine bewohnte Atmosphäre aus, die in direktem Gegensatz zu dem leeren Gefühl in der unteren Etage steht.

Wenn ich nicht bereits wüsste, dass John schon mal mit einer Depression zu tun hatte, würde ich diesem Anblick vielleicht wenig Bedeutung zumessen. Aber jetzt bin ich alarmiert.

»Wie lange dauert dieses Nickerchen schon?«

Er starrt mich finster an. »Was soll das? Warum bist du überhaupt hier?«

Ich ignoriere den schmerzhaften verbalen Schlag, weil ich Abwehr- und Ausweichverhalten erkenne, wenn ich es sehe. »Ich wollte dir dafür danken, dass du dich um mich gekümmert hast. Aber du hast nicht auf meine Anrufe oder SMS reagiert.«

»Du musst mir nicht danken. Es war mir ein Vergnügen.« In seiner Miene liegt reine Aufrichtigkeit, aber sein Tonfall bleibt auf schreckliche Weise flach und leblos.

»Ich habe mir Sorgen um dich gemacht«, gestehe ich.

Oh, das gefällt ihm gar nicht. »Ich bin ein erwachsener Mann, Stella-Knöpfchen. Du musst dir keine Sorgen um mich machen. Es geht mir gut.«

»Wenn es dir gut geht, dann solltest du vielleicht aufstehen, oder? Und duschen gehen.«

Sein Mundwinkel zuckt. »Willst du damit sagen, dass ich stinke?«

Eigentlich stinkt er nicht. Jedenfalls fällt es mir dort, wo ich stehe, nicht auf. Aber seine allgemeine Teilnahmslosigkeit beunruhigt mich. Ich stehe neben seinem Bett, und er hat nicht mal versucht, sich aufzusetzen. Er liegt einfach wie festgewachsen da.

»Das wird deinen Kreislauf in Schwung bringen«, sage ich und stupse sein Knie an.

John blinzelt zur Decke hinauf. »Ich werde bald aufstehen.«
Als ich ihn einfach nur anstarre, hebt er den Kopf und schaut mich über seine elegante Nase hinweg an. »Es geht mir gut, Stella. Wie du sehen kannst, habe ich mir keine Verletzungen zugefügt oder was auch immer du sonst befürchtet hast.«

Er klingt genervt, aber ich kann die Verlegenheit hören, die er zu verbergen versucht. Ich verstehe, warum es ihn nervt, dass die Leute immer gleich vom Schlimmsten ausgehen, wenn er nicht auf ihre Anrufe reagiert. Aber ich fühle mich nicht im Entferntesten schuldig. Er ist zu wichtig, und ich weigere mich, Rücksicht auf seine Gefühle zu nehmen, wenn das bedeutet, dass seine Sicherheit gefährdet ist.

Ich halte meine Stimme unbeschwert. »War ich auch so mürrisch, als ich krank war? Ich kann mich nicht erinnern.«

Er verdreht nicht die Augen, aber er ist nah dran. »Du warst schlimmer. Andererseits warst du wirklich krank. Ich bin es nicht. Wenn du also nur vorbeigekommen bist, um nach mir zu sehen, kannst du jetzt wieder gehen.«

Die Endgültigkeit in seinem Tonfall lässt keinen Widerspruch zu. Aber er starrt mich an und fordert mich damit förmlich heraus, so als wollte er sagen, dass ich es ruhig wagen soll zu bleiben. Und dann wird mir klar, dass er trotz seiner Verärgerung und trotz der Tatsache, dass er mich eindeutig ködert, nicht allein sein will.

»Wenn du nicht aufstehen willst, dann rück zur Seite.«

John zieht die Augenbrauchen hoch. »Was?«

»Du hast mich schon verstanden. Diese ganzen Sorgen, dass du dich verletzen könntest, während du nackt Gitarre spielst, haben mich erschöpft. Ich brauche ebenfalls ein Nickerchen. Mach Platz.«

Sein Lächeln ist klein und schief, aber er tut, was ich verlange, und macht mir Platz. Dann stützt er seinen Kopf auf seine Hand und sieht zu, wie ich auf das Bett klettere. Ich habe Mühe hinaufzugelangen.

»Herrgott. Hast du dieses Bett von einem Mitglied der Königsfamilie geerbt oder so? Vielleicht von der Prinzessin auf der Erbse?« Sein Bett ist wie eine perfekte Wolke, vollkommen luxuriös und mit einer butterweichen Decke ausgestattet. Ich verspüre tatsächlich den Drang, mich einzukuscheln und den Tag zu verschlafen.

John kichert. »Tut mir leid, dass ich dich enttäuschen muss, aber es ist neu.«

Mit einem Seufzen lasse ich den Kopf auf ein Kissen sinken und schaue ihn an. Obwohl wir uns nicht berühren, sind wir einander nah genug, dass ich die Wärme seines Körpers spüren kann. »Ich dachte, Killians Bett wäre toll, aber das hier ist noch mal eine ganz andere Dimension von bequem.«

John zieht ruckartig die Brauen zusammen. »Kannst du den Ort, an dem du derzeit schläfst, nicht als Killians Bett bezeichnen?«

Ich verdrehe die Augen. »Meinetwegen. Killians und Libertys Gästebett. Ist das besser?«

»Ja.«

Ich muss lächeln. »Du hast gerade ein bisschen eifersüchtig geklungen, weißt du das?«

So dicht bei ihm zu liegen, wenn ich nicht krank bin, fühlt sich seltsam an. Seine Größe ist mir sehr bewusst. Er ist so viel größer als ich. Außerdem nehme ich den Duft seines Atems wahr, der ein wenig nach Earl Grey und Zitronen riecht. Und mir ist bewusst, wie er mich mit seinen grünen Augen anschaut, als wäre ich das Einzige, was er sieht.

»Du hast recht«, sagt er leichthin. »Ich dachte, das wäre ziemlich offensichtlich, Stella-Knöpfchen.«

Wir sind näher aneinandergerückt. Unsere Unterarme berühren sich. Seine Haut ist warm, und die sanfte Reibung an meiner Haut sorgt dafür, dass sich die winzigen Härchen an meinem Arm aufrichten.

»Dass ich immer recht habe?«, kontere ich und necke ihn, weil ich Angst vor dem habe, was ich über mich enthüllen könnte. »Ich bin froh, dass du es endlich zugibst.«

»Du hast ein Talent dafür, mich absichtlich misszuverstehen.« Seine Miene ist liebevoll und ein wenig zärtlich, als er eine Hand ausstreckt und meine Nasenspitze berührt. »Ich werde es nicht noch mal versuchen«, flüstert er heiser. »Nie wieder.«

Ich verspüre einen Kloß im Hals. »Ich frage dich, ob es dir gut geht, weil du mir wichtig bist. Aber du musst mich nicht beruhigen. Oder irgendjemanden zufriedenstellen. Du hast nichts falsch gemacht, John.«

Er atmet scharf aus, und meine Finger finden seine. Ohne zu zögern, dreht er seine Handfläche nach oben und verschränkt seine Finger mit meinen. Mit dem Daumen beschreibt er einen langsamen Kreis über meine Knöchel.

Meine Stimme ist wie ein Geist zwischen uns. »Willst du wissen, warum ich hergekommen bin, um nach dir zu sehen?«

Er richtet seine ganze Aufmerksamkeit auf mich. »Erzähl es mir.«

Er streichelt immer noch sanft meine Hand, die weiche Haut auf der Rückseite, die empfindlichen Kanten meines Handgelenks und die Stellen zwischen den Knöcheln. In diesem Moment fühle ich mich sehr zerbrechlich, so als könnte er mich zerstören, falls er mich zu fest berührt – oder mich loslässt.

Ich wende den Blick nicht ab. »Ich habe dich vermisst.«

Er zieht die Finger zusammen und drückt meine Hand. »Ich habe dich auch vermisst, Knöpfchen. Ich war nur …« Er schüt-

245

telt den Kopf. »Ehrlich gesagt weiß ich nicht, warum ich nicht reagiert habe.«

Aber ich denke, dass ich es weiß. Denn wenn ich niedergeschlagen bin, will ich nicht diejenige sein, die nach Gesellschaft sucht. Ich will, dass mich jemand findet und mir sagt, dass ich gewollt und gebraucht werde. Und wenn das nicht passiert, werde ich noch niedergeschlagener. Vielleicht ist John in dieser Hinsicht anders, aber irgendwie bezweifle ich das.

Ich schlucke heftig. »Ich dachte … Ich hatte das Gefühl, dass die Welt momentan ein wenig zu dunkel und zu schwer für dich sein könnte. Dass du vielleicht eine Umarmung gebrauchen könntest.«

Mein Geständnis scheint über ihn hinwegzuspülen, und er zuckt zusammen und schließt die Augen, als würde er daran denken, sich abzuwenden. Ich will seine Hand so dringend umklammern und ihn festhalten. Aber ich tue es nicht. Diese Entscheidung liegt nicht bei mir.

Seine Augen schimmern ein wenig zu sehr, als er sie wieder öffnet und mich anschaut. Der Schmerz darin raubt mir den Atem.

»Die brauche ich«, keucht er. »Ich brauche …«

Ich öffne meine Arme für ihn. Zitternd schmiegt er sich an mich und legt den Kopf auf die Wölbung meiner Brüste. Den Arm schlingt er um meine Taille und zieht mich an sich. Unsere Beine verwickeln sich, als wir näher aneinanderrücken. John seufzt, und sein Körper verschmilzt förmlich mit meinem. Ich streiche mit einer Hand durch sein Haar und murmle unsinnige Laute.

»Verdammt, Stella … Es tut weh, und ich weiß nicht, wie …« Sein Körper verkrampft sich, als würde er sich allein mit der Kraft seines Geistes dazu zwingen, nicht die Kontrolle zu verlieren.

»Ich weiß, Schätzchen.« Ich streichle die Wölbung, an der sein Hals in seine Schulter übergeht. Seine festen Muskeln fühlen sich unter der seidigen Haut an wie Stahl.

Er schluckt hörbar. »Es kommt und geht. Ich fühle mich, als könnte ich Bäume ausreißen, und dann verschwindet dieses Gefühl plötzlich.« Die Wärme seines Atmens weht über meine Brüste. »Meine Therapeutin hat mich gewarnt. Sie meinte, es sei ein Ausdauerlauf. Man muss es durchstehen. Man bewegt sich immer weiter vorwärts. Aber an manchen Tagen, Stella … An manchen Tagen bin ich einfach so verdammt müde.«

»Dann ruh dich aus«, flüstere ich. »Ruh dich mit mir aus. Lass mich der Ort sein, an den du für eine Weile deinen Kopf bettest.«

Er erstarrt. Seine Wange ist fest auf meine Brust gepresst. »Ich will dein Mitleid nicht.«

Nein, er will Bestätigung. Das verstehe ich. »Ich bemitleide dich nicht. Das hier ist etwas, das ich für die Menschen tue, die mir wichtig sind.«

Ich wünschte, ich hätte bessere Worte für ihn, eine bessere Methode, ihn zu trösten. Aber er ist der Poet, nicht ich. Ich kann ihn nur festhalten und hoffen, dass es hilft.

Die Steifheit seines Körpers lässt ein wenig nach, aber er bleibt vollkommen reglos. »Ich bin dir wichtig?«

»Natürlich bist du das.« Meine Wangen erröten. Wir sind einander so lange an die Gurgel gegangen, dass es sich unangenehm anfühlt, über Gefühle zu reden. »Ich würde gerne denken, dass wir mittlerweile Freunde sind. Siehst du das nicht auch so?«

»Freunde«, wiederholt er leise. Doch als ich zucke, weil mir sein Mangel an Begeisterung wirklich peinlich ist, hält er mich fest. »Wir sind Freunde, Stella. Das sind wir schon immer gewesen, selbst als es dir noch nicht klar war.«

Der Vorwurf in seinem Tonfall entgeht mir nicht. Er entlockt mir jedoch nur ein Lächeln. »Okay.«

»Okay«, stimmt er zu.

Wir verfallen in ein unverbindliches Schweigen. Ich spiele mit seinem Haar und fahre mit den Fingern hindurch, und er entspannt sich langsam an meinem Körper. Das Wissen, dass ich ihm geholfen habe, sich auch nur ein bisschen besser zu fühlen, ist befriedigend. Aber ich kann nicht aufhören, an den Zustand zu denken, in dem ich ihn gefunden habe. »John?«

»Hmm?« Er ist jetzt ganz entspannt und warm.

Ich hasse die Tatsache, dass ich diesen Zustand ruinieren könnte, aber ich muss die Frage stellen. »Heute ist Dienstag.« Sofort verspannt er sich. Schuldgefühle nagen an mir. Ich streichle weiter sein Haar und befürchte, dass er sich zurückziehen könnte. »Dienstags hast du doch immer deinen Termin bei Dr. Allen, oder?«

John schiebt den Kopf tiefer in meine Schulterbeuge. »Das habe ich vergessen.«

»John …«

»Ich schwöre, ich hab's vergessen«, sagt er nun nachdrücklicher. Er krallt seine langen Finger um die Wölbung meiner Hüfte und hält sich an mir fest. »Ich weiß, dass das total schwachsinnig klingt, aber ich vergesse Dinge. Vor allem wenn ich niedergeschlagen bin.«

»Ich glaube dir«, sage ich sanft. »Aber ist es nicht gerade besonders wichtig, dich an deine Termine zu erinnern, wenn du niedergeschlagen bist?«

Ich kann sein Gesicht nicht sehen, aber irgendwie weiß ich, dass er finster dreinblickt. Ich merke es an der gebeugten Haltung seines Nackens und seinen zu Fäusten geballten Händen.

»Ich soll Listen schreiben«, brummt er an meiner Brust. Dann lacht er kurz und humorlos auf. »Das ist allerdings ziemlich schwer, wenn ich ebenfalls vergesse, die verdammten Listen zu schreiben.«

»Das stimmt.« Ich verkneife mir ein zärtliches Lächeln. »Ich könnte dir helfen, weißt du? Dich daran erinnern, dass du …«

»Nein«, fällt er mir sanft, aber bestimmt ins Wort. »Ich will nicht, dass du das tust, Knöpfchen. Ich will nicht, dass du mich so siehst. Als jemanden, den man betreuen muss. Als jemanden, den man in Ordnung bringen muss.«

»So sehe ich dich doch gar nicht«, widerspreche ich.

Dieses Mal ist John derjenige, der mich beruhigt, indem er mit langsamen, kreisenden Bewegungen über meine Hüfte reibt. »Ich weiß, Liebes. Aber es gibt Dinge, von denen ich lernen muss, sie allein zu erledigen. Bitte.«

Jegliche Kampfeslust verlässt mich. Er hat recht. Und Stolz ist etwas sehr Mächtiges. Manchmal ist er alles, was man noch hat. Ich kann nur tun, was er verlangt. »Also gut. Aber versprich mir bitte, dass du Dr. Allen anrufen wirst.«

In seiner Stimme liegt ein kleines Lächeln, als er erwidert: »Das werde ich.«

Er stupst meine Hand mit seinem Kopf an. Subtil ist er nicht gerade. Aber da ich es liebe, mit seinem seidigen Haar zu spielen, fahre ich nur zu gern wieder mit den Fingern durch die Strähnen.

Als er spricht, ist seine Stimme wie der Geist eines Geräuschs. »Killian war so wütend auf mich. Als ich es versucht habe. Ich meine, ich verstehe das …«

»Tut mir leid«, falle ich ihm schärfer als beabsichtigt ins Wort, »aber Killian kann sich verpissen.«

Johns Schultern zucken. »Herrgott, Stells«, sagt er mit einem heiseren Lachen, »halt dich nicht zurück.«

»Ich weiß, dass er dein Freund ist. Aber ich meine es ernst. Wenn er sich so verhält, kann er sich wirklich verpissen.«

Ich spüre, wie er lächelt, während er mich fester an sich drückt. »Es hat ihm Angst eingejagt, Knöpfchen. Es hat ihnen allen Angst eingejagt. Es hat uns alle auf eine Art verändert, über die ich nicht nachgedacht habe. Davor waren wir wie verwöhnte Kinder. Und dann wurde das Leben plötzlich ernst.«

Ich kann praktisch spüren, wie das Gewicht dieser Veränderung auf Johns Schultern lastet. Ich presse meine Lippen auf seinen Kopf. »Als ich fünf war, lief ich auf eine befahrene Straße und wurde beinahe von einem Auto erfasst. In der Sekunde, in der meine Mom mich erreichte, versetzte sie mir einen Schlag auf den Hintern und schrie mich an, weil ich so unvorsichtig gewesen war. Sie hatte sich fast zu Tode erschreckt und ihre Reaktion bestand darin, um sich zu schlagen.« Ich bewege meine Finger durch Johns Haar. »Und mir ist klar, dass sich deine Freunde deswegen so verhalten haben. Aber der ursprüngliche Schreck ist längst vorbei, John, und doch machst du dir deswegen immer noch Gedanken. Du versuchst immer noch, ihre Gefühle nicht zu verletzen.«

John seufzt. »Scheiße. Ich weiß. Offenbar kann ich nicht anders.«

»Weil du jemand bist, der Dinge in Ordnung bringen will.«

»Wohl kaum.«

»Doch, so ist es«, beharre ich sanft. »Du glättest die Wogen und versuchst, dafür zu sorgen, dass sich andere Menschen besser fühlen. Und nur weil du dabei eine Menge abfälliger Bemerkungen von dir gibst, ist es nicht weniger wahr.«

Zuneigung lässt seine Stimme wärmer klingen. »Genau wie du.«

In dieser Hinsicht ähneln wir uns. Das hätte ich bei unserer ersten Begegnung nicht gedacht, aber jetzt sehe ich es. Unsere Herangehensweisen unterscheiden sich, aber die Absicht dahinter ist die gleiche.

Mir fallen langsam die Augen zu, als er wieder spricht.

»Du riechst gut.« Johns Bemerkung weckt mich auf.

»Okay.«

»Was soll dieser Tonfall?«, fragt er und ist eindeutig belustigt.

Ich zucke mit den Schultern. »Es sollte selbstverständlich sein, dass ich gut rieche. Denn das Gegenteil würde bedeuten, dass ich schlecht rieche …«

»Was ein Problem wäre«, fügt er ernst hinzu.

Ich stupse seine Schulter an. »Das wäre so, als würde ich sagen: ›Hey John, sieh nur, du bist ganz sauber.‹«

Er lacht und erhebt sich. Seine Nase streift meinen Kiefer und sorgt dafür, dass mir Schauer über den Körper laufen. »Stella-Knöpfchen, du denkst zu viel.«

Ich kann nicht anders. Ich lasse meine Hand zu seiner Taille hinunterwandern. Er ist warm und fest. »Das ist besser, als zu wenig zu denken, oder?«

Er brummt bestätigend, und das Geräusch vibriert zwischen uns. Dann verlagert er seine Position und schmiegt seine Wange in meine Halsbeuge. »Lass mich meine Aussage von gerade eben weiter ausführen. Du riechst immer gut. Aber da ist dieser Duft, den ich nicht zuordnen kann …« Er atmet tief ein und dann langsam wieder aus, wodurch meine Haut ganz warm wird. »Er ist süß und sauber, aber beruhigend und irgendwie würzig. Er ist in deinem Haar und auf deiner Haut.« John streicht mit seiner großen Hand über meinen Arm. Seine schwieligen Finger sind rau, aber seine Berührung ist zärtlich. »Ich liebe diesen Duft. Und er macht mich verrückt, weil ich nicht weiß, was es ist.«

Herr im Himmel, die Art, wie er mich berührt. Es ist nur zärtliche Zuneigung, aber ich verbrenne innerlich.

Ich räuspere mich, doch meine Stimme klingt schwach, als

ich schließlich etwas erwidere. »Deine Ausführung ist definitiv besser als dein ursprünglicher Kommentar.«

John brummt wieder, und seine Lippen streifen mein Schlüsselbein. »Wirst du mir verraten, was es ist?«

Ich habe ehrlich keine Ahnung. Mir war nicht klar, dass ich einen speziellen Duft verströme. Außerdem lenken mich seine Lippen ab, die ganz leicht meinen Hals kitzeln. »Äh … mein Shampoo?«

Er gibt mir einen weiteren kleinen Kuss. Es ist eher eine Neckerei als eine Berührung. »Nein«, murmelt er leise und einlullend. »Der Duft ist auch in Killians Wohnung.« Er presst die Lippen gegen die Unterseite meines Kiefers. »Als hättest du dir jeden Zentimeter dieser Behausung zu eigen gemacht.«

Gott, die Art, wie er mich mit diesen kleinen Küssen erforscht, als könnte er nicht anders, fühlt sich zu gut an. Ich kann auch nicht anders. Ich streiche mit einer Hand langsam über seine schlanke Taille. Ich habe Mühe, der Unterhaltung zu folgen, und dann fällt es mir plötzlich ein. »Oh«, platzt es aus mir heraus. »Das ist Lavendel.«

John hält eine Sekunde lang inne. »Ich hasse Lavendel.«

»Moment. Du hasst meinen Geruch? Hör auf, dir zu widersprechen.«

Er seufzt. »Du suchst Streit, oder?« Er zwickt mich in die Seite. »Über den Grund dafür werden wir in einer Minute reden.«

Ich starre wütend auf seinen Kopf hinunter, obwohl er mich nicht sehen kann. Er ist zu sehr damit beschäftigt, an meinem Oberteil herumzuspielen und mit einem Finger über eine Falte im Stoff zu streichen.

Seine Stimme bleibt leise. »Ich bin mir ziemlich sicher, dass du mich vorhin verstanden hast, als ich gesagt habe, dass du gut riechst. Also kann es kein Lavendel sein. Ich hasse Lavendel wirklich abgrundtief. Ich hatte mal diese Assistentin – June. Sie liebte diesen Mist. Sie war der Meinung, dass der Geruch beruhigend sei, und verteilte überall Lavendelölstäbchen. Ich bekam davon entsetzliche Kopfschmerzen.«

Ich kann mir das Lächeln nicht verkneifen. »Es gibt einen großen Unterschied zwischen billigen ätherischen Ölen und der eigentlichen Pflanze. Ich habe auf der Dachterrasse, in meinem Schlafzimmer und im Wohnzimmer Lavendel in Blumentöpfen. Außerdem benutze ich Bündel davon, damit meine Kleidung frisch riecht.«

Er atmet tief ein und dann langsam wieder aus. Lustschauer jagen durch meinen Körper, und meine Haut prickelt.

Küss mich. Lass mich dich kosten. Ich brauche es. Die Worte stecken mir im Hals fest. Ich vibriere beinahe vor Begierde, und er spürt es. Er muss es spüren, weil er sich anspannt. Für eine heiße Sekunde rechne ich damit, dass er den Kopf heben und meinen Mund mit seinem finden wird. Doch er bewegt sich nicht. Stattdessen räuspert er sich.

»Danke, dass du hergekommen bist, um nach mir zu sehen«, sagt er.

Ich liege da, vergehe fast vor Lust und bin nicht sicher, was ich mit seinem förmlichen Tonfall oder der Tatsache, dass er aufgehört hat, meinen Körper zu erkunden, anfangen soll. »Natürlich«, sage ich und starre auf seinen gebeugten Kopf hinunter, der ihn so bezwungen wirken lässt. Was auch immer ihn quält, lastet immer noch auf ihm. »Willst du mir erzählen, was das Ganze ausgelöst hat?«

Die Muskeln in seinem Hals und seiner Schulter werden steinhart. Obwohl er sich nicht bewegt, kann ich spüren, wie sich jeder Zentimeter von ihm zurückzieht, als hätte sich eine gewaltige Wand zwischen uns geschoben. »Es war kein spezielles Ereignis. Es ist einfach passiert.«

Er lügt. Ich habe keine Ahnung, woher ich das weiß, ich weiß es einfach. Aber ich kann sein Vertrauen nicht erzwingen. Ich kann ihn nur unterstützen. »Weißt du, was wir meiner Meinung nach tun sollten?«

John verlagert erneut sein Gewicht und löst dadurch ein köstliches Zittern in meinem unteren Bauch aus, das ich geflissentlich ignoriere.

»Was sollten wir tun, Knöpfchen?« Sein neckender Tonfall ist zurück, aber er rückt von mir ab. So viel zum Sex. Vielleicht brauchte er nur ein wenig körperlichen Trost. Obwohl ich jetzt verdammt erregt bin, nehme ich ihm das nicht übel. Leute zu trösten ist meine Spezialität, und ich habe absolut kein Problem damit, John Trost zu spenden.

»Pizza bestellen und einen Film schauen.«

Das Bett bewegt sich kaum, als er sich auf den Rücken fallen und den Kopf in seine Hände sinken lässt. Sein Haar ist zerzaust, und er hat Ringe unter den Augen, aber er wirkt nicht mehr so verloren. »Wer sucht den Film aus?«

»Ich natürlich.«

Er wirft mir ein kurzes Lächeln zu. »Natürlich. Und womit wirst du mich foltern, kleine Minzeisdiebin?«

»Dafür sollte ich einen *Twilight*-Marathon auswählen.« Ich grinse böse, während John stöhnt. »Aber ich fühle mich großherzig. Ich entscheide mich für die *Herr der Ringe*-Trilogie.«

John starrt mich sehr lange mit offenem Mund an. Ein seltsamer Ausdruck huscht durch seine Augen. Dann lächelt er langsam. »Woher weißt du, dass das meine Lieblingsfilme sind? Das weiß niemand.«

Zufrieden streiche ich ihm eine Strähne seines widerspenstigen Haars aus der Stirn. »Weil wir einen fast schon unheimlich ähnlichen Geschmack haben, weißt du noch?«

Um seine Augenwinkel herum bilden sich kleine Fältchen,

als er sich nach unten beugt und mir einen flüchtigen, kleinen Kuss auf die Wange gibt. Damit rollt sich John herum und hievt sich vom Bett. Mit einem weiteren Ächzen hebt er die Arme über den Kopf, woraufhin sich seine drahtigen, festen Muskeln strecken und sein T-Shirt ein Stück nach oben rutscht. Ich erhasche einen Blick auf flache Bauchmuskeln und glatte Haut. »Weißt du, Stella«, sagt er, als er die Arme entspannt an die Seiten sinken lässt, »du bist wie Mary Poppins.«

»Mary Poppins?«, wiederhole ich und sehe zu, wie er ins Bad schlendert. »So was wie eine Gouvernante?«

Im Durchgang zum Bad hält er inne und schaut zu mir zurück. »Völlig ohne Fehler mit Haut und Haar.«

14. Kapitel

Stella

Am nächsten Morgen koche ich gerade Kaffee, als ich eine E-Mail von Dr. Stern erhalte. Zuerst beachte ich sie gar nicht richtig. Sie erinnert mich daran, mein Antibiotikum bis zum Ende zu nehmen und viel zu trinken. Das weiß ich alles selbst. Aber als ich den Rest ihres Berichts lese, gefriert mir das Blut in den Adern. Offensichtlich habe ich keine sexuell übertragbaren Krankheiten.

Ich erinnere mich daran, wie mich Dr. Stern fragte, ob ich eine komplette Untersuchung wolle, einschließlich eines Labortests auf sexuell übertragbare Krankheiten. Damals fand ich es sehr freundlich von ihr, dass sie so gründlich vorgehen wollte. Nun wundere ich mich jedoch darüber. Denn eine vergessene Erinnerung erwacht zum Leben. Sie meinte, John sei besorgt und wollte, dass ich diese Untersuchungen durchführen lasse. Es sei jedoch meine Entscheidung. Irgendein benebelter, ignoranter Teil von mir hoffte, dass das seine seltsame Art wäre sicherzustellen, dass wir beide gefahrlos Sex miteinander haben könnten. Aber John war offenbar »besorgt« – und jetzt frage ich mich, warum.

Warum hat sich John speziell deswegen Sorgen gemacht, dass ich eine sexuell übertragbare Krankheit haben könnte?

War das irgendein Schwachsinn, der ihm in den Sinn kam, weil er mich vor einer Weile noch für eine Escortdame hielt?

Wut braut sich in mir zusammen und kocht hoch. Aber dann denke ich daran, wie er zusammengekauert im Bett lag und sich geistig zu quälen schien. Er hält etwas vor mir geheim. Das wusste ich schon während unseres Filmmarathons. Ich konnte ihm die Anspannung ansehen, die sich immer wieder in seinen Nacken schlich. Auch sein Kiefer war angespannt, wenn seine Aufmerksamkeit nachließ. Ja, ich wusste, dass ihn tief im Inneren etwas beschäftigte, aber ich konnte ihn nicht dazu zwingen, mir davon zu erzählen.

Ich will John gerade eine SMS schreiben und ihn fragen, was … Ich weiß nicht, was ich ihn fragen will. Irgendwas. Ich brauche irgendeinen Hinweis, was hier vor sich geht. Doch dann bekomme ich eine Textnachricht von einer unbekannten Nummer.

Unbekannt: Hey, hier ist Brenna. Ich kümmere mich gerade ein wenig um die öffentliche Schadensbegrenzung. Da Sie Zeit mit Jax verbracht haben, könnte es sein, dass jemand zu Ihnen kommt, um Ihnen Fragen zu stellen. Falls das passiert, bleiben Sie einfach ruhig, sagen Sie ›Kein Kommentar‹ und verschwinden Sie.

»Was zum Teufel ist hier los?« Was in aller Welt hat Jax angestellt? Doch ich denke, dass ich es bereits weiß, und das Herz rutscht mir in die Hose.

Meine Finger fliegen nur so über das Handy, als ich Brenna antworte, damit sie mir keine weitere Nachricht schreibt.

Geht klar.

Ich brauche nur zwei Sekunden, um die Berichte zu finden. Dieses Mal zieht sich meine Brust fest zusammen. Wie sehr sie sich in sein Privatleben einmischen, um alles ans Licht zu zerren – ich bekomme Gänsehaut davon.

Eins ist klar: John hat mich angelogen. Wenn man jemandem eine so entscheidende Information vorenthält, ist das nichts anderes als eine Lüge. Er hat mich im Dunkeln gelassen.

»Verdammt.« Ich lege das Handy weg und starre durch das große Panoramafenster auf die fernen Gebäude hinaus, auf denen sich das Sonnenlicht spiegelt.

Ich habe auch gelogen. Ich empfinde mehr für John, als ich zugeben wollte. Vielleicht hätte ich ihm zu einem früheren Zeitpunkt noch den Rücken zukehren und einfach davongehen können. Bevor ich krank war, bevor ich in seine Wohnung eingedrungen bin und ihn im Gegenzug für seine Fürsorge tröstete. Jetzt kann ich mich nicht mehr einfach so abwenden.

Das jagt mir furchtbare Angst ein. Es heißt, dass es im Leben Augenblicke gibt, in denen einem klar wird, dass sich alles verändern wird. Bislang habe ich das nicht geglaubt. Ich habe nie viel von Veränderungen gehalten. Aber ich kann es nicht länger leugnen – John bedeutet mir etwas. Vielleicht bedeute ich ihm auch etwas. Oder vielleicht ist unsere Beziehung für ihn nur eine Ablenkung. Ich bin mir nicht sicher. Aber eins weiß ich: Wenn er irgendwann aus meinem Leben verschwindet, wird es wehtun.

Ich muss das für mich klären, bevor ich zu ihm rübergehe und etwas zu ihm sage. Momentan habe ich ohnehin keine Ahnung, was ich sagen sollte.

Ich habe niemanden, mit dem ich über John reden kann. Das wird mir schlagartig klar, als ich nach dem Handy greife, um zu wählen, und erkenne, dass ich gar nicht weiß, wen ich überhaupt anrufen will. Um genau zu sein, gibt es niemanden, den ich anrufen kann. Das schmerzt. Mehr als ich erwartet hätte. Ich habe Jahre damit verbracht, so zu tun, als wäre mein Leben voller Menschen und Freunde. Doch in Wahrheit habe ich mich abgeschottet und vollkommen isoliert. Ich brauchte niemanden, mit dem ich über Männer und persönliche Sorgen reden konnte, weil ich nie zuließ, dass mir jemand oder etwas zu sehr ans Herz wuchs.

Ich spüre einen Kloß im Hals, der anschwillt, bis ich heftig schlucken muss. Der Schmerz erstickt mich, bedrängt mich, und der Raum um mich herum fühlt sich plötzlich stickig an. Draußen wartet die Stadt auf mich. Sie ist ein endloser Fluss aus Bewegung und Menschen und Lärm.

Doch sobald ich draußen bin, zögere ich. Ich bin nicht in der Stimmung, herumzulaufen und mich treiben zu lassen.

Zehn Minuten später drängt sich eine freundliche, trockene Stimme, die vom jahrzehntelangen Rauchen ganz rau geworden ist, in mein Gegrübel. »Haben Sie in Ihrer Wohnung keine Dachterrasse, meine Liebe?«

Ich habe einen Ellbogen auf die Knie gestützt und das Kinn in meine Hand gelegt. Nun schaue ich auf. »Ich bin eher der Treppentyp«, sage ich zu Mrs Goldman.

Sie verzieht die roten Lippen zu einem schmalen, aber freundlichen Lächeln. »Ich bin auf der Lower East Side aufgewachsen. Auf der Treppe zu sitzen und in dem Wasserstrahl zu spielen, der aus dem Hydranten gespritzt kam, war ein großes Highlight meiner Kindheit.«

»Ich hätte gern im Wasserstrahl eines Hydranten gespielt«, sage ich.

Sie gibt einen unverbindlichen Laut von sich. »Sie sehen aus, als könnten Sie ein wenig Gesellschaft gebrauchen.«

Es liegt mir auf der Zunge, so zu tun, als wäre alles in Ordnung. Aber ich bringe es nicht über mich. Stattdessen zucke ich mit den Schultern und schäme mich dafür, dass mein Elend so offensichtlich ist. Doch sie betrachtet mich nicht mit Mitleid im Blick. Ihre Augen sind warm, als sie nickt.

»So gern ich meine Kindheit wiederaufleben lassen würde, indem ich mich zu Ihnen setze«, sagt sie, »wäre das Gift für meine Hüfte. Warum kommen Sie nicht mit mir nach oben und ich mache uns etwas Schönes zum Mittagessen?«

Wieder will ich protestieren und ihr sagen, dass sie sich meinetwegen keine Umstände machen soll. Aber zu meiner Überraschung räuspere ich mich und ringe mir ein Lächeln ab. »Danke, Mrs Goldman. Das würde ich sehr zu schätzen wissen.«

»Dann kommen Sie.« Sie winkt mich hoch. »Und vergessen Sie nicht, sich den Hintern abzuklopfen.«

Ein paar Minuten später sitze ich in Mrs Goldmans gemütlicher Küche, während sie umherwuselt und das Mittagessen zubereitet. Ich wurde darüber belehrt, dass ich ein Gast bin und daher nicht helfen darf. Das Mittagessen ist ein Sortiment aus frischen Bageln mit Lachs, Frischkäse, Tomaten, eingelegtem Hering, entsteinten Kirschen, Pumpernickel und Hühnersalat. Dazu gibt es kleine Schälchen mit Senf, Kapern und eingelegten Zwiebeln und zur Krönung des Ganzen eine Flasche Champagner.

»Weil ich Champagner liebe«, sagt sie und schenkt uns beiden ein Glas ein. »Und das, was man liebt, sollte man sich jeden Tag gönnen.«

»Jeden Tag?« Ich trinke einen Schluck. Der Champagner ist frisch und kalt und prickelt perfekt.

»Es muss nicht jeden Tag das Gleiche sein. Aber ich bin zu der Erkenntnis gelangt, dass man nur ein halbes Leben lebt, wenn man sich die täglichen Freuden verwehrt. Und wo bliebe da der Spaß?« Sie hebt ihr Glas und prostet mir zu, bevor sie trinkt. Dann seufzt sie zufrieden. »Wundervoll.«

Ich mache mir ein Sandwich aus Hühnersalat und Pumpernickel und nehme ein Messer von ihr entgegen, um es in dreieckige Stücke zu schneiden. »Manche Leute würden argumentieren, dass man leichtsinnig wird, wenn man sich gönnt, was immer man will. Dass es sicherer wäre, sich zu zügeln und sich hin und wieder zurückzuhalten.«

Mrs Goldman schmiert sich Frischkäse auf ihren Bagel. »Sicherer, ja?« Sie lächelt, doch ihre dunklen Augen funkeln, als sie zu mir hochschaut. »Wie ähnlich Sie und Jax sich doch sind.«

»Ich soll wie Jax sein?« Ich lache kurz auf.

Sie lässt sich nicht beirren. »Haargenau. Sie verfolgen beide den sicheren Lebensplan.«

Wieder lache ich schockiert. »Oh, ich bitte Sie, Jax achtet doch kein bisschen auf Sicherheit. Sein ganzes Leben ist eine einzige große Schwelgerei.«

Sie zieht eine stahlgraue Braue hoch. »Finden Sie?« Sie legt ein paar Tomatenscheiben auf ihren Bagel und streut dann Kapern darüber. »Ihnen ist doch klar, dass etwas, das eine Person als Risiko betrachtet, für eine andere Person einen vertrauten Trost darstellen kann, oder? Der Lebensstil dieses Jungen mag so wirken, als würde er am Abgrund leben, aber für ihn könnte das ebenso gut eine Wiege sein.«

»Ich schätze, so habe ich das noch gar nicht gesehen.« Ich nehme einen Bissen von meinem Sandwich, hauptsächlich deswegen, weil ich plötzlich nicht mehr reden will. Doch obwohl es köstlich schmeckt, fällt mir das Kauen schwer, weil ich immer noch einen Kloß im Hals habe. Ich schlucke mit Mühe und trinke einen weiteren großen Schluck Champagner. Ich bin dankbar, dass er in meinem Mund so schön prickelt.

Stille legt sich über uns, während wir essen. Doch ich spüre ihren neugierigen Blick auf mir. Mrs Goldman mag weder in meinem Alter noch eine wirkliche Freundin sein, aber sie ist die Art von Frau, von der man weiß, dass man mit ihr reden kann, ohne dass sie alles beschönigen wird. Und was sogar noch besser ist: Sie ist offensichtlich gut darin, die Dinge klar zu sehen, die ich nicht durchschauen kann.

Mit einem unterdrückten Seufzen lege ich die Überreste meines Sandwichs ab. »Ich fühle mich zu Jax hingezogen – zu John. Für mich ist er John.«

Nun zieht sie beide Augenbrauen auf einmal hoch. Doch Mrs Goldman ist nicht überrascht. »Natürlich fühlen Sie sich zu ihm hingezogen, Liebes.«

Meine Wangen werden heiß, und ich weiß, dass sie knallrot sein müssen. Verdammt. »Okay, das war offensichtlich schon immer so. Aber jetzt ist es mehr. Ich mag ihn. Sehr. Und …« Ich presse eine Hand auf meine brennenden Augen, während ein schmerzhaftes schiefes Lächeln an meinen Lippen zupft. »Ich kann es nicht mehr ignorieren, wissen Sie? Ich denke … Ich denke, dass ich es ihm entweder gestehen oder irgendwie darüber hinwegkommen muss. Denn ich bin niemand, der all-zu lange bleibt« – *wem machst du etwas vor, Stells? Du bleibst nie lange* – »und von einem Kerl schwärmt, der mich vielleicht nicht auf die gleiche Weise mag.«

Ich beiße mir auf die Lippe und zucke angesichts meines emotionalen Ausbruchs innerlich zusammen. Ich habe immer noch die Hände vor den Augen, höre aber, wie Mrs Goldman einen belustigten Laut von sich gibt.

»Oh, ich habe das Gefühl, dass er Sie durchaus mag, Liebes.«

Ich wage einen Blick durch meine gespreizten Finger. Woher sollte sie das wissen?

Sie lächelt breit. »Der berüchtigte Frauenheld – ja, ich kenne seinen Ruf sehr gut – verbringt seine Zeit mit Ihnen. Männer wie er tun das nicht, es sei denn, sie haben sich ernsthaft verguckt.«

Ich lasse mich gegen den Tisch sacken und lege die Stirn

auf meine angewinkelten Arme. »Gott. Ich klinge, als wäre ich auf der Highschool, wie ich mir hier Sorgen darum mache, ob mich ein Junge wirklich, ehrlich, tatsächlich mag.«

Vorsichtig schiebt sie meinen Teller zur Seite, damit meine Haare nicht im Essen landen. »Es ist eine Weile her, seit ich in der Schule war, aber ich erinnere mich noch daran, wie man Botschaften weiterreicht.«

Ich ächze und hebe den Kopf. »Ich habe Angst.«

Meine Stimme zittert und ihre Miene wird weich. Sie lehnt sich vor und kommt dichter an mich heran. »Wovor?«

Ja, wovor eigentlich? Vor dem heißesten, lustigsten, seltsamsten, unvorhersehbarsten Mann, dem ich je begegnet bin. Bevor ich ihn kurz vor dem Schneesturm in diesem erbärmlich leer geräumten Lebensmittelladen sah, hätte ich John niemals als idealen Mann für mich angesehen und ihn nicht mal als jemanden in Betracht gezogen, mit dem ich ausgehen könnte. Sein Leben spielt in einer Sphäre, die bloße Sterbliche wie ich niemals erreichen.

»Er ist unsicheres Terrain«, flüstere ich.

Mrs Goldman lehnt sich zurück und überkreuzt die schlanken Beine. Sie trinkt einen weiteren Schluck Champagner und betrachtet mich, und ich verspüre den verzweifelten Drang, die Stille zu füllen.

»Ich werde nicht lügen. Ich habe schon öfter für Berühmtheiten geschwärmt. Verdammt, wann immer ich einen Film mit den Avengers sehe, will ich sämtliche Szenen mit Chris Evans und Chris Hemsworth auf Zeitlupe schalten und sie mir immer wieder anschauen. Und dann denke ich: Oh, wenn ich mit einem dieser Schnittchen allein in einem Raum wäre, was würde ich tun?« Ich ringe mir ein gequältes Lächeln ab. »Aber wenn ich tatsächlich mal einem echten Mann gegenüberstehe, den ich attraktiv finde, und dieser wundervolle Mann zufälligerweise auch noch extrem berühmt ist, weiß ich nicht, wie ich mich verhalten soll. Er wird nie wie andere Männer sein. Er wird immer mehr sein.«

»Ich bin mir sicher, dass Jax glaubt, dass er genau wie jeder andere Mann ist.«

»Ich bin sicher, dass er das sein will«, sage ich. »Aber was wir wollen und was wir bekommen, ist nicht immer das Gleiche. Er wird stets in der Öffentlichkeit stehen und den Druck aushalten müssen, der damit einhergeht.« Ich fahre mit einer Hand durch mein zerzaustes Haar. »Und dann ist da noch seine …« Ich kann es nicht aussprechen. Ich schäme mich, überhaupt darüber nachzudenken.

Mrs Goldman blinzelt nicht, sondern starrt mich einfach nur mit ihren dunklen Augen an. »Seine Krankheit.«

Wieder werden meine Wangen heiß. »Ja. Nein.« Ich lasse die Schultern sinken. »Ich fühle mich wie eine Idiotin, weil ich es auch nur … Vor allem weil ich keine Ahnung habe, was passieren wird. Aber es ist ja auch nicht so, als hätte ich mich im Griff. Die halbe Zeit über bin ich eine Katastrophe und ich fürchte, dass ich ihn enttäuschen könnte, weil ich nicht weiß, was ich tun soll.« Er hatte schon genug Leute, die sich in sein Leben eingemischt haben.

Ich presse eine Hand auf meine heiße Stirn und seufze. »Ich weiß nicht mal, was ich hier rede. Ich bin vollkommen verwirrt. Ich werde einfach den Gedanken nicht los, dass sich das Schicksal bereits gegen uns verschworen hat. Sowohl äußere als auch innere Mächte arbeiten gegen uns.«

»So ist es«, sagt sie einfach nur. »Das Schicksal hat sich gegen Sie beide verschworen, bestimmt.«

Das habe ich zwar gerade selbst gesagt, aber die Tatsache, dass sie mir sofort zustimmt, trifft mich mitten ins Herz. Ich sacke kraftlos auf dem Stuhl zusammen. Ich habe nicht viel

Erfahrung damit, diejenige zu sein, die einen Rat erhält, da ich ihn normalerweise gebe. Aber ich bin mir ziemlich sicher, dass einen die andere Person unterstützen sollte. Oder?

»Das ist die Wirkung, die Angst auf eine Beziehung haben kann.« Ihr Lächeln ist schmal. »Ich würde für eine Zigarette töten, aber ich versuche, mir das Rauchen abzugewöhnen.« Sie schenkt uns Champagner nach, bevor sie weiterspricht. »Ich habe Ihnen doch erzählt, dass ich auf der Lower East Side aufgewachsen bin. Mein gesamtes Eheleben verbrachte ich jedoch in Uptown. Ecke Zweiundachtzigste und Madison. Ich liebte diesen Ort. An meinen seltenen freien Tagen spazierte ich zur Met, um dort zu Mittag zu essen.«

Sie spielt mit dem Stiel ihres Glases. »Dann ist Jerry gestorben, und ich konnte nur noch ihn sehen. In jedem Zimmer, in jedem Echo, das erklang, wenn ich durch diese leeren Räume lief.«

»Wie sind Sie hier gelandet?«, frage ich. Mir ist nicht ganz klar, worauf sie mit ihrer Geschichte hinauswill, aber ich weiß, dass sie irgendwann zum Punkt kommen wird.

Die Fältchen in ihrem Gesicht werden tiefer. Sie umgeben ihre Augen und ihren Mund wie die Strahlen einer Sternenexplosion. »Hier habe ich Jerry kennengelernt.«

»In dieser Wohnung?«

»Nein. I dieser Kirche. Wir waren hier beide auf einer Hochzeit zu Gast. Patricia, die Braut, war meine Sekretärin in der Maklerfirma, in der ich arbeitete. Jerry gehörte die Firma. Bis zu jenem Nachmittag war ich ihm jedoch nie begegnet. Er hatte eine zu hohe Position in der Firma, um sich mit neuen Angestellten zu beschäftigen.«

»Wow. Und jetzt wohnen Sie hier.«

»Ja. Ich hatte mein schönes Zweifamilienhaus mit dreihundertsiebzig Quadratmetern. Es war ein Zuhause voller wundervoller Erinnerungen, und ich konnte es einfach nicht mehr ertragen. Eines Tages steckte mein Taxi direkt vor diesem Gebäude hier im Verkehr fest und davor stand ein großes Schild, auf dem der Umbau in Eigentumswohnungen beworben wurde. Ich erinnerte mich an das erste Mal, als Jerry und ich uns auf der Treppe, die zum Eingang der Kirche führte, angerempelt hatten.« Sie lacht leise und zieht die Brauen zusammen. »Zwei New Yorker Juden auf dem Weg zu einer katholischen Hochzeit.«

Sofort kommt mir die Erinnerung an den verschwitzten John in den Sinn, als er gerade vom Joggen kam und wir uns auf der Treppe angerempelt hatten. »Also kauften Sie sich eine Wohnung in dem Gebäude.«

»Ja. Auch wenn sie winzig war und es keinen Portier gab und sie weit weg von all meinen Freunden lag. Es war der Ort, an dem alles angefangen hatte, und nun ist es mein Zuhause.«

Mrs Goldman streckt eine Hand aus und berührt meine Hand mit den Fingerspitzen. Ihre Knöchel sind knorrig, und die Rückseite ihrer Hand ist voller hervorstehender Venen und Altersflecken. Aber sie sieht trotzdem elegant aus, und ihre Haut ist kühl und weich. »Oh, Sie hätten diesen Mann in seinen besten Jahren sehen sollen. Jerry war so reich wie Midas, sah sündhaft gut aus und schaute mich an, als wäre ich ein nagelneuer Hunderter, den jemand auf dem Bürgersteig verloren hatte.«

Ich lache, und sie gestattet sich ein liebevolles Lächeln.

»Und ich war mehr als bereit, mich von ihm aufheben zu lassen. Wir verliebten uns Hals über Kopf ineinander. Doch ich wehrte mich dagegen, weil ich befürchtete, dass ich mich an ihn verlieren könnte. Es waren die späten Sechziger. Damals verbrannten wir Frauen unsere BHs, aber die Männer beherrschten immer noch die Welt. Dass ich ein eigenes Büro hatte, war schon eine Neuheit, von einer Sekretärin ganz zu schweigen. Jedes bisschen Respekt, das ich erlangte, musste ich mir erkämpfen. Und ich musste darum kämpfen, diesen Respekt zu behalten. Wie würde es aussehen, wenn ich mich plötzlich auf den großen Boss einließ?«

Sie zuckt mit den Schultern und trinkt einen Schluck. »Man würde mich als armseliges Flittchen betrachten, das sich die Karriereleiter hochschläft. Aber ich liebte ihn so sehr. Ich wusste, dass er gleichzeitig mein Anfang und mein Ende sein würde. Jerry bot an, seine Stelle zu kündigen, alles aufzugeben.« Sie senkt den Kopf, als würde sie in sich hineinlachen. »Aber das hätte nichts daran geändert, wie mich die Leute wahrgenommen hätten. Wir steckten in einer Sackgasse. Wir waren dazu verdammt, uns gleichzeitig zu lieben und zu hassen.«

»Was taten Sie?« Offensichtlich heiratete sie den Mann.

»Ich trennte mich von ihm.« Sie steckt sich eine Kirsche in den Mund und kaut emsig. »Und das machte mich verdammt unglücklich.«

»Kehrten Sie zu ihm zurück?«

»Nein.« Sie lächelt. »Er rief mich jeden Abend an und stellte mir eine einzige Frage. ›Ist es das immer noch wert?‹ Ich hielt ihn monatelang hin. Bis ich ihm endlich antworten konnte: Nein, von ihm getrennt zu sein war es nicht wert.«

»Dann wurden Sie ein Paar und lebten glücklich zusammen und all das, nicht wahr?«

Mrs Goldman schüttelt den Kopf. »Nein. Alles, was ich befürchtet hatte, trat ein. Ich musste in der Firma kündigen und meine eigene aufmachen. Das warf mich um Jahre zurück, weil niemand eine Frau als Finanzdirektor einstellen wollte.« Ein finsterer Ausdruck schleicht sich in ihre Augen. »Aber ich blieb hartnäckig und hielt durch. Und ich schaffte es.«

»Aber Sie verloren …«

»Was?«, fällt sie mir ins Wort. »Den Respekt von einem Haufen ignoranter Arschlöcher, die mich ohnehin nie wirklich respektiert hatten? Schlaf? Geld?«

Sie legt einen Arm auf den Tisch, und für einen Moment ist der Ausdruck in ihren Augen offen und jung. »Das alles verlor ich. Und ich gewann die Liebe meines Lebens. Es war nicht immer alles voller Champagner und Rosen, auch wenn wir uns beides jeden Tag gönnten. Wir rackerten uns ab und kämpften. Jerry erlebte hin und wieder düstere Monate der Depression. Und ich ebenfalls. Auf dem Papier waren wir eine Katastrophe. Zusammen …«

Sie verstummt, zuckt mit den Schultern und wendet den Blick ab. In ihren Augen sammeln sich Tränen, und sie schnieft. »Verdammt, ich hätte jetzt wirklich gerne eine Zigarette.«

Ihr Verlust und die Liebe, die sie für ihren Mann empfindet, umgeben uns. Es fühlt sich gleichermaßen erdrückend und irgendwie warm an. Ich gebe ihr einen Augenblick, während meine eigenen Gedanken Amok laufen.

»Ich weiß nicht, ob John der Richtige für mich ist«, sage ich schließlich. »Aber er ist der Einzige, bei dem ich darüber nachdenke, mich auf ihn einzulassen.«

Mrs Goldman richtet sich auf und fixiert mich mit ihrem Blick. »Worauf warten Sie dann noch?«

15. Kapitel

Stella

Meine Finger sind eiskalt. Ich weiß nicht, warum mir das so auffällt, aber ich kann es offenbar nicht ignorieren, während ich die Glastür aufschiebe, die auf die Dachterrasse hinausführt. Mein Herz pocht heftig und panisch in meiner Brust, und ich hole tief Luft, um mich zu beruhigen. Ich habe keinen Grund, nervös zu sein, aber trotzdem flippe ich gerade aus.

An meinen Knöcheln gibt Stevens ein klagendes Miau von sich und reibt seinen geschmeidigen Körper an meiner Wade. Seit ich krank war, ist er immer in meiner Nähe. Mittlerweile geht es mir besser, aber der kleine Kerl macht sich immer noch Sorgen.

»Du bleibst hier, Kumpel.« Ich schiebe ihn sanft zurück in die Wohnung und schließe die Tür, bevor er mir folgen kann. Er sieht mich mit ernsten Augen an, so als würde er mich in den Krieg schicken.

Ich lache angesichts meiner abwegigen Gedanken, bleibe aber angespannt.

Die untergehende Sonne taucht die Dachterrasse in pink-farbenes und goldenes Licht und wärmt die Steinbank, die an der Mauer zwischen Killians und Johns Bereich steht. Ich steige auf die Bank, drücke meine Hände auf die Mauer und schließe für eine lange Sekunde die Augen. Dann lehne ich mich vor und rufe laut und unmissverständlich: »Ich komme über die Mauer!«

Johns Türen stehen offen, und schon bald höre ich seine Stimme in der Wohnung. »Du kannst nicht einfach eine SMS schreiben wie ein normaler Mensch, oder?«

»Nein!« Ich klettere über die Mauer – mit Anmut und Würde – und springe auf seiner Seite auf die Dachterrasse. Nun sind meine Hände nicht mehr eiskalt, sondern klamm.

Ich reibe sie an meinen Shorts trocken und gehe hinein.

John lümmelt auf seiner gewaltigen Couch herum und hat den Kopf in meine Richtung gedreht. Seine Miene ist ausdruckslos, doch trotz seiner lässigen Pose wirkt sein langer Körper verspannt und starr, so als würde er den Atem anhalten. Er trägt lediglich eine Jeans, die weit unten auf seinen schmalen Hüften sitzt. Seine nackte Haut und seine festen Bauchmuskeln stellen eine beträchtliche Ablenkung dar.

Für eine Sekunde starre ich ihn einfach nur an. Sein schokoladenbraunes Haar steht nach oben ab, so als zöge jemand von oben daran. Sein Kinn ist mit dichten Stoppeln bedeckt, wodurch sein breiter Mund blasser, aber irgendwie weicher wirkt. Doch seine grünen Augen sind jetzt hart. Umgeben von seinen dunklen Augenbrauen erinnern sie auf beinahe unheimliche Weise an Jade.

Ihm nun gegenüberzustehen macht alles viel akuter. Ich habe ernsthafte Gefühle für John Blackwood entwickelt. Und das ist nicht gut. Er schaut mich an, als würde er das Gleiche denken, als würde er mich warnen und mir raten, kehrtzumachen und zu verschwinden, solange ich es noch kann. Aber es ist zu spät.

Ich mache einen Schritt auf ihn zu. »Also …«

Sein Mundwinkel zuckt schwach nach oben. »Also.«

Das sollte nicht so schwer sein. Mir stockt der Atem. »Ich habe eine interessante E-Mail von Dr. Stern erhalten.«

Er blinzelt langsam. »Darauf wette ich. Und?«

»Ich hatte eine Streptokokkenangina.«

John scheint auf die Couchkissen zu sacken. Er sagt jedoch nichts. Er beobachtet mich einfach.

Ich gehe noch ein Stück näher an ihn heran. »Ansonsten bin ich in jeglicher Hinsicht vollkommen gesund. Ich habe keine sexuell übertragbaren Krankheiten.«

Er zuckt zusammen, ballt die Hände zu Fäusten und löst sie dann wieder. »Gut.« Er räuspert sich. »Das ist gut.«

»Bist du deswegen bei mir geblieben? Hast du deswegen deine Privatärztin angerufen? Weil du dachtest, dass du mich mit Chlamydien angesteckt hättest?«

Wut flammt in seinen Augen auf, doch als er spricht, sind seine Worte gemäßigt. »Ich habe Stern angerufen, weil du verdammt krank warst. Ich bin bei dir geblieben, weil du jemanden brauchtest, der sich um dich kümmert.«

»Aber du hast dir Sorgen gemacht, oder?«, sage ich mit leiser Stimme. »Dass du mich mit einer sexuell übertragbaren Krankheit angesteckt haben könntest.«

Er wendet den Blick ab und beißt die Zähne zusammen. »Offenbar kann man sich nicht beim Küssen anstecken.«

»Aber wusstest du das? Bist du deswegen auf der Party davongelaufen? Weil du dachtest, dass du ansteckend wärst?«

»Herrgott, Stells …« Er reißt die Augen auf und sein Blick wirkt wild. »Ich habe in meinem Leben viele dumme Dinge getan, aber ich würde niemals auf diese Weise deine Gesundheit gefährden. Verdammt.« Mit einem genervten Laut wendet er sich ab.

Ich komme mir schäbig vor. »Ich weiß. Tut mir leid. Ich versuche nur, das alles zu verstehen.«

Er nickt, hält seine Aufmerksamkeit aber auf die gegenüberliegende Wand gerichtet.

Gott, ich habe es total vermasselt. Ich bin eine professionelle Freundin, um Himmels willen, aber ich weiß nicht, wie zum Teufel ich mit John umgehen soll. Er reagiert nie so, wie ich es erwarte, und ich bin in seiner Gegenwart absolut nicht in meinem Element. Ich stehe neben der Couch und wringe die Hände. »Ich verstehe das nicht. Du hast dir Sorgen um mich gemacht, weil …«

»Du *mich* geküsst hast«, fällt er mir mit heiserer Stimme ins Wort. »An dem Abend, an dem wir uns zum ersten Mal begegnet sind. Ich war damals schon infiziert und wusste es nicht.«

Er senkt den Blick und betrachtet seine geballten Fäuste.

»Oh«, sage ich.

Er schnaubt. »Ja, oh.«

In der dröhnenden Stille höre ich das Blut durch meine Venen rauschen. Ich habe ihn verletzt.

Er seufzt und fährt mit einer Hand über sein zerzaustes Haar. »Sobald ich es wusste, habe ich Dr. Stern wegen dieses Kusses gefragt. Ich wollte wissen, ob er für dich ein Risiko darstellen könnte. Sie versicherte mir, dass dabei nichts passieren kann. Aber ich bin irgendwie ausgeflippt, als du einen entzündeten Hals hattest.«

An seiner Stelle wäre ich auch ausgeflippt. Logik greift nicht immer, wenn einen die Angst packt.

Er starrt mich mit ernsten Augen an. »Ich hätte es dir erzählen sollen. Aber ich habe einfach nicht die richtigen Worte dafür gefunden. Du hattest ohnehin schon nicht die beste Meinung von mir, und ich wollte es nicht noch schlimmer machen.«

»Ich habe keine schlechte Meinung von dir, John.« Das muss ihm doch klar sein.

Wieder ballt er die Hände zu Fäusten. Dann streckt er die Finger, als würde er versuchen, etwas abzuschütteln. »Ich bin verdorbene Ware, Stella.«

»Du bist nicht verdorben«, presse ich hervor. »Du musst nur ein Antibiotikum nehmen und schon geht das Leben weiter.«

Er schnaubt und zieht verwirrt die Augenbrauen hoch. »Ich habe das Medikament genommen. Ich *bin* jetzt sauber. Das bin ich schon seit zwei Wochen.«

»Was meinst du dann mit …?«

»Dieses Etikett wird mir immer anhaften«, unterbricht er mich. »Jax Blackwood, verdorben. Ein armseliger Witz. Ein Versager …«

»Hör auf«, schnauze ich. »Hör sofort mit diesem Mist auf.«

Er schaut mich mit gerunzelter Stirn an. »Was für Mist?«

»Du denkst, dass du verdorben und armselig bist, weil du dich mit einer sexuell übertragbaren Krankheit angesteckt hast? Ist dir klar, wie viele Menschen sich mit Krankheiten anstecken? Wie viele Leute an einer Krankheit *sterben*? Willst du wirklich dasitzen und sie als verdorben und armselig bezeichnen?«

Seine Miene wird störrisch, und er wendet den Blick ab.

Ich mache weiter. »Ich bezweifle, dass es viele Leute gibt, die darauf aus sind, sich mit einer Krankheit anzustecken. Aber selbst wenn sie sich nicht verantwortungsvoll verhalten haben, sollte das eine Rolle spielen? Belaste sie deswegen nicht mit Scham. Belaste dich selbst nicht mit Scham. Sei nicht einer dieser Menschen, die so tun, als würde ihre Scheiße nicht stinken, und die denken, dass sie sich vor Unglück schützen können, indem sie andere Leute verurteilen, die Mist gebaut haben oder einfach Pech hatten. Das schützt nicht vor eigenen Fehlern. Außerdem gibt es in der Welt auch so schon genug Schuldzuweisungen.«

John reibt mit einer Hand über sein Gesicht und seufzt.

»Können wir die Standpauke überspringen? Ich teile dir einfach nur mir, was die Welt bereits von mir denkt.«

»Mir ist vollkommen egal, was die Welt von dir denkt. Und dir sollte das auch egal sein.«

Er zieht die Brauen zusammen. »Einfach so, ja?«

»Ja.«

Seine Wangen erröten, als er sich aufsetzt und sich zu mir vorlehnt. »Solange dich diese Flutwelle aus Urteilen nicht wegspült, hast du keine Ahnung, wie sich das anfühlt. Nein, ich will mich nicht von dem beeinflussen lassen, was die Leute von mir denken. Aber das tue ich. Ich fühle es. Hier drinnen.« Er tippt sich mit dem Daumen auf die Brust. »Ich fühle es jedes Mal, wenn ich nach draußen gehe und mich jemand erkennt. Früher schauten mich die Leute mit Bewunderung im Blick an. Jetzt ist es entweder Mitleid oder ein fieses Grinsen oder beides, und ich hasse das. Aber am meisten hasse ich die Tatsache, dass mir das etwas ausmacht.«

Seine Worte hallen in der anhaltenden Stille zwischen uns wider. Sein Körper bebt vor Wut und seine Brust hebt und senkt sich aufgebracht. Ich wende den Blick nicht ab. Das würde sich wie Verrat anfühlen.

Ich räuspere mich und schlucke das Bedürfnis, ihn zu berühren, hinunter. »Tut mir leid. Es war nicht fair von mir, dich so selbstgerecht zu behandeln. Du hast recht, ich habe keine Ahnung, wie sich das anfühlt.« Ich hebe eine Hand und lasse sie dann wieder sinken. »Tut mir leid.«

Die ganze Anspannung verlässt seinen Körper, als er heftig ausatmet. Er lässt sich zurück auf die Couchkissen sinken. »Ach verdammt, schau mich nicht so an. Das kann ich nicht ertragen.«

»Wie schaue ich dich denn an? Ich mache doch gar nichts.« Ich mache wirklich nichts – meine Reue ist aufrichtig.

Er neigt den Kopf in meine Richtung und lächelt leicht. »Doch, das tust du.«

»Nein, tue ich nicht. Ich schwöre es, John.«

Sein Lächeln wird breiter. Aber es ist dünn und müde. »Du hast diesen Blick drauf, okay? Diese großen, traurigen blauen Augen, die voller Sorge und Reue sind. Das zu sehen tut weh.«

Meine Lippen zucken, und ich kämpfe nun selbst gegen ein Lächeln an, weil ich weiß, dass er nicht mehr wütend ist. »Dass ich deinen Schmerz schlimmer gemacht habe, tut mir leid. Ich wollte nur helfen.«

Sein Lachen ist heiser. »Stella-Knöpfchen, manchmal gehst du mir echt auf die Nerven, aber mir gefällt, dass du meine Schlachten für mich schlagen willst. Selbst wenn du dabei auch gegen mich kämpfst.«

Erleichterung durchflutet mich und ich bekomme weiche Knie. »Tja, dann sollte ich dir vermutlich gestehen, dass ich das, was ich gesagt habe, auch so meine.«

Er schnaubt. Und es klingt ziemlich deutlich nach: »Sag bloß, Stells.«

Ich beschließe, das zu ignorieren. »Du bist *nicht* verdorben oder armselig. Ich werde dich niemals so sehen.«

Sobald ich die Worte ausgesprochen habe, ist es mir peinlich. Nicht weil sie nicht wahr sind, sondern weil es sich anfühlt, als hätte ich zu viel preisgegeben. Außerdem ist er zu still. Wir sind einander zugewandt, aber ich kann ihm nicht wirklich in die Augen schauen. Vielleicht geht es ihm ähnlich, denn sein Blick ist undeutlich und wirkt beinahe verloren.

Unangenehme Hitze sorgt dafür, dass sich mein Innerstes verkrampft und meine Haut prickelt. Ich will mich umdrehen und davongehen, aber ich kann mich nicht bewegen. Auch das würde Dinge enthüllen, von denen ich nicht will, dass man sie sieht.

Er atmet tief ein und es klingt wie ein Seufzen. Dann blinzelt er, als käme er aus einem Nebel. Als er mich wieder anschaut, schimmern seine Augen wie grünes Glas in der Sonne. Die Augen eines Mannes sollten nicht so ausdrucksstark sein. Bei diesem Blick kann eine Frau völlig vergessen, ihre Abwehr aufrechtzuerhalten.

»Stells«, flüstert er, »wo bist du mein ganzes Leben lang gewesen?«

Plötzlich habe ich einen Kloß im Hals. »Ich hab mich treiben lassen.«

Sein Mundwinkel zuckt. »Dann hör auf, damit du nicht davontreibst.«

»Okay.« Meine Bestätigung ist kaum mehr als ein Krächzen. Meine Brust ist zu eng für mich.

Seine Miene verzerrt sich und wirkt nun gequält. »Du würdest nicht so schnell einwilligen, wenn du wüsstest, was ich denke.«

Mein Herz hämmert fest gegen meine Rippen.

Frag nicht. Frag nicht.

»Was denkst du, John?«

Er beobachtet mich mit halb geschlossenen Augen. Sein langer, drahtiger Körper liegt plötzlich locker und träge auf der Couch. »Ich will dich küssen.«

Ich atme keuchend aus. »Nur das?«

Gott, bitte tu es. Immer und immer wieder.

»Fürs Erste«, sagt er leise. Aber ich sehe, wie er sich in sich zurückzieht.

Es ist eine Schande. Egal, was ich sage, er glaubt immer noch, dass er beschädigte Ware ist.

»Und wenn ich will, dass du mehr machst, als mich nur zu küssen?«, frage ich drängend.

Das Licht in seinen Augen wird noch schwächer. »Knöpfchen …« Seine Stimme bricht, und er schluckt. »Du musst lernen, dass du mich nicht ernst nehmen darfst. Ich rede ständig Quatsch. Ich bin nicht der Richtige für dich.«

Mein Herz rutscht mir bis in die Zehenspitzen. Ich sollte ihm glauben. Warum sollte er lügen? In seinen Worten liegt ein Körnchen Wahrheit. Ich kann es deutlich hören. Ich sollte es gut sein lassen. Die Stimme in meinem Kopf – die, die dauernd aufzutauchen scheint, um mir mitzuteilen, dass ich eine Versagerin bin – beharrt darauf, dass ich bei einem Mann wie John ohnehin nie eine Chance hätte. Er ist eine Legende, und ich bin einfach nur ich – die unscheinbare Stella.

Tatsache ist jedoch, dass ich diese Stimme in meinem Kopf hasse. Dieses Miststück hat auch so schon viel zu viel Kontrolle über mein Leben. Ich vermute, dass die meisten von uns eine ähnliche Stimme haben, einen aufdringlichen Pessimisten, der alles gibt, damit wir uns selbst hassen. Ich vermute, dass auch John so eine Stimme im Kopf hat, die ihn an manchen Tagen in voller Lautstärke anschreit.

Ich hole tief Luft und stemme meine kalten Handflächen gegen meine Hüften. »Dann war das also Quatsch? Dass du mich küssen willst?«

Die Muskeln an seinem Oberkörper und seinen Armen ziehen sich sichtbar zusammen. Und für eine Sekunde frage ich mich, ob er mir nicht antworten wird. Doch dann tut er es. Und seine Stimme ist hart und voller Schmerz. »Ich will dich seit dem Abend küssen, an dem wir uns zum ersten Mal begegnet sind und du mich geküsst hast. Ich will herausfinden, wie zu schmeckst und was du für Geräusche von dir gibst und wie du dich gegen mich drängen wirst, wenn ich dich koste.«

In seinen Augen flammt ein Feuer auf, und er richtet den Blick fest auf meine Lippen. »Ich denke ständig über deinen

Mund nach. Über diese neckischen kleinen Sommersprossen, über die sanfte Wölbung deiner Oberlippe, über die störrische Fülle deiner Unterlippe.« Er lacht heiser. »Stella-Knöpfchen, es ist regelrecht peinlich, wie oft ich darüber nachdenke, dich zu küssen.«

»Aber du wirst es nicht tun.« Ich weiß nicht mal, wie es mir gerade gelingt zu reden. Im Inneren bin ich eine verdammte Pfütze aus Hitze und diffusem Verlangen.

»Nein.«

Dieses »Nein« ist wie ein Tritt in die Brust. Ich sollte das hier beenden und mir weitere Demütigungen ersparen. Aber ich kann nicht. »Warum nicht?«

Seine Hand zittert, als er damit durch sein Haar fährt. »Sex macht alles kompliziert. Vor allem für mich. Ich weiß nicht, was ich tun soll, sobald es vorbei ist. Das könnte uns auseinanderbringen, Stella. Und ich kann es mir nicht leisten, dich zu verlieren.«

Herrgott, diese Sachen, die er zu mir sagt. Wie kann er nur denken, dass er mich verlieren würde?

»Oder es könnte der Anfang von uns sein«, kontere ich, während mir das Herz bis zum Hals schlägt. Genau genommen halte ich mein Herz gerade in den Händen, denn ich könnte es ihm ebenso gut direkt in den Schoß legen.

Sein ausdrucksstarker Mund zuckt, als er gegen ein Lächeln ankämpft. Doch er wirkt müde und resigniert. »Ich werde mich nicht in dich verlieben, Stells.«

Das schmerzt, aber es ist nicht so, als hätte ich nicht damit gerechnet. Ich bin mir nicht mal sicher, ob ich Liebe will. Liebe kommt in meiner Welt Verlust gleich. Ich will nicht mehr verletzt werden. Aber ich will John. Wenigstens das bin ich endlich bereit zuzugeben. Denn es zu leugnen schmerzt ebenfalls. »Wer redet denn vom Verlieben?«

Sein Lächeln ist kaum wahrnehmbar. »Tja, das ist eine Erleichterung.«

Seltsamerweise klingt er beinahe enttäuscht. Mit halb geschlossenen Augen beobachtet er, wie ich auf ihn zugehe. Mit jedem Schritt schlägt mein Herz heftiger und schneller. Die Couch knarrt ein wenig, als ich ein Knie darauf stütze. Ich setze mich rittlings auf John und bewege mich mit einer zähen Trägheit, so als würde ich durch Wasser treiben.

Er legt seine großen Hände auf meine Hüften, und sein Griff ist fest, als er mich dichter zu sich heranzieht, bis sich mein Zentrum gegen die wachsende Beule in seiner Hose presst. Wir beide atmen zischend ein.

Schwindelig und von Hitze durchflutet lehne ich mich gegen ihn. Meine Brustwarzen streifen seine nackte Brust. Mit beiden Händen umfasse ich seinen Hals, und sein schneller Pulsschlag pocht unter meinen Fingerspitzen. Er beobachtet mich immer noch stumm und reglos. All seine Muskeln sind angespannt.

»John?«, flüstere ich. Unsere Lippen sind sich nah genug, dass mich sein sanfter Atem kitzelt.

Seine Stimme ist ebenso sanft, als er antwortet. »Ja, Babe?«

»Darf ich dich küssen?«

Ein Zittern geht durch seinen Körper, und er schluckt schwer. »Das fragst du mich?« Die Fassungslosigkeit in seiner Stimme ist schwach, aber trotzdem deutlich zu hören. Er umfasst meine Hüften fester und zieht mich zu sich heran.

Ich verlagere meine Position und presse mich mit mehr Nachdruck auf seinen anschwellenden Schwanz. »Hat dich das je zuvor jemand gefragt?«

Aus der Nähe betrachtet sind seine Augen vollkommen grün. Seine Wimpern sind dicht und weich. Er ist fast zu schön, um ihn anzuschauen. Er blinzelt, und diese wundervollen Wimpern bewegen sich. »Nein. Ich kann nicht behaupten, dass das zuvor je eine Rolle gespielt hätte.«

Zuvor.

Nun spielt es eine Rolle. Weil er hier gesessen und geglaubt hat, dass er befleckt ist und ich ihn nicht wollen würde.

Ich streiche mit den Fingern über seine kräftige Kehle. »Die Sache ist die: Ich denke auch darüber nach, dich zu küssen. Seit ich mir diesen ersten Kuss gestohlen habe, will ich mehr.« John lässt eine Hand an meinem Rücken hinaufgleiten, während ich rede. Er vergräbt die Finger in der feuchten Hitze meines Haars. Ich erschauere vor Lust, und mein Geständnis kommt mir als atemloses Keuchen über die Lippen. »Wann immer ich den Mund öffne, um mit dir zu reden, befürchte ich, dass ich dich um einen weiteren Kuss anflehen werde, nur um eine kleine Kostprobe von dir …«

»Stella?«

»Ja?«

»Küss mich.«

Also tue ich es. Und es ist so gut, dass mein ganzer Körper vor Erleichterung aufseufzt und dann vor Hitze und Verlangen schmilzt. Sein Mund öffnet sich für meinen, als hätte er seit einer Ewigkeit darauf gewartet, mich zu spüren, mich zu schmecken. Ich halte ihn fest umschlungen und bin ihm so nah, wie es mir möglich ist. Unsere Zungen gleiten übereinander, und unsere Lippen tanzen langsam miteinander.

John knurrt leise und ungeduldig. Sein Griff in meinem Haar wird fester. Er neigt den Kopf und versucht, mehr von mir zu bekommen. Und ich spüre es überall, so als ob mein Körper an Schnüren befestigt wäre, die sich festziehen und jeden Muskel mit Begierde anspannen. Wir küssen uns auf diese Weise, bis wir nicht mehr atmen können. Dann ziehen wir uns keuchend zurück, nur um uns wieder aufeinanderzustürzen. So machen wir es wieder und wieder. Unsere Küsse sind intensiv und sinnlich und dauern immer nur ein paar Sekunden. Dann holen wir Luft und küssen uns erneut.

John nimmt meine Unterlippe zwischen die Zähne und saugt daran. »Oh verdammt, du fühlst dich … Ich habe dich gebraucht …« Er küsst mich mit sanfter Gier und bewegt eine Hand über meinen Körper, als würde er sich jede Wölbung und jede Kurve einprägen. »Ich habe dich gebraucht, Stells. Ich habe das hier gebraucht. Nur das hier.«

Ich habe es auch gebraucht. Mir war nicht klar, wie sehr, bis ich ihn berührt habe.

Er bewegt die Lippen an meinem Hals entlang und sendet damit Schauer über meine Haut. »Du fühlst dich so gut an. So verdammt gut.«

Er fühlt sich ebenfalls gut an. Sein Haar ist unter meinen Händen kühl und seidig. Sein Kinn ist rau und voller Bartstoppeln, die meine Lippen kitzeln. Und die ganze Zeit über drängt er sich gegen mich und bewegt die Hüften in einem langsamen, lockenden Rhythmus, der mich vor Lust ein wenig wild werden lässt.

Unsere Münder treffen einmal mehr aufeinander, und dieses Mal ist es regelrecht explosiv. Wir verlieren beide die Kontrolle. Ich umfasse seine Schultern, klammere mich an ihm fest und liebkose ihn gleichzeitig. Er schiebt die Hände unter mein Oberteil und streicht an den Seiten meiner Taille entlang.

»Ich will dich sehen«, sagt er an meinem Mund. »Darf ich dir das ausziehen? Darf ich dich sehen, süße Stella?«

Hitzeschübe fluten meinen Körper. »Ja. Ja.«

Wir verschränken die Finger miteinander. Meine zittern vor Ungeduld, während wir mir gemeinsam das verdammte, erstickende Oberteil ausziehen. Das kühlt mich jedoch nicht ab. Im Gegenteil, ich brenne noch heißer, als John den Blick über meinen Oberkörper wandern lässt und dabei vollkommen verzückt wirkt. »Du bist so hübsch, Knöpfchen.«

Ich trage einen einfachen weißen BH, doch sein Blick sorgt dafür, dass ich mir wunderschön und zierlich vorkomme. Er lässt seine breiten Hände über meine Rippen nach oben gleiten, und ich drücke den Rücken durch und recke ihm meine Brüste entgegen. Er setzt sich auf, schlingt einen Arm um mich und drückt einen zärtlichen Kuss auf die Wölbung meiner Brüste. »Hiervon habe ich jede Nacht geträumt. Von dir.«

Seine Haut ist unter meinen Handflächen heiß und feucht, und ich streiche über jeden Zentimeter seines Körpers, den ich erreichen kann.

Mit seinen rauen Fingerspitzen tastet er nach dem Verschluss meines BHs. »Den auch?«, fragt er.

»Ja. Bitte, John.« Meine Brüste sind geschwollen, und meine Brustwarzen sind so empfindlich, dass sie beinahe schmerzen. Ich brauche seine Berührung. »Bitte.«

»Alles«, sagt er. »Alles, was du brauchst.«

Der BH gleitet von meinem Körper. Er gibt ganz tief in seiner Kehle einen Laut von sich. »Oh verdammt. Sommersprossen. Du bringst mich um.« Er macht sich daran, jede einzelne zu küssen und sie mit seiner Zunge zu berühren, als wären es Süßigkeiten. Als er schließlich sanft an meiner Brustwarze leckt, stöhne ich und werfe den Kopf zurück. Er legt seinen heißen Mund auf mich und zieht mit rhythmischen Bewegungen. Mit der Zungenspitze fährt er immer wieder über die geschwollene Brustwarze, und es ist gleichzeitig zu viel und nicht genug. Ich beuge mich über ihn, lege die Arme um seinen Hals und dränge meine Brust gegen seinen Mund. Ich reite auf seinem Schwanz, als wären wir zwei notgeile Teenager auf dem Rücksitz eines Autos.

John lässt meine Brustwarze mit einem feuchten Geräusch

aus seinem Mund gleiten. Ich erschauere und will, dass er sie wieder in den Mund nimmt.

»Berühr mich«, sagt er und bewegt seine Lippen über meine Haut, um sich der anderen Brust zu nähern. »Bitte. Berühr mich.«

Sein Bauch ist fest und glatt. Ich folge den Wölbungen der Muskeln bis zur Mitte seines Bauchs. Er stöhnt gedämpft, weil er meine Brust im Mund hat. Ich fummele am Knopf seiner Jeans herum, und dann habe ich ihn plötzlich in der Hand. Er ist heiß und hart und groß. Ich streiche über die seidige Hitze und fahre mit dem Daumen über die feuchte Spitze. Er erschauert.

»Oh verdammt. Verdammt. Mehr, Stella. Gib mir mehr.«

Sein Mund findet meinen. Wir reden nicht mehr, sondern flüstern nur noch sanfte Worte der Begierde und der Zustimmung, wimmern bedürftig und stöhnen nach mehr. Unsere Küsse sind das reinste Chaos – wild, feucht, intensiv. Unser Atem vermischt sich. Wir atmen zitternd aus. Ich ziehe an seinem Schwanz, und er zwickt in meine Brustwarzen, und es ist so heiß und gut. Ich werde jeden Moment kommen, und er hat noch nicht mal meinen Kitzler berührt.

»John …« Ich dränge mich flehend gegen ihn.

»Ich weiß«, keucht er. »Ich weiß.«

Ich spüre, wie sich der Orgasmus in mir zusammenbraut. Mir ist gleichzeitig heiß und kalt und ich zittere. Mein Körper spannt sich an und steht am Abgrund.

Ein lautes Summen durchschneidet die Luft. Wir zucken beide zusammen, als wir das Geräusch hören. Direkt darauf folgt ein weiteres Summen.

Ich lege meine Stirn an seine. »Wer ist das?«

»Mist.« John schluckt und bewegt seine geschwollenen Lippen über meine. »Ignorier es.«

Wer auch immer es ist, hämmert nun an die Tür.

»Hey!«, ruft eine tiefe Männerstimme. »Beweg deinen Hintern und mach die Tür auf.«

Keuchend drehen wir beide die Köpfe in Richtung der fraglichen Tür.

John hat die Hände noch auf meinen Brüsten, und ich spüre, wie er sich anspannt, bevor er sie zu meinen Hüften hinuntergleiten lässt. »Diese verdammten Spaßbremsen.«

Ich lache heiser und lasse mich gegen seine warme Brust sinken. Mir ist immer noch ein wenig schwindelig und ich bekomme kaum Luft. John presst seine Lippen auf meinen Kopf. »Das sind die Jungs«, brummt er in mein feuchtes Haar. »Sie haben sich selbst zum Abendessen eingeladen. Ich habe es vergessen.«

»Ich frage mich, warum«, murmle ich. Nun lacht er schwach.

»Verdammt«, stöhnt er lang und gequält. So wie es aussieht, wird zwischen uns so bald nichts passieren. »Mist, Mist, Mist.« John atmet langsam durch die Nase aus und versucht eindeutig, sich zu beruhigen.

Ich kann das nachempfinden. Auch ich bin über alle Maßen erregt. Zwischen meinen Beinen pocht alles, ich bin ganz feucht und verspüre ein großes Verlangen, das nicht erfüllt werden wird. Ein Schauer jagt durch meinen Körper, und John wirft mir einen tadelnden Blick zu, während er meine Hüften ein wenig fester packt. »Halt still«, warnt er mich, »sonst werde ich dich vögeln, während sie zuhören.«

»Soll das eine Drohung sein?«, frage ich und beäuge den niedlichen kleinen Kreis, der seine steife Brustwarze umgibt. Ich will sanft hineinbeißen und dann daran lecken, bis es nicht mehr schmerzt. »Denn ich bin bereit, mich zu unterwerfen.« Doch trotz meines Draufgängertums und seines gequälten Stöhnens lasse ich von ihm ab und bewege mich von ihm hinunter. Gottverdammt, sein Schwanz sieht wirklich gut aus. Er ist vor Lust ganz dick und dunkel. Er zuckt in meine Richtung, als würde er mich zu sich zurücklocken wollen. Und ich gerate ernsthaft in Versuchung. Oh ja, die Versuchung ist groß.

Das Summen der Türklingel ertönt erneut mit erbarmungsloser Beharrlichkeit.

»Ich komme ja schon, okay?«, ruft John. Seine Stimme klingt ein wenig schwach.

»Nicht so, wie *ich* es mir erhofft hatte«, murmle ich.

Er stößt ein schwaches Lachen aus und fährt sich mit einer Hand durchs Haar. Schweiß bedeckt seine feste Brust und seinen Bauch. »Dass du jetzt noch Witze machen kannst.«

»Ich kann entweder darüber lachen oder deine Freunde umbringen.« Ich kämpfe mit meinem BH. Ich bin ebenfalls verschwitzt, und meine Brüste sind geschwollen und empfindlich. Ich schnappe mir mein Oberteil, ziehe es mir über den Kopf und stehe auf. »Ich werde an die Tür gehen. Du kümmerst dich um …«, ich wedele mit einer Hand in Richtung seines hartnäckigen Schwanzes, der immer noch steif ist, »… das da.«

»Ich befürchte, dass ich ihn brechen könnte, wenn ich jetzt versuche, ihn einfach so zurück in meine Hose zu stecken«, grummelt er. Doch dann steht er auf und zieht seine Jeans hoch. Er lächelt schief. »Das tut mir wirklich leid, Knöpfchen. Ich werde es wiedergutmachen.« Er gibt mir einen butterweichen Kuss und eilt dann ins Bad.

16. Kapitel

Stella

Ich stehe allein in Johns Wohnzimmer, ordne mit einer Hand mein Haar und ziehe mein Oberteil zurecht. Ich bin mir sicher, dass ich vollkommen zerzaust aussehe. Meine Lippen sind empfindlich und vermutlich geschwollen. Aber das sind Rockstars. Sie sind an Sex gewöhnt, und ich schäme mich kein bisschen. Wenn überhaupt, macht mich ihre rabiate Unterbrechung wütend.

Ich übe immer noch meine Miene der ruhigen Gelassenheit, als ich die Wohnungstür öffne. Meine Gesichtszüge entgleiten mir jedoch schlagartig, als ich plötzlich dem umwerfendsten Mann gegenüberstehe, den ich je gesehen habe. Er steht auf der Schwelle und trägt einen makellosen, schicken grauen Anzug. Sein rabenschwarzes Haar schimmert im Licht des Flurs, und der Blick aus seinen meerblauen Augen ist hoch konzentriert. Ich schwöre, dass mir bei dem Anblick die Knie ein wenig weich werden. Doch das ist nicht der Grund für das absolut begeisterte Keuchen, das ich ausstoße.

Ein weiteres strahlend blaues Augenpaar hat mich in seinen Bann gezogen. Und ganz spontan verliebe ich mich ein kleines bisschen. Denn der Säugling, den der Mann in einem Tragegurt vor der Brust trägt, ist das süßeste Baby, das ich je gesehen habe. Der kleine Kerl weiß das eindeutig, denn er schenkt mir ein zahnloses Lächeln und winkt dabei mit einer pummeligen Faust.

»Oh, mein Gott. Schweig still, mein Herz.«

Der Mann im Anzug verzieht keine Miene, aber etwas, das stark an strahlenden Stolz erinnert, erfüllt seine Augen und lässt ihn plötzlich menschlich erscheinen. Er legt eine schützende Hand auf den Bauch des Babys. Und das war's für meine Eierstöcke. Ich kann spüren, wie sie in Flammen aufgehen, während ich glücklich seufze.

»Diese Wirkung hat er auf viele Leute«, sagt ein anderer Mann neben ihm. Er war mir bislang nicht mal aufgefallen, was schockierend genug ist, denn der Kerl ist heiß. Nicht auf diese kühle, perfekte Weise, die der Typ mit dem Baby ausstrahlt, sondern auf eine drahtige, lässige Art. Das ist ein Kerl, den Frauen umschwärmen, weil sie wissen, dass er sie anständig behandeln wird, selbst wenn er ihnen das Herz bricht. In dieser Hinsicht ähnelt er John ziemlich stark.

Und dann erkenne ich ihn plötzlich. Das ist Whip Dexter, der Schlagzeuger von Kill John. Er wirft mir ein freundliches, aber abschätziges Lächeln zu. »Ein Blick in diese blauen Kulleraugen und Frauen schmelzen dahin.«

John erscheint an meiner Seite. Er trägt ein Hemd und wirkt gekränkt. »Herrgott, du fällst doch wohl nicht auf Scotties Gesicht rein, oder?«

»Scottie?«, frage ich ausdruckslos.

»Er meint mich«, sagt der heiße Daddy. Sein Akzent ist so makellos wie sein Anzug.

Das ist der Mann, der mich engagiert hat? Natürlich ist er das. Ich erkenne seine Stimme. Scottie schaut mir in die Augen und zieht ganz leicht eine schwarze Augenbraue hoch. Er weiß sehr gut, dass ich für das Baby geschwärmt habe, hat aber eindeutig nicht vor, John zu korrigieren. Ich frage mich, was es damit auf sich hat, während sich John weiter beschwert.

»Ernsthaft, das ist einfach nur peinlich. Er ist glücklich verheiratet, weißt du?«

Ärger steigt in mir auf. Ich hatte gerade meine Zunge in Johns Mund, und er denkt, dass ich für Scottie schwärme? Andererseits ist der Mann wirklich umwerfend – ich kann verstehen, dass er bei den Jungs Misstrauen auslöst.

Ich schnaube und verdrehe die Augen. »Oh, um Himmels willen, ich meinte das Baby.« Ich schneide eine alberne Grimasse und schaue den brabbelnden kleinen Jungen an. »Nicht wahr? Du süßer kleiner Kerl.«

»Kleiner Kerl«, wiederholt Whip mit einem Lächeln. »Das gefällt mir.«

John atmet geräuschvoll aus und hat den Anstand, zerknirscht zu wirken. »Klar. Felix. Ich habe ihn gar nicht gesehen. Hey, kleiner Mann.«

»Du warst von meinem umwerfend guten Aussehen abgelenkt, nicht wahr?«, scherzt Scottie. »Das passiert mir öfter.«

John zeigt ihm den Stinkefinger.

»Ist das sein Name?«, frage ich Scottie.

»Ja, das ist mein Sohn, Felix Tiberius Scott.«

Felix hebt eine Faust, als wollte er sagen: »Respektiere meine Großartigkeit, Frau!«

Scottie hat seinem Sohn einen Namen aus *Star Trek* gegeben? Sofort verliebe ich mich ein wenig mehr in die beiden. Allerdings ist Scottie wirklich zu kühl und zu schön für irgendetwas anderes als beiläufige Bewunderung. Bei seinem Baby ist das jedoch etwas ganz anderes. Ich würde dem kleinen Kerl am liebsten in die Pausbäckchen beißen.

»Er ist bezaubernd.«

»Danke.« Wieder zieht er die strengen Augenbrauen hoch. »Miss …?«

Ich habe das seltsame Gefühl, dass er weiß, wer ich bin, aber aus Höflichkeit nachfragt.

John und ich sprechen gleichzeitig.

»Ich bin …«

»Das ist …«

Whip fällt uns ins Wort. »Maddy, oder?« Er schenkt mir ein unschuldiges Lächeln. »Jax hat mir erzählt, dass er schon öfter Abendessen für seine Nachbarin Maddy gemacht hat.«

Maddy? Wer zum Teufel ist Maddy? Ich versteife mich, und mein Gesicht fühlt sich wie Beton an. Er hat Abendessen für eine andere Nachbarin gemacht? Bin ich nur eine von vielen?

»Äh, nein, ich bin …«

John gibt einen verärgerten Laut von sich. »Das ist Stella, nicht Maddy. Herrgott, ich finde, dass es ziemlich eindeutig ist, dass sie nicht Maddy sein kann, du Blödmann.«

Okay, das tat weh. Ich kann nicht so tun, als wäre es nicht so. Ich werfe John einen bösen Blick zu, während er Scottie und Whip in die Wohnung führt. Aber ich erhalte keine Gelegenheit, etwas zu sagen, weil sich Scottie herumdreht und mich mit seinem seltsam intensiven Blick fixiert, woraufhin ich mich nicht mehr von der Stelle rühren kann. »Endlich lernen wir uns persönlich kennen, Ms Grey.«

Oh Mist. Ich sollte eigentlich keinen Kontakt mit John haben. Und jetzt bin ich hier und habe sehr engen persönlichen Kontakt mit ihm. Ich öffne den Mund, aber es hat mir die Sprache verschlagen.

»Hast du ihr ernsthaft verboten, mit mir zu reden?«, fragt John und spricht das Thema damit direkt an.

Mr Scott wirft ihm einen beiläufigen Blick zu, und Felix produziert Spuckebläschen.

»Ja, ich bin Stella Grey. Ich weiß, dass Sie sagten, ich solle keinen Kontakt zu John aufnehmen, aber …«

»Tja«, sagt John gedehnt, »damit war es Essig, als sie mir mein Eis geklaut hat.«

Ich drehe mich zu John herum, der jetzt ein toter Mann ist. »Hey! Du hattest dir mein Minzeis mit Schokosplittern gekrallt. Ich habe es mir nur zurückgeholt.« Bei jedem Wort steche ich ihm mit einem Finger in die Rippen, um meiner Aussage Nachdruck zu verleihen.

John weicht mit einem erschrockenen Aufschrei zurück. »Herrgott, beruhige dich und hör auf, mich zu stechen. Und wir wissen beide, dass das nicht wahr ist, Stella-Knöpfchen. Muss ich erwähnen, dass …«

»Wenn du noch ein weiteres Wort von dir gibst, werde ich dich beißen wie ein tollwütiges Frettchen.«

John starrt mich eine Sekunde lang schockiert an. Dann lacht er laut los – es ist ein richtiges Lachen, das seinen ganzen Körper schüttelt und dafür sorgt, dass ihm Tränen in die Augen steigen.

Ich schnaube verärgert. »Ich meine es ernst. Fürchte meine Rache, Rockerjunge.«

Er lacht noch lauter. »Mach, dass es aufhört«, keucht er mit tränenüberströmtem Gesicht. »Mein Bauch tut weh.«

»Blödmann«, murmle ich, woraufhin er sich vornüberbeugt.

Das Brabbeln eines Babys lässt mich innehalten, und mir wird klar, dass wir Zuschauer haben, die ich vollkommen vergessen hatte. Sofort wird mir ganz heiß und meine Haut prickelt. Oh verdammt. Beschämt stoße ich John mit dem Ellbogen an und drehe mich langsam zu Mr Scott und Whip herum.

Whip grinst breit und zufrieden und zu meinem Entsetzen zeichnet er Johns Lachanfall auf.

»Tut mir leid«, sagt er zu mir, »aber das musste ich einfach für die Nachwelt festhalten.«

Ich habe keine Ahnung, warum Johns Lachen so etwas Besonderes ist, aber ich bin zu sehr auf Mr Scott konzentriert, um mir weitere Gedanken darüber zu machen. »Entschuldigung«, sage ich zu meinem Arbeitgeber. »Das wollte ich wirklich nicht.«

Mr Scott zieht einmal mehr die dunklen Brauen hoch. »Das wäre eine Schande, Ms Grey. Wenn jemand von einer Frau, die ein tollwütiges Frettchen nachahmt, in seine Schranken gewiesen werden muss, dann ist es Jax.«

Gott, ich habe wirklich den Ausdruck »tollwütiges Frettchen« verwendet. Ich will mich davonschleichen und mich verstecken.

John wird sofort ernst. »Hey«, schimpft er empört, »was habe ich gemacht?«

»Sollen wir dir eine Liste ausdrucken?«, murmelt Mr Scott gelassen. Dann wendet er sich an mich. »Seien Sie versichert, Ms Grey, dass meine Absicht lediglich darin bestand, Ihnen jedweden Ärger mit einem dafür prädestinierten Rockstar zu ersparen. Es ging ganz sicher nicht darum, Sie davon abzuhalten, Jax kennenzulernen.«

»Sie nennt ihn John«, betont Whip, der immer noch seltsam zufrieden wirkt.

»Das ist mein Name.« John versetzt Whip einen Klaps hinters Ohr und weicht dann gekonnt zurück, als Whip eine Hand ausstreckt, um ihn auf den Hinterkopf zu schlagen. John starrt Mr Scott finster an. »Und was dich betrifft, du Verräter, wenn du so weitermachst, werde ich Sophie erzählen, dass der Kinderwagen, den du gekauft hast, nicht den von Eltern empfohlenen Richtlinien entspricht.«

Der kleine Felix gibt ein empörtes Quieken von sich.

Mr Scott wird blass und runzelt die arrogante Stirn. »Das ist eine reine Lüge. So tief würdest du nicht sinken.«

»Wollen wir wetten?« John schnieft und hebt das Kinn. »Es ist schon schlimm genug, dass ihr versucht habt, meine Tür einzuschlagen.«

Whip schnaubt. »Haben wir euch etwa bei etwas unterbrochen?« Die Vorstellung scheint ihn sehr zu freuen.

Das bringt ihm einen weiteren Klaps hinters Ohr ein. Whip will gerade etwas sagen, als sich die Fahrstuhltür öffnet und zwei Leute aussteigen, die sich eindeutig streiten.

»Die Tatsache, dass ich die Uber-Fahrerin angelächelt und ihr einen schönen Abend gewünscht habe, bedeutet nicht, dass ich sie anbaggern wollte«, sagt ein großer blonder Kerl, bei dem es sich ohne jeden Zweifel um Rye Peterson handelt. Die schiere Perfektion seiner extrem muskulösen Arme reicht aus, um ihn zu identifizieren. Es gibt eine Tumblr-Seite, die sich einzig und allein Rye Petersons Armen widmet.

Die Frau, die ihn begleitet, ist Brenna. Wie am Abend der Party hat sie ihr langes Haar auch jetzt zu einem hohen, eleganten Pferdeschwanz zusammengebunden, den sie nun ruckartig über ihre Schulter schleudert. »Die Tatsache, dass du ihre Telefonnummer angenommen hast, beweist, dass du ein Lügner bist.«

Er hebt verzweifelt die Hände. »Was hätte ich denn tun sollen? Sie ihr vor die Füße werfen? Dann hätten sich die Leute in den sozialen Medien das Maul darüber zerrissen, dass ich ein Arschloch bin, das gemein zu einer Frau war. Und das weißt du.« Er lehnt sich vor und bedrängt sie regelrecht. »Ich meine, bist du meine Pressesprecherin oder nicht?«

Brenna wirft ihm einen kühlen Blick zu. »Als deine Pressesprecherin würde ich dir raten, deinen Schwanz in deiner Hose zu lassen.«

Sein Lächeln ist düster. »Klingt, als wärst du eifersüchtig, Beerchen.«

»Beerchen?«, wiederholt Whip und durchbricht damit die Stille. »Du hast einen Spitznamen für sie?«

Sie erstarren beide und Brenna läuft so rot an wie eine Himbeere. Ich fühle mit ihr. Die Tatsache, dass wir Rotschöpfe so schnell erröten, ist wirklich ätzend.

Felix brabbelt in die Stille hinein. Brenna streicht ihren Rock glatt und kommt in unsere Richtung. Ihre Absätze klappern auf dem Marmorfußboden. »Felix Tiberius, mein Kumpel.« Sie hebt seine winzige Faust an und stößt damit gegen ihre Handfläche.

John tritt von der Tür zurück. »Können wir dieses ganze Drama bitte nach drinnen verlagern?«

»Es gibt kein Drama«, versichert ihm Brenna. »Ich muss mich nur um jemanden kümmern, der zu oft mit dem denkt, was zwischen seinen Beinen baumelt.«

»Da baumelt eine ganze Menge«, sagt Rye mit einem übertriebenen anzüglichen Grinsen. »So viel kann ich dir versichern, Schätzchen.«

»Da habe ich aber was anderes gehört«, erwidert Brenna mit Singsangstimme, während sich alle im Penthouse verteilen.

»Wo ist Sophie?«, fragt John und unterbricht damit Ryes Proteste.

»Sie ist mit ihrer Mutter unterwegs.« Scottie geht zu der Biedermeierkommode, die als Bar fungiert. »Sie lässt sich entschuldigen.«

Bevor John die Tür schließen kann, bimmelt der Fahrstuhl erneut, und eine hübsche Frau mit silberblauem Haar steigt aus der Kabine. Sie sieht wie ein Pin-up-Model aus den 1940ern aus, trägt aber einen blauen Overall und rote Chucks. In den Händen hält sie einen riesigen Blechbehälter für Essen. »Freiheit!«, ruft sie in einer sehr guten *Braveheart*-Imitation, während sie die Hand im Siegestaumel in die Luft reckt.

So wie Scottie und Felix sie anstrahlen, vermute ich, dass das Sophie sein muss.

John gibt ihr zur Begrüßung einen Kuss auf die Wange. »Gott sei Dank. Scotties schlechte Laune, weil du nicht hier bist, wäre ziemlich unerträglich.«

Scottie schnaubt. »Dafür werde ich mich dir gegenüber jetzt trotzdem mürrisch verhalten.« Doch Sophie schenkt er ein Lächeln. »Darling, deine Männer haben dich vermisst.« Felix quakt zustimmend.

»Meine hübschen Jungs«, gurrt Sophie und überhäuft sie mit lautstarken Küssen. Keinen der beiden scheint das auch nur im Geringsten zu stören. Tatsächlich schnurren sie regelrecht, weil sie ihre Aufmerksamkeit so sehr genießen. Sie wendet sich an John.

»Ich weiß, dass du dich um das Abendessen gekümmert hast, also habe ich zum Nachtisch ein wenig Bibingka mitgebracht.« Sie verstummt und reißt die Augen weit auf, als hätte sie eine schockierende Erkenntnis getroffen. »Heilige Scheiße, ich verwandle mich in meine Mutter. Schnell, jemand muss mir dieses verdammte Essen abnehmen und einen Exorzismus durchführen!«

John kichert. »Zu spät, der Schaden ist bereits angerichtet.«

»Oh, halt deinen bösen Mund.« Sie schlägt ihm auf den Arm und wendet sich dann mit einem Lächeln an mich. »Hey, ich bin Sophie. Ich habe viel Gutes über dich gehört.«

»Tatsächlich?« Das Wort ist kaum mehr als ein peinliches Quieken.

»Oh ja. Gabriel sagt, dass du Jax in den Wahnsinn treibst.« Sie strahlt förmlich. »Was wirklich ganz wundervoll ist.«

»Darling«, mischt sich Scottie sanft ein, »lass Jax in Ruhe.

Sonst bekommt er noch einen Anfall und wir werden niemals essen.«

»Pass auf, Stells«, murmelt John. »Offenbar werde ich bald einen Anfall bekommen.«

»Wenigstens weiß ich jetzt, dass ich dich in den Wahnsinn treibe.«

»Das wusstest du schon vorher, Knöpfchen.«

Das stimmt.

Er schließt die Tür, und ich trete dicht an ihn heran. »Wer ist Maddy?«

Der extrem liebevolle Ausdruck in seinen Augen sorgt dafür, dass ich schreien will. Vor allem da er eindeutig weiß, dass ich eifersüchtig bin. »Maddy, meine liebe, süße Stella, ist unsere vierundsiebzigjährige Nachbarin, die mich freundlicherweise hin und wieder in ihre Wohnung lässt, wenn ich mich einsam fühle und ein wenig Gesellschaft brauche.«

Ich starre ihn eine Sekunde lang an wie ein Reh im Scheinwerferlicht. Dann sackt mein Körper in sich zusammen. »Oh.«

Er gibt sich verflucht selbstgefällig und hat auch jedes Recht dazu. »Allerdings gefällt mir dieses eifersüchtige kleine Knurren, das du von dir gegeben hast, irgendwie.«

»Ich habe nicht *geknurrt*.« Ich rümpfe die Nase, als er mich anstarrt. Okay, vielleicht habe ich doch geknurrt. »Maddy ist Mrs Goldman?« Wie lautet ihr Vorname? Madeline? Sie muss es sein. Auch wenn ich mir nicht vorstellen kann, sie Maddy zu nennen.

John bestätigt das mit einem Nicken. »Du bist ihr begegnet?«

»Wir haben zusammen zu Mittag gegessen. Sie hat versucht, uns miteinander zu verkuppeln.«

»Wirklich?« Er klingt erfreut. »Tja, das beweist nur, dass sie einen großartigen Geschmack hat.«

»Werde nicht noch eingebildeter, als du ohnehin schon bist, John. Sonst passt du mit deinem großen Ego bald nicht mehr durch die Tür.«

Lächelnd berührt er liebevoll meine gerümpfte Nase. »Ich meinte, dass sie einen großartigen Geschmack hat, weil sie dich mag.«

Oh Mann. Er wird mich mit seinem Charme noch mal umbringen. Man wird mich in einer Pfütze aus Lust finden, in der nur noch mein Höschen treibt.

»Hey!«, ruft Rye zu uns herüber. »Hört auf, euch anzuschmachten, und lasst uns kochen. Ich habe Hunger.«

Johns Mund zuckt. »Lektion Nummer eins, wenn es um meine Jungs geht: Rye ist ein Blödmann.«

»Das habe ich gehört!«

»Das solltest du auch!« John schüttelt den Kopf und lacht leise. Dann nimmt er meine Hand und führt mich in die Küche.

Und in diesem Augenblick wird mir auf einmal klar, dass ich mit drei Mitgliedern von Kill John zu Abend essen werde. Und was noch wichtiger ist: mit Johns engsten Freunden. Plötzlich bin ich nervös.

John

Stella wird nun den Großteil meiner Familie kennenlernen. Meiner wahren Familie. Ich habe Eltern, Großeltern, Tanten und Onkel. Aber kein Einziger von ihnen will noch etwas mit mir zu tun haben. Für sie bin ich eine Schande. Zum einen, weil ich Musiker bin, und zum anderen, weil ich meine »Probleme« mit meiner geistigen Gesundheit öffentlich gemacht habe. Für sie geht Anstand über alles. Man wirbelt nicht mit eindeutigen Hüftbewegungen auf einer Bühne herum und singt Lieder übers Vögeln. Und man versucht schon gar nicht, sich öffentlichkeitswirksam das Leben zu nehmen. Offenbar erledigt man derartige Angelegenheiten besser hinter verschlossenen Türen und wartet darauf, dass die Familie es stilvoll vertuscht.

Meine Familie ist stolz auf ihr blaues Blut und erwartet von jedem Mitglied ein entsprechendes Verhalten. Ich finde das verdammt ironisch, wenn man bedenkt, dass ich die Königin von England getroffen und mit den beiden jungen Prinzen gefeiert habe und im Allgemeinen sehr viel vertrauter mit vom Palast gesponserten Veranstaltungen bin als jedes andere Mitglied meiner angesehenen Familie. Vielleicht ist das das Problem – ich hatte auf meine eigene Weise Erfolg.

Was auch immer das Problem ist, abgesehen von Killian und Libby sind alle Menschen, die ich auf der Welt am meisten liebe, jetzt gerade hier. Und Stella ist ebenfalls hier. Auch wenn mein Schwanz nicht gerade glücklich über die Unterbrechung ist und meine Eier höllisch schmerzen, bin ich froh, dass Stella meine Freunde kennenlernt.

Rye lässt sich auf die Couch fallen. »Ich rieche kein Essen.«

»Ich habe vergessen zu kochen«, gebe ich zu und verziehe dabei das Gesicht. Ich bin für meine Vergesslichkeit berüchtigt, und die Leute ärgern sich oft darüber.

Whip legt mir eine Hand auf die Schulter und drückt sie. »Du hattest Besseres zu tun.« Er nickt in Stellas Richtung. »Ich verstehe das, Mann.«

Ich kann nicht mal so tun, als wäre ich nicht wegen Stella abgelenkt gewesen. Aber als sie errötet, ramme ich Whip einen Ellbogen in den Bauch. »Hör auf mit dem Quatsch.«

Er nimmt den Schlag mit einem Lachen hin und trollt sich dann in die Küche. Brenna und Sophie folgen ihm, und die drei machen sich daran, den Kühlschrank zu durchsuchen. Sie finden zwei komplette Hühnchen, die ich im Ofen zubereiten wollte.

»Dann lasst uns mal mit dem Essen loslegen«, sagt Whip und schaltet den Ofen an.

Sophie und Scottie schauen mit Felix zusammen zu, während der Rest von uns das Abendessen kocht. Stella und ich stehen nebeneinander am Spülbecken und schälen Kartoffeln. Hin und wieder berühren sich dabei unsere Arme. Wann immer es passiert, werfen wir einander einen heimlichen Blick zu und Stella lächelt schüchtern. Das sorgt dafür, dass ich sie küssen will. *Jedes Mal.*

Ich bin mir der Anwesenheit dieser Frau so bewusst, dass es nicht mehr lustig ist. Ich bin vollkommen von ihr eingenommen. Auf lächerliche Weise. Und nun, da ich weiß, wie sie schmeckt und wie sie sich an meinem Mund und unter meinen Händen anfühlt, ist es noch schlimmer. Sie ist mein neues Lieblingslied. Ich will sie immer und immer wieder spielen.

Nachdem wir alles vorbereitet haben, übernehme ich den Großteil des Kochens, hauptsächlich deswegen, weil ich es von uns allen am besten kann. Stella lacht, als Rye und Whip ihr Geschichten von den Tourneen erzählen. Und weil sie Idioten sind, handeln die meisten Geschichten von meinen peinlicheren Momenten.

»Was ist mit dem ersten Interview für den *Rolling Stone*?«, mischt sich Brenna hilfsbereit ein.

»Oh, um Himmels willen.« Ich hebe eine Hand und gebe mich geschlagen.

Stella schaut sich in der Küche um und betrachtet die anzüglich grinsenden Gesichter meiner Freunde. »Was ist passiert?« Sie genießt meine Qual ganz offensichtlich. Dieses kleine Miststück.

Brenna ist vollkommen aufgedreht, als sie die Geschichte erzählt. »Es war Kill Johns erstes Interview für den *Rolling Stone*. Das ist eine ganz große Sache, klar?«

Stella nickt und lauscht aufmerksam.

»Jax und die Reporterin haben die ganze Zeit über miteinander geflirtet«, sagt Whip, während er etwas Rosmarin klein hackt. »Es war wirklich ekelhaft.«

»Nur weil sie dich ignoriert hat«, fühle ich mich verpflichtet einzuwerfen.

Er zeigt mir den Stinkefinger und fährt ohne Unterbrechung mit der Geschichte fort. »Wir kommen gerade zum Ende und unser geschmeidiger Freund schlendert zu ihr rüber, um sich ihre Nummer geben zu lassen.«

Ich schüttle den Kopf. Mein Gesicht ist ganz heiß.

Stella hat die tiefblauen Augen weit aufgerissen. »Wie hat er es verpatzt?«

»Es ist beruhigend zu wissen, dass du die Vorstellung schockierend findest, Knöpfchen«, sage ich trocken. »Aber nein.«

»Nein«, stimmt mir Whip mit einem Kichern zu. »Nicht wirklich.«

Rye grinst so breit, dass seine Augen wie kleine blaue Dreiecke aussehen. »Er steht da und fängt gerade mit seinem ›Also, Babe‹ an, als er plötzlich den Kopf auf und ab und hin und her bewegt und dabei eine ganz seltsame Grimasse zieht …«

In diesem Moment ahmen alle die Grimasse nach. Sie pressen die Lippen fest zusammen und blähen die Nasenflügel, als würden sie etwas Unangenehmes riechen. Stella lacht laut los. Dann lachen sie alle. Ich verziehe angesichts der Erinnerung das Gesicht.

Rye lacht immer noch, als er weiterredet. »Und wir fragen uns, was zum Teufel da los ist. Doch Jax tut so, als wäre nichts passiert, und versucht erneut, mit ihr zu reden.«

»Nur dass er dann schon wieder mit dem Kopf herumzappelt«, sagt Brenna und imitiert mich recht gut.

»Verdammt noch mal«, murmle ich. Das Echo dieser lange zurückliegenden Peinlichkeit hallt immer noch in mir wider.

»Was war denn los?«, fragt Stella und schaut zwischen mir und meinen Freunden hin und her.

Ich erhalte keine Gelegenheit zu antworten. Whip kommt mir zuvor.

»Er öffnet den Mund ein letztes Mal, um zu sprechen, und plötzlich keucht und hustet er, und dann würgt er schließlich nur noch.«

Rye weint förmlich vor Schadenfreude. »Und die Reporterin weicht zurück und scheint es wirklich zu bereuen, dass sie sich die Mühe gemacht hat, mit diesem Spinner zu reden. Aber sie fragt ihn trotzdem, ob er in Ordnung ist.« Rye wischt sich über die Augen. »Und Jax sagt …«

Alle meine Freunde verbünden sich und rufen im Chor: »Ich … habe … einen … Käfer … verschluckt.«

Alle lachen. Und ich lache ebenfalls, wenn auch widerwillig. Es war ätzend, aber auch lustig. »Diese blöde Mücke hatte es auf mich abgesehen. Sie hat mich während des gesamten Interviews verfolgt.«

Kichernd legt Stella eine Hand auf meinen Unterarm. Ihr Lächeln ist strahlend, auch wenn klar ist, dass sie sich große Mühe gibt, nicht laut loszulachen. »Armes Baby.«

Alles in mir wird warm, und ich richte meine Aufmerksamkeit auf die Stelle, an der sie mich berührt. Vor zwei Stunden dachte ich noch, dass sie mich nie wieder sehen wollen würde. Ich war in einem Strudel aus dunklen, höhnischen Gedanken gefangen. Und sie hat mich wieder zurück ins Licht gezerrt.

Ich will mich vorbeugen und meine Lippen auf ihre pressen. Ich will sie ins Schlafzimmer schleifen und jede Kurve ihres

Körpers kennenlernen. Ich will, dass meine Freunde verdammt noch mal von hier verschwinden. Ich will eine Menge. *Will, will, will.*

Nicht dass meine großmäuligen Freunde das bemerken würden.

Rye redet immer noch. »Die Reporterin schaut ihn an, als würde sie denken, dass er versucht, witzig zu sein, und dabei komplett versagt. Aber sie will ihm eindeutig eine Chance geben. Also sagt sie: ›War das ein Zitat aus *Overboard – Ein Goldfisch fällt ins Wasser*? Das ist mein Lieblingsfilm!‹«

Stella prustet vor Lachen. »Das hat sie nicht gesagt.«

Rye nickt. »Jax reagiert eine Sekunde lang nicht. Dann nickt er ganz aufrichtig und ernst und erzählt ihr, dass das auch sein Lieblingsfilm ist. Mehr brauchte es nicht. So einfach war seine Lässigkeit wiederhergestellt.«

»Das ist die Macht des großen Jax«, kommentiert Brenna trocken und verdreht die Augen.

Ich lege eine Hand auf meine Brust. »Was soll ich sagen? Ich bin eben gut darin, Leuten etwas vorzumachen.«

Zum Glück erwähnen meine Freunde nicht, dass ich danach tatsächlich etwas mit dieser Reporterin hatte. Und die ganze Zeit über bat sie mich, Sprüche aus *Overboard – Ein Goldfisch fällt ins Wasser* zu zitieren. Was wirklich schwierig war, da ich den Film nie gesehen hatte. Das war echt verflucht unangenehm.

Ich bereue meine Vergangenheit nicht. Ich bereue es nicht, dass ich in jüngeren Jahren jede Menge Sex hatte. Im Großen und Ganzen amüsierte ich mich. Sehr ausgiebig. Ich werde niemals der heilige John sein, aber jetzt verstehe ich, warum sich Whip von Gelegenheitssex verabschiedet hat. Damals war ich nie ich selbst. Ich hatte nie etwas Echtes.

Leider liegt darin der entscheidende Punkt meines Problems. Ich will Sex mit Stella haben. Ich will sie und nur sie. Aber sich an jemanden zu binden bringt Gefahren mit sich. Ich darf mich nicht von jemand anders abhängig machen. Ich kann mich nicht darauf verlassen, dass sie mich jedes Mal aus meinen düsteren Stimmungen holt. Das muss ich aus eigener Kraft schaffen.

Und es wäre keine gleichberechtigte Beziehung. Stella kann mir so viel bieten. Was kann ich ihr im Gegenzug bieten? Orgasmen? Klar, das ist toll, aber ich bin realistisch genug, um zu wissen, dass sie die auch woanders bekommen kann – auch wenn es mich umbringen würde, wenn sie das täte. Ich habe kaum Privatsphäre, und jede Frau, die sich auf mich einlässt, wird damit leben müssen, dass man auch äußerst aggressiv in ihre Privatsphäre eindringt. Vielleicht wird es nun sogar noch schlimmer, da es viel zu viele Idioten gibt, die Freude daran haben, die Frauen, die von berühmten Männern geliebt werden, in der Luft zu zerfetzen.

Liebe. Meine Kehle wird trocken und eng.

»Kumpel, dir gerinnt gleich die Bratensoße«, warnt mich Scottie, der neben mir steht.

»Oh.« Ich drehe die Hitze herunter, füge noch ein wenig Fond hinzu und versuche, mich zu konzentrieren.

Er wirft mir einen Seitenblick zu. Seine Lippen zucken, und ich bin versucht, ihn zu treten. Aber ich tue es nicht. Ich beende meine Aufgabe mit stoischer Ruhe. Trotz meiner besten Bemühungen lausche ich mit einem Ohr immer noch Stella, die mit Sophie und Brenna lacht, während sie den Tisch decken. Rye und Whip unterhalten sich unterdessen über neue Rhythmen. Ich beobachte, wie Stella lächelt und aus reiner Freude errötet. Ich trinke mein Bier und tue so, als wäre alles ganz normal.

Doch als ich mich zum Sonntagsessen hinsetze, achte ich darauf, wo sie sitzt, und suche mir den Platz neben ihr aus. Ich lege eine Hand auf ihren weichen, glatten Nacken. Ich rede mit meinen Freunden und spiele mit den seidigen Strähnen ihres rotgoldenen Haars. Glücklicherweise lässt Stella das zu. Sie hält sehr still, so als würde sie befürchten, dass ich aufhören könnte.

Das ist nicht sehr wahrscheinlich. Nicht wenn ich sie endlich so berühren kann, wie ich es die ganze Zeit unbedingt wollte.

»Also gut …« Scottie legt sein Besteck auf seinen leeren Teller. »Brenna und ich haben nachgedacht.«

»Oh verdammt«, murmelt Whip.

Rye verzieht den Mund in stummer Zustimmung. Ich weiß nicht, ob ihr Schrecken Scotties und Brennas Planungen ganz allgemein geschuldet ist, oder ob es um etwas Bestimmtes geht. Denn ich bin derjenige, den Scottie anstarrt.

»Ich dachte, wir hätten euch beiden verboten, eure Wunderzwillingskräfte anzuwenden«, sage ich und lasse meinen Arm auf Stellas Stuhllehne ruhen.

Brenna hebt ihre kleine Nase und schnieft beleidigt. »Das gilt nur, wenn wir sie für böse Zwecke einsetzen.«

Rye schnaubt. »Wenn ihr gemeinsam Pläne schmiedet, steckt immer etwas Böses dahinter.«

»Schnell, Scottie«, sagt sie, während sie Rye mit ihrem Blick fixiert, »ich muss mich in eine riesige Wasserpistole verwandeln.«

Scottie seufzt langmütig und richtet seinen durchdringenden Blick dann auf mich. »Ich bin nur ungern der Überbringer schlechter Nachrichten …«

»Das wüsste ich aber«, fällt ihm Whip frech ins Wort.

»Aber vor meinem Büro kampiert eine ganze Horde Reporter«, fährt Scottie fort.

»Ich denke, man sollte sie besser als Schwarm bezeichnen«,

sagt Sophie, während sie den kleinen Felix in ihren Armen wiegt. »Ihr wisst schon, so wie ein Schwarm Aasgeier.«

Scotties Lippen zucken. »Ein passender Vergleich, Darling.« Sofort wird seine Miene wieder ernst. »Eine Schwarm Reporter hat sich vor Kill Johns sprichwörtlicher Türschwelle niedergelassen. Brennas Büro wird mit Anrufen bombardiert.«

Ich widerstehe dem Drang, mich zu winden, und weiß es wirklich nicht besonders zu schätzen, dass er dieses Thema in Stellas Anwesenheit anspricht. Doch ich setze lediglich ein ausdrucksloses Lächeln auf. »Dann sagt ›Kein Kommentar‹ und macht weiter.«

Brenna streckt ihm die Zunge raus und prustet laut. »Das wird nicht funktionieren, Jaxilein. Das ist eine von diesen Angelegenheiten, auf die wir schnell reagieren müssen.«

Scottie legt einen Unterarm auf den Tisch, um lässig zu wirken, obwohl der Rest seiner Haltung pure Effizienz ausstrahlt. »Erst heute Morgen rief eine Frau an, um uns mitzuteilen, dass du letzte Woche mit ihr geschlafen hättest. Und nun befürchtet sie, dass sie sich angesteckt haben könnte.«

»Schwachsinn. Ich habe seit Monaten niemanden mehr angerührt …« Die Worte ersterben in der Luft, während ich den Mund zuklappe. Das wollte ich nun wirklich nicht zugeben.

Aber jetzt habe ich es ausgesprochen, und alle schauen mich an, als wäre mir ein zweiter Kopf gewachsen.

»Tja«, sagt Brenna und bemüht sich sichtlich um Fassung, »das ist …«

»Unerwartet«, sagt Whip, bevor er hustet, um den Begriff »männliche Schlampe« zu überspielen, den er hinter vorgehaltener Hand murmelt.

Ich zeige ihm den Stinkefinger und starre dann Scottie an. »Die letzte Frau, die ich angerührt habe, war …« Ich verziehe das Gesicht.

»Ms Sexuell Übertragbare Krankheit?«, schlägt Rye vor.

Sowohl Sophie als auch Brenna versetzen ihm einen Klaps hinter die Ohren.

»Hey!«

»Nenn sie nicht so«, schimpft Sophie. »Nicht wenn du selbst nichts anbrennen lässt.«

»Amen«, sagt Brenna.

Rye setzt eine finstere Miene auf und reibt sich die Ohren. »Können wir bei Jax' Problem bleiben?«

Brenna wirft ihm einen giftigen Blick zu, wird dann aber ernst. »Wir haben uns gedacht, dass du, wenn du in einer Beziehung wärst …« Sie lässt den Blick zu Stella wandern. »In einer ernsthaften Beziehung, die den Eindruck vermittelt, dass du zur Ruhe kommst.«

Ich setze mich ruckartig auf und lasse die Hand von Stellas Stuhl gleiten. »Brenna …«

Sie ignoriert meine Warnung. »Stella, ich weiß, dass das viel verlangt ist …«

Sorge kriecht meinen Rücken hoch. »Jetzt warte mal eine …«

»Aber würdest du es in Betracht ziehen, dich für ein paar Wochen als Jax' Freundin auszugeben? Wir würden dich gut dafür bezahlen.«

»Habt ihr verdammt noch mal den Verstand verloren?«, rufe ich und drücke mich vom Tisch ab. Der Stuhl schwankt hinter mir. »Ich habe Stella gerade erst dazu gebracht, mir dafür zu vergeben, dass ich sie für eine Escortdame gehalten habe. Und jetzt fragt ihr sie, ob sie meine gemietete Freundin spielen will?«

Ich bin so sauer, dass ich kaum geradeaus schauen kann. »Verdammte, elende … Ich bin kein zerbrochener Topf, den man wieder zusammenkleben muss. Ihr könnt mich nicht *reparieren*. Ihr habt kein Recht, hier hereinzutrampeln und …«

»John.« Stella ergreift meine Hand und drückt sie. Aufgrund der Art, wie sie meinen Namen ausspricht, vermute ich, dass sie mich schon ein paarmal angesprochen hat.

Alle am Tisch schweigen. Meine Freunde starren mich mit Gesichtern an, in denen sich unterschiedliche Stadien von Unbehagen und Betroffenheit spiegeln. Alle bis auf Stella, die mir ein schwaches Lächeln schenkt. »Ist schon gut«, sagt sie. »Ich weiß, dass das nicht deine Idee war.«

»Darauf kannst du deinen süßen Hintern verwetten«, schnauze ich. Ich bin immer noch vollkommen erschüttert. Dann atme ich langsam aus. »Es tut mir leid, Knöpfchen.«

Sie schüttelt den Kopf. »Das muss es nicht. Sie versuchen nur, dir zu helfen.« Sie hält immer noch meine Hand, und ich verschränke meine Finger mit ihren, als ich mich wieder setze. Stella wirft einen Blick zu dem grimmig dreinblickenden Scottie und der wütenden Brenna. »Ich kann das machen.«

»Nein«, widerspreche ich sofort und schaffe es kaum, meine Stimme ruhig zu halten. »Auf gar keinen Fall.«

»Warum nicht?« Stella zieht die Augenbrauen zusammen. »Du brauchst eine feste Freundin. Ich bin auf diesem Gebiet ein Profi. Das wissen wir beide.«

Das ist nun wirklich ein Tritt in die Weichteile. Obwohl ein Teil von mir lachen will – immerhin habe ich vor nicht mal einer Woche selbst noch versucht, sie zu engagieren. Allerdings finde ich das Ganze nicht besonders lustig. Es tut weh.

»Entschuldigt uns für einen Moment«, sage ich zu meinen Freunden, ohne den Blick von Stella zu nehmen. Ich halte ihre Hand ganz fest und führe sie auf die Dachterrasse hinaus. Sie stapft neben mit her und rechnet offensichtlich mit einem Streit. Gut so, denn den wird sie bekommen.

17. Kapitel

Stella

Wenn John wirklich aufgebracht ist, gibt er einen beeindruckenden Anblick ab. So wie ich ihn kenne, ist er entweder der lässige Rockstar oder, wenn er in der Stimmung dafür ist, der schmierige Idiot. Aber das hier ist anders. Sein schlanker Körper vibriert förmlich. All diese drahtigen Muskeln sind angespannt und zeichnen sich unter der goldenen Haut ab, während er nach draußen auf die Terrasse marschiert und sich zu mir herumdreht.

Grünes Feuer brennt in seinen Augen. »Was zum Teufel soll das, Stella?«

Dass er mich nicht mit einem der üblichen Spitznamen anredet, fühlt sich wie eine Bestrafung an. Und wie verkorkst ist das? Ich schiebe die Glastür zu, weil ich nicht will, dass seine Freunde diese Unterhaltung mitbekommen. »Warum bist du dagegen? Vor nicht mal einer Woche wolltest du genau das Gleiche von mir.«

Seine Wangen laufen rot an. »Ich habe zugegeben, dass es dumm und bescheuert von mir war, das überhaupt vorzuschlagen.« Er macht einen aufgebrachten Schritt in meine Richtung. »Aber ich verstehe nicht, warum du dich jetzt darauf einlassen willst, wenn es dich vorher eindeutig geärgert hat.«

Ich zucke mit den Schultern. »Vorher brauchtest du mich nicht. Jetzt schon.«

»Wenn du denkst, dass ich dich vorher nicht gebraucht habe, liegst du falsch.«

Der Ausdruck in seinen Augen sorgt dafür, dass mein Puls schneller schlägt. »Aber jetzt brauchst du mich nicht mehr? Jetzt, da du mit einer Freundin an deiner Seite gesehen werden musst. Das verstehe ich nicht.«

Wie kann er nicht begreifen, dass ich ihm helfen will? Von all den Menschen in meinem Leben will ich ihm am meisten helfen. Und er lässt es nicht zu.

John fährt sich mit einer Hand durchs Haar. »Ich will nicht ein weiteres Arschloch sein, das deine Dienste in Anspruch nimmt.«

»Meine Kunden sind keine Arschlöcher, John. Das ist mein Job. Und ich mag ihn.« Oder ich mochte ihn. Jetzt bin ich mir nicht mehr so sicher.

Er runzelt die Stirn und starrt in die Ferne. »Vielleicht sind sie am Anfang keine. Aber was ist mit denen, die die Freundschaft und die Bezahlung aufrechterhalten wollen?« Sein Blick trifft auf meinen. »Du hattest recht. Du verdienst mehr. Vergiss das ja nicht.«

»Ich vergesse es nicht«, sage ich und recke frustriert eine Hand in die Luft. »Du musst regelmäßig mit jemandem gesehen werden. Das kann ich für dich tun.«

»Kannst du das?«, schnauzt er und bläht die Nasenflügel.

»Ja«, schnauze ich zurück. »Und wieder frage ich dich: Was zum Teufel ist dein Problem?«

Er macht einen weiteren Schritt auf mich zu. »Vor zwei Stunden hatte ich deine Brüste in meiner Hand und meine Zunge in deinem Hals …«

»Sehr stilvoll, John«, falle ich ihm ins Wort und erröte.

»Und es war verdammt noch mal perfekt«, erwidert er. »Es war das beste Gefühl, dass ich seit Langem hatte. Ich kann mich an nichts Besseres erinnern.«

Meine Knie werden weich, und ich stoße ein leises »Oh« aus.

»Ja, ›oh‹«, sagt er trocken und senkt die Brauen über seine wütenden Augen. »Und ich dachte mir: endlich. Endlich darf ich die Frau, die ich nicht mehr aus dem Kopf bekomme, schmecken und berühren. Und was passiert dann? Sie und meine wohlmeinenden, aber nervigen Freunde einigen sich darauf, dass sie meine Freundin *spielen* sollte.«

Er fixiert mich mit seinem Blick, und mir wird klar, dass es nicht Wut ist, die ihn treibt, sondern Schmerz. Sofort komme ich mir klein und schrecklich vor. »Mist«, flüstere ich und starre zu ihm hoch.

Sein Mund zuckt verbittert, aber er sagt nichts.

»John.« Ich schlucke schwer. »Es tut mir leid.«

Ich mache einen Schritt auf ihn zu, aber er weicht mir aus und dreht mir seine Schulter zu, während er auf die Stadt hinausstarrt. »Vergiss es. Es ist nicht wichtig.«

»Doch, das ist es, verdammt.«

John wirbelt herum. »Ja, das ist es, verdammt«, stimmt er mir zu und marschiert auf mich zu.

Bevor ich mich vom Fleck bewegen kann, hebt er mich mit schockierender Mühelosigkeit hoch und legt seine großen Hände um meinen Hintern. Automatisch schlinge ich die Beine um seine Taille und klammere mich mit den Händen an seine Schultern. Mit zwei Schritten hat er mich gegen die Wand gedrückt und seinen langen, festen Körper gegen meinen gepresst.

»War es nicht echt genug für dich?«, fragt er an meinem Mund. Unsere Lippen streifen sich kaum. Meine Lider flattern. Sein Atem ist warm und riecht nach dem Wein, den er getrunken hat. »Hast du nicht gespürt, wie sehr ich dich wollte?«

Ich spüre es jetzt – eine harte, dicke Beule, die sich zwischen meine Beine drängt. Meine Oberschenkel ziehen sich zusammen, und er spürt es ebenfalls. Er gibt einen rauen Laut von sich, und dann reden wir nicht mehr. Sein Kuss ist schnell, brutal, verzweifelt und gierig. Wir pressen die Lippen aufeinander, knabbern und saugen. Seine Zunge gleitet glatt und feucht über meine. Erst streift er mich damit nur, dann dringt er tiefer in meinen Mund vor und nimmt sich, was er will. Das Gefühl entfacht ein Feuer in mir und entlockt mir ein Stöhnen und ein Wimmern. Ich will mehr davon, mehr von ihm.

John drängt sich mit rhythmischen Bewegungen gegen mich, während sich unsere Münder gegenseitig verschlingen. Er packt meinen Hintern fester. Mir ist schwindelig und doch fühle ich mich vor Verlangen so schwer, dass ich mir ganz schwach vorkomme. Als er sich zurückzieht, verfolgt mein Mund seinen. Meine Lippen sind geschwollen und feucht. Doch er senkt den Kopf, saugt an meinem Hals und zieht an der empfindlichen Haut dort.

»Ich will nichts Falsches, Stella.« Sein Mund berührt den oberen Bereich meiner Ohrmuschel. »Ich will nicht dafür bezahlen. Ich will nichts vortäuschen.«

Ich habe die Hände in seinem seidigen, zerzausten Haar vergraben. Ich dränge die Hüften gegen seinen wundervollen harten Schwanz. »Du kannst haben, was immer du willst.« Mittlerweile keuche ich, und meine Brustwarzen sind steif und schmerzen. »Alles.«

John erstarrt. Er fährt mit der Zungenspitze über eine Stelle an meinem Hals, und ich bäume mich auf. Dann drückt er einen sanfteren Kuss auf die Stelle und hebt schließlich den

Kopf. Seine Augen glühen in den Schatten. »Bleib bei mir. Lass uns zusammen fallen, Knöpfchen.«

Fallen. Wirklich fallen. Ich kann spüren, wie es geschieht. Ich fühle diesen schnellen Sturz, bei dem man nichts hat, woran man sich festhalten kann. Es gibt nichts, was mich retten kann. Es ist verflucht beängstigend. Dem Ausdruck in Johns Augen nach zu urteilen, weiß er es und fürchtet sich ebenfalls davor. Aber er will es trotzdem.

»Du sagtest, dass du dich nicht verlieben würdest.«

Er lässt den Blick über mein Gesicht wandern und schaut mir schließlich in die Augen. »Ich hab dich an jenem Abend stehen lassen, weil ich wusste, dass du die Einzige bist, in die ich mich je verlieben könnte.« John lehnt seine Stirn an meine und senkt die Lider. »Ich war noch nie verliebt. Die Vorstellung jagt mir eine Heidenangst ein, und ich rede mir zahllose Gründe ein, warum wir nicht zusammen sein sollten. Aber wenn es dann tatsächlich darum geht, dir den Rücken zuzuwenden? Nach dem, was wir auf der Couch gemacht haben? Nein.« Er schüttelt den Kopf. »Verdammt nein. Ich kann nicht gehen. Ich will es mit dir versuchen.«

Ich habe diese Stufe bereits übersprungen. »Okay.«

Sein Körper versteift sich für eine Sekunde. Dann lächelt er. Es ist, als würde die Sonne durch Eis schmelzen und strahlend und warm auf mich scheinen. In diesem Augenblick ist er leuchtend hell, und mir stockt der Atem. Er stiehlt ihn mir mit einem schnellen, leidenschaftlichen Kuss, den ich bis in die Zehenspitzen spüre. Ich wimmere und öffne den Mund, um mehr zu bekommen.

John gibt mir mehr. Er küsst und küsst mich, als wäre ich seine Lieblingsdroge. Dann zieht er sich mit einem gequälten Stöhnen zurück. »Verdammt, du führst mich in Versuchung.«

»Gut«, keuche ich an seinem Hals und knabbere ein wenig an seiner Haut. »Bring mich ins Bett.«

Er legt seine Wange an meine. Sein Körper zittert. »Das kann ich nicht.«

Ich streiche mit den Fingern über seine Brust. Gott, er hat eine wundervolle Brust. Fest und muskulös. Ich will daran lecken. »Sag deinen Freunden, dass sie nach Hause gehen sollen, dann kannst du es.«

John lacht, und die Vibrationen kitzeln meine überempfindliche Haut. »Nein, Babe.« Mit einem Seufzen macht er einen Schritt zurück und setzt mich vorsichtig ab. Ich bin wackelig und habe weiche Knie. Aber er hält meine Arme fest und schenkt mir ein Lächeln, das teils reine zufriedene männliche Hitze und teils schmerzhaftes Bedauern ist. »Wir werden das richtig machen. Ich werde dich umwerben.«

Ich lege die Finger auf seinen harten Bizeps. »Betrachte mich als erfolgreich umworben.«

Er lacht zitternd. »Ich meine Verabredungen. Wir werden es langsam angehen lassen.«

Wenn man bedenkt, dass ich ganz feucht bin und zwischen meinen Beinen alles pocht, kommt »langsam« eher einer Folter gleich. »Warum?«

Er hebt eine Hand an meine Wange und streicht mit seinem rauen Daumen über meine geschwollene Unterlippe. »Nenn es egoistisch, aber ich will Verabredungen erleben und diese Vorfreude erfahren, wenn ich auf den Sex warten muss, während ich dich besser kennenlerne. Du bist zu wichtig, um es auf etwas so Simples wie Gelegenheitssex zu beschränken. Ich will dich nicht daran verlieren.«

Das Herz schlägt mir bis zum Hals, und meine Brust schmerzt. Er schaut mich an, als könnte er das alles sehen. Als wüsste er ganz genau, wie es sich anfühlt, allein zu sein, obwohl man von Leuten umgeben ist. Ich schätze, dass er das besser weiß als ich. Seine Stimme ist wie warmer Honig in der Dunkelheit. »Du hattest immer nur mit Leuten zu tun, die wollten, dass du sie zufriedenstellst. Lass mich dir mehr geben. Etwas Echtes.«

»John ...« Ich weiß nicht, wer sich zuerst bewegt. Vielleicht tun wir es beide gleichzeitig.

Er legt seine Arme um mich und hält meinen Kopf mit einer Hand an seine Brust gedrückt, wo sein Herz kräftig schlägt. »Ich weiß nicht, wo das hinführen wird oder ob ich auch nur ansatzweise gut darin sein werde, aber ich will diesen Weg mit dir gehen.«

Ich lache leise. »Oh, du wirst gut darin sein. Das bist du bereits.«

Wir stehen schweigend da und halten einander fest. Ich schiebe meine Hände unter sein Hemd, um seine warme Haut zu berühren, und er zittert. Lächelnd drücke ich mich dichter an ihn. »Okay, aber werden wir gar keinen Sex haben?« Ich neige den Kopf nach hinten, um ihm in die Augen zu schauen.

»Mein Gehirn kann akzeptieren, dass das eine gute Idee ist, aber der Rest meines Körpers findet das nicht so toll. Ein paar Teile von mir werden schmollen, wenn sie ignoriert werden.«

John lacht laut los und seine Brust streift meine. »Gott, ich mag dich.«

Das Erstaunen in seiner Stimme sorgt dafür, dass ich ihm in die Seite steche. »Du musst deswegen nicht so überrascht klingen.«

»Aber ich bin überrascht«, sagt er aufrichtig. Er legt sein Kinn sanft auf meinen Kopf. »Das letzte Mädchen, das ich wirklich mochte, war Pippa Hicks in der sechsten Klasse. Ein süßes Mädchen. Sie ließ mich unter ihren Rock schauen.«

Ich schnaube. »Typisch.«

Gelächter untermalt seine Worte. »Außerdem gab sie mir die Lösungen für sämtliche Aufgaben in unserem Mathebuch.«

Ich lächle und presse mein Gesicht gegen seine feste Brust, um meine brennenden Wangen zu verbergen. »Oh, na ja, das ist natürlich etwas ganz anderes.« Seine Haut ist unter meinen Fingerspitzen glatt und warm. »Ich mag dich auch.«

»Gut.« Er schaut auf mich hinunter und grinst breit. »Keine Sorge, ich werde deinem Körper eine angemessene Menge an Aufmerksamkeit widmen.« Mit einem erschrockenen Aufschrei springt er zurück, als ich ihn zwicken will, und lacht. »Wir werden nicht gleich das volle Programm durchziehen, aber ich werde dafür sorgen, dass du zufrieden bist.«

Ich zwicke ihn erneut und er lacht weiter und drückt mich an sich, sodass meine Arme zwischen uns gefangen sind. Sein Lachen erstirbt. »Und wir werden uns küssen.« Er senkt den Blick auf meinen Mund, und seine Augen schimmern heiß und lüstern. »Ausgiebig.«

»Ausgiebig«, erwidere ich benommen.

Seine Miene ist ebenfalls benommen. »Dich zu küssen ist zu meiner Lieblingsbeschäftigung geworden.«

Meine Lippen sind geschwollen und empfindlich. Ich finde seinen Plan absolut großartig, aber ich denke nicht, dass es so laufen wird, wie er es sich vorstellt. »Hast du je einfach nur mit einer Frau herumgemacht, John? Ohne dass es dadurch zum Sex kam?«

Er runzelt ganz leicht die Stirn. »Nein. Warum?«

Ich grinse, öffne die Hände, die ich zu Fäusten geballt hatte, und drücke sie flach auf seine feste Brust. »Ich denke, dass du sehr viel stärker in Versuchung geraten wirst, als dir klar ist.«

Johns Augen leuchten amüsiert auf. »Ich werde nicht einknicken, Knöpfchen.«

»Wir werden sehen.«

18. Kapitel

John

Als ich aufwache, schwirrt mir der Text für »Suddenly Stella«
im Kopf herum. Wie die meisten meiner besten Werke ist auch
dieses Lied nicht geplant. Es kommt mir einfach in den Sinn
und nistet sich in meinem Kopf ein. Ich schreibe mehrere Zei-
len auf, während ich meinen morgendlichen Tee trinke. Dann
mache ich mich auf den Weg, um meine Muse zu treffen.

Sie begrüßt mich mit einem Lächeln. Ihr Haar umgibt ihr
hübsches Gesicht wie ein glühender Sonnenuntergang. »Hast
du schon gefrühstückt?«

»Ich hatte nur eine Tasse Tee.«

Sie hakt sich bei mir unter. »Dann komm mit, du Engländer
in New York.«

»Wo gehen wir hin?« Heute zeigt mir Stella ein wenig von
ihrer Welt. Ich gebe zu, dass ich verflucht neugierig bin. Klar,
wir scheinen einander alarmierend oft über den Weg zu laufen,
aber ich weiß längst nicht alles über sie und das, was sie macht.
Ich weiß nicht, wie sie das Leben betrachtet. Ich habe die Welt
immer nur durch meine Augen gesehen. Alles andere war mir
egal … bis ich Stella kennenlernte.

»Wir gehen überallhin«, sagt sie.

Schnell wird deutlich, dass Stella nicht einfach nur in Manhattan lebt, sie ist ein Teil davon. Abgesehen von gelegentlichen Unterbrechungen wohne ich schon mein ganzes Leben lang auf dieser Insel, aber ich habe sie nie so bewohnt, wie Stella es tut. Zum einen kennt sie hier jeder. Wir betreten einen Bagelladen, und zwei Typen hinter der Theke rufen sofort: »Stella!«, wie ein Duo liebeskranker Marlon Brandos.

Sie begrüßt sie so frech wie immer. »Tony. Murray. Ihr seht gut aus, Jungs.«

Eigentlich sehen sie wie wandelnde Werbeanzeigen für Schnurrbartwachs oder Sprecher für Hipstercraftbiere aus – die Sorten, die nach Schokolade und Akazienbeeren oder so einem albernen Mist schmecken.

Tony, ein muskelbepackter Italiener mit einem Walrossbart, gibt Stella zu Ehren eine wirklich schreckliche Interpretation von »There She Goes« von den La's zum Besten, während Stella das Gesicht verzieht und lacht. Der Laden ist proppenvoll, und während wir darauf warten, dass wir an der Reihe sind, werfen die Leute verstohlene Blicke auf Stella und fragen sich eindeutig, wer sie ist. Ich stehe direkt neben ihr, und nicht eine einzige Person schaut in meine Richtung. Es ist einfach großartig.

Wir erreichen die Theke, und der drahtige Murray mit dem buschigen Bart fragt, ob sie das Übliche will.

Stella schaut zu mir. »Weißt du schon, was du bestellen willst?«

»Was ist denn das Übliche?«

Sie lächelt geziert. »Das wirst du herausfinden, wenn du dich dafür entscheidest.«

Im schlimmsten Fall werde ich es hassen und mir später etwas anderes zu essen besorgen. Aber wenn man bedenkt, wie unheimlich ähnlich sich unsere Geschmäcker sind, bezweifle ich das. »Ich nehme das, was du nimmst.«

»Also zweimal das Übliche bitte. Und Kaffee.« Sie wirft
mir einen weiteren Blick zu, und ich nicke. »Wir nehmen noch
einen dritten Kaffee dazu.«

Murray schüttelt resigniert den Kopf. »Du bist zu gut, Kleines.«

»Eine regelrechte Heilige«, erwidert sie trocken, wirkt aber
nicht beleidigt.

»Drei?«, murmle ich, als Murray davongeht, um die Bestellung zu holen. »Wie durstig bist du?«

»Der dritte ist nicht für uns«, sagt sie, bevor Tony zu ihr
kommt, um ihr ein Ohr abzukauen. Er erzählt ihr von seiner
Frau, Glory, die dieser Tage ihr zweites Kind zur Welt bringen
wird. Er schüttelt meine Hand, als mich Stella als ihren Freund
John vorstellt. Und dann richtet er seine Aufmerksamkeit wieder auf sie und fragt sie, ob sie sein Rezept für die Minestrone
mochte.

»Ich wette, dass es nicht so gut wie mein Apfelkuchenrezept
ist«, sagt Murray und reicht uns unsere Bestellung. Während
Stella mit dem Kaffee kämpft, nehme ich die Tüte mit dem
Essen entgegen und bezahle. Sie wirft mir einen strengen Blick
zu, und ich zucke mit den Schultern. Ich bin so erzogen, dass
ich für meine Verabredung bezahle. Ich bin mir nicht sicher, ob
das sexistisch ist, da ich es auch machen würde, wenn ich auf
Kerle stehen würde.

»Sie haben sich gut ergänzt«, sagt sie diplomatisch. »Suppe
zum Abendessen. Kuchen zum Nachtisch.«

Sie sind zu beschäftigt, um weiterzuplaudern, also winken
sie uns zum Abschied zu.

»Wir können das im Union Square Park essen«, sagt sie
draußen vor dem Laden. »Der ist zwei Blocks entfernt.«

»Wirst du mir jetzt verraten, was deine übliche Bestellung
ist?«

Sie grinst breit. »Ein Mehrkornbagel mit Kräuterfrischkäse, Knoblauch und Räucherlachs.«

Ich stolpere beinahe. »Stells, unser Atem wird den Leuten Angst einjagen.«

Sie lacht kurz auf. »Dann wirst du mich wohl heute nicht mehr küssen.«

Ich werfe ihr einen vernichtenden Blick zu. »Küssen war eine vereinbarte Aktivität, Stella. Halte dich bereit. Ich werde dem Knoblauch trotzen.«

Am Eingang zum Union Square Park bleibt sie neben einem alten Kerl stehen, der damit beschäftigt ist, den Bürgersteig mit Kreidekunst zu bemalen. Der Typ ist gut. Seine Bilder sind üppig, lebhaft und farbenfroh. Neben ein paar extrem detaillierten Reproduktionen der Werke einiger alter Meister – darunter Leonardo und Michelangelo – befinden sich ein Elvis in einem Glitzeranzug und ein schmollender James Dean.

Der Künstler schaut auf und schenkt Stella ein zahnreiches Grinsen. »Sternenmädchen.«

»Ramon. Ich dachte mir, dass du vielleicht ein wenig Koffein gebrauchen könntest.« Sie reicht ihm einen Kaffeebecher.

»Du bist ein Engel«, sagt er, bevor er einen Schluck trinkt.

»Ich dachte, ich wäre ein Sternenmädchen«, erwidert sie.

»Alle Sternenmädchen sind Engel«, beharrt Ramon. »Jetzt werde ich dein Porträt malen.«

»Ich komme später noch einmal vorbei und sehe es mir an«, verspricht sie.

Mit einem Nicken gehen wir weiter.

»Dieser Kerl ist gut«, sage ich.

»Das ist er.« Sie runzelt die Stirn. »Aber er lebt in seiner eigenen Welt. Manchmal ist er klar im Kopf, manchmal nicht. Er vergisst, auf sich zu achten, also helfen ihm die Leute aus der Nachbarschaft, wann immer sie es können.«

Nicht nur irgendwelche Leute – Stella.

»Du kümmerst dich wirklich um jeden, nicht wahr?« Dafür bewundere ich sie über alle Maßen.

Aber sie hält eindeutig nichts von der Aufmerksamkeit. Ihr Stirnrunzeln wird stärker, und ihre Wangen laufen rot an. »Es ist nicht … Ich will nur … Um mich hat sich niemand gekümmert, es sei denn, ich habe darum gebeten. Und ich erinnere mich noch gut daran, wie sich das anfühlte. Wenn ich jemanden sehe, der Hilfe braucht, dann … handle ich einfach.«

Ich lege einen Arm um ihre Schultern und küsse ihren Kopf. »Das macht dich zu einem Sternenmädchen.«

Wir essen auf einer Bank unter den Bäumen. Unsere Bagels sind noch warm und weich. »Das schmeckt lächerlich gut«, sage ich mit vollem Mund. »Ziemlich viel Knoblauch, aber lecker.«

Ihre Augen leuchten auf. Sie hat so viel Essen im Mund, dass sie wie ein Eichhörnchen aussieht. »Ich hab's dir ja gesagt.«

Sie schluckt, leckt sich einen verirrten Rest Frischkäse von der Lippe und grinst wie ein Kind im Sommer. Ich lehne mich über das Chaos aus Kaffeebechern und Papiertüten und küsse sie. Sie quiekt protestierend an meinen Lippen, doch ich lächle und weiche nicht zurück.

»John«, protestiert sie erneut, während ihr Mund auf meinem liegt. »Ich stinke.«

»Ich habe dich gewarnt.« Ich knabbere an ihrer Unterlippe und sauge schließlich daran. »Ein bisschen Knoblauch wird mich nicht aufhalten.«

Sie stinkt jedoch nicht. Vielleicht stimmt der alte Spruch, dass es Leuten, die das Gleiche essen, nicht auffällt. Oder ich will sie einfach nur mehr als alles andere auf der Welt küssen. Aber sie schmeckt einfach nach Stella, buttrig süß wie Toffee auf meiner Zunge. Ihr Mund wird weich, und sie lehnt sich gegen mich. Mit den Fingern umfasst sie meine Schultern und fährt am Rand meines Kragens entlang. Ich spüre diese Berührung bis zum Ansatz meiner Wirbelsäule.

Wir küssen uns unter der Sonne, und unsere Lippen lernen einander immer besser kennen. Seltsamerweise lachen wir dabei irgendwie beide, sodass wir zwischen den Küssen immer wieder kleine schnaubende Atemzüge ausstoßen. Mir ist nicht mal klar, dass wir schwanken, bis wir beinahe umfallen. Ich strecke instinktiv einen Arm aus, um uns zu stützen, während ich den anderen um Stellas Schulter lege, um sie an mich zu drücken. Sie kichert, und ich presse meine Lippen ein letztes Mal auf ihren lächelnden Mund. »Du machst mich ganz schwindelig, Sternenmädchen.«

Sie strahlt mich mit ihren blauen Augen an. »Für dich heiße ich *Star-Lord*.«

»Mach keinen Quatsch mit meinen Marvel-Helden, Knöpfchen. Es wäre in vielerlei Hinsicht falsch, dich mit Peter Quill zu vergleichen. Manche Dinge sind heilig.«

Stella schüttelt amüsiert den Kopf, doch dann richtet sie ihre Aufmerksamkeit auf den uns umgebenden Park und setzt sich ein wenig aufrechter hin. »Deinetwegen vergesse ich, wo ich bin.«

Sie errötet nicht, aber sie lässt die Schultern ein wenig sinken, so als würde sie versuchen, sich kleiner zu machen. Mir wird klar, dass sie verlegen ist. Obwohl ich es wirklich will, rühre ich sie nicht noch mal an. »Stellst du deine Zuneigung nicht gerne in der Öffentlichkeit zur Schau?«

Ihr Mund zuckt. »Ich bin mir nicht sicher.« Sie schüttelt leicht den Kopf und kaut auf ihrer Lippe herum. »Ich habe das noch nie zuvor gemacht. Was ist mir dir?«

Öffentliche Zurschaustellung von Zuneigung? Ja. Viele meiner sexuellen Begegnungen fanden in der Öffentlichkeit statt. Blowjobs in dem Raum für die Aftershowparty, Quickies im Flur, Gruppensex in Hotelsuiten. Ich rutsche auf der Holzbank herum, die plötzlich wirklich sehr unbequem ist. Ich schäme mich nicht unbedingt für das, was ich in der Vergangenheit getan habe. Aber es mit dem gleichzusetzen, was ich mit Stella mache, fühlt sich absolut falsch an.

Sie beobachtet mich vorsichtig, und ihr Lächeln wird schief. »Dem Ausdruck auf deinem Gesicht nach zu urteilen, würde ich vermuten, dass du es mehr als einmal gemacht hast.«

Ich räuspere mich. »Eigentlich stimmt das nicht.« Als sie ungläubig eine Augenbraue hochzieht, schaue ich ihr tief in die Augen. »Bei meinen bisherigen Bekanntschaften war nie Zuneigung im Spiel.«

Seltsamerweise sorgt das dafür, dass es sich schwerer ertragen lässt. Das gilt offenbar für uns beide. Denn wir schauen beide in eine andere Richtung und sind plötzlich viel zu sehr an dem interessiert, was im Park vor sich geht. Ich trinke hastig einen Schluck Kaffee. Es ist ein cremiger Flat White, der viel zu heiß ist, um ihn schnell zu trinken. Meine Zungenspitze schmerzt, während sich die Stille zwischen uns weiter ausbreitet.

Stella beißt erneut in ihren Bagel und betrachtet mich dann nachdenklich. »Ich küsse dich gern. Ob es im Privaten oder in der Öffentlichkeit stattfindet, spielt keine Rolle.«

Mir wird ganz warm ums Herz, und ich lächle.

»Aber wenn du meine Brüste betatschen willst, ist bei mir Schluss. Das ist etwas rein Privates«, beendet sie ihre Erklärung mit einer schonungslosen Sachlichkeit, die mir ein Lachen entlockt.

»Merk ich mir.«

Wir essen auf und dann führt mich Stella über den Broadway nach SoHo. Wieder erfahre ich das seltsame Phänomen, nicht erkannt zu werden. Ich glaube nicht, dass es an der Baseballmütze liegt, die ich mir tief ins Gesicht gezogen habe. Es liegt an Stella, die wie ein Stern strahlt. Verkäuferinnen kennen sie, Kerle, die an den Straßenecken Armbanduhren verhökern, kennen sie. Ein Mann namens Amin wirft ihr eine eisgekühlte Wasserflasche zu, als wir an seiner Bodega vorbeigehen. Er will kein Geld dafür haben. Immerhin hat ihm Stella mal geholfen, seine verschwundene Katze wiederzufinden.

»Vergiss das Sternenmädchen, du bist die Königin von Manhattan«, sage ich, nachdem sie einen Schluck von ihrem Wasser getrunken hat.

Stella schnaubt. »Wenn man lange genug an einem Ort lebt, lernt man die Leute kennen.«

»Das glaube ich nicht.« Ich schüttle den Kopf und betrachte die zimtfarbenen Sommersprossen auf ihrer Nase sowie die Art, wie ihre rotgoldenen Locken bei jedem Schritt, den sie macht, auf und ab hüpfen. Wie könnte ich kein Lied über sie schreiben? Sie ist fleischgewordene Poesie. »Ich wohne hier schon mein ganzes Leben lang immer mal wieder und kenne niemanden so gut wie du.«

»Du kennst Sam.«

»Der Gitarren verkauft. Ich habe mit niemandem außerhalb der Musikbranche zu tun.« Ich schaue zu ihr und hoffe, dass ich in ihren Augen kein Mitleid entdecken werde. Doch sie geht einfach weiter. Ihre Miene ist nachdenklich, und ich versuche, es ihr besser zu erklären.

»Es ist nicht so, dass ich Menschen nicht leiden kann. Ich lerne jedes Jahr Hunderte neue Leute kennen. Ich bin nur nie so richtig in der Lage, eine Unterhaltung anzufangen.« Es ist ein Wunder, dass ich mich nicht davon abhalten konnte, Stella ständig zu necken.

»Du bist ein introvertierter Mensch, der außerdem ein

Rockstar ist.« Sie grinst so breit, dass ihre Augen aufleuchten. »Das ist alles. Während eines Auftritts erwachst du zum Leben, aber wenn er vorbei ist, willst du deine Ruhe haben.« Ich denke kurz darüber nach und schnaube dann. »Das stimmt. Gott, ich habe mir wirklich keinen guten Beruf für einen Introvertierten ausgesucht.«

»Würdest du dir einen anderen Beruf aussuchen, wenn du es könntest?« Sie klingt ernsthaft interessiert.

»Nein.« Ich zögere keine Sekunde. »Ich liebe meinen Beruf. Trotz all der Tücken, die damit einhergehen, liebe ich ihn von ganzem Herzen.« Ich greife nach ihrer Hand und verschränke meine Finger mit ihren. »Aber ich vermisse es, einfach nur so zum Spaß aufzutreten. Die einfache Freude, die man verspürt, wenn man Musik macht. Die Jungs haben diese Freude alle verloren, als ich …« Ich atme langsam ein. »Jedenfalls war es wie ein Sprung in der Schallplatte, der uns alle aus der Bahn geworfen hat. Sie haben die Freude inzwischen zurückgewonnen. Nur mir ist das nicht gelungen.«

Ihre blauen Augen trüben sich ein. »Was meinst du damit?«

»In letzter Zeit täusche ich alles nur noch vor, Stells. Ich gehe auf die Bühne, und es fühlt sich für mich wie ein Echo an. Ich erlebe alles wie aus weiter Ferne. Manchmal denke ich an unsere Anfänge zurück, als wir jeden Clubbesitzer beschwatzen mussten, damit er uns bei sich auftreten ließ. Damals waren wir einfach nur verdammt dankbar, wenn jemand endlich einwilligte.« Mein Mund zuckt angesichts dieser alten Erinnerungen. »Als wir noch richtig neu – und richtig schlecht – waren, gab es Zeiten, in denen wir auf dem Bürgersteig spielten, nur damit uns mal jemand anders als unsere Freunde hören konnte. Damals war ich voller Hoffnung. Musik war für mich wie die Luft zum Atmen, nicht wie das Wasser, das mir bis zum Hals steigt.«

Ich weiß nicht, warum ich ihr das alles erzähle. Es fühlt sich einfach gut an, mit jemandem außerhalb der Band darüber zu reden. Und mit jemandem, den ich nicht dafür bezahle, dass er mir zuhört. Mir wird klar, dass Stella die einzige Person ist, mit der ich als Erwachsener eine echte Verbindung eingegangen bin und bei der es allein um mich geht. Ich weiß nicht, ob das einfach krank ist oder ob wir alle nur in unserer Blase leben. Aber es gefällt mir. Nun schaue ich sie an und sehe kein Mitleid, sondern nur Anerkennung. »Ich will wieder frei atmen können, Knöpfchen. Ergibt das irgendeinen Sinn?«

Sie zieht die Nase kraus und starrt nachdenklich in die Ferne. »Ich denke, dass wir an irgendeinem Punkt alle mal das Gefühl haben, dass uns das Wasser bis zum Hals steigt. Wir alle wollen Luft zum Atmen haben.«

»Du erstickst auch?«, frage ich sanft.

Sie nickt geistesabwesend. »An manchen Tagen schon.« Ein Windstoß fegt über die Straße und wirbelt die Luft um ihr Gesicht herum. Mir wird klar, dass wir stillstehen, während die Leute auf dem Bürgersteig an uns vorbeieilen und um uns herumfließen, als wären wir Felsen in einem Fluss.

Stella streicht sich eine Haarsträhne hinters Ohr. »Wann bist du zum letzten Mal aufgetreten, einfach nur um Musik zu machen?«

»Als ich für dich in Sams Laden gespielt habe.« Das ist nicht wirklich gut ausgegangen, und das wissen wir beide.

Sie summt nachdenklich. »Ich finde, das solltest du noch mal machen. Lass uns gehen.«

»Warte, wohin?« In ihren Augen schimmert ein Licht. Sie hat etwas vor. Etwas, das nur Stella einfallen würde.

Sie drückt meine Hand. »Du wirst schon sehen.«

»Als ich diese Worte das letzte Mal in diesem Tonfall gehört habe, hat Rye uns alle abgefüllt und uns dann davon über-

zeugt, dass es eine tolle Idee wäre, unsere Schambehaarung ab-
zurasieren.«

Stella gerät ins Straucheln und stolpert fast von der Bordsteinkante. Ich ziehe sie an mich und lege einen Arm um ihre
Taille. Sie lacht zu mir hoch, und der Laut klingt kurz und
schockiert. »Komplett?«

»Ja. Es hat höllisch gejuckt, als es nachgewachsen ist«, brumme ich und kämpfe gegen ein Lächeln an. Ich würde diesen
Fehler ja auf die Ignoranz der Jugend schieben, aber das ist gerade mal drei Jahre her.

»Willkommen in der Welt der Frauenprobleme«, sagt Stella
trocken. »Wir reden wieder, wenn du mal ein Brazilian Waxing
ausprobiert hast.«

Nun stolpere ich beinahe.

»Hör auf zu glotzen wie ein Fisch«, sagt sie mit einem weiteren Lachen. »Komm schon, wir müssen weiter.«

»Warte. Können wir über deine Abenteuer im Bereich der
Wachsbehandlung reden? Oder kannst du mir vielleicht kurz
eine Zusammenfassung davon geben, was du momentan so
machen lässt?«

Leider geht sie einfach weiter, und mir bleibt nichts anderes
übrig, als ihr zu folgen.

Wir landen im Battery Park, und als Stella neben einer Gruppe
bunt gemischter Musiker stehen bleibt, die Straßenmusik machen, begreife ich langsam, was sie vorhat. Und ich mache einen
großen Schritt zurück. »Nein. Auf keinen Fall, Knöpfchen.«

Sie reißt die Augen weit auf und schaut mich unschuldig an.
»Du weißt doch noch gar nicht, was ich sagen werde.«

»Ich kenne deinen bösen, kleinen Verstand besser, als du
denkst. Du willst, dass ich mit diesen Leuten Musik mache,
oder?«

Sie blinzelt und öffnet überrascht den Mund. »Okay, du bist gut.«

Ich schnaube. »Wie ich schon sagte, ich kenne dich.«

Sie errötet. »Verdammt, ich bin viel zu durchschaubar.«

»Von wegen. Du überraschst mich ständig aufs Neue. Das macht mich an.«

Sie errötet noch heftiger, schüttelt meinen armseligen Ablenkungsversuch dann jedoch ab und zerrt mich mit neuer Entschlossenheit in Richtung der Musiker. »Diese Kinder spielen jedes Wochenende mit großem Engagement hier und verdienen nie Geld.«

»Weil sie mies sind.« Als sie mich böse anstarrt, hebe ich eine Hand. »Komm schon, du hast doch Ohren. Sie sind schrecklich. Es bringt nichts, das zu beschönigen.«

»Ich weiß, dass sie schrecklich sind. Aber du bist es nicht.«

»Und? Soll ich jetzt da rübergehen und fragen: ›Hey, kann ich mir mal ein Instrument von euch leihen und euch mit meinem professionellen Gitarrenspiel die Schau stehlen?‹« Ich verziehe das Gesicht. »Damit würde ich doch wie ein totales Arschloch wirken.«

Stella hält mein Handgelenk fest umklammert, als würde sie befürchten, dass ich mich umdrehen und davonlaufen könnte. Vielleicht tue ich das. Es wäre eine Möglichkeit. Aber die Tatsache, dass sie denkt, dass sie mich aufhalten könnte, ist irgendwie süß. Ich würde sie mir einfach über die Schulter werfen und sie mitnehmen.

»Okay«, sagt sie, »vielleicht ist es eine dumme Idee. Warte, stimm mir noch nicht zu, hör mich erst an.«

»Ich wollte gar nichts sagen«, lüge ich.

»Wenn du da rübergehst und anbietest, mit ihnen zu spielen und vielleicht ein paar Lieder zu singen, hast du keine Ahnung, wie es laufen wird.«

»Ich habe sogar mehrere Ahnungen«, murmle ich. »Und keine von ihnen ist gut.«

»Aber du *weißt* es nicht«, sagt sie nachdrücklich. »Das hier ist nicht komplett durchgeplant wie deine Auftritte. Es ist nicht sicher. Du gehst da rüber und bist ganz auf dich allein gestellt. Es gibt kein Sicherheitsnetz.«

Ich beobachte die Teenager beim Spielen. Sie versuchen sich an einem Lied von Linkin Park. Es schmerzt, ihnen zuzuhören. Sie wissen, wie man spielt, aber sie sind nicht gut aufeinander abgestimmt. Sie brauchen Führung. Und etwa zwei Jahre Übung.

»Ich habe keine Ahnung, wie es ist, eine Rocklegende zu sein«, sagt sie mit sanfter Stimme. »Ich kann nicht nachvollziehen, unter wie viel Druck du stehst. Aber ich weiß, dass ein paar der besten Erfahrungen, die man im Leben macht, dann passieren, wenn man nicht auf Sicherheit spielt.«

»Wann hast du denn mal nicht auf Sicherheit gespielt?«, frage ich und bin ehrlich neugierig.

Sie starrt mich an, als wäre ich schwer von Begriff. »Bei der Sache mit dir, John.«

Ich schlucke schwer und nicke dann, weil ich nicht weiß, was ich sagen soll. Sie hat mir die Sprache verschlagen. Ich spiele bei ihr auch nicht auf Sicherheit, aber ich komme mir in gewisser Hinsicht wie ein Arschloch vor, weil ein Teil von mir weiß, dass sie wenigstens ebenso sehr auf mich steht wie ich auf sie. Mit Stella zusammen zu sein mag für mich nicht gerade eine sichere Sache sein, aber es kommt mir auch nicht wie ein Risiko vor. Sieht sie es etwa so? Hat sie Angst?

Sie wartet ab, um zu sehen, was ich tun werde, und hat die Hand immer noch an meinem Handgelenk. Ihre Fingerspitzen sind fest auf die Stelle gedrückt, unter der mein Puls pocht. Zweifellos spürt sie, wie heftig mein Herz schlägt.

Die Chance, sich zum Affen zu machen, ist groß, aber darum geht es schließlich, nicht wahr? Ich mache etwas mit Musik, das ein Risiko darstellt. Wann habe ich dieses Gefühl zum letzten Mal bei einem Auftritt verspürt? Vielleicht mit achtzehn und eigentlich nicht mal dann. Ich war ein arroganter Mistkerl und vollkommen von meinem Wert und meinem Platz in der Welt überzeugt. Killian sagte früher immer, dass ich genug Mumm und Wagemut hätte, um uns alle aus dem Verborgenen ins Rampenlicht zu befördern. Und doch würde Killian jetzt nicht zögern, das hier zu tun. Er ist der Zurückhaltendere von uns beiden, aber er hatte noch nie Angst davor zu fallen.

Selbst wenn ich ganz oben war, hatte ich Angst davor zu fallen.

Für einen Augenblick kann ich nicht atmen. Mein Kopf ist heiß und es fällt mir schwer, ihn aufrecht zu halten. Dann atme ich aus und fühle mich leichter. »Zum Teufel damit«, murmle ich und reibe mir über den Nacken, der nun nicht mehr so angespannt ist.

Stella starrt zu mir hoch. »Wirst du es tun?«

»Ja, Babe, das werde ich.« Ich küsse sie hastig und gehe dann auf die Gruppe zu. Meine Nerven summen, und mein Herz pocht gegen meine Rippen. Ich weiß nicht, ob ich nervös bin oder Vorfreude verspüre, weil ich etwas riskieren werde. Vielleicht beides.

Die Jungs sind zu dritt. Sie alle tragen Skinny Jeans und abgenutzte Turnschuhe. Einer von ihnen ist größer als ich und spindeldürr. Sein braunes Haar fällt ihm über die Augen, und sein Bart wirkt ein wenig fusselig. Der zweite ist ziemlich klein, blond und trägt auf einem Arm bereits eine beeindruckende Auswahl an Tattoos zur Schau. Obwohl er die abgewetztesten Klamotten trägt, erkenne ich einen Jungen aus reichem Haus, wenn ich einen sehe. Der letzte Kerl hält den Bass, auf dem er spielt, in einem Todesgriff. Er ist etwa so groß wie ich und trägt sein Haar in einem pechschwarzen Irokesenschnitt. Als ich in seinem Alter war, hatte ich die gleiche Frisur. War ich jemals so jung? Gott, ich fühle mich alt.

Sie alle starren mich mit weit aufgerissenen Augen an, als ich auf sie zugehe.

»Hey, ich bin Jax.« Ich kann ebenso gut meinen bekannten Namen benutzen. In ein paar Minuten werde ich ohnehin nicht mehr verbergen können, wer ich bin.

»Wir wissen, wer du bist«, bringt der Blonde keuchend hervor. »Ich meine, wir können es nicht fassen, aber wir wissen es.«

Keiner von ihnen hat meine ausgestreckte Hand ergriffen, und ich komme mir langsam wie ein Idiot vor. Aber der Kerl mit dem fusseligen Bart streckt schließlich einen Arm aus und schüttelt meine Hand. »Jamie. Das ist Joe«, sagt er mit einem Nicken in Richtung des blonden Jungen. »Und das ist Navid.«

Der Kerl mit der Irokesenfrisur hebt zum Gruß eine Hand.

»Wir sind große Fans«, sagt Jamie.

»Ich schätze, das ist eine Erleichterung«, scherze ich. »Es wäre ein wenig unangenehm gewesen, wenn ihr mich einfach nur für einen Spinner gehalten hättet.«

Sie alle starren mich an, als wäre ich tatsächlich ein Spinner. Ich räuspere mich und ringe eine unangenehme Hitzewallung nieder. »Ich habe mich gefragt, ob ihr mir vielleicht bei etwas helfen könntet.«

»W… Was gibt's?«, fragt Navid. Seine Hände zittern recht heftig, aber er schiebt sie schnell in seine Hosentaschen. Ich verkneife mir ein anerkennendes Lächeln. So zu tun als ob, bis man es geschafft hat, ist in dieser miesen Branche der Schlüssel zum Erfolg.

»Dort drüben steht mein Mädchen, die niedliche Rothaarige, die so tut, als würde sie nicht herschauen. Seht ihr sie? Tja, sie will unbedingt, dass ich jetzt sofort etwas für sie spiele. Ich habe mich gefragt …«

»Hier.« Joe legt mir seine Gitarre in die Hände. »Leg los.«

»Danke.« Ich umfasse den Hals fester. Es handelt sich um eine abgenutzte Ibanez, die weniger gekostet hat als meine Stiefel. Aber sie hat einen ziemlich guten Klang, wenn man damit in geschlossenen Räumen spielt, sofern man sich nicht allzu viele Gedanken um Nuancen macht. »Aber irgendwie dachte ich, dass ihr Jungs vielleicht mit mir spielen wollt. Ich könnte singen.«

»Nein, nein«, beharrt Jamie. »Bitte spiel du auch auf meiner Gitarre. Das wird unglaublich werden.«

»Ich werde mit dir spielen«, sagt Navid. Er wirkt trotz seiner bronzefarbenen Haut ein wenig blass, verbirgt es aber gut.

»Ich auch.« Joe ist knallrot im Gesicht, als er sich aufrecht hinstellt und fest entschlossen seine Gitarre umfasst – eine alte Strat.

»Also gut.« Ich zupfe an ein paar Saiten und verziehe das Gesicht. »Die ist verstimmt. Nur ein wenig, aber man merkt es beim Spielen.«

Jamie verzieht ebenfalls das Gesicht. »Mist.«

Ich schenke ihm ein aufmunterndes Lächeln. »Meistens dauert es eine Weile, bis man gelernt hat, den Unterschied herauszuhören. Bis dahin solltest du ein Stimmgerät benutzen.« Ich stimme die Saiten, bis mir der Klang der Gitarre gefällt. »Als ich damals anfing, waren meine Instrumente ständig verstimmt. Killian machte mir deswegen immer die Hölle heiß.«

Als ich seinen Namen erwähne, hellen sich die Mienen der Jungs auf.

»Er ist ein verdammtes Genie«, sagt Jamie.

»Das ist er«, stimme ich zu und vermisse meinen Freund plötzlich mit einer Heftigkeit, die mich schockiert. Ich habe ihn seit einer Weile nicht mehr angerufen. Die Wahrheit ist, dass ich nicht wissen will, wann er nach Hause kommt, weil das bedeutet, dass Stella ausziehen wird. Ich schüttle das Gefühl ab und konzentriere mich auf die Teenager, die mich wie geblendet anstarren. »In Ordnung. Folgt dem Rhythmus, den ich vorgebe, und hört zu. Hört zu, während ihr spielt. Wenn man anfängt, versucht man, ganz für sich allein zu spielen. Man konzentriert sich nur darauf, seinen Teil richtig hinzubekommen. Aber ihr seid in einer Band. Ihr seid Teil eines Teams. Macht Musik mit mir.«

Sie nicken alle, sogar Jamie, auch wenn er nicht mitspielen wird. Ich gehe ein paar Lieder durch, um herauszufinden, welche sie kennen. Ich bin nicht bereit, eins von meinen zu spielen. Wenn ich das täte, würde dieser Auftritt – auch wenn er mehr schlecht als recht als Straßenmusik getarnt ist – sofort im Internet landen. Zum Glück verstehen die Jungs das und haben kein Problem damit zu spielen, was immer ich will. Wir einigen uns auf ein paar Klassiker. Die Leute kennen die Lieder und werden davon angezogen werden.

Bislang hat uns noch niemand bemerkt. Unser Publikum besteht lediglich aus Stella, die auf der Rückenlehne einer Bank hockt und uns stumm beobachtet, während sie die rosafarbenen Lippen zu einem Mona-Lisa-Lächeln verzogen hat.

Ich spiele die Eröffnungsakkorde von Nirvanas »About a Girl« und bleibe dabei ruhig und langsam. Die Jungs fallen mit ein. Sie sind zögerlich, behaupten sich aber. Sobald ich zu singen anfange, werden die Leute langsamer. Ich lasse meine Stimme absichtlich wie Kurts klingen. Zum einen, weil ich gerade nicht wie ich selbst klingen will, aber auch, weil er mein Idol ist und es immer sein wird.

Als er starb, war ich noch ein kleines Kind, aber sein Verlust schmerzt trotzdem, als hätte ich ihn gut gekannt. Erkenntnis prickelt über meine Haut und ich bekomme eine Gänsehaut. Ich hätte ebenfalls tot sein und diesen Augenblick hier verpassen können. Ich schließe die Augen. Mein Magen verdreht sich auf ungesunde Weise. Ich werde hier und jetzt die Nerven verlieren. Deswegen macht es mir keinen Spaß mehr, so aufzutreten wie früher. Diese verdammte Angst vor dem, was hätte passieren können, quält mich jedes Mal, wenn ich vor ein Publikum trete.

Aber es ist nicht passiert. Du bist hier. Die Sonne scheint auf deine Schultern. Die Luft füllt deine Lunge. Du bist hier.

Ich bin hier. Es gibt nur mich und die Musik, die Vibration der Saiten an meinen Fingern und das Gefühl eines Lieds in meiner Brust und meiner Kehle. Das Lied breitet sich über mich aus, macht es sich bequem und verstärkt sich. Ich spiele ein Solo, und Freudenschauer jagen durch meinen Körper.

Als ich die Augen wieder öffne, sind wir von Zuschauern umgeben. Ich bin mir nicht sicher, ob ihnen klar ist, wer ich bin. Eigentlich ist es mir auch egal. Das Lied endet, und ich wende mich an die Menge. »Hey, ich bin Jax. Ich würde euch gerne ein paar Mitglieder der Band vorstellen.«

Das bringt mir ein paar Lacher ein. Die Leute pfeifen anerkennend. Jamie filmt alles mit einem Handy. Die Jungs winken den Leuten zaghaft zu. Und weil ich gerade einen Beatles-Witz gemacht habe, spiele ich als Nächstes »Hey, Jude«.

Ich trete zurück und drehe mich zu den jungen Kerlen um, die mit mir spielen. Sie sehen aus, als hätten sie gerade im Lotto gewonnen. Sie grinsen breit, und ihre Augen wirken leicht benommen. Aber sie lassen sich von mir inspirieren und reißen sich zusammen. Ich nicke und wende mich wieder an die Zuschauer. »Bei diesem Lied werdet ihr mitsingen müssen.«

Und das tun sie. Deswegen ist dieses Lied so brillant. Jeder kennt es. Jeder will es mitsingen.

Als wir fast fertig sind, quillt der offene Gitarrenkoffer auf dem Boden vor Geld beinahe über, und zwei Polizisten auf Pferden sind herbeigeritten gekommen, um sich die Sache genauer anzuschauen. Ich gehe davon aus, dass wir jetzt aufhören müssen, doch sie schauen einfach nur zu und bewegen die Köpfe im Takt der Musik.

Joe lässt Jamie auf seiner Gitarre spielen. Im Gegenzug übernimmt Joe das Filmen unseres Auftritts. Wir spielen Lieder, bis das Publikum zu groß wird und die Polizisten langsam nervös werden. Ich will es nicht darauf ankommen lassen und beende das spontane Konzert. Ein paar Leute fragen nach Autogrammen, aber die meisten machen einfach nur Fotos. Ich bedanke mich bei den Jungs und gebe ihnen Brennas Nummer. »Sie wird euch Karten für unser nächstes Konzert besorgen«, verspreche ich ihnen.

»Danke, Mann«, erwidert Jamie strahlend.

»Ich kann nicht glauben, dass wir das gemacht haben«, sagt Joe. Er sammelt das Geld ein und sortiert es. Er will es mir geben, doch ich winke ab. »Auf keinen Fall. Es war mir eine Freude. Das Geld behaltet ihr.«

Navid ergreift meine Hand und schüttelt sie heftig. »Ernsthaft, danke. Das war … verdammt cool.«

Wir lachen alle. »Ja, das war es«, stimme ich zu.

Und dann kommt Stella mit einem breiten Grinsen im Gesicht auf mich zu. Ich mag sie ein- oder zweimal aus den Augen verloren haben, aber sie war die ganze Zeit über bei mir wie eine Präsenz in meinem Hinterkopf, die mich unterstützt. Mit zwei Schritten erreiche ich sie und hebe sie hoch. Sie gibt einen überraschten Laut von sich und schlingt die Beine um meine Taille.

»Na, dir auch hallo«, sagt sie mit einem Lächeln. »Das hast du toll gemacht.«

Ich küsse sie heftig und schnell. Dann hebe ich sie noch höher, mache es ihr bequem und marschiere aus dem Park.

»Wirst du mich den ganzen Weg tragen?«, fragt sie.

»Ja. Oder zumindest bis zum nächsten Taxi.« Gerade kommt eins in unsere Richtung gefahren. Ich winke es mit einer Hand heran, während ich Stella mit der anderen festhalte. »Dann fahren wir nach Hause und machen rum. Ausgiebig. Später werde ich dir dann etwas zum Abendessen kochen.«

Sie senkt die Lider und legt die Arme um meinen feuchten Nacken. »Dieser Plan gefällt mir.«

Gottverdammt, ich mag diese Frau. Ich mag mein Leben, wenn sie ein Teil davon ist. Ich halte sie ein wenig fester. »Das dachte ich mir.«

19. Kapitel

Stella

Ein Teil seines »Ich werde Stella umwerben«-Plans besteht darin, dass John vorschlägt, dass wir uns gegenseitig weiterhin Dinge zeigen, die der andere zuvor noch nie gemacht hat. »Du weißt schon, wir drängen einander aus unseren jeweiligen Wohlfühlzonen. So ähnlich wie du es mit mir im Park gemacht hast.«

»Du redest aber nicht von sexuellen Dingen, oder?«, frage ich beim Frühstück, zu dem John mich ausführt. Das Frühstück findet in der *Milk Bar* statt und besteht aus Frühstücksflockenmilcheiscreme, die mit Cornflakes bestreut ist. Ich muss ihm Punkte für Kreativität und Frechheit geben.

Er beißt sich auf die Unterlippe und grinst dann. »Du bist total darauf fixiert, Knöpfchen. Ich rede nicht von Sex.«

Dann bin ich eben rollig, verklagt mich doch. In den letzten paar Wochen haben John und ich unsere Tage miteinander verbracht und getan, wozu auch immer wir gerade Lust hatten. Unsere Abende verbringen wir küssend auf der Couch.

Und wenn ich küssend sage, dann meine ich das auch so. Mehr passiert nicht. Wir berühren uns nicht unterhalb des Halses, sondern küssen uns einfach nur. Es sind sanfte, langsame, feuchte Küsse. Betäubende Küsse. Verzweifelte Küsse. Kleine Schmatzer zwischen Lachen und Reden. Saugende Küsse. Leidenschaftliche Küsse, die dafür sorgen, dass ich den Rücken durchdrücke und am ganzen Körper zittere.

Wir küssen uns, bis meine Lippen wund sind und mein Kiefer schmerzt. Wir küssen uns, bis mein Körper ein großer, heißer Klumpen aus Verlangen ist und mich eine einzige Berührung an meinem Kitzler zum Höhepunkt bringen würde. Doch dort berührt er mich nie. Und ich lasse meine Hände nicht an seiner festen Brust hinunterwandern, um seinen Schwanz zu drücken, von dem ich weiß, dass er steinhart ist. Das tue ich selbst dann nicht, wenn ich weiß, dass er ebenso erregt ist wie ich. Selbst dann nicht, wenn er sich zu mir vorlehnt, sein großer Körper zittert und seine Haut schweißnass ist.

Gott, diese Augenblicke machen mich wirklich fertig – zu sehen, wie John nur eine Berührung davon entfernt ist, in seiner Jeans zu kommen. Zu wissen, dass ich ihn so sehr erregt habe, das alles ist verflucht heiß. Wir foltern uns gegenseitig, indem wir es langsam angehen lassen. Aber es fühlt sich so verdammt gut an. Und seine verrückte Vorgehensweise hat etwas für sich – wir lernen einander tatsächlich kennen. Er geht mir unter die Haut und sorgt so dafür, dass ich nicht mehr ohne ihn existieren kann.

»Was genau hast du denn noch nie zuvor gemacht?«, frage ich ihn mit heiserer Stimme.

John schiebt sich genüsslich einen Löffel Eiscreme in den Mund. Ein goldgelber Frühstücksflockenkrümel verweilt auf seiner Lippe, bis er ihn wegleckt. Nur John kann den Verzehr von Eiscreme so sinnlich wirken lassen, ohne sich anzustrengen. »Oh, das ist eine schwierige Frage. Ich habe schon eine Menge gemacht.« Seine grünen Augen funkeln. »Aber nicht mit dir.«

»Hmmm … Meine Liste mit aufregenden Erlebnissen ist ziemlich kurz.«

Er zwinkert mir mit fröhlicher Miene zu. Heute ist er ganz der Rockstar. Er trägt ein altes Patti-Smith-T-Shirt, das so ausgeblichen ist, dass es eher grau als schwarz ist, sowie eine schwarze Jeans, die sich eng an seine Oberschenkel schmiegt und tief auf seinen schmalen Hüften sitzt. »Bist du je Motorrad gefahren, Knöpfchen?«

Ich halte inne, als ich mir gerade einen Löffel Eis in den Mund schieben will. »Der Tod auf zwei Rädern? Nein.«

John lacht. »Es macht Spaß.«

»Weißt du, was passiert, wenn man einen Unfall hat?« Ich erschaudere übertrieben. »Man wird vollkommen zerfetzt.«

Er lehnt sich vor und leckt die Eiscreme von meinem Löffel. »Mmm, cremig.«

»Iss dein eigenes Eis!« Ich schlage nach ihm und lade mir eine weitere Portion auf den Löffel.

»Aber ich will dein cremiges Zeug«, sagt er mit einem Zwinkern.

»Gut dass du so attraktiv bist, sonst würde ich jetzt so tun, als müsste ich würgen.«

»Du liebst es, Stella-Knöpfchen. Und das weißt du.« John stützt sein Kinn in eine Hand und beobachtet mich, als wäre ich ausgesprochen unterhaltsam. Ein dickes Lederarmband umgibt sein Handgelenk und zieht meine Aufmerksamkeit auf seine Unterarme. Ich glaube, ich wollte noch nie so sehr die seidige Haut auf der Unterseite eines Männerunterarms streicheln. »Ich will dich auf eine Spritztour auf meinem Motorrad mitnehmen«, sagt er.

»Natürlich hast du ein Motorrad.«

»Natürlich«, stimmt er fröhlich zu. »Sogar mehrere. Für unsere Spritztour werde ich ein gutes auswählen.«

»Ich werde nicht auf einem Motorrad durch die Stadt fahren. Ich würde entweder die ganze Zeit über die Augen zukneifen oder mich vor den Taxis zu Tode fürchten.«

Er prustet leise. »Oh, du Kleingläubige. Ich bin ein wirklich guter Fahrer, Knöpfchen. Aber nein, wir werden die Tour außerhalb der Stadt machen, zu Mittag essen und über den Highway fahren, als würde uns der Hintern brennen.«

»Eine hübsche Vorstellung. Ich weiß nicht, warum ich mir überhaupt Sorgen machen sollte.« Ich tue so, als würde ich protestieren, aber Aufregung rauscht durch meine Adern wie Sprudelwasser.

John weiß eindeutig, dass mir sein Vorhaben gefällt, denn er reibt die Hände aneinander und beißt sich auf die Unterlippe, um sein Grinsen zu unterdrücken. »Das wird ein Spaß. Lass uns am Mittwoch fahren. Da soll es warm und sonnig werden.«

Ich will protestieren, aber sein Plan klingt wundervoll – vor allem weil ich dabei mit ihm zusammen sein werde. Ich habe keine neuen Kunden angenommen und auf meinem Geschäftshandy eine Nachricht hinterlassen, in der ich behaupte, im Urlaub zu sein. Das Ganze ist mir noch ein wenig fremd, aber ich gewöhne mich langsam daran. Bis ich die Arbeit hinter mir ließ, war mir nicht klar gewesen, wie dringend ich Zeit für mich brauchte, damit ich einfach mal die Dinge tun kann, die *mir* gefallen.

»Okay, ich werde zulassen, dass du mich auf einem Motorrad quälst.« Ich wedele mit einem Löffel voller Eiscreme in seine Richtung. »Aber ich bekomme die zweite Hälfte des Tages.«

Ich habe eine Idee. Etwas von mir, das ich mit ihm teilen kann. Ich habe ihm noch nichts von meinem Hobby erzählt. Eigentlich habe ich noch nie jemandem wirklich davon erzählt. Wenn ich es tue, wird es sich so anfühlen, als würde ich mich entblößen, was ein wenig unangenehm sein wird. Aber ich habe das Gleiche von ihm im Park verlangt. Ich kann mich jetzt nicht davor drücken. Und ich bin mir ziemlich sicher, dass John noch nie so etwas erlebt hat, wie ich ihm zeigen werde.

»Was hast du vor?«, fragt er, als wir aufstehen.

Ich schüttle den Kopf und folge ihm zur Tür hinaus ins schwache Sonnenlicht. »Es ist eine Überraschung.«

»Hat es etwas mit Nacktheit zu tun? Denn da wäre ich dabei.« Er wackelt mit den Augenbrauen und schiebt seine pink-farbene Zungenspitze zwischen den Zähnen hindurch.

»Du hast die Nacktheit und alles, was damit zusammen-hängt, abgewählt, erinnerst du dich?«

»So langsam bedaure ich diesen Plan«, sagt er düster.

Lachend stupse ich ihn in die Seite und will gerade etwas erwidern, als um uns herum ein seltsames Konzert aus Klick-lauten ertönt. Zuerst habe ich keine Ahnung, was das für Ge-räusche sind. Ich sehe nur, dass John neben mir stocksteif geworden ist. Dann erkenne ich, dass eine Gruppe Typen Ka-meras in unsere Richtung hält. Und sie alle rufen: »Jax!«

»Ist das deine neueste Eroberung, Jax?«

»Wie fühlst du dich?«

»Weiß sie von deinen Frauengeschichten, Jax?«

Schockiert stehe ich da und starre die Fotografen an. Bis-lang hat uns die Presse nicht belästigt. Ich hätte im Park damit gerechnet. Aber dort ist nichts passiert. Jetzt stürzen sie sich förmlich auf uns. Ich hatte keine Ahnung, wie es wirklich sein würde. Der Lärm, den sie verursachen, genügt, um mein Ge-hirn vollkommen durcheinanderzubringen.

John zückt sein Handy und schreibt jemandem eine SMS, während die Fotografen weiter in unsere Richtung brüllen.

Ein Kreischen zerreißt die Luft, und eine neue Gruppe stürmt herbei. Fans. Da ich noch nie in einer echten Fanmenge gestanden habe, weiß ich nicht, was ich zu erwarten habe. Eigentlich ist es ganz süß. Seine Fans sind respektvoll, manche wirken schüchtern, andere zittern und weinen. Er gibt Autogramme und macht ein paar Selfies mit ihnen. Ich ziehe mich zurück und bewege mich an die Bordsteinkante, um ihm bei der Arbeit zuzusehen.

Mein John ist verschwunden und wurde durch Jax Blackwood ersetzt. Er lächelt lässig, doch das Lächeln wirkt nicht echt. Auch sein Lachen klingt nicht so tief wie sonst, sondern lauter und gezwungen. Ich glaube nicht, dass das seinen Fans auffällt. Nein, er hat diese einzigartige Fähigkeit, eine Person glauben zu lassen, dass er ihr seine ganze Aufmerksamkeit widmet. Dass er das in einer Menge zustande bringt, die schnell von zehn auf zwanzig und dann auf dreißig Personen anwächst, ist beeindruckend.

»Arbeiten Sie für Jax?«, fragt mich ein Mädchen im Teenageralter, das neben mir steht. Ihre Augen leuchten vor Neugier. Sie ist mit einer Gruppe Freundinnen unterwegs, die bereits ihre Selfies mit Jax gemacht haben, jetzt aber noch in der Nähe herumlungern, um noch mehr Fotos von ihm zu schießen.

»Nein, ich bin mit ihm befreundet.«

Ein paar der Mädchen starren mich mit weit aufgerissenen Augen an. »Wie haben *Sie* es denn geschafft, mit Jax befreundet zu sein?« Mir entgeht nicht, wie sie das »Sie« betonen, als wäre das ein Wunder unvorstellbaren Ausmaßes. Vielleicht ist es das. Wenn ich ihn jetzt so sehe, könnte man alles, was wir zuvor gemacht haben, leicht für einen Traum halten, für eine seltsame Ausgeburt meiner Fantasie.

»Ich bin seine Nachbarin«, sage ich geistesabwesend.

Ein Schauer geht durch die Gruppe der Mädchen.

»Haben Sie ein Glück«, meint das Mädchen, das mich zuerst angesprochen hat.

»Wo wohnt er?«, fragt ein anderes.

Ich schüttle den Kopf und verkneife mir ein Lächeln. »Tut mir leid. Das ist geheim.«

Eine von ihnen murmelt »Miststück« in sich hinein. Die anderen starren mich einfach nur an. Aber das Mädchen neben mir schenkt mir ein übermäßig süßes Lächeln. »Das verstehe ich. Ich würde ihn auch so lange wie möglich für mich behalten wollen.«

»Viel Glück dabei«, sagt jemand in einem absichtlich lauten Flüsterton, und ein paar der Mädchen kichern.

Ich weiß nicht, was ich sagen soll. Ich verstehe, dass sie verärgert sind. Ich enthalte ihnen Informationen vor, die sie unbedingt haben wollen. Aber das Ventil für ihre Enttäuschung zu sein sorgt nicht gerade dafür, dass ich bleiben will. Ich will von hier verschwinden. Das hat nichts mit den gut gelaunten Zuschauern zu tun, die John im Park zugesehen haben. Diese Menge ist erdrückend, und der Drang, mich umzudrehen und davonzugehen, ist stark. Aber ich werde John nicht alleinlassen.

»Leute«, mischt sich eins der Mädchen ein, »seid nicht unhöflich.« Sie schenkt mir ein schwaches Lächeln. »Tut mir leid, sie sind bloß eifersüchtig.«

Das bringt ihr ein paar böse Blicke ein, aber eine von ihnen schüttelt den Kopf und stimmt ihrer Freundin zu. »Das sind wir auf jeden Fall. Ich meine, das ist Jax Blackwood. Er ist ein Gott.«

»Wie ist er so? Ist er ein Schatz? Ich wette, das ist er.«

»Ein sexy Schatz«, fügt ein anderes Mädchen hinzu. »Dieser Körper ... wenn er ganz verschwitzt ist und sich auf der Bühne bewegt. Das kann ich kaum aushalten.«

Ich unterbreche sie, bevor ich mir noch mehr über seinen Körper anhören muss. Nachdem ich ihm auf der Couch so unglaublich nah gekommen bin, erröte ich schon bei der bloßen Vorstellung eines halb nackten Johns. »Er ist der beste Mann, den ich kenne.«

Die absolute Wahrheit dieser Aussage senkt sich über die kleine Gruppe, die mich umgibt, und wir werden alle still und beobachten ihn.

Zuerst dachte ich nicht, dass ihm aufgefallen wäre, wohin ich verschwunden bin, aber mir wird schnell klar, dass ich mich geirrt habe. Während er arbeitet, bewegt er sich die ganze Zeit über weiter auf mich zu. Seine Aufmerksamkeit ist messerscharf. Er weiß eindeutig ganz genau, wo sich jeder befindet und welche Position er in der Menge hat. Mit einer beeindruckenden Bewegung dreht er sich herum, um jemandes Hand zu schütteln, und plötzlich steht er wieder neben mir und lässt es wie einen Zufall wirken. Aber die Art, wie er seinen Arm um meine Taille legt, beweist, dass es kein Zufall ist.

Ich will mich einfach nur an seinen angenehm festen und warmen Körper schmiegen. Aber das tue ich nicht. Alle schauen uns an. Ich winke der Gruppe aus starrenden Mädchen zum Abschied kurz zu, auch wenn ich weiß, dass ihre Aufmerksamkeit nicht mir gilt.

John drückt die flache Hand auf mein Kreuz, während er uns in Richtung eines glänzenden schwarzen Fahrzeugs führt, das am Bürgersteig anhält. Ein Asiat, der mir irgendwie bekannt vorkommt, steigt aus und öffnet die hintere Tür. Ich lasse mich in den weichen Kokon aus schwarzem Leder gleiten, und John folgt mir. Das deutliche Klappen der sich schließenden Tür verschafft uns gesegnete Ruhe.

Der Fahrer läuft um die Vorderseite des Autos herum und steigt ein. Bevor ich weiß, wie mir geschieht, fädelt er sich gekonnt in den Verkehr ein, während sich die Leute vordrängen, um einen letzten Blick auf ihr Idol zu erhaschen.

John lehnt sich mit einem Seufzen zurück und schaut dann zu mir. »Bist du in Ordnung?«

Er sieht jetzt anders aus, so als wäre er mit einer Schicht aus Berühmtheit überzogen, und ich kann das verwirrende Gefühl nicht abschütteln, dass ich mit Jax Blackwood zusammen bin. Zahllose Leute würden alles geben, um jetzt gerade in meiner Lage zu sein. Die Verachtung dieser Mädchen brennt immer noch heiß und prickelnd auf meiner Haut, und eine kleine Stimme in meinem Kopf fragt sich, was ich hier mache. Warum ich? Ich bin wirklich nichts Besonderes. Ich sage dieser Stimme, dass sie den Mund halten soll.

»Es geht mir gut.«

Er mustert mein Gesicht, als würde er versuchen, meine Gedanken zu lesen. »Du bist stocksteif geworden.«

»Ich hatte nur nicht damit gerechnet, so überfallen zu werden. Oder dass du überfallen wirst.« Mein Lächeln ist schwach.

»Manchmal vergesse ich, wer du bist.«

John legt seine warmen Hände auf meine und drückt sie. »Du weißt ganz genau, wer ich bin, und zwar nicht der Kerl, den du eben erlebt hast.«

Wir schauen uns an und haben unsere Körper einander auf der Rückbank zugewandt. »Magst du es deswegen nicht, wenn ich dich Jax nenne?«

Er runzelt die Stirn und senkt den Kopf. »Ich bin schon sehr lange Jax. Nach meinem Zusammenbruch fühlte sich Jax eher … ich weiß auch nicht, wie ein Künstlername an. John war der Mann, der unter alldem steckte. Jax konnte aufgrund des ganzen Ruhms, der ihn erdrückte, nicht mehr atmen. John war der Kerl, der gern Gitarre spielt und Musik macht.« Er schnaubt. Es ist der Schatten eines Lachens. »Gott, das lässt mich ernsthaft verwirrt klingen. Ich will damit nicht sagen, dass ich zwei unterschiedliche Persönlichkeiten habe, die in meinem Gehirn um die Vorherrschaft kämpfen oder so was. Es ist nur einfach so, dass ich das Gefühl habe, dass du mich anstelle des Rockstars siehst, wenn du mich John nennst.«

»Du bist beide.« Ich streiche mit dem Daumen über seine Fingerknöchel. »Du bist beide, und beide sind wundervoll.«

Er schließt die Augen und seufzt. »Solange du dich wegen des Ruhms nicht von mir abwendest. Auch wenn ich es dir nicht vorwerfen würde.«

»Ich werde mich nicht von dir abwenden. Aber dieses Leben ist ganz anders als alles, woran ich gewöhnt bin. Das könnte mich manchmal ein wenig durcheinanderbringen. Oder deine Berühmtheit könnte mich beeindrucken, so peinlich das auch klingt.«

Seine Lippen zucken amüsiert. Er starrt mich mit halb geschlossenen Augen an. »Meine Berühmtheit beeindruckt dich also, ja?«

Meine Wangen werden heiß. »Halt den Mund.«

Johns Grübchen werden sichtbar, und er schüttelt ganz leicht den Kopf. »Du lässt dich viel zu leicht necken.« Das stimmt. Als er wieder spricht, ist seine Stimme locker und entspannt. »Ich habe vergessen, dich meinem gelegentlichen Leibwächter vorzustellen.« Er schaut mich immer noch an, während er redet, aber ich werfe einen Blick zu dem Fahrer, der mir zunickt. »Das ist Bruce Lee.«

Ich muss wohl einen überraschten Laut von mir gegeben haben, denn sowohl John als auch Bruce grinsen. Der Grund dafür ist nicht schwer zu erkennen. Bruce Lee sieht fast genauso aus wie die Kung-Fu-Legende. »Haben Ihre Eltern das mit Absicht gemacht?«

Bruce lacht. »Sie sind totale Fans, die keinerlei Reue oder Sorge in Bezug auf das empfinden, was ihr armer Junge deswegen womöglich ertragen muss.«

»Ich habe ihm gesagt, dass er sich den Namen zu eigen machen soll«, erklärt John. »Er sollte eine große Sonnenbrille tragen und sich eng anliegende Hemden mit großen Krägen sowie rote Schlaghosen besorgen und die Siebziger-Funk-Nummer voll durchziehen.«

»Ich würde den Rockstars nur ungern die Show stehlen«, scherzt Bruce.

»Bitte tu das. Gib ein paar Autogramme, dann kann ich mich für eine Weile ausruhen.«

Wir lachen und scherzen während der gesamten Rückfahrt zur Wohnung. Aber John und ich sind beide eindeutig erschüttert und versuchen, diese Tatsache zu verbergen. Ich denke, dass sich John für seine Berühmtheit schämt. Meine Gedanken sind ein wenig rührseliger. Ich kann nicht anders, als zu denken, dass das hier nicht das echte Leben ist. Das ist eine Fantasie. Niemand hat so viel Glück. Vor allem nicht ich.

John

»Du hast jetzt also eine feste Freundin, was?« Rye stupst mich mit seinem riesigen Arm an.

Weil er wie ein Panzer gebaut ist, fühlt sich ein Stupser von ihm eher so an, als würde man von einem Ast getroffen. Ich reibe mir die dumpf schmerzende Schulter und starre ihn böse an. »Musst du dem Ganzen unbedingt einen Namen geben?«

»Ich muss das nicht«, sagt er leichthin, »aber sie wird das wollen. Frauen wollen alles benennen und definieren. Erst umreißen sie die Details, dann erfassen sie den Fortschritt und schließlich legen sie ein Datum für die Hochzeit fest. Bereite dich auf eine Zeit der Folter vor, Mann.«

Wir verlassen gerade Brooklyn, wo Rye einen 1969er Moog-

Synthesizer aufgetrieben hat, den er sich unbedingt unter den Nagel reißen musste. Als wir ihn getestet haben, haben wir spontan eine Version von »People Are Strange« zum Besten gegeben. Das hat dazu geführt, dass ich Killian nun umso mehr vermisse, denn er kann Jim Morrison richtig gut nachmachen. Seine Version von »Roadhouse Blues« hat bei unserer letzten Tournee in London eingeschlagen wie eine Bombe. Ich habe schon so lange nicht mehr mit ihm geredet, dass es sich falsch anfühlt, als würde ein Teil von mir fehlen.

Ich schüttle das Gefühl ab und werfe Rye einen Blick zu. »Weißt du, derartiges Gerede lässt mich vermuten, dass du Angst vor Frauen hast.«

Er schnaubt laut. »Bitte. Ich liebe Frauen. Ich habe keine Angst vor ihnen.«

Ich lehne mich nach hinten gegen den Sitz und schaue zu Bruce, der fährt. »Hast du das gehört? Rye hat keine Angst vor Frauen.«

Bruce nickt. »Verstanden. Absolut keine Angst.«

»Ihr zwei Arschlöcher könnt mich ruhig weiter so herablassend behandeln«, sagt Rye mit einem Lachen. »Das macht mir nichts aus.«

»Sag mal, Ryland.« Ich drehe mich in seine Richtung. »Seit wann nennst du Brenna eigentlich ›Beerchen‹?«

Er läuft knallrot an, sodass er selbst an eine Beere erinnert, was so lustig aussieht, dass ich mein Handy zücken, ein Foto machen und es an all die anderen Jungs schicken will. »Halt die Klappe, Schönling. Das war eine Beleidigung, kein Spitzname.«

Ich grinse. »Für mich klang das aber schon wie ein Spitzname, Kleiner.«

Rye spannt den Kiefer an. Ich spiele mit dem Feuer. Meine jahrelange Erfahrung sagt mir, wie weit ich es treiben kann, bis Rye auf mich losgehen wird. Als wir junge Punks waren, lief es oft darauf hinaus, dass wir uns gegenseitig verprügelten. Natürlich war das alles nur Spaß, aber trotzdem kam es immer wieder vor, dass jemand eine aufgeplatzte Lippe oder ein blaues Auge kassierte. In meinen Teenagerjahren war das eine gute Möglichkeit, um Dampf abzulassen. Mit dreißig denke ich allerdings, dass ich es bereuen und eine Woche lang Aspirin einnehmen würde.

Als Rye jedoch endlich redet, ist sein Tonfall unerwartet hart und gequält. »Ihr Jungs müsst aufhören, ständig auf dieser Sache zwischen Brenn und mir herumzureiten. Sie hasst mich abgrundtief und das aus gutem Grund. Zwischen uns wird niemals etwas laufen. Nie im Leben.«

Eine unangenehme Stille senkt sich über uns. Bruce fährt die gläserne Trennwand hoch und lässt mich mit Rye allein. Draußen ertönen Hupen, und das Auto ruckelt über die Schlaglöcher. Ich räuspere mich und riskiere einen Blick. Rye starrt aus dem Fenster. Sein Körper ist ein großer Klumpen aus angespannten Muskeln.

»Warum denkst du, dass sie dich hasst? Denn ich nehme das nicht so wahr, auch wenn ihr zwei ständig miteinander streitet. Für mich sieht es eher wie eine Art perverses Vorspiel aus.« Selbst als wir noch Kinder waren und die dürre sechzehnjährige Brenna mit den knochigen Knien anfing, während unserer Jamsessions bei uns herumzuhängen, zankten sie und Rye ständig. Aber sie schauten sich auch an, als wäre der andere eine Süßigkeit, die sich knapp außer Reichweite befindet.

Rye schnaubt leise. »Vielleicht war es am Anfang noch so was wie Flirten. Ich werde nicht lügen und so tun, als fände ich sie nicht heiß. Ja, wir streiten uns. Ja, manchmal macht es Spaß, sie aufzuziehen. Und vielleicht verschafft es ihr die gleiche kranke Befriedigung, mich vorzuführen.« Er schüttelt langsam den Kopf, als würde er eine Tonne wiegen. »Aber unser Zerwürfnis ist echt, und ich will nicht darüber reden.«

»Hey, du hast das Thema angesprochen.«

Er wirft mir einen bösen Blick zu. »Nein, ich habe gesagt, dass ihr Jungs aufhören müsst, irgendetwas zu erwarten, weil es Zeitverschwendung ist. Ich habe nicht gesagt, dass ich über meine Gefühle reden will oder was auch immer.«

»Kumpel, ich habe noch nie einen Kerl gesehen, der dringender über seine Gefühle reden müsste als du.« Ich lache kurz auf. »Du bist das Aushängeschild für unterdrückte Emotionen.«

Rye entspannt sich auf dem Sitz und seine Miene wird offener. »Vielleicht. Aber mir wäre es lieber, wenn wir über deine Gefühle und diesen ganzen Kram reden würden. Bist du glücklich, Jaxy?«

»Feigling.« Wir erreichen mein Wohngebäude. »Und ja, das bin ich. Weil ich nämlich über meine Gefühle und diesen ganzen Kram rede.«

Das Auto hält an, und ich öffne die Tür, bevor Bruce das übernehmen kann. Ich mochte es noch nie, wenn er oder irgendein anderer Mitarbeiter Türen für mich öffnet. Das erinnert mich zu sehr an meine Kindheit und die Isolation, die ich dadurch verspürte. Ich saß bei meiner förmlichen und anständigen Familie fest, obwohl ich viel lieber gelacht und gespielt hätte wie ein normales Kind. Die Tatsache, dass ich versucht habe, meine Musik zu benutzen, um von allem, was meine Familie darstellt, wegzukommen, und dadurch in eine Situation geraten bin, in der ich oft Sicherheitspersonal brauche, entbehrt nicht einer gewissen Ironie. Ich bin heute genauso isoliert wie damals, nur dass ich jetzt nach meinen eigenen Regeln leben kann.

»Wollt ihr auf ein Bier mit hochkommen?«, frage ich. Überraschenderweise würde es mir momentan nichts ausmachen, allein zu sein. Ehrlich gesagt fühle ich mich auch ganz allgemein ziemlich gut. Morgen habe ich eine Verabredung mit Stella, und die Tatsache, dass ich sie dann berühren und den ganzen Tag mit ihr verbringen darf, einfach nur, weil wir beide das wollen, sorgt dafür, dass ich so aufgeregt bin wie ein Kind, das sich auf Weihnachten freut. Aber Rye sieht aus, als könnte er ein wenig Gesellschaft gebrauchen, und ich lasse meine Jungs nie im Stich, wenn sie Probleme haben, bei denen ich ihnen helfen kann.

Ryes Miene hellt sich auf. »Ja, klar.«

»Ich könnte ein Bier vertragen«, sagt Bruce mit einem Schulterzucken.

Wir sind auf halbem Weg zur Tür, als sich uns ein Kerl nähert. Sein Blick ist auf mich gerichtet, als wäre ich eine Zielscheibe. Sofort versteifen Rye und ich uns. Wir können uns im Notfall verteidigen, aber wenn dieser Kerl eine Waffe hat, werden wir mit einem Faustkampf nicht weit kommen. Aus dem Augenwinkel sehe ich, wie Bruce dicht an uns herankommt und sich zwischen uns und dem Unbekannten positioniert.

Der Kerl, ein drahtiger älterer Bursche mit struppigem rotgrauen Haar, bleibt stehen und reißt die hellblauen Augen weit auf. »Ich werde Ihnen keinen Ärger machen«, sagt er und schätzt die Situation damit klugerweise richtig ein. »Ich will nur mit Jax reden.«

»Dann reden Sie«, sage ich und halte mich bereit. Ich könnte dem Kerl sagen, dass er sich verpissen soll, aber manchmal ist es leichter, sich das Anliegen einer Person einfach anzuhören und dann dankend abzulehnen, egal was sie will. Leider könnte es in diesem Fall auch um eine der Frauen gehen, mit denen ich geschlafen habe. Dieser Kerl könnte ein wütender Vater sein. Verdammt.

»Ich habe in der Klatschpresse ein Foto von Ihnen mit einer Frau gesehen.«

Mein Rücken versteift sich. »Ich bin oft mit Frauen auf Fotos zu sehen. Wenn das alles ist, woran Sie interessiert sind, schlage ich vor, dass Sie sich ein anderes Hobby suchen.«

Ich setze mich in Bewegung, und Rye und Bruce beziehen links und rechts von mir Stellung. Sie flankieren mich, was nett, aber unnötig ist.

Leider lässt sich der Kerl davon nicht einschüchtern. »Sie trugen Sie über eine Pfütze.«

Ich gerate ins Wanken. Ich habe in meinem ganzen Leben nur eine einzige Frau getragen. Jemals. Und jemand hat ein Foto davon gemacht? Verdammter Mist. So viel zu meiner Clark-Kent-Tarnung. Bei dem Gedanken daran, dass Stella ihre Privatsphäre verlieren könnte, wird mir übel.

»Das ist längst nicht mehr aktuell, Mann. Das war vor Wochen.« Ich winke ablehnend in die Richtung des Mannes und setze mich wieder in Bewegung.

Seine heisere Stimme folgt mir. »Es gab noch ein weiteres Foto von Ihnen beiden, das von gestern stammt. Sie sahen ziemlich vertraut miteinander aus, als Sie aus der *Milk Bar* kamen. Ich dachte nur, dass Sie vielleicht gerne wüssten, mit wem Sie es zu tun haben, das ist alles. Stella Grey ist nicht das, was sie zu sein scheint.«

Mir wird eiskalt, und ich bleibe ruckartig stehen und drehe mich herum, um ihn anzusehen. »Was haben Sie gesagt?«

Der Kerl zuckt mit den knochigen Schultern. »Sie ist niedlich, aber sie ist nicht so unschuldig, wie sie aussieht.«

Nun wird mir schlagartig heiß, und ein roter Nebel behindert meine Sicht. Ich gehe auf ihn zu, bevor ich darüber nachdenken kann. Bruce tritt vor mich und versperrt mir den Weg, während mich Rye mit einer großen Hand am Ellbogen packt.

»Ganz ruhig, Mann«, sagt Rye leise, aber bestimmt.

Meine Aufmerksamkeit ist auf die kleine Ratte gerichtet, die mich trotzig anstarrt. »Sie halten sich verdammt noch mal von Stella fern«, presse ich hervor und dränge mich gegen Bruce' Rücken. Mein Leibwächter rührt sich jedoch nicht vom Fleck. »Sie wollen mich belästigen wie ein verrückter Fan? Meinetwegen. Aber halten Sie sich von meinen Freunden fern.«

Der Kerl lächelt nur, und der Anblick ist mir seltsam vertraut. »Sie ist also nur eine Freundin, ja? Für mich sah das intimer aus. Stella hat diese gewisse Art an sich. Sie ist sehr gut darin, sich an einen Mann heranzumachen, ohne dass es ihm bewusst ist.«

Ich stürme vor und versuche, mich an Bruce und Rye vorbeizuzwängen. Doch sie halten beide stand.

Der Typ hebt beide Hände. »Ganz ruhig. Ich versuche, Ihnen zu helfen. Die Informationen, die ich zu verkaufen habe, könnten Ihnen in nächster Zeit einige Kopfschmerzen ersparen.«

»Von wegen«, fauche ich. »Für wen zum Teufel halten Sie sich?«

Er schaut mich seelenruhig an. »Ich bin ihr Vater.«

Jeglicher Kampfgeist verlässt mich, und ich starre ihn mit offenem Mund an. Mir ist schlecht. Schlecht in Stellas Namen. Ihr Vater versucht, mir Geld aus den Rippen zu leiern. Der Mistkerl, der sie als Jugendliche im Stich gelassen und den sie seitdem nicht mehr gesehen hat.

»Gehen Sie mir verdammt noch mal aus den Augen«, sage ich durch zusammengebissene Zähne. »Denn diese Jungs werden mich nicht ewig festhalten können, und mir ist egal, ob es Konsequenzen hat, wenn ich Sie zu Brei schlage.«

Rye lockert den Griff an meinem Arm. »Vielleicht helfen wir ihm sogar«, sagt er mit kalter Stimme.

Stellas angeblicher Vater zuckt erneut mit den Schultern. »Mich zu verprügeln wird die Wahrheit nicht ändern. Ich verlange nicht viel. Zehntausend sollten reichen. Falls Sie Ihre Meinung ändern, rufen Sie mich unter dieser Nummer an.« Er wirft mir eine zerknitterte Visitenkarte vor die Füße. »Sie werden mir später danken.«

Ich starre die Visitenkarte an, als wäre sie eine Bombe. Meine Übelkeit nimmt zu.

»Verdammte Scheiße«, murmelt Rye und starrt dem kleinen Wiesel hinterher. »War das wirklich Stellas Vater?«

»Sie haben das gleiche Lächeln«, sage ich tonlos. Stellas wirkt jedoch nie so … seelenlos. Aber die Form und die Bewegungen sind die gleichen – bis hin zu dem kleinen, seltsam positionierten Grübchen, das direkt unter dem linken Mundwinkel erscheint. Mein Herz hämmert in meiner Brust. »Dieses Arschloch hat versucht, mir Geld aus den Rippen zu leiern.«

Bruce schüttelt den Kopf. »Ich halte die Augen offen.«

Rye atmet scharf aus. »Was wirst du jetzt tun?«

Keiner von uns hat die Visitenkarte aufgehoben. Ich will es nicht tun. Aber ich habe das Gefühl, dass ich sie wenigstens behalten sollte. Ich fahre mir mit der Hand durchs Haar. »Verdammt. Keine Ahnung.« Wie sage ich Stella, dass ihr Vater, der sie im Stich gelassen hat, nur aufgetaucht ist, weil er glaubt, mir Geld abknöpfen zu können?

»Glaubst du, dass er die Wahrheit gesagt hat?«, fragt Rye leise.

Ich starre ihn finster an. »Er ist ein verdammter Betrüger. Ich denke, dass er sie mithilfe einer Lüge für seine Zwecke benutzen würde, ohne mit der Wimper zu zucken.« Ich massiere meinen Nacken. »Vermutlich hat er von ihrem Job als professionelle Freundin geredet und will die Tatsachen so verdrehen, dass sie ein schlechtes Licht auf sie werfen.«

Eine kleine Stimme flüstert mir zu, dass er auch von etwas anderem geredet haben könnte. Sollte ich nicht wenigstens versuchen herauszufinden, worum es geht? Ich beiße die Zähne zusammen und hebe die Visitenkarte auf. Sie ist nur ein kleines, rechteckiges Stück Papier und doch fühlt sie sich an meiner Haut irgendwie wie Gift an.

Es ist nicht mal eine echte Visitenkarte. Der Name und die Kontaktdaten eines Anwalts sind durchgestrichen worden. Darunter hat jemand mit blauer Tinte den Namen Garret Grey und eine örtliche Telefonnummer gekritzelt. Auf der anderen Seite der Karte steht eine weitere Zahl: zehntausend Dollar. Die Summe ist zweimal unterstrichen. Dieses schmierige Arschloch. Meine Finger zittern vor Wut, als ich die Karte in meine Hosentasche stecke.

Ich muss Stella davon erzählen, aber wie ich das anstellen und wann ich es tun soll, sind ganz andere Fragen.

»Ich werde erst mal nachhören, ob Scottie etwas über diese Schlange herausfinden kann.«

Ein Schatten hat sich über den Tag gelegt. Ich sehne mich nach Stella. Ich will sie halten und ihr versichern, dass ich mich von jetzt an um sie kümmern werde. Aber ich kann mich ja kaum um mich selbst kümmern. Ich weiß nicht, was ich sagen werde, wenn ich sie morgen sehe, aber ich weiß, dass ich dieses Thema nicht ansprechen werde. Ich werde nicht zulassen, dass sich dieser elende Versager zwischen uns stellt, bevor wir überhaupt eine Chance hatten, uns richtig kennenzulernen.

20. Kapitel

Stella

Ich bin nervös, was selten und auch ein wenig ironisch ist, wenn man bedenkt, was ich für John geplant habe. Aber Tatsachen sind nun mal Tatsachen, und in meinem Bauch rumort es, als ich unser Wohngebäude verlasse und in den Sonnenschein hinaustrete. Vermutlich ist es ein bisschen zu warm für meine Lederjacke, aber ich werde sie nicht ausziehen. Und dann kann ich plötzlich nicht mehr richtig denken.

Denn John steht mit in die Hüften gestemmten Händen vor einem glänzenden Motorrad, und ich kann ihn nur noch anstarren. Er trägt ebenfalls eine Lederjacke, die abgenutzt und körperbetont ist. Dazu trägt er eine verschlissene Jeans und schwere Motorradstiefel. Er sieht wie etwas aus meinen fiebrigen Teenagerträumen aus. Meine jugendlichen Fantasien waren allerdings unschuldig im Vergleich zu der reinen Potenz, die John Blackwood ausstrahlt.

Die Art wie er mit leicht geneigtem Kopf und einem düsteren Funkeln in den Augen dasteht, ist purer Sex. Er hat eine angeborene Sinnlichkeit an sich, die einen dazu drängt, ihn zu berühren und bei ihm zu verweilen. Ich glaube, ihm ist nicht mal bewusst, dass er diese Anziehungskraft ausübt. Sie ist einfach da, und jeder Zentimeter von ihm ist davon erfüllt.

Er schaut zu mir hoch, und ich komme mir wie eine Süßigkeit vor. Das macht John mit mir. Er verwandelt die einfache und praktische Stella Grey in etwas Üppiges und Dekadentes. Ich bin nicht länger vollständig ich selbst, sondern gehöre irgendwie ganz ihm. Unsere Blicke treffen sich, und er lächelt breit. Es fühlt sich an, als wäre sein Lächeln direkt mit einer Stelle tief in meinem Bauch verbunden. Das Ziehen ist heftig und süß. Es steigt mir unmittelbar zu Kopf und meine Schritte geraten etwas unsicher.

Er stellt sich aufrecht hin und kommt mir auf halbem Weg entgegen. »Schau dich nur an, Stella-Knöpfchen.«

Ich werfe einen Blick an mir hinunter. »Ist das in Ordnung?«

»In Ordnung?« Er lächelt sanft, doch seine Augen glühen. »Du bist umwerfend. Perfekt.«

»Schmeichler.« Vermutlich bin ich bereits knallrot angelaufen.

»Ich sage nur die Wahrheit«, kontert er und beugt sich vor, um mich mit einer Zärtlichkeit zu küssen, von der ich ganz weiche Knie bekomme. Verdammt, ich werde zerfließen wie Butter in der Sonne, wenn er so weitermacht. Ich klammere mich an seinen Unterarm, damit ich nicht umkippe.

Seine Miene ist berechtigterweise selbstgefällig, aber auch ein wenig benommen, als er den Kopf hebt. »Bist du bereit?«

»Mir wäre es lieber, wenn du mich noch ein wenig küssen würdest«, sage ich aufrichtig, und sein Lächeln wird schief.

»So, wäre es das?« Seine Stimme klingt in der Morgenluft ganz heiser.

»Mmm.« Ich streiche mit einer Hand über seine Brust, wo sich das Leder warm und weich anfühlt. »Du bist ziemlich gut darin.«

John starrt mich mit halb geschlossenen Augen an. »Ziemlich gut?«

»Sehr gut?«

»Hmm …« Er ist mir so nah, dass ich die Wärme seines Körpers spüren und den Duft seiner Haut riechen kann. Langsam streckt er eine Hand aus und berührt eine meiner Haarsträhnen, die in der Brise tanzt. »Sag mir, meine Schöne, versuchst du, Zeit zu schinden, damit du nicht auf das Motorrad steigen musst? Oder fühlst du dich heute besonders vorwitzig?«

Dieser verdammte Mann durchschaut mich einfach immer wieder. Ich lache resigniert. »Vielleicht ein bisschen Zeit schinden. Aber du bist wirklich verlockend.«

Er grinst kurz und zufrieden.

Küss mich noch mal. Küss mich für immer.

Ich hole tief Luft. Dann tue ich es erneut, weil ein Atemzug nicht ausreicht, um einen klaren Kopf zu bekommen. »Also los.«

Er lacht und durchschaut mein Draufgängertum. »Es wird Spaß machen. Aber wenn es dir nicht gefällt, sag es mir, dann fahren wir sofort nach Hause.«

Ich folge ihm zu dem Motorrad. »Es wird mir gefallen. Allerdings werde ich vielleicht sehr viel schreien.«

Sein Lächeln ist so süß, als er nach einem Helm greift und die Schnalle überprüft. Der Helm ist mitternachtsblau und mit Sternen bemalt. Als er ihn herumdreht, sehe ich, dass mein Name in glitzernden silbernen Buchstaben auf der Seite steht.

»Du hast einen Helm für mich anfertigen lassen?«, frage ich und starre ihn verblüfft an. Er ist kitschig und auffällig und absolut perfekt.

»Natürlich.« Er senkt den Kopf, schaut mir ins Gesicht und hilft mir dabei, den Helm aufzuziehen. »Du brauchst doch die richtige Ausrüstung.«

Ich stehe still da und lasse zu, dass er die Schnalle schließt. Wann immer er mit den Fingern meine Haut berührt, verspüre ich kleine Schauer der Lust.

Zufrieden richtet sich John auf. »In dem Helm befindet sich ein Mikrofon, damit wir miteinander reden können. Aber ich werde mich zuerst einmal darauf konzentrieren, uns aus der Stadt herauszubringen.«

»Wie fortschrittlich«, sage ich, während sich die Lustschauer in reines Nervenflattern verwandeln. Wenn man die Tatsache bedenkt, dass ich Geschwindigkeit liebe, sollte ich kein bisschen nervös sein. Und vielleicht liegt es auch eher daran, dass ich das hier mit John genießen will. Außerdem will ich, dass ihm das, was ich für meinen Teil des Tages geplant habe, ebenfalls gefällt.

Ich lasse all diese Gedanken los und folge John zum Motorrad. Er schenkt mir ein breites Grinsen und setzt dann seinen Helm auf. Und ich breche in Gelächter aus. Sein Helm ist elegant und schwarz und auf der Seite stehen in glitzernden Goldbuchstaben die Worte »Stellas Fahrer«.

»Das ist dein Streitwagen«, sagt er und grinst immer noch, als er mir eine Hand entgegenstreckt.

»Beeindruckend.« Das Motorrad sieht wie eine Mischung aus alten und neuen Bauteilen aus und wirkt irgendwie steampunkig. Die Lackierung ist mattschwarz mit bronzefarbenen Akzenten. Momentan bin ich allerdings mehr an dem schön gepolsterten Sitz interessiert.

John fährt mit einer Hand darüber. »Das ist eine in begrenzter Stückzahl hergestellte Ducati Italia Scrambler. Ich habe viele unterschiedliche Motorräder, Reiseenduros, Tourer und ein paar Rennmotorräder.« Seine Lippen zucken ironisch. »Früher fuhr ich mal eine tolle Harley Fat Boy, aber ich hab sie Killian geliehen und dieser Idiot ist damit in Libbys Vorgarten gerauscht. Seitdem ist das arme Baby nicht mehr dieselbe.«

»Haben sie sich so kennengelernt?« Ich erinnere mich dunkel daran, etwas über Killians und Libbys Liebesbeziehung gelesen zu haben, die sich daraus entwickelte, dass er einen Motorradunfall in ihrem Vorgarten hatte.

»Ja.« John schüttelt den Kopf, ist aber eindeutig amüsiert. »Seitdem ist er total von ihr bezirzt, also kann ich ihm das nicht allzu übel nehmen. Nun ja, man lernt nie aus.« John tätschelt den Sitz. »Dann wollen wir dieses Baby mal testen, in Ordnung?«

Mir war nicht klar, dass Motorräder beim Fahren so heftig vibrieren. Direkt in meinem Schritt. Wenn man dann auch noch bedenkt, dass ich mich fest an Johns starken, muskulösen Körper schmiege und meine Arme um seine Taille gelegt habe, ist es kein Wunder, dass ich mehr als nur ein wenig abgelenkt bin, als wir Manhattan endlich hinter uns lassen und in Richtung Long Island fahren.

Sobald wir freie Bahn haben, lässt John die Ducati von der Leine. Ich kreische und lache. Es ist wie Fliegen. Nur mit dem zusätzlichen Bonus, dass ich in der Lage bin, mich an Johns warmem Körper festzuhalten.

Ich höre seine Stimme über den Helmlautsprecher. »Sag mir Bescheid, wenn du Angst hast oder umdrehen willst. Okay, Knöpfchen?«

»Gib Gas, Rockstar.«

Er lacht und fährt schneller. Ich drücke ihn aus reiner Freude daran.

Die Ducati rast über die Straße. John spielt über die Lautsprecher in den Helmen Musik. Sein Geschmack ist vielseitig, aber alles ist schnell und passt damit zur Fahrt. Als »Raspberry Beret« von Prince erklingt, recke ich die Hände nach oben, um den Fahrtwind zu spüren.

»Wie geht es dir?«, fragt John, als wir eine Weile später an einem Burgerladen halten.

Ich schlucke einen Bissen von meinem saftigen Cheeseburger hinunter, bevor ich antworte. »Ganz gut. Aber ich bekomme langsam den Verdacht, dass ich später Muskelkater haben werde.« Sein Motorrad mag schnell und stark sein, aber ich spüre jedes Schlagloch und jeden Hubbel, über die wir fahren – zwischen den Beinen.

John dreht sich auf seinem Barhocker zu mir und schnappt sich ein paar Fritten. »Keine Sorge, Ma'am. Hier bei Johns Krasse Touren bieten wir einen umfassenden Service, zu dem auch die Massage jedes beliebigen Bereichs gehört, der eine nötig hat.«

Ihm ist eindeutig klar, an welchen Stellen ich später Schmerzen haben werde. Und er stellt sich diese empfindlichen Bereiche gerade vor, das sehe ich ihm an.

»Hmm …« Ich klaue mir eine von seinen Fritten. »Wie praktisch.«

»Wir wollen unsere Kunden zufriedenstellen.« Er hebt anzüglich die Augenbrauen. Er wirkt jetzt vollkommen locker. Seine klaren grünen Augen strahlen, und seine Miene ist offen und entspannt. Mit seinem lässigen Grinsen und dem weichen braunen Haar, das von dem Helm ganz platt gedrückt und ein wenig verschwitzt ist, sieht er fast jungenhaft und verdammt hübsch aus. Mein Gehirn ruft laut aus: »Können wir ihn behalten? Bitte?«

Was mehr als nur ein wenig beängstigend ist. Das Leben funktioniert nicht immer so, wie wir es wollen. Leute verlassen einen. Leute erwidern die Liebe, die man für sie empfindet, nicht mit der gleichen Intensität. Es spielt keine Rolle, wie sehr man sich festklammert, wenn jemand gehen will, wird er eine Möglichkeit finden. Und es tut jedes Mal weh. Aber bei John habe ich Angst, dass er irgendwann gehen und die Sonne mitnehmen wird.

»Hey«, sagt er sanft und reißt mich damit aus meinen rasenden Gedanken. Als ich ihm in die Augen schaue, umfasst er meine Wangen und lehnt sich vor. Sein Kuss ist langsam und leicht, strahlt aber auch eine gewisse Hitze aus, so als würde er sich zurückhalten und die Vorfreude genießen.

Wir haben Burger und Fritten gegessen, aber beides schmecke ich nicht. Ich schmecke ihn. Er ist wie Honig auf meiner Zunge. Er ist verdammt noch mal der beste Küsser, dem ich je begegnet bin – ein wenig gierig, ein wenig schmutzig und immer süß. Er hält mein Gesicht in seinen Händen, als wäre ich zerbrechlich. Er bewegt seinen Mund über meinem, als wäre ich das Beste, was er je gefühlt hat.

Als er sich zurückzieht, ist mir vor Verlangen ganz schwindelig. »Wofür war das denn?«

»Das habe ich getan, weil ich es kann.« Er küsst mich erneut. »Und weil mich dein Mund verrückt macht.« Ein weiterer Kuss. »Und weil du so verdammt hübsch bist, dass ich mich einfach nicht zurückhalten kann.« Er zieht sich zurück, um mir in die Augen zu schauen. Mit der rauen Kante seines Daumens streicht er an der Wölbung meines Kiefers entlang. »Such dir etwas aus. Es ist alles wahr.«

»Du bist wirklich gut darin, mich zu umwerben, weißt du das?«

Er berührt meinen Mundwinkel, als könnte er nicht anders. »Das wusste ich nicht. Aber es ist schön zu hören.«

Wir sind einander zugewandt und meine Knie befinden sich zwischen dem V seiner Hüften. Und er berührt mich immer noch. Kleine Liebkosungen entlang des Halses und der Schultern, ein sanftes Ziehen an meinem Haar. Es sind so einfache Berührungen. Und doch spüre ich jede einzelne davon in meinem Herzen und zwischen meinen Beinen. So ist es für mich noch nie gewesen. Mir wird von so etwas nicht schwindelig.

Ich gehe keine emotionalen Bindungen ein. Ich verliebe mich nicht.

Und doch passiert all das gerade mit alarmierender Geschwindigkeit. Mit einem Kerl, der von der Liebe genauso wenig Ahnung hat wie ich. John lehnt sich vor und knabbert an meinem Ohrläppchen, woraufhin mir Schauer über den Rücken laufen. All meine unausgesprochenen Sorgen verschwinden. Mit ihm zusammen zu sein fühlt sich zu gut an, um dagegen zu protestieren.

»Wirst du mir verraten, wo wir hinfahren?«, fragt er und zieht erwartungsvoll die Augenbrauchen hoch.

»Nein. Das wirst du erst erfahren, wenn es offensichtlich ist.«

Er schmollt ein wenig, setzt sich dann aber in Bewegung, um die Rechnung zu bezahlen. »Diese Vorfreude macht überraschend viel Spaß.«

»Ja.«

John blinzelt verblüfft, als ihm klar wird, dass man seine Worte auch anders interpretieren könnte. Sofort breitet sich auf seinem Gesicht ein freches Grinsen aus. Er will gerade etwas erwidern, als ein junger Kerl auf ihn zukommt. Seine Schritte sind zögerlich, aber er hat die Schultern gestrafft.

»Hey …« Der Kerl bleibt stehen, räuspert sich und versucht es erneut. »Sie sind … äh … Sie sind Jax Blackwood, oder?«

John setzt sich auf seinem Barhocker aufrechter hin, stellt aber eine lässige Miene zur Schau. »Der bin ich.«

Der Kerl entspannt sich ein wenig, nur um sich dann wieder anzuspannen. Sein Blick huscht zwischen mir und John hin und her. »Ich … äh … wollte Ihnen danken …« Er errötet heftig und schaut erneut zu mir.

Ich lasse mich von meinem Barhocker gleiten. »Entschuldigt mich, Jungs, aber ich muss mal wohin.«

Ich weiß nicht, ob John angesichts meines Verschwindens dankbar ist oder ob er verärgert sein wird, wenn ich zurückkomme. Aber ich weiß, dass er auf sich aufpassen kann, und dieser junge Kerl will ganz offensichtlich unbedingt mit ihm allein reden.

Ich lasse mir so viel Zeit, wie ich kann, ohne dass es so wirkt, als hätte ich irgendein Problem. Als ich zurückkomme, reden sie immer noch. John lehnt sich vor, um dem Kerl etwas mitzuteilen. Er legt ihm eine Hand auf die Schulter und drückt sie, während der jüngere Mann nickt. Seine Miene ist angespannt und voller Emotionen.

Ich bestelle ein paar Brownies zum Mitnehmen und komme gerade rechtzeitig zurück, um mit dem Handy des Jungen ein Foto von den beiden zu machen.

»Pass auf dich auf, Mann«, sagt John und legt ihm ein letztes Mal freundschaftlich die Hand auf die Schulter.

Der Kerl lächelt schüchtern und geht dann davon. Seine Schritte wirken leichter. John hingegen ist still geworden. Er nimmt meine Hand und führt mich aus dem Diner und zu seinem Motorrad.

»Geht es dir gut?«, frage ich, als er nichts sagt.

»Ja, es geht mir gut.« Doch er hält einfach nur den Helm in den Händen und wirkt vollkommen abwesend.

»Du weißt, dass du mit mir reden kannst, oder?«, versuche ich es sanft.

Er atmet tief ein. Als er mir in die Augen schaut, schimmern seine stark. »Er wollte es tun, verstehst du?«

Mein Magen zieht sich zusammen, und alles wird sehr still. »Ja.«

John beißt sich auf die Unterlippe und wendet den Blick ab. »Doch dann versuchte ich es. Und er tat es nicht.«

Das schwache Summen des Highways drängt sich in die

Stille, die zwischen uns herrscht. Ich lecke mir über die trockenen Lippen. »Was meinst du?«

John fährt mit einer Hand durch sein Haar und massiert seinen Nacken. »Er spielt Gitarre. Ich bin sein Idol. Und als ich es versuchte, machte ihn das völlig fertig. Aber er sagte, es habe ihn auch getröstet.« John wirft mir einen schiefen, beinahe verwirrten Blick zu. »Der große Jax Blackwood fühlte sich genauso wie er, deswegen fühlte er sich nicht länger allein. Er suchte sich Hilfe.«

John schluckt schwer und umklammert seinen Helm. Als er nichts mehr sagt, trete ich näher an ihn heran und lege eine Hand auf seinen Arm. Seine Stimme ist schwach. »Ich hätte nie gedacht …« Er schüttelt den Kopf, und in seinen Augen schimmert Emotion. »Ich habe nie an sie gedacht. Die Fans. Dass ich ihnen helfen könnte.«

Ich lege die Finger fester um seinen verkrampften Arm. »Das kannst du. Das hast du schon deine ganze Karriere lang getan.« Er runzelt verwirrt die Stirn, und ich rede weiter, auch wenn ich es hasse, über mich zu sprechen. »Als mein Dad verschwand, ging es mir eine ganze Weile lang nicht gut.«

»Babe …« Er kommt näher, und in seinen grünen Augen flackert Sorge auf. »Das tut mir leid.«

Ich zucke mit den Schultern und lehne mich zurück, damit ich ihm in die Augen schauen kann. »Ich hörte das Album *Apathy*, und das hat mir geholfen, viele düstere Tage zu überstehen.« Er zuckt überrascht zusammen, und nun halte ich ihn fester. »Ich lauschte deiner Stimme mit all der entfesselten Wut, dem Trotz und der Kraft. Und ich fühlte mich ebenfalls stark.«

Für einen Augenblick starrt er mich einfach nur an. Sein Mund steht offen, und er weiß eindeutig nicht, was er sagen soll. Doch dann senkt er die Lider mit einer fließenden Bewegung seiner langen Wimpern. »Ich wünschte, ich hätte damals für dich da sein können.«

»Dann hast du mir nicht zugehört. Du warst für mich da. Du bist für so viele da, die dich brauchen. Du bist …« Ich ringe um Worte. »Wundervoll.«

Daraufhin lacht John bescheiden und heiser. »Du bringst mich um, weißt du das?«

Ich kann das Unbehagen sehen, das sich über seine Schultern legt. Für einen berühmten Rockstar kann John nicht besonders gut mit Lob umgehen. Er wiegelt es ständig ab oder gibt es an jemand anders weiter. Ich verstehe das. Das mache ich auch oft und ich weiß, dass ich mich zurückhalten sollte.

Ich zupfe an seiner Jacke. »Also gut. Dein Teil des Tages ist vorbei. Jetzt bin ich dran.«

John entspannt sich sichtlich und grinst breit. »Dann mal los, Stella-Knöpfchen.«

»Du willst dich nicht davor drücken?«

Er schnaubt. »Bitte. Ich drücke mich nie vor etwas.«

»Darauf verlasse ich mich.« Bevor er noch etwas sagen kann, stelle ich mich auf die Zehenspitzen und küsse ihn. Unsere Münder verschmelzen regelrecht miteinander, und ich knabbere und sauge an seiner festen Unterlippe. Doch er verfolgt mich mit seinem Mund, als ich mich zurückziehe.

»Wofür war das denn?«, fragt er und lächelt dicht an meinem Mund.

»Das habe ich getan, weil ich es kann«, sage ich. »Und weil mich dein Mund verrückt macht. Und weil du so verdammt hübsch bist, dass ich mich einfach nicht zurückhalten kann.«

»Klaust du jetzt meine Sprüche, Knöpfchen?«

»Von wegen. Und jetzt hör auf, Zeit zu schinden.« Gott, jetzt bin ich nervös. Diese Seite von mir habe ich noch nie jemandem gezeigt. Es ist das, was ich am besten kann, aber bislang ist es immer mein persönlicher Rückzugsort gewesen.

John glaubt, dass er der Einzige ist, der nichts über Beziehungen weiß. Aber ich habe davon auch keine Ahnung. Zumindest nicht von romantischen Beziehungen. Doch wenn das mit uns funktionieren soll, muss ich auf mehr vertrauen als nur auf mich selbst. Ich muss auf ihn vertrauen.

John

Die berauschende Mischung aus echter Vorfreude und ungewisser Nervosität ist etwas, das ich schon sehr lange nicht mehr verspürt habe. Zu den Anfangszeiten von Kill John war das meine bevorzugte emotionale Droge. Ich lebte für dieses süße Gefühl, das ich immer dann verspürte, wenn ich zwischen Ruhm und Verderben schwankte. Damals bestand stets die Möglichkeit, dass wir versagen und von der Bühne gepfiffen werden würden. Oder wir waren erfolgreich und brachten den Saal zum Kochen. Ich liebte die Aufregung, die damit einherging, dass ich vorher nie wusste, was passieren würde. Und doch wusste ich es. Ich wusste, dass ich dort rausgehen und mich auf eine Weise lebendig fühlen würde, die nur sehr wenige Menschen erfahren. All meine Nerven summten, das Blut rauschte durch meinen Körper, meine Eier waren angespannt und mein Schwanz hart.

Diese Augenblicke wurden zu meinem Lebensinhalt. Aber mit der Zeit wurden sie immer seltener.

Dann kam Stella. Was ich für sie empfinde, ist nicht genau das Gleiche. Es geht tiefer. Eine seltsame Mischung aus dieser unsteten Aufregung, die von unerwarteter Behaglichkeit gemäßigt wird. Aber heute ist es anders. Ich bin ganz zappelig, als ich ihren Anweisungen auf dem Weg zu diesem geheimnisvollen Erlebnis folge, das sie für mich vorbereitet hat. Das Land ist flach und erstreckt sich entlang des Atlantiks. Der Tag ist klar. Über uns heben ein paar kleine Privatflugzeuge von einem nahe gelegenen Flugplatz ab.

In meinem Ohr weist mich Stellas blecherne Stimme an, zum Flughafen abzubiegen. Tja, das ist eine Überraschung. Will sie mit mir irgendwo hinfliegen? Auch wenn ich weiß, dass sie mir die Hölle heißmachen wird, wenn ich protestiere, gefällt mir der Gedanke nicht, dass sie für einen Flug bezahlt. Stella schwimmt nicht gerade im Geld. Sie sollte ihre schwer verdienten Dollars nicht für mich ausgeben müssen. Aber ich halte den Mund. Dieser Teil des Tages gehört ihr, und ich werde mich benehmen und ihn verdammt noch mal genießen.

Der Flugplatz ist nicht groß – es gibt nur eine Start- und Landebahn sowie ein paar niedrige Gebäude und Hangars. Ein Schild, auf dem für Fallschirmsprünge geworben wird, weist in Richtung eines weiteren Gebäudes, und ich frage mich, ob das ihr Plan ist. Doch Stella dirigiert mich in Richtung eines anderen Gebäudes und bittet mich dann anzuhalten.

»Okay«, sagt sie und zieht ihren Helm ab. »Lass es uns tun.«

Damit marschiert Stella in ein Büro, um sich in einen Flugplan einzutragen und mit ein paar Typen zu reden, die dort arbeiten und sie eindeutig gut kennen. Währenddessen stehe ich mit offenem Mund da und starre sie schweigend an. Mein Mund steht immer noch offen, als ich ihr zu einem kleinen – ernsthaft, das Ding sieht verflucht winzig aus – weißen Flugzeug mit einem einzelnen Propeller an der Nase folge.

Ich hatte schon Autos, die größer waren.

»Du bist Pilotin.« Meine Stimme klingt beschämend schockiert.

Sie errötet, während sie mit einer Hand über die Kante einer Tragfläche streicht. »Ja.«

»Und dir gehört dieses Flugzeug?«

»Es gehört mir zu einem Zehntel«, sagt sie mit einem bescheidenen Lächeln. »Der Rest gehört Hank. Er hat mir erlaubt, einen Anteil daran zu kaufen, damit ich mir nicht wie eine totale Schnorrerin vorkomme, wenn ich es fliegen will.« In ihrer Stimme liegt eine gewisse Zuneigung, als sie von Hank spricht. Das macht mich, nun ja, nicht wirklich eifersüchtig, aber …

»Wer ist Hank?«

»Er ist Fluglehrer und der Besitzer der Flugschule. Als ich sechzehn war, arbeitete mein Dad hier den Sommer über als Mechaniker. Ich hing hier herum, und Hank bot an, mir das Fliegen beizubringen. Im Gegenzug sollte ich in der Bäckerei seiner Frau unten am Ufer arbeiten. Die Entscheidung fiel mir leicht.« Sie runzelt die Stirn. »Dann hörte mein Dad spontan auf, hier zu arbeiten, wie er es immer tut, wenn er von etwas die Nase voll hat. Aber Hank hielt sich an unsere Vereinbarung, obwohl ihm Dad noch Geld schuldete.«

Dieser Mistkerl hatte auch Stella einfach so sitzen lassen. Ich räuspere mich und verdränge die Fantasie, ihren schäbigen Vater aufzuspüren und ihm in seinen armseligen Hintern zu treten. »Klingt, als wäre Hank ein guter Kerl.«

»Er ist der Beste«, sagt sie. »Ich nehme schon seit Jahren Flugstunden bei ihm.«

»Du musst ihm sehr nahestehen.«

Sie zuckt mit den Schultern und fährt mit einem Finger über einen Schmutzfleck auf der glatten, weißen Lackierung des Flugzeugs. »Hank ist nicht unbedingt der väterliche Typ. Er ist eher so was wie ein streitsüchtiger alter Mann mit einem Herz für ungelenke Teenager, die nichts zu tun haben. Wir verstehen uns gut, aber wir schicken uns keine Weihnachtskarten oder so was.«

Eine weitere Person in ihrem Leben, die sie auf Abstand gehalten hat. »Wenn du deinen Dad wiedersehen könntest, würdest du das wollen?«

Sie verzieht den Mund, als hätte sie etwas Verdorbenes probiert. »Warum fragst du mich das?«

Mist. *Erzähl es ihr.* Aber ich kann es nicht. Nicht wenn sie das Gesicht verzieht, als hätte sie einen bösen Geist gesehen, nur weil ich ihren Dad erwähnt habe. Nicht wenn alles an ihrer Haltung Schmerz und Abwehr ausdrückt.

Ich versuche, mit den Schultern zu zucken, aber sie sind zu angespannt. »Weil wir gerade von Hank geredet haben, der für dich so etwas wie eine Vaterfigur zu sein scheint.«

Ihr Lachen klingt bitter. »Vaterfiguren sind überbewertet. Dafür brauche ich Hank nicht.« Sie geht zum hinteren Ende des Flugzeugs. »Und was meinen Dad angeht, nein, ich will ihn nicht wiedersehen. Ich denke, das wäre zu schmerzhaft für mich. Entweder das, oder ich würde ihn umbringen, und dann müsste ich ins Gefängnis.«

Wieder verzieht sie ganz leicht ihren weichen Mund. Und sofort will ich sie küssen. Also tue ich es.

Sie summt an meinem Mund, tritt dann aber zurück. Ihre Wangen sind hübsch gerötet. »Wenn du mich weiter so ablenkst, werden wir niemals fliegen.«

»Mach dein Ding, Kapitänin.« Ich schiebe die Hände in meine Taschen. »Ich werde mich benehmen.«

»Das ist fraglich.« Stella hat ein Klemmbrett in der Hand und inspiziert das Flugzeug mit der gleichen intensiven Gründlichkeit, mit der ich vor einem Auftritt meine Gitarren überprüfe. Ja, ich habe einen Roadie, der sich während der Konzerte um sie kümmert und sie danach wieder verstaut.

Aber ich stimme meine Instrumente selbst und bin in dieser Hinsicht sehr pingelig.

Zu sehen, wie sich Stella einer Angelegenheit mit der gleichen Sorgfalt widmet, hat eine überraschend erregende Wirkung auf mich. Ich hätte nie gedacht, dass ich über eine Frau herfallen wollen würde, nur weil ich dabei zusehe, wie sie die Flügelklappen an einem Flugzeug überprüft. Keine Ahnung, warum ich mich jetzt kaum zurückhalten kann. Aber so ist es. Ich habe eine Erektion und trete von einem Fuß auf den anderen, während sie ein kleines Glasröhrchen hervorzieht und es mit Benzin aus dem Flügel füllt.

»Ich habe das Flugzeug auftanken lassen, bevor wir hergekommen sind«, informiert sie mich. »Aber man muss trotzdem überprüfen, ob es Ablagerungen gibt, und sicherstellen, dass es die richtige Art von Benzin ist.«

»Die richtige Art?«

»Ja.« Sie bewegt sich näher an mich heran und hält das Glasröhrchen ins Licht. »Es gibt unterschiedliche Mischungen. So ähnlich wie bei dem Benzin, das man an der Tankstelle bekommt. Wir brauchen eine hellblaue Färbung. Es darf nicht rot oder farblos sein.«

Gottverdammt, sie ist wirklich sexy. Ich kann mich kaum davon abhalten, meine Nase in ihrem Haar zu vergraben und ihren Duft einzuatmen.

Als sie mit der äußeren Inspektion des Flugzeugs fertig ist und außerdem den Motor überprüft und mich nach meinem Gewicht gefragt hat, damit sie die Traglast berücksichtigen kann, bin ich steinhart und mir ist ganz heiß. Aber ich sage kein Wort. Das hier ist ihr Ding, und ich lasse es sie so machen, wie sie es will. Keine Ablenkungen.

Stella öffnet die Tür des Flugzeugs und verstaut das Klemmbrett. Dann dreht sie sich zu mir herum. »Okay, ein paar wichtige Informationen. Du fragst dich vielleicht, wie eine Person, die Probleme mit Zahlen hat, Pilotin sein kann.«

»Eigentlich ist mir das gar nicht in den Sinn gekommen.« In mir flackert ein winziger Anflug von Selbsterhaltungstrieb auf, und ich werfe einen Blick auf das Flugzeug. »Ich schätze, du kommst damit zurecht.«

Sie blinzelt im Sonnenlicht. »Ich habe den medizinischen Test bestanden und wurde geprüft. Um möglichen Missgeschicken entgegenzuwirken, schreibe ich mir gewisse Sachen auf. Ich bin übermäßig wachsam. Und ich werde mich selbst oder meine Passagiere niemals in Gefahr bringen. Wenn es auch nur den geringsten Hinweis darauf gibt, dass ich nicht in Topform bin, werde ich landen. Stolz hat beim Fliegen nichts zu suchen.«

Ich nicke langsam. »Ich glaube dir.«

Ihr Nicken wirkt nicht gerade entspannt, aber ihre Schultern sind nicht mehr so steif. »Das führt mich zum zweiten Punkt. Ich weiß, dass ich dich das schon vor einer ganzen Weile hätte fragen sollen, aber das hätte die Überraschung ruiniert. Ist es für dich in Ordnung, wenn ich dich mit die Luft nehme?«

»Willst du mich auf den Arm nehmen? Ich kann es gar nicht erwarten, dich fliegen zu sehen.«

Freude bringt ihre blauen Augen zum Strahlen, aber sie lächelt nicht. »Das wird kein Flug, den man mit denen der großen Fluglinien vergleichen kann. Es wird holprig werden. Wirst du luftkrank? Sag mir die Wahrheit, denn es ist nicht witzig, wenn du dich in einem kleinen Flugzeug übergeben musst. Ich werde es dir nicht vorwerfen.«

Ich schnaube und schaue ihr direkt in die Augen. »Mein Magen ist absolut unempfindlich, Babe. Das schwöre ich.«

Sie atmet erleichtert aus. »Sag mir einfach Bescheid, wenn dir übel wird.«

»Glaub mir, ich stehe auch nicht besonders auf Übelkeit, das kann ich dir versichern.«

Damit greift Stella in den winzigen hinteren Bereich des Flugzeugs und zieht zwei Päckchen mit überkreuzten Anschnallgurten heraus.

»Flugfallschirme«, erklärt sie. »Sie sind eigentlich ziemlich bequem.«

»Fallschirme?« Ich kann nicht leugnen, dass ich ein bisschen geschockt und ein klein wenig nervös bin. Denn wir sind doch nur zu zweit in dem Flugzeug. Und ich will ganz sicher nicht alleine einen Fallschirmsprung durchführen. »Erwartest du von mir, dass ich aus diesem Flugzeug springe?«

Ihr Lachen klingt fröhlich. »Nein. Du sollst nicht springen. Das verspreche ich.«

»Wozu dann der Fallschirm? Denn ich muss zugeben, dass ich zuvor schon in kleinen Flugzeugen gewesen bin und man mich bislang noch nie gebeten hat, so ein Ding anzulegen. Ich vertraue darauf, dass du nicht abstürzen wirst. Ehrlich.«

Stella grinst breit, und um ihre blauen Augen herum bilden sich Fältchen. »Tja, danke, John. Da bin ich erleichtert. Wir legen die Fallschirme an, weil es vorgeschrieben ist, wenn ich einen Passagier mit in die Luft nehme. Und jetzt leg den Fallschirm an und hör auf, Fragen zu stellen.«

Von diesem Gesetz habe ich noch nie gehört, aber meinetwegen. Ich werde ihr den Gefallen tun. Ich halte den Mund und lege den Fallschirm an. Ich mache noch nicht mal einen Witz, als sie sich in die Nähe meines Schritts beugt, um mir mit den Schnallen zu helfen.

Habe ich erwähnt, dass Stella sexy war, als sie ihr Flugzeug überprüfte? Das ist nichts – *nichts* – im Vergleich zu dem Anblick, den sie bietet, als sie im Inneren des Flugzeugs die Vorflugkontrolle durchführt. Zuzusehen, wie sie in Richtung des Rollfelds fährt und mit dem Tower redet, um die Startgenehmigung zu erhalten, ist ebenfalls ziemlich beeindruckend. Ich schwöre, dass ich Sterne in den Augen habe, als sie Gas gibt und wir in diesem winzigen Flugzeug über das Rollfeld rasen. Das Cockpit ist so klein, das meine Schulter ihre streift.

Und obwohl ich zuvor schon in einem kleinen Flugzeug gewesen bin, ist die Erfahrung, mit Stella abzuheben, während der Boden einfach unter uns verschwindet und wir in den blauen Himmel aufsteigen, atemberaubend.

Sie dreht sich herum und grinst, als ich lache. »Alles gut?«, fragt sie. Ihre Stimme knistert in meinen Kopfhörern.

»Das ist wunderschön.« Der Atlantik erstreckt sich weit und dunkelblau zu meiner Rechten. Manhattan liegt hinter uns, während unter uns der blasse Streifen der Strände von Long Island zu sehen ist.

Wir gewinnen an Höhe, bevor Stella wieder spricht. »Okay. Bezüglich der Fallschirme …«

»Ich schwöre bei Gott, Stells, wenn du mir jetzt erzählst, dass wir doch aus dem Flugzeug springen, werde ich dich festbinden und eine Möglichkeit finden, dieses Ding selbst zurückzufliegen.«

Sie lacht. Der Laut klingt in meinen Kopfhörern leise. »Wolltest du noch nie Fallschirm springen?«

»Ich habe es schon mal gemacht.« Sie wirft mir einen überraschten Blick zu, und ich zucke mit den Schultern. »Das war zu der Zeit, als ich ständig auf der Suche nach dem nächsten Kick war.«

»Hmm … Tja, wenigstens weiß ich jetzt, dass du nicht ausflippen wirst. Aber nein, davon rede ich gar nicht.« Sie wendet das Flugzeug. Die Bewegung ist elegant und effizient. »Die Sache ist die: Ich bin Kunstfliegerin.«

»So was wie Stunts?« Ich bekomme schon wieder eine Erektion. »Willst du mich auf den Arm nehmen?«

Ihre Miene ist zurückhaltend und angesichts meiner Reaktion beinahe besorgt. »Ja. Hast du Lust darauf?«

Heilige Scheiße. Mein Mädchen hat mich mit in ein Flugzeug genommen und will nun Stunts für mich machen. Ich grinse so breit, dass mir fast die Kopfhörer von den Ohren rutschen. »Oh verdammt, ja.«

Ihr Lachen ist von überdrehter Freude erfüllt. »Wir fangen mit einem Turn an. Dann machen wir ein paar Rollen und einen Looping. Nichts allzu Verrücktes.«

»Nichts allzu Verrücktes, was?«

Um ihre Augen herum bilden sich Fältchen. »Ich bin versucht, dir etwas wirklich Verrücktes zu zeigen, aber dieses Flugzeug eignet sich nicht für fortgeschrittene Stunts. Es ist eher für die Grundfiguren gedacht.«

Das glaube ich ihr aufs Wort. Ich muss ihr nicht mitteilen, dass ich gerade wieder steinhart bin und sie so verdammt sexy finde, dass ich Schwierigkeiten habe, mich zu konzentrieren. Warum zum Teufel habe ich ihr gesagt, dass wir es langsam angehen lassen sollten?

Eine kühle Ruhe legt sich über Stella, und der Anblick ist wirklich beeindruckend. Mit geübten Bewegungen und einer unglaublichen Gelassenheit bringt sie uns hoch in den Himmel. Wir befinden uns in der Vertikalen und steigen immer weiter auf. Es ist ein seltsames Gefühl. Die Schwerkraft drückt mich in die Rückenlehne des Sitzes, und ich sehe nur noch den blauen Himmel vor mir. Wir steigen immer höher, bis es sich so anfühlt, als würden wir langsamer werden. Alles scheint anzuhalten – es ist ein Augenblick unheimlicher Stille. Der Motor läuft eindeutig noch, aber es ist, als hätten wir die Maschine abgewürgt.

Es ist irgendwie beängstigend. Doch Stella ist vollkommen konzentriert, und ich fühle mich absolut sicher.

Dann senkt sich das Flugzeug plötzlich nach links und kippt in einen Neunziggradwinkel. Und wir fallen, wir rasen direkt nach unten. Ich kann nicht anders. Ich jubele, als befände ich mich auf einer Achterbahn. Der Boden rast auf uns zu, und dann tut er es plötzlich nicht mehr. Wir steigen wieder nach oben und rollen uns herum. Der Boden und der Himmel verschwimmen miteinander. Meine Innereien werden neu sortiert. Die Muskeln in meinem Hals spannen sich an, und mein Kopf fühlt sich wie eine Bowlingkugel an. Es ist verdammt noch mal großartig.

Stella lenkt das Flugzeug wieder in Richtung Himmel. Höher und immer höher … und dann drehen wir uns. Ihr Haar hängt kopfüber herunter. Mein Magen rutscht mir in die Kehle, als das Flugzeug einen Looping macht. Ich jubele erneut, lache lauthals und fühle mich in diesem Augenblick vollkommen lebendig.

Sie bringt das Flugzeug wieder in eine gerade Position, und ich brauche eine Minute, um mein Gleichgewicht wiederzufinden. Mein Kopf schwirrt, und das Blut pumpt durch meinen Körper, aber ich würde liebend gern mit Stella hier oben bleiben und ihr dabei zusehen, wie sie einen Looping nach dem anderen macht.

»Ich vermute mal, dass dir das gefällt«, sagt Stella. Ihre Stimme erklingt leise und knisternd in meinen Kopfhörern.

»Gefallen? Ich *liebe* es.«

»Ich auch.« Ihr Gesicht strahlt vor Glück, als sie uns an dem schmalen Streifen Strand von Long Island entlangfliegt. »Hier oben fühle ich mich frei. Ich lasse die Welt buchstäblich hinter mir. Aber ich fühle mich auch fähig. Ich habe die vollkommene Kontrolle über mein Flugzeug. Diese Manöver durchzuführen erfordert perfekte Präzision. Ich habe keine Zeit, mich auf irgendetwas anderes zu konzentrieren. Und das ist ebenfalls befreiend.«

»Das verstehe ich. So geht es mir mit der Musik. Sie zieht mich in den Moment, und es gibt nichts anderes mehr. Dann komme ich mir nicht wie ein Versager vor, weil ich weiß, dass ich gut darin bin.« Ich werfe ihr einen Blick zu. »Das klingt vermutlich eingebildet, oder?«

»Nein. Es klingt nach der Wahrheit. Du *bist* gut. Falsche Bescheidenheit ist sehr viel nerviger als Arroganz.« Sie rümpft die Nase. »Es gibt nichts Schlimmeres als jemanden, der so tut, als würde er sich nicht für gut halten, nur damit andere davon schwärmen, wie gut er ist.«

»Die meisten Musiker, die ich treffe, wissen, dass sie gut sind, wollen aber trotzdem, dass man von ihrem Können schwärmt. In dieser Hinsicht sind wir arrogant.«

»Soll ich ein Loblied auf dich singen, Blackwood?«

»Das klingt verlockend. Es kommt allerdings darauf an, was du anhast, während du es tust.«

Stella schnaubt. »Das wird bis später warten müssen. Dort zieht ein Sturm auf und er nähert sich schneller, als es in der Wettervorhersage angekündigt wurde.« Am Horizont sammeln sich dunkle Wolken und kommen näher. »Lass uns zurückfliegen.«

Ich sehe zu, wie Stella ihre Arbeit macht. Sie spricht mit der Flugverkehrskontrolle und steuert das Flugzeug in Richtung des Rollfelds. Doch als wir uns dem letzten Abschnitt der Strecke nähern und sie die Landeerlaubnis erhält, dreht sie sich zu mir herum. »Willst du uns runterbringen?«

»Was? Ich?«

»Ja. Übernimm das Steuer. Stell deine Füße auf die Pedale.« Sie grinst angesichts meiner verblüfften Miene. »Ist schon gut.

Das würdest du jetzt auch machen, wenn das hier deine erste Flugstunde wäre.«

Ich tue, was sie sagt. Ich bin ein wenig nervös, weil ich befürchte, dass ich uns umbringen werde. Aber ich vertraue darauf, dass Stella weiß, was sie tut.

»Die Pedale sind mit den Seitenrudern verbunden, die die Nase des Flugzeugs nach rechts und links lenken. Mit dem Steuerhorn kontrolliert man die Neigung und das Schlingern. Hoch und runter, hin und her. Zieh das Steuer ein bisschen zurück. Die Nase muss etwas weiter nach oben. Gut. Jetzt übe ein wenig Druck auf das linke Seitenruder aus, um dem Wind entgegenzuwirken.«

Das Flugzeug wackelt unter meinen unbeholfenen Bewegungen, beruhigt sich dann aber. Stella kümmert sich um die Landeklappen und die Drosselung und gibt mir mit ihrer sanften Stimme weiterhin Anweisungen. Meine Hände schwitzen, mein Herz schlägt schneller.

»Ganz ruhig. Das Steuer noch ein bisschen zurückziehen. Noch ein wenig mehr. Festhalten.«

Obwohl wir langsamer werden, sieht es trotzdem so aus, als würde der Boden auf uns zurasen. Dann treiben wir für eine Sekunde, als wären wir in der Zeit festgefroren. Die Räder treffen mit einem kleinen Ruckeln und Holpern auf das Rollfeld. Stella übernimmt und bremst. Und dann fahren wir einfach so über das Rollfeld.

Wieder auf der Erde zu sein fühlt sich vollkommen surreal an, so als wären wir dort oben etwas vollkommen anderes gewesen. Und nun sind wir wieder zurück und haben uns ein wenig verändert. Vielleicht bin aber auch nur ich derjenige, der sich verändert hat. Ich fühle mich nicht mehr wie der Kerl, der den Tag heute Morgen begonnen hat. Ich bin wie verwandelt – etwas in mir hat sich verschoben oder ist zerbrochen. Ich weiß nicht, was es ist, aber ich weiß, dass ich nicht mehr derselbe bin.

Ich schweige, während Stella das Flugzeug parkt. Ich schweige, als sie die Nachflugkontrolle durchführt und alles wieder in seinen ursprünglichen Zustand zurückbringt. Ich schweige, bis sie sich mit einem breiten, aber leicht zittrigen Lächeln auf dem hübschen Gesicht zu mir herumdreht. »Alles erledigt. Bist du bereit?«

Ja. Ja, das bin ich.

Das ist der Moment, in dem ich mich auf sie stürze.

21. Kapitel

John

Stella reißt die Augen auf und öffnet die rosafarbenen Lippen, als ich mich ihr nähere. Meine Beine fühlen sich wie Gummi an, und ich weiß nicht, ob das an der Zeit im Flugzeug liegt oder daran, dass mich Stella so dermaßen um den Verstand bringt, dass ich mich nicht zurückhalten kann. Auf jeden Fall zittere ich förmlich, als ich vor ihr stehe. Ich umfasse ihre weichen Wangen mit beiden Händen und schiebe die Finger in ihr seidiges Haar.

Meine Stirn ruht an ihrer, und für eine Sekunde atme ich einfach nur ihren Duft ein. Sie riecht nach ihrem geliebten Flugzeug, nach dem Leder der Jacke, die sie trägt, nach Schweiß und Sonnenschein und warmer Frau. Dieser Duft ist nicht beruhigend. Kein bisschen. Ich kann ihn nicht als beruhigend bezeichnen, wenn er dafür sorgt, dass mein Herz hämmert und mein Verstand rast, weil ich sie so sehr will. Stellas Duft beruhigt mich nicht. Er sorgt dafür, dass ich Vollgas gebe.

»Stells«, keuche ich, weil ich meine Stimme noch nicht ganz wiedergefunden habe. »Du überraschst mich immer wieder. Es macht mich so verdammt glücklich, einfach nur in deiner Nähe zu sein.«

Ich will ihr noch mehr sagen. Ich will ihr sagen, wie froh ich bin, dass ich sie gefunden habe. Ich will ihr sagen, dass mir der Gedanke, sie zu verlieren, furchtbare Angst einjagt. Aber jetzt gerade kann ich ihr das alles nicht sagen. Ich muss sie schmecken.

Ihr Mund ist weich und üppig wie ein süßer Pfirsich. Ich stöhne wie ein Mann, der verdurstet und endlich den Regen schmeckt, während ich meine Zunge in ihren warmen, feuchten Mund gleiten lasse, um sie erneut zu kosten. Gott, sie ist köstlich, sie macht mich süchtig.

Stella zu küssen ist eine Ganzkörpererfahrung. Sie bewegt sich mit mir, drängt ihre Lippen an meine und neckt mich mit ihrer feuchten, kleinen Zunge. Ich spüre es bis in die Wurzel meines Schwanzes. Die Empfindungen flackern wie Hitzewellen über meinen Bauch und ziehen an den Rückseiten meiner Oberschenkel hinauf. Ich schwebe, und nur sie kann mich auf dem Boden halten.

Ich taste mit den Händen nach ihrem seidenweichen Rücken, der ein wenig feucht und warm ist. Die Wölbung ihrer Taille passt perfekt in meine Handfläche. Ich streichle sie dort und liebe es, wie sie erschauert und tief in ihrer Kehle lustvolle kleine Laute von sich gibt.

Ich weiß, Liebling, ich will es auch.

Ich drücke mich dichter an sie heran und schiebe meinen Oberschenkel zwischen ihre Beine. In diesem Moment durchdringt eine laute Stimme meinen Nebel aus Lust.

»Hier befinden sich Kinder, Stella«, sagt ein Mann barsch. »Und sie sind nicht hergekommen, um sich eine Vorstellung anzusehen.«

Stella zuckt zusammen, als hätte man sie gezwickt, und löst sich aus meiner Umarmung. Doch sie lässt eine Hand auf meiner Brust ruhen. Es ist eine einfache besitzergreifende Geste, die dafür sorgt, dass ich mir ein Lächeln verkneifen muss.

Allerdings wäre es wohl keine gute Idee, ausgerechnet jetzt ein freches Grinsen aufzusetzen. Ein älterer, wettergegerbter Mann starrt mich an, als wüsste er ganz genau, was für Gedanken mir eben noch durch den Kopf gegangen sind. Und sie gefallen ihm gar nicht.

»Hank«, sagt Stella ein wenig atemlos, »ich habe dich gar nicht gesehen.«

»Das bezweifle ich nicht. Schließlich warst du anderweitig beschäftigt«, sagt Hank scherzhaft. Er könnte fünfzig oder sechzig sein. Ich kann es schwer einschätzen. Seine Augen sind von tiefen Falten umgeben, die sich bis über seine Wangen erstrecken. Auch seine dunkelbraune Stirn ist mit tiefen Falten durchfurcht. Ich weiß nicht, ob sie immer da sind oder sich nur gebildet haben, weil er mich so finster anstarrt. Ich würde aber wetten, dass Ersteres der Fall ist.

Stella lacht und läuft rot an. »Ja, Hank. Das war ich.«

Er ist gegen ihr Lächeln ebenso wenig immun wie ich, und seine gerunzelte Stirn wird ein wenig glatter. »Hattest du einen guten Flug?«

»Er war sogar richtig toll.« Sie streicht mit der flachen Hand über meine Brust und legt sie auf mein Herz. »Das ist mein Freund John.«

Hank zieht die Brauen zusammen. »Freund, ja?«

»Mein guter Freund«, berichtigt Stella, die vollkommen unbeeindruckt ist und auf bezaubernde Weise glücklich wirkt.

Da Hank einfach nur dasteht und mir ein Loch in die Stirn starrt, trete ich vor. »Freut mich, Sie kennenzulernen.«

Er ergreift meine Hand und drückt sie so fest, als wollte er sie zerquetschen. Da ich jedoch seit meiner Kindheit Gitarre spiele, ist meine Hand zu kräftig, um das zuzulassen. Wir beenden unsere Pattsituation damit, dass Hank meine Hand loslässt und mir zunickt, bevor er sich wieder an Stella wendet. »Ich habe dich da oben gesehen. Dein Neigungswinkel ist beim Turn um ein Grad abgewichen.«

Stella rümpft die Nase. »Ich weiß.«

»Stella könnte bei Turnieren fliegen, wenn sie es wollte«, sagt Hank zu mir. Auch wenn Stella findet, dass Hank kein väterlicher Typ ist, ist er eindeutig stolz auf sie. »Oder sie könnte Fluglehrerin sein. Dafür bräuchte sie lediglich eine Lizenz.«

Stella errötet einmal mehr. »Dann wäre das Fliegen aber nicht mehr nur für mich. Es wäre mit Erwartungen und Arbeit verbunden.«

»Wenn man es liebt, ist es keine Arbeit«, behauptet Hank.

Er hat recht und gleichzeitig unrecht. Ich liebe es, Musik zu machen, auf meiner Gitarre zu spielen und zu singen. Ich konnte es gar nicht erwarten, mich kopfüber in das Leben als Musiker zu stürzen. Aber es hat sich zu Arbeit entwickelt. Erwartungen und der Stress, endlose Verpflichtungen zu erfüllen, fordern ihren Tribut. Plötzlich ist das, was ich liebe, nicht mehr rein. Es hat ein Eigenleben entwickelt und kann mich bis an den Rand der Erschöpfung bringen, wenn ich nicht aufpasse. Also verstehe ich, warum Stella ihre Leidenschaft nicht zum Beruf machen will.

Ich lege eine Hand um Stellas Nacken, um ihr wortlos meine Unterstützung zu signalisieren. Doch sie braucht sie gar nicht. Stella schüttelt sanft den Kopf und lacht leise. »Das wäre ein tolles Argument, Hank, wenn ich mir nicht schon seit Jahren deine Klagen über deine Schüler anhören müsste. Und das so gut wie täglich.«

Hank lacht. Es ist ein pfeifender, knisternder Laut, der mich vermuten lässt, dass er nicht sehr oft lacht. »Das stimmt, kleine Stella.«

Der Wind wird stärker und fegt über den Boden und durch die Wipfel der niedrigen Bäume, die den Flugplatz umgeben.

Es wird dunkler. Der Himmel ist voller grauer Wolken und wirkt bleiern.

Hank wirft einen Blick nach oben und runzelt die Stirn. »Wollt ihr zurück in die Stadt?«

»Das war der Plan«, sagt Stella.

»Wir werden es nicht schaffen.« Noch während ich spreche, setzt leichter Regen ein. Und es wird jeden Moment sehr viel schlimmer werden. Ich schaue zu Stella. »Wir sind mit dem Motorrad unterwegs. Glaub mir, du willst nicht in einem Unwetter auf einem Motorrad fahren.«

Sie betrachtet den Himmel. »Wir werden für eine Weile in einem Restaurant Unterschlupf suchen müssen. Macht dir das was aus?«

»Ich muss nirgendwohin. Der heutige Tag ist allein für dich reserviert.«

Daraufhin errötet sie wieder, doch Hank räuspert sich und klingt regelrecht angewidert. »Warum kommt ihr nicht zum Abendessen bei uns vorbei? Corinne würde sich freuen, dich zu sehen.«

»Oh … Ich …« Stella schaut hektisch zu mir, als würde sie befürchten, dass ich etwas dagegen haben könnte.

Tatsächlich steht mir vermutlich ein Abend bevor, an dem mich Hank die ganze Zeit über schief von der Seite beäugt. Seit er aufgetaucht ist, hat er nicht damit aufgehört, mich anzustarren. Aber er hat Stella eindeutig gern und er ist ihr offensichtlich wichtig.

»Ich finde, das klingt gut«, sage ich. In diesem Moment geht der Regenguss mit voller Wucht los.

»Wie weit ist es zu Hanks Haus?«, fragt John über den Lärm des prasselnden Regens, als wir auf sein Motorrad steigen. Hank ist zu seinem Pick-up gelaufen, und wir sollen ihm folgen.

»Etwa acht Kilometer. Mir macht es nichts aus, ein bisschen nass zu werden.« Ein Donnerschlag lässt mich zusammenzucken.

John brummt und reicht mir meinen Helm. »Ich will es nicht riskieren, mit dir durch ein Gewitter zu fahren, also müssen wir jetzt schnell los. So heftiger Regen wird sich allerdings nicht gut anfühlen. Press deinen Kopf gegen meinen Rücken.«

John lässt das Motorrad an und wir fahren hinter Hanks Truck auf den Highway. Der Regen prasselt auf uns herunter, und ich überdenke meine sorglose Behauptung bezüglich des Nasswerdens noch mal. Wenn man bei Regen so schnell unterwegs ist, ist das nicht lustig. Ich habe Mitleid mit John, der den Großteil davon abbekommt, und schmiege mich dichter an seinen Rücken.

Es wird kälter und nasser, und als John das Motorrad in Hanks Straße lenkt, zittere ich. Der Anblick von Hanks grünweißem Haus aus den Fünfzigern ist eine Erleichterung. Hank öffnet die Garage und bedeutet John, sein Motorrad neben dem Truck zu parken.

Sobald John den Motor abstellt, öffnet Corinne die Küchentür und winkt uns hinein. »Kommt rein, kommt rein. Ihr müsst ja fast erfroren sein.« Sie strahlt mich an, als ich auf sie zugehe. »Hallo, meine Kleine. Wir haben uns schon viel zu lange nicht mehr gesehen.«

»Hey, Corinne.« Ich küsse ihre weiche Wange und atme den

vertrauten Duft von Fliederseife ein.« Ich habe dich auch vermisst.«

Zeit und Ort spielen keine Rolle, Corinne ist immer ordentlich herausgeputzt. Heute sind ihre Lippen mit einem schimmernden Korallenrot überzogen und ihr stahlgraues Haar ist ganz kurz geschoren. An ihrem Arm baumeln goldene Armreifen, als sie meine Schulter tätschelt und dann in Johns Richtung lächelt. »Wie ich sehe, hast du einen Freund mitgebracht.«

John tritt in den Flur, der zur Küche führt. »John Blackwood. Danke für Ihre Gastfreundschaft, Ma'am.«

»Oh, das mit dem Ma'am lassen wir mal lieber. Dadurch fühle ich mich alt. Sehe ich alt aus?«, neckt sie ihn.

John errötet. »Ganz und gar nicht, Ma'am … äh …«

»Nennen Sie mich Corinne«, sagt sie und erlöst John damit von seinem Leid. Sie führt uns in eine große, freundliche Küche, die sie letztes Jahr renoviert und mit dunklen Holzschränken und grünen Granitarbeitsflächen eingerichtet haben. Und obwohl ich das Corinne gegenüber nie zugeben würde, vermisst ein Teil von mir die ältere Küche mit ihren Laminatschränken aus den Achtzigern, den Holzarbeitsflächen und dem grauen Fliesenboden. Das liegt jedoch vermutlich nur daran, dass ich hier als Teenager so viel Zeit verbracht habe.

Die neue Küche ist umwerfend und entspricht absolut Corinnes Stil. Aber sie fühlt sich nicht so heimelig an wie die alte. Trotzdem riecht es hier immer noch genauso warm und einladend, und der Duft des Schmorbratens sorgt dafür, dass mir das Wasser im Mund zusammenläuft.

John und ich ziehen unsere Jacken aus, und Corinne schnalzt tadelnd mit der Zunge. »Eure Hosen sind ja ganz nass. Ich werde mal sehen, was ich dagegen tun kann.«

Trotz unserer Proteste marschiert Corinne mit uns davon und schickt John in das Gästebad und mich ins Zimmer ihrer

Tochter Lucille. Schon bald trage ich eine pinkfarbene Freizeithose, die sie zurückgelassen hat, als sie aufs College gegangen ist. Ich treffe John im Flur wieder und grinse. Er trägt Hanks alte Jogginghose von der Akademie der Air Force, und sie ist ihm ein wenig zu eng.

»Sexy«, sage ich und schaue auf seine schlanken Fußknöchel, die aus der zu kurzen Hose hervorlugen.

»Warte nur, bis du meinen Hintern siehst«, flüstert er und geht ein Stück den Flur hinunter, als wäre er ein Model auf dem Laufsteg.

Die Jogginghose ist in der Tat so eng, dass sie sich an seinen Hintern schmiegt wie ein Lustmolch. Aber er kann das tragen. Ich pfeife anerkennend, und er wirft einen Blick über seine Schulter, um mir zuzuzwinkern, bevor er wieder zu mir zurückkommt. Entgegen meiner Befürchtung, dass er es hier bei den beiden hassen könnte, wirkt er entspannt und sogar glücklich. Doch als sein Blick auf meinen trifft, verschwindet der Humor aus seinen Zügen. »Du hast mir erzählt, dass du keine Familie hättest.«

Der Kommentar erwischt mich unerwartet, und ich ringe darum, meine neutrale Miene zu behalten. »Ich habe auch keine.«

Ich spiele ihm nur etwas vor, und wir beide wissen es. John lehnt sich vor und hebt die Stimme zu einem Bühnenflüstern. »Ich weiß nicht, ob es dir aufgefallen ist, Knöpfchen.« Er schaut den Flur hinunter, wo das Licht aus der Küche einladend schimmert und Corinnes und Hanks gedämpfte Unterhaltung zu hören ist. »Aber ich glaube, du hast sehr wohl eine.«

Im Flur ist es dunkel, aber ich fühle mich vollkommen bloßgestellt. »Sie haben ein eigenes Kind.«

Das ist ein schwaches Argument, aber wie kann ich ihm erklären, dass ich Corinne und Hank zwar liebe, mich ihnen aber nicht emotional aufbürden kann, indem ich sie bitte, mich in ihre Familie aufzunehmen? Es würde sich wie Mitleid oder Wohltätigkeit anfühlen, weil sie beide miterlebt haben, wie mich mein Vater im Stich ließ. Ich liebe sie, aber ich kann mich nicht von ihnen abhängig machen.

Die Stille wird unangenehm, während ich von einem Fuß auf den anderen trete und überlege, was ich sagen kann. John beobachtet mich noch einen Augenblick länger. Dann nimmt er mich in den Arm. Ich stehe steif da, aber das scheint ihm nichts auszumachen. Er presst einen sanften Kuss auf meine Stirn. »Lass zu, dass dich die Menschen lieben, Stella-Knöpfchen. Das hast du verdient.«

Er wartet nicht darauf, dass ich etwas erwidere, sondern nimmt meine Hand und führt mich zurück in die Küche.

Das Abendessen wird am Küchentisch serviert, und ich stürze mich förmlich darauf, denn ich bin überraschend hungrig. Vielleicht liegt es aber auch einfach nur an Corinnes Essen.

»Bist du heute geflogen, Stella?«, fragt Corinne.

»Ich habe John mit ins Flugzeug genommen«, sage ich zwischen zwei Bissen aus Schmorbraten und Kartoffelbrei. »Ich habe ihm ein paar Tricks gezeigt.«

Hank schnaubt. »Hast du Kotztüten mitgenommen?«

Mir gegenüber verkneift sich John ein Lächeln. Er weiß, dass Hank versucht, ihn zu ködern.

»Eigentlich«, sage ich, »glaube ich, dass ich ihn bekehrt haben könnte.«

John nickt. »Das hast du. Allerdings hast du mich wirklich verdamm… verflixt schockiert. Ich hatte keine Ahnung, dass Stella das kann«, erklärt er hauptsächlich Corinne, da ihn Hank immer noch misstrauisch beäugt, so als würde er nur darauf warten, dass John das Silberbesteck mitgehen lässt.

Die Logik sagt mir, dass das daran liegt, dass er mich und John beim Knutschen erwischt hat. Aber er verhält sich mir gegenüber sonst nicht gerade väterlich, also habe ich keine Ahnung, warum er John nicht zu mögen scheint.

»Stella ist eine tolle Pilotin«, sagt Hank mit zusammengezogenen Brauen. »Präzise und mit einem klaren Kopf, aber auch in der Lage zu improvisieren, wenn es nötig ist.«

Das ist das größte Kompliment, das mir Hank je gemacht hat, und ich will am liebsten unter den Tisch kriechen, um meinen roten Kopf zu verstecken.

»Natürlich wollte sie mit sechzehn Jahren die Theorie so schnell wie möglich hinter sich bringen, damit sie endlich in ein Flugzeug steigen und am Himmel endlose Loopings drehen konnte.« Hank schnaubt. »Wenn es nach ihr gegangen wäre, hätte sie sich mit all den Loopings über den Atlantik befördert, um dann dort abzustürzen.«

Ich grinse. »Aber das wäre ein spektakulärer Abgang gewesen.«

John lacht. »Wie war Stella als Teenager?«

»Kleiner.« Hank zwinkert mir zu.

»Dünner«, sage ich reumütig.

Corinne berührt meine Schulter. »Sie war Haut und Knochen.« Ein Schatten huscht über ihr Gesicht, und sie presst kurz die Lippen zusammen. Dann entspannt sich ihre Miene wieder. »Aber wir haben sie ordentlich aufgepäppelt.«

Mir wird klar, dass sie daran denkt, wie miserabel mein Dad als Vater war. Er vergaß regelmäßig, mich mit Essen zu versorgen, weshalb ich hier oft halb verhungert ankam und mich auf jede Mahlzeit stürzte, die sie mir vorsetzte. Das Abendessen liegt mir schwer im Magen und alles in mir zieht sich zusammen. Schaufele ich mir jetzt gerade Essen in den Mund, weil ich wirklich hungrig bin oder aus Gewohnheit?

Ich lege meine Gabel ab und zwinge mich zu einem Lächeln. »Corinne macht die besten Kuchen. Bitte sag mir, dass es zum Nachtisch Kuchen gibt.«

»Zitronenbaiser.« Sie lacht leise, als ich meine Faust in die Luft recke.

John beobachtet mich und ist eindeutig amüsiert. »Jetzt kann ich mir die junge Stella vorstellen. Du solltest öfter herkommen, Knöpfchen.«

Ich weiß, dass ich das sollte. Das wird mir jedes Mal bewusst, wenn ich Hank und Corinne besuche. Aber wenn ich wieder gehe, ist es leichter, fortzubleiben und mich nicht daran zu erinnern, dass ich keine richtige eigene Familie habe. Ich zucke leicht mit den Schultern. »Ohne Auto ist das schwierig. Aber ich spare, um mir eins kaufen zu können.«

Hank nimmt sich noch einen Nachschlag. »Du solltest hier in die Gegend ziehen, statt in dieser lauten, überteuerten Stadt zu leben. Damit würdest du Zeit und Geld sparen.«

»Hank«, sagt Corinne auf ihre ruhige Art, »welche junge Frau will einen so aufregenden Ort wie Manhattan verlassen, um hier zu leben?«

Hank brummt und schaufelt sich eine Gabel mit gedünsteten Karotten in den Mund.

Ich lehne mich zurück und lege die Hände auf meinen Bauch. »Ich habe tatsächlich darüber nachgedacht.«

John erstarrt und runzelt die Stirn, unterbricht mich jedoch nicht.

»Meine Wohnung wird in eine Eigentumswohnung umgewandelt, und ich denke über einen Karrierewechsel nach.« Ich weiß nicht, warum ich das Corinne und Hank erzähle. Aber es fühlt sich gut an, mit Leuten zu reden, die wissen, was mir diese Wohnung bedeutet hat. Vielleicht betrachte ich sie doch mehr als Eltern, als mir klar war. Auf jeden Fall habe ich jetzt den Mund aufgemacht, also muss ich weiterreden. »Ich sage nicht, dass ich schon irgendetwas entschieden habe, aber ich spiele durchaus mit dem Gedanken, näher an den Flugplatz zu ziehen.«

»Gut«, sagt Hank und legt seine Gabel ab. »Wenn du in der Schule arbeiten willst, dann weißt du, dass das jederzeit möglich ist. Sobald du dir eine Lehrerlaubnis besorgt hast«, fügt er hinzu, als ob ich das nicht wüsste.

»Danke, Hank.«

»Du liebst die Stadt«, sagt John leise. Er hat einen Ausdruck in den Augen, der enttäuscht und ein wenig wütend wirkt, aber er bemüht sich, es sich nicht anmerken zu lassen. »Und ich dachte, dass du deinen Job ebenfalls liebst.«

Ich schiebe mit meiner Gabel eine Karotte hin und her. »Ich glaube, dass meine Zeit als professionelle Freundin zu einem Ende kommt.«

»Das ist ein lächerlicher Job«, murmelt Hank in sich hinein.

»Hank«, schimpft Corinne und versetzt ihm einen Klaps auf den Arm.

Wieder kämpfe ich gegen den Drang an, unter den Tisch zu rutschen. Warum habe ich dieses Thema nur angesprochen? Ich und meine große Klappe. Ich räuspere mich. »Tatsache ist, dass ich bald einen Ort brauchen werde, den ich als Zuhause bezeichnen kann. Killian wird nicht für immer weg sein.«

John blinzelt, als hätte er vergessen, dass ich nicht wirklich seine Nachbarin, sondern nur eine Haustierbetreuerin bin, die schon bald wieder ausziehen wird. Sein Stirnrunzeln wird stärker, aber er sagt kein Wort. Eine schwere Stille legt sich über den Tisch, und mir entgeht der Blick nicht, den Hank und Corinne austauschen.

Corinne setzt ein strahlendes Lächeln auf und wendet sich an John. »Arbeiten Sie an einem neuen Album?«

John zuckt zusammen und hält mit der Gabel auf halbem Weg zu seinem Mund inne. »Sie wissen, wer ich bin?«

»Jax Blackwood«, sagt Corinne auf ihre sachliche Art. »Hank ist ein großer Fan.«

»Corinne!«, zischt Hank. Er wirkt peinlich berührt. Ich kichere, was mir einen strengen Blick einbringt.

»Tja, es stimmt«, beharrt Corinne vollkommen unbeeindruckt. »Er hat alle Ihre Alben.«

Ich schwöre, dass der Tisch rappelt, als hätte jemand dagegengetreten.

John lächelt klugerweise nicht. »Momentan befinden wir uns zwischen zwei Alben.« In seinem Tonfall liegt nicht der geringste Anflug von Selbstgefälligkeit. Aber ich weiß, dass er innerlich lacht. Ich kann es wie ein Summen auf seiner Haut spüren. »Ich habe an ein paar Liedern gearbeitet, aber sie sind noch nicht so weit, dass man sie aufnehmen könnte.«

Hank starrt sehr lange auf seinen Teller. Dann richtet er sich auf und schaut John in die Augen. »Ich habe Sie letzten Sommer im Madison Square Garden gesehen. Auf das Gehampel auf der Bühne hätte ich verzichten können, aber Ihre Stimme hat sich verbessert.«

Johns Augen funkeln. »Oh, ist das so?«

»Mmm.« Hank schneidet sich ein Stück Fleisch ab. »Sie klingt jetzt gefühlvoller und weniger angeberhaft.«

John blinzelt, und ich kann nicht anders – ich verliere die Kontrolle und lache laut los.

»Tut mir leid«, sage ich zwischen schnaubendem Gelächter, »aber ich kann nicht glauben, dass Hank tatsächlich ein Fan ist. Das ist zu viel für mich.«

»Halt ja den Mund«, sagt Hank ohne allzu viel Nachdruck. Seine Lippen zucken. »Ich mag alle möglichen Arten von Musik.«

Johns Lippen zucken ebenfalls. »Ich kann nicht lügen. Das war für mich so ziemlich der Schock des Jahres.«

Danach lässt Hank die Fassade des mürrischen Griesgrams fallen und macht sich daran, John über Musik auszufragen. John beantwortet alles ausführlich und wirkt dabei fröhlich. Wir essen, und Corinne serviert Kuchen. John stellt sich als der perfekte Gast heraus. Aber mir entgeht nicht, wie er immer wieder zu mir schaut, wenn er denkt, dass ich gerade nicht hinsehe. Er ist durcheinander und versucht, es sich nicht anmerken zu lassen.

22. Kapitel

John

Es ist drei Uhr morgens, und der Regen prasselt gegen das große Panoramafenster in Hanks und Corinnes Arbeitszimmer. Ich konzentriere mich darauf statt auf den riesigen Balken unter der Matratze der Ausziehcouch, der sich nun bereits seit einer ganzen Weile in meinen Rücken bohrt. Ich habe schon zuvor auf Sofas geschlafen – dabei war ich jedoch immer betrunken und ausgeknockt, und manchmal stellte ich beim Aufwachen fest, dass ein oder zwei Frauen auf mir lagen. Diese Erfahrung hier hat so wenig damit zu tun, dass mein altes Ich es niemals glauben würde. Mein altes Ich hätte Stella bei Hank und Corinne gelassen und wäre durch den Regen zurück nach Manhattan gefahren.

Mein altes Ich war ein Idiot. Mein altes Ich hätte sich Stella komplett entgehen lassen. Ich weiß, dass ich mir nicht die Zeit genommen hätte und gar nicht gemerkt hätte, wie besonders sie ist.

Nein. Denk jetzt nicht über Stella nach.

Es ist besser zuzusehen, wie das Wasser in Rinnsalen an der Fensterscheibe hinunterläuft, als mir vorzustellen, wie Stella weich und bequem irgendwo im ersten Stock in ihrem Bett liegt.

Ich bin verdammt erregt. Auch wenn es unangenehm ist, kann ich das überwinden. Um meine Erregung kann sich meine helfende Hand kümmern. Meine Hand hat sich seit meiner Jugend nicht mehr so oft um diese Dinge gekümmert. Damals fühlte es sich so an, als würde ich den ganzen Tag lang mit einem Ständer herumlaufen.

Was ich jedoch nicht loswerden kann, ist dieser Drang, Stella aufzusuchen, nur um in ihrer Nähe zu sein. Auch wenn der Regen seit unserer Ankunft nicht nachgelassen hat, wollte ich zurück in die Stadt fahren, damit wir allein sein können. Doch schon bald wurde klar, dass das nicht möglich sein würde. Dieses verdammte Motorrad. Ich hätte einen Fahrdienst anrufen sollen. Doch dann baten uns Corinne und Hank, über Nacht zu bleiben, weil sie sich Sorgen um die Sicherheit ihres Mädchens machten. Was hätte ich denn sagen sollen? Sie bedeuten Stella offensichtlich sehr viel. Ich wäre ein totales Arschloch, wenn ich abgelehnt hätte.

An diesem Abend durch den langen Flur zu gehen und sich von Stella wegzubewegen tat körperlich weh. Meine Eier und mein unterer Bauch schmerzten tatsächlich. Ich bin völlig durcheinander, und dieses verdammte Bett wird immer unbequemer.

Fluchend werfe ich mich auf den Rücken und starre zur Decke hinauf. Die einzigen Geräusche, die an meine Ohren dringen, sind das Prasseln des Regens und das Pochen meines Herzens. Verdammt noch mal, sie denkt darüber nach hierherzuziehen? Als Stella erwähnte, dass sie aus Manhattan wegziehen will, riss mir das den Boden unter den Füßen weg. Ich habe die Tatsache, dass sie nur vorübergehend meine Nachbarin ist und wieder ausziehen wird, sobald Killian und Libby zurückkehren, absichtlich verdrängt.

Ich weiß nicht mal, warum ich mich deswegen so aufrege.

Ich bin meistens nur für ein paar Monate am Stück in New York. Ich bin viel unterwegs.

Was bedeutet das also für mich und Stella? Warum habe ich zuvor noch nie darüber nachgedacht?

Du warst zu sehr damit beschäftigt, Spaß zu haben und sie zu begehren.

»Was zum Teufel mache ich hier?«

Mein verärgertes Flüstern driftet durch die Dunkelheit und betont die Tatsache, dass ich allein bin und mit mir selbst rede, obwohl ich in Stellas Bett sein, mit ihr reden und sie berühren könnte. Allerdings befinde ich mich in Hanks Haus. Und Hank wird mir zweifellos die Eier abschneiden, wenn ich Stella hier anrühre. Was ich nicht tun werde. Nein, ich werde ein braver Junge sein und meinen Schwanz in meiner Hose lassen, selbst wenn es mich umbringt.

Meine Hand ist klamm, als ich damit über mein Gesicht reibe. Ich erkenne mich selbst nicht wieder. Der Kerl, der ich früher mal war, hätte Stella schon vor einer Woche flachgelegt. Wem mache ich etwas vor? Jax wäre Stella aus diesem Laden gefolgt und hätte sie auf der Stelle verführt. Warum denke ich ständig an mein altes Ich?

Die Tatsache, dass ich überhaupt von meinem alten Ich als Jax und von meinem aktuellen Ich als John denke, ist total verkorkst. Irgendwann habe ich angefangen, mich als zwei Persönlichkeiten zu betrachten. Ich habe Jax in den Hintergrund gedrängt, weil ich diese verrückte Idee hatte, dass ich ihm sämtliche Schuld zuschieben könnte, damit alles wieder in Ordnung kommt.

Ja, ich war außer Kontrolle und arrogant, als ich Jax der Rockstar war. Ja, als Jax war ich ganz unten angekommen. Aber es gibt nicht Jax und John. Es gibt nur mich. Stella hat recht, ich bin beide. Sie denkt, dass beide Seiten von mir ihren Wert haben. Tatsache ist, dass ich mich heute so sehr wie ich selbst gefühlt habe – wer auch immer das sein mag – wie schon lange nicht mehr. Weil ich mit Stella zusammen gewesen bin. Sie sorgt dafür, dass ich mich lebendig fühle.

Was zum Teufel machst du dann alleine hier, Kumpel?

Du hast versprochen, es langsam angehen zu lassen, erinnerst du dich?

Langsam ist eine Sache. Du hast aber auch versprochen, dass du ihr angemessen Aufmerksamkeit schenken würdest. Das gehört sich nicht, Blackwood.

Du kannst heute Abend auf keinen Fall etwas unternehmen, also halt den Mund.

»Und jetzt streite ich mit mir selbst.« Schnaubend fahre ich mir mit beiden Händen durchs Haar. Ich bin so furchtbar angespannt, dass mir fast das Herz stehen bleibt, als sich knarrend die Tür des Arbeitszimmers öffnet. Ich stemme mich auf die Ellbogen hoch, halte vor Aufregung den Atem an und starre in die Dunkelheit.

»Stells?« Ich hoffe, dass sie es ist. Ich wüsste wirklich nicht, warum sich hier irgendjemand anders hereinschleichen sollte, und es wäre mir auch nicht recht.

Eine schlanke Gestalt löst sich aus der Dunkelheit. Stellas schimmernde Locken haben in dem dämmrigen Zimmer die Farbe von Rost. Sie kommt an die Seite meines Betts. »Hey«, flüstert sie.

»Was machst du hier?«, flüstere ich zurück. »Willst du, dass mich Hank kastriert?«

Ihr Schnauben ist kaum wahrnehmbar. »Er wird dich nicht kastrieren.«

»Oh doch, das wird er. Er hat sehr deutlich gesagt, dass er mir die Eier abreißen und sie mir in den Hals stopfen wird, wenn ich ungehörig Hand an dich lege.«

»Ungehörig?« Sie lacht. »Also wirklich, Mr Darcy, wie galant von Ihnen, meine Ehre zu beschützen.«

Ich ziehe die Brauen zusammen und starre sie an. »Du weißt, was ich meine.«

Stella kommt näher, und der Fußboden knarrt laut. Ich schwöre, dass ich vor Schreck fast an die Decke springe. Ich werfe einen Blick zur Tür. Zum Glück war sie wenigstens so geistesgegenwärtig, sie zu schließen.

Ihre Zähne schimmern im dämmrigen Licht weiß. »Hank hat nichts Dergleichen gesagt. Ich habe gesehen, wie er direkt in sein Zimmer gegangen ist, bevor du heute Abend die Tür des Arbeitszimmers geschlossen hast.«

»Oh, er hat es gesagt«, murmle ich. »Und zwar mit dem Todesblick, den er mir zugeworfen hat. Glaub mir, ich habe seine Botschaft laut und deutlich verstanden, du kleine Detektivin.«

»Selbst wenn er es getan hätte, ist das lächerlich. Ich bin eine erwachsene Frau. Hast du auch nur Ahnung, wie vorsintflutlich es ist, uns in getrennten Zimmern unterzubringen?«

»Ja. Und ich bin zu einhundert Prozent deiner Meinung, dass du eine erwachsene Frau bist, die absolut in der Lage ist, ihre eigenen Entscheidungen zu treffen. Aber ich bin ein Gast in seinem Haus, also musst du jetzt verschwinden, Liebes.« Ich scheuche sie mit einer Geste in Richtung Tür.

Ihr Schnauben macht mir klar, wie albern ich mich verhalte. Natürlich trägt sie auch nicht das Risiko, von einem wütenden ehemaligen Kampfpiloten ausgeschaltet zu werden. Ich weiß, dass das passieren könnte, weil Hank mir Geschichten erzählt und dabei zufällig erwähnt hat, dass er Leute kennt, die Menschen verschwinden lassen können. Ich bin mir nicht sicher, ob das wirklich nur ein Scherz war.

»Er ist nicht mal mein Vater, um Himmels willen.«

»Erzähl das mal Hank.« Ich hebe schnell eine Hand. »Aber erst morgen früh.«

Sie presst die Oberschenkel gegen die Matratze. Sie schimmern weiß und nackt und – oh verdammt – ich kann den Duft ihrer Haut riechen. Sie ist mir so nah. Ich muss nur die Hand ausstrecken und sie zwischen ihre Beine schieben.

Ich kneife die Augen zu. »Sei kein Unmensch, Stells. Ich versuche, mich zu benehmen.«

»Ich weiß. Das ist wirklich nervig.«

Ich lache leise. »Geh wieder ins Bett, du Göre.«

Sie grinst und lehnt sich ein wenig vor, sodass ihr blasses Gesicht über mir schwebt wie der Mond. »Ich kann nicht schlafen.«

Ich habe etwas, was dir beim Einschlafen helfen wird. Nein, warte, das ist ein schrecklicher Scherz. Frauen wollen doch nicht einschlafen, während man sie vögelt, du Idiot.

Ich reibe mir mit einer Hand über die Augen und versuche, meine Gedanken zu ordnen. »Warum kannst du nicht schlafen? Fühlst du dich gut?«

»Nein. Ich bin einsam. Kann ich neben dir schlafen?«

Neben mir, auf mir, unter mir. Solange du nur bei mir bist.

Ich räuspere mich und finde meine Stimme wieder. »Stella, wir werden keinen Sex miteinander haben.«

»Habe ich das etwa angeboten?«

Ich starre zu ihr hoch, weil wir beide wissen, dass wir die Hände nicht voneinander lassen werden, wenn sie in dieses Bett steigt. Sie erwidert meinen Blick für einige Sekunden, gibt dann aber nach und wackelt mit den Augenbrauen, was mich zum Lachen bringt. Ich will nicht, dass sie geht. Sie würde die ganze Freude aus dem Zimmer mitnehmen.

»Kann ich jetzt zu dir ins Bett oder was?« Sie besteht nur noch aus wallenden Locken, großen flehenden Augen und schmollenden Lippen. Wie soll ich ihr widerstehen? Ich bin nicht mal sicher, warum ich es überhaupt versuche. Ums Sterben kann ich mir morgen Sorgen machen.

Grummelnd rutsche ich zur Seite und hebe die Decke an. Stella klettert in mein Bett, das sich sofort in einen besseren Ort verwandelt, nun, da sich ihr weicher, warmer und zappelnder Körper darin befindet. Und das mit dem Zappeln meine ich wörtlich. Sie erinnert mich an einen Welpen, während sie sich unter die Decke wühlt und sich einen Platz sucht, an dem sie mir so nah ist, wie sie mir nur sein kann. Ich lache leise, lege einen Arm unter ihren Hals und ziehe ihren Kopf an meine Schulter.

Stella legt den Kopf auf meine Brust und seufzt. »Das ist besser.«

Das ist eine Untertreibung. Lächelnd presse ich die Lippen auf ihren Kopf. »Hast du es bequem?«

»Ja.« Sie zappelt erneut und die Ausziehcouch quietscht protestierend.

»Psst!« Ich schwöre, dass ich schwitze. »Leise.«

Stella verdreht die Augen. »Mein Gott, du benimmst dich wie eine nervöse Katze.«

Ich starre sie böse an. »Sind dir etwa die absolut echten Schwerter nicht aufgefallen, die genau in diesem Moment über unseren Köpfen hängen?« Hank hat eine ganze Sammlung davon. Zusammen mit einer großen Anzahl Jagdmesser. Er hat sie mir extra gezeigt.

Sie bläht die Backen auf. »Die sind nur Dekoration.«

»Ja, klar. Natürlich sind sie das. Verrate mir mal eins, Knöpfchen: Hast du je einen Typen mit hierhergebracht? Sind ihre Leichen im Garten vergraben?«

»Du bist der erste. Aber ich werde allen deine Geschichte erzählen, wenn du es nicht überlebst.«

»Deine Sorge ist rührend. Wirklich.«

Stella lacht leise. Es ist ein hauchiger Laut, der mein Herz stolpern lässt. Ja, mein verdammtes Herz flattert, wegen eines Lachens. Ich erkenne mich wirklich nicht wieder. Und es ist mir egal.

»Willst du deinen Job als professionelle Freundin wirklich aufgeben?« Ich stelle die Frage, ohne darüber nachzudenken.

Sie spannt die Finger an und drückt sie in meine Brust. Dann entspannt sie sie wieder. »Ich liebe es, Menschen zu helfen und dafür zu sorgen, dass sie sich weniger einsam fühlen.« Ein leichter Atemzug weht über meine Haut. »Aber ich habe einen Punkt erreicht, an dem mein Job dafür sorgt, dass *ich* mich einsam fühle. Er macht mir keinen Spaß mehr, und das ist nie ein gutes Zeichen.«

»Was willst du dann machen? Willst du stattdessen Fluglehrerin werden?«

»Ich habe keine Ahnung.« Sie beschreibt mit trägen Fingern ein Muster auf meiner Brust. »Dafür müsste ich mir eine Lizenz besorgen. Außerdem verdient man in dem Job nicht viel und vom Bahnhof aus kommt man hier nicht so leicht hin, also müsste ich definitiv aus der Stadt wegziehen.«

Ich zwinge mich dazu, mich nicht zu verkrampfen, aber ich spüre, wie sich meine Muskeln trotzdem versteifen. Stella spürt es eindeutig auch. Sie streicht mit der flachen Hand über meine Brust. »Ich will die Stadt nicht verlassen. Sie ist mein Zuhause.« Sie schaut zu mir hoch. »Ist es albern, mich an eine Gegend zu klammern, die ich mir nicht leisten kann, nur weil sie mir vertraut ist?«

»Knöpfchen, du hast es doch selbst gesagt: Die Stadt ist dein Zuhause. Für dich gilt das mehr als für jeden anderen, den ich kenne. Warum sollte es albern sein, dass du bleiben willst?«

»Ich bin dreißig Jahre alt und habe keine Ahnung, was ich mit meinem Leben anfangen soll. Ich wünschte einfach, ich wüsste, was ich machen kann. Ich war immer so sehr darauf konzentriert, Spaß zu haben und im Hier und Jetzt zu leben, dass ich nie für die Zukunft geplant habe.«

In dieser Hinsicht ähneln Stella und ich uns sehr. Die Zukunft ist ein dunkler, nebliger Ort, über den ich noch nie nachdenken wollte. Hauptsächlich deswegen, weil ich mich als einsamen, unbedeutenden und verlassenen Menschen sehe, wenn ich mich näher damit beschäftige. Ich rede mir ein, dass es mir nichts ausmacht, allein zu sein. Mittlerweile bin ich schon seit mehr als der Hälfte meines Lebens allein. Doch immer wenn die Musik verklungen ist und die Freunde gegangen sind, um sich um ihre eigenen Angelegenheiten zu kümmern, fühle ich mich einfach nur leer. Ich habe versucht, diese Leere mit ständigen Partys, Gelegenheitssex und Reisen von Ort zu Ort zu füllen. Aber sie ist immer noch da.

Das will ich auch nicht für Stella. Sie hat zu viel Lebensfreude in sich, um sich verlassen zu fühlen. »Wenn du alles haben könntest, was du willst, egal was, und Geld spielt keine Rolle, was wäre das?«

Sie schweigt eine ganze Weile lang und denkt eindeutig über die Frage nach. Dann spricht sie zögernd, als würde es sie eine Menge Überwindung kosten, das zuzugeben. »Ein Zuhause. Etwas Dauerhaftes. Etwas, das mir gehört.«

Ich fühle mit ihr. »Wie würde es aussehen?«

Sie rutscht ein wenig herum und sucht sich eine bequemere Position. »Es wäre in der Stadt. Ein Haus in einer kleinen Straße, wo man seine Ruhe hat, aber nah an allem dran ist. Ein älteres Haus mit Charakter und Charme und einem Dachgarten, um Tomaten und Blumen anzupflanzen und sich zu sonnen.«

Ich kann es praktisch vor mir sehen. »Und mit einem Kamin«, füge ich hinzu. »Den musst du haben, damit du es dir an kalten Abenden davor gemütlich machen und lesen kannst.«

»Das klingt himmlisch«, sagt sie seufzend.

Ich stelle mir vor, wie sie in diesem gemütlichen Zuhause wohnt, das voller Bücher und Blumen und Musik ist und in dem alles von Stellas Licht erfüllt ist. »Ja, das finde ich auch.« »Ich beneide dich«, sagt sie, bevor ich erneut sprechen kann.

»Warum?« Ich hoffe, dass sie damit nicht auf meine Berühmtheit anspielen will, denn die ist ein zweischneidiges Schwert.

»Willst du mich auf den Arm nehmen? Du hast dieses unglaubliche Talent und stehst in deiner Branche ganz oben. Weißt du, wie selten das ist?«

Das weiß ich tatsächlich. Oder ich dachte, ich wüsste es. Das Seltsame daran ist, dass ich Stellas ruhige Bewunderung brauche, um das richtig zu begreifen. Trotzdem muss ich ehrlich zu ihr sein. »Ich habe den Eindruck, dass man in einem Bereich seines Lebens perfekte Ordnung haben kann, während der Rest in Flammen aufgeht.«

»Du hast recht«, sagt sie leise. »Tut mir leid. Ich habe nicht nachgedacht ...«

»Ich meinte nicht meine Probleme.« Ich lache heiser. »Auch wenn ich zugebe, dass ich einige habe. Aber genau das meine ich ja. Alle Leute, die ich in meiner Branche kenne, haben Probleme, mit denen sie klarkommen müssen. Eine Art des Erfolgs garantiert nicht automatisch Erfolg überall, verstehst du?«

Sie schmiegt ihr Gesicht an meine Schulter. »Ja. Denn dieser Teil meines Lebens, den ich gerade erfahre, ist ziemlich toll.«

»Ich fühle mich gerade auch ziemlich gut«, stimme ich zu. Vor allem als Stella ihren nackten Oberschenkel über meinen gleiten lässt. Sofort kommt mir ein perverser Gedanke in den

Sinn: Was, wenn sie keine Unterwäsche trägt? Und einfach so bewege ich die Hand nach unten und lasse sie über die sanfte Wölbung ihres Rückens gleiten, bis ich die weiche Kurve ihres Hinterns erreiche. Weil ich es wissen muss. *Ich muss es wissen.*

Stella lehnt sich gegen meine Berührung und wölbt ihren süßen Hintern ganz leicht in Richtung meiner Hand. Stella ist ein braves Mädchen. Das beste Mädchen. Ihr Hintern ist schön prall, und ich drücke ihn sanft und anerkennend, während ich mit den Fingerspitzen am Saum ihres Höschens entlangstreiche.

Verdammt.

Ihre Unterhose besteht aus weicher Baumwolle, was mich irgendwie mehr erregt als die Vorstellung von Seidenwäsche oder völliger Nacktheit. Ich kann sie nicht sehen, aber in meinem Kopf ist diese Unterhose hellrosa und vorne in der Mitte mit einem großen roten Herz bedruckt. Dieser Gedanke erregt mich so sehr, dass sich mein ganzer Körper anspannt.

Sie spürt es. Ich weiß es, weil sie sich weiter in meine Richtung dreht und ihre Brüste gegen meine Rippen drückt. »Hast du mich gerade etwa begrapscht, Freundchen?«

»Ich kann nicht anders. Wenn du in Reichweite bist, muss ich dich nun mal begrapschen.« Angespannt vor Vorfreude drehe ich mich auf die Seite und rutsche ein Stück nach unten, bis unsere Gesichter auf einer Höhe sind. Und die verfluchte Ausziehcouch aus der Hölle quietscht einmal mehr protestierend. Dieses Mal erstarren wir beide und schauen einander mit weit aufgerissenen Augen an, während die Sekunden vorbeiticken.

Sie lächelt schelmisch. »Als Teenager habe ich mich nie heimlich mit einem Jungen getroffen, aber irgendwie fühlt es sich so an, als würde ich das jetzt tun.«

Die Wahrheit ist, dass ich zwar nur ungern von Hank erwischt werden würde, es jedoch nicht das Ende der Welt wäre. Aber so zu tun, als wäre es das, und heimlich mit Stella hier im Bett zu liegen, als wären wir zwei ungezogene Teenager, macht überraschend viel Spaß. Ich hatte noch nie Angst davor, erwischt zu werden. Ich hatte keine Ahnung, dass es jeder Berührung und jedem Atemzug mehr Bedeutung verleiht. Und dass es mich so sehr erregen würde.

Mit der Fingerspitze streiche ich eine ihrer Locken zurück, die ihr über die Wange gefallen ist. »Ich glaube, wir haben beide was verpasst.«

Ihre Augen leuchten und ich weiß, dass sie spielen will. Das erregt mich sogar noch stärker.

»Dann werden wir das nachholen müssen.« Sie streicht leicht und träge über meinen Hals, so als hätte sie kein Ziel im Sinn, sondern wollte mich einfach nur berühren. »Ich meine, das hier ist nicht das Haus meiner Eltern. Aber es könnte es sein. Wenn Hank jetzt hereinplatzen und mich hier finden würde …«

Ich senke meinen Mund auf ihren und spüre einmal mehr die volle, süße Wölbung ihrer Unterlippe, während ich gleichzeitig ihre Oberlippe koste. Ich erinnere mich nicht daran, mich bewegt zu haben – geschweige denn daran, mich dazu entschieden zu haben, sie zu küssen. Aber ich höre nicht auf. Ich küsse sie zärtlich und liebe die kleinen Schauer, die ihren Körper erzittern lassen. Ich küsse ihre Wange und die Wölbung ihres Kiefers. Dann lege ich eine Hand um ihren Hinterkopf, küsse ihren Hals und schließlich wieder ihren Mund.

Sie vergräbt die Finger in meinem Haar und massiert meine Kopfhaut. Es fühlt sich so gut an, so verdammt gut. Ich lehne meine Stirn an ihre, während ich mit dem Kragen ihres T-Shirts spiele. »Wirst du Hausarrest bekommen, wenn man uns erwischt, Knöpfchen?«

»Vielleicht«, flüstert sie und drückt den Rücken gerade weit genug durch, um ihre Brüste anzuheben.

Sie trägt ein altes T-Shirt mit dem Logo der Knicks darauf. Langsam fahre ich mit dem Finger über das »K« und streife die steife Spitze ihrer Brustwarze. Stella schnappt nach Luft. Ich lasse die Finger wieder nach oben wandern und necke sie. Aber mich erregt das ebenfalls, und ich muss mir auf die Lippe beißen, um nicht zu stöhnen, alle Hemmungen fallen zu lassen und sie einfach zu nehmen.

»Du bist hier so hübsch.« Mit den Knöcheln liebkose ich die Wölbung ihrer Brust. »Darf ich dich nackt sehen, süße Stella? Wirst du mir einen kurzen Blick gewähren?«

Ich habe ihre Brüste schon mal gesehen. Ich habe sie sogar schon angefasst und sie mit meinem Mund berührt. Und es war himmlisch. Aber hier im Dunkeln, in diesem Haus, das weder mir noch ihr gehört, ist das etwas anderes. Es ist ein einfacher Nervenkitzel, der mich mehr erregt, als es jede Art von richtigem Sex je könnte.

Ich weiß nicht, wie es Stella damit geht, aber sie gibt einen kleinen Laut von sich und rutscht auf dem Bett herum, als hätte sie Schwierigkeiten stillzuhalten. Ihre Stimme ist hauchig und unschuldig, so als wäre sie unsicher. »Nur ein kurzer Blick?«

Verdammt, sie weiß, wie man spielt. Mein Schwanz ist so hart, dass es wehtut. »Ich werde dich nicht anrühren, das schwöre ich.« Und das werde ich wirklich nicht tun. Wenn ich sie jetzt berühre, ist das Spiel nämlich vorbei. »Lass mich einen kleinen Blick auf diese hübschen Brüste werfen, Schätzchen.«

Lediglich das grünliche Licht der Straßenlaternen, das durch das Fenster fällt, erhellt Stella in dem dunklen Zimmer, daher kann ich nicht beurteilen, ob sie errötet. Aber sie senkt die Lider und öffnet die Lippen, während sie erregt einatmet, wodurch sich ihre Brüste heben. Ihre Hände sind ungeschickt, als sie nach unten greift und den Saum ihres T-Shirts umfasst. Meine Eier ziehen sich vor Vorfreude zusammen.

Gott, sie ist sexy. Sie bewegt die Hüften, um das T-Shirt unter ihrem Hintern hervorzuziehen. Dann zieht sie es über ihre Kurven. Auf ihrer Unterhose ist kein Herz. Sie ist mit winzigen Pünktchen bedeckt. Ich will jeden einzelnen davon mit meiner Zunge berühren. Ich halte still, während sie die sanfte Wölbung ihres kleinen Bauchs und die halbmondförmige Vertiefung ihres Bauchnabels freilegt. Sie ist wie ein saftiger, reifer Pfirsich.

Stella macht langsam und zieht ihre Bewegungen in die Länge. Als die üppigen Kurven an den Unterseiten ihrer Brüste enthüllt sind, schwitze ich bereits. Sie hält inne und schaut mir in die Augen. Der Moment dauert an und dehnt sich aus, bis ich ihn wie Druck auf meiner Haut spüren kann.

»Zeig sie mir«, keuche ich, und meine Stimme klingt fremd.

Stella beißt sich auf die Unterlippe und schaut mich mit halb geschlossenen Augen an. Sie bringt mich um und sie weiß es. Ich liebe das. Mit einem kleinen Laut zieht sie das T-Shirt über ihre Brüste nach oben.

Und da sind sie: volle, runde Brüste mit hellbraunen leicht nach oben gerichteten Brustwarzen. Sommersprossen bedecken den Rest ihrer Brust. Ich kann sie in der Dunkelheit nicht sehen, aber ich weiß, dass sie da sind. Ich will ein Licht einschalten, einfach nur, um sie sehen zu können, aber ich bewege mich nicht. Ich balle die Hände zu Fäusten, um mich davon abzuhalten, sie zu berühren. »Du bist wunderschön. Weißt du das? Absolut umwerfend.«

Stella streckt sich, als würde sie das Gefühl, ihren Körper so zu präsentieren, genießen – als wäre sie ebenso angespannt und erregt wie ich. Sie hält immer noch ihr T-Shirt fest und starrt mich an. Ihre Brüste heben und senken sich mit jedem flachen Atemzug, den sie nimmt.

»Gefällt es dir, wenn ich dich anschaue, süße Stella?«

Sie leckt sich über die Unterlippe. »Ja.«

Ihre Brustwarzen ziehen sich vor meinen Augen zusammen und verhärten sich zu rosigen Knospen.

Ich kralle die Finger in das Bettlaken. »Sieh dir nur an, wie diese hübschen Brustwarzen ganz steif werden. Sehnen sie sich nach Berührung, Baby?«

Ich weiß, dass sie errötet. Ich kann die Hitze spüren, die ihr Körper verströmt. Als sie spricht, klingt ihre Stimme brüchig. »Ja.«

»Zwick in diese honigsüßen Spitzen«, flüstere ich belegt.

Ich liebe ihr ersticktes Stöhnen. Es klingt, als hätte ich sie zu Tode erschreckt.

Sie zögert, und ich frage mich, ob ich zu weit gegangen bin. Doch dann streicht sie mit den Händen über ihre Brüste. Ich unterdrücke ein Stöhnen und weigere mich, auch nur zu blinzeln. Behutsam umfasst sie ihre Brustwarzen und drückt zu. Gleichzeitig schnappt sie nach Luft und wirft den Kopf zurück.

Meine Reaktion ist instinktiv. Ich verspüre eine Woge aus glühender Hitze, die direkt in meinen Schwanz fährt. Ich muss meinen Ständer in die Matratze drücken, um den Schmerz zu lindern. »Gott. Gott, mach das noch mal.«

Sie tut es. Ihre Lider flattern, als sie an ihren Brüsten zieht.

»Du bist so schön. So perfekt.« Meine Stimme ist ganz rau. Sie reibt die Oberschenkel aneinander – ungeduldig, begierig. Ich beobachte ihre Bewegungen. »Bist du feucht, Schätzchen?«

»Mmm.« Sie beißt sich auf die Unterlippe.

»Leg deine Hand auf dein Höschen und fühl, wie feucht du bist.«

Stella atmet hektisch aus und zuckt zusammen. »Oh Gott.«
Sie schaut mich nicht an, als sie nach unten greift. Sie schließt
die Augen und runzelt die Stirn, als hätte sie Schmerzen. Als
sie die Hand in ihr Baumwollhöschen gleiten lässt, gibt sie
einen leidenden Laut von sich. »So feucht, John, ich bin so
feucht.«

Ich verliere beinahe die Kontrolle. Für eine Sekunde atmen
wir beide einfach nur. Stella hat die Augen geschlossen und
eine Hand zwischen ihren Beinen. Ich beobachte sie und weiß,
dass sie das Schönste ist, was ich je gesehen habe. »Wirst du
mir erlauben, dir zuzusehen?«, frage ich sie. »Ich will sehen, wie
du es dir selbst machst.«

»Du … Du willst mich nicht berühren?«, flüstert sie, und ihr
Körper zittert.

»Ich will dich so sehr berühren, dass es wehtut.« Ich schlucke schwer. »Aber ich habe versprochen, meine Hände bei mir
zu behalten.«

»John.« Sie lacht und starrt mich gleichzeitig entgeistert an.
»Du bist böse.«

Ich grinse, werde aber schnell wieder ernst, und meine Stimme wird drängend. »Zeig es mir. Zeig mir, was dir gefällt. Zeig
es mir, damit ich genau weiß, was ich mit dir machen muss,
wenn wir nach Hause kommen.« Denn sobald ich sie für mich
allein in meiner Wohnung habe, kann ich für nichts mehr garantieren.

»Okay«, sagt sie, »aber du musst es mir auch zeigen.«

Hitze flackert über meinen Rücken. »Du willst, dass ich für
dich komme?«

Regen prasselt gegen das Fenster, während mich Stella mit
großen Augen anstarrt. »Hast du das schon mal gemacht? Dir
vor jemandem einen runtergeholt?«

Ich habe eine Menge Sex gehabt. Ich habe viele verrückte Dinge getan. Ein paar davon machten Spaß, nach anderen fühlte ich mich widerlich und hinterfragte meine Entscheidungen. Aber ich kann ihr ehrlich antworten. »Niemand hat mich je darum gebeten.«

Normalerweise wollen Frauen das für mich tun. Sie holen mir einen runter oder blasen mir einen, während sie mir immer wieder sagen, dass sie nicht fassen können, dass sie Jax Blackwoods Schwanz berühren. Das verlor schnell an Reiz und ich lernte, mich innerlich von meinen Partnerinnen zu distanzieren. Jetzt bin ich nicht distanziert. Wenn überhaupt, bin ich so sehr in diesem Moment gefangen, dass es fast zu viel ist.

Vor diesem Augenblick hätte ich es einfach nur als einen weiteren Sexakt bezeichnet, mir einen runterzuholen oder einer Frau beim Masturbieren zuzusehen. Beim Gedanken daran, es mit Stella zu machen, wird mir klar, dass es das nicht ist. Man braucht Vertrauen, um sich jemandem so sehr zu öffnen und sich vollkommen zu entblößen. Plötzlich fühle ich mich genau wie der Teenager, der zu sein ich vorgebe, weil ich nicht das Geringste über Intimität weiß.

Mein Nacken verspannt sich. »Wir müssen das nicht tun, wenn es dir unangenehm ist«, flüstere ich.

»Ich bin nervös.« Sie schenkt mir ein zittriges Lächeln, das dazu führt, dass ich sie küssen will. »Ich habe das noch nie gemacht. Aber ich will es mit dir machen.«

Sie ist so viel mutiger als ich. Bevor ich ihr das beichten kann, zieht sie ihr Höschen über ihre Hüften nach unten. Ich starre sie zu lange an. Mein Mund steht vermutlich offen wie der eines hechelnden Hundes. Doch dann reiße ich mich zusammen und fummele an meinen Retroshorts herum. Ich bin so hart, dass mein Schwanz am Stoff hängen bleibt und mir auf den Bauch klatscht, als ich ihn endlich befreie.

Stella kichert.

Dieser Klang. Er prickelt über meine Haut und bringt mein Herz zum Hüpfen. Ich liebe diesen Klang. Ich lächle sie an und lache ebenfalls tief in meiner Brust, bis mein Blick auf sie fällt. Das Höschen hängt an ihren Knien und das T-Shirt hat sie am Hals zusammengeknüllt, sodass mir jeder prachtvolle, üppige Zentimeter ihres Körpers, der dazwischen liegt, präsentiert wird. Mir allein.

Ich will wissen, ob die kleine Stelle aus Haaren zwischen ihren Beinen ebenfalls rotgold ist. Ich will es unbedingt herausfinden. Ich will all ihre Farben, ihren Geschmack, den Duft und die Textur ihrer Haut kennenlernen. Beinahe bitte – flehe – ich darum, das Licht einschalten zu dürfen. Aber meine Stimme versagt, und mein Gehirn gerät völlig durcheinander, als sie die Beine spreizt und eine Hand dazwischengleiten lässt.

»Am Anfang mag ich es sanft.« Sie lässt die Fingerspitzen über ihre geschwollene Knospe gleiten, während sie mit der anderen Hand eine Brustwarze streichelt. »Eine kaum wahrnehmbare Berührung, die dazu führt, dass ich mehr will.«

Sie bewegt die Hüften und verfolgt damit ihren eigenen Finger. Ich schwöre bei allem, was mir heilig ist, dass ich wimmere.

»Normalerweise«, murmelt sie, »mache ich das hier, bis ich feucht genug bin. Aber ich bin jetzt schon so feucht …«

»Herrgott«, stoße ich keuchend aus. »Ich kann es hören. Ich kann hören, wie deine Finger durch die Feuchtigkeit gleiten.«

Stella stockt der Atem. Ihr Blick trifft auf meinen und ist voller Hitze und benebelter Lust. »Du sollst das eigentlich mit mir zusammen machen.«

Ehrlich gesagt befürchte ich, dass mein Schwanz explodieren wird, wenn ich ihn jetzt berühre. Aber ich habe es versprochen. Meine Hand zittert, als ich sie an meinen Mund hebe.

Verdammt, ich liebe es, wie sie die Augen aufreißt, als ich langsam über meine Handfläche lecke und mich dann in die Hand nehme. Mein Schwanz ist unter meiner Berührung ganz heiß und so hart, dass er schmerzt. Ich drücke zu, um den Druck zu lindern, bevor ich keuche: »Ich fange langsam und fest an, so als würde ich in eine Frau eindringen.«

Stella nickt und beobachtet mich mit einem gierigen Interesse, das mich antreibt. Sie spreizt die Schenkel ein kleines Stück, als wäre ihr diese Handlung nicht mal richtig bewusst. Ich rolle mich beinahe herum, um in sie einzudringen. Es wäre so leicht, so gut. Aber ich tue es nicht. Weil sie diese Erfahrung erleben will und obwohl ich unfassbar erregt bin, will ich das auch.

»Woran denkst du?«, fragt sie in der Dunkelheit. »Wenn du es tust?«

»An dich.« Ich streichele mich nun schneller und verfalle in einen Rhythmus. »Seit jenem ersten Abend bist es immer nur du gewesen.«

Sie stöhnt und wirft den Kopf auf dem Kissen hin und her. Sie bearbeitet sich nun ebenfalls schneller und bewegt die Finger in festen, wilden Kreisen um ihre kleine Knospe herum. Der Drang, sie dort zu küssen, sorgt dafür, dass ich mich näher an sie heranlehne. Unser Atem vermischt sich, während wir keuchen. Ich bearbeite meinen Schwanz nun gnadenlos, und in mir baut sich eine immer größere Anspannung auf.

»Erzähl es mir«, sagt sie. »Erzähl mir, was du dir vorstellst.«

Für eine Sekunde ist mein Kopf vollkommen leer. Ich werde sie enttäuschen. Sie wird Erwartungen haben. Aber ihre Augen sind voller Begehren und Vertrauen. Sie schaut mich an, als wäre ich das Beste, was sie je gesehen hat. Ich, nicht die Hülle oder der Name. Diese Tatsache reißt mich auf und legt mein Innerstes bloß. Das sorgt dafür, dass ich alles um mich herum intensiver wahrnehme: die zerknüllten Laken an meinen Beinen, den Schweiß, der an meinem Rücken hinunterrinnt, die Reibung meiner Hand an meinem Schwanz und das Geräusch, das sie verursacht. Ich atme rasselnd ein und aus, und mein Mund ist bereits ganz trocken.

Ich lecke mir über die Lippen. »Die Wahrheit?«

Ihre Antwort ist ein heiseres Keuchen. »Immer.«

»Ich denke daran, wie ich in dich eindringe. Ich stelle mir vor, wie ich in deiner Hitze versinke.« Meine Stimme wird rauer, und meine Eier ziehen sich auf süße Weise zusammen. »Dieser erste Stoß, der mir die Gewissheit verschafft, dass du mich in dich hineinlässt. Das ist es. Ich denke daran, dich zu nehmen. Dich verdammt noch mal endlich zu besitzen. Das ist der Augenblick, von dem ich träume.«

Sie stöhnt und öffnet schwach die Lippen.

»Oh verflucht, Stells, bitte komm. Komm für mich, Schätzchen.«

Sie tut es. Und sie ist so verdammt wunderschön, dass ich nicht sprechen kann. Ihre Lippe klemmt zwischen ihren Zähnen, und ihre Oberschenkel ziehen sich um ihre Hand herum zusammen. Ein stummer Schrei verzerrt ihre Züge. Sie bäumt sich auf und reckt ihre Brüste – diese wundervollen Brüste – in die Höhe. Ich kann nicht anderes. Ich beuge mich nach unten, nehme eine ihrer Brustwarzen in den Mund und sauge fest daran.

Stella zuckt mit einem kleinen Aufschrei zusammen, drängt sich gegen mich und verlangt stumm nach mehr. Ich sauge an ihr wie ein vollkommen ausgehungerter Mann. Mir ist nicht mal klar, dass ich komme, bis ich es heiß und feucht auf meiner Hand und auf meinem Bauch spüre. Für einen langen Augenblick liege ich zusammengesackt auf ihr. Mein Mund steht offen, und ich keuche an ihrer bebenden Brust. Ich lecke erneut träge über ihre Brust, und sie wimmert. Dann rolle ich mich zur Seite und lande mit einem heftigen Ausatmen auf dem Rücken.

Wir liegen da und atmen beide schwer in der Dunkelheit. Regen prasselt gegen die Fenster. Im Zimmer ist es still, als wäre nichts passiert, als hätte sich meine Welt nicht gerade auf den Kopf gestellt. Stella bewegt sich und richtet ihre Kleidung mit unbeholfenen Händen. Ich schnappe mir ein Taschentuch aus der Schachtel, die auf dem Beistelltisch steht, und wische mich damit sauber. Mir ist bewusst, dass sie mich dabei beobachtet. Seltsam, dass ich das ebenfalls sexy finde.

»Wow«, sagt sie leise, und ich weiß, dass sie nicht von meiner Säuberungsaktion redet.

Ich werfe das Taschentuch in den Papierkorb, ziehe meine Retroshorts hoch und rolle mich auf die Seite, um sie anzusehen. Sie starrt zur Decke hinauf. Ihr Haar ist ganz zerzaust. Als würde sie meinen Blick auf sich spüren, dreht sie den Kopf und lächelt ganz leicht. Sie sagt nichts, sondern schaut mich nur an.

»Stells.« Ich streiche mit den Fingern über die Wölbung ihres Kiefers. Ihre Haut ist warm und feucht, und ich umfasse ihre Wange, bevor ich meinen Kopf auf ein Kissen sinken lasse.

Sie bewegt sich in meine Richtung und schmiegt sich dicht an mich. Sie duftet nach Sex und Schweiß und etwas Frischem und Süßem. Ich genieße den Geruch und schließe die Augen. Warum fühlt sich das so gut an? Einfach nur das hier.

Ich muss eine Möglichkeit finden, mich an diesem Gefühl festzuhalten und es zu bewahren. Ich habe keine Ahnung, wie ich das anstellen soll. Es fühlt sich allerdings so an, als müsste ich es unbedingt lernen.

»John?«

»Ja?« Ich spiele mit ihrem seidigen Haar und zwirbele eine Strähne um meinen Finger.

»Wenn wir uns nicht gegenseitig um den Verstand vögeln, sobald wir nach Hause kommen, werde ich dich umbringen müssen.«

Ich versteife mich für eine Sekunde. Dann breche ich in Gelächter aus, versuche aber, leise zu bleiben. Sie drückt meine Seite, und ich lehne mich dichter gegen sie. »Verdammt ja, das werden wir tun, Knöpfchen.«

Und schon zähle ich die Minuten.

23. Kapitel

Stella

»Ich hoffe, Sie haben gut geschlafen, Jax.« Corinne stellt einen Kaffeebecher vor ihn auf den Tisch.

Neben mir brummt Hank und wirft John einen bösen Blick zu. Ich beiße mir von innen auf die Wange. Gestern Nacht schliefen wir aneinandergekuschelt ein, und als wir aufwachten, stand Hank über John und beäugte ihn wütend. »Ich weiß nicht, warum ich mir die Mühe gemacht habe.«

»Ja, Corinne, das habe ich.« John schaufelt sich einen großen Bissen von dem buttrigen Pfannkuchen in den Mund und hält den Blick klugerweise auf seinen Teller gerichtet. Aber ein winziges Lächeln umspielt seine Mundwinkel. Unter dem Tisch hüpft sein Knie in einem nervösen Rhythmus. Da wir dicht nebeneinandersitzen, reibt sein Oberschenkel dabei leicht gegen meinen. Der schwache Kontakt sendet ein Kribbeln über meine Haut.

Erinnerungen an das, was wir getan haben, huschen durch meinen Kopf und machen es mir schwer, mich auf irgendetwas zu konzentrieren. Ständig sehe ich seinen muskulösen Oberkörper vor mir, der sich zusammenzieht, während sich die drahtigen Muskeln in seinem Unterarm anspannen und er seinen harten Schwanz bearbeitet. Gott, er hat einen hübschen

Schwanz. Eine gerundete Eichel und ein dicker Schaft, der sich ganz leicht nach rechts neigt.

Sofort wird mir ganz heiß. *Hör auf, am Esstisch an seinen Schwanz zu denken. Das ist so was von daneben. Das ist pervers, Stells. Pervers.*

Und dumm. Denn nun kann ich nur noch daran denken, wie sich John selbst befriedigt hat. Wie seine prallen Hoden bei jeder Abwärtsbewegung gegen seine Faust stießen. Wie sein Gesicht vor Konzentration ganz angespannt war und seine Lippen vom vielen Keuchen ganz weich wirkten. Es war das Prachtvollste, was ich je gesehen habe. Ich will es noch mal sehen. Bei Tageslicht. Vielleicht in Zeitlupe. In Endlosschleife.

Guter Gott, hat Corinne die Heizung angestellt oder so was?

Ich trinke hastig einen Schluck Kaffee und verbrenne mir den Rachen.

John zieht die grünen Augen zusammen, als ich leise pruste. »Geht es dir gut, Knöpfchen?«

Nein. Ich bin so rollig, dass mein Unterleib schmerzt, und ich träume von Filmen, in denen dein Schwanz die Hauptrolle spielt.

Ich lächle schwach und nehme mir ein Stück von dem perfekt gebratenen Speck. »Es geht mir großartig.«

John hält meinen Blick fest, und sein kleines Lächeln wird ein bisschen teuflisch. Ich bezweifle, dass er Fantasien von Filmproduktionen hat, aber er denkt definitiv an die letzte Nacht. Er lässt seine rosafarbene Zungenspitze hervorschnellen, um sich einen verirrten Spritzer Sirup von der Unterlippe zu lecken. Ich muss mich enorm zusammenreißen, um ihn nicht auch abzulecken.

Wir müssen von hier verschwinden.

Er wackelt immer noch mit dem Knie und wird dabei immer unruhiger, sodass schon der Tisch rappelt. Ich lege eine

Hand auf seinen Oberschenkel, und sofort wird er still. Er bedeckt meine Hand mit seiner und drückt sie.

Corinne redet immer noch irgendwas daher. »Letzte Nacht hat es so viel geregnet. Hank, du solltest besser mal den Keller überprüfen. Du weißt doch, an der hinteren Treppe läuft manchmal Wasser rein.«

»Mmm«, brummt Hank. Übersetzung: Ich habe den Keller schon überprüft. Alles ist in Ordnung, aber ich will in Ruhe essen, ohne dass du mich dabei belästigst.

Corinnes gebrummte Erwiderung bedeutet im Grunde genommen, dass sie ihn durchschaut hat und den Keller selbst checken wird, sobald wir mit dem Frühstück fertig sind.

Ich lächle mit dem Mund voller Speck. John stößt meine Schulter mit seiner an, und ich schaue zu ihm. Er zieht eine Augenbraue hoch und schaut zwischen Hank und Corinne hin und her. Er hat ihr Zusammenspiel bemerkt und findet es genauso süß wie ich. Ich verspüre den überwältigenden Drang zu lachen – nicht über Corinne und Hank, sondern wegen dieses seltsamen, schwindelerregenden Gefühls der Unbeschwertheit. Des ruhigen Glücks.

Ich senke den Kopf und lasse mein Haar über meine warmen Wangen fallen, um mein Gesicht zu verbergen.

John streicht mit dem Daumen über meine Handfläche. Die stumpfe Spitze umkreist eine bestimmte Stelle, was dafür sorgt, dass sich meine Oberschenkel zusammenziehen. Diese einfache Berührung reicht dafür aus. Wir müssen wirklich von hier verschwinden.

»Ich breche nur ungern direkt nach dem Frühstück auf …« Ein Schnauben von Hank unterbricht mich. Ich schürze die Lippen. »Aber Stevens, der Kater, um den ich mich kümmere, braucht etwas zu fressen.«

Ich sende eine stumme Entschuldigung an Brenna – denn

ich weiß, dass John sie gebeten hat, an diesem Morgen die Tiere zu füttern. Dann schlage ich gegen Johns Knie, als er tief in seiner Kehle einen kleinen gurgelnden Laut von sich gibt und versucht, sein Lachen hinunterzuschlucken.

Corinne lächelt breit. »Natürlich, Schätzchen. Ich bin so froh, dass wir ein wenig Zeit miteinander verbringen konnten.«

Jetzt fühle ich mich mies. Aber als sie mich an der Tür umarmt, murmelt sie mir ins Ohr: »Wenn ich jung und ungebunden wäre und Zugang zu einem so attraktiven Mann wie deinem hätte, würde ich auch unruhig auf meinem Platz herumrutschen.«

Ich lache überrascht auf. »Ich hab dich lieb, Corinne.«

»Und wir haben dich lieb, Kleines. Vergiss das nicht.«

Trotz seiner Griesgrämigkeit schüttelt Hank beherzt Johns Hand und lädt ihn ein, sie erneut zu besuchen. Dann sind wir frei. Ich renne fast zum Motorrad. Es ist kein bisschen würdevoll. Aber da mir John dicht auf den Fersen ist und mich mit einer Hand auf meinem Kreuz antreibt, schätze ich, dass es ihm ähnlich geht.

Seine Miene ist beinahe grimmig, als er die Schnalle an meinem Helm schließt. »Eine kurze Warnung.« Er schenkt mir ein gequältes Lächeln. »Wenn viel Verkehr ist, muss ich vielleicht weinen.«

»Bring uns einfach nach Hause«, sage ich und umfasse sein Handgelenk.

Er nickt und setzt wieder eine grimmige Miene auf.

Wie er das Motorrad steuert, ist beeindruckend. Ich fühle mich nie unsicher, während er uns effizient durch den Verkehr manövriert. Trotzdem scheint die Heimfahrt ewig zu dauern. Vor Kurzem dachte ich noch, dass mir eine einfache Spritztour durch eine ländliche Gegend mit ihm schwerfallen würde.

Doch das war nichts im Vergleich zu meiner jetzigen Situation. Ich klammere mich an seinen drahtigen Körper, und zwischen uns summt eine seltsame Energie, denn immer wenn ich meine Schenkel an seine presse, lenkt das meine Aufmerksamkeit wieder auf das, was unerledigt geblieben ist.

Man sollte meinen, dass ein gewaltiger, überwältigender Orgasmus spät in der Nacht die Situation ein wenig entspannt hätte. Aber so funktioniert Sex nicht. Ein bisschen Sex führt dazu, dass man noch mehr will. Es ist, als würde man einen Löffel Minzeis mit Schokosplittern bekommen und könnte dann den Rest in der Schüssel nicht erreichen, obwohl sie direkt vor einem steht.

Ich will alles. Jetzt sofort.

Verdammt noch mal, muss dieses Motorrad so heftig vibrieren? Das ist ein verfluchtes Folterwerkzeug aus der Hölle.

Als John endlich vor unserem Gebäude hält – und man kann die schlimmen Dinge, die ich über das Motorrad gesagt habe, getrost vergessen, denn es passt auf einen kleinen Parkplatz –, steigen wir beide hastig ab und landen unkoordiniert und wackelig auf unseren Füßen. John zerrt die Handschuhe von seinen Händen und den Helm von seinem Kopf, während ich mich um meinen kümmere. Dann packt er meine Hand und zieht mich hinter sich her die Eingangsstufen hoch.

»Rein«, sagt er atemlos. »Müssen nur rein.« Ich weiß nicht, ob er mit mir oder mit sich selbst redet, aber ich verschwende keine Zeit damit, ihn das zu fragen.

Als wir das Innere des Gebäudes erreichen, verhalten wir uns allerdings ruhig. Wir halten zwar Händchen, berühren uns ansonsten aber nicht, während wir auf den Fahrstuhl warten. Wir stehen vollkommen still da, sagen kein Wort und lauschen den langsamen, dumpfen Schleifgeräuschen der Fahrstuhlkabine, die sich durch den Schacht nach unten bewegt. Jedes gedämpfte Bimmeln, das einen Halt in einem der oberen Stockwerke ankündigt, fühlt sich wie ein Zwicken auf meiner Haut an. Er drückt meine Hand. Unsere Finger sind so fest miteinander verschränkt, dass ich seinen Puls spüren kann.

Nur noch ein wenig länger. Nur noch ein wenig …

Ich beiße mir auf die Lippe, als sich die Türen endlich öffnen. Sobald wir uns in der Kabine befinden, drückt John auf den Knopf für unser Stockwerk. Dann legt er die Hände an meine Hüften und zieht mich vor sich. Die Bewegung ist fest, besitzergreifend, aber auch zärtlich, so als sollte man Vorsicht walten lassen, wenn man mich berührt. Die Kombination aus Gier und Geduld sorgt dafür, dass mir der Atem stockt.

Seine Wange streift meine Schläfe, als er sich zu mir herunterlehnt. »Ich zittere innerlich«, sagt er mit einem hilflosen Lachen. »Ich zittere wie ein verdammtes Blatt im Wind.«

Ich weiß genau, wie er sich fühlt. Der Fahrstuhl bewegt sich nach oben, aber ich bin diejenige, die schwebt, und mein Kopf ist ganz leicht. Ich schiebe die Hände unter sein Hemd, hake sie unter den Saum seiner Jeans und ziehe seine Hüften an meine. John knurrt tief in seiner Kehle. Er ist bereits hart. Für einen Augenblick reiben wir uns einfach nur aneinander. Dann zwängt er seine Hand zwischen uns. Er findet den Knopf meiner Jeans und zerrt daran. Meine Oberschenkel ziehen sich zusammen, als er langsam meinen Reißverschluss nach unten zieht. In der kleinen Fahrstuhlkabine klingt das surrende Geräusch übermäßig laut.

»Ich kann nicht warten«, sagt er. Ich weiß nicht, ob das eine Erklärung oder eine Feststellung ist. Er streicht mit der Hand über meinen Bauch und schiebt sie in mein Höschen. Ich spreize die Beine, um ihm Platz zu machen. Er findet meinen Kitzler mit zielsicherer Genauigkeit. Mit der schwieligen Spitze seines Fingers beschreibt er sanfte Kreise in meiner Feuchtigkeit, und meine Knie werden weich. Ich lege die Stirn an seine Schulter und wimmere.

Er lässt einen Finger ganz leicht nach unten gleiten, um meine Öffnung zu liebkosen. »Ich will so sehr in dir sein, Stells.« Er dringt jedoch nicht in mich ein, sondern streichelt mich einfach nur. Es ist eine leichte Folter, die dazu führt, dass ich verzweifelt die Hüften bewege.

»John …« Ich will es als Forderung formulieren, aber es klingt eher wie ein armseliges Flehen.

Der Fahrstuhl hält ruckartig an. John zieht seine Hand zurück, und mir ist nur allzu bewusst, wie feucht ich bin. Ohne seine Berührung wird mir ganz kalt. Er zerrt mich in den Flur. Seine Bewegungen sind ruckartig, seine Schritte unkoordiniert. John tippt den Code für seine Wohnungstür ein, als wollte er das Tastenfeld einschlagen. Es klickt, und dann fallen wir praktisch in die kühle Ruhe seines Eingangsbereichs.

Wir reden nicht mehr, wir warten nicht mehr. Wir küssen einander, und es ist nicht fordernd oder wild. Es ist überwältigend, so als wären wir in die tiefsten Tiefen des Ozeans gefallen. John nimmt sich meinen Mund, als wäre es sein gutes Recht und sein Vergnügen. So hat mich noch nie jemand geküsst. Ich bin das Büfett, und er ist der Hunger.

Ich weiß, dass wir uns bewegen – wir küssen uns, ziehen uns langsam aus und lassen die Klamotten dort liegen, wo sie hinfallen. Aber meine Sinne sind allein auf ihn gerichtet, auf das Gefühl seiner Lippen und den herben Geschmack seiner Zunge. Er besteht aus weicher Haut und harten Muskeln. Sein Griff ist fest, während er mich durch die Wohnung führt, dabei immer wieder meinen Mund für sich beansprucht und mich schließlich in sein Schlafzimmer zieht.

Es ist eine dunkle Höhle – schwarze Wände, schwere Vorhänge. Das einzige Licht kommt durch das gewaltige Fenster an der gegenüberliegenden Wand herein. Er zieht mich direkt in dieses Licht. Ich ertrage es kaum, als die Hitze auf meine Haut trifft.

Jetzt verbrenne ich innerlich und äußerlich. Ich glühe vor Lust auf diesen Mann, der vor mir steht. Dieser wunderschöne Mann. Er ist perfekt proportioniert: breite Schultern, starke Arme, feste Bauchmuskeln. Seine aufgeknöpfte Jeans hängt tief auf seinen schmalen Hüften und gibt den Blick auf den Saum seiner Retroshorts und eine feine Spur aus dunklem Haar frei.

Ich habe noch nie in meinem ganzen Leben jemanden so sehr gewollt. Ich will alle möglichen Dinge mit ihm machen, in seine hellbraunen Brustwarzen beißen und an der empfindlichen Haut an seinem Hals saugen. Aber sein Blick hält mich fest und ich kann mich nicht bewegen. Er ist gleichzeitig vertieft und intensiv, zärtlich und lüstern.

Mit der Rückseite seiner Finger fährt er an meiner Wirbelsäule entlang. Als er den Verschluss meines BHs erreicht, hält er inne. »Ich will dich sehen.«

Er sieht mich ja schon. Ich bin vollkommen entblößt und stehe in meiner Unterwäsche vor ihm. Der Rest meiner Kleidung ist irgendwo unterwegs verloren gegangen. Ich geniere mich nicht. Ich will mit ihm nackt sein. Nackt und verschwitzt. Aber ich weiß, an was für Frauen er gewöhnt ist, und ich bin nun einmal nicht so gebaut.

»Es ist nichts Besonderes«, flüstere ich. Ich bin nur ich, eine Frau wie jede andere.

Er schaut mich mit halb geschlossenen Augen an. Seine Miene ist ernst. »Du bist außergewöhnlich.«

In diesem Augenblick würde ich ihm alles glauben. Ich lehne mich gegen seine Berührung, während er mit dem Verschluss meines BHs spielt. *Bitte. Bitte. Zieh ihn mir einfach aus.*

Ich würde es ihm sagen, aber meine Stimme ist verschwunden. Er versteht die Geste. Der BH wird schlaff und gleitet von meinem Körper. Herrliche Freiheit.

»Da bist du ja«, sagt er, als hätte er mich vermisst. Er legt eine große, warme Hand um meine schmerzende Brust. Dann presst er die Lippen auf meine empfindliche Halsbeuge und atmet tief ein.

»Ich hatte Pläne«, sagt er und küsst sich zu meiner Brust hinunter. Es sind sanfte Berührungen und ein forschendes Saugen. »Ich wollte dich nach Hause bringen, dich scharf machen und dich dann vögeln.« Er platziert noch mehr langsame Küsse auf meinem Körper, als würde er meine Sommersprossen kartografieren. Dann lässt er sich vor mir auf die Knie sinken. »Ich wollte dich hart und schnell nehmen, bis du den Verstand verlierst.«

Lust überkommt mich, und ich schwanke in seine Richtung. Er umfasst meine Taille und stützt mich.

»Ich hatte so viele Pläne.« Der Kuss auf meine Brustwarze ist so leicht, dass ich mich gegen seinen Mund dränge, um mehr zu bekommen. Er kommt meiner Aufforderung nach und saugt daran. »Du zerstörst all meine Pläne«, murmelt er an meiner Haut, während seine Zunge immer wieder hervorschnellt.

Ich streiche mit einer Hand über sein dichtes Haar. »Tut mir leid.«

Aber er weiß, dass das nicht stimmt. Er lacht und atmet dabei warm auf meine Brustwarze. »Lügnerin.«

»Die schlimmste«, stimme ich mit schwacher Stimme zu. Ich will ihn überall berühren, an seinen breiten Schultern, an seinem straffen Rücken. Im Sonnenlicht ist seine Haut wie warmes Gold, glatt und weich. Aber er bewegt sich weiter nach unten und aus meiner Reichweite.

»Jetzt will ich mir nur noch Zeit lassen und das hier genießen.« Er legt seine großen Hände um meine Hüften und fährt mit den Lippen über die Wölbung meines Bauchs. Mit großer Sorgfalt greift er nach dem Saum meines Höschens und zieht es nach unten. Es legt sich um meine Füße, und ich stehe nackt vor ihm. John starrt mich einfach nur an und seufzt dann zufrieden. »Rot.«

Gott, er ist direkt vor mir, knabbert an mir und atmet mich ein. Meine Beine zittern. »John ... Du musst nicht ...« Ich beiße mir fest auf die Lippe. Warum habe ich was gesagt? Ich bin mir nicht mal sicher. Ich weiß nur, dass ich niemals eine Verpflichtung sein will.

Er erstarrt, und sein Griff wird ein wenig fester. Ich schlucke schwer und wünschte, der Boden würde sich unter mir auftun und mich verschlingen. Ich habe seine Vergangenheit erwähnt, obwohl das das Letzte ist, was ich will. In diesem Augenblick ist nur für uns beide Platz und für nichts sonst.

Er hat jedes Recht, sauer zu sein, aufzustehen und das hier zu beenden. Aber er lässt mich nicht los. Stattdessen spreizt er die Finger weit und presst die Handflächen heiß auf meine Haut.

Seine grünen Augen sind vor Lust ganz dunkel, als er damit zu mir hochstarrt. »Ich will neue Erinnerungen daran haben. Ich will sie mit dir erleben.« Mit dem Daumen streicht er über die rote Linie, die der Bund meines Höschens auf meiner Haut hinterlassen hat. »Ist das in Ordnung, Knöpfchen?«

Ich nicke benommen. Um seine Augenwinkel herum bilden sich Fältchen, und ein verbotenes Funkeln schleicht sich in seine Augen. »Gut. Und jetzt sei ein braves Mädchen und spreiz deine hübschen Beine für mich.« Der höfliche und geduldige John verschwindet und hinterlässt nur raue Kanten und deutliche Forderungen. »Ein bisschen weiter. Zeig es mir.

Der arme, vernachlässigte Schatz braucht einen anständigen Kuss.«

Mit einer festen Hand umfasst er meinen Hintern. Dann bewegt er seine weichen Lippen an der Innenseite meines Oberschenkels entlang. »Spreiz sie weiter, Schätzchen. Lass mich einen richtigen Blick auf dich werfen.« Mühelos hebt er mein Bein an und legt es auf seine Schulter. »So ist es gut.«

»Gott«, flüstere ich und lasse mich von ihm in dieser Position halten. Mittlerweile keuche ich, und mir ist sehr bewusst, wie feucht und geschwollen ich bin. Und er hat mich noch nicht mal zwischen den Beinen berührt.

»Du bist so schön.« Er gibt mir einen sinnlichen Kuss und bewegt die Lippen und die Zunge mit perfekter Dekadenz. Ich stöhne, und mein Körper zieht sich zusammen und versucht, sich an dieses Gefühl zu klammern, das er mit seinem heißen feuchten Mund auslöst. Ich vergrabe die Finger in seinem Haar und halte mich daran fest, damit ich nicht umfalle.

John gibt tief in seiner Kehle einen Laut von sich. »Gott, Stells, du schmeckst so … so verdammt …« Seine Worte verlieren sich in einem zitternden Atemzug, den ich an meiner Haut spüre. Es gibt keine Finesse, keine geübten Berührungen. Das hier ist sinnliche Hitze. Lippen und Zunge, forschen, lecken und saugen.

Es fühlt sich so gut an. Ich will das jeden Tag erleben. Jeden Tag.

»John … bitte.« Ich weiß nicht mal, worum ich bitte. Mehr. Weniger. Fester. Sanfter. Ich kann nicht denken. Ich dränge die Hüften gegen seinen Mund, jage dem Gefühl hinterher und renne gleichzeitig davor weg. Ich werde explodieren und direkt auf seiner Zunge dahinschmelzen.

Gott, wie er mich verwöhnt und sich immer mal wieder zurückzieht, um sein Werk zu begutachten. Danach greift er jedes

Mal aus einem neuen Winkel an. Er *genießt* das regelrecht. Seine vollkommen vertiefte Miene und die Art, wie seine Zunge hervorschnellt, um mich zu lecken, lassen mich zittern.

Als er sanft an meinem Kitzler saugt, komme ich. Es ist ein tiefer, heißer Schwall aus Lust, der meinen ganzen Körper schlaff zurücklässt. Aber das ist nur ein Vorgeschmack. Mein Innerstes pocht und braucht etwas, das es ausfüllt. Ich dränge mich gegen ihn, um stumm zu flehen.

Ich brauche es. Ich brauche es so sehr.

»Bitte«, sage ich. »Bitte.«

Er reizt mich mit der stumpfen Spitze seines Fingers. »Ich weiß, Schätzchen. Aber das Erste von mir, was in dir sein wird, wird mein Schwanz sein.« Er schaut zu mir hoch und sieht gleichzeitig wie ein unschuldiger Engel und ein Teufel ohne jegliches Gewissen aus. »Festhalten.«

»Wa…?« Ich quieke und klammere mich an seinen Kopf, als er die Arme um meine Hüften legt und einfach aufsteht. Er steht einfach auf und hebt mich dabei so mühelos über seine Schultern, als wäre ich eine seiner Gitarren.

Er lacht zwischen meinen Beinen, während er mich zum Bett trägt. Der Laut klingt gedämpft und warm.

»Du bist verrückt«, schimpfe ich lachend.

Grinsend lässt er mich auf eine Wolke aus Kissen fallen. Ich liege willig da, habe alle Gliedmaßen von mir gestreckt und beobachte mit wachsendem Hunger, wie er eine Packung Kondome aus seiner Tasche zieht und sie neben mich aufs Bett wirft. Die längliche Plastikverpackung verursacht kein Geräusch, als sie landet, aber ich spüre den Aufprall in meinen Knochen. Es ist ein inneres Pochen, das Schauer der Vorfreude über meine Haut jagt. Er lässt mich nicht aus den Augen, während er seine Jeans und seine Retroshorts mit einer einzigen ungeduldigen Bewegung auszieht.

Herrgott, er ist umwerfend – drahtige Anmut und ein unglaublich harter Schwanz. Und er gehört mir. Ich kann mich wirklich glücklich schätzen.

»Das sieht schmerzhaft aus«, keuche ich und schaue auf die beachtliche Erektion, über die er streicht.

Johns Lächeln ist raubtierhaft. »Es tut höllisch weh, Knöpfchen. Wirst du mein Leiden lindern?«

Es ist so leicht, die Beine zu spreizen, den Rücken durchzudrücken und mich ihm zu präsentieren. Ihm ein sanftes Lächeln zu schenken und zu sagen: »Dann komm her.«

Er kneift die Augen zusammen, kriecht über das Bett und bewegt sich über mich. Seine Muskeln spannen sich an, als er dort schwebt und mit den Armen meinen Körper umzingelt. Seine Wangen und der obere Bereich seiner breiten Schultern sind gerötet. »Wenn dir irgendetwas nicht gefällt oder du von irgendetwas mehr haben willst, dann sag es mir einfach, Knöpfchen.« Er lächelt. »Ich will, dass das gut für dich wird.«

Ich lasse die Hände über seine Schultern gleiten, um seinen Nacken zu umfassen, wo seine Haut heiß und feucht ist. »Das Gleiche gilt für dich.«

Überraschung huscht über sein Gesicht, und er lacht kurz auf. »Oh, mein Engel, alles, was hierzu geführt hat, ist bereits besser gewesen, als alles, was ich je erlebt habe. Du könntest dich ganz furchtbar anstellen und es wäre immer noch die beste Erfahrung meines Lebens.«

Ich grinse wie eine Irre, als ich ihn zu mir herunterziehe. Wir atmen aus, als unsere Lippen aufeinandertreffen. Unser Kuss ist ein wenig unbeholfen. Schon bald wird er fiebrig, gierig, chaotisch. »Oh verdammt«, keuche ich. »Warte nicht. Ich brauche es. Ich brauche es.«

Das löst etwas in ihm aus. Die vorsichtigen Berührungen und langsamen Bewegungen sind Vergangenheit. Er packt meinen Hintern mit seinen großen Händen und knetet ihn, während er seinen harten Schwanz an meinem Eingang reibt. Unser Kuss wird intensiver, und er zwingt meinen Mund weit auf. Ich klammere mich an seine Schultern und bohre die Fingernägel tief in seine Haut, während er nach der Kondompackung tastet.

Sobald er sie zu fassen bekommt, setzt er sich auf und reißt ein einzelnes Kondompäcken von dem Streifen ab. Er kniet mit zuckenden Bauchmuskeln vor mir, und sein Schwanz ist so hart, dass er ihn festhalten muss, weil er gegen seinen Bauch klatscht. Der Anblick ist so heiß, dass ich nicht mehr nachdenke. Ich setze mich auf und lege die Hände um seine starken Oberschenkel. Bevor er auch nur ein Wort von sich geben kann, nehme ich seinen Schwanz in meinen Mund und sauge heftig daran.

»Oh verdammt.« Johns Körper erzittert, während er in meinem Mund zuckt. »Oh verdammte Scheiße.«

Er legt eine Hand auf meinen Kopf und vergräbt die Finger in meinem Haar. Er fühlt sich in meinem Mund groß und heiß an. So groß und heiß, dass ich spüre, wie sich mein Kiefer dehnt. Er wird sich anstrengen müssen, um vollständig in mich eindringen zu können.

Ich liebe seinen Geschmack, das Gefühl, wie sein Schwanz über meine Zunge gleitet, und die Art, wie er zittert, während er mit den Hüften ein klein wenig nach vorne stößt, so als könnte er nicht anders.

»Stells …« Er klingt gequält und schwach. Das liebe ich ebenfalls.

Ich erkenne dieses unbekümmerte, gierige Ding, in das ich mich verwandelt habe, nicht wieder. Für mich geht es bei jeder Berührung nur noch darum, *jetzt sofort mehr* zu bekommen. Ich kenne auch dieses chaotische, heiße Gefühl nicht, und auch die Art, wie ich gerade sämtliches Selbstempfinden verliere, ist mir vollkommen fremd. Ich habe keine Kontrolle mehr über mich. Ich gehöre ihm.

John greift fester in mein Haar und lockert seine Hand dann wieder. Ich lasse mich von ihm nach oben ziehen. Unsere Blicke treffen sich. Seine Augen sind weit aufgerissen und benommen. Ich nehme ihm das Kondom aus der Hand und streife es über seine Länge. Innerhalb eines Augenblicks liege ich auf dem Rücken und atme keuchend aus. John packt meine Hüften und hievt sie über seine Oberschenkel. Meine Brüste recken sich weit nach oben, und mein Rücken bäumt sich auf, als ich die Schultern aufs Bett drücke, um mich auf den Ansturm vorzubereiten.

Seine breite Eichel stößt gegen meine feuchte Öffnung. Die Berührung zieht meine ganze Aufmerksamkeit auf sich. John lehnt sich vor, dringt mit der Eichel einfach so in mich ein und dehnt mich. Er schließt die Augen, und ein beinahe schmerzerfüllter Ausdruck flackert über seine Züge. Seine Lippen werden schlaff, und er runzelt die Stirn.

Irgendwie weiß ich, was er denkt. Er denkt an all die Momente, in denen er genau hieran gedacht hat und sich selbst befriedigt hat. Mein Körper zieht sich beim Gedanken daran zusammen, und er spürt es. Er reißt die Augen auf. Sie sind strahlend grün und intensiv. Ich spreize die Schenkel weiter. Nun zieht er die Brauen voller Entschlossenheit zusammen und dringt tiefer in mich ein.

Er lässt mich jeden Zentimeter spüren und arbeitet sich langsam und bedächtig vor. Als er bis zum Anschlag in mir ist, hält er inne und lässt dann langsam die Hüften kreisen, gerade genug, um mir ein Stöhnen zu entlocken.

»Ich gehöre dir«, sage ich, ohne richtig darüber nachzudenken. »Dir allein.«

John umfasst fest meine Hüften. »Ich weiß.« Und dann legt er los.

Und ich verliere vollkommen den Verstand.

John

Sie liegt vor mir wie ein Festmahl. Ich will jeden köstlichen Zentimeter von ihr verschlingen. Aber jetzt gerade kann ich sie nur vögeln. Mit absolutem Erstaunen beobachte ich, wie mein Schwanz in sie eindringt und wieder hervorkommt. Es fühlt sich so verdammt gut an. Mein Herz pocht so heftig, dass ich kaum Luft bekomme. Ich kann nur immer wieder zustoßen und mich in ihr versenken wie ein Wahnsinniger.

Verlangen wütet in mir wie ein wildes Tier, das alles auf einmal will: härter, tiefer, mehr. Einfach verdammt noch mal *mehr*.

Schweiß bedeckt meine Haut und rinnt an meiner Wirbelsäule hinunter. Bei jedem Stoß zieht sich mein Hintern zusammen. Ich spüre die Anspannung in meinen Muskeln und das heiße Brennen der Anstrengung. Mein Schwanz ist so geschwollen, so hart, dass ich keinen klaren Gedanken mehr fassen kann.

Stella stöhnt und wirft den Kopf zur Seite. Sie hat den Mund geöffnet und die Augen geschlossen, als müsste sie sich auf jede Berührung konzentrieren. Aber das reicht nicht. Ich muss ihre Augen sehen. Sie muss mit diesen dunkelblauen Augen in meine schauen, damit ich ein wenig mehr von ihrer Seele sehen kann.

Ich bewege die Hände an ihrem verschwitzen Rücken entlang nach oben und umfasse ihre Schultern. Ihr rotgoldenes Haar wirbelt um ihr Gesicht herum, als ich sie auf meinen Schoß ziehe und sie rittlings auf mich setze, während ich weiter in sie hineinstoße. Ihre Miene ist heiß und benommen, doch sie legt die Arme um meine Schultern und presst die Brüste an meine Brust. Dann bewegt sie sich mit mir und lässt die Hüften vorschnellen, um jedem meiner Stöße entgegenzukommen.

Sie ist so verdammt sexy, und der Blick, den sie mir aus halb geschlossenen Augen zuwirft, ist absolut sinnlich. Sie schnappt nach meinen Lippen und verschlingt meinen Mund, als wäre sie fast verhungert. Ich hatte noch nie auf diese Weise Sex – es ist ein Geben und Nehmen. Wir kommunizieren miteinander. Zuvor war jede Berührung voller Zärtlichkeit. Jetzt gibt es nur noch wildes Verlangen. Ich will in sie hineinkriechen und in ihr Herz stoßen.

Sie hat gesagt, dass sie mir gehört. Sie muss wissen, dass ich ebenso ihr gehöre. Sie besitzt mich jetzt.

Stella vergräbt die Finger in meinem Haar. Ihr Griff schmerzt, was mich weiter anspornt.

»Das ist so gut«, keucht sie an meinem Mund. »So gut.«

Ich küsse ihre feuchte Halsbeuge und sauge an der weichen Haut, genau an der Stelle, an der ihr Duft am stärksten ist. Mit einem Knurren werfe ich sie wieder aufs Bett und lande auf ihr. Stella schlingt die Beine um meine Taille. Als ich ihren Oberschenkel packe und ihn höher hebe, stöhnt sie und rückt näher an mich heran.

»Verrate es mir«, sage ich, als ich sie langsam in die Matratze drücke. »Verrate mir, was dich um den Verstand bringt.«

Sie schaut mir in die Augen. Ich sehe die Überraschung in ihnen, so als hätte sie das noch nie jemand gefragt. Die Wahrheit ist, dass ich mir zuvor auch noch nie die Mühe gemacht habe, diese Frage zu stellen. Ich war egoistisch. Aber wenn es um sie geht, will ich das nicht sein. Niemals.

Ich will Stella kennenlernen und erfahren, wie ich ihre Welt auf den Kopf stellen kann.

»Meine Brüste«, platzt es aus ihr heraus. Sie keucht und ist ganz rot im Gesicht. »Saug an meinen Brüsten und … Oh Gott. Mach das noch mal. Diese Bewegung …« Sie stöhnt tief und drängt sich gegen mich. »Noch mal.«

»Was?« Meine Lippen zucken, und ich muss lächeln, weil ich weiß, dass ich nicht mehr lange durchhalten werde. »Das hier?« Ich stoße zu und ziehe meinen Schwanz in letzter Sekunde ein wenig nach oben.

Sie jault wie eine rollige Katze. Verdammt, ich mag dieses Geräusch. Ich *liebe* dieses Geräusch.

»Ja«, sagt sie. »Ja. Mehr.«

Ja, Ma'am.

Ich bin größer als Stella. Wir liegen nicht auf Augenhöhe. Es fällt mir nicht leicht, den Rhythmus zu halten und meinen Hintern genau so zu bewegen, wie es ihr gefällt, während ich gleichzeitig versuche, an ihren bebenden Brüsten zu saugen. Aber ich bin fest entschlossen, es zu schaffen, und die süßen Laute, die sie von sich gibt, sowie die Art, wie sie sich anspannt und an mir festkrallt, sind jede Anstrengung wert. Ihre Lust steigert meine.

Ich existiere in ihrer Welt aus Lust und Verlangen, an diesem heißen, verschwitzten Ort aus sich aneinanderreibender Haut, an dem ihr Körper meinen umklammert. Jede Bewegung fühlt sich einfach himmlisch an und ist doch noch nicht genug. Ich will hier nie wieder weg.

Als sich ihr Orgasmus ankündigt und sich ihre Muskeln um mich herum anspannen, ist das der heftigste Rausch, den ich je erlebt habe. Ich führe sie hindurch und genieße die Art, wie sie sich gegen mich aufbäumt und die Fersen ins Bett bohrt, während ihr Orgasmus sie überrollt. Gerötet, verschwitzt, keuchend und vollkommen ungehemmt ist sie das Schönste, was ich je gesehen habe.

»John«, sagt sie und blinzelt mit wilden Augen zu mir auf.

Das ist das erste Mal, dass jemand beim Sex meinen echten Namen sagt. Und Stella ist diejenige, die ihn ausspricht. Ich weiß nicht, warum, aber das berührt mich auf einer emotionalen Ebene, von der ich nicht mal wusste, dass sie existiert. Meine Kehle schnürt sich zu, und die Luft in meiner Lunge brennt.

Ich weiß nicht, ob man das, was ich fühle, in irgendeiner Weise als Lust bezeichnen kann, denn es schmerzt zu sehr. Ich bin zu angespannt, und meine Haut ist zu dünn. Aber ich will verdammt sein, wenn ich mich nicht trotzdem direkt hineinstürzen will. Also tue ich es. Ich stoße wie wild zu und strecke mich nach dem Ziel aus. Stella ist überall um mich herum. Sie besteht nur noch aus warmer Haut und üppigen Kurven. Meine Hände sind an ihrem Hintern, und sie ist ganz feucht und so verdammt eng.

Ich schaue in ihre blauen Augen und brülle los – nur der Himmel weiß, was ich da von mir gebe. Laute dringen aus meiner Kehle, aber ich höre sie nicht, weil das Blut so laut in meinen Ohren rauscht. Ich schaue Stella an und falle in den Abgrund.

Ich.

Bin.

Erledigt.

24. Kapitel

Stella

»Oh, wie sind die Mächtigen doch gefallen.« Rye schiebt sich ein Stück von der Dragon Roll in den Mund und grinst John selbstgefällig an, während er kaut. »Schau dich nur an. Du glotzt wie ein Kalb und benimmst dich wie ein liebeskranker Hund.«

John schnaubt. »Entscheide dich mal. Bin ich jetzt ein Kalb oder ein Hund?«

»Beides.«

John wirft mir einen Blick zu und zieht dann eine Grimasse für Rye. Wir sitzen gemütlich in einer riesigen privaten Sitznische und essen mit seinen Freunden zu Abend. Ein großer cremefarbener Samtvorhang schirmt uns vom Rest des Restaurants ab, und ich bin überraschend dankbar dafür.

Wenn drei Viertel von Kill John beschließen, gemeinsam auszugehen, dann folgen ihnen Menschen. Und Kameras.

Ich war schon bei großen Veranstaltungen auf dem roten Teppich. In einem Jahr hatte ich sogar das Glück, die Met Gala besuchen zu dürfen. Ich trug ein schwarzes Etuikleid von der Stange, verschmolz dankbar mit dem Hintergrund und schaute mir die Kleider der anderen Frauen an. Aber in all diesen Fällen war ich als engagierte Begleitung unterwegs. Meine Aufmerksamkeit war darauf gerichtet, meinen nervösen Kunden zu beruhigen, Small Talk zu betreiben, wenn jemand keinen Ton herausbrachte, und ständig zu plappern, um meine Begleitung zu unterhalten. Ich hatte Spaß, aber es war trotzdem Arbeit.

Mit John als seine feste Freundin auszugehen, während die Kameras aufblitzen und die Leute gaffen, ist etwas vollkommen anderes. Ich stelle fest, dass ich mich besitzergreifend und beschützerisch verhalte. Mir gefällt die Vorstellung nicht, dass die Leute ihn beobachten und über ihn spekulieren.

Dass seine Freunde John aufziehen, ist allerdings eine andere Sache. Sie nehmen sich ständig gegenseitig auf den Arm, aber zwischen ihnen herrscht eine Vertrautheit, die ich mit Freuden beobachte und von der ich gerne ein Teil wäre. Ich fühle mich noch nicht wie eine von ihnen – vielleicht werde ich das auch nie wirklich sein. Aber ich bin gut darin, so zu tun als ob, bis ich es tatsächlich geschafft habe.

Ich stupse ihn mit meiner Schulter an und strecke dann eine Hand aus, um mir mit meinen Essstäbchen eine Scheibe Lachssashimi zu schnappen. »Tu dir keinen Zwang an, dich nach Belieben zu verteidigen. Erzähl ihm von dem tollen Sex.«

Das ist keine Übertreibung. Der Sex mit John ist wie ein Festmahl nach einer Hungersnot. Ich bin unersättlich.

Wir sind jetzt seit drei Wochen zusammen. Drei Wochen, in denen wir nicht in der Lage gewesen sind, für länger als ein paar Stunden am Stück die Finger voneinander zu lassen. Wir hatten so viel Sex, dass ich ehrlich gesagt an Stellen wund bin, über die ich vorher noch nie nachgedacht habe. Und doch werde ich jetzt schon wieder ganz hibbelig, als ich mich an seinen warmen Arm lehne und seinen festen Oberschenkel berühre. Am liebsten würde ich ihn in irgendeine Abstellkammer locken und darin vernaschen.

Meine Lust sorgt dafür, dass ich ein wenig erröte und mir ein bisschen schwindelig wird, während er breit und böse grinst. »Du bist die beste Freundin aller Zeiten.«

Freundin. Er spricht das Wort so leichtfertig aus, doch es trifft mich wie ein Pfeil in mein zartes Herz. Was einfach nur albern ist. Es ist nur ein Begriff, aber es fühlt sich bedeutsam an – es fühlt sich nach Akzeptanz und Sicherheit an.

Ich weiß nicht, was John in meinem Gesichtsausdruck sieht, aber er gibt mir einen großen, feuchten Kuss auf die Wange, womit er mich gleichzeitig neckt und bestärkt. Er stibitzt sich das letzte Stück der Dragon Roll, bevor Rye es nehmen kann. »Die Sache ist die, Stella«, sagt er über Ryes protestierendes Quäken hinweg, »ich weiß, wo all die Leichen begraben sind. Also will sich Rye lieber nicht mit mir anlegen.«

Rye streckt ihm die Zunge raus und prustet. »Oh, jetzt hab ich aber Angst. Außerdem kenne ich auch deinen Leichenkeller.«

»Meinst du, den hätte ich Stella nicht längst gezeigt?«, erwidert John mit einem selbstgefälligen Grinsen. »Verdammt, sie hat sogar den Schlüssel dazu.«

Das überrascht mich etwa zwei Sekunden lang. Dann wird mir klar, dass John nie wirklich versucht hat, seine Fehler vor mir zu verbergen. Er hat sie mir offen dargelegt und mich quasi herausgefordert wegzulaufen. Ich könnte das als beleidigend empfinden, aber auf meine tollpatschige Weise habe ich mit ihm gewissermaßen genau das Gleiche gemacht. Nur dass ich nicht wollte, dass er geht, sondern dass er bleibt.

»Nur eine kleine Warnung«, sagt John mit gespieltem Ernst zu mir. »Da drin ist es ziemlich staubig. Ich habe seit einer Weile nichts mehr hineingeräumt und ich putze nicht gerade gerne.«

»Ach, und ich habe dummerweise diese Stauballergie.« Ich

seufze dramatisch. »Ich schätze, ich werde dir wohl einfach glauben müssen, dass du der bist, der du zu sein vorgibst.«

Lachend gibt mir John einen weiteren feuchten Kuss, diesmal auf den Mund. Rye gibt einen Würgelaut von sich.

»Ich finde sie bezaubernd«, verkündet Sophie allen am Tisch. Sie sitzt auf meiner anderen Seite und hat einen riesigen Mai Tai vor sich stehen, den sie mit der Begeisterung einer Mutter trinkt, die einen seltenen babyfreien Abend in der Stadt genießt.

»Natürlich«, sagt Rye schnaubend. »Du findest ja auch Scottie bezaubernd.«

Scottie zieht eine dichte Augenbraue hoch. »Ich *bin* bezaubernd.«

Daraufhin kann niemand mehr ernst bleiben. Sophie zieht fröhlich die Nase kraus. »Das ist er wirklich«, versichert sie mir. »Du solltest ihn mal sehen, wenn er *Buffy* schaut. Dann trägt er das süßeste Spike-T-Shirt …«

»Darling«, fällt Scottie ihr ins Wort. Seine dichten Brauen befinden sich nun tief über seinen zusammengekniffenen eiskalten Augen. Und ich schätze, dass das sein »Halt den Mund oder lebe mit den Folgen«-Blick ist. Sophie wirft ihm einfach nur eine Kusshand zu.

»Ich für meinen Teil bin ein offenes Buch«, verkündet Whip und lehnt sich zurück, um die Arme auf die Rückwand der Nische zu legen.

Neben ihm sitzt Scotties Assistentin Jules, die die grünbraunen Augen verdreht. »Wohl eher eine Pornozeitschrift.«

Genau wie ich hat auch Jules einige Sommersprossen auf den Wangen, aber sie scheinen sich auf diesen Bereich zu beschränken. Der Rest ihrer Haut ist von einer ebenmäßigen, sommersprossenfreien sandbraunen Farbe. Früher hätte ich sie vielleicht darum beneidet, aber vorhin hat John es sich zur

Mission gemacht, alle meine Sommersprossen mit langsamen, trägen Zungenbewegungen zu lecken, und jetzt weiß ich es zu schätzen, dass ich sie überall am Körper habe.

Whip schmunzelt Jules an. »Oh nein, wir alle wissen, dass das nicht mehr zutrifft. Mittlerweile geht es mir nur noch darum, mich selbst zu lieben.« Er streckt eine Hand aus und zupft an einer der stark gekräuselten lavendelfarbenen Locken, die ihr hübsches Gesicht umrahmen.

Jules schlägt seine Hand weg und wirft ihm einen kühlen Blick zu. »Ich werde ganz einfache Begriffe benutzen, damit sogar du es verstehst: Fass mein Haar nicht an, sonst verlierst du einen Finger.« Sie schnieft und ist eindeutig angewidert. »Vor allem nachdem du gerade verkündet hast, dass du es dir mit der Hand besorgst.«

»Hey! Ich wasche mir die Hände.«

»William«, sagt Scottie trocken, »Jules ist die beste Assistentin, die ich je halten konnte. Vergraul sie nicht, indem du ihr deine persönlichen Neigungen mitteilst.«

»Sie ist die *einzige* Assistentin, die du je halten konntest«, brummt Whip. »Alle anderen laufen weinend davon.«

»Das stimmt.« Brenna wedelt mit einem Essstäbchen in Scotties Richtung. »Wenn hier jemand die Angestellten verschreckt, dann ist das unser geschniegelter Perfektionist im Anzug.«

»Ich bin nicht leicht zu verschrecken«, fügt Jules hinzu, aber ich glaube nicht, dass ihr noch jemand zuhört.

»Ich entschuldige mich nicht dafür, Perfektionist zu sein. Oder Anzüge zu tragen.«

»Er hatte letztens einen Babykotzefleck auf seinem Revers«, flüstert John absichtlich laut in meine Richtung. »Sehr unschicklich.«

Scottie funkelt ihn böse an. »Sei du bloß still.«

Whip wirft Scottie einen mürrischen Blick zu. »Und was soll der Quatsch mit den Neigungen? Seit wann ist es denn abartig, wenn man sich einen von der Palme wedelt oder den Lurch würgt?«

»Den Lurch würgt.« John kichert in sein Bier.

»Hast du eine bessere Umschreibung?«, kontert Whip und hebt die Augenbrauen.

»Fünf gegen Willi?«

»Die Schlange beschwören«, schlägt Sophie vor.

»Die Perle polieren«, sagt Jules.

»Mein Leckerli kitzeln«, fügt Brenna hinzu.

»Das alles erregt mich auf unangenehme Weise«, brummt Rye, woraufhin Brenna knallrot anläuft und ihr Gesicht hinter dem Rand ihres Martiniglases verbirgt.

Scottie hebt die Hände. »Ihr seid alle Schweine. Könnten wir nur ein einziges Mal eine Unterhaltung über etwas Normales führen, zum Beispiel über den schlechten Zustand der Straßen in unserer Stadt oder, keine Ahnung, vielleicht den Aktienmarkt?«

Die Jungs schauen ihn an, als hätte er vorgeschlagen, dass sie sich mittelalterliche Kleidung anziehen und mit Knüppeln und Mistgabeln die umliegenden Dörfer plündern gehen. Doch dann reibt sich Rye nachdenklich über sein stoppeliges Kinn. »Ich habe gehört, dass Bohnen um einen Vierteldollar gefallen sind.«

»Blaue Bohnen?«, fragt Whip ernst.

Rye grinst breit. »Davon kannst du ausgehen.«

Sie klatschen sich ab, und Scottie gibt einen angewiderten Laut von sich.

»Oh, jetzt komm schon von deinem hohen Ross runter, Scottie«, protestiert Whip und lacht entspannt. »Jeder legt hin und wieder selbst Hand an.« Er schaut sich mit seinen strah-

lend blauen Augen suchend am Tisch um. »Will das irgendjemand leugnen?«

Jeder hier genießt eindeutig auch gern mal ein wenig Zeit
mit sich selbst, aber niemand sagt etwas. Sie alle lassen Whip
hängen. Und obwohl ich jetzt zu hundert Prozent im Team
John bin, ist Whips Verzweiflung wirklich liebenswert.

Ich lehne mich zu ihm vor. »Ich mache es. Ständig. Mein
Kätzchen schmusen, meine ich.«

Für einen Augenblick wird es so still, dass die Hintergrund-
geräusche des Restaurants enorm laut klingen. Alle starren
mich an.

Dann bricht John in fröhliches Gelächter aus. »Oh Gott,
du bist perfekt.« Er umfasst meine Wange und gibt mir einen
schnellen, aber sanft schmelzenden Kuss. Als er den Kopf zurückzieht, lächelt er. »Bleib immer so, wie du bist.«

Ich lehne mich gegen ihn und bin fast so weit, ihm an Ort
und Stelle und vor den Augen seiner Freunde auf den Schoß
zu klettern. Ich presse die Fingerspitzen in seine festen Brust-
muskeln. »Wenn du mich weiterhin so küsst, haben wir eine
Abmachung.«

Das Leuchten in Johns Augen verrät mir, dass wir etwa fünf
Minuten davon entfernt sind, nach der Rechnung zu verlangen
und von hier zu verschwinden. Mir ist egal, wie wund ich bin.
Er kann mir ja Eis auf meine wehen Stellen legen.

»Bist du sicher, dass du dich endgültig für Jax entschieden
hast?«, fragt Whip und dringt damit in unsere kleine Blase ein.
»Du und ich sind eindeutig beide Fans der einhändigen Band,
ganz zu schweigen davon, dass ich heißer und sehr viel talentierter bin als dieser Kerl.«

John zeigt ihm den Stinkefinger. »In deinen Träumen. Und
von jetzt an behältst du deine Hände dort, wo wir sie sehen
können, Kumpel.«

»Das kannst du laut sagen«, pflichtet ihm Jules bei.

Ich lache mit ihnen, und ein warmes Glühen aus reiner Glückseligkeit durchströmt mich. Glückseligkeit und Zufriedenheit. Ich habe beides noch nie auf diese Weise erfahren. Ich weiß beinahe nicht, was ich damit anstellen soll. Vielleicht wählt das Schicksal deswegen ausgerechnet diesen Augenblick aus, um mich aus der Bahn zu werfen.

Ein Mann zwängt sich in unsere Nische. Irgendwie ist er der Wache draußen ausgewichen. Niemand sonst scheint ihn zu bemerken, aber ich sehe ihn, und meine ganze Welt bewegt sich plötzlich wie in Zeitlupe. Ich kenne diesen Mann. Ich habe von ihm geträumt und mich in meinem Kopf mit ihm unterhalten. Ich habe so lange auf nur ein einziges Wort der Anerkennung von ihm gewartet, dass mein inneres Kind befürchtet, er könnte eine Illusion sein. Mein abgehärtetes und erwachsenes Ich hofft, dass das der Fall ist.

Abgesehen davon, dass er älter ist und einen Vollbart trägt, statt glatt rasiert zu sein, wirkt er genau wie immer. Drahtig und abgebrüht, mit dünnem roten Haar und kalten blauen Augen. Er schaut mich direkt an, ohne Reue oder Zögern, als wäre er nur für ein paar Minuten und nicht für Jahre fort gewesen. Dieses arrogante Verhalten trifft mich wie ein Tritt in die Brust und sorgt dafür, dass ich scharf einatme.

Neben mir dreht sich John herum, um zu sehen, was mich erschreckt hat. Ich spüre, wie er zusammenzuckt.

»Mist«, murmelt er.

Uns gegenüber dreht Rye den Kopf und wird blass. »Oh verdammt.«

Ihre Worte sickern langsam durch meine Taubheit. Denken sie, dass sich ein Fan Zutritt zu unserer Nische verschafft hat?

Doch dann stehe ich auf und schiebe mich an Brenna vorbei,

die am äußeren Ende der Bank sitzt. Mein Kopf pocht, als ich auf ihn zugehe.

Mein Dad grinst und breitet die Arme aus. »Stella, mein Liebling.«

Ich bin ein großes Knäuel aus Schmerz. Ich zucke zurück und schlinge die Arme um meinen Körper. Mein Rücken stößt gegen etwas Hartes und Warmes. John. Er legt eine Hand auf meine Schulter und umklammert sie fest.

Dad wird langsamer, lächelt jedoch unbeirrt weiter.

Flüchtig bekomme ich mit, wie die Sicherheitsleute herbeieilen. Alle beobachten, was passiert. John hebt eine Hand, um sie aufzuhalten. Sie treten zurück, verschwinden aber nicht. Und die ganze Zeit über starre ich meinen Dad an und stecke in diesem Albtraum fest. Weil sich plötzlich auch noch andere Gedanken in meinen Kopf schleichen. Er ist hier – wo die Band ist, was bedeutet, dass er ganz genau weiß, mit wem ich zusammen bin.

Die Wahrheit fällt schwer wie ein Hammer auf einen Amboss: Er ist hier, weil er Geld will. Nicht meinetwegen.

25. Kapitel

Stella

Mein Dad ist hier. Mein Dad. Ich kann es nicht glauben. Jahrelang habe ich versucht, die perfekten Worte zu finden, die ich zu ihm sagen könnte, und mir die richtige Reaktion zu überlegen. Die Szenarien sind immer andere gewesen. Manchmal schreie ich ihn an, manchmal weine ich. Während einer niedergeschlagenen und emotionalen Phase in meinem Leben habe ich mir sogar vorgestellt, dass ich ihn umarmen und ihn anflehen würde, mich nie wieder zu verlassen.

Nun, da er tatsächlich hier ist, kann ich nur schweigend und wie betäubt auf dem Rücksitz von Johns großem Auto hocken. Ich habe keine Ahnung, wie ich hier gelandet bin. Ich weiß noch, dass John mich und meinen Dad direkt aus dem Restaurant geführt hat. Dass ich mitgegangen bin. Meine Ohren haben so laut geklingelt, dass ich kein Wort verstanden habe.

Jetzt sitze ich in seinem Auto. John sitzt in der Mitte und bildet mit seinem Körper eine Barriere zwischen mir und meinem Vater. Er meint es gut, aber es funktioniert nicht.

Dad lehnt sich vor. »Also …«

»Nicht ein Wort«, unterbreche ich ihn streng. »Du sagst kein einziges Wort, bis wir …« Verdammt, wo fahren wir überhaupt hin?

»… in meiner Wohnung sind«, beendet John den Satz für mich. Seine Stimme ist hart, und sein ganzer Körper ist ebenso angespannt wie meiner. Dass er in meinem Namen aufgebracht ist, tröstet mich, aber ich fühle mich immer noch desorientiert und mir ist übel.

»Meinetwegen«, sagt Dad mit einem Schulterzucken, als wäre das alles nichts Besonderes.

Ein Zittern geht durch meinen Körper, und John lehnt sich gegen meine Schulter. Er macht keine Anstalten, meine Hand zu halten, und ich weiß es zu schätzen, dass er meinen Dad nicht erkennen lässt, in welcher Beziehung wir zueinander stehen. Es ist eine nette Geste, aber mein lieber, alter Vater wird meine und Johns Schwächen bereits gewittert haben, sobald er uns zusammen gesehen hat.

Meine Benommenheit hält an, bis wir Johns Wohnung betreten. Der kühle Raum riecht nach ihm und beruhigt mich auf einer instinktiven Ebene. Ich mache mir nicht die Mühe, meinen Dad anzuschauen, sondern marschiere sofort zum Kühlschrank und hole eine Flasche Eistee heraus. Ich spüre, wie er mich beobachtet, während ich den Deckel mit einem Knacken aufdrehe und einen großen Schluck des kalten, herben Tees trinke.

»Eine nette Wohnung haben Sie hier«, sagt Dad.

John spannt den Kiefer an, erwidert aber nichts.

»Mir scheint«, sagt Dad gedehnt, »dass Sie sich ein wenig knauserig verhalten haben, indem Sie mein ursprüngliches Angebot ignoriert haben.«

»Halten Sie den Mund«, knurrt John. »Halten Sie Ihren verdammten Mund.«

Mir wird ganz kalt. »John?«

Er schaut in meine Richtung und verkrampft sich sofort. In seiner Miene steht Schuld.

Meine Hände zittern. »Du … Er …«

»Es war nur zu deiner Sicherheit, meine kleine Stella«, sagt Dad beinahe liebevoll.

John bläht die Nasenflügel und sieht so aus, als würde er jeden Moment ausrasten. »Lassen Sie es gut sein.«

»Warum wollen Sie nicht, dass sie es erfährt?«, fragt Dad und schaut mich voller Mitgefühl an. Glaubt er wirklich, dass John irgendwie hinter alldem steckt? Dass ich auf sein dummes Getue hereinfallen würde?

Ich kann ihn nur anstarren. Meine Augen schmerzen.

»Sie ist Ihre Tochter. Warum wollen Sie ihr wehtun?«, bringt John hervor, bevor er mich mit weit aufgerissenen, schmerzerfüllten Augen anschaut. »Stella …«

»Er hat versucht, Geld von dir zu bekommen«, falle ich ihm ins Wort. Meine Kehle schmerzt so sehr, dass ich die Worte kaum aussprechen kann. »Nicht wahr?«

John zieht den Kopf ein. Dann bewegt er die Schultern und schaut mir ins Gesicht. »Ja. Und ich habe es dir nicht erzählt. Tut mir leid.«

Ich nicke dumpf.

»Es ging nur ums Geschäft, Schätzchen.« Der Klang der Stimme meines Vaters sorgt dafür, dass ich mich zusammenkauere. Ich habe mich so lange danach gesehnt, sie zu hören, doch nun kratzt sie über meine Haut.

»Natürlich«, sage ich immer noch dumpf und schmerzerfüllt. Ich kann ihm nicht in die Augen schauen. »Es geht immer nur ums Geschäft. Wie viel wolltest du ihm abknöpfen?«

»Bloß zehntausend.« Er hebt die Hände. »Für dein Ziel sind das nur Peanuts.«

Ich lache humorlos. »Mein Ziel. Denkst du, dass er das für mich ist? Natürlich denkst du das. Für dich ist jeder ein Ziel.« Sogar ich.

John macht einen Schritt in meine Richtung. Seine Miene ist von Reue verzerrt. Aber ich halte ihn mit einem strengen Blick auf. Wenn er mich jetzt berührt, werde ich zusammenbrechen.

»Womit wolltest du ihn erpressen?«, frage ich meinen Dad.

»Eigentlich ging es mir nur darum, dich zu beschützen. Ich dachte, dass er von deiner Zeit als Escortdame wissen sollte.«

Daraufhin wird John blass, und sein ganzer Körper bebt wie eine angeschlagene Stimmgabel. Er schaut mir in die Augen, und ich sehe sein Bedürfnis, mich zu verteidigen, sowie seine absolute Empörung.

»Man hat dich oft genug mit ihm gesehen«, sagt Dad. »Es ist nur eine Frage der Zeit, bis jemand redet. Es ist besser, wenn er darauf vorbereitet ist.«

»Sie elender Scheißkerl.« John stapft auf meinen Dad zu. »Sie schmieriger, mieser …«

»John«, schnauze ich laut genug, um seine Wut zu durchdringen. Er hält inne und schaut über seine Schulter zu mir. »Bitte tu das nicht. Er will doch nur erreichen, dass du ihn schlägst.«

»Dann werde ich ihm den Gefallen gerne tun«, bringt John gepresst hervor. »Mit den Konsequenzen komme ich schon klar.«

»Aber ich nicht.« Ich hole einmal tief Luft. Dann noch einmal. »Kannst du, äh, uns eine Minute unter vier Augen geben?« Ich deute in Richtung meines Dads.

John versteift sich und ballt die Hände immer wieder zu Fäusten, während er eindeutig gegen seine Instinkte ankämpft. Normalerweise hält er sich nicht zurück. Ob er es sich nun eingesteht oder nicht, er ist ein Beschützer. »Stella.« Es ist ein leises Flehen. »Lass mich …«

»Bitte«, flüstere ich. Ich bin mit meiner Kraft am Ende.

Er nickt knapp. »Ich bin nebenan.« Er starrt meinen Dad böse an. »Wenn Sie Ihre Hausaufgaben gemacht haben, wissen Sie bereits, wer meine Familie ist. Ich habe von klein auf gelernt, wie man rücksichtslos vorgeht. Ich kann Sie jederzeit problemlos vernichten. Wenn Sie ihr wehtun, werde ich das tun.«

Schockiert sehe ich zu, wie John auf dem Absatz kehrt macht und sich in sein Medienzimmer zurückzieht.

»Ich mag ihn«, sagt Dad in die Stille hinein. Als ich ihm einen strengen Blick zuwerfe, zieht er eine Augenbraue hoch. »Er hat recht, weißt du? Seine Familienmitglieder sind die schlimmsten Gauner – reich und mächtig genug, um mit allem davonzukommen.«

»Vielleicht solltest du seine Warnung dann lieber ernst nehmen und verschwinden.«

Dad schlendert zu dem marmornen Kamin hinüber und begutachtet das idyllische Ölgemälde, das darüber hängt. »Er wird mir nichts tun. Er hat zu viel Angst davor, dass er dich damit verletzen könnte.«

»Im Gegensatz zu dir.« Ich stelle ruckartig die Flasche ab, die ich fest umklammert gehalten habe. »Du bist jahrelang fort gewesen. Jahrelang habe ich nach jedem noch so kleinen Hinweis auf deine Existenz gesucht und nichts gefunden!«

Er zuckt nicht zusammen. Er zeigt überhaupt keine Reaktion. Er steht einfach nur da und betastet den kleinen Obelisken aus Onyx, der auf dem Kaminsims steht. Ich weiß, dass er darüber nachdenkt, ihn zu stehlen.

Ich gehe mit zögernden, unkoordinierten Schritten auf ihn zu. »Jahrelang war ich allein und hatte keine Familie. Und jetzt kehrst du nicht meinetwegen, sondern seinetwegen zurück.« Ich zeige in die Richtung, in die John verschwunden ist. »Wegen Geld.«

»Ich habe dir einen Gefallen getan«, sagt mein Dad tonlos.

»Du brauchst mich nicht. Tatsächlich bist du aufgeblüht, nachdem ich verschwunden bin.«

»Nicht ein Fitzelchen Reue«, fahre ich fort. »Nicht mal jetzt.«

Er schüttelt den Kopf. »Ich habe noch nie Reue empfunden. Ich habe generell nie viel empfunden, wenn ich ehrlich bin.« Seine Augen haben genau die gleiche Form und Farbe wie meine, aber sie sind leer. Plötzlich wird mir klar, dass ich sie immer als Spiegel gesehen habe, die zwar etwas reflektieren, aber nie Tiefe zeigen.

Er reibt mit einem Finger über seinen Bart. »Nein, das stimmt nicht ganz. Ich war immer stolz darauf, dass du so schnell gelernt hast, dich um dich selbst zu kümmern.«

Ich schnaube. »Das musste ich. Du hast dich ja schließlich nicht um mich gekümmert.«

»Wie ich schon sagte, du warst ohne mich besser dran.«

»Und doch bist du jetzt hier. Wegen Geld.« Ich bin innerlich so aufgewühlt, dass ich die Arme um meinen Körper schlingen und mich festhalten muss. Es ist ein unangenehm vertrauter Vorgang. Ich halte mich immer selbst aufrecht.

»Ich brauche nur ein bisschen. Ich sitze in der Klemme.« Dad richtet seine Aufmerksamkeit auf ein silbernes Kästchen auf Johns antikem Beistelltisch. »Es ist ja nicht so, als würde dieser Typ es vermissen.«

»Du würdest das, was wahrem Glück für mich am nächsten kommt, für ein ›bisschen‹ Geld aufs Spiel setzen?« Ein hässlicher Laut gurgelt in meiner Kehle, und ich schlucke heftig, um mich nicht übergeben zu müssen.

»Komm schon, Stella. Das solltest du besser einschätzen können. Schließlich habe ich dir beigebracht, Leute zu lesen. Hier steht gar nichts auf dem Spiel. Dieser Kerl schaut dich an, als würde die Sonne nur deswegen auf- und untergehen, weil du lächelst. Es gibt keinerlei Gefahr, dass du ihn verlieren könntest. Davon habe ich mich überzeugt, bevor ich ihn angesprochen habe.«

Herrgott noch mal, er glaubt tatsächlich, dass er sich mir gegenüber ganz anständig verhält. Ich starre den Mann an, der für meine Existenz verantwortlich ist. Ich wollte ihn so lange finden, dass ich vergessen habe, wie es sich wirklich anfühlt, in seiner Nähe zu sein. Er ist eine Illusion – das war er schon immer. Nichts an meinem Dad fühlt sich nach Liebe oder Sicherheit an. Ich bin verletzt und wütend, aber ich empfinde keine Liebe mehr für diesen Mann. Uns verbindet nichts. Es gibt nur noch den Schmerz, endlich zu wissen, dass ich keine Familie mehr habe. Ich bin vollkommen allein auf der Welt.

»Ich will, dass du gehst«, sage ich durch taube Lippen.

Er starrt mich an und schätzt alle Folgen und möglichen Erwiderungen ab. »Wenn du das willst.«

»Halte dich von John und jedem, der etwas mit ihm zu tun hat, fern, sonst werde ich die Polizei rufen. Verstanden?«

Mein Dad verzieht das wettergegerbte Gesicht, nickt aber. »Verstanden.«

Wir stehen schweigend da und keiner von uns rührt sich. Dies ist meine letzte Begegnung mit ihm, und ich stelle fest, dass ich erleichtert bin. Ich empfinde Schmerz wegen all dessen, was ich nie hatte, und das Gefühl, verlassen worden zu sein. Aber wenn ich versuche, mir vorzustellen, dass ich ihn vermissen oder ihn zurückhaben wollen könnte, spüre ich nichts.

Mit einem kleinen zustimmenden Nicken stellt er das silberne Kästchen zurück auf den Tisch – Herrgott, wann hat er es hochgehoben? Er richtet sich auf und neigt erneut den Kopf. »Alles klar. Dann verschwinde ich jetzt wohl besser. Vergiss nicht, was ich dir beigebracht habe. Du warst bei deiner Geburt allein und du wirst auch bei deinem Tod allein sein.«

Mit anderen Worten: Die einzig wichtige Person auf dieser Welt ist man selbst. Das habe ich schon so oft von ihm gehört, dass ich es gar nicht mehr zählen kann. Plötzlich habe ich einen bitteren Geschmack im Mund.

»Leb wohl.« Ich will, dass er verschwindet. Er muss weg sein, bevor ich zusammenbreche.

Es gibt keine letzte Umarmung, keine Entschuldigung. Er dreht sich einfach um und verlässt die Wohnung. Genauso unbekümmert wie beim letzten Mal.

John

Ich habe es versaut. So richtig schlimm. Ich habe vergessen, Stella von der Begegnung mit ihrem Dad zu erzählen. Ich habe es vergessen. Warum vergesse ich so viele Dinge? Wichtige Dinge. Dinge, die andere Menschen extrem verletzen können, wenn ich sie vergesse. Warum tue ich das anderen Menschen an?

Ich fahre mit einer Hand durch mein Haar, laufe auf und ab und verfluche mich selbst. Aber hier geht es nicht um mich. Es geht um Stella. Sie ist mit dieser verdammten armseligen Entschuldigung für einen Vater da draußen. Ich dachte, dass meine Eltern kaltherzig wären. Aber dieser Kerl hat ein Herz aus Gletschereis. Wenn ich raten müsste, würde ich ihn als funktionellen Soziopathen bezeichnen.

Er hat eindeutig nur wenig oder gar keine Empathie für andere. Aber er kann seinen Charme einschalten, als würde er einen Schalter umlegen. Das ist jedoch nur Show, da steckt nichts dahinter. Leuten wie ihm bin ich im Laufe meiner Karriere immer wieder begegnet. Sie jagen mir einen Schauer über den Rücken. Das Schlimmste ist, dass sie normalerweise damit davonkommen, jeden, der ihren Weg kreuzt, zu zerstören. Sie umgeben sich ausschließlich mit Leuten, die sie erfolgreich ausnutzen können.

Dass Stella mit ihm als Bezugsperson aufwachsen musste und trotzdem noch so viel Lebensfreude und Leichtigkeit ausstrahlt, ist ein verdammtes Wunder. Ich weiß sehr gut, wie es sich anfühlt, allein in einem Haushalt ohne Liebe aufzuwachsen. Aber ich hatte meine Freunde, die mir zur Seite standen. Das mag ich nicht immer zu hundert Prozent wertgeschätzt haben, aber jetzt tue ich es. Ja, Stella hatte Hank und Corinne, aber sie hat sich eindeutig nie voll und ganz auf sie gestützt.

Gott, sie ist da draußen und leidet. Mein Magen verkrampft sich vor Hilflosigkeit. Ich starre zur Tür. Ich will sie aufstoßen und ihren Dad hochkant aus meiner Wohnung schmeißen. Stellas Stimme ist lauter, dann wieder leiser geworden. Ich konnte nicht verstehen, was sie sagte, aber sie war eindeutig wütend. Von ihrem Dad habe ich nichts gehört. Nun ist es still.

Warum ist es so still?

Ich will mir gerade ein Herz fassen und losmarschieren, um es herauszufinden, als sich die Tür öffnet. Stella steht im dunklen Flur. Ihr Gesicht ist blass, und ihre blauen Augen sind glasig. »Er ist fort.«

»Geht es dir gut?« Es muss ihr gut gehen. Es *wird* ihr gut gehen.

»Ich bin in Ordnung.« Sie klingt aber nicht so. Sie klingt hohl. Sämtliches Licht ist aus ihrem hübschen Gesicht gewichen.

»Baby …« Ich gehe langsam auf sie zu. Sie hält sich so steif, dass ich befürchte, dass ich sie zerbrechen könnte, wenn ich mich zu schnell bewege. Mit jedem Schritt wird sie nervöser.

Stella leckt sich über die Lippen und blinzelt hektisch. »Ich will zuerst etwas sagen.«

»Okay.« Sie kann sagen oder tun, was immer sie will. Ich werde es akzeptieren.

»Als ich gerade achtzehn war, kam mein Dad mit einem Auftrag zu mir. Er meinte, es sei leicht verdientes Geld. Ich müsse lediglich am Arm eines Kerls hängen, mit dem er zusammenarbeite, und den Kerl gut aussehen lassen.«

Mir dreht sich der Magen um, und eine schreckliche Ahnung steigt in mir auf.

Ihre Augen schimmern, und eine Träne rinnt ihr über die Wange. Doch sie ignoriert sie und starrt mich an, ohne zu blinzeln. »Ich hätte es wissen müssen, verstehst du? Aber ich war so …« Sie atmet zitternd ein. »Ich wollte seine Anerkennung.«

»Knöpfchen«, flüstere ich. »Ich verstehe. Glaub mir, ich verstehe das.« Ich kann schon gar nicht mehr zählen, wie oft ich hoffte, dass meine Eltern auch nur einen Anflug von Interesse an meinem Leben zeigen würden. Irgendwann zermürbte mich die Enttäuschung so sehr, dass es leichter war, sich nicht mehr wirklich darum zu kümmern – sich um nichts mehr zu kümmern.

Sie lacht humorlos, schaut zur Decke hoch und blinzelt, um ihre Tränen zurückzuhalten. »Schon bald wurde mir auf schmerzliche Weise klar, dass der Kerl von mir erwartete, dass ich ihn ranlassen würde. Verdammt, er sagte mir, mein Dad hätte ihm versprochen, dass ich es tun würde.«

Dieser kranke Mistkerl. Ich atme scharf ein und atme dann langsam wieder aus, um mich davon abzuhalten, mich umzudrehen und ihn zu verfolgen.

»Auf jeden Fall«, sagt sie und versucht, unbeschwerter zu klingen, »entkam ich aus der Situation. Als ich nach Hause kam, war Dad verschwunden. Er hatte mir ein paar Tausend Dollar hinterlassen, vermutlich als eine Art Entschuldigung. Danach sah ich ihn nicht wieder. Bis heute.«

Ich brauche zwei Schritte, um sie zu erreichen. Sie ist kalt und steif, als ich die Arme um sie lege, aber sie wehrt sich nicht, als ich sie an meine Brust ziehe. »Das tut mir so leid«, sage ich in ihr seidiges Haar. »Es tut mir so leid, Stella.«

Sie zittert und sackt dann in meinen Armen zusammen. Sie schlingt die Arme um meine Taille. »Als du mich gefragt hast, ob ich eine Escortdame bin, habe ich wütender reagiert, als es unter normalen Umständen der Fall gewesen wäre, weil ich gewissermaßen mal einen Abend lang eine war.«

»Mist. Stella, ich war ein Idiot.« Ich drücke sie fest. »Das wissen wir beide. Du denkst, dass ich *dir* wegen Sex etwas vorwerfen würde? Bei meinen nervigen Fragen ging es nie um den Sex. Das war nur meine dämliche Art, alles über dich erfahren zu wollen.« Ich neige den Kopf und finde mit meinen Lippen ihre Ohrmuschel. »Jetzt kenne ich dich, Stells. Du bist wundervoll und perfekt, und zwar genau so, wie du bist.«

Ihr gedämpftes Schniefen klingt unsicher. »Wenn das doch nur alle so sehen würden.«

Ich umarme sie mit all der Zärtlichkeit und Liebe, die ich aufbringen kann, und lege meinen Körper so weit wie möglich um ihre kleinere Gestalt, so als könnte ich ihren Schmerz irgendwie bedecken und von ihr nehmen. Ich halte sie, bis sie warm und weich wird und ihr Atem langsamer geht. Ich werde sie für immer festhalten, wenn sie das will.

Ich schließe die Augen und genieße das Gefühl ihres Körpers an meinem, als sie plötzlich den Griff um meine Taille verstärkt. »Wann ist er zum ersten Mal aufgetaucht?«

Verdammt. »Direkt vor unserem Ausflug zum Flugplatz.«

Stella zuckt in meinen Armen, versucht aber nicht, sich von mir zu lösen.

Ich schlucke einen harten Klumpen aus Reue hinunter. »Zuerst konnte ich nicht glauben, dass dein Dad tatsächlich …«

»Ein so gedankenloses Arschloch sein könnte?« Sie sagt es so unverblümt, als hätte er ihr nicht gerade ein Loch ins Herz geschlagen.

»Dass er dir das tatsächlich antun würde«, sage ich gequält. »Ich hätte dir sofort davon erzählen sollen. Das weiß ich. Aber ich wollte dich nicht beunruhigen und wir wollten zusammen ausgehen ... Mist.« Ich halte sie fest und bin mir nicht sicher, ob ich es für sie oder für mich tue. »Das war absolut egoistisch von mir. Ich hätte es dir erzählen sollen. Ich wollte es dir nach unserem Ausflug erzählen, aber ich habe es vergessen.«

Sie sagt kein Wort, was sich irgendwie schlimmer anfühlt. Sie sollte mich anschreien, doch stattdessen lehnt sie immer noch an meiner Brust und beschreibt mit den Fingern träge Muster auf meinem Rücken. Ich schlucke krampfhaft.

»Ich schwöre bei Gott, Stells, ich wollte es nicht vergessen.« Ich lecke mir über die trockenen Lippen und zwinge mich zum Weitersprechen. »Ich hab ihn auf mich zukommen sehen, und plötzlich war alles wieder da. Ich kann nicht glauben, dass ich dir das angetan habe.«

Stella macht einen Schritt zurück und starrt mich ausdruckslos an. Mit dem Daumen wische ich ihr eine silbrige Tränenspur von der Wange. Sie schmiegt sich an meine Hand.

»Du hast ein Problem damit, dich an Sachen zu erinnern«, sagt sie.

»Ja.« Es ist schlimmer, wenn mir zu viele andere Dinge im Kopf herumschwirren. »Aber deswegen ist das noch lange nicht in Ordnung.«

Sie hat ihre klaren, seeblauen Augen, die voller Schmerz und Bedauern sind, fest auf meine gerichtet. »Ich schätze, dass du dich deswegen ziemlich fertiggemacht hast.« Als meine Hand steif wird und ich versuche, sie wegzuziehen, legt sie ihre Finger um mein Handgelenk und hält mich an ihrer Wange.

»Du hast ein gutes Herz, John. Das ist eine Menge wert. Vielleicht sollte ich wütend sein, aber ich glaube, es kümmert mich einfach nicht mehr. Nicht wenn er …« Sie beißt sich fest auf die Lippe. »Nicht wenn er nur zurückgekommen ist, weil er Geld haben wollte.«

Sie schluchzt und bricht dann in meinen Armen zusammen. Ich drücke sie an mich und halte sie fest, während sie weint. Stella weint nicht leise. Sie ist laut, und ihr ganzer Körper bebt. Das ist Wut und Schmerz und Verzweiflung. Dieses Geräusch habe ich auch schon in meinem eigenen Kopf gehört, und auch diese Art von Schmerz habe ich schon viele Male erfahren. Und es wird niemals leichter.

Sie ringt darum, es zu unterdrücken, und schluckt ihre Schluchzer mit großen Gesten hinunter. »Ich bin so wütend, John. Es steckt in mir fest, und ich kann es nicht loswerden.«

Ich streiche mit den Fingern durch ihr schweißfeuchtes Haar. »Benutz mich, Schätzchen. Lass es an mir aus.«

Das lässt sie innehalten. Ihr Gesicht ist rot und geschwollen. »Nein. Ich werde dich niemals benutzen. So läuft das zwischen uns nicht.«

Ihre wilde Entschlossenheit entlockt mir ein Lächeln. »Das ist schon in Ordnung. Ich kann damit umgehen. Außerdem will ich das für dich tun.«

Mit einem Seufzen presst Stella die Lippen mitten auf meine Brust und lässt die Hände an meinem Rücken hinuntergleiten, als würde sie Trost darin finden, mich zu berühren. »Ich weiß nicht, wie ich loslassen soll.«

Aber ich weiß es. Ich ergreife ihre Hand und drücke sie. »Komm mit.«

26. Kapitel

John

»Was ist das hier?«, fragt Stella, als ich sie in das riesige Loft in SoHo führe.

Sie läuft herum und betrachtet den offenen Raum mit den hier und da verteilten tiefen Sofas. Dann entdeckt sie die Bühne im hinteren Bereich.

»Das ist ein Übungsraum.« Ich schließe die Tür, und der Klang der Stille umfängt mich. Das Loft wurde so eingerichtet, dass es die bestmögliche Akustik bietet. »Dort drüben sind ein paar Aufnahmekabinen.« Ich deute auf die von Glas umgebenen Räume, in denen hin und wieder unsere Produzenten arbeiten.

»Cool.« Sie schaut mit weit aufgerissenen blauen Augen zu mir auf. »Und was machen wir hier?«

»Komm mit und sieh es dir an.« Ich nehme ihre Hand in meine und führe sie zu der Bühne, auf der sämtliche Ausrüstung von Kill John aufgebaut ist.

»Wirst du ein paar Lieder singen?« Aufregung erhellt ihr Gesicht, und sie hüpft förmlich auf und ab. »Ja!«

Ich schenke ihr ein schnelles Lächeln. »Nein. Wir werden sie zusammen singen.«

Ihre fröhliche Miene verschwindet. »Was? Wir? Nein …«

Lachend schüttelt sie den Kopf. »Ich kann kein einziges Instrument spielen. Und glaub mir, ich kann nicht singen. Nicht mal ein bisschen.«

Ich lege eine Hand auf ihr Kreuz und führe sie auf die Bühne »Das spielt keine Rolle, Babe. Hier sind nur wir.«

»Nein, wirklich. Ich kann es nicht. Damit meine ich, dass ich beim Singen wie eine Katze klinge, die Sex mit einer Kuh hat. Es ist beängstigend.«

Ich lache und schalte das Mikrofon ein. »Dieses Bild werde ich nie wieder aus dem Kopf bekommen. Aber ich bin bereit, Schlimmeres zu riskieren. Und jetzt hör auf, dich rauszureden.«

Stella schnauft und stemmt die Hände in die Hüften. »Wie soll mir das dabei helfen, mich besser zu fühlen? Ich sollte ein Schaumbad nehmen und mich nicht auf einer Bühne lächerlich machen.«

»Du gibst Widerworte«, bemerke ich trocken und greife nach meiner Strat. »Das ist ein guter erster Schritt auf dem Weg zurück zur normalen Stella.«

Sie muss lächeln, kämpft aber dagegen an. »Gott, du weißt wirklich, welche Knöpfe du bei mir drücken musst.«

»Du bist mein Knöpfchen.« Ich werfe ihr einen kleinen Luftkuss zu.

Stella lacht und zeigt mir den Stinkefinger. Aber sie kommt zu mir und sieht zu, wie ich meine Gitarre stimme. »Ich finde, du solltest ein Lied für mich spielen.«

»Das werde ich auch tun.« Ich küsse die Spitze ihrer mit Sommersprossen übersäten Nase. »Falls du gut bist.«

Sie streckt mir die Zunge raus, schlendert davon und tippt an eins der Becken an Whips Schlagzeug. Ein leises Zischen hallt durch den Raum.

»Nur zu, versuch es ruhig mal«, sage ich.

Sie erschrickt wie ein Kind, das man beim Herumschleichen erwischt hat, und steckt die Hände hinter den Rücken. »Ernsthaft, Stells. Whip hat sicher nichts dagegen.«

Sie wirft mir einen scheuen Blick zu, lässt sich dann auf den niedrigen Hocker sinken und greift nach einem Paar Trommelstöcken. Whip hat unzählige davon auf Lager. Sie tippt vorsichtig auf die kleine Trommel.

Ich pruste laut. »Das war schwach. Hau richtig rein, Baby. Das will das Schlagzeug.«

Stella verzieht das Gesicht, rollt dann aber die Schultern.

»Lass deine Wut daran aus«, sage ich.

Sie fängt langsam an und stellt kaum Kontakt zwischen den Stöcken und dem Schlagzeug her. Doch dann wird irgendwo in ihrem Inneren ein Schalter umgelegt, und sie hämmert so wild auf das Schlagzeug ein wie Tier von den Muppets. Ich grinse angesichts des Spektakels. Als sie fertig ist, ist ihr Haar zerzaust und sie keucht, aber ihre Augen leuchten. »Das war echt verdammt toll.«

»Und gar nicht mal so schlecht«, versichere ich ihr und klatsche.

»Es war schrecklich.« Mit der Spitze eines Trommelstocks streicht sie sich eine Locke aus dem Gesicht und lächelt. »Aber es hat Spaß gemacht, wie verrückt auf diese Trommel einzuschlagen. Jetzt verstehe ich Whip vollkommen.«

»Er freut sich bestimmt, das zu hören.« Ich winke sie zu mir heran. »Und jetzt probierst du mal mein Spezialgebiet aus. Wir werden singen.«

Stella murmelt noch etwas über Sex zwischen Katzen und Kühen und kommt störrisch und misstrauisch zu mir herübergestapft. Ich stoße sie mit meiner Schulter an. »Komm schon, das wird Spaß machen.«

»Oder du wirst schreiend weglaufen«, sagt sie düster.

»Habe ich schon mal erwähnt, wie sehr es mich erregt, wenn du mürrisch bist?«

»Nein. Aber du bist ein echt kranker Typ, also überrascht mich das nicht.« Sie legt den Kopf auf meinen Bizeps und schaut zu mir hoch, während sie mit ihren langen roten Wimpern klimpert. »Was werden wir singen?«

»Wann immer ich mich sicher oder melancholisch fühlen will, singe ich ein Lied von den Beatles. Wenn ich der Welt mitteilen will, dass sie sich verpissen soll, entscheide ich mich für Nirvana.«

Stella beäugt mich. »Warum ausgerechnet diese beiden Bands?«

»Meine Mutter hat kaum Musik gehört, aber die Beatles hat sie geliebt. Ihre Lieder erinnern mich an meine Kindheit und an ihr Lächeln.«

Stella kommt näher und ich spüre ihre Wärme. »Du sprichst nicht oft über deine Mutter.«

Ich zucke mit den Schultern. »Es gibt nicht mehr viel zu sagen. Ich wurde erwachsen, und sie mochte den Mann, zu dem ich geworden bin, nicht. Und mir wurde klar, dass ich die Frau, die sie war, auch nicht besonders mochte, also …« Ich zucke erneut mit den Schultern. »Meine jetzige Familie habe ich mir selbst ausgesucht. Und das ist für mich vollkommen in Ordnung.«

Sie nickt langsam. »Und wieso Nirvana?«

Mein Lächeln ist mühelos. »Kurt ist mein Idol. Als ich Nirvana entdeckte, lebte er schon nicht mehr, aber ich fühlte mich ihm trotzdem sehr nah.«

»Ihr habt eine Menge gemeinsam«, sagt sie sanft.

Nur dass ich überlebt habe und er nicht. Ich umfasse den Hals der Strat so fest, dass Abdrücke auf meiner Haut bleiben.

Stella küsst die Wölbung meines Bizeps. »Ich meinte die

Tatsache, dass ihr beide die Musik liebt und nicht viel für das Establishment übrig zu haben scheint.«

»Tja …« Meine Lippen zucken. »Das stimmt auch.«

Sie strafft die Schultern und setzt eine entschlossene Miene auf. »Dann also Nirvana.«

Zu wissen, dass sie die Welt gerade anschreien will, tut weh. Ich will immer noch dieses Arschloch von Vater aufspüren und ihn zu Brei schlagen. Aber Stella braucht mich mehr.

Ich spiele probeweise ein paar Akkorde. Die Gitarre ist jetzt perfekt gestimmt. »Kennst du ›Heart-Shaped Box‹?«

»Ja, aber nicht gut genug, um den Text komplett mitsingen zu können.«

»Wie sieht es mit dem Refrain aus?«

Sie zieht vor lauter Konzentration die Nase kraus. »Du meinst den Teil mit ›Hey, Wayne, I've got a new complaint‹? Klar.«

»Es heißt ›Hey, wait‹, aber das passt schon.« Ich spiele den Anfang, und sie zuckt ganz leicht zusammen, als der Klang meiner Gitarre üppig und kräftig durch das Loft hallt. »Ich werde die Strophen singen und den Refrain übernehmen wir dann zusammen. In Ordnung?«

Sie schaut sich nervös, aber aufgeregt um und nickt. Ich spüre, wie mir leichter ums Herz wird. Jede meiner Bewegungen wird sicherer. Das macht die Musik mit mir. Ich hoffe, dass sie ihr ebenfalls helfen wird. »Tob dich richtig aus. Brüll ins Mikro. Wir sind hier ganz unter uns.«

Ich singe los, und Stella quietscht und zerrt vor Freude am Saum meines Hemds. Ihre Mätzchen bringen mich mitten im Singen zum Lachen, wodurch sie ebenfalls lachen muss. Als wir uns dem Refrain nähern, lächle ich sie an und wackele ermutigend mit den Augenbrauen. Sie holt tief Luft und legt dann richtig los.

Sie hat nicht übertrieben – sie kann nicht singen. Absolut gar nicht. Aber die Art, wie sie sich dem Lied hingibt und ihr kurviger Körper vor lauter Energie zittert, ist ein wunderschöner Anblick. Ich liebe es, mit ihr zu singen und zu beobachten, wie sie sich darauf einlässt. Als ich mich dem Solo nähere, springt Stella von der Bühne und tanzt wild umher. Sie streckt die Arme aus und dreht sich um die eigene Achse.

Ihre Freude springt auf mich über und nährt die Musik. Dieses berauschende Gefühl habe ich schon sehr oft erlebt, wenn ich vor Tausenden von Zuschauern auftrete, die alle meinen Namen schreien. Aber das hier ist mehr. Die Zuschauer sonst kenne ich nicht, sie sind nur eine gesichtslose Masse. Stella ist mein Ein und Alles. Vor ihr aufzutreten ist ein Geschenk, von dem ich nie wusste, dass ich es wollte oder brauchte.

Das Lied endet und geht nahtlos in ein anderes über. Zum ersten Mal spiele ich ihr meine Lieder vor und singe meine Texte. Ich halte mich an die schnellen Lieder, damit sie weitertanzen kann. Als ich bei »Apathy« ankomme, wirbelt sie herum und singt schief, aber aus vollem Herzen mit. Sie trägt immer noch das blaue Kleid, das sie fürs Abendessen angezogen hat, und der Rock flattert um ihre Oberschenkel. Hin und wieder schwingt er so weit nach oben, dass ich einen neckenden Blick auf ihr rosafarbenes Höschen erhasche.

Ich wurde auf Konzerten schon mit BHs beworfen, und Frauen haben sich die Kleidung vom Leib gerissen und mir ihre nackten Brüste gezeigt. Nichts davon hat mich so sehr motiviert wie die Hoffnung, einen weiteren kurzen Blick auf Stellas süßen Hintern werfen zu können.

Sie schwingt die Hüften – diese runden Hüften, in die ich mich verguckt habe, als sie sich damals diesen Kuss stahl und meine Welt auf den Kopf stellte –, und plötzlich treffen sich unsere Blicke. Meine Finger rutschen von den Saiten ab, und meine Stimme verstummt. Irgendwie halten wir beide gleichzeitig inne. Stellas Brust hebt und senkt sich mit jedem keuchenden Atemzug.

Mein Körper summt, und Schweiß bedeckt meine Haut. Sie ist knallrot, und ein feiner Schweißfilm lässt ihr Haar an den Schläfen dunkler wirken. Ihre Zungenspitze schnellt hervor, und sie leckt sich über die Unterlippe. Mehr braucht es nicht. Sofort bin ich steinhart. Ohne den Blickkontakt zu unterbrechen, lasse ich den Gitarrengurt über meinen Kopf gleiten und stelle die Strat langsam in ihre Halterung.

Stellas Blick wird heiß und benommen. »Zieh dein Hemd aus.«

Meine Bauchmuskeln ziehen sich mit süßem Schmerz zusammen, als ich hinter meinen Kopf greife und eine Handvoll Stoff packe, um ihrer Aufforderung nachzukommen. Sie schwankt, als hätte sie allein davon weiche Knie und wäre ganz aufgeregt. Hitze flackert über meine Haut, und mein Atem geht schneller.

Dann stockt mir plötzlich der Atem, als Stella ihr Kleid von ihren Schultern gleiten und es mit ein paar gekonnten Bewegungen auf den Boden fallen lässt. Als Nächstes verschwindet ihr BH. Ich stöhne tief, als ich ihre rosigen Brustwarzen sehe, die bereits ganz steif sind.

Ihre Stimme ist fordernd. »Komm her, Jax Blackwood.«

In diesem Augenblick bin ich Jax und er will spielen. Ich springe von der Bühne und bewege mich auf sie zu. Ihre satinweiche Haut streift meine nackte Brust, als ich ihren Pfirsichhintern umfasse und sie in meine Arme hebe. Ihr Mund ist heiß und geöffnet, und sie schlingt ihre starken Schenkel um meine Taille. Ich spüre ihre Berührung hinter meinen Knien und um die Spitze meines Schwanzes herum, der in sie eindringen will.

Alles gerät ein bisschen außer Kontrolle. Wir finden ein Sofa und lassen uns auf das kühle Leder fallen. Stellas weicher Körper landet auf meinem. Ich brauche sie. Haut an Haut, Mund an Mund. Sie ist Luft und Wasser und Leben. Ich schlinge die Arme um ihren schlanken Rücken und ziehe sie an mich, während sie ihre Zunge tiefer in meinen Mund schiebt und mich ungeduldig kostet.

Ihr kleines Seidenhöschen zerreißt unter meinem Griff, und ich stöhne, als ich ihre Feuchtigkeit auf meinem Bauch spüre. Stella greift zwischen uns und zerrt am Knopf meiner Jeans. Dann hebe ich die Hüften an und wir arbeiten zusammen daran, mich zu befreien. Aber ihr Mund – ich kann mich nicht von ihrem saftigen Mund lösen. Reine Lust rauscht heiß und wild an meiner Wirbelsäule hinunter, bis sie endlich, endlich meinen Schwanz umfasst.

Und dann lässt sie sich nach unten sinken und umklammert mich so heiß und feucht und fest. Ich stoße nach oben und bewege sie auf meinen Hüften. Sie kommt mir wellenförmig entgegen und nimmt mich so, wie es ihr gefällt. Sie benutzt mich für ihre Lust. Ich liebe es. Ich liebe die Art, wie ihre süßen Brüste wippen und schwanken, und das Gefühl ihres prallen Hinterns in meinen Händen.

Sie wird schneller und schneller, und ihre Hüften zucken. Sie drückt den Rücken durch, wirft den Kopf zur Seite und schließt die Augen, als würde sie sich konzentrieren. Ich habe noch nie etwas Schöneres gesehen.

Als könnte sie meine Gedanken hören, öffnet sie die Augen, um in meine zu schauen. Sie öffnet auch ihre weichen Lippen, als sie sich nach unten beugt, um mich zu umschlingen. Ich stürze mich auf ihre Lippen und küsse sie, als würde ich sterben. Wir bewegen uns mit unregelmäßigen Zuckungen und Stößen – nur Gefühl, keine Finesse. Sie fühlt sich so gut an, so feucht, so heiß. Ich werde das nicht mehr länger aushalten.

»Bist du kurz davor?«, keuche ich in ihren Mund. »Sag mir, was du brauchst.«

Doch sie stöhnt nur und runzelt die Stirn, während sie meinen Schwanz reitet. Mit einer zitternden Hand greife ich unbeholfen zwischen uns und presse meinen Daumen auf ihren geschwollenen Kitzler – fest, so wie sie es mag –, und sie explodiert schreiend. Ihr Körper verliert jegliche Kontrolle und wird absolut hilflos. Stella stürzt in ihren Orgasmus und lässt sich davon mitreißen. Voller Vertrauen überlässt sie mir ihren Körper.

Der Anblick ihres Kontrollverlusts und das rhythmische Pochen ihres Körpers an meinem Schwanz sorgen dafür, dass ich so heftig komme, dass ich vergesse, wo ich bin. Es gibt nur noch die Lust und Stella. Immer Stella.

Völlig benommen komme ich wieder zu mir. Stella liegt schweißnass und keuchend auf mir. Ihr Körper ist vollkommen schlaff. Ich brauche meine ganze Energie, um eine Hand zu heben und ihr damit durchs Haar zu streichen. »Wenn ich das bekomme, wenn ich für dich spiele«, sage ich heiser, »dann werde ich das von jetzt an jeden verdammten Tag tun, und zwar für den Rest unseres Lebens.«

Sie lacht rau. »Abgemacht.«

Stella bewegt sich ein bisschen, und auf meinem Oberschenkel breitet sich Feuchtigkeit aus. Wir beide erstarren, und Stella hebt den Kopf. Ich weiß nicht so richtig, wie ich ihre Miene deuten soll. Sie ist nicht entsetzt, aber definitiv schockiert.

»Wir haben kein Kondom benutzt«, sage ich leise.

Ein schuldbewusstes halbes Lachen kommt über ihre Lippen, während sie heftig errötet. »Ich habe nicht mal darüber nachgedacht.«

Mein Lächeln ist schief, und ich streiche ihr eine Haarsträhne von der Wange. »Ich auch nicht. Das ist … Das ist mir noch nie passiert.« Noch nie. Dass mir der Schutz nicht mal in den Sinn gekommen ist, ist definitiv neu für mich.

Stella legt ihren Kopf an meine Schulter. »Tja, wir wissen, dass wir gesund sind. Und ich verhüte, also …« Sie verstummt.

Ich bin immer noch in ihr. Mein Schwanz wird langsam schlaff. Nun, da mir bewusst ist, dass ich kein Kondom trage, regt sich mein Schwanz mit neu erwachtem Interesse. Er will das noch mal ausprobieren, und zwar langsam. Dieses Mal will er sich die Zeit nehmen, sie ganz neu kennenzulernen. Ich sage meinem Schwanz, dass er die Klappe halten soll.

»Bedeutet das, dass wir … äh … in Zukunft ohne …« Ich breche ab. Verdammt, ich bin so ein Schwein.

Stella schaut zu mir hoch. Sie wirkt zögerlich, aber nicht sauer. Zumindest noch nicht. »Willst du es denn?«

Wir beide vermeiden, es in klare Worte zu fassen. Offenbar weiß keiner von uns, wie man es einfach sagen soll. Ich musste diese Unterhaltung noch nie führen. Das wollte ich auch nie. Aber es fühlt sich bedeutsam an. Es geht nicht um das Kondom – nicht wirklich –, sondern um die Tatsache, dass wir darüber reden, wie wir langfristig gesehen verhüten wollen.

Ich presse meine Lippen auf ihren Kopf. Natürlich ist das mit uns was Langfristiges. Ich bin Stella voll und ganz verfallen. »Babe, wir werden tun, was immer du willst.«

Sie bewegt die Hüften gerade stark genug, um mir ein Stöhnen zu entlocken. »Das hier gefällt mir. Nicht aufhören zu müssen.«

Verdammt, das gefällt mir auch. »Dann werde ich dich von jetzt an ohne Pause vögeln«, necke ich sie.

Sie lacht, und der Klang erhellt meine Welt.

»Fühlst du dich besser?«, frage ich ernster.

Sie seufzt entspannt und langsam. Dann lässt sie die Hände an meinen Seiten hinaufgleiten, was mir einen Schauer durch den Körper jagt. »Ja. Danke, John. Dafür, dass du dich um mich gekümmert hast.«

Meine Kehle schnürt sich zu. »Ich habe nicht viel getan.« Sie schaut mit ihren blauen Augen fest in meine. »Du hast alles getan, was zählt.«

Wir starren einander an. Sie sieht mich mit so viel Vertrauen und Zärtlichkeit an, dass mein Herz schmerzt. Ich will sie in mich hineinziehen und sie vor der Welt verstecken, vor allem, was sie verletzen kann. Aber ich weiß, dass das nicht funktionieren wird. Wir können diejenigen, die wir lieben, nicht beschützen. Wir können sie nur wissen lassen, dass wir da sein werden, um ihnen aufzuhelfen, wenn sie fallen.

Die Stille zwischen uns breitet sich aus. Sie ist nicht unangenehm, aber mit etwas Zerbrechlichem und doch Schwerem gefüllt. In unserer Welt hat es eine weitere Veränderung gegeben und eine weitere Mauer ist eingestürzt. Vielleicht ist das zu viel für Stella. Sie dreht den Kopf und küsst meine Halsbeuge. Ihr Lächeln wird scheu und neckend. »Vielleicht sollten wir ganz sichergehen …«

Mehr muss sie nicht sagen. Ich rolle sie auf das Sofa und stoße zu. Stellas Lachen verwandelt sich in ein weiteres zufriedenes Stöhnen. Bei dieser Runde lasse ich mir Zeit.

Stella

John bringt mich nach Hause und badet mich. Er schmiegt sich dicht an mich, während er mir vorsichtig die Haare wäscht. Dann bringt er mich ins Bett. Dort bleiben wir den ganzen nächsten Tag, faulenzen und genießen einander. Es ist seltsam, die ganze Zeit nackt zu sein und sich in einem Nebel aus Lust und Sex durchs Leben zu bewegen. Mein Körper fühlt sich jetzt anders an, überempfindlich und doch voll und weich und träge. Mir ist jeder Zentimeter meines und seines Körpers bewusst. Gott, sein Körper. Er ist köstlich, fest und straff und warm. Ich kann nicht aufhören, ihn zu berühren. Ich muss es gar nicht erst versuchen. Die untergehende Sonne wirft goldene Lichtstrahlen auf das Bett, als er wieder nach mir greift. Mit selbstsicherer Mühelosigkeit zieht er mich unter sich. Sein Mund findet meinen. Er summt anerkennend an meinen Lippen, während er sich zwischen meinen Beinen positioniert.

Er ist meine Droge der Wahl. Seinetwegen verliere ich langsam den Sinn für alles andere. Es gibt nur ihn. Ich spüre den Druck seines harten Körpers auf meinem. Die Art, wie er sich gegen mich bewegt – ein langsames Wiegen seiner schmalen Hüften –, ist so gut, so dekadent, dass ich erschauere. Seine Erektion fühlt sich beinahe schwer an, als sie heiß und hart über mich gleitet. Es würde nicht viel brauchen. Er müsste sich einfach nur kurz zurückziehen und dann in mich hineinstoßen. Das wissen wir beide.

Doch John betrachtet mein Gesicht und nimmt jedes Detail wahr. Er ist mir so nah, dass ich die schwache Narbe unter seinem Auge und eine weitere am unteren Rand seines Mundwinkels sehen kann. Es sind alte, verblasste Zeichen, die die Geschichte seines Lebens erzählen. Mit einer sanften Berührung streicht er mir eine Locke von der Wange.

»John …« Ich bewege mich ein kleines bisschen und presse meine schmerzenden Brüste gegen seine harte Brust. »Ich will dich in mir haben.« Ich brauche es.

Er lächelt ganz leicht. »Nein.«

»Was meinst du mit ›Nein‹?« Gott, ich bin so scharf auf ihn. Ich zittere förmlich.

»Du hast mich schon verstanden.« Er streicht neckend mit seinen Lippen über meine. »Nein.«

Seine runde Eichel küsst meinen Eingang und zieht sich dann wieder zurück. Ich bäume mich angespannt und bebend auf. »Du bringst mich um.«

»Gut.« Er klingt selbstgefällig und bewegt die Hüften.

»Gut?« Ich starre ihn böse an, kann die strenge Miene aber nicht aufrechterhalten. Nicht wenn ich keuche, nicht wenn ich so leer bin. »Du freust dich, dass du mich mit Sex foltern kannst?«

»Mmm …« Er neigt den Kopf und leckt langsam über meine Brustwarze. »Ich bin sogar stolz darauf.«

»Kranker Kerl. Gott, mach das noch mal.«

»Schhh …« Er zwickt mit den Zähnen in meine Brust. »Wirst du die Folter hinnehmen wie ein braves Mädchen?«

»Ich bin mir nicht mehr sicher, ob ich dich mag.« Ich vergrabe die Finger in seinem weichen Haar und spiele mit den Spitzen, während er gerade stark genug an mir saugt, um mich die Hitze seiner Zunge fühlen zu lassen.

Ich spüre sein böses Grinsen. »Natürlich magst du mich.« Küssend bahnt er sich einen Weg zu meiner anderen Brust, während er seinen Schwanz an meinem Kitzler reibt. »Wenn du wirklich etwas dagegen hättest, könntest du mich schließlich jederzeit wegstoßen und dich selbst darum kümmern.«

Das würde ihm ganz recht geschehen. Aber er ist zu gut und das weiß er. Trotzdem packe ich eine Handvoll von seinem Haar und ziehe ihn sanft nach oben. Der Blick aus seinen grünen Augen findet meinen. Er ist ein wenig unfokussiert und wirkt schläfrig. Und ich weiß, dass es ihm genauso geht wie mir.

»Mir wäre es lieber, wenn du meine Perle polieren würdest.« Ich wackele mit den Augenbrauen. »Mein Kätzchen schmusen.«

Er lacht, und um seine Augenwinkel herum bilden sich kleine Fältchen. »Ich liebe dich.«

Er sagt es so einfach, so leichthin, als wäre es mit vollkommener Reinheit aus ihm herausgeplatzt. Trotzdem zuckt sein Körper, und er reißt die Augen auf. Alles erstarrt, und die Worte hängen zwischen uns wie ein lebendes, atmendes Wesen, das mein Herz packt und fest zudrückt. Er spricht nicht, sondern schaut mich nur an. Sein Blick huscht über mein Gesicht, als würde er meine Reaktion einschätzen wollen. In Wahrheit wirkt er ein wenig entsetzt. Wir liegen so dicht beieinander, dass ich jedes hektische Pochen seines Herzens spüre.

»Du wolltest das gar nicht sagen, oder?«, flüstere ich.

»Nein.« Das Geständnis ist ein schwacher Laut.

Aber ich zucke zusammen, als hätte er das Wort geschrien, und ziehe den Kopf ein, damit ich ihm nicht ins Gesicht sehen muss. Doch er streckt eine Hand aus, umfasst meine Wange und hebt sanft mein Kinn an. Er schaut mich mit ernsten grünen Augen an. »Aber es stimmt.«

Hitze prickelt über meine Haut. Ich kann nicht atmen. »Du liebst mich?«

Er zuckt nicht zurück und blinzelt auch nicht. »Ja. Schon seit einer ganzen Weile.«

Ich versuche, ihm zu glauben, habe aber Angst davor. »Du hast gesagt, dass du dich nicht verlieben würdest.«

John verzieht die Lippen zu einem schiefen Ausdruck und streicht mit dem Daumen langsam über meinen Mundwinkel. »Stella-Knöpfchen, in dem Moment, in dem du mir diese Eiscreme aus der Hand gerissen hast, hast du mir den Boden unter den Füßen weggezogen. Da konnte ich nur noch fallen.«

Hoffnung steigt in mir auf und schwillt an zu einer warmen Welle. Ich berühre die Erhebung seiner Wange und die Kante seines Kiefers, nur um ihn zu spüren. Meine Kehle wird eng. »Ich liebe dich auch.«

John atmet scharf durch die Nase ein. Dann atmet er ebenso schnell wieder aus, zittert dabei aber. »Das hatte ich irgendwie gehofft.« Sein Lächeln ist ängstlich. »Ich war noch nie verliebt.«

Ich sehe die Unsicherheit in seinen Augen, die Furcht. Sie entspricht meiner eigenen. »Ich auch nicht.«

Sein Lächeln wird größer. »Ich hätte nicht gedacht, dass es sich so gut anfühlen würde.« Er lacht. »Oder so beängstigend.«

Mein Grinsen ist so breit, dass ich es in meinen Wangen spüre. »Ich dachte, ich wäre die Einzige, der es so geht.«

John brummt tief in seiner Kehle und neigt den Kopf, um sich an meinem Hals entlang nach unten zu küssen. »Ich bin bei dir, Knöpfchen. Egal, was passiert, ich bin immer bei dir.« Er presst einen sanften Kuss auf meine Brustwarze und schaut dann lüstern zu mir hoch. »Und nun spreiz deine Schenkel weiter, damit ich dich ordentlich vögeln kann.«

»Du bist so romantisch.« Aber ich tue, was er verlangt, und er enttäuscht mich nicht.

27. Kapitel

John

»Baby.« Stella stupst meinen Arm an, der um ihre Taille geschlungen ist, und reißt mich damit aus einem tiefen Schlaf. »Die Tür.«

Ich habe mich dicht an ihren weichen Körper geschmiegt und bin ihr so nah, dass wir praktisch miteinander verschmolzen sind. Ich will mich nicht bewegen. Wie konnte ich je ohne sie schlafen? Mit einer Hand umfasse ich eine ihrer vollen Brüste, und die Brustwarze wird unter meiner Handfläche sofort steif. »Mmm. Du willst mehr?« Ich drücke zu. »Ich kann dir mehr geben.«

»Nicht mehr. *Tür*.«

Ich ächze, als sie ihren Hintern bewegt und dabei gegen meinen Schwanz stößt. »Du willst, dass ich an dein Hintertürchen klopfe, Babe?« Ich stoße sie mit meinem nun sehr erregten und ernsthaft interessierten Schwanz an. »Ich bin bereit, wenn du es bist.«

Ein humorvoller Ton schleicht sich in ihre Stimme. »Jemand klopft an die *Wohnungstür*, du Perversling.«

Endlich bemerke auch ich das Klopfen und hebe unwirsch den Kopf. Wir sind in Killians Wohnung geblieben, damit Stevens Gesellschaft hat, da sich diese Höllenkatze weigert, meine

Wohnung zu betreten. Stella behauptet, dass das daran liegt, dass er mich nicht leiden kann. Das kaufe ich ihr jedoch nicht länger ab, da das Fellknäuel momentan auf meiner Hüfte hockt, als hätte er sich zum König des Betts ernannt. Stevens zieht die gelben Augen voller Verachtung zusammen, als es erneut klopft. Offenbar gefällt es ihm auch nicht, gestört zu werden.

Ich reibe mit einer Hand über meine morgendlichen Bartstoppeln. »Wer zum Teufel klopft denn um …« Ein Blick auf die Uhr sorgt dafür, dass ich die Stirn runzele. »Neun Uhr morgens an die Tür? Ich kenne niemanden, der so früh zu mir zu Besuch kommen würde, wenn ihm sein Leben lieb ist.«

Sie lacht und klingt vom Schlaf ganz warm und heiser. Ihr Haar ist ein zerzauster Wust, der ihr Gesicht umgibt, als sie sich herumdreht und mich von ihrem Platz auf dem Kissen aus anschaut. »Hey, ich kümmere mich hier nur um die Haustiere. Vermutlich ist es jemand, der zu Killian will, oder?«

»Wer auch immer es ist, ich werde ihm nicht gefallen.« Ich schiebe den Kater von mir herunter, der daraufhin verärgert aufjault, greife nach meiner Jogginghose und ziehe sie an. Mein Schwanz beult die Vorderseite aus. Ich verziehe das Gesicht und klemme ihn unter den Taillenbund. »Ich war kurz davor, ein wenig Spaß zu haben.«

Stella schnaubt amüsiert. »Na klar, Großer.«

Auf dem Weg aus dem Schlafzimmer schnappe ich mir ein T-Shirt. Doch auf der Schwelle halte ich noch einmal inne und schaue mich um. Stella liegt in den zerwühlten grauen Laken und macht sich nicht die Mühe, ihre Brüste zu bedecken – diese perfekten, prallen Brüste mit den kecken Brustwarzen, die nun wie reife Beeren hervorstehen. Mein Schwanz pocht protestierend. Ich fühle mit ihm. »Oh, Babe, ich werde ein wenig Spaß haben und dir ebenfalls Spaß garantieren, und du wirst es lieben.«

Sie senkt den Blick zu meiner Erektion und summt tief in ihrer Kehle. Verdammt, es klingt wie ein Schnurren. »Wenn du denjenigen, der vor der Tür steht, schnell genug loswirst, können wir noch mal über diesen Vorschlag mit dem Hintertürchen reden.«

Hitze flackert an meiner Wirbelsäule entlang nach oben, und ich krieche beinahe zurück ins Bett. Ich umklammere den Türrahmen, um mich davon abzuhalten, und werfe ihr einen langen Blick zu. »Habe ich heute schon erwähnt, wie sehr ich dich liebe? Also so richtig, richtig sehr. Genug, um mich hinter dich zu knien und …«

Sie lacht und wirft ein Kissen in meine Richtung. »Männer. Wenn man auch nur was vom Hintereingang andeutet, sind sie plötzlich ganz eifrig, auf die Knie zu gehen.«

Ich grinse und ziehe mir das T-Shirt über den Kopf. »Du hast mich bereits in die Knie gezwungen, Stella-Knöpfchen. Wenn ich zusätzlich noch eine kleine Kostprobe von deinem süßen Hintern bekomme, ist das lediglich ein Bonus.« Ich werfe ihr einen Kuss zu und gehe zur Wohnungstür. Die Wahrheit ist, dass ich nicht mehr brauche als das, was sie mir bereits gegeben hat, um vollkommen zufrieden zu sein.

Andererseits werde ich jetzt den Gedanken an ihren Pfirsichhintern nicht mehr los … Ich schüttle den Kopf und konzentriere mich. Ein Blick durch den Türspion lässt mich innehalten. Ich kenne den Kerl, der vor der Tür steht, nicht, aber er sieht nicht wie ein verrückter Fan aus. Eher wie ein Buchhalter. Er ist kleiner als ich, hat dunkles, lockiges Haar und trägt eine goldene Drahtgestellbrille. Außerdem trägt er einen langweiligen grauen Anzug – an einem Sonntag – und hält eine kleine Schmuckschachtel in der Hand.

Verdammt, vielleicht ist das einer von Stellas Kunden, der hergekommen ist, um ihr seine Liebe zu gestehen.

Ich öffne die Tür mit ein wenig mehr Schwung als nötig. »Kann ich Ihnen helfen?«

Der Mann blinzelt, als hätte er vergessen, warum er hier ist, und ich bemerke, dass seine Augen rot und geschwollen sind.

»Ich suche nach Jax Blackwood. Ich glaube, er wohnt in einem der Penthouses, aber ich war mir nicht sicher, in welchem.«

Was zum Teufel?

»Ich bin Jax«, sage ich und werfe einen Blick auf die Schachtel in seiner Hand. Dann schaue ich wieder in sein Gesicht. Das wird langsam echt seltsam, und der Teil von mir, der darauf gedrillt wurde, allen Fremden gegenüber misstrauisch zu sein, will sich zurückziehen und die Tür schließen. Aber dieser Kerl strahlt eine Traurigkeit aus, die mich verunsichert. Hinter mir höre ich Stella, die die Treppe herunterkommt. Sofort überkommt mich ein heftiger Beschützerinstinkt. Ich zucke förmlich zusammen. Meine Nackenhaare sträuben sich, und ich spanne mich an und positioniere meinen Körper zwischen ihr und dem Fremden an der Tür.

Der Kerl scheint sie jedoch gar nicht zu bemerken und stellt sich ein wenig aufrechter hin. »Oh, gut. Ich bin Leo, Madelines Sohn.«

»Maddy?«, frage ich, während Stella neben mir auftaucht. »Geht es ihr gut?«

Alles an Leos schmerzverzerrten Gesichtszügen verrät mir, dass das nicht der Fall ist.

Leo schluckt schwer. »Mom ist letzte Woche verstorben.«

Das Zimmer kippt zur Seite. Stella umfasst meinen Ellbogen.

»Es …« Ich räuspere mich. »Es tut mir so leid, das zu hören.« Ich gehe einen Schritt zurück und bedeute ihm einzutreten. Leo folgt mir ins Wohnzimmer und nimmt auf der Kante eines Stuhls Platz.

»Möchten Sie einen Kaffee?«, fragt ihn Stella. Sie ist blass und wirkt erschüttert, richtet ihre Aufmerksamkeit aber immer wieder auf mich, um einzuschätzen, wie aufgewühlt ich bin.

»Nein, danke.«

Sie hockt sich auf die Armlehne der Couch und lehnt ihren Körper an meinen. Dann legt sie eine Hand auf meinen Nacken und hält mich ganz leicht fest. Ich weiß nicht, ob sie mit dieser Berührung mich oder sich selbst beruhigen will, aber ich weiß sie auf jeden Fall zu schätzen.

Leo schiebt seine Brille hoch, die auf seiner Nase ein Stück nach unten gerutscht ist. »Mom hat immer in den höchsten Tönen von Ihnen gesprochen. Sie sagte, Sie hätten ihr von Zeit zu Zeit das Abendessen zubereitet.«

»Ja. Manchmal.« Aber nicht oft genug. Herrgott, wann habe ich zum letzten Mal mit Maddy gesprochen? Ich verkrampfe mich. Das muss am Abend des Schneesturms gewesen sein. Dann trat Stella dauerhaft in mein Leben, und ich habe einfach nicht mehr daran gedacht, meine Nachbarin zu besuchen. Schuldgefühle machen sich mit einer unangenehmen Schwere in mir breit. »Ihre Mom war ein ganz besonderer Mensch.«

Leo lächelt angespannt. »Ja, das war sie.« Er stellt die Schachtel auf den Wohnzimmertisch und schiebt sie in meine Richtung. »Mom wollte, dass Sie das bekommen.«

»Tatsächlich?« Ich beäuge die Schachtel und zögere, sie zu öffnen. Das würde bedeuten, dass sie wirklich fort ist.

Aber Leo wartet. Meine Finger zittern, als ich nach der Schachtel greife und den Deckel anhebe. Im Inneren befindet sich eine klassische Männerarmbanduhr von Rolex mit einem cremefarbenen Ziffernblatt und einer Goldfassung. Das schwarze Lederarmband ist durch jahrelanges Tragen an den Seiten ganz dünn geworden. Ich weiß, dass die Uhr Maddys Ehemann gehört hat – Leos Vater. Mit einem schweren Atemzug stelle ich die Schachtel wieder hin. »Danke, aber das kann ich nicht annehmen. Sie ist zu … Sie gehört in Ihre Familie.«

Leo schüttelt den Kopf und wirkt plötzlich unnachgiebig. »Wenn Mom wollte, dass Sie sie bekommen, dann gehört sie Ihnen.« Seine Miene wird liebevoll. »Sie kannten meine Mutter. Sie bekam immer, was sie wollte.«

Ich lache, aber es klingt schwach und gequält. »Die meiste Zeit über hat sie mir eine Heidenangst eingejagt.«

Diese ganze entschlossene Lebensfreude ist verschwunden. Einfach so.

»So war Mom eben.« Er richtet sich auf. »Bitte nehmen Sie die Uhr mit meinem Segen an sich.«

»Woher wissen Sie, dass sie sie mir hinterlassen wollte?« Ich balle die Hände auf den Oberschenkeln zu Fäusten. »Hat sie von mir gesprochen, bevor sie …?« Mist, ich werde jeden Moment die Kontrolle verlieren. Maddy war eine Freundin. Und was noch wichtiger ist: Sie war für mich da, und zwar auf eine Art und Weise, wie es nur wenige andere waren. Ihr konnte ich mich problemlos anvertrauen, weil sie mit allen anderen Aspekten meines Lebens nicht das Geringste zu tun hatte. Und nun ist sie fort.

»Nein«, sagt Leo. »Sie hinterließ eine Nachricht …«

»Eine Nachricht?«, falle ich ihm unwirsch ins Wort. Ein schreckliches und kaltes Gefühl überkommt mich. »Hat sie …? Sagen Sie mir, dass es nicht so ist …« Herrgott, nein. Sie kann nicht … Ich stehe abrupt auf und entferne mich ein paar Schritte vom Tisch.

Leos verwirrte Miene klärt sich plötzlich auf. »Nein, nein.

Es war ein Herzinfarkt. Sie starb im Schlaf, in unserem Ferienhaus in Boca.«

Ich halte inne und spüre, wie mich Erleichterung durchströmt wie kaltes Wasser. »Sie sprachen von einer Nachricht …«

»Tut mir leid, ich habe mich nicht besonders geschickt ausgedrückt«, sagt er mit einem traurigen Lächeln in Stellas Richtung. Vermutlich richtet er seine Aufmerksamkeit auf sie, weil ich gerade wie ein Irrer wirke. Er richtet sich auf seinem Stuhl auf. »Mom war ein großer Fan von Listen. Sie hat – hatte – ganze Notizbücher, die mit Listen gefüllt waren, von Haushaltsbüchern bis hin zu Zukunftsplänen. Letztes Jahr hatte sie einen kleineren Herzinfarkt. Danach fing sie an, Listen zu schreiben und zu katalogisieren, wem sie was hinterlassen wollte und warum.«

Er greift in seine Jacketttasche und zieht ein gefaltetes Blatt Papier heraus. »Ich habe das hier abgeschrieben.« Er rückt seine Brille zurecht und liest laut vor: »Jax bekommt die '69er Rolex. Diese Zahl wird ihm gefallen. Und er muss wissen, dass Zeit das Einzige ist, das wir nicht aufhalten können.«

Ich erröte heftig und lache dann laut los. Es fühlt sich bittersüß an und schmerzt in meiner Brust. »Oh verdammt, ich werde sie vermissen.«

»Ich auch.« Leos Augen füllen sich mit Tränen. Dann blinzelt er jedoch hektisch und steht auf. »Ich muss los.«

Ein seltsames Gefühl von Panik schlängelt sich über meine Haut und kriecht in mich hinein. Ich will, dass er geht. Ich will allein in meinem stillen Bett liegen. Das Ausmaß an Schmerz, das ich wegen des Verlusts einer Freundin empfinde, die ich in letzter Zeit kaum gesehen habe, haut mich um. Was wäre, wenn Scottie vor der Tür gestanden hätte, um mir mitzuteilen, dass Killian tot ist? Oder Stella?

Reines Entsetzen saugt so fest an meiner Seele, dass mir der Kopf schwirrt. Sofern ich nicht zuerst sterbe, wird dieser Tag irgendwann kommen. Ich werde sie alle verlieren. Was die Zeit angeht, hat Maddy recht – irgendwann läuft sie für jeden ab. Schweiß rinnt meinen Rücken hinunter, und meine Kehle schnürt sich zu. Ich runzle die Stirn und versuche mich zu konzentrieren. Leo redet mit mir, aber seine Stimme dringt nur gedämpft durch das Dröhnen in meinen Ohren.

»Wenn ich Sie noch wegen einer weiteren Angelegenheit behelligen dürfte – kennen Sie eine Stella, die in diesem Gebäude wohnt? Mom wusste ihren Nachnamen nicht und wusste wohl auch nicht, in welcher Wohnung sie lebt.«

Stella springt auf, als hätte man sie gezwickt. »Ich bin Stella.«

»Oh!« Er errötet tatsächlich, was ganz und gar nicht zu seinem zugeknöpften Auftreten passt. Aber wie könnte er Stellas Zauber nicht erliegen? Sie ist selbst in der dunkelsten Nacht ein strahlendes Licht. Er streckt eine Hand aus, um ihre zu schütteln. »Hallo. Mom hat Ihnen ebenfalls etwas hinterlassen.«

»Was?« Schockiert greift sie nach meinem Arm und reißt die Augen auf. »Aber wir haben doch nur einmal zusammen zu Mittag gegessen.«

»Tja«, sagt Leo trocken, »Sie müssen großen Eindruck auf sie gemacht haben. Ich habe den Gegenstand im Flur.« Er steht auf, und wir folgen ihm zur Tür. Leo kehrt mit einer großen roten Handtasche zurück, und Stella schnappt nach Luft. »Ich dachte, es würde vielleicht seltsam wirken, wenn ich mit einer Handtasche am Arm an Ihre Tür klopfe, also …«

Er zuckt mit den Schultern und lacht kurz. Dann reicht er Stella die Handtasche. Sie nimmt sie ehrfürchtig entgegen und streicht über das genoppte Leder.

»Oh, wow. Die Birkin.« Stella leckt sich über die Lippen,

während ihr Tränen in die Augen steigen. »Das ist einfach nur ... Wow.«

»Moms Bemerkung dazu lautete, dass jede Frau eine großartige Handtasche haben sollte und dass sich diese hier ganz wundervoll mit Ihrem Haar beißen würde.« Leo beäugt Stellas schimmernde Locken mit einem Ausdruck, der stark an Verwirrung erinnert. »Ich bin mir nicht sicher, was sie damit gemeint hat.«

Stella lächelt und ist eindeutig nicht beleidigt. »Aber ich weiß es. Und sie hatte recht.« Sie lehnt sich vor und umarmt Leo. Er lässt es geschehen und gerät kurz ins Wanken. Dann seufzt er zitternd, als hätte er ganz dringend eine einfache Umarmung gebraucht. Schließlich reißt er sich zusammen und tritt zurück.

»Wann ist die Beerdigung?«, frage ich. Ich will nicht hingehen. Ich will dem Tod nicht ins Antlitz schauen und wissen, dass er auf alle wartet, die ich liebe. Aber für Maddy werde ich es tun.

Leo setzt eine betretene Miene auf, reibt sich den Nacken und schaut zur Tür. »Nach jüdischem Gesetz versuchen wir, unsere Toten innerhalb von vierundzwanzig Stunden nach ihrem Ableben zu beerdigen.«

Stimmt. Es ist ja schon eine Woche her. Sie ist seit einer Woche tot und begraben, und ich hatte keine Ahnung und habe in all der Zeit auch nicht an sie gedacht. Ich schlucke die aufsteigende Übelkeit hinunter und verabschiede mich von Maddys Sohn. Ich höre jedoch gar nicht mehr richtig hin und reagiere einfach automatisch, bis ich allein sein kann.

Sobald Leo weg ist, dreht sich Stella zu mir um und umarmt mich fest.

»Ich bin so traurig«, sagt sie. »Ich mochte Mrs Goldman wirklich gern.«

Ich starre ins Leere und reibe mit langsamen kreisenden Bewegungen über Stellas Rücken. »Ich auch.«

Sie nickt, und ein kleines Zittern erschüttert ihren Körper. »Ich werde sie so sehr vermissen. Aber ich kann nicht anders, als zu denken, dass sie jetzt endlich wieder mit ihrem Jerry vereint ist.«

Ich halte mit meinen geistesabwesenden Streichelbewegungen inne. »Maddy hat dir von Jerry erzählt?«

»Bei unserem Mittagessen. Sie liebte ihn so sehr. Ich glaube, es machte sie wirklich fertig, dass er gegangen war und sie ihm nicht folgen konnte.«

Ich weiß ohne jeden Zweifel, dass Stella das sagt, um uns beide zu trösten. Und die Vorstellung, dass Maddy nun wieder mit Jerry vereint ist, *ist* tröstlich. Oder sie wäre es, wenn ich meine Gedanken darauf konzentrieren könnte. Stattdessen rumort nackte Angst in meinem Kopf. Ich denke an Maddys Schmerz. An die vielen Jahren, die sie allein litt, weil sie den Menschen verloren hatte, den sie am meisten liebte. Wann immer ich Maddy besuchte, sah ich die Wehmut in ihren Augen und bemerkte, dass sie jede Unterhaltung zurück zu ihrem geliebten Ehemann lenkte. Wie schaffte sie das? Wie konnte sie weiterleben, nachdem ihre andere Hälfte gestorben war?

Mir ist so schlecht, dass ich es bis in die Knochen und bis in mein verängstigtes Herz spüre. Alles endet. Die Liebe stirbt. Am Ende werde ich allein sein und ich kann nichts tun, um das zu verhindern.

Stella hebt den Kopf, um mir in die Augen zu schauen. »Geht es dir gut?«

»Ja. Alles in Ordnung.«

Das ist jedoch eine Lüge. Die Wände kommen auf mich zu, und an den Rändern meines Geistes wabern Schatten. Ich kenne diese Schatten, dieses Gefühl. Jahrelang habe ich versucht, diese Furcht zu unterdrücken, wenn sie sich anbahnt. Aber ich bin nie in der Lage gewesen, sie vollständig zurückzuhalten. Und zum ersten Mal seit Langem habe ich nun wieder Angst. Denn wenn ich die Kontrolle verliere, nimmt das nie ein gutes Ende.

28. Kapitel

John

Mir ist eiskalt. Auf meiner Brust sitzt eine bösartige Bestie und bohrt ihre Klauen tief in mich hinein. Sie reißt und zerrt erbarmungslos an mir. Schweiß rinnt über meine Haut. Ich kann das Zittern nicht unterdrücken. Alles ist schwarz und dreht sich. Ich will schreien, aber ich kann nicht sprechen. Ich kann kaum atmen. Es ist zu schwer. Zu viel.

Es tut mir leid. Es tut mir so leid. Die Worte kreisen um mich herum, wirbeln und fallen. Ich bekomme sie einfach nicht aus dem Kopf.

Ich will das nicht. Ich wollte das nie.

Säure brennt in meiner Kehle und bedeckt meine Zunge mit bitterem Bedauern.

Ich wollte das nie wirklich. Nicht das.

Einsamkeit ist eine Qual. Schluchzer steigen in mir auf, aber ich habe nicht die Kraft, sie herauszulassen.

Und dann liegt plötzlich eine warme, große Hand auf meiner Schulter. Sie ist menschlich und vertraut.

»Jax! Oh, Scheiße. Jax.« Die Hand schüttelt mich und Arme ziehen mich zu sich heran. »Verdammt, nein. John. John!«

Killian. Er schreit nach mir. Er schreit mich an. Ich kann ihn nicht im Stich lassen. Ich kann ihm nicht wehtun. Aber es fällt mir so schwer, die Augen zu öffnen. Ich bin es so leid, dass alles so schwer ist. Ich falle …

Keuchend reiße ich die Augen auf. Ich liege nackt und schweißgebadet in meinem Bett. Ich hole ein paarmal tief Luft und versuche, meine Panik in den Griff zu bekommen. Neben mir schläft Stella. Sie ist warm und weich. Sie sieht friedlich und glücklich aus. Alles in mir sehnt sich danach, mich zurückzulehnen und mich an sie zu schmiegen. Ich will sie festhalten und nie wieder loslassen.

Sie wird wissen, dass du schon wieder Angst hast und panisch geworden bist. Welche Frau wünscht sich das bei einem Mann? Du solltest für sie stark sein. Sie wird deine neue Krücke sein. Sie kann dich nicht in Ordnung bringen.

Ich umfasse meinen Kopf und versuche, die Gedanken herauszupressen. Aber sie drehen sich immer weiter. Sie drehen sich immer. Sie sind immer da.

Ich kann nicht atmen.

Maddy ist tot.

Eines Tages wird auch Stella tot sein.

Galle steigt in meiner Kehle hoch. Unbeholfen stürme ich ins Bad und schaffe es gerade noch rechtzeitig. Und es fühlt sich so an, als würde meine ganze Identität ausgelöscht werden. Ich verliere mich wieder. Und zurück bleibt nur ein leeres Loch.

Ich hasse das. Ich hasse es, mich auf dem Boden wiederzufinden und nur noch eine Hülle dessen zu sein, was ich war. Oder vielleicht bin ich in Wahrheit genau das – eine Hülle, die ich verzweifelt mit etwas Gutem und Reinem zu füllen versuche. Aber es funktioniert nicht. Nicht für lange. Und dann bin ich wieder dieses leere Gefäß.

Ich habe schon länger nicht mehr zusammengekauert auf dem Badezimmerboden gehockt. Nicht seit jenem düsteren

Tag. Nun bin ich wieder hier und ich weiß, was der Auslöser dafür war.

Stella.

Die Tatsache, dass ich Stella liebe.

Ich werde es irgendwann vermasseln. Auf die eine oder andere Weise. Und dann wird sie mich verlassen. Und wir werden es nicht wieder geradebiegen können. Sie wird das behaupten. Sie wird mich in Ordnung bringen wollen. Aber das kann sie nicht. Ich will nicht, dass sie es tut. Ich will nicht, dass sie mich als kaputt betrachtet.

Gott, ich muss das beenden. Ich muss dafür sorgen, dass alles wieder so wird, wie es war. Taub. Ich muss wieder taub werden.

Stella

Irgendetwas stimmt nicht. Irgendetwas stimmt *ganz gewaltig* nicht. Seltsam, dass ich das weiß, bevor ich überhaupt richtig wach bin. Ich spüre es in meinen Knochen, in dem schweren Grauen, das auf meinem Inneren lastet. Ich blinzle den Schlaf aus meinen Augen und stelle fest, dass ich allein im Bett liege. Johns Seite ist zerwühlt und leer.

Mit einer seltsamen Benommenheit ziehe ich mir sein herumliegendes T-Shirt und meine Freizeithose an. Das Zimmer ist dämmrig, und die Vorhänge sind noch zugezogen, doch laut der Uhr ist es schon fast Mittag.

»John?«

Er ist nicht im Bad.

»Babe?« Meine Schritte schlurfen, als ich aus dem Schlafzimmer in den Flur gehe. In der Wohnung ist es ruhig. Zu ruhig.

Ich werde nicht in Panik verfallen. Das wird mir nicht weiterhelfen, und es fühlt sich treulos an, sich Sorgen zu machen. Ich finde ihn im Musikzimmer, wo er zwischen einer Reihe Gitarren hockt. Er trägt lediglich eine Jogginghose, hat sich komplett zusammengekauert und den Rücken gegen die Wand gelehnt. Er schaut nicht auf, als ich näher komme.

»Baby?« Ich knie mich neben ihn. »Was ist los?«

Sein Arm ist kalt und klamm, und er zuckt zusammen, als ich ihn berühre. Er schaut mich direkt an, scheint mich aber nicht richtig wahrzunehmen, so als wäre er mit den Gedanken woanders.

»John.« Ich lasse meine Hand auf seinem Arm ruhen. »Baby, schau mich an.«

Endlich sieht er mich an. In seinem Blick liegt so viel Schmerz. Schmerz und Panik.

»Hol tief Luft«, weise ich ihn an. John starrt mich einfach nur an und keucht mit weit aufgerissenen Augen, während ich seinen Arm streichle. »Kannst du das für mich tun?«

Langsam atmet er ein und wieder aus. Er fährt damit fort – langsam ein, langsam aus –, während ich seine Hand halte.

»Soll ich jemanden für dich anrufen?«, frage ich, als er wieder ein wenig Farbe im Gesicht hat.

»Nein.« Er ballt die Hände immer wieder zu Fäusten und löst sie dann wieder. »Es gibt niemanden.«

Gott, sein Haar ist schweißnass. Er zittert jedes Mal ganz leicht, bevor er sich anspannt. Auf dem Sessel liegt eine Decke. Ich schnappe sie mir und lege sie John um die Schultern. Er lässt es zu. Andererseits scheint er gar nicht zu bemerken, was ich tue.

»Das gefällt mir nicht.« Sein Tonfall ist hohl. Er klingt kein bisschen wie er selbst.

»Was gefällt dir nicht?«, frage ich sanft.

Er wendet den Blick ab.

»Das hier«, sagt er durch zusammengebissene Zähne. »Mir gefallen diese … Gefühle nicht.«

»Was für Gefühle empfindest du denn?«

»Nein.« Er schüttelt den Kopf. »Mir gefällt es nicht, etwas zu *fühlen*.«

»John.« Ich streichele seinen Arm. »Das ergibt keinen Sinn. Lass mich deine Ärztin anrufen …«

»Rühr mich nicht an.« Mit einem Knurren schüttelt er meine Hand ab. Ich kann ihn nur entsetzt anstarren. Mein Herz pocht heftig und schnell, während er mich anschaut. »Bevormunde. Mich. Nicht.«

»Das tue ich nicht.« Ich lande mit dem Hintern auf dem Boden, als er aufsteht und davongeht. »Ich versuche nur, dir zu helfen.«

»Ich brauche keine Hilfe«, schnauzt er und läuft hin und her. »Ich bin kein Projekt.«

Ich stehe ebenfalls auf. »Das habe ich nie behauptet. Aber dich regt ganz offensichtlich etwas auf, und ich will dir …«

»Helfen?«, fällt er mir trocken ins Wort.

Hitze wallt in meiner Brust auf und flutet meine Wangen. »Was ist denn falsch daran, helfen zu wollen? Was würdest du denn tun, wenn du mich zusammengekauert auf dem Boden vorfinden würdest? Es ignorieren?«

»Aber ich würde dich nicht so vorfinden.« Er fährt sich mit einer Hand durch das feuchte Haar und breitet dann die Arme weit aus. »Du würdest nach einem Albtraum keine Panikattacke haben.«

»Vielleicht doch. Das kommt auf den Traum an.«

John erwidert nichts, sondern zieht sich in sich zurück. Sein Körper ist so angespannt, dass er zittert.

»Bist du in letzter Zeit mal bei Dr. Allen gewesen?«

Er schnaubt. Für eine Sekunde erkenne ich ihn nicht wieder. Er ist so voller Wut und Verachtung – für mich.

»Du weißt sehr gut, dass ich nicht bei ihr gewesen bin«, speit er mir entgegen. »Schließlich habe ich jede Minute mit dir verbracht.«

Ich richte mich kerzengerade auf. »Wag es ja nicht anzudeuten, dass du meinetwegen nicht zu deiner Therapie gegangen bist. Ich würde dich niemals davon abhalten. Niemals.«

John lässt die Schultern sinken und rauft sein Haar. »Das weiß ich. Ich wollte nicht … Nein, okay? Ich habe es vergessen. Aber du musst mich wirklich nicht daran erinnern, dass ich das ebenfalls verbockt habe.«

»Ich habe nicht …« Ich hole tief Luft. *Bleib ruhig. Bedräng ihn nicht.* »Geht es dir jetzt gut?« Ich will ihn festhalten, wage aber aufgrund seines Zustands nicht, ihn anzurühren.

Er wendet sich ab. »Ich bin in Ordnung.«

»John …«

»Zum Teufel damit!«, brüllt er und dreht sich mit wildem Blick zu mir herum. »Ich bin nicht in Ordnung. Ich bin verkorkst. Und du kannst nicht das Geringste dagegen tun.«

Ich weiß nicht, was ich sagen oder tun soll. Erschreckenderweise will ich weinen, aber ich kann nicht. Das lässt mein Stolz nicht zu. Doch er durchschaut mich.

Er spannt den Kiefer an und reibt sich mit einer Hand übers Gesicht. »Tut mir leid. Das hätte ich nicht tun sollen.«

Er starrt ein Loch in den Boden und bewegt die Schultern, als würde er mental versuchen, etwas loszuwerden. So langsam befürchte ich, dass ich das Problem bin, von dem er will, dass es verschwindet.

»Was hättest du nicht tun sollen?«, frage ich. Ich will die Antwort nicht hören, brauche sie aber.

Daraufhin hebt John den Kopf. »Das hier.« Er wedelt mit

einer Hand zwischen uns hin und her. »Ich hätte mich nicht auf ein Uns einlassen sollen.«

Ein Uns. Das klingt, als wären wir etwas Giftiges und Falsches. Die Erkenntnis trifft mich mit der Wucht eines Baseballschlägers.

Ich umfasse meinen Bauch und weiche zurück. »John, tu das nicht …«

Er hört nicht zu. »Ich habe einen Fehler gemacht. Ich hätte es besser wissen müssen.«

Das Zimmer verwandelt sich in ein verschwommenes Durcheinander, und ich blinzle hektisch. Durch einen Nebel aus Abweisung höre ich ihn reden.

»Verstehst du das?«, fragt er durch das Summen in meinen Ohren. »Mit dir zusammen zu sein macht mich verletzlich. Alles fühlt sich intensiver an. Ich habe so viel mehr zu verlieren.«

»Denkst du, dass ich das nicht verstehe?«, keuche ich heiser. »Denkst du, dass es mir nicht ebenfalls schwergefallen ist, dich an mich heranzulassen? Tja, das war es. Das ist es immer noch. Aber mit dir empfinde ich auch mehr Freude.«

Er verzieht das Gesicht. »Das geht mir genauso. Aber ich kann nicht mit dem Schmerz und der Angst umgehen. Der Gedanke daran, dich zu verlieren, die Möglichkeit, auf ein Klopfen an der Tür zu reagieren und herauszufinden, dass du tot bist … Nein.« Er atmet geräuschvoll aus und fährt erneut mit einer Hand durch sein schweißnasses Haar. »Ich habe gerade erst einen Punkt erreicht, an dem ich einigermaßen mit meinem Alltag zurechtkomme. Es mag nicht so viel Spaß gemacht haben, aber ich bin klargekommen.«

Mein Puls pocht tief in meiner Kehle und in meinen Schläfen. Meine Finger zittern, als ich dieses wilde Hämmern in meinem Hals berühre. Seltsamerweise habe ich halb damit gerechnet, dass mein Hals mit Blut besudelt wäre, weil mir John mit seinen schneidenden Worten tiefe Wunden zufügt.

»Tu uns das nicht an. Stoß mich nicht weg.« Ich frage mich, ob er mir überhaupt richtig zuhört. Er läuft immer noch aufgebracht hin und her. Ich weiß, dass er gerade nicht klar denken kann, aber das ändert nichts an dem Schmerz, den ich empfinde. Denn egal was er fühlt, sein erster Instinkt besteht darin, vor mir wegzulaufen.

»Ich kann dir nicht hinterherjagen«, sage ich hölzern. Gott, der Schmerz wird immer stärker. Es tut so weh. »Ich bin schon Leuten nachgejagt, die mich eigentlich mein ganzes Leben lang hätten lieben sollen. Das kann ich nicht mehr.« Ein Knoten aus Gefühlen manifestiert sich hinter meinem Brustbein, und ich schlucke schwer. »Das sollte ich nicht tun müssen.«

Daraufhin bleibt er stehen und schaut mich an – schaut durch mich hindurch. Seine Miene ist fest und distanziert. »Das meine ich ja. Du solltest dich nicht damit auseinandersetzen müssen – mit mir.«

»Ich weiß nicht, wie ich dir klarmachen kann, dass du damit vollkommen falschliegst«, flüstere ich.

»Weil ich nicht falschliege.« Er presst die Fingerspitzen auf seine Augen und holt tief Luft, sodass sich seine Brust hebt. Ich kann nur zusehen, während er seinen Entschluss fasst und daran festhält. Als er mich wieder anschaut, sind jegliche Spuren von dem Mann, der mir seine Liebe gestanden hat, verschwunden. »Es ist besser so. Du verdienst jemanden, der sich um dich kümmern kann. Und ich muss allein sein.«

Allein. Wie es scheint, sind wir beide dazu bestimmt, allein zu sein.

»Also denkst du, dass es sicherer ist, dich jetzt von mir zu trennen?« Wut steigt in mir auf und presst die Worte über meine Lippen. »Dann kannst du dich wieder darum kümmern, einfach nur klarzukommen? Ist es das?« *Ich werde nicht weinen. Nein. Ich werde nicht weinen.*

John dreht mir den Rücken zu. »Es tut mir leid, Stella. Irgendwann wirst du mir danken.«

Ich schnaube so verbittert und verletzt, dass ich fast daran ersticke. Aber ich sage nichts. Was soll man zu einem Mann sagen, der seine Entscheidung bereits getroffen hat und nicht erkennen kann, dass es besser wäre, einen anderen Weg einzuschlagen?

Ich will jedoch kämpfen. Selbst jetzt, da er mir die Beine unter dem Körper weggetreten und mich mit inneren Blutungen liegen gelassen hat, will ich um ihn kämpfen – um uns. Aber ich kann nicht die einzige Person im Ring sein. Und es spielt keine Rolle, weil er bereits fort ist.

Die Tür, die sich leise schließt, ist wie ein Peitschenschlag auf meiner Haut. Ich zucke zusammen und sinke auf die Knie, während sich Stille über das Zimmer legt.

Atme. Atme einfach.

Aber ich kann nicht. Alles tut weh.

Atme!

Meine Brust verkrampft sich, und ein Schluchzen bricht heraus. Nein, ich werde das nicht zulassen. Ich werde nicht weinen.

Ich presse meine Faust auf mein Brustbein und stehe auf. Es kostet mich eine Menge Kraft, aber ich atme erst einmal und dann ein zweites Mal tief ein. Langsam, unendlich langsam verwandelt sich der Schmerz in Taubheit. Ich kann spüren, wie sie sich schwer und massiv in meinem Körper ausbreitet.

Stevens stößt ein klagendes Miau aus und reibt seinen seidigen Körper an meinen Schienbeinen. Ich habe nicht die Kraft, mich hinunterzulehnen und ihn zu streicheln. Noch nicht.

Die Wohnung ist so still, dass meine Ohren klingeln. Ich sollte mich bewegen … irgendetwas tun. Aber was? Ich weiß nicht, wie ich wieder anfangen soll. Stumpfsinnig schaue ich mich um und versuche, etwas zu finden, das mir einen Hinweis auf einen möglichen Anfang geben könnte. Jeder Zentimeter dieser Wohnung ist wunderschön und perfekt. Nicht ein einziger Gegenstand davon gehört mir. Ich gehöre hier nicht hin.

John will mich nicht.

Ein weiteres Schluchzen bricht an die Oberfläche, und ich klopfe fest auf meine Brust. Es reicht.

Aber ich kann nicht aufhören, an ihn zu denken. Trotz all meines Schmerzes lag in seinen Augen echte Qual. Die Tatsache, dass ich ihn nicht länger trösten kann, bringt mich um. Er mag mich nicht wollen, aber ich kann meine Liebe für ihn nicht so einfach ausschalten. Er leidet und braucht jemanden, der sich um ihn kümmert.

Meine Hand zittert, als ich mir ein Glas Wasser einschenke und es hinunterstürze. Dann greife ich nach meinem Handy und tätige den Anruf.

Als ich das tiefe »Hallo?« am anderen Ende der Verbindung höre, lege ich beinahe auf. Aber ich beiße die Zähne zusammen und rede.

»Hey, hier ist Stella. Ich kümmere mich um Ihre Haustiere.«

Zuerst herrscht für einen Augenblick Stille. Dann spricht Killian James. »Hey, Stella. Ist alles in Ordnung?«

Tränen brennen hinter meinen Lidern, und ich blinzle sie fort. »Ihren Haustieren geht es gut. Es geht um John … Jax.«

»Jax? Ist etwas passiert?« Die Anspannung in seiner Stimme ist nicht zu überhören. »Ist er verletzt?«

»Nein. Tut mir leid, dass ich Ihnen Angst eingejagt habe.« Ich räuspere mich. »Nein, ich rufe an, weil ich mit Ihnen über John reden will.«

Ich kann praktisch durchs Telefon hören, wie er zurückschreckt.

»Ich habe gehört, dass Sie viel Zeit mit ihm verbracht haben«, sagt er immer noch ein wenig angespannt und definitiv vorsichtig. »Ich weiß nicht, was Sie zu sagen haben, aber ich fühle mich nicht wohl damit, über …«

»Und ich fühle mich nicht wohl damit, Sie anzurufen«, falle ich ihm ins Wort. »Aber das ist eben Pech, denn hier geht es weder um Ihre noch um meine Gefühle. Soweit ich es beurteilen kann, sind Sie für John das, was einem Bruder am nächsten kommt.«

»Das bin ich«, sagt Killian fest.

»Dann bewegen Sie Ihren Hintern nach Hause und seien Sie für ihn da.«

Killian gibt einen erstickten, kehligen Laut von sich. »Was zum Teufel ist los?«

»Wir haben uns getrennt«, platzt es aus mir heraus. Dann verziehe ich das Gesicht. Denn so wollte ich das eigentlich nicht ausdrücken.

Killians Tonfall nach zu urteilen, denkt er eindeutig, dass ich ihn angerufen habe, um zu jammern. »Äh … Okay, ich denke, Sie sollten jetzt aufhören zu …«

»Hier geht es nicht um mich. Ich versuche nicht, irgendwelche Pluspunkte zu sammeln. Es ist vorbei. Aber John braucht jetzt einen Freund. Nein«, korrigiere ich mich, »er braucht Sie. Von all den Jungs braucht er Sie hier.«

Killian schweigt einen Augenblick lang. »Ihr habt euch getrennt, aber Sie machen sich Sorgen um ihn?«

Mein Lächeln ist bitter, doch er kann es nicht sehen. »Mir ist klar, dass ich gerade vermutlich ein wenig verrückt klinge.«

Killian schnaubt.

»John hat sich in Gegenwart der anderen Bandmitglieder

immer zusammengerissen. Zwei Jahre lang. Und das ist nicht in Ordnung. Also kommen Sie bitte einfach nach Hause.« Ich hole zitternd Luft. »Kommen Sie nach Hause, damit ich in dem Wissen gehen kann, dass er … in Ordnung ist.«

Ich kann spüren, wie sich erneut Druck hinter meinen Augen aufbaut. In ein paar Minuten werde ich nicht mehr in der Lage sein, mich zusammenzureißen.

Als Killian endlich spricht, ist seine Stimme unerträglich sanft. »Warum habt ihr euch getrennt?«

Das Zimmer verschwimmt vor meinen Augen. Ich beiße mir von innen so fest auf die Lippe, dass es wehtut. »Weil ich nicht das war, was er brauchte.«

»Irgendwie«, sagt Killian, »bezweifle ich das, Stella.«

29. Kapitel

Stella

Ich will fliegen gehen. Ich will es so sehr, dass mir ein kleines, kindliches Wimmern über die Lippen kommt. In dem vertrauten Cockpit meines Flugzeugs, in dem es nach Metall und Hitze und AvGas riecht, werde ich mich sicher und frei fühlen. Dort oben im blauen Himmel zwischen den flaumigen Wolken bin ich kompetent. Dort oben kann mich niemand verletzen. Nur ich selbst. Denn zu fliegen, wenn man emotional so aufgewühlt ist, kommt einem Todeswunsch gleich. Außerdem würde Hank mit nur einem Blick auf mich feststellen, dass ich völlig am Ende bin. Er würde den Grund dafür wissen wollen, und mein Stolz kann keine weiteren Schläge ertragen.

Also warte ich stattdessen auf das Taxi, das ich gerufen habe, und sterbe innerlich mit jeder Minute, die vergeht, ein wenig mehr. Ein großes weißes Auto mit getönten Scheiben hält vor mir an. Ich erkenne Bruce auf dem Fahrersitz, und für einen schmerzhaften, angespannten Augenblick denke ich, dass sich John auf dem Rücksitz des Autos befinden muss. Er ist gekommen, um sich zu entschuldigen und mir zu sagen, wie falsch er lag. Doch noch während sich der Gedanke zu verfestigen beginnt, zerschlage ich ihn. Ich werde mich dieser Hoffnung nicht hingeben.

Die hintere Tür öffnet sich, und die winzigen Scherben der Hoffnung, die ich noch nicht komplett zerstört hatte, verwandeln sich in Staub. Brenna lächelt mich an. Ihre Miene ist ein wenig angespannt, aber sie versucht offensichtlich, nicht so zu wirken.

»Komm schon. Steig ein«, sagt sie und winkt mich zu sich.

»Ist das eine Entführung?« Ich bin überrascht, dass ich mit dem Kloß in meinem Hals überhaupt sprechen kann.

»Ja«, sagt Brenna, »aber eine freundliche.«

Da ich schlecht die Straße hinunterspazieren und dabei meine bedenklich wankende Würde behalten kann, gehe ich auf das Auto zu. »Ich kann meine Sachen nicht hierlassen.«

»Bruce wird sich darum kümmern.«

»Was …?« Ich werfe einen Blick zu Bruce, der sich mein Gepäck schnappt und damit zum Kofferraum marschiert. »Ihr müsst das nicht tun. Ich habe ein Taxi bestellt.«

»Schon erledigt«, sagt Bruce mit einem Augenzwinkern und klappt den Kofferraum zu.

»Steig ins Auto, Stella.« Brenna grinst mich an. »Sorg nicht dafür, dass ich dich auf den Rücksitz zerren muss.«

»Okay. Aber nur als Warnung: Ich beiße.«

Brenna lacht. »Ganz schön fies. Das gefällt mir.«

Sie rutscht zurück, und ich steige ein und schließe die Tür hinter mir. Sobald ich im Auto sitze, stelle ich fest, dass Sophie ebenfalls da ist, allerdings ohne den kleinen Felix. Sie schenkt mir ein fröhliches Lächeln, als sich das Auto in den Verkehr einfädelt.

»Also«, sage ich mit vorgetäuschtem Wagemut, »ist das hier so eine Art Kult, in den ihr mich reinziehen wollt?«

»Oh, klar.« Sophie streckt eine Hand nach der eingebauten Bar vor uns aus. »Der Kult der Frauen, die etwas für superheiße, aber saudumme und manchmal ahnungslose Männer übrig haben. Es ist ein Segen und ein Fluch.«

Ich schnaube, will insgeheim aber weinen. Das werde ich jedoch nicht tun. Ich weigere mich.

»Willst du einen Eistee? Oder vielleicht etwas Saft?«

Ehrlich gesagt hätte ich erwartet, dass sie wie eine Diva eine Flasche Champagner hervorholt. Andererseits stillt Sophie noch und ist alles andere als eine Diva. Ich seufze und versuche, das beklemmende Gefühl loszuwerden, das meine Brust einengt. »Ein Eistee wäre gut.«

Sie reicht mir eine Flasche mit kaltem Eistee und nimmt sich selbst eine pinkfarbene Limonade. Brenna hingegen greift nach einem Bier. Ich lache, als sie Sophie schief von der Seite beäugt.

»Oder wir trinken Bier«, sagt Sophie mit einem verlegenen Lächeln. »Irgendwie habe ich in letzter Zeit meine Alkoholscheuklappen auf.«

»Eistee ist schon in Ordnung«, versichere ich ihr und trinke einen großen Schluck. »Also, was hat es mit dieser Bordsteinkantenentführung auf sich?«

»Ich nehme dich mit zu mir nach Hause«, sagt Brenna.

Gott, eine Mitleidsabholung. Ich hätte es wissen müssen. Auch wenn ich innerlich vollkommen aufgewühlt bin, zwinge ich mich zu einem lockeren Tonfall. »Du bist wirklich attraktiv und so, aber leider stehe ich nicht auf Frauen.«

Sophie schnaubt.

Doch Brenna betrachtet mich einfach nur. »Das ist echt schade. Denn du wirkst wie eins von diesen braven Mädchen, die nur darauf waren, verdorben zu werden.«

»Das ist nur eine Fassade. Ich war schon immer verdorben.« Und dann hat John mir den Rest gegeben, indem er mich an ein »Für immer« glauben ließ.

Brenna lacht, aber ich habe das Gefühl, dass sie sehr gut weiß, dass ich nur versuche, jede weitere Minute zu überstehen. »Du hast Killian gebeten, nach Hause zu kommen, und nun hast du kein Zuhause mehr. Wo willst du jetzt unterkommen?«

Ursprünglich hatte ich mit dem Gedanken gespielt, zu Hank und Corinne zu gehen. Diese Idee verwarf ich jedoch schnell wieder. Ich kann das nicht tun. Nicht schon wieder. Dann habe ich eben meinen dummen Stolz. Das ist mir egal. Bei der Vorstellung, ihnen sagen zu müssen, dass John mich verlassen hat und ich keinen Platz habe, an den ich gehen kann, wird mir schlecht. Wenn ich in dieser Welt allein sein soll, dann muss ich wenigstens auf meinen eigenen Beinen stehen.

Meine Finger zittern, als ich über die Kondenstropfen an der Eisteeflasche reibe. Ich richte meine Aufmerksamkeit auf den Verkehr, durch den wir kriechen. »Ich suche mir vorübergehend irgendwo eine Mietwohnung. Das geht schon.«

Sophie prustet halbherzig. »Und dann landest du in irgendeiner widerlichen Bude, in der der Vormieter wer weiß was veranstaltet hat? Auf keinen Fall, Stella.«

Brenna dreht sich auf ihrem Sitz halb herum. »Ich werde dich nicht zwingen, aber ich habe eine tolle Wohung mit jeder Menge Platz. Und ich will, dass du bei mir bleibst.«

»Warum?« Die Frage klingt viel zu schrill. »Du bist mit John befreundet. Eigentlich bist du sogar ein Teil seiner Familie. Da sollte ich dir nicht wie ein Klotz am Bein hängen.«

»Jax ist mein Freund«, stimmt sie zu. »Und ich liebe ihn wie einen Bruder. Aber das bedeutet nicht, dass ich nicht ebenfalls mit dir befreundet sein kann.«

»Irgendwie hatte ich gehofft, dass ich mich einfach an einen privaten Ort zurückziehen und meine Wunden lecken könnte.«

Sophie berührt mein Knie. In ihren großen braunen Augen schimmert Mitgefühl. »Ich weiß, wie es ist, sich allein und todunglücklich zu fühlen. Es ist ätzend. Aber am schlimmsten ist es, wenn man keine Schulter hat, an der man sich ausweinen kann. Bitte lass uns für dich da sein. Brenna hat recht – wir mögen dich. Es muss nicht um Jax gehen.«

Aber es wird um ihn gehen. Momentan ist er alles, woran ich denken kann, und das macht mich echt fertig. »Es wäre für uns beide besser, wenn ich einfach komplett aus seinem Leben verschwinden würde.«

Beide Frauen schweigen für einen Moment. Die Geräusche von Autohupen und der allgemeine Lärm der Stadt dringen herein. Ich wende mich vom Fenster ab und starre blind auf meine Hände hinunter. Ich kann nicht mal mehr meine Stadt genießen. Ich sehe ihn nun überall, wo ich hingehe.

»Glaubst du das wirklich?«, fragt Brenna sanft.

Mein Lachen klingt bitter. »Warum sollte ich das nicht glauben?«

Sie leckt sich über die Lippen und lehnt sich näher an mich heran. »Jax macht gerade eine schwere Zeit durch. Ich werde mich nicht für ihn entschuldigen oder versuchen herauszufinden, was er denkt. Aber ich weiß, dass er sich noch nie emotional auf eine Frau eingelassen hat. Bevor er dich kennenlernte, hat er das nie versucht.«

»Das weiß ich.« Ich umklammere die rutschige Flasche. »Ich weiß, dass er es mit mir versucht hat. Und es hat nicht funktioniert …« Meine Stimme bricht, und ich wende mich ab. »Manche Dinge funktionieren eben nicht, egal wie sehr man es will.«

Keine von ihnen sagt etwas, und ich bin dankbar dafür. Wir fahren in Richtung Uptown und biegen in die Park Avenue ein. Hübsche Streifen aus grünem Gras trennen die Straßen voneinander, und Kindermädchen schieben ihre Schützlinge in Kinderwagen über die sonnigen Bürgersteige.

»Wohn bei mir«, sagt Brenna schließlich mit einer sanft schmeichelnden Stimme. »Wir werden Zeit miteinander verbringen und niemals den einen erwähnen, der nicht genannt werden darf. Wir werden uns einfach entspannen, und du kannst dich sammeln und herausfinden, was du tun willst.«

»Ich weiß nicht …« Ich verstumme, weil es wirklich angenehm klingt. Ich hatte noch nie echte Freundinnen. Ich wollte welche haben, ich wollte jemanden haben, mit dem ich einfach nur reden und bei dem ich Dampf ablassen kann. Bisher habe ich diese Lücke mit Kunden und flüchtigen Bekanntschaften ausgefüllt. Mit Mrs Goldman zu reden war leicht. Sie war nicht in meinem Alter und suchte nicht nach einer engen Freundschaft. Aber nun, da mir zwei nette, lustige Frauen eine echte Freundschaft anbieten, fällt es mir schwer, mich darauf einzulassen.

Ich habe mich so lange zurückgehalten, dass ich nicht weiß, wie man jemandem vertraut. Die einzige Person, der ich je echtes Vertrauen entgegengebracht habe, war John. Und das hat kein besonders gutes Ende genommen. Ich spüre einen Kloß im Hals. Ich will nicht mehr gebrochen sein und Angst davor haben, einfach mal loszulassen. Ich will mich nicht einsam fühlen.

Sophie betrachtet mich vorsichtig und befürchtet offenbar, dass ich mich aus dem Staub machen werde. »Mach dir keine Sorgen, dass du Jax über den Weg laufen könntest. Er hat ohnehin vor, das Land zu verlassen …« Ihre Worte sterben einen schmerzhaften Tod, als Brenna sie regelrecht anfaucht.

Ich will lachen. Lachen, bis ich weine. Denn natürlich verlässt er das Land. Diesen Luxus kann er sich leisten. Aber ich lasse die Schultern sinken und lehne den Kopf an den Rücksitz. Ich kann ihn nicht hassen. John ist eben, wer er ist. Er braucht seinen Freiraum, um sein Leben auf die Reihe zu bekommen. Und ehrlich gesagt geht mir das genauso.

Mein Lächeln ist vermutlich bitter, aber das ist mir egal. »Also gut«, sage ich zu Brenna. »Ich werde erst mal bei dir wohnen.«

30. Kapitel

John

»Mr Blackwood, ich kann Ihnen gar nicht sagen, wie viel es uns bedeutet, dass Sie heute vor uns gesprochen haben.« Beverly, die Frau, die das Hilfsprogramm für die Selbstmordprävention leitet, schenkt mir ein warmes Lächeln, das mich zwar freut, mich aber auch ein wenig zurückschrecken lässt.

Ich habe gerade eine ungezwungene einstündige Unterhaltung mit anderen Überlebenden moderiert und bin vollkommen erschöpft. Aber ich fühle mich gut, unglaublich gut. Ich habe vor diesen Leuten gesprochen, um dabei zu helfen, das Stigma des Schweigens auszulöschen und den Leuten zu zeigen, dass sie nicht allein sind. Dass selbst ein Kerl wie ich, der angeblich ganz oben angekommen ist und alles erreicht hat, die gleichen Hoffnungen und Ängste durchlebt. Ich habe es getan, um anderen zu helfen, stelle nun aber fest, dass es mir auf seltsame Weise ebenfalls geholfen hat. Ich bin müde, fühle mich aber leichter.

»Bitte nennen Sie mich Jax. Und es war mir ein Vergnügen.«

Jules hat mich heute begleitet und vereinbart für nächsten Monat bereits ein weiteres ähnliches Treffen, während ich Autogramme gebe und für Fotos posiere. Das alles mache ich gern, denn in meiner Nähe zu sein bereitet diesen Menschen eindeutig Freude. Ich persönlich finde das ein wenig seltsam, aber ich habe gelernt, es zu akzeptieren.

Das ist etwas, das *sie* mir beigebracht hat.

Die Wahrheit ist, dass ich mir nicht mal sicher bin, dass ich hier wäre, wenn sie mich nicht auf ihre unnachahmliche Art aus meinem Schneckenhaus gedrängt und mir eine andere Sicht auf die Welt gezeigt hätte. Sie hat mir beigebracht, den Kopf aus dem Hintern zu ziehen und loszulassen.

Und schon ist der Schmerz wieder da. Der Schmerz der Depression ist eine Sache. Depression besteht aus Trägheit und Selbstzweifeln. Das hier ist jedoch eine ganz andere Art von Qual. Sie geht mit Verlust und Reue einher. Ich bin nicht im Einklang mit mir selbst, und meine Arme und mein Rücken sind kalt. Ich verspüre ein nervöses Bedürfnis, in Bewegung zu bleiben, etwas zu tun – irgendetwas –, weil ich sonst losschreien werde.

Ich verdränge auch dieses Gefühl und kehre zu der Limousine zurück, die mich nach Hause bringen wird.

Die Band hatte früher ein Motto: keine Reue. Wir beriefen uns auf Edith Piaf und bereuten nichts. Aber damals waren wir noch Kinder, die nichts zu verlieren hatten und deswegen alles ausprobierten. Schon seltsam, dass man Reue immer schwerer abschütteln kann, je wichtiger einem etwas wird.

Momentan lebe ich in einem Meer aus diesem schweren Gefühl. Ich bin darin eingetaucht, sobald ich damit fertig war, Stella gegenüber auszurasten. Als ich sie verließ, hörte ich die Tür hinter mir zufallen, und seitdem ist die Reue da.

Ich verdränge sie, weil ich ja schließlich im Augenblick leben und nicht zurückschauen soll. Ich ließ sie gehen und schmiedete Pläne, um so schnell wie möglich aus der Stadt zu verschwinden. Meine Taschen sind gepackt. Meine Wohnung in London wird gelüftet und für meine Ankunft vorbereitet. Es ist die perfekte Flucht, und trotzdem fühle ich mich, als würde ich sterben.

So fühlt sich echte Reue an. Als wäre etwas gestorben, das man nie richtig verstanden hat, das man aber unbedingt zurückhaben will.

Ich vermisse ihr Gesicht und die Art, wie ihr rotgoldenes Haar hüpft, wenn sie den Kopf bewegt. Ich vermisse die kleinen Sommersprossen, die wie eine Herausforderung auf ihren Lippen prangen. Ich vermisse den Klang ihrer Stimme und ihren bissigen Sarkasmus.

Die Limousine scheint kleiner und langsamer zu werden. Nach ein paar Blocks bitte ich Bruce rechts ranzufahren.

»Du hast mich vor meiner Wohnung abgesetzt«, informiere ich ihn. Wir beide wissen nur zu gut, dass Dad – alias Scottie – ausflippen wird, wenn er herausfindet, dass ich nach einer Veranstaltung allein durch die Gegend laufe. Er ist der Meinung, dass mich ein verrückter Fan verfolgen könnte. Deswegen lässt er mich und die anderen Jungs nach einem öffentlichen Auftritt immer von einem Leibwächter zurück an einen sicheren Ort bringen.

Bruce wirkt für einen Augenblick unschlüssig, nickt dann aber. »Geht klar.«

Vermutlich wird er mir mit diskretem Abstand folgen. Das ist mir egal, solange ich nicht mehr im Auto sitzen muss und laufen kann.

Leider bemerke ich erst nach dem Aussteigen, dass ich mich am Union Square befinde. Ich ignoriere die Stelle, an der Stella und ich Bagels gegessen und uns geküsst haben. Doch ich sehe ihr lächelndes Gesicht vor mir und höre ihr Lachen über dem Lärm der Stadt. In den Fingern spüre ich die Erinnerung an das Gefühl ihres seidigen, rotgoldenen Haars, das darübergleitet.

Ich schiebe die Hände tief in die Taschen meiner Jeans und

gehe schneller. Aber ich kann der Erinnerung an sie – an uns – nicht entkommen. Und als ihr Gesicht plötzlich direkt unter meinen Füßen auftaucht, schreie ich vor Schreck beinahe auf. Tatsächlich bleibe ich abrupt stehen. Ich muss Halluzinationen haben. Aber da ist sie und starrt mit diesen großen meerblauen Augen, die ich so gut kenne, zu mir hoch.

Plötzlich wird mir klar, dass ich ein Kreideporträt von ihr anstarre. Sie ist überlebensgroß, und die Wirbel und Spiralen ihres rotgoldenen Haars sind von leuchtenden Sternen durchzogen und befinden sich auf einem indigoblauen Hintergrund. In ihrer Miene liegt eine gewisse Trauer, eine Distanz, so als würde sie nicht in diese Welt gehören.

Der Anblick macht mich fertig.

»Wunderschön, nicht wahr?« Ein älterer Hispanoamerikaner steht neben mir und schaut auf den Boden. Bunte Kreide bedeckt seine Finger.

Ich versuche, mich an seinen Namen zu erinnern. Ramon, der Kerl, dem Stella einen Kaffee brachte.

Ich räuspere mich. »Ja, das ist sie.«

Ramon starrt ausdruckslos nach unten. »Das Sternenmädchen ist nicht für diesen Ort geschaffen.«

»Diesen Ort?«

Er richtet seine blutunterlaufenen Augen auf mich. »Sie gehört nicht hierher wie der Rest von uns. Sie ist ein Sternenmädchen.«

Stellas Abbild starrt distanziert und einsam zu mir hinauf. Die Vorstellung, dass sie allein ist, bricht mir das Herz.

»Da liegen Sie falsch«, platzt es aus mir heraus. »Sie gehört hierher.«

Ramon zuckt mit den Schultern. »Sie gehören auch nicht hierher.«

Ich lache humorlos auf. »Ach ja?«

»Sterne gehören in den Himmel.« Seine Stimme ist undeutlich, und er schaut nicht in meine Richtung, als er davonschlurft.

Das Zischen des Wassers, das auf den Boden trifft, sorgt dafür, dass ich vor Schreck zurückspringe. Es spritzt über Stellas Gesicht, und sie verschwimmt.

»Aufhören!« Ich weiß nicht, warum ich das sage – Stella löst sich bereits auf, die Farben zerlaufen zu einer matschigen Suppe –, aber der Anblick verstört mich.

Ramon schaut mich an, als hätte ich nicht mehr alle Tassen im Schrank. »Warum?«

»Sie ist zu hübsch, um sie zu zerstören.« Das ist ein dämlicher Grund. Ich kann schließlich nicht behaupten, dass ich sie noch etwas länger anstarren wollte.

Er zuckt erneut mit den Schultern. »Das ist bloß Kreide.«

»Wie können Sie das sagen? Sie sind ein Künstler.« Ehrlich gesagt bin ich in seinem Namen empört. Wenn irgendjemand meine Musik als bloßen Lärm bezeichnen würde, wäre ich sauer.

Er schaut mich aus dem Augenwinkel an. Für eine Sekunde bin ich überzeugt, dass er nicht antworten wird. Er reibt über einen Fleck auf seinem Handrücken, wodurch die grau werdenden Haare dort wild in alle Richtungen abstehen. »Früher habe ich auf Leinwand gemalt. Dann habe ich meine Arbeit angestarrt und alle Fehler gesehen. Das störte mich ungemein. So sehr, dass ich irgendwann nicht mehr malen konnte. Ich fürchtete mich vor dem, was falsch laufen könnte, und davor, dass ich versagen würde.« Er widmet sich wieder dem Säubern des Bodens und wäscht Stella vom Beton. »Das hier ist besser. Ich klammere mich nicht mehr an Dinge. Nun weiß ich, was echt ist.«

»Ich weiß überhaupt nicht mehr, was echt ist«, gestehe ich ihm.

Ramon streckt eine Hand aus und zwickt mich fest. Als ich ihn böse anstarre, lacht er. »Jetzt wissen Sie es.«

Ich schätze, er meint das Hier und Jetzt. Aber ich bin noch nie gut darin gewesen, mich für längere Zeit auf einen Moment zu konzentrieren. Ich schaue immer zurück oder nach vorn. Ich mache mir ständig Sorgen, verdammt. Stella hat mir geholfen, mich zu konzentrieren, aber nun ist sie fort.

Ich reibe die schmerzende Stelle an meinem Arm und bin hin- und hergerissen. Einerseits will ich lachen, andererseits will ich so schnell wie möglich nach Hause. »Danke. Wollen Sie einen Kaffee?« Denn Stella würde ihm einen besorgen. Sie würde auch dafür sorgen, dass er etwas isst.

Er schüttelt den Kopf und zieht sich sichtlich in seine eigene Welt zurück. »Ich habe zu tun.« Und dann hockt er sich über seine Kreidekiste. Ich verabschiede mich von ihm, doch er reagiert nicht.

Den ganzen Heimweg über schmerzt die Stelle an meinem Arm. Ich könnte Ramons Worte problemlos als sinnloses Gebrabbel abtun. Aber sie gehen mir einfach nicht aus dem Kopf. Was ist echt? Die Angst ist es ganz sicher nicht. Die ist eine Illusion. Wie oft werde ich mich noch von der Angst überrollen lassen, bevor ich das begreife?

Als ich mit Stella zusammen war, fühlte ich mich zum ersten und einzigen Mal komplett – mit all meinen positiven Eigenschaften und all meinen Makeln. Aber was habe ich für sie getan? Habe ich ihre Welt echter gemacht? Besser?

Du hast diesen einsamen Ausdruck aus ihren Augen verscheucht und ihn durch Licht ersetzt, du Idiot.

Aber genügt das?

Stunden später geht mir die Frage immer noch nicht aus dem Kopf. Genügt das? Genüge ich?

31. Kapitel

Stella

»Wir gehen zum Strand«, verkündet Brenna mit einem Blick, der deutlich macht, dass jeglicher Widerstand zwecklos ist.

Da ich mich im Bett verkrochen und mir die Decke bis zu den Ohren hochgezogen habe, schätze ich, dass ich gerade ein ziemlich erbärmliches Bild abgebe. Seufzend schlage ich die Decke zurück und strecke mich. »Meinetwegen.«

»Wirklich?« Sie strahlt. »Ich hatte mich schon darauf eingestellt, dich aus diesem Bett zu zerren.«

»Hast du deswegen schon deine Turnschuhe an? Weil du damit bessere Bodenhaftung hast?«

Brenna grinst breit. »Genau das ist der Grund.«

Ich lächle, während ich zur Decke hinaufstarre. »Ich muss hier raus. Ich hasse es, Trübsal zu blasen.«

Aber es fühlt sich gerade so gut an, Trübsal zu blasen. Ich könnte die ganze Woche hier herumliegen, wenn ich es zulassen würde. Also hieve ich meinen Hintern aus dem Bett und trotte in Richtung Dusche. »Wann wollen wir los?«, frage ich über meine Schulter.

»Sobald du fertig bist. Sophie und Libby kommen auch mit.«

Ich habe Libby noch nicht kennengelernt. Ich schäme

mich nicht zuzugeben, dass ich ihr Album habe und sie für eine fantastische Sängerin halte. Hoffentlich mache ich mich nicht zum Affen, indem ich mich wie ein begeisterter Fan verhalte.

Ganz nach Brennas Art hat sie eine Limousine bestellt, die uns zum Strand bringen soll. Ich lache angesichts dieser Zurschaustellung von Luxus, als ich einsteige und im Inneren des Fahrzeugs Sophie und Libby vorfinde. Libby sieht genauso aus wie auf den Fotos – schlank, wallendes goldbraunes Haar, eine freundliche, offene Miene und lächelnde graue Augen. Wie Apfelkuchen mit einem Schuss Bourbon.

Ihre Stimme ist honigsüß und von einem gedehnten Südstaatenakzent durchzogen. »Endlich lernen wir uns kennen.«

»Wie geht es Stevens und Hawn?«, frage ich, nachdem ich ihre Hand geschüttelt habe.

Ihr Lächeln wird breiter. »Stevens ist sauer. Vor allem auf Killian. Seit wir wieder da sind, zeigt er uns lediglich seine Rückseite und stolziert mit hoch erhobenem Schwanz umher.«

Das bringt mich zum Lachen. »Er scheint der Typ zu sein, der einen leiden lässt.«

»Ich habe Killian gesagt, dass er sein Kissen überprüfen soll, falls Stevens aus Rache draufgepinkelt hat. Hawn ergeht es vermutlich ähnlich, aber mit Fischen kenne ich mich nicht so gut aus, deswegen wüsste ich nicht, wie ich es feststellen sollte.«

Sie hat etwas Beruhigendes an sich und greift schon bald in einen Picknickkorb, den sie mitgebracht hat, um Sandwiches mit gegrilltem Hähnchenfleisch zu verteilen. Dazu trinken wir Champagner, den Sophie reihum ausschenkt.

»Bist du sicher, dass du damit zurechtkommst, ein Wochenende lang von Felix getrennt zu sein?«, fragt Brenna sie.

»Ich werde nicht lügen«, sagt Sophie. »Die Mutter in mir

weint, weil sie sich nach ihrem Baby sehnt. Aber der Teil von mir, der an Schlafmangel leidet, vollkommen erschöpft ist und gerne mal wieder ein wenig Freiheit genießen würde, weint vor Freude.« Sie zuckt mit den Schultern. »Gabriel hat mich regelrecht dazu gedrängt, mal eine Pause einzulegen. Gott, ich liebe diesen Mann.«

Libby strahlt vor Freude. »Ich erinnere mich noch an meine erste Begegnung mit Scottie. Er hat mir eine Heidenangst eingejagt. Der Mann war eiskalt. Zuzusehen, wie er sich in einen riesigen Softie verwandelt, ist ausgesprochen unterhaltsam.«

Sophie lacht. »Unser kleiner Sohn hat ihn erfolgreich gezähmt.«

Brenna lehnt sich vor. »Bevor wir los sind, habe ich seinen Klingelton so programmiert, dass sein Handy nun bei einem Anruf das Titellied von *Paw Patrol* spielt.«

Sophie quietscht vor Lachen.

»*Paw Patrol*?«, frage ich und lache mit, weil sie sich so freuen.

»Eine Kindersendung.« Brenna wackelt mit den Augenbrauen.

Wir kichern alle. Dann erzählt uns Libby von ihrer Zeit in Australien. Die Fahrt in die Hamptons geht schnell vorüber. Ich habe mir nicht die Mühe gemacht zu fragen, wo wir übernachten werden, aber das Auto biegt auf eine kleinere Straße in der Nähe des Meeres ab und hält schließlich vor einem Tor an. Die Reifen knirschen auf der Schottereinfahrt, und ein Haus kommt in Sicht. Es ist ein riesiges graues Schindelhaus mit ausladenden Hortensien, die die Veranda umgeben.

»Wow«, sage ich, als wir anhalten.

»Ziemlich toll, oder?« Libby steigt hinter mir aus der Limousine aus.

»Wem gehört es?«

Brenna geht die breite Treppe hoch. »Den Jungs. Das ist eins der wenigen Anwesen, die sie gemeinsam als Band gekauft haben.«

Den Jungs. John. Ich will nicht in diesem Haus übernachten. Die Vorstellung, dass er sich hier schon mal aufgehalten hat und auch wieder Zeit in diesem Haus verbringen wird, wenn ich aus seinem Leben verschwunden und längst fort sein werde, schmerzt. Aber das kann ich jetzt schlecht sagen. Und ich kann auch nicht darum bitten, wieder nach Hause gefahren zu werden.

Brenna führt uns hinein und ins Wohnzimmer. Ich stehe da und starre die mit hellem Holz verkleideten Wände sowie die großen, bequemen cremefarbenen Sofas an. Alles ist weich und ruhig, die Art von Ort, an dem man den Tag verträumen kann.

»Gefällt es dir?«, fragt Sophie neben mir.

»Hast du mal den Film *Was das Herz begehrt* mit Diane Keaton gesehen? In dem sie sich widerwillig in den schmierigen Jack Nicholson verliebt, während er sich in ihrem spektakulären Haus in den Hamptons von einem Herzinfarkt erholt?«

Libbys Mund klappt auf. »Ich kann nicht glauben, dass mir das noch nie aufgefallen ist. Dieses Haus hier sieht exakt so aus wie das Haus in dem Film.«

Mit anderen Worten: Es ist mein Traumstrandhaus.

»Willst du mal was Gruseliges hören?«, fragt Brenna, die nun ebenfalls große Augen macht. »Für die Einrichtung war Jax verantwortlich.«

»Was?«, entfährt es Sophie. »Diese Inneneinrichtung stammt von jemandem, der sonst eher auf englische Herrenhäuser steht?«

Seinen Namen zu hören schmerzt. Aber früher oder später muss ich mich den Tatsachen stellen. Ich spreche an dem Kloß in meinem Hals vorbei. »John hat ein gutes Auge für so was. Aber das hat wohl jeder, der erfolgreich Antiquitäten mit einem modernen Penthouse kombinieren kann.«

Eine unangenehme Stille macht sich breit. Die anderen wissen eindeutig nicht, wie sie darauf reagieren sollen. Ich ringe mir ein angespanntes Lachen ab. »Ich habe keine Angst davor, seinen Namen zu sagen, wisst ihr? Er ist nicht Beetlejuice oder so was.«

»Du hast recht.« Sophie verschränkt ihren Arm mit meinem. »Aber ich fühle mich trotzdem schlecht, dass ich ihn dir unter die Nase gerieben habe. Ich habe nicht nachgedacht.«

Brenna verzieht das Gesicht. »Ich auch nicht. Wir hätten in ein Wellnessresort fahren sollen.«

Mir wird ganz warm ums Herz, als die anderen Frauen nicken. Jeder Tag, den ich mit ihnen verbringe, fühlt sich ein wenig normaler an. Und ich fühle mich etwas weniger einsam. Johns Abwesenheit ist immer noch wie eine klaffende Wunde in meiner Brust. Aber wenigstens kann ich jetzt wieder laufen, ohne mich zusammenzukrümmen.

»Wenn ihr nicht wärt, würde ich jetzt zusammengekauert und allein auf einem harten Bett liegen und in Selbstmitleid baden.« Ich kann ihnen nicht wirklich in die Augen schauen, aber ich rede weiter. »Das bedeutet mir eine Menge.«

Sie starren mich alle an. Gott, versteck mich einfach. Doch dann umarmt mich Libby fest.

»Es ist schwer, sich anderen gegenüber zu öffnen, nicht wahr?«, flüstert sie mir in einem Ton ins Ohr, der mir verrät, dass sie sehr genau weiß, wie schwer es ist.

Ich nicke knapp, als sie mich loslässt. Und dann ist es so, als hätte die ganze vorherige Unterhaltung nie stattgefunden. Alle plappern fröhlich und zeigen mir mein Zimmer. Als wir schließlich den Pool erreichen, fühle ich mich beinahe normal. Weil es verflucht heiß ist, nehme ich mir eine Schwimmliege und lasse mich über das kühle Wasser treiben. Dabei nippe ich träge an einem Mai Tai, den Brenna für mich gemixt hat. Libby treibt neben mir.

»Du bist also eine professionelle Freundin?«, fragt sie mich.

»Das bin ich.« Ich lächle schief. »Na ja, abgesehen von der Zeit, in der ich mich um die Haustiere anderer Leute kümmere.«

Sie lacht leise. »Wie funktioniert das? Ich meine, gibt es wirklich so viele Leute, die nach einer Freundin suchen, die sie mieten können?«

»Die Welt ist voll mit einsamen Leuten. Die meisten von uns schließen in der Kindheit oder auf dem College Freundschaften. Vielleicht baut man sich auch in seinem ersten Job einen Freundeskreis auf. Aber was ist, wenn man diese Entwicklungsstufen der Freundschaft verpasst?« Ich schaue die anderen Frauen an. »Oder wenn eine dauerhafte Veränderung des Lebensstils dazu führt, dass man den Kontakt zu seinen alten Freunden verliert? Was dann?«

»Das ist mir passiert«, sagt Libby. »Das mit dem Kontaktverlust. Ich verbrachte mehr als ein Jahr allein und redete mit niemandem, bis Killian auf meinem Rasen auftauchte.«

»Und was tut man, wenn man von allein niemanden kennenlernt?«, frage ich. »Wie findet man dann neue Freunde? Das ist nicht so leicht. Wenn man älter ist, ist man nicht mehr so leicht in der Lage, Vertrauen zu anderen Menschen aufzubauen oder sich gehen zu lassen.«

»Ich hasse es, Freundschaften zu schließen«, brummt Brenna und rümpft die Nase. »Ich hasse es wirklich. Die meisten Leute, denen ich begegne, fragen mich am Ende nur nach Konzertkarten oder wollen die Jungs kennenlernen.«

Sophie summt zustimmend. »Mit euch fühlt es sich anders an. Sicherer, schätze ich. Weil wir nicht darauf aus sind, etwas von den anderen zu bekommen – wir wollen nur Gesellschaft.«

Ich schaue sie von meinem Platz am Rand des Pools aus an. »Ich wollte heute nicht mit euch ins Auto steigen, weil ich nicht weiß, wie eine echte Freundschaft funktioniert. Für mich fühlt sich das Ganze wie ein schlecht sitzendes Kleid an, an dem ich ständig herumzupfe.«

Brennas Blick wird weich. »Aber du bist eingestiegen.«

»Weil du zur Band gehörst, genau wie wir«, sagt Sophie.

Zur Band? Ich schüttle traurig den Kopf. »Ich gehöre nicht zur Band. Jetzt nicht mehr.«

Sophie schnaubt. »Selbst wenn du nie wieder mit Jax redest, wirst du trotzdem immer noch zur Band gehören. Du bist jetzt eine von uns. Wir lassen unsere Freunde nicht im Stich, nur weil sich einer unserer anderen Freunde wie ein Dummbeutel aufführt.«

Ich lache leise und weiß diese Sichtweise zu schätzen. Aber ich will nicht über John reden. »Auf jeden Fall hatte ich mehr Kunden, als ihr euch vielleicht vorstellen könnt. Aber ich werde den Job aufgeben.« Ich lasse die Finger durch das kühle Wasser gleiten. »Er hat mich in letzter Zeit emotional zu sehr angestrengt. Außerdem sollte das ohnehin nie etwas Dauerhaftes sein.«

Libby drückt sich von der Ecke des Pools ab und lässt sich quer durchs Wasser treiben. Sie blinzelt im Sonnenlicht. »Was hast du jetzt vor?«

In Panik verfallen. Weinen. Mich so sehr abschotten, dass niemand mehr an mich herankommt. Wie lange wird es noch wehtun?

Ich verdränge all diese wirren Gedanken, indem ich einen großen Schluck von dem fruchtigen Cocktail nehme. »Das weiß ich ehrlich gesagt nicht. Es war dumm von mir, mir keine Karriere aufzubauen. Jetzt bin ich dreißig und könnte ebenso gut frisch vom College kommen, denn ich bin völlig unvorbereitet und habe nichts geplant.«

»Ich hatte auch nie eine Ahnung, was ich mit meinem Leben anfangen wollte. Killian hat mich zum Singen gebracht. Und selbst dagegen wehrte ich mich anfangs, weil ich Angst hatte.«

»Ich fliege für mein Leben gern Flugzeuge«, erzähle ich ihnen. »Aber ich will das nicht zu meinem Beruf machen. Wenn ich ehrlich bin, könnte ich mir mit der Fliegerei, die ich betreiben will, ohnehin keine Wohnung in der Stadt leisten.«

Libby reißt die Augen auf. »Was für eine Fliegerei betreibst du denn?«

»Kunstfliegerei.«

»Das ist so cool! Nimmst du mich irgendwann mal mit?«

»Klar. Gegen Ende der Woche kann ich jede von euch mitnehmen, die Interesse daran hat.«

Sofort stürzen sich alle auf die Gelegenheit. Libby führt sogar einen kleinen Freudentanz auf ihrer Wasserliege auf. Lachend überlege ich schon mal, wie ich die Flüge am besten organisieren kann. »Es überrascht mich, dass euch John nichts von meiner Fliegerei erzählt hat«, sage ich, als ich mit dem Planen fertig bin.

Brennas Tonfall ist zaghaft. Sie weiß nur zu gut, dass das Thema John ein potenzielles Minenfeld ist. »Obwohl er so draufgängerisch wirkt, ist er seltsamerweise eigentlich ziemlich in sich gekehrt. Je wichtiger ihm etwas oder jemand ist, desto weniger redet er darüber.«

Das ist nicht unbedingt eine schockierende Wahrheit. Ich weiß schon länger, dass er so ist. Aber sie hat definitiv eine Wunde aufgerissen. Alle wenden den Blick ab. Bis Sophie in den Pool springt und uns alle ordentlich nass spritzt. Sie taucht wieder auf und ihr blaues Haar klebt platt auf ihren Schultern.

»Ich habe früher gern fotografiert«, sagt sie und tut so, als wären wir nie vom Thema abgekommen. »Aber ich habe erst gelernt, es wirklich zu lieben, als ich angefangen habe, Fotos von der Band zu machen.«

»Ich bin eine Planerin«, sagt Brenna von der Bar aus, wo sie eine weitere Runde Cocktails mixt. »Das bedeutet jedoch nicht, dass ich mich die ganze Zeit über ausgeglichen fühle oder besonders glücklich bin.«

Mit John war ich glücklich. So verdammt glücklich, dass der Rest meiner Sorgen viel leichter wirkte. Nun ist meine Welt schwer und dunkel. Und zum Teufel damit, ich sollte nicht zulassen, dass ich wegen eines Mannes so niedergeschlagen bin.

Brenna nippt am Cocktailkrug und fügt dann noch ein wenig mehr Rum hinzu. »Ich vermute, dass keine von uns je das Gefühl haben wird, dass jeder Aspekt unseres Lebens zu jedem Zeitpunkt absolut perfekt ist.«

So was Ähnliches hat John auch gesagt. Gott, er beeinflusst mein ganzes Leben. Ich kann nicht mal einen einzigen Gedanken formulieren, der nichts mit ihm zu tun hat. Genervt spritze ich mit dem Wasser herum und konzentriere mich auf die Unterhaltung. »Ich liebe es, mit Menschen zu arbeiten. Ich helfe ihnen gern. Ich weiß nur nicht, was ich damit anfangen soll. Ich will etwas Konkreteres. Krankenversicherung und Sozialleistungen klingt heutzutage ziemlich interessant.«

»Hmm …« Brenna kommt herüber und schenkt jedem von uns nach. Wenn wir so weitermachen, werden wir das ganze Wochenende lang betrunken sein. Nicht dass ich mich beschwere.

Sie setzt sich auf den Rand des Pools und taucht die Beine ins Wasser. »Kill John sponsert zahlreiche Wohltätigkeitsorganisationen. Bislang hat Scottie die Arbeit dafür immer den Praktikanten überlassen, aber die interessieren sich mehr für die musikalische Seite der Branche, sodass in diesem Bereich einiges vernachlässigt wurde. Wir haben darüber geredet, jemanden zu suchen, der die Werbung organisieren kann. Im Grunde genommen brauchen wir einen Eventmanager. Diese Person wäre auch für die Entwicklung neuer Projekte verantwortlich.« Sie richtet ihre bernsteinfarbenen Augen auf mich. »Das könntest du übernehmen.«

»Ich?«, quieke ich. »Aber ich habe doch gar keine Erfahrung mit so was.«

Sie zuckt mit den Schultern. »Ich hatte auch keine Erfahrung als Pressesprecherin, als ich anfing. Wir brauchen jemanden, der weiß, wie man diese Veranstaltungen so plant, dass sie Spaß machen und für die beteiligten Wohltätigkeitsorganisationen möglichst stressfrei sind. Wir reden hier nicht von langweiligen Galas, sondern von einmaligen Erfahrungen. Von Möglichkeiten, Spenden zu sammeln und gleichzeitig Glück zu verbreiten. Ich weiß, dass du das könntest.«

Der Kloß in meinem Hals wächst. »Brenna … Das ist … Das wäre …« Wundervoll. Schrecklich. »Aber ich kann nicht. Ich kann keinen Job annehmen, bei dem ich irgendwann wieder Kontakt zu … ihm haben würde.«

Sophie funkelt Brenna böse an, und Libby ist plötzlich viel zu sehr an ihrem Drink interessiert, also vermute ich, dass sie mir zustimmen. Doch Brenna hält meinem Blick stand. »Ich bin kein totales Arschloch. Ich weiß, dass es schwer und verdammt unangenehm wäre. Aber zum Teufel damit. Lass nicht zu, dass er über dein Leben bestimmt. Wenn du diesen Job willst, kannst du ihn haben. Wenn nicht, werde ich dir helfen, einen anderen zu finden.«

Mein Lächeln zittert, und ich blinzle hektisch. »Du bist ziemlich toll, Brenna.«

Sie grinst. »Ja, das bin ich. Aber ernsthaft, Stella, denk darüber nach, okay? Du hast es verdient, dich selbst an erste Stelle zu setzen.«

Ich kann den Job nicht annehmen. Dafür bin ich nicht stark genug. Aber sie hat recht. Ich muss herausfinden, wie ich mein Leben ohne John führen kann. Er war ohnehin nur für eine kurze Weile ein Teil davon. Es sollte nicht allzu schwer sein, wieder zu dem Leben zurückzukehren, das ich hatte, als Jax Blackwood nur eine Stimme war, die ich hin und wieder im Radio hörte.

Aber ich weiß, dass das eine Lüge ist. Bedauern und Trauer ziehen mich runter, bis ich das Gefühl habe zu ertrinken. Ich verberge meine wahren Gefühle, indem ich lächle und so tue, als wäre ich glücklich, so wie ich es immer mache. Aber in mir stirbt gerade etwas, und ich weiß nicht, wie ich das überstehen soll.

32. Kapitel

John

Ich laufe wieder. Laufen ist gut, denn das schmerzhafte Brennen in meiner Lunge und in meinen Beinen ist rein und unkompliziert. Wenn ich lange genug laufe, ist mein Kopf nach einer Weile vollkommen leer. Ich liebe diese Momente. Ich lebe für leere Gedanken. Sobald etwas Ungewolltes versucht, sich an die Oberfläche zu drängen, laufe ich heftiger und schneller. Ich kann das. Ablenkung ist mein Spezialgebiet.

Doch irgendwann muss ich vom Joggen nach Hause zurückkehren. Der Anblick dieser steinernen Treppe, die zu diesen verdammten verzierten Holztüren hinaufführt, löst Schmerzen in meiner Brust aus. Auch das Eintippen des Codes in das Tastenfeld schmerzt. Selbst der verfluchte Desinfektionsmittelgeruch des Fahrstuhls tut weh. Sie ist überall, und zu Hause kann ich mich nicht verstecken. Also bleibe ich so lange zum Joggen draußen, wie ich kann.

Tatsachen sind Tatsachen: Ich kann nicht länger herumeiern. Ich muss weitermachen. Ich muss raus aus New York. Raus aus den USA.

Ich werde nach England gehen. Nein, zum Teufel damit. Ich werde Killian in Australien besuchen. Er wohnt in Scotties Haus. Da gibt es genug Platz für mich.

»Steady, As She Goes« von den Raconteurs ertönt in meinen Kopfhörern. Normalerweise liebe ich dieses Lied, aber momentan jagt mir Musik unangenehme Schauer durch den Körper. Ich reiße mir die Kopfhörer aus den Ohren und biege in die Straße ein, die zu meinem Wohnhaus führt. Ein gewaltiges Gewicht drückt auf meine Brust. Ich würde mir ja Sorgen machen, dass ich gerade einen Herzinfarkt erleide, aber dieser schreckliche Druck ist bereits da, seit … Tja, damit werde ich jetzt nicht anfangen.

Vor Erschöpfung werden meine Schritte unsicher, und ich stolpere beinahe, als ich die Treppe erreiche. Vor dem Hauseingang lungert ein Typ herum. Er hat die langen Beine in meine Richtung ausgestreckt. Für eine seltsame, benebelte Sekunde denke ich, dass er eine Halluzination sein könnte. Ich bin definitiv geschwächt genug, um Wahnvorstellungen zu haben. Doch dann schaut er auf und schenkt mir dieses arrogante Grinsen, das mir seit so vielen Jahren vertraut ist, und ich weiß, dass ich nicht träume.

»Du siehst echt beschissen aus«, sagt Killian. Wie immer kommt er direkt zur Sache.

Ich nehme die Flasche Limonade entgegen, die er mir hinhält, und trinke sie gierig. Sie ist kalt und süß und verschafft mir die Gelegenheit, mein Gehirn wieder in Gang zu setzen. Mit der Rückseite einer Hand wische ich mir den Mund ab. Dann hole ich erst einmal und schließlich ein zweites Mal tief Luft.

»Du bist zurück.« Offensichtlich.

»Wie reizend …« Er lächelt. »Es ist dir aufgefallen.«

»Arschloch.« Ich werfe die leere Flasche in seine Richtung, und er fängt sie mühelos auf, weil er meine Reaktion eindeutig hat kommen sehen. Killian und ich haben uns schon immer auf eine Weise verstanden, die über Worte oder Taten hinausgeht.

Er ist ein Teil von mir. Oder er war es mal. Als ich versuchte, mir das Leben zu nehmen, zerbrach etwas zwischen uns. Diese Verletzung ist nicht gut verheilt, sondern hat sich verdickt und verzerrt wie eine hässliche Narbe.

Doch vernarbt oder nicht, ich habe den Kerl vermisst und verspüre den seltsamen Drang, an Ort und Stelle zusammenzubrechen. Das Brennen hinter meinen Augenlidern ist so unerwartet, dass ich ihm nicht in die Augen schauen kann. »Ich werde duschen gehen.«

»Ja, tu das.« Killian steht auf und klopft sich den Hintern ab. »Du müffelst.«

Wieder trifft mich die Erkenntnis, dass Killian hier ist. Und das bedeutet, dass Stella fort ist. Ich umfasse das Geländer, als meine Knie weich werden und ich einen plötzlichen Schmerz verspüre. Vielleicht bekomme ich doch einen Herzinfarkt. Weh genug tut es. »Wann bist du zurückgekommen?«

Wann ist sie gegangen? Warum kümmert dich das? Du hast ihr doch gesagt, dass sie gehen soll.

»Vor etwa einer Stunde.« Killian starrt mich nachdenklich an. »Stella hat mich angerufen.«

»Was?« Es ist kaum mehr als ein Krächzen.

»Sie hat gesagt, dass ich nach Hause kommen soll.«

Ich laufe die Treppe hoch. Killian folgt mir schweigend. Als wir unser Stockwerk erreichen, geht er in meine Wohnung.

»Du meine Güte, Jax.« Er schaut sich staunend um. »Hast du seit meiner Abreise noch mehr Antiquitäten angeschafft? Wie in aller Welt ist es dir gelungen, dieses moderne Penthouse in ein spießiges englisches Herrenhaus zu verwandeln?«

»Mit Talent. Du kannst dich ja in dein kaltes, seelenloses Penthouse verziehen, wenn es dir nicht gefällt.«

Er lacht leise und sorglos. »Ich werde dir einen Morgenrock aus Satin besorgen, den du in der Wohnung tragen kannst.«

»Ich bin zwar kein Morgenmensch, aber die Vorstellung, einen Morgenrock zu besitzen, gefällt mir.« Ich gehe in Richtung meines Zimmers. »Ich gehe duschen.«

Als ich zurückkomme, ist Killian immer noch in meinem Wohnzimmer. Er wirkt nicht erfreut, und ich schätze, dass er mir jetzt eine Standpauke wegen Stella halten wird. Gott weiß, dass ich das verdient habe. Aber ehrlich gesagt könnte die Tatsache, dass sich Killian nun in die Angelegenheit einmischt, dazu führen, dass ich ausraste.

Ich beäuge ihn misstrauisch. »Es ist gut, dich wieder hier zu haben, Kumpel, aber ich bin gerade nicht in der Stimmung für Gesellschaft.«

Er nickt, lässt sich dann aber neben mir auf die Couch sinken. »Es dauert nur eine Minute.«

Ein dumpfes Pochen breitet sich in meinen Schläfen aus. »Kills, ich kann nicht über sie reden.«

Stille folgt, und ich werfe einen Blick in seine Richtung. Das Schlimmste ist, dass er traurig wirkt.

»Ich bin nicht hier, um über sie zu reden«, sagt er und kennt mich zum Glück gut genug, um ihren Namen nicht auszusprechen. Killian lehnt sich zurück und zwickt sich in den Nasenrücken, bevor er sich wieder mir zuwendet. »Jax … Mann, es tut mir so leid.«

»Was?« Ihm tut etwas leid? Wovon zum Teufel redet er? Tut es ihm leid, dass er weggegangen ist? Wenn er hiergeblieben wäre, hätte ich Stella niemals kennengelernt.

Du sollst nicht an sie denken.

Verdammt, ich vermisse sie wie die Luft zum Atmen.

»Tut mir leid«, sagt er erneut. Seine Stimme ist heiser, so wie sie sonst nur klingt, wenn er die ganze Nacht lang gesungen hat. »Ich habe dich so sehr im Stich gelassen.«

Ich kann ihn nur anstarren. Mein Puls hämmert, und der

Drang, so schnell wie möglich aus diesem Zimmer zu verschwinden, lässt mich zucken.

Killian richtet seine blutunterlaufenen Augen auf mich. »Als du es versucht hast, war ich so … Es hat mir eine Scheißangst eingejagt.«

Ich verziehe das Gesicht und wende mich ab. »Ich weiß. Ich verstehe das. Wirklich. Ich kann mich einfach nicht mehr entschuldigen. Ich …«

»Das verlange ich auch gar nicht. Ich versuche, dir etwas zu erklären.« Er schluckt krampfhaft. »Ich war so verdammt wütend. Du hast dich mir nicht anvertraut. Du hast mir nicht erzählt, was in deinem Kopf vorgeht.«

Gottverdammt, ich will nicht weinen. Ich will nicht zusammenbrechen, aber meine Nebenhöhlen brennen, und meine Kehle zieht sich zusammen. »Ich konnte es nicht«, bringe ich krächzend hervor.

»Ich weiß«, sagt er. »Ich weiß, Mann. Und die Wahrheit ist, dass ich wütend auf mich selbst war, weil ich die Anzeichen übersehen habe. Weil ich dich da draußen allein gelassen habe.«

Verdammt. Ich werde … Ich drücke die Finger auf meine Augen und atme tief ein. »Ich bin gut darin, so etwas zu verbergen. Das muss dir nicht leidtun.«

»Aber es tut mir leid«, versichert er mir. »Ich habe mich wie ein Arschloch verhalten. Ich habe meine Sachen zusammengepackt und bin mit eingezogenem Schwanz davongelaufen. Ich habe mich in Selbstmitleid gesuhlt, obwohl ich für dich hätte da sein sollen.«

Das stimmt. Das stimmt.

Wut kocht so schnell in mir hoch, dass ich sie nicht zurückhalten kann. »Du hast mich zurückgelassen!« Der Schrei hallt von den Dachsparren wider. »Ich habe versucht, mir das Leben zu nehmen, und du bist einfach abgehauen. Als wäre ich eine Krankheit, von der du befürchtest, dich damit anzustecken.«

In Killians Augen sammeln sich Tränen. Der Anblick ist mir so fremd, dass sich mir der Magen umdreht. Doch die Wut und der Schmerz wollen einfach nicht nachlassen. »Ich habe dich gebraucht. Ich habe meinen besten Freund gebraucht. Und du bist einfach abgehauen …«

Killian zieht mich in eine Umarmung, die mir die Luft abschnürt. Die Umklammerung schmerzt, und vor der Umarmung wusste ich nicht, dass ich sie ebenfalls gebraucht habe. Ein tiefes Schluchzen kommt aus seiner Brust. »Es tut mir leid. Es tut mir leid.«

Er sagt es immer wieder. Es ist kaum mehr als ein Flüstern, während wir uns weinend aneinanderklammern. Er sagt es, bis wir nicht mehr zittern. Ich fühle mich entblößt, wund gerieben und offen. Zumindest an der Oberfläche. Innerlich beruhige ich mich langsam. Ich bin ausgelaugt, fühle mich aber nicht hohl. Ich fühle mich leichter.

Killian hat seine große, verschwitzte Hand auf meinen Kopf gelegt und hält mich fest umklammert, während er bebt. »Scheiße, Mann, am ersten Tag, an dem ich dir danach wieder gegenübergetreten bin, habe ich dich geschlagen …« Er verstummt und atmet zitternd. »Das war nicht in Ordnung.«

Meine Erinnerung an diesen Tag ist glasklar. Ich hatte Killian nach meinem Selbstmordversuch ein Jahr lang nicht gesehen. Und plötzlich war er da – schäumend vor Wut, verletzt, ängstlich und furchtbar unbeholfen. In diesem Augenblick verstand ich ihn vollkommen, denn ich fühlte mich genauso.

Die Wahrheit ist, dass ich ihn so lange reizte, bis er auf mich losging. Ich wollte es. Für uns beide. Weil ein guter Schlag etwas Einfaches war. Ein guter Schlag war etwas, das wir beide brauchten.

Gegen meinen Willen huscht ein zittriges Lächeln über meine Lippen. »Willst du mal was Verrücktes hören? Diese Reaktion war mir lieber als Schweigen. Es fühlte sich echt an und erinnerte mich an frühere Zeiten, als wir uns gegenseitig getriezt haben und die Angelegenheit dann mit einem Schlag ins Gesicht regelten, um danach wieder zur Tagesordnung überzugehen.«

Killian lacht brüchig und lehnt sich zurück, um mit dem Handballen über seine nassen Wangen zu wischen. »Niemand kann mich so sehr auf die Palme bringen wie du.«

Schnaubend wische ich mir über die Augen. »Das Gefühl beruht durchaus auf Gegenseitigkeit.«

Wir sitzen schweigend da und versuchen uns beide zusammenzureißen.

»Du bist mein Bruder«, sagt er nach einer Minute. »Ein Leben ohne dich würde nicht … Es würde verdammt noch mal nicht funktionieren.«

Neue und brennende Schuldgefühle überkommen mich. »Ich habe alles vermasselt …«

»Nein!« Sein strenger Ausruf tönt so laut zwischen uns, dass wir beide zusammenzucken.

Killian atmet tief ein. »Nein, John, das hast du nicht. Nicht damit. Das versuche ich dir ja zu sagen. Du hast nichts falsch gemacht. Du bist der stärkste Mensch, den ich kenne. Wage es ja nicht zu sagen, dass das deine Schuld war.«

Er starrt mich an, als würde er versuchen, durch meine Haut zu schneiden. »Ich habe es vermasselt. Die Jungs haben es vermasselt. Wir sind diejenigen, die dich im Stich gelassen haben. Das ist nichts anderes, als wenn du ein gebrochenes Bein hättest und wir dich hinter uns herhumpeln lassen würden.«

Ich lache kurz und humorlos auf. »Ein bisschen anders ist

das schon. Das gebrochene Bein kann man sehen. Was in meinem Kopf vorgeht, kann man nicht sehen.«

Killian schüttelt den Kopf. »Mag sein. Aber als du versucht hast, dir das Leben zu nehmen, war es ziemlich offensichtlich, dass du Hilfe brauchtest. Ich werde dich nicht noch mal im Stich lassen.«

Er klingt fest entschlossen und ich drehe mich zu ihm. Er starrt mich an, ohne zurückzuzucken. »Was immer du brauchst, John. Wann immer du es brauchst.«

»Die Sache ist die«, sage ich. »Wenn du versucht hättest, dir das Leben zu nehmen, hätte ich genauso reagiert. Ich wäre verflucht sauer gewesen, dass du mit deinen Problemen nicht zu mir gekommen bist.«

Er zieht schockiert die Augenbrauen hoch, und ich schenke ihm ein bitteres Lächeln.

»Niemand reagiert perfekt. Also sollte man es gar nicht erst versuchen. Ich habe es satt, das Thema zu sein, das man nicht anspricht, weil es einem unangenehm ist. Lass es gut sein, Mann. Behandele mich einfach so wie früher.« Ich schaue in seine Richtung und schmunzle. »Sei der Blödmann, der du früher warst, anstatt der Blödmann zu sein, der diese Sache zwischen uns aufrechterhält.«

Killian reibt sich mit einer Hand übers Gesicht. »Das krieg ich hin.« Er setzt sich aufrechter hin. »Das mache ich.«

»Gut.« Ich räuspere mich. »Und danke.«

Er weiß, dass ich nicht nur davon rede, dass er meiner Bitte zugestimmt hat. Er drückt seine Schulter fester gegen meine. »Immer gerne.«

Wir sitzen aneinandergelehnt da und sagen kein Wort. Und obwohl es mir schwerfällt, es zuzugeben – sogar mir selbst gegenüber –, sind der Körperkontakt und die Vertrautheit meines ältesten Freunds wie Balsam für mich.

Stella hatte recht. Ich musste diese Worte von Killian hören. Ich habe so viel Mist in mich hineingefressen – schon wieder –, ohne es zu merken. Stella wusste ganz genau, was ich brauchte, und hat es mir besorgt.

Obwohl ich auf ihrem Herzen herumgetrampelt und sie weggeworfen habe, hat sie mir geholfen.

Der Schmerz in meiner Brust wird hell und eiskalt. All die Kilometer, die ich gelaufen bin, sind vergebene Mühe. Ich kann sie nicht aus meinem Kopf oder meinem Herzen verbannen. Sie kracht immer wieder so heftig herein, dass ich zusammenzucke.

Wo ist sie? Leidet sie ebenso sehr wie ich?

Hör auf, an sie zu denken.

Killian betrachtet mich von der Seite. »Vor etwas weniger als dreißig Stunden rief mich die Frau, die sich um meine Haustiere gekümmert hat, an, um mir mitzuteilen, dass ich meinen Hintern besser nach Hause schwingen und für meinen besten Freund da sein sollte. Jetzt hast du eine Miene aufgesetzt, mit der ich nur allzu vertraut bin, weil ich genauso aussah, als ich Libby gehen ließ. Rede mit mir, Mann.«

»Stella«, krächze ich. »Ich habe mich verliebt, bin ausgeflippt und habe es beendet.«

»Idiot.« Er versetzt mir einen Schlag auf den Kopf, um seine Aussage zu unterstreichen.

Ich reibe geistesabwesend über die Stelle, aber nicht mein Kopf schmerzt, sondern mein Herz. »Sie ist besser bei jemandem aufgehoben, der nicht so verkorkst ist wie ich. Sie braucht jemanden, der zuverlässig ist.«

Killian runzelt die Stirn, als würde er etwas Vergammeltes riechen. »Versuchst du ernsthaft, mir diesen Quatsch zu verkaufen?«

»Das ist kein Quatsch. Ich *bin* unzuverlässig. Ich bin eine verdammte Katastrophe.«

»Und trotzdem liebt sie dich.« Er schaut mich streng an. »Spar dir diesen Blick. Sie hat mich direkt angerufen, nachdem du auf ihrem Herzen herumgetrampelt bist. Sie liebt dich.«

Verdammt, mir ist kalt. Ich reibe fester über meine bebende Brust. »Ich bezweifle, dass das immer noch der Fall ist.«

»Weil es ja so leicht ist, diese Gefühle einfach abzuschalten.« Er schnaubt. »Wie funktioniert das für dich?«

»Nicht so toll.« Das ist die Untertreibung meines Lebens.

»Hör auf davonzulaufen, John. Im übertragenen und im wörtlichen Sinn. Es wird nicht funktionieren.«

Mit einem Seufzen lege ich meinen Arm über meine schmerzenden Augen. »Ich weiß, dass du denkst, ich würde Quatsch reden, aber ich meine es ernst. Ich kann nicht zu Stella zurückgehen und sagen, dass es mir leidtut, nur um sie dann erneut wegzustoßen, wenn ich mich unsicher fühle. Das ist ihr gegenüber nicht fair.«

»Das ist es dann also? Du wirst sie einfach so gehen lassen?«

Meine Kehle fühlt sich ölig an, und ich schlucke krampfhaft. »Das habe ich bereits getan.«

Killian gibt einen protestierenden Laut von sich, widerspricht mir aber nicht. Ich sitze auf der Couch und wünsche mir, dass sie mich verschlingen würde. Schließlich seufzt er und steht auf. »Wenn ich jetzt einschlafe, werde ich einen höllischen Jetlag haben, und Libby ist in den Hamptons mit … Brenna. Du kommst jetzt mit mir und wir besorgen uns eine Pizza.«

Ich will nichts essen. Ich werde vermutlich daran ersticken.

»Du wirst mich endlos nerven, wenn ich Nein sage, oder?«

Sein Lächeln ist aufrichtig und irgendwie böse. »Ich werde einfach Whip und Rye anrufen. Whip hat davon geredet, mal wieder Scharade spielen zu wollen.«

»Du verarschst mich.«

»Willst du das Risiko eingehen?«

Nein, das will ich wirklich nicht. Und da ich mich ihnen nicht entziehen kann, stehe ich auf. »Schön, ich komme mit.«

Keiner sagt ein weiteres Wort über Stella. Es ist, als hätte sie niemals existiert. Einmal mehr erstreckt sich die abgenutzte Straße meines alten Lebens vor mir. Sie führt nicht zum Glück, aber es ist ein Weg, den ich kenne.

Als die Nacht vorüber ist, bin ich so taub, dass ich das Loch in meiner Brust, das Stella ausfüllen sollte, beinahe ignorieren kann.

Beinahe.

Beinahe reicht jedoch nicht. Ich brauche mein Leben zurück. Die Angst zeigt mir einen Weg, den ich einschlagen soll, aber mein Herz beharrt auf einem anderen. Ich werde auf mein Herz hören.

Ich brauche nicht lange, um sie anzurufen. Sobald wir vom Pizzaessen zurückkommen, zücke ich mein Handy. Als mich eine mechanische Stimme darüber informiert, dass ihre Nummer nicht länger vergeben ist, ist das wie ein Tritt in den Magen.

»Verdammt.« Ich lege auf.

Killian, der immer noch bei mir herumhängt und versucht, mich mit Videospielen abzulenken, holt zwei Bier aus dem Kühlschrank, kommt damit ins Wohnzimmer und schaut zu, wie ich auf und ab laufe. »Was ist dein Problem?«

Ich lasse mich neben ihm auf die Couch fallen, ignoriere das Bier aber. »Sie hat ihr Handy nicht mehr.« Ich werfe mein Telefon auf den Wohnzimmertisch und reibe über die angespannte Stelle zwischen meinen Augen. »Oder sie hat sich eine neue Nummer besorgt.«

Killian zuckt mit den Schultern. »Hast du etwas anderes erwartet? Du hast sie zu Boden getreten.«

»Versuch bloß nicht, es zu verharmlosen oder so was.«

Er grinst breit. »Ich sollte dich doch nicht mehr behutsam behandeln, erinnerst du dich?«

Arschloch.

»Ich weiß nicht, wo sie ist oder wie sie zurechtkommt.« Ich fahre mit einer Hand durch mein Haar. »Ob es ihr gut geht.«

»Stella ist eine tüchtige Frau. Sie hat sich jahrelang um sich selbst gekümmert.«

Ich werfe ihm einen Blick zu. Er meint das nicht sarkastisch, aber seine Bemerkung ärgert mich trotzdem. »Das weiß ich. Ich will nur …« Die Anspannung in meiner Brust verstärkt sich. »Ich will derjenige sein, der sich um sie kümmert. Nicht weil sie es nicht kann, sondern weil ich es kann.«

Das ergibt keinen Sinn. Aber ich weiß nicht, wie ich es sonst erklären soll.

Killian sitzt schweigend neben mir und trinkt sein Bier. Wir sind schon so lange befreundet, dass ich weiß, wie er sitzt, wenn er angespannt ist, wenn er mich ignoriert oder wenn er einfach nur darauf wartet, dass ich meinen Kram auf die Reihe bekomme. Er wird sehr lange warten müssen.

Ich atme geräuschvoll aus. »Kills, Mann, wie hast du es gemacht? Mit Libby, meine ich.«

Er dreht den Kopf und schaut mir in die Augen. »Du meinst, wie ich sie in mein Herz gelassen und dort behalten habe?«

»Ja«, krächze ich. »Genau das.«

Er nickt langsam und lässt die Bierflasche zwischen seinen Fingerspitzen baumeln. Die Flasche schwingt, während er trocken auflacht. »Es ist so: Ich habe sie gar nicht in mein Herz gelassen. Sie ist einfach dort gelandet. Ich traf sie, und sie wurde zu einem Teil von mir.« Er fixiert mich mit seinen dunklen

Augen. »Es ging nicht darum, sie in mein Herz zu lassen. Es ging darum zu akzeptieren, dass sie bereits dort war, und dann damit weiterzuleben.«

Ich balle die Hände zu Fäusten. »Stella war in meinem Herzen. Ganz und gar. Und ich war so verdammt glücklich. Nein, nicht nur glücklich, ich verspürte inneren Frieden.«

»Ich weiß«, sagt Killian leise. »Glaub mir, ich weiß.«

Ich schnaube, meine damit aber mich selbst. »Und ich habe sie trotzdem weggestoßen.«

Sein Lächeln ist angespannt und schief. »Tja, niemand hat gesagt, dass es leicht wäre, die Liebe in seinem Leben zu akzeptieren.«

Ich stöhne und lasse mich tief in die Couch sinken. »Ich bin wie ein Feigling davongelaufen und habe das Beste, was ich je hatte, vermasselt.«

»So ziemlich.«

Killian duckt sich, als ich ihm ein Kissen an den Kopf werfe. »Ernsthaft, du kannst jetzt langsam mal den Mund halten.«

Er lacht leise, wird dann aber ernst. »Du hast es verbockt. Das passiert jedem mal. Willst du sie zurückhaben?«

»Ja.« Als ich dieses eine Wort ausspreche, löst sich etwas in meiner Brust. Ich atme ein, und es fühlt sich wie der erste echte Atemzug an, den ich seit unserer Trennung genommen habe. Also sage ich es noch mal, weil es nun die einzige Wahrheit in meiner Welt ist. »Ja, ich will sie.«

»Dann reiß dich zusammen und bringt das in Ordnung.«

Die Realität dessen, was mir bevorsteht, ist nicht schön. »Ich bin nicht sicher, dass ich es in Ordnung bringen kann. Stella vertraut anderen Menschen nicht so leicht. Sogar noch weniger als wir. Und ich habe das Vertrauen, das sie mir geschenkt hat, missbraucht und zertrampelt.«

Er versetzt mir einen ermutigenden Klaps auf die Schulter.

»Du liebst sie. Sie liebt dich. Der Rest ist Logistik. Und jetzt hol dir dein Mädchen.«

Mir mein Mädchen zu holen ist leichter gesagt als getan. Zuerst einmal habe ich keine Ahnung, wo zum Teufel sie ist. Stella hat von ihrem Dad gelernt, wie man abtaucht. Wenn er es geschafft hat, sich jahrelang versteckt zu halten, ist Stella zweifellos ebenfalls dazu in der Lage. Die Vorstellung, dass es mir nicht gelingen könnte, sie zu finden, erfüllt mich mit Panik. Der Gedanke an ein langes Leben, das noch vor mir liegt und das ich ohne einen Hinweis auf Stellas Aufenthaltsort und ohne ein weiteres Wort an sie verbringen muss, ist unerträglich.

Da ich ahnungslos bin, gehe ich zu der Quelle des Wissens in meinem persönlichen Universum.

Scottie öffnet die Tür nach dem fünften Klopfen. Sein Haar steht an einer Seite ab und seine Krawatte ist schief – denn sie befindet sich im gnadenlosen Griff einer pummeligen Babyfaust. Felix schenkt mir ein breites Grinsen, als wollte er sagen: Guck mal, wen ich zu meinem Sklaven gemacht habe. Ich bewundere seine Taktik wirklich sehr.

»Ich dachte mir schon, dass du auftauchen könntest. Hier, halt mal.« Scottie drückt mir Felix in die Arme. »Ich muss ganz dringend pinkeln. Sophie ist gerade aus den Hamptons zurückgekommen und schläft ihren Rausch aus und …« Er macht auf dem Absatz kehrt und läuft die Treppe in den ersten Stock hoch, wobei er immer zwei Stufen auf einmal nimmt.

»Du weißt schon, dass du ihn einfach in sein Bettchen legen könntest, oder?«, rufe ich Scottie hinterher.

Eine körperlose Stimme ertönt. »Versuch's mal, Kumpel. Wenn du dich traust.«

Eine Tür knallt, und ich bin allein mit einem knapp zehn

Kilo schweren sabbernden Baby, das beschlossen hat, dass meine Augenbrauen besser aussehen würden, wenn sie von meinem Gesicht getrennt wären.

»Okay, kleiner Mann.« Ich zupfe seine Finger von meiner misshandelten Haut. »Wir suchen dir jetzt ein geeigneteres Spielzeug.«

Scotties Wohnhaus auf der Upper West Side ist groß genug, um eine zentrale Treppe zu haben, von der links und rechts Räume abgehen. Im hinteren Bereich haben sie ein Familienzimmer eingerichtet, dessen Fenster einen Blick auf einen kleinen Garten gewähren.

Vor der Geburt des Babys war die Wohnung makellos – cremefarbene Couchs, helle Aubussonteppiche und Glastische. Jetzt sind die Couchs dunkelgrau, der Teppich besteht zwar immer noch aus Seide, ist aber ein roter Perser, und die Tische sind alle aus robustem dunklen Holz. Es ist immer noch schön, aber deutlich fleckenfreundlicher. Und es ist unordentlich. Überall auf dem Boden liegt Spielzeug herum. Vier Tassen mit unterschiedlich großen Mengen kaltem Kaffee darin stehen auf dem Tisch. Ein paar Babydecken sind ausgebreitet, und es gibt ein seltsam aussehendes klettergerüstartiges Gestell, das aus gepolstertem Plastik zu bestehen scheint und von dem Stoffkäfer herunterhängen. Bizarr.

»Hier, Kumpel. Lass uns damit spielen.« Ich setze Felix vor den baumelnden Käfern ab.

Er schaut erst die dämlichen Käfer, dann mich und schließlich wieder die Käfer an. Sein kleines Kinn wird runzlig. Sofort höre ich eine innere Alarmsirene, die tönt: »Gefahr! Gefahr! Mission abbrechen! Abbrechen!!«

Ich bewege einen der Spielzeugkäfer. »Lustig, oder?«

Nein, das ist nicht lustig. Felix' Augen füllen sich mit Tränen, und er holt tief Luft. Es ist die beängstigende Ruhe vor dem Sturm. Seine Laune kippt mit einem gottlosen Klagelaut. Er wedelt mit seinen kleinen Ärmchen durch die Luft, und sein Gesicht ist knallrot. Es ist erschreckend.

»Okay, okay.« Ich hebe ihn hoch und laufe auf und ab. »Ist schon gut. Diese Käfer sind ohnehin gruselig.«

Felix tut sein Bestes, um meine Trommelfelle platzen zu lassen. Wenn man bedenkt, dass ich mir eine Karriere darauf aufgebaut habe, regelmäßig die Lautstärkeregler zu überreizen, ist seine Stimme beeindruckend.

»Tut mir leid, tut mir leid.« Ich versuche, ihn hin und her zu wiegen, wie Sophie es tut, aber das hätte ich besser gelassen. Der kleine Kerl will nichts davon wissen. Er drückt den Rücken durch und schreit seine Wut hinaus. Ich muss ihn fest an mich drücken, weil ich befürchte, ihn sonst fallen zu lassen. »Herrgott, und ich dachte, ich wäre emotional. Was ist mit diesem kleinen …« Ich schaue mir das graue Stofftier an, das ich aufgehoben habe. Ich habe keine Ahnung, was es darstellen soll. »Affen? Willst du deinen Affen?«

Der graue klumpige Affe fliegt nach einem empörten Schlag quer durchs Zimmer.

»Klar. Affen sind ätzend. Ist notiert.«

In Felix' Augen blitzt Mordlust auf, und seine Lunge hat das Leistungsvermögen eines echten Rockstars.

Scottie kommt mit einer gestressten Miene ins Zimmer geeilt. »Du hast ihn abgesetzt, oder?«

»Ich dachte, dass er vielleicht spielen will! Ich meine, was zum Teufel ist mit diesem Kind los, Alter?«

Scottie nimmt seinen Sohn, schnappt sich einen Schnuller und hält ihn Felix vor den Mund. »Hier ist dein Schnuller, Liebling.«

Der kleine Stinker nimmt ihn sofort in den Mund und legt seinen Kopf mit einem zitternden Seufzen auf Scotties Schulter, als hätte er gerade einen langen, harten Kampf hinter sich. Einen Kampf, den ich eindeutig verloren habe.

»Man muss also das Loch stopfen.« Ich schlage mir auf die Stirn. »Ich hätte es wissen müssen.«

Scottie und Felix werfen mir beide einen bösen Blick zu.

Ich bin offiziell mit den Nerven am Ende und ich schwöre, dass ich einen Drink brauche oder dieses Adrenalin durchs Laufen aus meinem Körper bekommen muss. »Verdammt, Kumpel, woher weißt du überhaupt, was du machen musst?«

»Feuerprobe.« Scottie lächelt schwach. »Nur die Starken überleben.«

Ich nehme jeden Vaterwitz zurück, den ich je über Scottie gemacht habe. Er verdient einen Orden.

»Wenn es ums Babysitten geht, lautet meine Antwort übrigens: ›Danke, aber nein‹.«

Scottie schnaubt. »Kumpel, keiner von euch Clowns kommt auch nur in die Nähe meines Nachwuchses. Sonst trägt er am Ende noch eine Lederhose und entwickelt eine unangenehme Vorliebe fürs Schlagzeug.«

Ich kann mir das Lächeln nicht verkneifen. »Das wäre irgendwie cool. Ich werde mal nach Lederhosen für Babys Ausschau halten. Vielleicht lasse ich auch extra welche anfertigen. Wegen des Schlagzeugs wirst du Whip fragen müssen.«

Sophie kommt ins Zimmer geschlendert. Sie wirkt müde, aber belustigt. »Jemand hat das Baby abgesetzt.«

Ich drehe mich um und gebe ihr einen Kuss auf die Wange. »Ihr habt einen winzigen Diktator in eurer Mitte. Legt mal ein wenig Strenge an den Tag und sagt hin und wieder auch mal Nein.«

Sophie und Scottie brechen in Gelächter aus. Sie lachen immer weiter, bis Felix um den Rand seines Schnullers herum lächelt und sich Sophie eine Träne aus dem Augenwinkel wischt.

»Oh, das war gut. Das habe ich gebraucht.«

»Sehr witzig.« Aber ich lächle ebenfalls.

»Kannst du das noch mal sagen?« Scottie zückt sein Handy. »Ich will es für zukünftige Verwendung aufzeichnen, falls du dich gegen jede Wahrscheinlichkeit für eigene Kinder entscheiden solltest.«

Das holt mich sofort auf den Boden der Tatsachen zurück. Mein zukünftiges Glück ist der Grund, warum ich hier bin. »Vielleicht später.« Ich verziehe das Gesicht. »Hör zu, ich muss Stella finden.«

Die Temperatur im Zimmer scheint um ein paar Grad zu fallen. Scottie setzt sein Geschäftsgesicht auf, was im Grunde genommen aus einer undurchdringlichen Mauer aus »Ich weiß nichts« besteht. Sophie zieht die Brauen zusammen, als würde sie mit dem Gedanken spielen, Felix den Schnuller aus dem Mund zu ziehen und ihn auf mich zu hetzen.

»Tut mir leid«, sagt Scottie, »aber sie ist nicht hier.«

Nette Ausflucht. Ich trete näher an ihn heran. »Danach habe ich nicht gefragt.«

»Eigentlich hast du gar nichts gefragt.«

So will er dieses Spiel also spielen? Ich lächle dünn. »Scottie, alter Junge, weißt du zufällig, wo sich Ms Stella Grey aufhält?«

Er schaut zu Sophie, die zu mir und dann wieder zurück zu Scottie schaut. Es ist wie eine schlechte Nachstellung der Pattsituation aus *Zwei glorreiche Halunken*.

»Hey«, melde ich mich zu Wort, »ich versuche nur, mein Mädchen zu finden.«

»Dein Mädchen?« Sophie schnaubt. »Du hast das Recht verloren, sie so zu nennen, als du sie rausgeworfen hast.«

»Sophie«, sagt Scottie sanft.

Sie starrt ihn böse an. »Er hat sie verletzt.«

Gott, das trifft mich. Ich weiß, dass es stimmt. Aber es fühlt sich trotzdem wie ein Schlag in den Magen an. »Ich muss mich bei ihr entschuldigen und versuchen, die Sache wieder in Ordnung zu bringen, Soph. Aber das kann ich nicht, wenn ich sie nicht finden kann.«

Sophie verhält sich verflucht stur. Sie hebt ihr Kinn an und weigert sich, mit mir zu reden. Ich seufze und wende mich an Scottie. Es gab mal einen Punkt in meinem Leben, an dem ich angesichts der Vorstellung, anderen mein Herz auszuschütten, gelacht hätte. Scottie kannte mich zu diesem Zeitpunkt bereits. Wir beide wissen sehr gut, wie ich dazu stehe, aber nun habe ich keine Angst zu betteln.

Ich weiß, dass Scottie das in meiner Miene sieht. Ich muss kein Wort sagen. Er lässt die Schultern sinken und seufzt. Dann schaut er zu Sophie, die ihn böse anfunkelt.

»Du wirst es ihm nicht verraten.«

»Darling«, beginnt er.

Sophie verschränkt wütend die Arme unter ihren Brüsten. »Also kommen für dich Freunde vor Schlampen, ja?«

Scotties Lippen zucken. »Ich würde eine Frau niemals als Schlampe bezeichnen. Und es steht uns nicht zu, uns einzumischen.«

»Denk nur mal darüber nach«, sage ich. »Wenn Scotties Freunde nicht eingegriffen hätten, als wir ihn unrasiert und in einem völligen Chaos vorfanden und er erbärmlich jammerte, weil er dich verloren hatte, wärst du jetzt immer noch in Australien.«

Sie reißt die Augen auf, und ein kleines Lächeln breitet sich auf ihrem Gesicht aus. »Du hast gejammert?«, fragt sie den missmutigen Scottie.

Er verzieht das Gesicht. »Es war kein Jammern.«

»Eher ein Wimmern«, korrigiere ich und handele mir damit einen bösen Blick ein. Aber in Wahrheit tue ich dem Kerl einen Gefallen, denn Sophie hat bereits das Zimmer durchquert und gibt ihm einen Kuss auf die Wange.

»Das ist so süß, Sonnenschein.«

»Freut mich, dass du das so siehst.« Scottie küsst sie auf die Nasenspitze und wendet sich dann an mich. »Stella ist bei Brenna.«

»Mist.«

»Mmm«, stimmt er zu. »Ich weiß nicht, wie du an ihr vorbeikommen willst. Brenna hat Stella gegenüber einen enormen Beschützerinstinkt entwickelt.«

Sophie, die sich immer noch an Scottie klammert, schmunzelt. »Du hältst mich für einen harten Hund? Dann viel Glück dabei.«

Seltsamerweise macht mich die Tatsache, dass sich die anderen Frauen in meinem Leben um Stella kümmern, glücklich und dankbar. Stella hat sich schon immer Freunde und eine Familie gewünscht. Ich kann ihr das geben. Ich werfe einen Blick auf den kleinen Felix, der Scotties Hemd vollsabbert und mich böse anstarrt, und erschaudere. Tja, vielleicht noch keine vollständige Familie mit allem Drum und Dran. Wir sollten eine Hürde nach der anderen nehmen.

Ich muss mich zusammenreißen und diese ganze Aktion sorgfältig planen. Aber ich bin bereit zu tun, was immer nötig ist, um ihr Vertrauen zurückzugewinnen. Und es jagt mir keine Angst ein.

33. Kapitel

Stella

Ich bin mir nicht sicher, was ich von John erwartet habe, aber ich habe ganz sicher nicht mit einer Lieferung gerechnet. Sie kommt drei Wochen nach unserer Trennung an.

»Was zum Teufel ist das denn?«, fragt Brenna, als sie sieht, wie ich ein großes viereckiges Paket in ihre Küche schleppe, nachdem ich dafür unterschrieben habe.

»Keine Ahnung«, sage ich und hole eine Schere aus der Kramschublade. »Da steht nur drauf, dass das Paket für mich ist.«

Ihr Pferdeschwanz schwingt hin und her, als sie herübereilt, um mir zu helfen. »Das muss von Jax sein.«

Ich unterdrücke eine Grimasse. »Das wissen wir nicht. Woher sollte er überhaupt wissen, dass ich hier bin?«

Sie runzelt die Stirn. »Scottie muss es ihm verraten haben. Er ist der einzige der Jungs, der weiß, dass du hier bist. Und insgeheim ist er ein totaler Romantiker.«

»Wirklich?« Ich kann mir nicht vorstellen, dass der todernste Scottie gefühlsduselig werden kann.

»Das kannst du mir ruhig glauben. Nun, da er eine Familie hat, will er, dass wir alle unser Glück finden und uns niederlassen.«

»Und das ist schlimm?«, frage ich, da mich ihr säuerlicher Gesichtsausdruck amüsiert.

»Es ist nervig.« Brenna zieht eine Augenbraue hoch. »Aber genug von Scottie dem Kuppler. Kennst du sonst noch jemanden, der dir ein Paket schicken würde? Außerdem war der Kurier Darren. Er arbeitet für uns. Ich wette, dass Jax es geschickt hat.«

Ich starre das Paket an und zögere, es zu öffnen. Was auch immer John geschickt hat, es ist nicht klein. Das Paket ist gut fünfzig mal fünfzig Zentimeter groß.

»Wenn er dir einen menschlichen Kopf geschickt hat«, sagt Brenna düster, »werde ich wirklich sauer.«

Ich lache laut auf. »Was redest du denn da, Brenn? Du bist echt krank.«

Sie zuckt mit den Schultern. »Ich hab dich zum Lachen gebracht, oder? Und jetzt hör auf, das Paket anzustarren, als befände sich eine Bombe darin, und öffne es endlich.«

»Du bist ja ganz schön neugierig.« Ein paar Schnitte mit der Schere genügen, um das Paket zu öffnen. Wir lugen beide hinein.

»Tja«, sagt sie, »es ist kein Kopf.«

»Nein.« Flaschen klirren, als ich ein Sixpack Bier aus der Kiste hebe.

»Jax ist so verflucht seltsam.«

Ich spüre, wie sich ein Lächeln androht, und meine Lippen zittern, bevor ich sie mit Gewalt zusammenpresse. »Das ist eine seiner besten Eigenschaften.« Gott, ich werde weinen. Wegen dieses seltsamen Biergeschenks.

Brenna wühlt in der Kiste herum, doch sie ist leer. »Was zum Teufel soll das bedeuten?«

»Ich habe wirklich keine Ahnung. Es ist nicht so, als würde ich eine große Begeisterung für Bier hegen.«

»Warum hat er keine Nachricht dazugelegt?« Brenna schaut das Bier mit gerunzelter Stirn an. »Sein erster Versuch, mit dir Kontakt aufzunehmen, und er schickt dir Bier?«

Ich unterdrücke ein Seufzen und stelle das Bier in den Kühlschrank. »Ich versuche schon lange nicht mehr, ihn zu verstehen.«

Meine Worte sind jedoch hohl. Das Bier verfolgt mich, während ich davongehe. Was zum Teufel will mir John damit sagen? Hey, lass uns ein paar Bier trinken und über diese ganze Sache lachen? Tut mir leid, dass ich dir das Herz gebrochen habe, der Drink geht auf mich? Was auch immer es ist, ich stelle fest, dass ich immer wütender werde.

Die Wut braut sich in mir zusammen, während ich versuche, mich in Brennas Wohnzimmer zu entspannen. Schließlich werfe ich die Ausgabe der *Vogue* mit so viel Wucht auf den Wohnzimmertisch, dass sie herunterrutscht und mit einem dumpfen Aufprall auf dem Boden landet.

»Weißt du«, sagt Brenna, ohne von ihrer Zeitschrift aufzuschauen, »nur Rye könnte jemanden noch mehr verärgern als Jax. Sei froh, dass du dich nicht in ihn verliebt hast.«

»Was du nicht sagst«, murmle ich. »Wie schmerzhaft ist es, sich in Rye zu verlieben?«

Sie öffnet den Mund, hält dann aber inne und starrt mich böse an. Sie hat eindeutig eine andere Frage von mir erwartet, und ich habe sie unvorbereitet erwischt. Sie senkt den Blick. »Sehr witzig. Du glaubst, dass ich auf Rye stehe?«

Meine Lippen zucken. »Alle glauben, dass ihr aufeinander steht.«

Brenna schnaubt und richtet ihre Aufmerksamkeit plötzlich auf ihre eisblauen Fingernägel. »Bitte. Er ist ein Arschloch.«

Ich stehe auf und gehe zum Kühlschrank, um mir eine Flasche von Johns verdammtem Bier zu holen. Wenn wir jetzt über Männer reden, brauche ich was zu trinken. Es ist kalt genug, und Brenna nimmt die Flasche, die ich ihr anbiete, mit einem zweideutigen Blick entgegen. Dann trinkt sie einen großen Schluck.

»Ist er das wirklich?«, frage ich und mache es mir wieder auf der Couch gemütlich. »Ich gebe zu, dass er einen ziemlich kindischen Sinn für Humor hat und sehr direkt ist, aber er scheint ein netter Mann zu sein. Und ihr alle seid ihm eindeutig wichtig.«

Sie gibt einen missmutigen Laut von sich. Dann seufzt sie und legt den Kopf auf die weiche Rückenlehne der Couch. »Wir sind ihm wichtig. Und er ist ein guter Kerl. Er verhält sich nur mir gegenüber wie ein Arschloch.«

»Mir kommt es eher so vor, als würde er an deinem Pferdeschwanz ziehen, damit du ihn endlich wahrnimmst.«

Sie wirft mir einen Seitenblick zu.

»Nicht dass ich ein derartiges Verhalten gutheißen will«, stelle ich schnell klar. »Solche Grobianmethoden gehören abgeschafft.«

Sie verzieht den Mund zu einem Lächeln. »Zugegebenermaßen bin ich genauso schlimm. Das weiß ich. Ich schätze, das liegt an unseren Persönlichkeiten. Wir geraten einfach ständig aneinander.«

»Ich habe mich schon gefragt, ob da ein Zwist dahintersteckt, der nie geklärt wurde.«

»Oh, das auch«, sagt sie mit gerunzelter Stirn. »Es gab immer wieder Vorfälle. Aber darüber will ich jetzt nicht reden, denn sonst werde ich den ganzen Tag lang schlechte Laune haben.«

»Verständlich.« Ich knibbele an dem feuchten Etikett meiner Bierflasche herum. »Ich grübele schon genug für uns beide.«

Brenna und die Mädels haben mir geholfen, das Schlimmste zu überstehen. Zum ersten Mal in meinem Leben habe ich Freundinnen, die mich aus dem Haus gezerrt haben und mit mir in Schönheitssalons gegangen sind, um mir Massagen und Gesichtsbehandlungen zu verpassen. Wir sind ins Kino gegangen oder haben zu Hause Filme geschaut. Wir haben uns Cocktails und Eiscreme gegönnt – allerdings nicht die Sorte Minze mit Schokosplittern. Die haben wir aus dem Haus verbannt. Wir haben sämtliche Klischees erfüllt, die man sich vorstellen kann.

Und das alles hat Spaß gemacht. Nun ja, so viel Spaß, wie man eben haben kann, wenn man das Gefühl hat, ein riesiges Loch in der Brust zu haben. Auch jetzt presse ich meine Hand auf die Stelle und bin überrascht, dass meine Haut nicht eiskalt ist. Momentan ist mir ständig kalt. Das ist eine weitere neue und unerfreuliche Entwicklung. Wenn die Liebe das mit einer Person macht, dann kann sie sich verpissen.

Brenna schnappt sich ihr Handy und beantwortet ein paar E-Mails. Dann wirft sie es auf die Couch und schenkt mir ein übermäßig strahlendes Lächeln. »Wir sollten uns Pizza bestellen, damit wir sie zu diesem Bier essen können, das uns dein Mann geschickt hat.«

»Er ist nicht mehr mein Mann«, murmle ich.

Die Türklingel ertönt, bevor Brenna etwas erwidern kann. Sie schaut mich aufgeregt an, und ich zucke innerlich zusammen. Ja, Liebe *und* Hoffnung können sich definitiv verpissen. Ich mache mir nicht die Mühe, den Kopf zu drehen, um zuzusehen, wie sie die Tür öffnet.

»Eine weitere Lieferung!«, ruft sie vom Flur aus.

»Ernsthaft?« Ich stehe auf. »Wenn er noch mehr Bier geschickt hat, werde ich zu ihm rübergehen und es ihm über seinen Dickschädel kippen.«

»Vielleicht ist das die Absicht dahinter.« Sie runzelt die Stirn und betrachtet die Kiste. »Aber nein, dieses Paket ist leichter und länger.«

Wir öffnen es zusammen und Brenna murmelt etwas über Köpfe vor sich hin. In diesem Paket befindet sich eine sehr viel hübschere längliche Schachtel. Ich hebe den Deckel an, wühle mich durch das perfekt gefaltete Packpapier und finde eine Lage rosafarbenen Stoff vor. Ich nehme ihn heraus, und er entfaltet sich.

»Das ist ein Kleid«, sage ich und stelle damit das Offensichtliche fest.

»Gottverdammt.« Brenna fährt ehrfürchtig mit einem Finger über den Satinstoff. »Das ist ein Modell von Stella McCartney.«

Es ist ein knielanges Etuikleid mit einem eckigen Ausschnitt, der an den Stil der Vierzigerjahre erinnert, und einem tief ausgeschnittenen Rücken.

»Er hat mir ein Kleid gekauft? Was in aller Welt soll das bedeuten?«

»Vielleicht ist es eine Botschaft?« Sie wirkt nicht überzeugt. »Vielleicht will er dir damit sagen, dass er gern mit dir auf ein Bier ausgehen würde?«

Mit einem wütenden Knurren werfe ich das Kleid wieder in die Schachtel.

»Hey«, protestiert Brenna, »lass deine Wut nicht an dem Kleid aus. Sie ist unschuldig und kann nichts dafür.«

»Sie?« Ich lache.

»Tja, ich bezeichne Kleider nicht als ›es‹.« Sie schnieft und hebt ihr Kinn an. »Sie haben etwas Besseres als eine solche Beleidigung verdient.«

Ich lächle immer noch, als es erneut an der Tür klingelt. Brenna gibt ein leises Quieken von sich, aber ich hebe eine

Hand. »Dieses Mal mache ich auf.« Wütend stapfe ich zur Tür und reiße sie auf.

Der arme Darren hält ein noch kleineres Paket in den Händen und starrt mich mit offenem Mund an, als ich ihm mit meinem ganzen Zorn gegenübertrete. »Äh, eine Lieferung für Sie, Ms Grey.«

»Das ist lächerlich. Nehmen Sie sie wieder mit und sagen Sie ihm, dass ich nicht an Spielchen interessiert bin.«

Darren öffnet den Mund noch weiter, während er verzweifelt nach Worten sucht. »Die Sache ist die: Ich werde Schwierigkeiten bekommen, wenn ich diese Lieferung nicht zustelle.«

»Oh, zum Teufel damit.« Ich nehme ihm das Paket ab. »Tut mir leid, dass ich Sie angeschrien habe. Jax ist die Nervensäge, nicht Sie.«

Darrens Ohrenspitzen laufen rot an. »Klar. Tja, ich wünsche Ihnen einen schönen Tag!«

»Also gut.« Ich reiße das Paket auf.

»Was ist es dieses Mal?«, fragt Brenna. »Eine Halskette?«

»Nein.« Ich werfe ihr einen verwirrten Blick zu. »Eine DVD. *Endstation Sehnsucht*.«

Sie runzelt die Stirn. »Also … versucht er, dich um eine Verabredung zu bitten?«

Ich lasse die Finger über die Plastikkante der DVD-Hülle gleiten. Auf der Hülle ist ein junger Marlon Brando abgebildet. Er ist muskulös und attraktiv, sein Oberteil ist schmutzig und zerrissen, und er schreit mich von einem kleinen eingerahmten Szenenstandbild aus an. Ein Lächeln zupft an meinen Mundwinkeln. »Oh, um Himmels willen.«

»Was?« Brenna schaut von der Hülle zu mir. Ihre Miene ist erwartungsvoll. »Was hat er gemacht?«

Ich lege die DVD ab, marschiere ins Wohnzimmer, schnappe mir mein Bier und halte es hoch. »Die Biermarke heißt *Stella Artois*.«

Brennas gerunzelte Stirn glättet sich. »Und das Kleid ist von Stella McCartney. Er schickt dir Dinge, die etwas mit dem Namen Stella zu tun haben?«

Ich schnaube und schaue wieder auf das Bild von Marlon Brando. »Es ist sogar noch schlimmer. Ich glaube, er ruft nach mir. Du weißt schon … ›Stella! Hey, Stella!‹«

Sie kichert. »Gott, er ist so seltsam. Niedlich, aber seltsam.«

Meine Sicht verschwimmt, und ich blinzle hektisch. »Ja.« Er ist seltsam und wundervoll und kaputt. Und ich liebe ihn. Wirklich. Aber jemanden zu lieben genügt nicht. Er versucht eindeutig, Kontakt zu mir aufzunehmen und eine Art Wiedergutmachung zu leisten – auf seine eigene ungeschickte Weise. Aber ich fühle mich nicht besser. Um ehrlich zu sein, fühle ich mich sogar noch schlechter.

Als es erneut klingelt, seufze ich nur und trotte zur Tür. »Hören Sie, das ist jetzt …«

»Hey, Stella«, sagt John sanft. Er steht mit zerzaustem Haar da. Sein weißes T-Shirt spannt über seiner Brust. Und er hat die kurzen Ärmel hochgekrempelt, sodass man seine muskulösen Bizepse sieht. Seine locker sitzende Arbeiterhose hängt tief auf seinen schmalen Hüften. Nach zwei Wochen ohne ihn raubt mir sein Anblick nun den Atem. Ich kann ihn nur anstarren und genießen. Gott, er ist so hübsch. Er wird immer meiner idealen Vorstellung von reinem Sex-Appeal entsprechen.

Und es wird immer ein klein wenig zu sehr wehtun, ihn anzuschauen.

»Warst du die ganze Zeit hier draußen?«, schnauze ich, weil ich nicht weiß, was ich sonst sagen soll.

Er schenkt mir sein schiefes Lächeln, bei dem sich um seine Augen herum kleine Fältchen bilden und er einen seiner ausdrucksstarken Mundwinkel hochzieht. Ich hasse dieses Lächeln.

»Erst seit Darren die DVD ausgeliefert hat.«

»Der arme Darren.«

Sein Lächeln verblasst. »Ja, du hast ein wenig … verärgert gewirkt.«

»Meinst du?« Ich klammere mich an den Türknauf, als wäre er ein Rettungsring. »Was hast du denn erwartet? Du trennst dich von mir und schickst mir dann ein paar Wochen später eine ganze Reihe bizarrer Geschenke ohne erklärende Nachricht.«

John tritt von einem Fuß auf den anderen und schaut mich mit gesenktem Kopf an. »Aber du hast es verstanden, oder?«

Ich werde nicht lächeln. Nein. Ich werde es nicht tun. Ich beiße mir auf die Lippe. »Ja. Du hast den Film doch gesehen, nicht wahr?«

»Äh …« Er kratzt sich am Nacken und kaut auf seiner Lippe herum. »Ich meine, ich habe diese klassische Szene gesehen, in der er nach Stella ruft. Das ist sehr emotional.«

Trotz meiner großen Bemühungen kann ich mir das Lächeln nicht mehr vollständig verkneifen. »Er ruft nach ihr, weil er sie am Abend zuvor im Suff geschlagen hat. Später vergewaltigt er dann ihre Schwester.«

John wird kreidebleich. »Verdammt. Wirklich?«

»So zu tun, als wäre man dieser Kerl, ist nicht gerade die beste Idee.«

Er seufzt und lässt sich gegen den Türrahmen sacken. »Verdammt noch mal. Warum versucht die Popkultur, dieses Teil romantisch wirken zu lassen?« Er fährt mit einer Hand durch sein Haar und zerzaust es dadurch nur noch mehr. Braune Spitzen stehen in alle Richtungen ab, während er mich mit wilden grünen Augen anschaut. »Ich bin wirklich nicht gut in so was.«

Die sanfte Zerknirschtheit in seiner Stimme erweicht mich, und es fällt mir schwer, hart zu bleiben. Aber endlich hat er das traurige Thema angesprochen, um das es eigentlich geht. Und das reißt all meine Wunden wieder auf. »Worin bis du nicht gut, John?«

»Ich wollte dich zum Lachen bringen und dich genug ablenken, um dich dazu zu bringen, mir die Tür aufzumachen.«

»Tja, ich habe gelacht«, gebe ich zu. »Auch wenn der Grund dafür eher Ungläubigkeit war. Und die Tür ist auf. Also hast du dein Ziel technisch gesehen erreicht.«

»Das habe ich. Aber das genügt nicht.«

»Nein.« Meine Hand am Türknauf ist feucht und klamm. »Was willst du?«

Er lässt den Blick über mein Gesicht wandern und betrachtet den Schmerz und die Skepsis, die darin liegen. »Mit dir reden.«

Mir wird plötzlich bewusst, dass sich Brenna irgendwo hinter mir befinden muss. Doch als ich nach hinten schaue, stelle ich fest, dass das Wohnzimmer leer ist. Ich will das nicht in ihrem Zuhause klären.

»Lass uns spazieren gehen«, sage ich zu John. Er nickt angespannt und wartet dann, während ich meine Schuhe anziehe und den Schlüssel einstecke.

Meine Hände zittern, als ich eine Sonnenbrille aufsetze. Vermutlich ist das feige, aber ich muss mich so gut schützen, wie ich kann, und John ist so gut darin, in meinem Gesicht zu lesen. Er schenkt mir ein gequältes, aber verständnisvolles Lächeln. Als wir nach draußen gehen, schweigen wir beide und halten genug Abstand zueinander, um ungewollten Kontakt zu vermeiden. Die Leichtigkeit, mit der wir uns sonst immer auf ganz natürliche Weise nahe kommen, ist nun verschwunden. Das fühlt sich für mich schlimmer an als die Zeit, in der ich gar nichts von ihm gehört habe.

34. Kapitel

John

Ich kann nicht aufhören, an Stella zu denken. Sie ist wie eine vollmundige, heiße Tasse Kakao nach einem Marsch durch einen Schneesturm. Sie ist wie ein eiskaltes Bier nach einem schweißtreibenden Auftritt. Jeder Zentimeter von ihr fesselt mich, von den feinen Locken ihres umwerfenden rotgoldenen Haars bis hin zu dem wirren Muster ihrer Sommersprossen. Ich verbrachte Stunden damit, mir diese winzigen zimtfarbenen Punkte einzuprägen, wenn wir nachts aneinandergeschmiegt auf der Couch lagen und ich mit meinen Fingern durch ihr Haar fuhr. Ich war vollkommen damit zufrieden, sie einfach nur zu streicheln, während sie mir Dinge erzählte, die mich zum Lachen brachten.

Ihr schwungvoller Gang sorgt dafür, dass ich auch jetzt gegen ein Lächeln ankämpfen muss. Nur Stella bewegt sich mit Schritten fort, die sowohl ein entschlossener Marsch als auch ein sinnliches Schwingen von Hüften und Hintern sind. Aber sie ist angespannt und hat die Lippen fest zusammengepresst. Ich weiß, dass ich dafür verantwortlich bin. Gott, ich will sie wieder lächeln sehen. Ich war ein Idiot. Wie konnte ich nur denken, dass mein Leben ohne sie besser und sicherer sein würde?

Eine Weile gehen wir schweigend nebeneinanderher. Es ist unangenehm, aber das macht mir nichts aus. Ich genieße einfach ihre Gegenwart.

Ich führe sie zum Central Park. Wir gehen an einem Paar vorbei, das sich einen großen Milchshake teilt. Sofort kommen mir Erinnerungen daran in den Kopf, wie ich sie mit einer ihrer professionellen Freundschaftsverabredungen im *Shake Shack* sitzen sah. Ich hätte schon damals wissen müssen, dass es um mich geschehen war. Der bloße Anblick ihres Lächelns, das einem anderen Kerl galt, brachte mein Herz in meiner Brust zum Rasen und jagte einen Schub aus reiner, tiefer Eifersucht durch meine Venen. Ich wollte dieser Kerl sein, der ihr gegenübersaß. Ich wollte derjenige sein, der ihre Zufriedenheit und ihr Glück verdient.

Sie bleibt auf der Bow Bridge stehen und legt die Arme auf das Geländer, um nach unten auf den spiegelglatten See zu starren. »Also.«

Ich bin das, was ich sagen will, immer wieder im Kopf durchgegangen und habe es auf dem Weg zu Brennas Wohnung geübt. Doch das, was jetzt aus meinem Mund kommt, ist nicht das, was ich geplant hatte. »Ich brauche dich nicht.«

Stella weicht zurück, als hätte ich sie geschlagen, und ich gehe einen Schritt auf sie zu. »Warte. So wollte ich das nicht formulieren.«

Sie lacht schnaubend und zieht dann ihre Sonnenbrille ab. Ihre Augenwinkel wirken vor Schmerz ganz angespannt. »Ich glaube nicht, dass es eine Formulierung gibt, die das gut klingen lassen würde.«

»Ich weiß. Mist.« Ich fahre mir mit den Fingern durchs Haar. »Ich wäre schon früher hier gewesen, denn Gott weiß, dass ich dich vermisse, Stells. Ich habe dich so sehr vermisst, dass es sich anfühlt, als hätte ich meine Hände oder meine

Stimme verloren. Aber zuerst musste ich noch etwas erledigen. Ich bin bei Dr. Allen gewesen, habe mit ihr über alles geredet und viel nachgedacht. Ich bin zu dem Schluss gekommen, dass du mich nicht in Ordnung bringen kannst.«

Stella starrt mich mit harten Augen an, sagt aber kein Wort. Ich weiß, dass sie etwa zehn Sekunden davon entfernt ist, sich einfach umzudrehen und davonzugehen. Meine Worte kommen hektisch aus meinem Mund, weil ich sie unbedingt hier bei mir behalten will. »Das kann niemand. Ich habe mich so lange als kaputt betrachtet und diesen Zustand gehasst.« Ich lecke mir über die trockenen Lippen und zwinge mich, ihr die reine Wahrheit zu erzählen. »Aber noch mehr habe ich die Vorstellung gehasst, dass mich andere in Ordnung bringen wollten.«

Ihr Blick wird weich. »Ich habe dich nie für kaputt gehalten, John.«

»Ich weiß«, flüstere ich. »Stolz ist allerdings etwas Seltsames. Manchmal weigert er sich, auf die Logik zu hören. Ich sah die Risse in meiner Existenz und fühlte mich schwach. Ich wollte dein Fels sein, derjenige, auf den du dich verlassen kannst.«

Mit einem zitternden Atemzug dreht sie den Kopf. Sie ist nicht länger bereit, mich anzusehen. »Das warst du.«

Bis ich es nicht mehr war. Ich balle die Hände zu Fäusten, um mich davon abzuhalten, sie dicht an mich heranzuziehen. Noch nicht. »Ich bin ausgeflippt und habe dich weggestoßen.«

Sie spannt den Kiefer an. »Ich weiß.«

»Du hast mir gesagt, dass ich das tue, und ich habe dir nicht zugehört.«

»Das weiß ich ebenfalls.«

Gott, sie klingt so distanziert, so fertig mit mir.

Meine kalten Hände zittern so heftig, dass ich sie in meine

Hosentaschen schiebe. »Ich weiß, dass das nicht genügt, aber es tut mir leid.«

Sie blinzelt hektisch und richtet den Blick zum Himmel. Der Wind weht ihr eine Haarsträhne in die Augen. »Ich weiß.«

»Herrgott, Stells.« Ich trete näher an sie heran und neige den Kopf, damit ich sie anschauen kann. »Hör auf ›Ich weiß‹ zu sagen und …«

»Und was?«, schnauzt sie und funkelt mich böse an. »Was soll ich sagen, damit *du* dich besser fühlst?«

Ich werde ganz blass und stelle entsetzt fest, dass sie recht hat. Meine Schultern sacken nach unten. »Das habe ich verdient. Das und mehr.« Langsam strecke ich eine Hand aus und schiebe ihr sanft die Haarsträhne hinters Ohr, die ihr vor die Augen geweht ist. Ich muss ihre Augen sehen. In ihnen liegt meine Welt. »Ich liebe dich.«

Meine Worte lassen sie sichtlich zusammenzucken. Sie wendet den Blick ab und dreht mir ihr Profil zu. In diesem Augenblick wirkt sie so klein, so zerbrechlich wie feines Kristallglas. Was seltsam ist, weil Stella auf mich immer unverwüstlich gewirkt hat. Ihre Stärke, ihr Licht – sie kann es mit der ganzen Welt aufnehmen und sie sich zu eigen machen. Ich gehöre ihr.

Ich kann mich nicht davon abhalten, sie zu berühren – die Spitzen ihres rotgoldenen Haars, die süßen Umrisse ihres Kiefers. »Aber das genügt nicht, oder?«

»Nein.« Das Wort fällt wie ein Stein.

Ich habe mich noch nie einer Abweisung stellen müssen. Stella ist *immer* nur abgewiesen worden.

Ich schiebe meine Hände wieder in die Hosentaschen und rede weiter. »Sobald die Worte meinen Mund verlassen hatten, bereute ich sie und wollte sie zurücknehmen. Aber das tat ich nicht, das konnte ich nicht. Manchmal fällt es mir schwer, meinen Kopf zu verlassen.«

»John …« Sie holt tief und unsicher Luft, so als würde sie etwas sagen wollen, nur um dann abrupt innezuhalten. Sie bohrt ihre perlweißen Zähne in ihre Unterlippe. Als sie schließlich doch wieder spricht, ist ihr Tonfall vorsichtig. »Warum bin ich hier?«

Mein Leben lang habe ich mich immer mit Ausflüchten aus schwierigen Situationen befreit, und auch jetzt verspüre ich den Drang, sie mit meinem Charme zu umgarnen, um ihr nicht die Wahrheit sagen zu müssen. Ein Lächeln versucht sich auf meinen Lippen auszubreiten, doch ich lasse es nicht zu. Ich bin verflucht nervös und besorgt, dass ich nicht in der Lage sein werde, ihr ihren Schmerz zu nehmen und ihr verständlich zu machen, was ich meine. Aber sie verdient eine ehrliche Antwort.

»Ich brauche dich nicht, um mich in Ordnung zu bringen, Stella. Ich brauche dich für alles andere. Ich brauche dein Lächeln, dein Lachen. Ich brauche dich als meine beste Freundin, als meine Geliebte, als mein Ein und Alles. Ich muss mich um dich kümmern, deine Haut berühren, dir Abendessen kochen und dir Freude schenken, wann immer du sie brauchst.«

Ich lehne mich vor. Meine Kehle ist vor lauter Emotionen wie zugeschnürt. »Du bist das Beste, was mir je passiert ist, und ich würde liebend gern den Rest meines Lebens mit dem Versuch verbringen, das Beste zu sein, was dir je passiert ist.«

Meine Rede endet mit dem Klang lachender Kinder im Hintergrund und dem fernen Tönen einer Hupe. Stella blinzelt mich an. Ihre Augen sind glasig, ihre Unterlippe steckt zwischen ihren Zähnen.

»John …« Ihre Stimme bricht für eine Sekunde. »Das ist alles, was ich je wollte. Ich wollte mich ebenfalls um dich kümmern, nicht weil ich dich für schwach oder verkorkst hielt, sondern weil ich dich liebte und dich verwöhnen wollte.«

Mein Herz dreht sich in meiner Brust und droht, aus meinem Körper zu springen. »Knöpfchen …« Ich strecke einen Arm nach ihr aus, doch sie weicht zurück und hebt eine Hand.

»Anderen Menschen zu vertrauen fällt mir schwer«, sagt sie. »Bevor ich dich kannte, bin ich nie dazu in der Lage gewesen. Und dann bist du gegangen und …« Eine Träne rollt über ihre Wange, und sie atmet scharf ein, als wäre sie wütend, dass sie mir ihre Verletzlichkeit gezeigt hat. »Woher soll ich wissen, dass du das nicht wieder tun wirst?«

»Ich werde es nicht wieder tun«, sage ich schnell.

Eine weitere Träne rollt über ihre Wange. »Aber woher weißt du das? Du hast Panik bekommen und dein erster Instinkt bestand darin, mich wegzustoßen. Wie kann ich dieses Risiko eingehen?«

Gott. Ich habe keine Antwort darauf. Ich weiß nur, dass ich es nicht tun werde. Ich mag andere Dinge verbocken, aber ich werde sie nicht verlassen. Das kann ich nicht. Doch für Stella wird das nicht funktionieren. Hinter meinen Augen und in meiner hohlen Brust baut sich Druck auf. Ich stecke meine Hände wieder tief in die Taschen. »Ich weiß nicht, was ich sagen soll, um dich zum Bleiben zu bewegen.«

Sie nickt. Die Tränen rinnen nun ungehemmt über ihre weichen Wangen. »Ich weiß nicht, ob es etwas gibt, das du sagen kannst.«

Wir starren einander an, und ich spüre, wie der Raum zwischen uns wächst. Es fühlt sich schlimmer an als jeder Schmerz, den ich je zuvor empfunden habe. Dieses Gefühl schneidet durch meine Haut und zerstört all meine Hoffnung. Ich werde es nicht verkraften, Stella zu verlieren.

Mit einem weiteren Nicken dreht sie sich um und geht davon. Meine Kehle schnürt sich fest zu, während ich ihr hinterherschaue. Bei jedem Schritt, den sie macht, schreit mein Herz »nein, nein, nein«, aber ich kann mich nicht bewegen. Ich weiß nicht, ob ich sie gehen lassen und ihr Raum geben oder ob ich um sie kämpfen und sie anflehen soll …

Sie bleibt stehen, und im selben Augenblick stockt mein Atem. Langsam dreht sie sich um. Ihr Gesicht ist vom Weinen ganz rot und fleckig. Sie schaut mich mit weit aufgerissenen und schmerzerfüllten Augen an. »Weißt du«, sagt sie brüchig, »Maddy hat mir eine Geschichte über ihren Mann erzählt. Sie hatte ihn abgewiesen, verstehst du?«

Ich schüttle den Kopf, weil ich es nicht verstehe. Doch sie redet weiter.

»Sie sagte, er habe sie jeden Abend angerufen. Er habe ihr eine Frage gestellt. War es das wert? Ohne ihn zu leben«, erklärt Stella. »War es das wert?«

Sie redet nicht mehr von Maddy.

Ich räuspere mich, aber meine Stimme ist trotzdem noch heiser. »War es das?«

»Ich weiß, wie man allein zurechtkommt«, sagt sie. »Ich bin mehr als mein halbes Leben lang allein gewesen. Ich kann das wieder schaffen.«

Das Brennen hinter meinen Lidern wird heiß und juckt. Ich beiße die Zähne zusammen und versuche, mich zusammenzureißen. »Ich weiß, dass du das kannst. Du bist … Du bist so stark.«

Ihre Miene fällt in sich zusammen. »Das bin ich nicht.« Und dann kommt sie beinahe im Laufschritt auf mich zu. Bevor ich auch nur ein Wort sagen kann, stürzt sie sich auf mich und raubt mir den Atem. Sie schlingt die Arme um meinen Hals. Ein erstickter Laut kommt aus meinem Mund. Dann drücke ich sie fest an mich und vergrabe mein Gesicht in ihrer seidigen Lockenmähne.

Ich zittere. Tränen laufen brennend über meine Wangen. Ich kann sie nicht aufhalten. Stella hält mich fest und klammert sich an mich.

»Ich habe die falsche Frage gestellt«, sagt sie. Ihre Stimme hallt dumpf in meiner hohlen Brust wider.

»Wie lautet denn die richtige Frage?« Ich rede in ihr Haar, weil ich nicht bereit bin, sie loszulassen.

Stella presst die Lippen auf meine Brust. »Ist ein Leben mit dir die Angst wert, dass ich dich irgendwann verlieren könnte?«

»Du wirst mich nicht verlieren. Das wirst du nicht.« Ich küsse ihren feuchten Augenwinkel – nur ein einziges Mal, weil ich nicht anders kann – und schmecke ihre Tränen. »Ich kann dir keine Perfektion versprechen. Manchmal bin ich ein launischer Mistkerl. Ich werde schlechte Tage haben. Aber ich habe versucht, ohne dich zu leben, und es war das schlimmste Gefühl, das ich je erlebt habe. Du bist ein Teil von mir, Stella.« Ich schlage mit einer Faust auf meine Brust, die sich immer noch hohl und unvollständig anfühlt. »Du lebst hier. Immer.«

Sie lehnt sich zurück, legt die Hände um meinen Kiefer und wischt mit den Daumen über meine Wangen, während ich gleichzeitig ihre Tränen wegwische. »Perfektion ist ein Mythos. Ich bin nicht mal ansatzweise perfekt. Wenn man jemanden liebt, muss man bereit sein, auch dessen Fehler zu akzeptieren. Als ich davonging, wurde mir plötzlich klar, dass du ebenfalls nicht weißt, wie man jemandem vertraut. Und doch bist du hier und willst es noch mal versuchen.«

»Das will ich.« Meine Stirn ruht an ihrer. »Also ist es das wert?«

Ihr Lächeln ist zittrig. »Hör mir gut zu, John Blackwood, denn ich weiß, wie schwer es dir fällt, ein Kompliment anzunehmen. Du redest von Stärke? Du bist der stärkste Mensch, den ich kenne. Du bist ein Überlebender. Jeden Tag kämpfst du für ein besseres Leben. Ich habe Ehrfurcht vor dir. Ich bewundere dich. Das war schon immer so. Angst lässt sich nicht leicht abschütteln. Aber für dich werde ich es versuchen und an deiner Seite kämpfen und nicht einen Tag davon bereuen.«

Ich kann nicht sprechen. Ich kann sie nur an mich drücken und festhalten. Sie summt leise in sich hinein und beschreibt sanfte Kreise auf meinem bebenden Rücken, bis ich mich beruhige. »Danke«, sage ich, als ich meine Stimme wiederfinde.

»Dafür, dass du mir vertraust. Dafür, dass du dich in mich verliebt hast. Ich verspreche dir, Stella, dass ich immer da sein werde, um dich aufzufangen.«

Ihre Stimme spült über mich wie ein Lied. »Du hast mich bereits aufgefangen. Das hast du in der Sekunde getan, in der du mir mein Minzeis mit Schokosplittern geklaut hast.«

Ich grinse breit, während ich ihr einen Arm um die Schultern lege und wir gemeinsam von der Brücke hinunterspazieren. »Komm schon, Knöpfchen, wir wissen beide, dass du die Diebin warst.«

»Das war ich nicht! Du wusstest, dass ich auf die Minze aus war.«

»Und was ist mit dem Kuss?«

Sie errötet. »Äh, tja. Hast du mal in den Spiegel geschaut? Wie hätte ich dir widerstehen sollen?«

Mein Gelächter hallt durch den Park, und ich hebe Stella hoch und trage sie so, wie ich sie damals über eine Pfütze getragen habe. »Ich liebe dich, Stella Grey.«

Sie legt ihren Kopf an meine Schulter. »Ich liebe dich auch, John-Jax Blackwood.«

Epilog

Stella

Mittlerweile ist es Herbst geworden, meine liebste Jahreszeit in New York. Es ist frisch und kühl, und hin und wieder liegt der Duft von heißen Maronen in der Luft, wenn eine steife Brise durch die Straßen weht. Die Blätter haben sich orange und golden gefärbt, aber die ausgedehnten Rasenflächen im Central Park sind immer noch smaragdgrün. Nicht dass man momentan viel vom Rasen sehen könnte. Das Gras ist voller Leute – eine wogende Masse aus Menschen –, die alle den Blick auf die Bühne gerichtet haben, die unter dem dunkler werdenden Himmel aufgebaut ist.

Die Menge setzt zu Sprechgesängen an und verlangt nach Kill John. Die rhythmischen Forderungen verwandeln sich in ein Grölen, als John, Killian, Whip und Rye winkend auf die Bühne kommen.

John legt sich eine Gitarre um und tritt ans Mikro. Gott, mein Mann ist auf der Bühne wirklich sexy. Sein Gang ist herausfordernd und sein Lächeln schelmisch. Das olivgrüne T-Shirt, das er trägt, schmiegt sich eng an seine drahtigen Muskeln, und als er das Mikro umfasst, spannt sich sein Bizeps an. Ich schwöre, dass die Hälfte des Publikums bei diesem Anblick ausrastet. Durch den riesigen Bildschirm, der hinter der

Bühne aufgebaut ist, wirkt John überlebensgroß. Und in diesem Augenblick wird er zu Jax Blackwood.

Jax' Lächeln wird breiter, und eine Frau im Publikum kreischt ihre unsterbliche Liebe für ihn hinaus. Seine tiefe Stimme hallt durch den Park. »Hallo, New York City!« Weiteres Gekreische folgt. Er hält inne, bis sich die Menge ein wenig beruhigt hat. »Der heutige Abend ist etwas Besonderes. Der heutige Abend ist für die wundervollen Menschen, die wir verloren haben, und all die wundervollen Menschen, die im Stillen leiden.«

Ein paar Leute pfeifen, aber es ist so leise geworden, dass man nun die unverfälschte Emotion in Jax' Stimme hören kann. »Heute Abend erheben wir unsere Stimme, um die Welt wissen zu lassen, dass sie nicht länger schweigen muss, wenn es um psychische Krankheiten geht. Wir werden alle Leute wissen lassen, dass sie geliebt werden.«

Tränen lassen meine Sicht verschwimmen, und ich drücke mir eine Hand auf die Brust. Nachdem ich monatelang daran gearbeitet habe, besteht mein erstes Projekt mit Kill John nun aus diesem Konzert, das wir gemeinsam geplant haben. Duzende von Künstlern haben ihre Zeit gespendet, um aufzutreten und die Welt auf psychische Erkrankungen und Selbstmordprävention hinzuweisen. Kill John wird als Erstes auftreten. Die Jungs werden hauptsächlich Lieder von Idolen spielen, die wir alle verloren haben.

Ein kräftiges Gitarrenriff schneidet durch die Luft, als Killian zu spielen anfängt. Whip und Rye fallen mit ein. Die Menge rastet vollkommen aus. Jax singt Nirvanas »Drain You«. Es ist nicht sentimental oder süß, aber Jax meinte, es sei eins von Cobains Lieblingsliedern gewesen, also hat sich Kill John dafür entschieden.

Sie klingen jedoch nicht wie Nirvana. Sie klingen wie sie selbst und sind auf ihre eigene Weise perfekt. Ich tanze zur

Musik und beobachte, wie sich mein Mann zum Mikro vorlehnt. Er strahlt gleichzeitig enorme Kraft und lässiges Selbstvertrauen aus. Sobald das Lied endet, singen Killian und Jax eine Duettversion des Stücks »Fell On Black Days« von Soundgarden.

Ich liebe es, ihnen zuzuschauen. Killian und Jax spornen sich gegenseitig an und nehmen sich auch immer wieder mal zurück, um Rye oder Whip die Bühne zu überlassen. Diese Jungs sind eine makellose Maschine, und doch strahlen sie noch immer reine Begeisterung aus. Ich weiß, dass sie dort oben pure Freude empfinden, und diese Freude ist ansteckend.

Als sie »Apathy« und »Rush Love«, eins ihrer neueren Lieder, spielen, bringt ihre Energie die Nacht zum Leuchten. Dann stellt Jax, der nun verschwitzt ist und großartigerweise kein T-Shirt mehr trägt, seine Gitarre ab und passt sein Mikro an. »Ihr werdet heute Abend eine Menge Klassiker hören. Dieses Lied hier ist ein wenig anders. Es ist für jemanden, der mir sehr viel bedeutet.« Irgendwie findet sein Blick meinen, und er schenkt mir ein Lächeln, dieses geheime Lächeln, das nur mir und niemandem sonst gehört. »Für Stella, die Lösung all meiner vergeblichen Suchen.«

Mein Herz pocht heftig in meiner Brust und ich werfe ihm einen Luftkuss zu.

Killian lehnt sich jedoch vor und fragt lachend: »Bist du sicher, dass du das tun willst? Das läuft nicht immer so, wie man es erwartet, Mann.«

Whip gibt einen pointierten Trommelwirbel zum Besten. Das Publikum lacht. Jeder Kill-John-Fan weiß, dass Killian Libby einst »Darling Nikki« von Prince widmete, ohne darüber nachzudenken, dass der Kontext des Lieds nicht unbedingt die Botschaft beinhaltete, die er vermitteln wollte.

Jax schmunzelt Killian an. »Im Gegensatz zu dir achte ich

auf den Text.« Er schaut wieder zu mir, und in seinen Augen steht all seine Liebe für mich. Dann richtet er seine Aufmerksamkeit auf die Menge. »Ich hoffe, dass ihr dieses Lied kennt und mir ein bisschen helft, indem ihr mitsingt.«

Trotz ihres Geplänkels hat die Band das eindeutig geplant. Rye geht an ein Keyboard und sie fangen gemeinsam an. Ich brauche ein paar Sekunden, um das Lied zu erkennen, aber als ich es erkenne, lächle ich breit und mir steigen Tränen in die Augen. Neben mir lehnt sich Brenna dicht an mich heran und stößt mit einem fröhlichen Grinsen meine Schulter an.

Jax singt »In Your Eyes« von Peter Gabriel. Seine Stimme ist vor lauter Gefühlen ganz rau, und den Blick hat er hauptsächlich auf mich gerichtet. Die Menge singt mit ihm, und Tausende Stimmen erheben sich zu einer. Ich bekomme am ganzen Körper eine Gänsehaut, und in diesem Moment weiß ich, was es Jax bedeutet, auf dieser Bühne zu stehen. Wie es seine Seele nährt und wie er der Welt dieses Gefühl zurückgibt. Ich singe ebenfalls, erwidere die Worte und meine sie von ganzem Herzen.

Sobald sie fertig sind, joggt Jax von der Bühne und winkt den jubelnden Fans dabei dankbar zu. Er kommt direkt und unbeirrt auf mich zu, so als hätte er die ganze Zeit über genau gewusst, wo ich bin. Er ist schweißgebadet und glüht vor Lebensfreude. Er lächelt, und ich werfe mich in seine Arme. »Ich liebe dich.«

Er hebt mich hoch und umarmt mich fest, bevor er mich wieder absetzt. »Ich liebe dich auch, Stella-Knöpfchen.«

»Ich bin so stolz auf dich«, sage ich und küsse seine Wange, seine Lippen und sein Kinn.

Er lacht und hält mich dicht an sich gedrückt. »Das hat dich angemacht, oder?«

»Total«, flüstere ich ihm ins Ohr. Ich schäme mich nicht dafür und liebe die Art, wie er sich anspannt und dann eine Hand bewegt, um meinen Hintern zu umfassen. »Wann können wir gehen?«

»Das dauert noch Stunden«, sagt er mit einem kleinen Stöhnen. Aber ich kann warten. Für ihn werde ich so lange warten, wie es eben dauert, oder so lange, wie er braucht – weil er es immer wert ist.

Am nächsten Tag scheucht mich John aus dem Haus. Er will mit mir irgendwohin, aber er will mir nicht verraten, wohin.

»Bekomme ich nicht mal einen kleinen Hinweis?«, frage ich, als wir mit dem Fahrstuhl von seiner Wohnung aus nach unten fahren. Ich wohne immer noch bei Brenna, verbringe den Großteil meiner Zeit aber bei John. Keiner von uns hat bislang davon gesprochen zusammenzuziehen, aber das Thema scheint in der Luft zu liegen, wie eine letzte, stumme Barriere zwischen uns.

Ich weiß nicht mal, was mich davon abhält. Ich weiß nur, dass ein kleiner Teil von mir immer noch von einer schützenden Mauer umgeben ist. Ich glaube, John weiß das, aber er spricht es nie an. Er gibt mir einfach jeden Tag alles von sich. Und ich fühle mich dadurch schlechter, weil ich ihn mit jedem Tag mehr liebe.

Auf der Straße winkt John ein Taxi heran und nennt dem Fahrer eine Adresse in Murray Hill. Das ist eine Gegend, in der eine Menge massiver alter Sandsteingebäude stehen. Die Straßen dort sind von Bäumen gesäumt und in den Randbereichen ragen klobige Hochhäuser aus Ziegelsteinen auf. Allerdings achte ich gar nicht richtig auf die Umgebung. Meine ganze Aufmerksamkeit gilt dem Mann neben mir.

Ich spüre die Wärme seines Körpers und seine weiche Haut an meiner Seite. Sein vertrauter würziger Duft neckt ständig meine Nase und sorgt dafür, dass ich mich an ihn lehnen und mein Gesicht in seine Halsbeuge pressen will. Ich liebe diese Stelle seines Körpers. Ich liebe die Gewissheit, dass er zittern und dann tief in seiner Brust knurren und mich dichter an sich heranziehen wird, wenn ich ihn dort küsse.

Das Taxi hält vor einem großen, kunstvoll verzierten schmiedeeisernen Tor an, das sich zwischen zwei Stadthäusern aus Ziegeln befindet. John schenkt mir ein kleines Lächeln und zieht einen Schlüssel hervor. Hinter dem Tor liegt ein langer Weg, der von Bäumen und Pflanzkübeln gesäumt ist.

»Es ist eine alte Stallung«, klärt mich John auf, als er das Tor öffnet und zurücktritt, damit ich hindurchgehen kann. Es fühlt sich ein bisschen so an, als würde ich in der Zeit zurückreisen und das neunzehnte Jahrhundert betreten. Der sonnendurchflutete Ort strahlt eine angenehm gedämpfte Atmosphäre aus. Auf beiden Seiten erheben sich rote Ziegelhäuser mit gewaltigen Bogenfenstern, die sich über zwei Stockwerke erstrecken.

»Es ist vollkommen abgeschieden.« John bleibt vor einer pechschwarzen Tür stehen, an deren Seiten Efeu rankt. »Wie eine andere Welt inmitten der Stadt.«

»Es ist wunderschön.« Ich habe keine Ahnung, warum wir hier sind, aber John hat auch für diesen Ort einen Schlüssel. Er holt tief Luft, bevor er die Tür öffnet, so als müsste er sich innerlich vorbereiten. Ich verspüre den Drang, seine Hand zu halten.

Das Innere des Gebäudes ist von Licht erfüllt. Die Wände sind cremeweiß verputzt und von riesigen Fenster in onyxfarbenen Rahmen durchbrochen. Der abgenutzte Parkettboden knarrt ein wenig, als wir darübergehen, was dem Ort eine gewisse Geschichtsträchtigkeit verleiht. Das Haus ist leer, und unsere Schritte hallen von den hohen Decken wider.

»Es gibt vier Stockwerke«, sagt John, während er mich durch ein großes Wohnzimmer mit einem schwarzen Marmorkamin führt. »Die Bibliothek ist hier drüben.«

Er weist mich mit der Effizienz eines Immobilienmaklers auf alle möglichen Besonderheiten hin, und ich lächle.

»Was soll die Führung? Denkst du darüber nach, dieses Haus zu kaufen?«

John bleibt neben einem großen Bogenfenster stehen, und das Sonnenlicht fällt auf seinen großen Körper. »Nicht ganz. Komm mit. Es gibt noch mehr zu sehen.«

Er zeigt mir ein kleineres Zimmer, das mit Bücherregalen aus Walnussholz sowie mit einem großen Fenster mit rautenförmigen Bleiglasscheiben ausgestattet ist. Er nimmt meine Hand, als könnte er nicht anders. Seine Hand ist warm, aber leicht feucht, und ich weiß, dass er wirklich nervös ist. Ich drücke sanft seine Finger, während er mich zu einer breiten Wendeltreppe führt, die aus hellem Holz besteht, das so lange poliert wurde, dass es leicht glänzt.

Am oberen Ende der Treppe befinden sich ein weiteres Wohnzimmer und eine Küche. Das Halbdach ist mit schrägen Fenstern ausgestattet, um mehr Licht hereinzulassen. Hier hat jemand ein altes Chesterfield-Sofa aus braunem Leder und einen abgenutzten hölzernen Wohnzimmertisch hinterlassen. John zeigt mir ein kleines Schlafzimmer im hinteren Bereich und dann gehen wir nach oben in ein weiteres Stockwerk. Auf dieser Ebene befinden sich drei große Schlafzimmer und drei Badezimmer. Es gibt eine Dachterrasse mit einem Rankgitter, aber der Rest ist ziemlich schmucklos.

John schiebt eine Hand in die Hosentasche seiner Jeans und läuft herum. »Ein paar Pflanzkübel und vielleicht eine paar Bougainvilleen oder Glyzinien für das Rankgitter, und schon hätte man seine eigene kleine Oase.«

»Das ist mehr, als die meisten Leute in der Stadt haben«, sage ich neutral. Er will dieses Haus nicht kaufen, also warum zeigt er es mir?

»Stimmt.« Er wirft einen kritischen Blick auf eine der Steinplatten und tritt ein loses Steinchen zur Seite. »Aber ich war schon immer der Meinung, dass der Charakter eines Hauses wichtiger ist.«

»Tja, natürlich ist er das.« Ehrlich, er benimmt sich so seltsam, dass ich langsam nervös werde.

Wieder greift er nach meiner Hand und führt mich zurück nach unten in den Wohnbereich. Dann lässt er mich los, um über das Parkett zu tigern. Ich beobachte ihn eine Minute lang, während meine Verwirrung immer weiter zunimmt.

»Gefällt es dir nicht? Oder wolltest du eine zweite Meinung haben?« Ich schaue mich um. Das Stadthaus ist gemütlich, aber hell und nicht so groß, dass sich eine Person darin verloren fühlen würde. Es strahlt ein Gefühl von Beständigkeit aus. »Es ist wunderschön. Heimelig.«

Er beäugt mich vorsichtig. »Freut mich, dass du das so siehst.«

»Also willst du es doch kaufen«, kontere ich und kann den sanften, beinahe hoffnungsvollen Blick in seinen Augen nicht deuten. »Das solltest du tun. Es ist perfekt. Hier hast du jede Menge Privatsphäre und es fühlt sich wie ein Zuhause an.«

John tritt vom Fenster zurück. »Ich habe es bereits gekauft. Aber nicht für mich. Ich habe es für dich gekauft.«

»Für mich?« Ich starre ihn an. Ich muss ihn falsch verstanden haben. »Ich verstehe nicht … Du hast es für mich gekauft?«

»Ja, für dich.« Seine Mundwinkel zucken ganz leicht nach oben. »Dieses Haus gehört dir, Knöpfchen. Natürlich nur, wenn es dir gefällt.«

»Ich … Du …« Ich atme geräuschvoll aus. »Du kannst mir kein Haus kaufen, John!«

Er hebt sein Kinn an und sieht mich entschlossen an. Es ist der gleiche Ausdruck, den er damals aufgesetzt hatte, als ich auf der Eingangstreppe gegen ihn stieß und darauf beharrte, dass er mich verfolgte. Das war auch der Tag, an dem ich anfing, mich in ihn zu verlieben. »Aber das habe ich getan. Es gehört dir.«

»Ich kann kein Haus von dir annehmen.« Meine Stimme hallt von den leeren Wänden wider und klingt leicht panisch und komplett geschockt. »Das ist zu viel. Es ist ein verdammtes Haus, um Himmels willen.« Nicht nur irgendein Haus. Ein verdammtes Stadthaus in New York City. In einer Privatstraße. Ich muss keine Immobilienmaklerin sein, um zu wissen, dass dieses Haus vermutlich mehr als zehn Millionen Dollar gekostet hat.

Zehn Millionen. Mir wird ganz schwindelig. Ich lasse mich auf das Ledersofa sinken und atme tief ein.

John zuckt mit den Schultern und kommt langsam näher. »Stella, ich bin ein Rockstar. Wir sind gewissermaßen dafür bekannt, dass wir Spontankäufe tätigen und große Gesten vollführen.«

»Tja, ich will diese Geste nicht.« Ich lache kurz auf. »Und ich dachte schon, dass das Designerkleid, das du mir geschickt hast, zu teuer wäre.«

Er lächelt breit und reuelos. »Du siehst in diesem Kleid verflucht sexy aus.«

»Na ja, ein Haus kann ich nicht anziehen.« Mir schwirrt der Kopf. »Mein Gott, John. Ein Haus? Du musst mir keine Geschenke kaufen. Ich will nur dich. Du bist alles, was ich brauche.«

Sein Lächeln verblasst, und er kniet sich neben mich. »Hey, flipp jetzt nicht aus.«

»Das ist nicht so einfach, wenn du mir Geschenke machst, für die ich mich niemals revanchieren kann.«

Sanft legt er seine große Hand auf meine. »Der Sinn eines Geschenks besteht gerade darin, dass man sich nicht dafür revanchieren muss.«

»John … Ein Haus?«

Seine Lippen zucken, und ich weiß, dass er darum kämpft, eine ernste Miene aufrechtzuerhalten. »Ich verstehe, dass das für normale Leute ein ausgefallenes Geschenk darstellt. Aber wir beide wissen, dass ich nicht normal bin. Nicht mal ansatzweise.« Er drückt meine Hand. »Ich weiß, dass du mich nicht wegen meines Geldes willst. Darum geht es hier nicht. Ich will, dass du dieses Haus bekommst.«

»Aber warum?«

Für eine Sekunde betrachtet er mein Gesicht, als würde er versuchen herauszufinden, ob ich ihn veralbere oder einfach nur vollkommen ahnungslos bin. »Weil du schon immer ein Zuhause haben wolltest. Das hast du mir erzählt. Erinnerst du dich? ›Ein Haus in einer kleinen Straße, wo man seine Ruhe hat, aber nah an allem dran ist. Ein älteres Haus mit Charakter und Charme und einem Dachgarten, um Tomaten und Blumen anzupflanzen und sich zu sonnen.‹«

Oh Gott. Das habe ich tatsächlich so gesagt.

»Das hier …« Er streckt einen Arm aus, um auf das Zimmer zu zeigen. »Kann dein Zuhause sein. Du musst dir niemals Sorgen darum machen, dass du es verlieren könntest, denn es gehört dir. Ich habe sämtliche Steuerzahlungen in die Hypothek aufgenommen, die direkt über mich läuft. Du bist jetzt sicher, Stells. Für immer.«

Oh. Verdammt.

Sein Haar weigert sich, gerade zu liegen. Stattdessen steht es in alle Richtungen von seinem Kopf ab. Ich streiche mit meiner Hand über eine der wilden Strähnen, um sie zu glätten. Er schließt die Augen, blinzelt langsam und lehnt seinen ganzen Körper gegen meine Berührung.

»Also«, sage ich nicht gerade sicher, »gehörst du zu diesem Haus?«

Er erstarrt komplett. Mit seinen jadegrünen Augen schaut er in meine, gibt aber nichts preis. »Nein. Es gehört dir. Es gibt keine Bedingungen.«

»Und was ist, wenn ich will, dass du dazugehörst?«

Wenn ich gerade noch dachte, dass er sich steif anfühlt, wirkt er jetzt wie eingefroren. Er ist vollkommen angespannt und starrt mich an. Er leckt sich über die Lippen, bevor er spricht. »Dann werde ich hier bei dir wohnen, solange du mich bei dir haben willst.«

»Ich meine, es ist ein ziemlich großes Haus.« Ich fahre mit meinen Fingern durch sein Haar, weil es mir Freude macht, ihn zu berühren. »Ich könnte diesen ganzen Platz allein doch gar nicht nutzen.«

Sein Körper entspannt sich langsam, und er lehnt sich gegen mich. »Ich könnte eins der Zimmer vermutlich zu einem Probenraum umfunktionieren.«

Wir sprechen beide sehr unbefangen, so als wäre das Ganze eine beiläufige Unterhaltung. Aber das ist es definitiv nicht.

»Das könntest du tun.« Ich streiche über seine Ohrmuschel und liebe die Art, wie er erschauert. »Aber was wäre, wenn ich Babys haben wollte?«

Ein Licht, das ich zuvor noch nie gesehen habe, schimmert in seinen Augen. Es ist frei und hell und wunderschön. »Dann, Stella-Knöpfchen, wäre es mir eine Ehre, dir bei dem Versuch zu helfen, diese Babys zu machen.«

Ich kann mir das Grinsen nicht verkneifen. »Würdest du das wirklich wollen? Kinder? Familienleben?«

Ich bin mir nicht mal sicher, was ich gerade will. Aber ich muss wissen, was er über uns und über die Zukunft denkt. Er wirkt nicht eingeschüchtert. Er macht einen glücklichen und hoffnungsvollen Eindruck. John lässt die Hände über meine Oberschenkel nach oben wandern und umfasst meine Hüften. »Ich will alles mit dir haben, Stells. Alles, was du willst. Wenn du Kinder haben willst, werden wir Kinder bekommen. Wenn nicht, dann werden wir einander haben. Wichtig ist nur, dass wir zusammen sind.« Sein Griff wird fester. »Das ist mein Traum. Du und ich. Das verschafft mir Frieden.«

Heiße Tränen sammeln sich in meinen Augen, und John wischt sie mit den Daumen weg, als sie über meine Wangen rollen. In seiner Gegenwart werde ich immer so emotional.

»Das will ich auch«, sage ich. »Mir ein Haus zu kaufen ist eine schöne, wenn auch ziemlich schockierende Geste.«

Er lacht leise und sanft und wirkt erst jetzt ein ganz kleines bisschen verärgert.

Ich lehne mich näher an ihn heran und berühre seinen Kiefer. »Aber es ist kein Zuhause, wenn du nicht bei mir bist.«

John drückt seine Stirn an meine. »Ich liebe dich, Stella. Ich will mein Leben nicht ohne dich verbringen. Bitte glaub mir das. Bitte glaub mir, dass ich versuchen werde, mich zu bessern. Ich werde versuchen …«

Ich küsse ihn, damit er den Mund hält. Es ist ein sanfter Kuss, lediglich unsere Lippen berühren sich, aber John stöhnt tief in seiner Kehle und übernimmt das Ruder. Er packt meinen Nacken, um mich an Ort und Stelle zu halten, und erobert meinen Mund mit seinem. Ich glaube, ich werde niemals darüber hinwegkommen, wie gut es sich anfühlt, ihn zu küssen. Das Gefühl haut mich einfach immer wieder um. Ich spüre es in meinem ganzen Körper, und es raubt mir nach wie vor den Atem.

Mit einem letzten Kuss umfasst John meine Wangen und schaut mir in die Augen. Sein Blick ist zärtlich und offen. »Wir werden das hinbekommen.«

Es ist keine Frage, aber ich antworte trotzdem. »Natürlich werden wir das. Und wir werden für immer zusammen sein.«

Anmerkung der Autorin

John (auch bekannt als Jax) ist ein Überlebender. Er leidet unter Depressionen und Angstzuständen. Vor Jahren versuchte er, Selbstmord zu begehen. Das wird in diesem Buch nicht beschrieben, doch es hat den Lauf seines Lebens verändert und prägt die Art und Weise, wie er die Beziehung mit Stella erlebt.

Ich habe Johns Geschichte aufgeschrieben, weil ich unter anderem zeigen wollte, dass Menschen, die an psychischen Krankheiten leiden, nicht nur niedergeschlagen und verzweifelt sind. Oftmals sind es extrem intelligente, talentierte, witzige und charismatische Leute. John stellt keine Ausnahme dar. Hoffentlich werden Sie ihn ebenso sehr lieben, wie ich es tue.

Dieses Buch liegt mir besonders am Herzen, weil ich genau wie John schon mit Depressionen und Angstzuständen zu kämpfen hatte. Es ist schwierig, über dieses Thema zu reden, doch je mehr ich mich anderen gegenüber öffne, desto mehr erkenne ich, dass ich nicht allein bin. So viele leiden im Stillen. Das muss nicht sein. Es gibt Menschen, die helfen wollen.

Ich habe mein Bestes versucht, um dieses Thema so respektvoll und realistisch wie möglich zu behandeln. Und obwohl ich mich von geschulten Testlesern und Menschen, die ähnliche Erfahrungen gemacht haben, beraten ließ, ist mir klar, dass gewisse Stellen auf jeden anders wirken können. Jegliche Fehler liegen in meiner Verantwortung.

Zum Schluss möchte ich noch Folgendes sagen: Wenn Sie leiden, nehmen Sie bitte Kontakt zu jemandem auf – zu einem Freund, zu einem Familienmitglied, zu einem Arzt oder zu einem Therapeuten. Es jemandem zu erzählen mag sich schwierig anfühlen, aber es kann eine ganze Menge bewirken und letztendlich den Unterschied ausmachen.

Alles Liebe,
Kristen

Danke!

Danke, dass ihr *Idol – Gib mir deine Liebe* gelesen habt!

Bewertungen helfen anderen Lesern, Bücher zu entdecken. Wenn euch *Idol – Gib mir deine Liebe* gefallen hat, zieht es bitte in Betracht, eine Bewertung zu hinterlassen.

Ihr findet mich bei Facebook:
    http://www.facebook.com/groups/callihanVIPlounge/
    The Locker Room:
    http://www.facebook.com/groups/lockerroomromance/
    Die Facebook-Autorenseite:
    http://www.facebook.com/KristenCallihan/
Und bei Twitter:
    http://www.twitter.com/chrisrocallihan/
Homepage: www.kristencallihan.com
Oder schreibt mir: Kristen.Callihan@aol.com

Würdet ihr gerne exklusive Einblicke vor allen anderen erhalten? Oder wissen, wann mein nächstes Buch erscheint? Registriert euch auf www.kristencallihan.com, um meinen Newsletter zu abonnieren und exklusive Ausschnitte, Neuigkeiten und Informationen zu Erscheinungsdaten zu erhalten.

Danksagung

Vielen Dank an Jennifer Sommersby Young für die Überarbeitung und das Lektorat, Sahara Hoshi für das einfühlsame Testlesen und Melinda Utendorf für Verständnis und Korrektorat. Ein riesiges Dankeschön geht wie immer an Danielle Sanchez für ihre unglaublich tolle Koordination der Öffentlichkeitsarbeit.

Mein größter Dank gilt jedoch jedem einzelnen Fan, der eine gefühlte Ewigkeit lang auf dieses Buch gewartet hat. Ich habe euch nicht verdient, aber ich liebe euch alle so sehr.